FRANCKE

Bodie Thoene

Der Weg nach Zion

Überarbeitete Neuausgabe

FRANCKE

Verlag der Francke-Buchhandlung GmbH

Die Deutsche Bibliothek - CIP-Einheitsaufnahme

Thoene, Bodie:
Der Weg nach Zion / Bodie Thoene. [Dt. von Traute Reil-Kaczorowski]. -
Überarb. Neuausg., Millenium-Ausg.. - Marburg an der Lahn : Francke, 2000
(Zion-Chroniken / Bodie Thoene ; Bd. 1)
(Francke-Lesereise)
Einheitssacht.: The gates of Zion <dt.>
ISBN 3-86122-458-5

Originaltitel: The Gates of Zion
©1986 by Bodie Thoene
Published by Bethany House Publishers, Minneapolis, USA
©der deutschsprachigen Ausgabe
1988/2000 by Verlag der Francke-Buchhandlung GmbH
35037 Marburg an der Lahn
Deutsch von Traute Reil-Kaczorowski
Umschlaggestaltung: Reproservice Jung, Wetzlar
Umschlagbild: Dan Thornberg
Satz: Verlag der Francke-Buchhandlung GmbH
Druck: Wiener Verlag, Himberg, Österreich

Francke-Lesereise

Inhaltsverzeichnis

Prolog:
Qumram, am Toten Meer, 68 n. Chr.

Helle, gekräuselte Rauchwolken stiegen von der Öllampe zur Dekke des aus Steinquadern errichteten Raumes empor und blieben in dessen Ecken hängen. Simon Bar Giora rieb sich müde mit dem Ärmel seiner Tunika über seine schmerzenden Augen. Er lehnte sich gegen die Wand und starrte auf seinen jüngeren, erst siebzehnjährigen Bruder, der ohnmächtig und völlig regungslos auf dem Stroh neben ihm lag.

„Reuben", flüsterte er traurig. Er streckte seine Hand aus und berührte mit dem Finger den blutgetränkten Verband, mit dem der Kopf des feingliedrigen jungen Mannes eingehüllt war. „So jung – so jung."

Der Arzt der Bruderschaft hatte ihm gesagt, dass der Junge die Nacht nicht überstehen würde. Niedergeschlagen und ohne Hoffnung hatte er nur die Achseln gezuckt, als er Simon in seiner traurigen Nachtwache allein ließ.

Simon beugte sich über Reubens Kopf und schob sanft eine dunkelbraune Haarlocke zurück, die sich unter dem Verband hervorgeschoben hatte.

„Was ist bloss mit Mutter?", fragte er flüsternd. Sie und seine drei Schwestern waren in Jerusalem zurückgeblieben, von den römischen Legionen Vespasians und Titus' umzingelt. „Kannst du mir nicht ein Wort der Hoffnung sagen, Reuben?", flehte er. „Du hast dich auf einem Weg voller Gefahren bis hierher durchgeschlagen und willst nun ohne ein Wort über ihr Schicksal sterben?" Er wischte eine Blutspur von Reubens Schläfe und schaute dann gedankenverloren auf den dunkelroten Fleck. War das Blut der Menschen, die er liebte, schon in den Straßen Jerusalems von römischen Schwertern vergossen worden?

„Sprich doch, kleiner Bruder. Nur ein Wort. Leben sie noch?" Er legte seine Lippen dicht an Reubens Ohr. Als Antwort hörte er nur das flache Atmen des Jungen, dessen Wunden deutlicher sprachen als Worte. „Dein Blut ist auch meines", sagte Simon leise. Die Tränen schmerzten in seinen Augen. Er nahm Reubens schlaffe Hände in seine eigenen und begann das Schema zu beten: „Höre, oh Israel, der Herr ist unser Gott, der Herr ist Einer ..." In seinen Gesang fiel eine andere Stimme ein, die gleichmäßig von der Türöffnung hinter ihm ertönte. Während sie den alten Bittgesang zusammen rezitierten, wurde Reubens Atem immer gequälter, bis zuletzt das Röcheln des Todes aus seiner Kehle kam.

Simon neigte seinen Kopf und presste Reubens Hände gegen seine Wange. „Als er klein war, hat er mir diese Hände entgegen gestreckt", sagte er mit schmerzverzerrter Stimme. „Er hat seine ersten Schritte in meine Arme gemacht."

„Es tut mir Leid, Simon", sagte die Stimme, und tiefes Mitgefühl klang in diesen schlichten Worten.

„Sie werden alle tot sein, inzwischen wohl alle", erwiderte Simon voller Trauer. „Und ich habe sie verlassen. Anstatt zu kämpfen, bin ich von ihnen weggegangen und habe mich einem Leben des Friedens und dem Studium von Gottes Wort gewidmet. Ich wäre besser mit den Zeloten gestorben!" Bitterer Schmerz wütete in seiner Stimme, und er ballte seine Fäuste.

„Jerusalem ist gefallen. Aber du hast ein größeres Ziel in deinem Leben, als an Pest oder Hunger hinter den Toren dieser Stadt zu sterben", tröstete ihn sein Gefährte. „Du bist noch nicht am Ende."

„Was hat das für einen Sinn?", schleuderte ihm Simon entgegen. „Wer wird je erfahren oder sich dafür interessieren, was wir hier tun?"

„Jerusalem ist gefallen", sagte die Stimme wieder. „Wäre es vielleicht besser gewesen, wenn du zu den Hungernden und Toten gehört hättest? Sogar die Frau des Hohenpriesters ist, vom Hunger getrieben, in den Gassen der Stadt auf der Suche nach irgendetwas Essbarem umhergeirrt. Und Einwohner, die sich nach Einbruch der Dunkelheit auf der Suche nach Wurzeln aus den Stadtmauern gestohlen haben, hat man jede Nacht zu Hunderten gekreuzigt. Alle Bäume sind gefällt und zu Kreuzen gemacht worden. Sie säumen nun die Straßen, die in die Stadt hineinführen. Und wenn sie ihrem üblen Zweck gedient haben, werden mit ihnen Feuer gemacht, in denen die Leichen unseres Volkes verbrannt werden. Solch ein Tod ist nicht edel, Simon. Das ist nur ein Umkommen."

„Woher weißt du das alles?", fragte Simon, dessen Augen sich immer noch nicht von Reubens blutbeflecktem Gesicht lösen konnten.

„Erst vor einer Stunde sind zwei Zeloten völlig erschöpft ins Lager gekommen. Sie sind dem Tode noch einmal entronnen, aber ich glaube, er wird sie nur zu bald einholen. Ich habe gehört, dass die Legionen auf dem Weg zu uns sind."

Simon seufzte, nickte und kreuzte dann Reubens Hände über dessen Brust. „Dann habe ich dringende Arbeit zu erledigen." Er tat einen tiefen Atemzug und straffte seine Schultern. „Ist denn alles verloren? Sind denn alle tot?"

„Man sagt, Titus hat seinen Angriff am Nordwall begonnen. Bei Tage ließ er Rammböcke gegen die Befestigungsmauern krachen. Bei Nacht rackerten sich die Zeloten ab, um die Mauereinbrüche wieder auszubessern, und rasteten nur, wenn sie vor Erschöpfung zusammenbrachen – oder wenn sie vom Tod erlöst wurden. Vor zwei Wochen ist der äußere Wall gefallen, dann der zweite. Und letzte Woche zerbrach auch das dritte Bollwerk. Als sich die Legionen durch die Straßen der Stadt wälzten, zogen sich die Überlebenden zum Tempel zurück und setzten ihren Widerstand von dort aus weiter fort. Sechs Tage lang hallte das Krachen der Rammböcke in den Höfen der Heiligen Zitadelle wider, dann war auch sie genommen. Die Soldaten töteten und metzelten jeden nieder, den sie lebend fanden. Einige konnten entkommen. Nur wenige – wie dein Bruder, wie diese zwei Männer. Aber während sie flüchteten, färbte der Rauch, der aus dem brennenden Tempel aufstieg, den Himmel hinter ihnen schwarz." Er hielt inne und fuhr dann mit sanfter Stimme fort: „Es tut mir Leid, Simon. Deine Familie ist tot. Wir werden Kaddisch sagen für sie."

„Und wenn die Römer hierher kommen und auch der letzte Jude tot ist? Wer wird dann Kaddisch sagen?"

„Vielleicht Gott", antwortete er langsam.

„Dann müssen wir die Worte seiner Verheißung bewahren." Simon wischte sich die Augen und richtete sich auf. „Und wenn seine Worte versiegelt sind, können auch wir in Frieden sterben."

„Ja, Simon. Wir gehen andere Wege, um gegen die zu kämpfen, die behaupten, dass es keinen Gott in Zion gäbe. Auch wenn wir alle ins Grab müssen und Israel entvölkert sein mag, lebt Gott dennoch."

Simon wandte sich dem Sprecher in der Türöffnung zu, einem freundlichen, graubärtigen alten Mann. „Dann will ich wieder zu meiner Feder greifen und meine Feinde mit Frieden im Herzen bekämpfen."

Simon ging langsam über den dunklen, verlassenen Hof zu der Schreibstube, die jetzt leer war. Er öffnete die verriegelte Tür und blickte sich in dem langen, aus Steinquadern gebauten Raum um, als ob er ihn zum ersten Mal sähe. Zwei Dutzend Schriftrollen lagen sauber in Leinen eingewickelt auf dem Holztisch, der sich am anderen Ende des Raumes befand. Morgen würden sie eine letzte Pechschicht erhalten, bevor sie, in Tonkrügen versiegelt, in den Höhlen der öden Hügel bei Qumran versteckt würden. Nur diese eine Schriftrolle, das Buch des Propheten Jesaja, war noch unvollendet. Er wischte sich die Hände an seinem Gewand ab, ging zu seinem Tisch hinüber, setzte sich und strich liebevoll über das neue Leder, das vor ihm ausgebreitet lag. Wie lange, fragte er sich, würde es dauern, bis menschliche Augen die Worte wieder lesen, die er so sorgfältig von der abgegriffenen und verblassten Mutterschriftrolle abschrieb? Bei dem trüben Licht der Öllampe musste er seine Augen anstrengen, um die nächste Zeile der Spalte lesen zu können: „Wie lieblich sind auf den Bergen die Füße des Freudenboten, der Frieden verkündet, gute Botschaft bringt ..."

Seine eigene Stimme hallte hohl von den Steinwänden des Raumes wider. Sein Herz war von Schmerz erfüllt, als er daran dachte, wie Reuben erst vor zwei Tagen erschöpft in der Gemeinde angekommen war. Seine Füße hatten nicht ‚lieblich' ausgesehen. Da er keine Sandalen getragen hatte, waren sie blutig, bis auf die Knochen zerschunden gewesen.

„... der Frieden verkündet, gute Botschaft bringt, der Heil verkündet, zu Zion spricht: Dein Gott ward König!"

Die jubelnden Worte erschienen ihm wie Spott. „Es wird kein Heil geben, keine Nachricht vom Frieden", dachte Simon, während er sorgfältig seine Feder in das Tintenfass tauchte und die Worte der Verheißung abschrieb, die er soeben gelesen hatte. Nur die Römer regierten jetzt in Zion. Die Verheißung Jesaja würde sich erst in einer anderen Zeit, in einem anderen Leben erfüllen. Oder würde sie überhaupt jemals in Erfüllung gehen? fragte er sich flüchtig.

In wenigen Tagen würden die Legionen hier in diese Gemeinde eindringen und im Namen von Vespasian und Titus töten, brennen und zerstören. Nur die heiligen Schriften würden vor der Vernichtung sicher sein. Das Wort Gottes würde ruhig in einer Höhle bis zu einer fernen Zeit schlafen – wer wusste, wie lange? – und spätere Geschlechter würden die Verheißungen vernehmen und deren Erfüllung erleben.

Langsam streckte Simon seinen zittrigen Finger aus und verfolgte ehrfürchtig die Worte des Propheten. Seinen eigenen Tod fürchtete er nicht. Aber er fürchtete das Feuer, das unausweichlich dem Massaker folgen würde. Die Schriftrollen müssen erhalten bleiben! Hilf uns, Jahwe! Sein stummer Schrei wandte sich an den Gott Abrahams.

Er seufzte tief, als sich die Gesichter seiner Familie vor sein geistiges Auge drängten. Der Gott Israels würde seine Verheißung ganz sicher nicht vergessen; ganz sicher würde er sich an seine Stadt Jerusalem erinnern!

Simon wischte die Tränen mit dem Handrücken weg und tauchte noch einmal seine Feder ein. „Jeder Buchstabe, jede Kleinigkeit muss vollkommen sein. Nichts kann geändert oder getilgt werden. Der Tempel ist niedergebrannt", dachte er mit Wehmut. „Sind noch Heilige Schriftrollen gerettet worden, oder bin ich es, Simon bar Giora, der die letzte Rolle mit der Verheißung in Händen hält, die verkündet, dass dort, wo jetzt nur Asche liegt, dereinst wieder ein Volk leben wird?"

Er war ganz in dem Gedanken an die Legionen befangen. Nur

ein paar Tagesmärsche von dem Ort entfernt, an dem er jetzt saß, schärfte jemand das Schwert, das seinem Leben ein Ende setzen würde. „Schnell! Ich muss diese Arbeit sorgfältig, aber auch eilig beenden", beschloss er, während er seine Feder eintauchte. Er und seine Landsleute würden dem römischen Holocaust den endgültigen Sieg nehmen. „Gemeinsam", dachte Simon, „werden wir die Wächter der Verheißung sein, auch dann, wenn wir im Stillen sterben."

Teil 1

Die Feier

29. November 1947

„Ich weiß, dass Gott den Kindern Israels ganz Palästina verheißen hat. Ich weiß zwar nicht, welche Grenzen er gesetzt hat, aber ich glaube, dass sie weiter gesteckt sind als die vorgeschlagenen. Wenn Gott seine Verheißung zu seiner Zeit erfüllt, ist es unsere Aufgabe als arme Sterbliche in einem schwierigen Zeitalter, bis dahin so viel wie möglich von den Überresten Israels zu bewahren ...“

David Ben-Gurion, 1947

1. Die Entdeckung

„Antikas! Antikas!", rief der alte Beduinenhirte, als Ellie Warne das mahagonigetäfelte Arbeitszimmer ihres Onkels betrat. Nach sechs Monaten in Jerusalem verstand sie das Wort nur zu gut. Für einen arglosen Touristen, der sich im Irrgarten der Altstadt-Souks verloren hatte, bedeutete es in der Regel, dass ein Stück des wahren Kreuzes oder der wirklichen Dornenkrone dem Meistbietenden zum Verkauf angeboten wurde.

„Antikas!" Der alte Mann öffnete seinen Mund zu einem breiten, zahnlosen Lächeln und klopfte dabei seinem jungen Begleiter auf die Schulter, in der Hoffnung, etwas mehr Begeisterung bei ihm zu wecken.

Ellie strich sich müde mit der Hand über die Stirn und widerstand dem Drang, umzudrehen und geradewegs zurück ins Bett zu gehen. Was, fragte sie sich, hatte die alte Miriam sich nur gedacht, als sie diese beiden windigen Gesellen in diesen Raum mit echten archäologischen Antiquitäten gelassen hatte? Ganz zu schweigen von der Tatsache, dass sie Ellie mit der allerschlimmsten Grippe aus dem Bett geholt hatte, nur damit sie sich etwas ansehen sollte, was höchstwahrscheinlich doch nur unechter Trödel war. Drei Tage lang war Ellie ihrer Arbeit an der Ausgrabungsstelle ferngeblieben. Krank und müde wie sie war, hatte sie eigentlich nur das Bedürfnis, sich auszuruhen und zu schlafen. Ihr Onkel Howard Moniger war schließlich der Archäologe, während sie ja nur seine Funde photographierte.

„Gar keine schlechte Beschäftigung", dachte sie, „wenn ein Mädchen gerne Henkel von zweitausendjährigen Krügen aufnimmt. Solange alle erstklassigen Fotojournalistenstellen von GIs weggeschnappt wurden, die von Europa oder dem Pazifik wiedergekommen waren, war das immer noch besser als in Long Beach zu kellnern." Selbst mit einem Examen in Photojournalismus von der „University of California Los Angeles" war es für sie ein Glücksfall, eine Stelle zu haben, das wusste sie. Der gute alte Onkel Howard hatte es wirklich geschafft! Die Bezahlung bei der Amerikanischen Schule für Orientforschung war zwar bescheiden, aber immerhin regelmäßig. Aber auf den Fall, der ihr jetzt bevorstand, war sie in ihrer Ausbildung in keiner Weise vorbereitet worden.

„Antikas! Antikas!", wiederholte der alte Araber und deutete wild gestikulierend auf den zerschundenen Lederbeutel, den er über seiner knochigen Schulter trug.

„Gut, Gut! Nur einen Augenblick!" Sie bedeutete ihnen ungeduldig, sich zu setzen, und murmelte dann: „Bleibt hier stehen; ich will nur eben eine reizende kleine alte Dame erwürgen; dann werfe ich einen Blick auf die Schätze, die ihr mitgebracht habt." Sie drehte sich um und blickte durch die offene Tür in die Diele. „Miriam!", rief sie. „Kommen Sie mal schnell her!" Ellie wandte sich wieder ihren ungewöhnlichen Besuchern zu. Sie saßen steif auf Lederstühlen mit geraden Rückenlehnen und betrachteten unverwandt die Bücherwände und die ausgestellten archäologischen Funde, mit denen der Raum gefüllt war. „Die beiden sehen selbst so aus wie archäologische Funde, die man in Onkel Howards Vitrinen zwischen Scherben und Werkzeugen aus der Bronzezeit ausstellen könnte", fand Ellie.

Während die Beduinen den Raum musterten, betrachtete Ellie sie genauer. „Sie wären wunderbare Photomotive", dachte sie. Beide waren in traditionelle Sandalen und lange Gewänder gekleidet und gekrönt mit der Keffijah, der Kopfbedeckung der Nomadenstämme Palästinas. Der eine von ihnen mochte achtzehn oder neunzehn Jahre sein. Sein struppiger Bart umrahmte ein schmales Gesicht mit einer Nase, die wie ein großer Schnabel zwischen den Augen vorsprang. Der Ältere trug einen lockigen grauen Bart und hatte hohe Backenknochen; er erinnerte Ellie an einen Bussard, der schläfrig in der Sonne blinzelt.

„Miriam!", rief sie wieder. Endlich erschien Onkel Howards alte Haushälterin in der Türöffnung. „Ich glaube, ich brauche Sie –". Sie machte eine vage Handbewegung zu den beiden Hirten, die immer noch aufrecht dasaßen, immer noch warteten und sich lebhaft umsahen.

16

Als Ellie sich ihnen wieder zuwandte, hatten sie offensichtlich ihre Verkaufsstrategie geändert. Der ältere der beiden sprang auf und versetzte seinem Begleiter einen heftigen Schlag über den Kopf. Ellie, mit ihren 1,65 m, überragte den alten Mann. Der jüngere, groß und mit gebeugten Schultern, erhob sich etwas langsamer. „Salaam." Beide Männer sprachen gleichzeitig und verbeugten sich majestätisch vor Ellie. „Salaam", erwiderte Ellie.

Die drei standen sich einen peinlichen Moment lang gegenüber, bis Ellie das Schweigen brach. „Bitte setzen Sie sich wieder", sagte sie. „Der Professor ist leider nicht hier, aber er kommt in ein paar Tagen zurück ..." Ihre Stimme verebbte langsam, als die beiden stehen blieben und nicht aufhörten, sie anzulächeln.

„Antikas –", begann der Ältere wieder.

„Miriam –", flehte Ellie, indem sie zur Tür sah, wo die alte Frau stand.

Aber bevor Miriam übersetzen konnte, stürmte der alte Araber plötzlich zwischen Ellie und die Tür. Er schob ihr den abgenutzten Lederbeutel entgegen. „Antikas!", sagte er beharrlich. Dann machte er mit der Feierlichkeit eines Indianerhäuptlings eine Handbewegung, mit der er ihr bedeutete, stehen zu bleiben.

„Gut", stöhnte Ellie. „Wir wollen mal sehen, was du da hast: den Silberkelch; die echten Nägel vom ..." Bevor sie den Satz zu Ende sprechen konnte, zog die verhutzelte braune Hand einen Gegenstand aus dem Lederbeutel, der wie eine Miniaturmumie aussah. Er war ungefähr 30 cm lang und gut 10 cm dick. Er schien in Leinenlappen eingewickelt. Der Spott verging ihr und machte einer vorsichtigen Neugier Platz. Der alte Mann lächelte sein zahnloses Lächeln und hielt ihr den Gegenstand ehrerbietig hin.

„Antikas", wiederholte er ruhig und aufrichtig. „Du gucken, echte Antikas."

Beschämt über ihr leichtfertiges Urteil, betrachtete Ellie den Gegenstand erst längere Zeit intensiv, bevor sie ihre Hände vorsichtig danach ausstreckte. Dabei schaute sie den Alten prüfend an, um sich zu vergewissern, ob sie den Gegenstand auch nehmen sollte. Der Mann nickte ihr zu und lächelte wieder.

„Ja, du gucken. Mach." Er legte ihn behutsam in ihre Hände und trat zurück.

Sogar Ellies ungeübtes Auge konnte erkennen, dass sie eine Schriftrolle in Händen hielt. Diese war erstaunlich schwer, von brauner Farbe, und die Ränder schienen mürbe zu sein; sie sah wirklich sehr alt aus. Auf dem Gebiet der Archäologie war der Begriff „alt" allerdings etwas sehr Relatives. Ellie hatte schon so viel Erfahrung gesammelt, um zu wissen, dass ein Fundstück von nur zweihundert Jahren nicht viel wert war.

„Sehr alt", meinte der Mann aufmunternd.

Ellie sah ihn lächelnd an. Es war unmöglich zu sagen, ob das, was sie in Händen hielt, hundert oder tausend Jahre alt war.

„Es tut mir Leid", entgegnete sie. „Ich weiß einfach nicht genug darüber. Der Professor ist nicht da und kommt auch erst in einigen Tagen zurück ..."

„Aufmachen", beharrte der alte Araber und entriss ihr die Rolle. Als er sie hastig an sich nahm, bröckelten Teile des Randes ab und fielen zu Boden. „Du gucken, Antikas." Er legte sie auf die große Schreibtischfläche und rollte sie ohne Feierlichkeit auf. „Da!", sagte er strahlend. „Sehr alt."

Das Innere der Schriftrolle war bedeckt mit Kolumnen einer sorgfältigen, wie mit dem Lineal gezogenen Schrift, die Hebräisch zu sein schien. Die Rolle bestand aus mehreren zusammengenähten Teilen, die vermutlich aus Leder waren.

Während Ellie sie eingehend betrachtete, versuchte sie sich zu erinnern, was Onkel Howards Kollege ihr über die hebräischen Schriftrollen erzählt hatte, die in „Genizahs", speziellen Lagerräumen, aufbewahrt wurden, wenn sie abgenutzt waren. Dies konnte eine solche Rolle von unbedeutendem Wert sein. Und doch hatte die Ausführung der Buchstaben etwas Eigenartiges an sich. Soweit sie sich erinnern konnte, war diese Rolle anders als alles, was Mosche ihr bisher gezeigt hatte.

„Ja, sehr schön", nickte sie dem Araber zu.

Er wandte sich an seinen jungen Begleiter und strahlte triumphierend.

„Zweihundert englische Pfund", verkündete er. „In bar."

„Hören Sie mal", versuchte Ellie zu erklären. „Das geht nicht. Ich meine, ich habe keine Ahnung von diesen Dingen. Mein Onkel, der Professor ..."

„Zweihundert englische Pfund", sagte er wieder.

„Wo kommt die Rolle her? Wo haben Sie sie gefunden?"

„In bar", erwiderte er, indem er ihr seine Handfläche offen hinhielt.

Ellie sah zuerst auf die knorrige Hand, die vor ihr ausgestreckt war, dann in die Augen, die erfüllt waren von dem Vergnügen an der Gier. „Hier handelt es sich um ein völliges Missverständnis, guter Mann. Sie stehen vor dem Lieschen Müller in der Welt der Archäologie. Nein. Nein. Tausendmal nein." Sie putzte ihre Nase und gestikulierte ungeduldig zu Miriam hinüber, die immer noch in der Türöffnung stand. „Machen Sie ihm das klar, Miriam." Man konnte nicht mit einem Mann reden, dessen gesamtes englisches Vokabular aus „Antikas", „sehr alt" und „in bar" bestand.

Miriam kam neugierig von der Tür herüber, als der alte Araber einen Schwall von Worten hervorsprudelte, dabei mit der einen Hand in die Luft stieß und die andere noch nach Geld ausgestreckt hielt. Als Miriam mit einem ähnlichen Wortschwall antwortete, bemerkte Ellie, dass sich sein Verhalten abrupt änderte.

„Bah!", stieß er hervor, indem er seine gierig ausgestreckte Hand senkte. Er starrte Ellie an, als ob sie ein Eindringling in die Welt der Hochfinanz sei, und begann dann, die Schriftrolle einzupacken wie ein verärgerter Verwaltungsbeamter, der enttäuschende Berichte einer Vierteljahresschrift in seine Aktentasche stopft.

„Miriam!", rief Ellie. „Sagen Sie ihm, dass er das nicht tun soll! – Tun Sie das nicht!", befahl sie ihm und eilte zum Schreibtisch hinüber.

„Bah!", stieß er wieder hervor und würdigte diese Anfängerin keines Blickes.

Miriam sprudelte los und ertränkte seine Sturheit in einem Schwall von Arabisch, mit dem Erfolg, dass er die Schriftrolle mitten im Satz noch einmal aus dem Lederbeutel nahm, beleidigt die Luft einzog und seine Augen nicht von Ellie wandte, bis Miriam mit ihrem Redefluss zu Ende war.

„Hmmm", sagte er und rieb sich gedankenvoll das Kinn. „Hmmm." Dann erschien erneut sein zahnloses Lächeln. Er klopfte seinem jungen Begleiter wieder auf die Schulter, und die beiden nahmen noch einmal Platz.

„Sehen Sie", sagte Miriam zu Ellie. „Man muss einfach wissen, wie man mit diesen Wüstenbauern zu reden hat."

„Was haben Sie ihnen gesagt?", fragte Ellie ehrfürchtig.

„Ich habe ihm gesagt, dass Sie die allergrößte Autorität in antiken Schriftrollen sind und dass Sie ihm nichts zahlen werden, bis er Ihnen alle gezeigt hat."

„Autorität!", wiederholte Ellie verzagt. „Alle? Sie meinen, es gibt noch mehr von diesen Dingern?"

„Hat er Ihnen das nicht gesagt?"

„Wieso? Nein."

Miriam hielt dem alten Hirten eine ordentliche Standpauke, der er eine eigene Schimpfkanonade folgen ließ, während Ellie sich einen Weg zu Onkel Howards massivem ledernen Schreibtischstuhl suchte und in ihm niedersank.

„Nun", sagte Miriam naserümpfend, „dieser Hund von einem Lügner sagt, dass er Ihnen erzählt hat, dass es noch mehr davon gibt. Er sagt, dass er Ihnen erzählt hat, wie sein Sohn sie gefunden hat in einer Höhle, in Krügen aufbewahrt, als er eine Ziege suchte."

„Kann sein", meinte Ellie achselzuckend. „Ich habe kein Wort verstanden."

Miriam kniff die Augen zu und schüttelte den Kopf. „Ha!", schnauzte sie den Hirten an. „Sprechen Sie bitte ‚King's English'."

Der Alte sah den jungen Hirten neben sich an, der intensiv eine Vitrine mit antikem Werkzeug betrachtet hatte. Dann schlug der Alte ihm auf den Arm. „‚King's English' bitte", schnaubte er und murmelte dann einige arabische Flüche.

Der junge Mann räusperte sich nervös und rieb sich die Lippen mit seiner schmutzigen Hand, als ob er seine eingefrorene Zunge lösen wolle. Dann holte er tief Luft und begann: „Ich bitte um Entschuldigung, Ma'am." Er nickte zu Ellie hinüber. Eine tiefe, angenehm klingende Stimme mit einem ausgesprochen britischen Akzent hätte Ellie beinahe dazu veranlasst, sich nach dem Bauchredner umzusehen, der einem derartigen Bündel von Knochen und Schmutz solch gebildete Töne in den Mund zu legen vermochte.

„Mein Vater ist ein ziemlich ungebildeter Mann", erklärte er. „Er hat mir gesagt, er müsse dieses Unternehmen selbst durchführen, und ich müsse lernen." Ein Lächeln spielte um seine Lippen, als er aus dem Augenwinkel seinen Vater ansah, der grübelnd neben ihm saß. „Er meint es nicht böse."

„Da Sie die Sprache offensichtlich so gut beherrschen, werden Sie auch verstanden haben, dass ich nicht die Autorität bin, für die mich meine Haushälterin ausgibt."

Miriam wandte sich um und schickte sich an wegzugehen. „Ich bringe Tee", kündigte sie gekränkt an.

„Danke, Miriam", rief Ellie hinter ihr her. „Und, Miriam ..." Die Alte blieb stehen. „Danke."

Der junge Hirte sah der Alten nach. „Das hat sie gut gemacht. Wenn mein Vater das nämlich wüsste, ginge er gleich zum Antiquitätenhändler nach Bethlehem."

„Erzählen Sie mir, wie Sie an die Rollen gekommen sind." Ellie legte ihren schmerzenden Kopf an die Lehne des Lederstuhles.

„Mein jüngerer Bruder, Mohamed der Wolf, fand eine Höhle mit Krügen und solchen Schriftrollen. Viele waren zerstört, und es lagen eine Menge zerbrochener Krüge und Scherben herum. Er hatte eine Ziege verloren, wissen Sie, und warf einen Stein in die Höhle, um herauszufinden, ob sie dort hinein gelaufen war. Er hörte Keramik zerbrechen und holte mich. Wir fanden diese Rolle und sechs weitere unversehrte."

„Wo befindet sich die Höhle?"

„Es gibt viele Höhlen in der Wüste", erwiderte er mit einem ausweichenden Lächeln. „Diese ist eine von vielen in der Nähe des Toten Meeres. Ich weiß, wo sie liegt, aber jetzt ist nicht der Zeitpunkt, darüber zu sprechen."

„Ich verstehe." Ellie wusste, was er meinte. Solange er kein Geld erhalten hatte, würde er nichts sagen. „Der Alte", dachte Ellie, „hätte gut daran getan, bei seinem Sohn in die Lehre zu gehen." „Sie wissen, ich kann Ihnen nichts versprechen, solange der Professor sie nicht angesehen hat."

„Dann gehen wir vielleicht doch besser zu den Händlern nach Bethlehem", meinte er seufzend.

„Nein. Lassen Sie die Rolle hier, und bringen Sie morgen die anderen."

„Ach, nein. Ich fürchte, wir werden viele Tage in der Wüste sein. Es wird wohl zwei Wochen dauern, bis wir nach Jerusalem zurückkommen. Wir reisen morgen ab." Er stand langsam auf.

„Nein, warten Sie." Ellie forderte ihn mit einer Handbewegung auf, sich hinzusetzen. „Ich bin die Fotografin des archäologischen Teams. Wenn ich nicht krank geworden wäre, wäre ich jetzt mit dem Professor unterwegs."

„Möge Allah Ihnen Gesundheit verleihen, gelobt sei sein Name." Der Hirte neigte seinen Kopf.

„Nun, Gesundheit hat er mir nicht verliehen, und so bin ich jetzt hier", meinte sie leise. „Also, würden Sie mir die Schriftrolle über Nacht hier lassen? Ich kann sie fotografieren und dem Professor zeigen, wenn er zurückkommt. Wenn sie ihm gefällt, können Sie vielleicht Ihren Vater das Geschäftliche erledigen lassen."

Der junge Mann räusperte sich nachdenklich. „Entschuldigen Sie bitte", sagte er zu Ellie und sprach dann zu dem Alten, der das junge Mädchen argwöhnisch musterte. Geraume Zeit verhandelten sie auf Aramäisch und berieten hin und her, ob es wirklich klug sei, solch einen wertvollen Gegenstand dieser rothaarigen, unverschleierten, ungläubigen Frau zu überlassen, die noch nicht einmal die Sprache des Landes beherrschte, in dem sie lebte. Die Diskussion wendete sich jedoch entschieden zu ihren Gunsten, als Ellie schließlich eine Fünf-Pfund-Note aus ihrem Portmone hervorholte.

„Sagen Sie ihm, dass dies nur eine Kaution sein soll. Auf Ehre." Als der Alte den Schein beäugte, ergänzte Ellie: „Er kann die Schriftrolle morgen früh wiederhaben, aber ich will dann auch mein Geld zurück."

„Tausendmal nein", erwiderte der junge Hirte und schüttelte beharrlich den Kopf. „Er behält das Geld, und wir nehmen die Schriftrolle morgen früh wieder an uns."

„Aber Sie versprechen mir doch, heute auf den Tag genau in zwei Wochen mit dieser und den anderen Schriftrollen wiederzukommen?", hakte Ellie nach. „Und diese fünf Pfund gehen vom Kaufpreis ab, wenn der Professor sich entschließt, sie zu nehmen." Sie kniff die Augen listig zusammen, als sie ihr Verhandlungstalent ausprobierte.

Der junge Mann wiederholte seinem Vater das Angebot, der darüber sogleich nachzudenken begann. Nach einem Moment zögernden Überlegens – mehr zum Schein als aus Notwendigkeit, dachte Ellie belustigt – riss er ihr den Geldschein aus der Hand und sprudelte freudig einen aramäischen Wortschwall hervor. Als Miriam ein Tablett mit dampfendem Tee hereinbrachte, umarmte er gerade schwungvoll seinen Sohn und verließ, triumphierend die Fünf-Pfund-Note schwenkend, mit langen Schritten das Arbeitszimmer und das Haus. „Schriftrollenverleih", dachte Ellie. „Mal etwas Neues in Palästina".

„Bis morgen früh dann." Der junge Araber verbeugte sich und ging.

„Ja, wenn ich dann noch lebe", ächzte Ellie, indem sie ihren Kopf auf den Schreibtisch sinken ließ.

„Das gebe unser gnädiger Gott", meinte Miriam nüchtern, als sie das Tablett auf den Schreibtisch setzte. „Wollen Sie Ihren Tee im Bett einnehmen?", erkundigte sie sich.

Ellie hob ihren Kopf und sah die Alte angestrengt an: „Nein, Miriam. Im Fotolabor."

* * *

Als Ellie die Schriftrolle zum Fotografieren vorbereitete und im Labor hin und her ging, um das dafür nötige Material zusammenzu-

23

suchen, dachte sie über ihre Auseinandersetzung mit Miriam nach, die dem Gespräch mit den Beduinen vorausgegangen war. Die achtzigjährige Haushälterin fühlte sich für die leichtsinnige, unkonventionelle Nichte des Professors zuständig und war entschlossen, aus ihr eine vernünftige junge Frau zu machen. Verschroben, beherrschend, aber fürsorglich auf Ellies Wohl bedacht, hatte Miriam die Verantwortung für die rothaarige Fotografin auf sich genommen.

„Ich habe den Männern gesagt, dass es Ihnen nicht gut ginge", hatte Miriam ihr mitgeteilt, als sie Ellie wegen der Unterredung mit den Beduinenhirten weckte, „aber es ist sehr wichtig, dass Sie sprechen mit ihnen. Äußerst dringend. Denn wenn ich sie wegschicke, kommen sie vielleicht für längere Zeit nicht wieder. Trinken Sie Ihren Tee, und ich helfe Ihnen beim Anziehen." Miriam war zum Schrank hinüber geschlurft und machte sich daran, Ellies Kleider durchzusehen. „So viele hübsche Kleider, was Sie haben und ziehen sie nie an", schimpfte sie.

„Wollen Sie, dass ich einen Angorapullover bei den Ausgrabungen anziehe?", verteidigte sich Ellie ärgerlich.

„Wäre es nicht besser, wenn wir unseren Wohlstand mit anderen teilten? Wenn Sie diese Sachen nicht tragen, dann gibt es doch so viele jüdische Flüchtlinge im Hafen. Arme Frauen ..."

„Ich habe nicht vor, für ewig in Palästina Wurzeln zu schlagen. Wenn ich hier fertig bin, gehe ich nach Europa, nach Paris und London, in die Zivilisation, wissen Sie." Sie putzte sich die Nase und setzte sich im Bett auf. Als sie ihr Bild im Spiegel sah, sank sie stöhnend in ihre Kissen zurück. „Sehen Sie mich doch an, Miriam. Ich sehe aus wie eine wandelnde Leiche. Ich kann niemanden sprechen ..."

„Egal, wie Sie aussehen. Dies hier ist nur Jerusalem, und die Männer, die Sie sprechen möchten, sind nur Beduinenhirten. Sie sind sehr ungebildet und hüten den ganzen Tag Ziegen. Sie werden Sie schön finden." Die Alte zwinkerte belustigt mit den Augen, als sie eine Khakihose und eine dazu passende Bluse aussuchte. „Ich glaube, es ist wichtiger, dass Sie jetzt wie eine Archäologin aussehen." Sie legte die Sachen auf Ellies Bett.

„Ich soll aufstehen, um mit Beduinenhirten zu sprechen? Ich soll aus dem Bett?"

Miriam legte ihre kühle Hand auf Ellies Stirn. „Der Professor wird sehr erleichtert sein, dass Sie kein Fieber mehr haben."

„Großartig."

„Wenn Sie möchten, bringe ich die Beduinen hierher an Ihr Bett", schlug Miriam freundlich vor.

Ellie setzte sich auf und brachte mit einem Schwung ihre Beine unter der Bettdecke hervor. „Ja, dann bleibt mir wohl nichts anderes übrig, Miriam." Miriams festem Blick hatte sie nicht standhalten können.

Ellie lachte in sich hinein, als sie sich an den Bluff erinnerte, während ihre Hände geschickt den Film einlegten und den Belichtungsmesser einstellten.

Als Miriam mit dem Tee kam, war Ellie gerade dabei, die Schriftrolle auf dem großen Tisch in der Mitte des Labors auszubreiten.

„Jesus passt schon auf Sie auf, liebe Ellie", sagte Miriam, „aber Sie müssen auch selbst etwas für sich tun. Kommen Sie, trinken Sie Ihren Tee. Hier bitte –" Mit diesen Worten bot sie Ellie eine Schachtel mit Papiertaschentüchern an.

„Was würde ich jetzt für amerikanische Kleenextücher geben", dachte Ellie. Das Toilettenpapier war schon schlecht genug, aber das Zeug, worin sich diese Leute ihre Nase putzten, war eine Mischung aus Maishülsen und Schmirgelpapier und schabte garantiert die Keime mitsamt der Haut und allem anderen ab.

„Danke", brummte Ellie, ohne dass ihre Stimme auch nur die geringste Dankbarkeit erkennen ließ. Aber sie schnupperte anerkennend den Duft des Tees und ließ sich schwerfällig mit einem Becher in der Hand auf einem Stuhl nieder, um die Schriftrolle zu begutachten.

Miriam berührte mit ihrem Handrücken leicht Ellies Stirn. Dann schlurfte die Alte zur Tür hinaus und schloss sie hinter sich.

„Wo in aller Welt", fragte sich Ellie, „hat Onkel Howard wohl Miriam aufgetrieben?" Diese Araberin konnte sich mit den Besten ihres Volkes im Handeln messen, aber die Schärfe ihrer Zunge wurde gemildert durch den Drang, jeden zu bemuttern, der ihre Fürsorge brauchte; sie war eine Frau, die, zu Ellies Erstaunen, an Gott glaubte und von ihm sprach, als sei er tatsächlich vorhanden. Die meisten Juden hatten die Hoffnung auf den Messias aufgegeben; diejenigen, die diese Hoffnung immer noch hegten, warteten auf einen militärischen Fanatiker. Aber Miriam, die alte Araberin, glaubte an Jeschua.

Ellie wischte sich die Hände an ihrer Khakihose ab und berührte vorsichtig die brüchige Schriftrolle. Ellie selbst hielt nicht viel von Religion; eigentlich hatte sie kaum ernsthaft genug darüber nachgedacht, um überhaupt zu grundlegenden Fragen vorzustoßen.

Sie seufzte und blickte auf die Wand, wo wahllos verstreut Fotografien hingen, die sie während der letzten Monate in Palästina gemacht hatte. Sie betrachtete die Gesichter der Menschen, denen sie in den verwinkelten Gässchen Jerusalems begegnet war. Vom fotografischen Standpunkt aus betrachtet waren sie nicht schlecht. Professor Tierney von der Universität in Los Angeles hätte sie vielleicht zusammengepackt und an die Zeitschrift „National Geographic" geschickt oder sie zumindest für eine Ausstellung in einem Oberstufengeschichtskurs im Mittleren Osten gerahmt. Alles in allem war Palästina ein Paradies für Fotografen. Ein bewaffneter Araber in fließenden Gewändern und einem Tarbusch war in jedem Fall besser als das Bild einer Verbindungsstudentin beim Studentenball. Und die gepflasterten engen Gässchen der Altstadt waren, was fotografische Interessen betraf, dem Westwood Boulevard in jeder Hinsicht überlegen. Seit einiger Zeit schon hatte Ellie im Stillen den Argwohn gehegt, dass jeder, der auch nur einen Funken Talent besaß, hier fantastische Aufnahmen machen konnte. Mosche war da anderer Meinung. Er lobte ihre Begabung und erzählte jedem, der es hören wollte, dass sie der Rembrandt in der Welt der Fotografie sei, dass noch niemand Jerusalem so eingefangen hätte wie sie.

„Du fängst etwas in den Gesichtern ein", sagte er dann mit vibrierender Stimme. „Es ist etwas ..."

Ellie fühlte sich natürlich geschmeichelt, aber sie hatte das Gefühl, dass Mosche von Fotografie so viel verstand wie sie von der babylonischen Keilschrift. Und doch, wenn sie in die stillen Augen blickte, die auf sie herabsahen, waren die Gesichter so lebendig und beseelt, dass sie das Bedürfnis verspürte, mit den Menschen zu sprechen, die sie nur durch das Auge der Kamera gesehen hatte.

Was hatten sie alle gemeinsam? Ein arabischer Kaufmann, der von der Türöffnung seines Ladens eingerahmt wurde, eine verschleierte Beduinenfrau, die einen Wasserkrug auf dem Kopf balancierte, ein orthodoxer Jude an der Klagemauer, ein kleiner jüdischer Flüchtlingsjunge, der stolz seine erste Orange in der Hand hielt – irgendwie wurden alle zu dem gleichen Bild. Sie alle sprachen von dem gleichen – dem gleichen Etwas ... Was hatte sie dazu veranlasst, ihre Kamera auszulösen? Sie heftete lange ihren Blick auf die Augen dieser Menschen. Und dann wusste sie es. Sie alle gehörten irgendwo hin. Nicht so wie sie selbst. Nicht wie David. Sie waren alle wie Mosche; alle waren irgendwie im Brennpunkt.

Mosche! Der Gedanke an ihn ließ ein Lächeln auf Ellies Lippen erscheinen, während sie sich nicht nur an sein Lob ihrer Arbeit erinnerte, sondern auch daran, wie wunderbar er ihr Leben bereichert hatte. Mosche Sachar war Archäologe und Linguist an der hebräischen Universität in Jerusalem. Groß und schlank, mit markanten Gesichtszügen und einer von der Sonne seines Heimatlandes tiefgebräunten Haut, stellte dieser Jude einen auffallenden Kontrast zu Ellies heller, mit feinen Sommersprossen überzogenen Haut, ihrem kupferfarbenen Haar und ihren grünen Augen dar. Er fühlte sich sowohl in den Gassen als auch im Bazar der Altstadt zu Hause. Die Zurufe der arabischen Kaufleute beantwortete er in ihrer Muttersprache, während Ellie, verwirrt und beeindruckt von dem Feilschen, daneben stand. Ziemlich oft war sie selbst Gegenstand dieses Feilschens. Kaum ein Spaziergang verstrich, ohne dass Mosche zwanzig Kamele als Kaufpreis für die rothaarige junge Frau ohne Schleier angeboten wurden. Ein Handel, den nach Meinung der arabischen Bevölkerung kein vernünftiger Mensch verweigern würde.

„Und du gerätst niemals auch nur in Versuchung?", neckte ihn Ellie.

„Was? Für zwanzig Kamele? Du bist mindestens fünfzig wert und noch ein paar Ziegen dazu", meinte er, indem er ihrem spielerischen Angriff auswich.

Mosche war zweiunddreißig, unverheiratet und seinem Beruf mit Leidenschaft ergeben. Von allen Menschen, die Ellie kannte, stand er eigentlich am meisten im Brennpunkt. Sie hatten sich in derselben Woche kennengelernt, in der Ellie in Jerusalem angekommen war. Onkel Howard hatte ihn zum Essen eingeladen, um mit ihm die Entdeckung der Kruggriffe zu besprechen, auf denen der Name der historischen Stadt Gibeon stand.

Ellie hatte so viel Begeisterung in der Stimme eines Mannes bisher nur gehört, wenn sich ihre Brüder über das „Rose"-Stadion unterhielten oder die Karten befragten, ob der Krieg schon zu Ende wäre, bevor sie sich zum Militär melden könnten. Drei Stunden lang saß Ellie still da, während Onkel Howard und Mosche über die Möglichkeit nachdachten, ob sie tatsächlich auf die historische Stätte gestoßen seien, an der Davids Krieger gegen die von Saul gekämpft hatten. Ellie wollte gerade höflich gähnen und sich entschuldigen, als Mosche mit den dunkelbraunsten Augen, die sie je gesehen hatte, zu ihr aufsah und sagte: „Ich muss mich entschuldigen. Ich empfinde es als einen Verstoß gegen die guten Sitten, in Gegenwart einer so hübschen Frau über historische Schlachten zu reden. Es tut mir Leid, dass ich für normale Gespräche nicht mit viel Interessantem aufwarten kann."

Ellie hatte den Blick der dunklen Augen, die sie so forschend betrachteten, erwidert und fühlte sich dahinschmelzen. „Ach, nein, Mr. Sachar", flunkerte sie. „Ich finde das alles furchtbar interessant. Bitte erzählen Sie mir mehr darüber!" Ein freundliches Lächeln und ein Augenaufschlag genügten, um dies zu erreichen. Die nächsten Monate waren erfüllt mit himmlischen Gesprächen über die Verwendung der babylonischen Keilschrift und die Vorteile von Lederschriftrollen gegenüber solchen aus Kupfer. Sie stellte fest, dass sie sich tatsächlich genauso für dieses Gebiet zu interessieren begann wie ihr Lehrer.

Sie mochte Mosche wirklich gern; es mochte sein, dass ihre Freundschaft sich allmählich zu etwas Tieferem entwickelte. Das Wichtigste war jedoch, dass sie, wenn sie in seiner Nähe war, niemals über David nachdachte oder niemals davon träumte, wie er sie in seinen Armen gehalten oder was er in ihrem Leben für eine Rolle gespielt hatte.

Ellies Augen stellten sich wieder auf die geheimisvollen Schriftzeichen vor ihr ein. Was, fragte sie sich, würde Mosche von diesen Schriftrollen halten? „Wahrscheinlich", dachte sie, „habe ich gerade fünf Pfund für die Brooklyn Bridge bezahlt."

2. Die Schmuggler

Der spitze Bug des alten Fischerbootes hob und senkte sich im Rhythmus des keuchenden, stampfenden Dieselmotors. Mosche Sachar ergriff die feuchte glatte Reling und stemmte sich gegen die Wogen des Mittelmeeres. Wie eine lebende Galeonsfigur stand er da und suchte, gepeitscht von Wind und beißend salziger Gischt, die mitternächtliche Dunkelheit ab. Er dachte daran, dass sie nur wenige Kilometer von ihrem Ziel entfernt waren und dass immer noch nichts von den gefürchteten britischen Kanonenbooten zu sehen war. Vielleicht schafften sie es, durch die Absperrzone zu kommen und ihre kostbare Schmuggelfracht an den Ufern Palästinas zu löschen. Vielleicht würden ihnen die Leuchtsignale und das Flutlicht und die mit Gewehren bewaffneten Soldaten erspart bleiben, die sich gewaltsam ihren Weg unter Deck bahnten, um sie ihrer Schätze zu berauben.

Mosche konnte sich lebhaft vorstellen, wie die menschliche Schmuggelware da unten im Schiffsrumpf, aufs Engste zusammengepfercht, schweigend das Elend der Seekrankheit ertrug – vierundachtzig menschliche Wesen zusammengedrängt in einem Raum, der dazu bestimmt war, ein Dutzend Fischer aufzunehmen. Aber diese Menschen hatten überlebt – hatten Auschwitz, Ravensbrück und Birkenau überlebt – Orte, an denen Millionen von Männern, Frauen und Kindern den Tod erlitten hatten, einzig und allein, weil sie Juden waren. Diese Millionen von Menschen hatten Hunger, Zwangsarbeit, Brutalität und Folter durchgestanden – nur, weil sie Juden waren. Und zuletzt waren sie den Gaskammern, den Öfen und der Anonymität von Massengräbern ausgeliefert worden – nur, weil sie Juden waren.

Viele Gesichter der vierundachtzig Menschen, denen er erst am Tag zuvor zu einer Überfahrt über das Meer verholfen hatte, waren Mosche noch in lebhafter Erinnerung. Fast achthundert Flüchtlinge hatten sich auf dem Deck des rostigen Ozeanriesen gedrängt und auf kleine Schiffe gewartet, die sie durch die britische Absperrzone bringen sollten. Als sie auf Mosche und das rachitische Fischerboot hinabgesehen hatten, ausgemergelt, schweigsam, hager und völlig entkräftet, hatten sogar die ganz Jungen auf ihn alt und zerbrechlich gewirkt. Beim Hinablassen der vierundachtzig Menschen auf das Deck des kleinen Schiffes jedoch waren Rufe der Hoffnung aus der Menge an der Reling aufgestiegen, so als ob ein Regenschauer nach einer langen Zeit der Dürre jubelnd begrüßt würde.

„He, Aram", rief einer von ihnen scherzend, als sein Freund, von Mosches Hand gestützt, an Bord kam, „hast du überhaupt schwimmen gelernt?"

„La Chaim!", schrien andere. „Zum Leben!"

„Dieses Jahr in Jerusalem", rief ein alter Mann, dem bei dem Gedanken an die Verheißung seiner Väter die Tränen kamen. Es gab keinen Abschied. Zu oft für ein einziges Leben hatten sie schon Abschied nehmen müssen. Im Namen derer, die ohne Hoffnung gestorben waren, würden die Überlebenden den Boden ihrer alten Heimat berühren und ein neues Leben und eine bleibende Hoffnung finden – weil sie Juden waren. Das heißt, wenn sie es schafften, an den britischen Kriegsschiffen vorbeizukommen, die dieses Meeresgebiet nach „illegalen" Einwanderern absuchten.

Mit wachsamen Augen durchforschte Mosche die schwarze Nacht auf der Suche nach einem Streifenboot. In der Ferne funkelten die Lichter von Tel Aviv – so nah und doch so fern. Heute Abend klangen aus allen Radios in Palästina Nachrichten aus dem fernen Amerika, wo die Vereinten Nationen in diesem Moment zusammenkamen, um über die Teilung Palästinas in zwei Staaten zu entscheiden: einen jüdischen und einen arabischen. Vielleicht hatte die britische Marine diese Nacht ihre Patrouillen ausgesetzt, um die Abstimmung zu verfolgen, die die Frage der Präsenz Großbritanniens im Mittleren Osten endgültig und für immer entscheiden würde. Mosche konnte sich gut vorstellen, wie die englischen Offiziere in ihren Messen herumlungerten, an ihrem Whiskey nippten und dabei zur Abstimmung jeder Nation ihren Kommentar abgaben. Wenn die Teilung von den Vereinten Nationen rechtskräftig verabschiedet würde, könnten sich die Briten zurückziehen und diese geheimen Touren ein Ende finden. Damit wäre auch der „illegalen" Einwanderung von Juden ein Ende gesetzt. Sie könnten bei helllichtem Tage und mit einer Genehmigung in der Hand in ihre Heimat kommen. Sie könnten in Freiheit leben und ihr eigenes Schicksal bestimmen. Und Mosche Sachar, geheimes Mitglied der jüdischen Untergrundorganisation Haganah, Blockadebrecher bei Nacht, Archäologe und Gelehrter bei Tag, könnte endlich wieder nur noch der Archäologe Mosche Sachar sein. Er wischte sich das Salzwasser aus den Augen und betete für einen glücklichen Ausgang der Abstimmung. Ein bisschen beneidete er die Menschen, die sich an ihren Feuern wärmen, Radio hören und miteinander Kaffee trinken konnten, während die Welt dem „Jüdischen Problem" ein Ende setzte.

Dann dachte er an Ellie, daran, wie schön sie war, und dass sie das alles gar nicht berührte. Was für eine Zuflucht bedeutete sie für ihn! Sie hatte nicht die leiseste Ahnung von seinem Doppelleben. Und selbst wenn sie davon wüsste, würde sie nur darum bitten, mitkommen zu dürfen, um das Abenteuer begeistert zu fotografieren. Für Ellie gab es weder Politik noch Streitfragen, nur Menschen und ihre Kamera. Luxusschiffe könnten kollidieren und sinken, aber das Einzige, was Ellie daran interessieren würde, war, dass die Menschen zum Schluss doch noch überlebten und dass sie genügend Filme hatte, um das Ereignis festzuhalten. „Sie ist Journalistin mit Leib und Seele", dachte Mosche. Abgesehen davon, dass er eine tiefe Zuneigung zu ihr empfand, war ihre Kameradschaft ein perfekter Deckmantel für einen Mann, der von den britischen Behörden gesucht wurde und wegen seines Schmugglergeschickes unter dem Namen „das Känguru" bekannt war. Niemals ließ er sich mit jemandem sehen, der auch nur im entferntesten im Verdacht stand, Mitglied der Haganah zu sein. Ellie und ihre Kamera waren seine einzigen Berührungspunkte mit anderen Mitgliedern der Organisation. Fotografien von Hieroglyphen und Keilschriftzeichen übermittelten den Mitgliedern chiffrierte Nachrichten über seine Vorhaben, wenn er sie davon in Kenntnis setzen musste. Eine Serie von hebräischen Schriften, von Schriftrollen abfotografiert, enthielt z. B. Informationen über seine Pläne und Absichten. Ellie nahm die Bilder auf, und ein arabischer Bote überbrachte sie anderen „Mitgliedern" der archäologischen Gesellschaft – alles sehr unauffällig und sicher. Niemals hegte sie auch nur den geringsten Zweifel, und selbst wenn, war Mosche nicht sicher, ob ihr das überhaupt etwas ausgemacht hätte. Ihre Hilfe war also nicht nur praktisch, sondern Ellie war für ihn auch die entzückendste Frau, die er je kennen gelernt hatte.

Manchmal dachte er, dass er in sie verliebt sei. Er hoffte, dass er später einmal mehr Zeit haben würde, um sich über seine Beziehung zu ihr mehr Klarheit zu verschaffen. Im Augenblick jedoch stand zuviel anderes auf dem Spiel: die Zukunft einer Heimstätte für die Juden. Er konnte es sich nicht leisten, zu weit in die Zukunft zu denken oder gar sich zu verlieben. Ein Mann, der liebt, neigt zu sehr dazu, am Leben zu hängen. Ein Mann, der liebt, verliert den Mut und die Fähigkeit, dem Tod ins Auge zu sehen, ohne mit der Wimper zu zucken. Ein Mann, der liebt, zögert, wenn sich Gefahr über ihm zusammenbraut. Deshalb wollte Mosche warten, bevor er Ellie zuviel Raum in seinem Herzen gab. Doch schon jetzt hatte sie ihm sein Leben in gefährlicher Weise wertvoll gemacht.

Obwohl die Lichter an der Küste inzwischen deutlicher zu erkennen waren, gab es immer noch kein Anzeichen einer Verfolgung durch die Behörden.

Mosche schlug den Kragen seines blauen Wollmantels hoch und zog seine Mütze tief in die Stirn. Als das kleine Schiff von einer besonders hohen Welle erfasst wurde, fiel er nach hinten gegen einen anderen Menschen, eine Frau, und brachte sie beinahe zu Fall. Sie war eine der Flüchtlingsfrauen. Wie lange hatte sie schon dort gestanden und ihn betrachtet, während er in Gedanken versunken war?

Er stützte sich auf ihren Arm, um wieder festen Stand zu gewinnen. „Verzeihen Sie", meinte er, indem er ihr einen sicheren Halt an der Reling suchte. „Sie sollten eigentlich unten bei den anderen sein."

„Die See ist heute stürmisch", erwiderte sie ausweichend und entzog sich seinem Griff.

Im Schein der Sterne konnte Mosche flüchtig ihr Gesicht erkennen. Ihre Haut sah im Kontrast zum dunklen Rahmen ihres Haares sehr hell aus, und ihre Stimme klang jugendlich. Obwohl sie in einen dicken Schal gehüllt war, ahnte er aufgrund ihres Zusammenstoßes, wie leicht, beinahe zerbrechlich, sie war.

„Ist die See immer so stürmisch?", fragte sie ernst und sah ihn mit hellen, leuchtenden Augen an.

„Manchmal ist es viel schlimmer. Nichts Besorgnis erregendes." Sie blickte über die Reling in das schwarze schäumende Wasser.

„Ich kann nicht schwimmen", bemerkte sie ruhig.

„Schwimmen gehört also nicht zu Ihrem Reisegepäck", erwiderte er lächelnd.

Sie sah ihn einen Moment lang an, ohne seinen Versuch, humorvoll zu sein, zur Kenntnis zu nehmen, wandte sich dann ab und betrachtete schweigend das Ufer.

„Das ist es, nicht wahr? Palästina?", fragte sie.

„Ja", antwortete er. „Englisch-Palästina. Unter der Kontrolle der Streitkräfte Seiner Majestät."

„So nah", meinte sie traurig. „Werden sie uns verfolgen?"

„Schon möglich", erwiderte Mosche. „Wenn sie Wind von uns bekommen ..."

„Ich kann nicht schwimmen", wiederholte sie. „Ich will nicht in Gefangenschaft geraten."

„Sie sollten unten bei den anderen sein", beharrte er, weil er allmählich Sorge bekam, wie sie wohl reagieren würde, wenn sich ein Kanonenboot am Horizont zeigte.

„Bitte", flehte sie, indem sie die Reling mit festem Griff umklammerte. „Ich kann nicht. Es ist so eng, so überfüllt da unten. Lassen Sie mich nur einen Moment frei atmen."

Mosche trat einen Schritt zurück und fragte sich, während er sie schweigend betrachtete, welche Qualen diese junge Frau durchgemacht haben musste, bevor sie hierher gekommen war. „Unser Landeplatz liegt nur ein paar Kilometer nördlich von hier", entgegnete er ruhig. „Ihre Heimat, Ihre neue Heimat, ist ein Kibbuz nicht weit ent...“

„Ich gehe nach Jerusalem“, unterbrach sie ihn. „Ich habe Familie dort. Ich bin nicht als Einzige übriggeblieben. Ich habe Familie, nicht wie all die anderen!“ Die letzten Worte spie sie förmlich aus, und es war etwas in ihrer Stimme, das sie auf unbestimmte Weise von den anderen dreiundachtzig Menschen, die auf das Gelobte Land hofften, unterschied.

„So“, meinte Mosche etwas unschlüssig, weil er den Zorn in ihrer Stimme nicht begriff. „Dann können Sie sich ja glücklich schätzen.“

„Glücklich“, wiederholte sie matt. „Ich hatte vergessen, dass es dieses Wort überhaupt gibt.“ Dann drehte sie sich um und verschwand, gegen das Schlingern des Schiffes ankämpfend, durch die Luke nach unten. Mosche suchte noch einmal den Horizont ab und folgte dann der jungen Frau die Leiter hinunter.

Alle, Jung und Alt, hockten zusammengepfercht auf dem Boden. Ein kleines Kind weinte, und eine alte Frau versuchte es zu beruhigen. Die anderen aber schwiegen.

Eine trübe Laterne schwang am mittleren Balken und warf fahle Schatten auf ihre abgemagerten Gesichter. Als Mosche auf der Leiter erschien, wandten ihm alle ihre Augen hoffnungsvoll zu – alle außer der jungen Frau, der er gerade oben auf Deck begegnet war. Sie hielt sich, steif in einer Ecke sitzend, abseits von den anderen. Ihr langes dunkles Haar bewegte sich mit den Schatten, und feuchte Strähnen klebten in ihrem Gesicht. „Wie schön sie ist“, dachte Mosche flüchtig. Über weichen, für solch ein schlankes Gesicht bemerkenswert vollen Lippen erkannte er eine sanft geschwungene Nase. Die Frau starrte auf den Boden und weigerte sich standhaft, den Mann anzusehen, der ihr gesagt hatte, dass sie sich „glücklich“ schätzen könne. Sie war tatsächlich nicht wie die anderen. Geistesabwesend strich sie mit ihren Fingern über die obligatorische Tätowierung ihrer Identifikationsnummern auf ihrem Unterarm. „Als ob sie sie abreiben wollte“, dachte Mosche. Eine Welle von Mitleid überkam ihn. Er wusste, dass sie immer noch litt.

Ein zerlumpter, vagabundenhaft aussehender Mann folgte Mosches Blick zu der jungen Frau und fragte dann: „Haben Sie Neuigkeiten für uns?" Damit hatte er Mosche wieder in die Realität zurückgeholt.

„Wir sind –", begann Mosche und musste erst den Kloß in seinem Hals hinunterschlucken. „Wir sind bald am Ziel." Er lächelte über das Leuchten, das die müden Gesichter verwandelte, und das freudige Gemurmel, das durch die Gruppe ging. Nur die schöne Frau zeigte keine Reaktion.

„Wie lange noch?", war die erste Frage. „Was ist mit den Briten?" – „Wann kommen wir an?"

„Vielleicht in einer Stunde", erwiderte Mosche. „Während unserer Fahrt war Funkstille. Bis jetzt sieht es so aus, als ob die Briten noch keinen Wind von uns bekommen hätten. Geben Sie die Hoffnung nicht auf. Wir sind bald in der Heimat." Mosche warf noch einen kurzen Blick auf das niedergeschlagene Gesicht der jungen Frau und machte dann auf der Stelle kehrt, um seine Nachtwache auf Deck wieder aufzunehmen.

Als er aus dem stickigen Lagerraum emporstieg, wehte ihm ein frischer Wind ins Gesicht. Er schlug seinen Kragen wieder hoch und schwankte mit gesenktem Kopf über Taurollen und Fischernetze vorwärts. Wenn das Schiff keine illegalen Passagiere transportierte, war es ein normales Sardinenschiff. Es führte, mit anderen Worten, ein Doppelleben. „Es ist also ganz passend, dass man hier alle wie die Sardinen zusammenquetscht", sinnierte Mosche. Der Kapitän, ein rumänischer Jude namens Ehud Schiff, hatte sein legales Auskommen als Fischer. Sein einziger Lohn für seine illegalen Aktivitäten war die Befriedigung, dass die Fracht, die er nach Palästina lieferte, sozusagen direkt vor der Nase der gesamten britischen Flotte herfuhr. Mosche wusste, dass bei Ehuds Tätigkeit als Blockadenbrecher sein Wunsch, den Engländern eins auszuwischen, genauso groß war wie sein Patriotismus und sein Mitleid. Grauhaarig und behaart und stark nach dem Fang vom Vortage riechend, gehörte Ehud Schiff doch zur Elite der Blockadenbrecher. Er und sein dürftiges kleines Schiff hatten allein in den letzten vier Monaten die stattliche Zahl von zwölfhundert Flüchtlingen verbuchen können. Wenn man noch bedachte, dass die Briten jeden Monat nur fünfzehnhundert Juden legal ins Land ließen, hatte er eine eindrucksvolle Leistung vollbracht. Dabei war er nur einer von vielen, die nicht nur den Verlust ihres Schiffes, sondern auch eine Gefängnisstrafe riskierten, wenn sie gefasst wurden. In der Nähe von Tel Aviv schwammen oft Teile von anderen kleinen Schiffen im Wasser, die dieselbe Heldentat versucht hatten. Als Mosche zu Ehud am Steuer aufsah, lächelte er, weil er daran denken musste, dass Ehud oft, wenn sie nach einer besonders schwierigen Fahrt wieder in den Hafen einliefen, bei der Vorbeifahrt an dem Wrack eines weniger glücklichen Schiffes seinem alten Schiff zumurmelte: „Schließ deine Augen, meine Liebe. Sieh nicht hin, mein Schatz." Dann ließ er jedesmal seine knochigen, vom Wetter gegerbten Hände über das Steuer gleiten, als ob er das Gesicht seiner Geliebten liebkosen wollte. Aber das Lustigste an Ehud und seinem Sardinenschiff war wohl, dass sein Name „Ave Maria" war. Ein jüdisches Sardinenschiff „Gegrüßt seist du, Maria" zu nennen, musste einem, gelinde gesagt, merkwürdig erscheinen.

„Ich habe dieses Schiff in Italien gekauft", knurrte Ehud, wenn man ihn nach dem Grund fragte. „Maria war Jüdin und trug ein jüdisches Kind. Ist das dann etwa kein passender Name für meinen Engel?"

Niemand ließ sich auf eine Diskussion mit ihm ein. Einige Rabbis mochten wohl scheel geguckt haben, aber die britische Marine hatte die „Ave Maria" auch nicht ein einziges Mal angehalten, wenn sie „schwanger" war. Und alle, denen sie das Leben im Lande Palästina schenkte, segneten ihren muschelverkrusteten Schiffsrumpf.

Am Bug nahm Mosche wieder seine Kräfte zusammen und schaute angestrengt nach Tel Aviv hinüber. Er konnte die Umrisse von Schlachtschiffen erkennen, die vor Anker lagen. Da er mit bloßem Auge keine Einzelheiten ausmachen konnte, nahm er das Fernglas zu Hilfe. Dort hinten, im Widerschein der Lichter der Stadt, entdeckte er etwas, das sein Herz einen Moment lang stocken ließ, um es dann als scharfen Kontrapunkt zum Tuckern des Schiffsmotores schlagen zu lassen: zwischen zwei vor Anker liegenden Schiffen bewegten sich die Leuchtkegel eines dritten Schiffes in direktem Kurs auf die „Ave Maria" zu.

Ein Blick sagte ihm alles. Mosche machte auf dem Absatz kehrt und sprang die Leiter hinauf zu Ehud, der am Steuer stand.

„Ich habe es auch gesehen", knurrte Ehud, als Mosche bei ihm ankam. „Ein Kanonenboot."

„Ja", sagte Mosche und fühlte den Schweiß zwischen seinen Schulterblättern. „Es fährt mit Höchstgeschwindigkeit aus dem Hafen."

„Es hält auf jemanden zu."

„Wir sind direkt auf seinem Kurs. Es hat keinen Zweck, es auf eine Verfolgungsjagd ankommen zu lassen", meinte Mosche. „Ich schätze, wir haben noch fünf Minuten, bevor es uns abfängt."

Ehud streichelte das glatte Holz des Steuers. „Ach, meine Liebe", sagte er traurig zu dem Schiff, „du bist schön, aber zu langsam, was?"

„Wenn wir ihnen nicht davonfahren können, müssen wir ihnen die Sache eben ausreden. Bei einem solchen Wetter werden sie nicht an Bord kommen."

„Aber sie können uns zwingen, zurück in den Hafen zu fahren oder dieses Gewässer zu verlassen."

Mosche lief zur Leiter zurück. „Dreh um, Ehud", wies er ihn an. „Aufs Meer hinaus."

Mosche tastete sich seinen Weg die Luke hinunter, während die „Ave Maria" eine heftige Kehrtwendung machte. Die schwingende Laterne beleuchtete die angstvollen Gesichter der Männer und Frauen im Lagerraum. Sie brauchten keine Erklärung. Die Richtungsänderung des Schiffes und Mosches Gesicht sagten ihnen deutlich genug, dass etwas schief gegangen war. Mosches Blick streifte kurz den Blick der jungen Frau. Ihre Augen waren voller Resignation und Anklage.

Warum hatte er ihnen Hoffnung gemacht? Sie sah schnell weg.

„Ist irgendjemand von Ihnen Fischer?", wollte Mosche wissen. „Wir brauchen sofort eine Mannschaft oben auf Deck."

Drei dürre Männer, nur noch die Schatten der jungen, kraftstrotzenden Fischer, die sie einst gewesen waren, standen auf und bahnten sich den Weg zu Mosche.

Keiner von ihnen sah aus wie ein Fischer aus dem Mittelmeerraum. Von ihren abgetragenen Straßenschuhen bis hin zu ihren langen schwarzen Mänteln und sackartigen Westen, die um ihre abgemagerten Körper hingen, waren sie unverkennbar europäische Juden, die sich durch die Hintertür nach Palästina einschleichen wollten. Sie wären sofort durchschaut, wenn die „Ave Maria" angehalten würde. Mosche untersuchte die Gruppe nach Mützen und Mänteln, die den kritischen Blicken der britischen Marineoffiziere standhalten könnten.

Mehrere Flüchtlinge trugen Mützen, die denen griechischer Fischer ähnlich sahen. Besser ging es eben nicht. Mosche riss sie den verwirrten Besitzern vom Kopf und durchstöberte dann die Fächer unter ihren Sitzen nach Regenmänteln und Stiefeln. Er fand einen ölgetränkten, aus dickem Garn gestrickten Pullover und einen zerrissenen Wollmantel. Seinen eigenen Mantel zog er aus und gab ihn einem der drei Männer, dessen Größe seiner am nächsten kam.

„Zieht dieses Zeug an", instruierte er sie. „Und seht zu, dass eure Schuhe nicht zu erkennen sind. Man braucht keinen Detektiv, um zu merken, dass euer Schuhwerk nicht für das Deck eines Sardinendampfers bestimmt ist. Bleibt hinter den Netzen oder hinter irgendetwas anderem stehen, verstanden?"

Die buntgemischte Mannschaft folgte ihm die Leiter hinauf und nahm ihre Posten ein – einer am Steuer bei Ehud, die anderen beiden gaben vor, die Netze zu flicken, die über das Deck verstreut lagen. Mosche stand in der Nähe der Luke und trank bedächtig einen Becher kalten Kaffees: ein Bild der Unbekümmertheit, wie er hoffte. Er hoffte auch, man würde glauben, die „Ave Maria" sei gerade erst dabei, aus dem Hafen auszulaufen, anstatt von einer längeren Reise zurückzukehren.

Im Gegensatz zu dem kleinen Schiff, das von den Wogen auf und nieder getragen wurde, flitzte das britische Kanonenboot durch die Wogen wie ein Terrier auf der Jagd nach einer Katze.

Das unheilvolle Dröhnen des Kanonenbootes schwoll mit dem

Wind an und ab und schien dabei warnend zu knurren: „Weg, weg, weg." Aber sie konnten nicht weg. Es gab nur noch den einen kleinen Hoffnungsschimmer, dass sie vom Kanonenboot aus wie durch ein Wunder übersehen würden und es an ihnen vorbeiführe. „Gott Abrahams", betete Mosche, „gedenke unser."

Wenn dieses Wunder nicht eintreten sollte, wäre nur noch ein anderes denkbar: dass die Briten sie für Sardinenfischer hielten, die zum Morgenfang ausliefen. „Denke daran, wie diese, deine Kinder, gelitten haben."

Mosche dachte an die Käfige, die sich auf den Decks der britischen Deportationsschiffe befanden; Käfige für festgenommene Immigranten auf ihrem Weg in die Straflager von Zypern: noch mehr Stacheldraht, wieder Gefangenschaft für die Kinder, von denen manche noch keinen Atemzug in Freiheit getan hatten. „Wir wagen nicht, unsere monatliche Quote von Juden zu überschreiten", hatte ihm ein britischer Oberst bei einem Glas Bier im „King David Hotel" erklärt. „Warum gehen sie nicht einfach dorthin zurück, wo sie hergekommen sind? Warum hören sie nicht auf, die Araber zu reizen?"

Während der gesamten acht Jahre, in denen er Juden aus dem von den Nazis beherrschten Europa geschmuggelt hatte, war Mosche niemals näher daran gewesen, sich zu verraten. Mit kaltem Blick und starrem Lächeln hatte er entgegnet: „Zurück in die Öfen von Auschwitz, was?" Der Oberst hatte unbehaglich gelacht und dann, von Mosches Blick befangen, heftig die Nase gerümpft.

„Sie wissen ja, was ich meine. Mann, Sie sind doch von hier. Sie merken doch sicher, dass die Einwanderung nichts als Probleme bringt. Wir werden die Verantwortung für einen zweiten Holocaust zu tragen haben, und dieses Mal werden die Araber sich die Hände schmutzig machen, stimmt doch, oder?"

„Ja", dachte Mosche, „unter den duldenden Augen des Britischen Mandats in Palästina konnten die Araber tun, was sie wollten. Juden wurden nicht nur daran gehindert, das Land zu betreten, sondern darüber hinaus wurde den Sabra, den einheimischen Juden Palästinas, untersagt, irgendetwas bei sich zu tragen, das auch nur im Entferntesten an eine Waffe erinnerte. Ein Jude konnte von britischen Soldaten jederzeit und bei jeder Gelegenheit angehalten und durchsucht werden; er konnte sogar verhaftet werden, wenn er nur eine Schere bei sich trug. Ein Araber hingegen konnte in aller Öffentlichkeit ein Gewehr auf dem Markt verkaufen.

„Die Briten sagen ein blutiges Massaker an den Juden durch die Araber voraus, wenn die Resolution über die Teilung heute Nacht rechtskräftig wird", dachte Mosche. Die Araber haben geschworen, die Juden ins Meer zu treiben. Vielleicht würden sie ihren Schwur auch in die Tat umsetzen, aber niemals wieder würden Juden wie Schafe kampflos sterben. „Niemals wieder", murmelte Mosche, als er die Lichter des Kanonenbootes wie gefährlich leuchtende Augen über die Wasserfläche jagen sah.

„Weg, weg, weg", brummte das Kanonenboot.

„Niemals wieder!", dachte Mosche. „Nie wieder werden wir weggehen."

Er fühlte eine heiße Welle des Zorns durch seinen Körper fluten. Wie David gegen Goliath würde sich der kleine Staat Israel erheben und kämpfen, sollte er heute Nacht tatsächlich geboren werden. Auch die „Ave Maria" würde kämpfen und lieber untergehen, als ihre Kinder den Straflagern in Zypern preiszugeben. Es hatte schon genug sinnloses Leiden gegeben.

„Gott Abrahams", betete Mosche, „gedenke unser!" Das Kanonenboot war jetzt ungefähr 400 Meter hinter ihnen und noch immer nicht von seinem direkten Kurs auf das Rettungsschiff abgewichen. Suchscheinwerfer wurden zum Leben erweckt und durchtrennten die Dunkelheit mit ihren Strahlen. Mosche musste an die Scheinwerfer denken, die während des Blitzkrieges den Himmel über London nach Nazibombern abgesucht hatten. Jetzt suchten die Scheinwerfer mit derselben gewissenhaften Entschlossenheit die Opfer der Nazityrannei. Plötzlich durchzuckte Mosche ein Gedanke, der ihm zutiefst widerstrebte: „Für die sind wir alle gleich, eben Feinde."

Mosche schaute zum Steuerhaus hinauf, von wo aus Ehud das Schiff unter Kontrolle hielt. Nur noch wenige Augenblicke, und sie würden entdeckt sein. Die „Ave Maria" tuckerte tapfer vorwärts.

Die Scheinwerfer schoben sich näher heran und tasteten das Meer nur etwa 350 Meter hinter ihnen ab.

„Gott Abrahams – Gott Zions", flüsterte Mosche. Dann wurde er plötzlich von hinten angerempelt. Jemand stieß mit aller Kraft durch die Luke und stürmte aufs Deck. Mosche wurde nach vorne geworfen und verschüttete seinen Kaffee, als er über eine Seilrolle stolperte.

„Ich will nicht in Gefangenschaft kommen!", schrie eine verzweifelte Stimme. „Ich kann nicht! Lassen Sie mich sterben." Es war die junge Frau. Sie kletterte über Mosche, der am Boden lag, und rannte zur Reling.

„Nicht springen!", schrie Mosche, während er mühsam versuchte, sich wieder auf die Beine zu stellen. „Springen Sie nicht!"

Aber die junge Frau rannte einfach weiter und sprang, ohne anzuhalten, über die Reling ins Wasser.

„Oh Gott!", rief Mosche und sprang ohne zu überlegen hinterher. Kalte Schwärze umfing ihn, drang sofort in seine Stiefel ein und zog ihn in die Tiefe. Er musste ganz nah bei der jungen Frau sein. Als er wieder über Wasser war, schnappte er nach Luft und hielt sich, mühsam gegen das Gewicht von Stiefeln und Kleidung ankämpfend, durch Beinarbeit über Wasser, während er sich nach ihr umsah. Ihr Körper würde ums Überleben kämpfen, das wusste er, obwohl ihr Geist den Tod suchte. In weniger als drei Meter Entfernung hörte er sie würgen und gegen die See ankämpfen, die Anspruch auf sie erhob. Er tauchte unter, streifte seine Stiefel ab, tat einen tiefen Atemzug und schwamm durch das schäumende Kielwasser der „Ave Maria" zu ihr hin. In ihrem verzweifelten Kampf gegen den Zugriff des Todes schlug sie wild mit den Armen um sich und traf dabei Mosche hart auf die Wange. Er tauchte und fasste sie um die Hüfte, kam nach Luft schnappend wieder nach oben und nahm sie in den Rettungsgriff, während er mit kräftigen Beinschlägen an der Oberfläche zu bleiben versuchte.

„Hör auf, um dich zu schlagen, du Idiot!", schrie er sie an. „Du bringst uns beide noch um!" Mit einem Mal lag sie regungslos in seinen Armen. War sie ohnmächtig geworden?

„Lassen Sie mich sterben", röchelte sie, während sie unter Husten Wasser schluckte. „Ach, lassen Sie mich doch sterben!"

„Seien Sie still, sonst tue ich es wirklich." Während er mit dem linken Arm ihr Kinn umschlang, um ihren Kopf über Wasser zu halten, führte er mit dem rechten Arm kräftige Ruderbewegungen aus, um sie beide vor dem Untergehen zu bewahren. Sie bäumte sich kurz auf, als ihr eine Welle ins Gesicht spritzte und ihren Mund mit Salzwasser füllte.

„Entspannen!", brüllte er ungehalten. Was, in aller Welt, hatte er getan? Nur drei Kilometer vom Ufer entfernt nach einer Verrückten ins Meer zu springen?

Die „Ave Maria" tuckerte in einiger Entfernung links von ihm, und ihr Motor stotterte jedesmal, wenn sie hinter einer Welle niederging. Rechts von ihm ragte drohend das Kanonenboot auf. Mosche verabscheute den fürchterlichen Gedanken, sein Leben als kleingehacktes Fischfutter unter einem britischen Kanonenboot zu beenden.

„Gott Abrahams!", brüllte er gegen den Strudel des Todes an. Es war keine Zeit mehr, aus der Fahrtrichtung des Kanonenbootes herauszuschwimmen. Keine Zeit! Es sei denn, er überließe die junge Frau sich selbst. „Gott!", rief er wieder.

„Lassen Sie mich sterben!", schrie gellend die junge Frau. „Bitte! Retten Sie sich selbst!"

„Halten Sie den Mund!", befahl er, während er im Angesicht des Todes mit aller Kraft mit den Beinen arbeitete.

„Schwimmen Sie weg", flehte sie. „Das war meine Entscheidung, nicht Ihre." Ihr nasses schwarzes Haar schwamm wie Seetang um ihn herum auf der Wasseroberfläche und klebte an seinem Gesicht. Er wollte nicht sterben. Nicht auf diese Weise. „Höre, oh Israel ..." Er begann das Schema zu sagen, das Todesgebet der Juden. „Der Herr ist unser Gott; der Herr ist Einer ..."

„Retten Sie sich selbst!", schrie sie wieder.

„Der Herr ist unser Gott ..." Er bemühte sich verzweifelt, über Wasser zu bleiben, aber seine Last zog ihn in die Tiefe. Er klammerte die junge Frau fest an sich, als der Bug des Kanonenbootes nur noch etwa hundert Meter vor ihnen aufragte. So also war es, wenn man sterben musste.

„Höre, oh Israel ...", rief Mosche lauter. „Sprechen Sie mit mir", forderte er. „Los!"

„Höre, oh Israel, der Herr, unser Gott, ist Einer", japsten sie beide zusammen.

Sie glaubten ihren Augen nicht zu trauen, als sie sahen, dass das Kanonenboot langsam von ihnen abdrehte, weg von der „Ave Maria". Lichtstrahlen glitten über die Wogen wie Wasserläufer, ganz dicht an der Stelle vorbei, an der Mosche und die junge Frau hilflos im Wasser schaukelten. Wenn das Licht sie einfing, würden sie aus dem Wasser gezogen und in die relative Sicherheit eines britischen Gefängnisses gebracht werden.

Das Scheinwerferlicht kam näher und tanzte nur Zentimeter von ihnen entfernt übers Wasser.

„Lassen Sie mich los", sträubte sich die junge Frau schwach. „Ich darf nicht gefangen werden."

Mosche war sich augenblicklich darüber im Klaren, dass zumindest für diese Frau der Tod gnädiger wäre als die Gefängniskäfige.

„Still!", schrie er gegen das Dröhnen des Motors an. „Wenn ich ‚jetzt' sage, halten Sie den Atem an." Sie nickte verzweifelt, da ein heller Lichtkegel geradewegs auf sie zuglitt.

„Jetzt!", rief Mosche, füllte seine Lungen und zog sie hinunter. Der Lichtschein glitt über sie hinweg, erleuchtete das Wasser in einer unheimlichen grünen Farbe und strich wieder über die Stelle, an der sich die Haare der jungen Frau fächerförmig an der Wasseroberfläche ausbreiteten. „Es ist nichts", vermeinte Mosche einen Seemann sagen zu hören. „Nur Seetang."

Das Kanonenboot glitt vorbei, weniger als 50 Meter von der Stelle entfernt, an der sie auftauchten und ihre Lungen mit köstlicher Luft füllten. Auf dem Deck konnte man die schwachen Umrisse der Seeleute erkennen, die keinerlei Verdacht hegten, dass sie nur um Sekunden einen Fang verpasst hatten. Das stark aufgewühlte Kielwasser des Kanonenbootes brandete auf sie zu und warf sie mit Macht durch die meterhohen Wellen Richtung Ufer. „Lassen Sie sich tragen", schrie Mosche und presste seine Last fest an sich. „Strampeln Sie mit den Beinen! Strampeln, sage ich, vielleicht überleben wir dann beide!"

Das Kanonenboot setzte seine große Kurve fort und machte dabei nacheinander alle Scheinwerfer aus. Er kraulte langsam auf die Lichter im Hafen zu.

Was hatte das britische Schiff veranlasst abzudrehen, da es so nah an seinen Opfern war? Mosche sah sich nach dem langsam in der Ferne verschwindenden Kanonenboot um, während es einen weiten Bogen in Richtung Tel Aviv beschrieb. Es hatte einfach nicht geahnt, was sich nur wenige Meter außerhalb der Reichweite seiner suchenden Scheinwerfer befand. Mosche dachte an die „Ave Maria". Möglicherweise würde Ehud, wenn das Kanonenboot in sicherer Entfernung war, nach ihnen suchen. Die „Mannschaft" hatte zweifellos ihren dramatischen Sprung ins Meer mitangesehen. „Gott, lass ihn nicht umdrehen, um uns zu suchen. Sage ihm, dass es hoffnungslos ist", betete Mosche.

Das Gewicht des Rockes der jungen Frau zog ihn in die Tiefe und dieser wickelte sich um seine ermüdenden Beine. Er brach seine langsamen Kraulbewegungen in Richtung Ufer ab und hielt sich nur noch durch Beinarbeit über Wasser, weil sie sich kläglich gegen ihn lehnte.

„Sie müssen Ihren Rock ausziehen", wies er sie an. „Ich kann nicht gegen die See ankämpfen und auch noch gegen den Rock." Er merkte, wie sie sich vor Ablehnung steif machte.

„Dann ertrinke ich", sagte sie mit erstickter Stimme.

„Ach, jetzt will sie also leben!", spottete er. „Ziehen Sie Ihren Rock aus, sonst ertrinken wir beide."

Mit Mosches Unterstützung knöpfte sie unbeholfen ihren Wollrock auf und stieß ihn mit dem Fuß weg. Unter Würgen und Schlucken von Salzwasser gelang es ihr schließlich auch, ihre Arme zu befreien. Als ihr Unterrock um ihren Körper schwamm, fühlte sie sich sofort erleichtert.

Schließlich erlahmte ihre Anspannung in Mosches Griff vor Erschöpfung. „Ich kann nicht weiter", stöhnte sie.

„Haben Sie Lust auf eine Meeresbestattung?", fragte er spöttisch.

„Beweg deine Beine, Mädchen. Ich lasse Sie einen Moment los."

„Nein!", schrie sie und klammerte sich an seine Arme.

„Ich muss meine Hose ausziehen. Und meinen Pullover." Er stieß sie kräftig weg, in dem Vertrauen, dass sie immer noch um sich schlagen würde, bis er fertig war. Er glitt unter die Wasseroberfläche, während er seinen Pullover über den Kopf zog und seine schwere Hose mit den Füßen wegstieß. Er zog sie, um sie nicht zu verlieren, vorsichtig an die Wasseroberfläche. Mit einem starken Armzug war er wieder an ihrer Seite und zog sie an den Haaren zu sich heran.

„Entspannen", befahl er, „oder ich lasse Sie wieder los." Sie hustete und schluchzte voller Protest, aber er fühlte, wie sich ihr schlanker Körper entspannte.

Mit einem Schwung schwenkte Mosche seine schwere Hose durch das Wasser vor sie hin. „Ihre Hände sind frei", meinte er. „Knoten Sie die Hosenbeine am Aufschlag zusammen."

Mit einiger Anstrengung machte sich die junge Frau an der Hose zu schaffen und gehorchte den Anordnungen, auch wenn sie diese nicht verstand.

„Fertig", sagte sie.

Mosche unterbrach die Beinarbeit noch einmal, nahm ihr die Hose ab und öffnete sie im Bund, so dass er Luftblasen im Innern des wassergetränkten Stoffes einfangen konnte. Er schlang die Hosenbeine unter ihre Arme, wobei er den Hosenbund unter Wasser hielt, so dass die Luft nicht entweichen konnte. „So. Ihre Schwimmweste ist fertig." Mosche legte seinen Arm um sie. „Jetzt schwimmen Sie", ordnete er an, „oder ich liefere Sie den Briten persönlich aus."

3. Jakov

Der neunjährige Jakov Lebowitz schlug die Augen auf und starrte in den dunklen Kellerraum. Der Ölofen hatte schon vor langer Zeit aufgehört fauchend und röhrend Wärme zu verbreiten, und der Raum hatte erneut die frostige, feuchte Kälte eines frühen Jerusalemer Winters angenommen. Der Junge fröstelte und zog die zerlumpte Wolldecke enger um sich.

Er streckte die Hand nach dem warmen, zotteligen Hund aus, der neben seinem Eisenbett auf dem Boden schlief. „Pss, Schaul!", Auf sein Fingerschnipsen hin erhob sich der Hund unter Schütteln und leckte ihm leise winselnd erwartungsvoll die Hände. „Komm!", flüsterte Jakov. „Hopp." Die rostigen Federn gaben ächzend nach, als das Tier auf das Bett sprang. Der Hund legte sich quer über seinen Herrn, dankbar, nicht mehr auf dem kalten Steinboden liegen zu müssen.

Der Großvater hatte Jakov verboten, den Hund bei sich schlafen zu lassen. Und während der Sommermonate hatte er auch gehorcht, da das Bett des Alten nur eine Armlänge entfernt war. Aber heute Nacht war die Temperatur in der kleinen Einzimmerwohnung, die sie gemeinsam bewohnten, so stark gefallen, dass er bis aufs Mark durchgefroren war.

Er hoffte, Großvater würde nicht aufwachen und Schaul auf die Straße werfen, wie er angedroht hatte. Jakov horchte auf die gleichmäßigen Atemzüge des Alten. Sie hatten sich nicht verändert. Der Hund rieb seine Schnauze an dem Jungen, und Jakov war dankbar für die lebende Felldecke, die ihn nicht nur vor der nächtlichen Kälte, sondern sein Leben auch vor Einsamkeit bewahrte.

„Schakal!", hatte der Großvater zu dem schmutzigen kleinen Hund gesagt, den Jakov zwischen weggeworfenen Kisten und Abfall geduckt in der Nähe des Mist-Tores gefunden hatte. „Du versteckst dich zwischen Gepäck wie König Schaul, wie?" Und so war ihm der Name geblieben.

Irgendein achtloser Schäfer, der seine Schafe zum Verkauf auf die

Altstadtmärkte gebracht hatte, musste ihn zurückgelassen haben. Der kleine Hund hatte vor Hunger und Angst, aber wohl am meisten vor Einsamkeit gezittert, als Jakov ihn an sich genommen hatte, um für ihn Abfälle in Solomons Koscherfleischerei in der Neustadt zu erbitten. „So, dieser Schakal isst also besser als wir?", hatte Großvater dazu gesagt. „Sag ihm, Jakov, dass er sich an seine Suppenknochen halten soll; die Suppe wollen wir nicht mit ihm teilen!"

Das war vor zwei Jahren gewesen. Schaul brachte die Knochen aus Solomons Fleischerei nach Hause, und der Großvater kochte die Suppe; auf diese Weise hatten sie alle gut zu essen. „So leiden wir jedenfalls keinen Hunger", sagte der Großvater immer.

Schaul war zu einer unbeschreiblichen Promenadenmischung mit allen Merkmalen der streunenden Stadthunde herangewachsen. Er hatte eine spitze, wolfähnliche Schnauze, die ihm einen gefährlichen Ausdruck verlieh, wenn er die Zähne fletschte. Seine hellbraunen Augen waren jedoch freundlich, ja beinahe menschlich, wenn er Jakov ansah. Sein Fell war ein Mosaik aus grau, schwarz und gelbbraun und entsprach in Länge und Beschaffenheit dem eines Collies. Er hatte breite Schultern und schmale Hüften, aber keinen Schwanz. Gelegentlich kuschte er ängstlich und stahl sich davon, aber nur, wenn der Großvater ihn drohend anknurrte: „Du Sohn von sieben Vätern! Ich verkaufe dich und lasse arabischen Eintopf aus dir machen!"

Der Hund ersetzte Jakov die Brüder und die Schwester, die er verloren hatte, und den süßen Trost von Vater und Mutter, die im Rauch der Krematorien von Auschwitz verschwunden waren.

Während Jakov den Kopf des Hundes streichelte, versuchte er wieder einmal, sich an das Gesicht seiner Mutter zu erinnern. „Sie war ein bildschönes Mädchen", hatte Großvater in einem besinnlichen Augenblick gesagt, als er Jakov die verblasste Fotografie eines jungen orthodoxen Mädchens zeigte. Sie hatte einen der Studenten von Großvaters Jeschiva Schule geheiratet, einen intelligenten Jungen aus einer guten Warschauer Familie, der zum Studium nach Jerusalem gekommen war. Später war sie mit ihm nach Polen zurückgekehrt. Der Großvater zeigte ihm sorgfältig in Jiddisch geschriebene Briefe. Sie war selbst Wissenschaftlerin gewesen, was damals für eine junge Frau ungewöhnlich war. Ihre Briefe erzählten von glücklichen Zeiten, einem zufriedenen Leben in Polen und der Geburt einer Tochter und dreier Söhne, von denen Jakov der jüngste war. Zusammen mit dem Großvater hatte er lange das Bild betrachtet, auf dem die ganze Familie zu sehen war: seine Mutter, sein Vater, die Schwester, die Brüder und das Baby Jakov, das artig auf dem Schoß seiner Mutter saß.

Jakov hatte eingehend das Gesicht seines Vaters betrachtet, das dunkle ernste Augen, einen Vollbart, hohe Backenknochen und eine große gerade Nase hatte. „Es ist schön", dachte Jakov, „aber gar nicht wie das Gesicht, das ich jeden Tag im Spiegel sehe." Sein ältester Bruder allerdings, der damals neun Jahre alt war wie Jakov jetzt, schien ein Spiegelbild seiner selbst gewesen zu sein: lockiges, hellbraunes Haar, klein und von zartem Knochenbau. Großvater sagte oft, dass die klaren graublauen Augen des Jungen genau wie die seiner Mutter seien. Und die ältere Schwester war sogar noch hübscher. Selbst auf der Fotografie, obwohl diese nicht farbig war, hatte Jakov seine Ähnlichkeit mit den Geschwistern erkannt und sehnte sich danach, die Gesichter zu berühren, die seinem so sehr glichen. In dieser Nacht fragte er sich wieder, warum er als einziger von diesen sechs geliebten Menschen entkommen war.

Nachdem die Nazis in Polen einmarschiert waren, hatten die glücklichen Briefe ein Ende. Sechs Monate später war Jakov vor den Augen der Briten nach Palästina geschmuggelt worden, später nach Jerusalem, in die Kellerwohnung und in Großvaters ärmliches Leben. Jakov erinnerte sich an nichts vor der Zeit bei Großvater. Aber in manchen Nächten, wenn er Schaul heimlich ins Bett geholt hatte, glaubte er fühlen zu können, was er vergessen hatte. Noch einmal hielt ihn die hübsche junge Frau, die er vom Bild her kannte, auf ihrem Schoß und sang ihm etwas vor. Damals hatte er sicher keine Kälte und keine Einsamkeit gekannt.

Großvater war Rabbi und Lehrer an der Jeschiva Schule in der Altstadt. Er war ein begeisterter Anhänger der Gesetze Moses' und lebte täglich in der Hoffnung auf die Ankunft des Messiah, der

Israel befreien sollte. Er ärgerte sich über diese neuen Juden, die mit dem Programm und der politischen Überzeugung des Zionismus in Palästina eingedrungen waren und für die Juden eine Heimstätte auch ohne den Messiah forderten.

Jahre endlosen Studiums und Betens hatten seine schmächtigen Schultern gebeugt und seinen einstmals schwarzen Bart mit grauen Fäden durchzogen. Er selbst hatte so gut wie keine Bedürfnisse in diesem Leben, und so waren ihm die Bedürfnisse eines kleinen Jungen völlig unverständlich. Wie bei vielen anderen seines Berufes waren es die Wohltätigkeit und die Spenden anderer, die ihn am Leben erhielten: abgetragene Mäntel, Kohlsuppe und die Thora. Nur war das nicht genug. Nie genug. Also erhielt sich Jakov am Leben, indem er stahl.

Wählerisch war er in Bezug auf die Personen, die er beraubte, hatte er es hauptsächlich auf die britischen Soldaten abgesehen, die die Marktplatz-Souks der Altstadt auf der Suche nach Souvenirs durchstreiften. Jakov stahl ihre Geldbörsen ohne Gewissensbisse und gab die Beute blitzschnell an Schaul weiter, der treu nach Hause trottete, während der Junge über die Dächer entfloh.

Er kannte die verborgensten Fluchtwege, auf denen er sich bei einer brenzligen Verfolgungsjagd dem Zugriff eines aufgebrachten britischen Feldwebels entzog. Die Dächer waren seine zweite Heimat – Versteck und Spielplatz zugleich.

In nachdenklichen Momenten fürchtete er die Missbilligung des Großvaters mehr als den Zorn Gottes oder den der Briten. Aber er hatte sich schon vor längerer Zeit überlegt, dass er nicht darauf warten konnte, bis der Messiah kam und den leeren Schränken ihres Kellerraumes seine Segnungen brachte. Er kannte die Gebote, aber er hoffte, dass Gott irgendwie Verständnis für den Hunger haben würde, der manchmal an ihm nagte und ihn nicht schlafen ließ. Zudem fragte er sich nüchtern, ob die Briten nicht selbst Diebe seien. Hatten sie das Land Palästina nicht seinem Volk weggenommen?

Aber augenblicklich war seine größte Sorge, dass er seine Opfer verlieren könnte. Es wurde so viel geredet, so viel, wovon er nichts verstand. Viele Menschen in der Altstadt dachten, dass die Briten Palästina verlassen und aus den Straßen Jerusalems für immer verschwinden würden. Er wusste, in dieser Nacht stimmten Menschen, die Palästina überhaupt noch nie gesehen hatten, über etwas ab, das Teilung genannt wurde.

Der Großvater und die anderen Rabbis waren über die Teilung und über die jungen zionistischen Juden, die die Teilung befürworteten, sehr erzürnt. Die Bäder und Cafes der Altstadt waren zu Orten hitziger und zorniger Debatten geworden. Sollte man aus Palästina zwei Staaten machen, einen arabischen und einen jüdischen? Oder sollte man nicht lieber an die Befreiung Israels durch den Messiah glauben?

Jakov verstand wenig von diesen Fragen. Aber wen konnte er bestehlen, wenn die Soldaten gingen? Die Araber? Viele seiner Spielkameraden kamen aus dem arabischen Viertel, Freunde und Nachbarn, die dem Großvater und ihm am Schabbat die Lampen anzündeten. Er konnte keine Gnade von Gott erwarten, wenn er seine Nachbarn bestahl. Soviel hatte Großvater ihm beigebracht. Aber die Briten – sie waren nun mal die Feinde. Und wie David, der Goliaths Schwert nahm, war er entschlossen, alles zu nehmen, was er in seinem Kampf gegen die britischen „Philister" in den Straßen der Stadt ergattern konnte. Was auch diese Teilung bedeuten mochte, was auch sein eigenes Motiv dabei war, Jakov jedenfalls vertrat den Standpunkt der Rabbis. „Mögen die englischen Diebe bleiben, bis der Messiah kommt", flüsterte er Schaul leise zu.

Der Junge kraulte Schaul sanft hinter dem Ohr, während ihm all diese Gedanken durch den Kopf gingen. Als ihm unter dem Gewicht des Hundes wärmer geworden war, übermannte ihn endlich der Schlaf. Er träumte von hoch gewachsenen britischen Offizieren in Kilts und Uniformen, die vor Geld überquollen. Die Souks wimmelten von Arabern, Juden und Soldaten. Ein heftiger Wind wehte durch die Straßen und zerrte so stark an den wallenden Gewändern und Uniformen, dass die Taschen der englischen Soldaten aufgingen und die Straßen mit englischen Pfundnoten übersät waren. Jakov rutschte auf Knien über den Boden, um das Geld zusammenzuraffen, während ein Hauptmann rief: „Nehmt euch vor den kleinen Judenbettlern in Acht; die sind nämlich alle Diebe!" Jakov füllte seine Taschen und stopfte seine Jarmulke voll. Anschließend machte er sich über die Dächer davon, während der Hauptmann hinter ihm herjagte, in ein Horn blies und rief: „Halt, Jude!"

Dann hörte er, noch halb im Schlaf, einen Ton, der ihn hochfahren und den taumelnden Schaul aus dem Bett werfen ließ. Sekunden später durchbrach der Klang eines einzelnen Schofar von weither die Stille der Nacht.

Schaul jaulte ungeduldig. „Sch", wies Jakov ihn zurecht, während er angestrengt horchte. Hatte er nur geträumt? Er kannte den Ton, den er hörte – das Widderhorn mit dem traditionellen Ruf, der dem jüdischen Volk die Freiheit verhieß. Warum wurde das Horn gerade in dieser Nacht geblasen? War der Messiah gekommen?

Er schlang die Decke eng um seine Schultern, kletterte aus dem Bett und wankte zu dem mit Läden verschlossenen Fenster. Da er zu klein war, den Riegel zu erreichen, tastete er in der Dunkelheit nach dem einzigen Holzstuhl, den sie besaßen. Er trug ihn vorsichtig zum Fenster und kletterte darauf. Dann öffnete er die Fensterläden und schaute angestrengt in die dunklen Straßen der Altstadt.

Ganz deutlich hörte er nun den Klang des Schofar, der die Altstadt mit seinem traurigen Echo erfüllte. In das einsame Signal des Horns stimmte ein anderes, dann noch eins und noch eins, bis die Straßen von dem Klang vieler Instrumente widerhallten. Er spürte, wie sich sein Magen in heißer Aufregung zusammenkrampfte, und Kälteschauer ließen ihn die Decke enger um sich schlingen.

In diesem Augenblick bemerkte er nicht einmal, dass der Großvater hinter ihm stand. Der Alte legte seine knöcherne Hand auf die Schulter des Jungen, und beide sprachen lange Zeit kein Wort.

„Was bedeutet das, Großvater?", fragte Jakov leise.

„Ich fürchte, es bricht eine neue Zeit an", entgegnete der alte Mann. „Aber heute Nacht feiern die Menschen, weil sie es nicht besser verstehen."

Der Alte wandte sich ab und zündete sorgfältig die Petroleumlampe auf dem Tisch an. „Zieh also deine Hose an. Dies ist eine Nacht, in der alle Juden ihre Hosen anhaben sollten."

Jakov merkte kaum, wie kalt der Stoff war, als er in seine Hose schlüpfte. Der Großvater setzte sich hin und kritzelte eine kurze Notiz an den Obersten Rabbi und Bürgermeister der Altstadt. Er faltete das Papier zusammen und versiegelte es sorgfältig mit den Wachstropfen einer Kerze, bevor er es Jakov übergab.

„Meinst du, du kannst das heute Nacht dem Bürgermeister überbringen, ohne dabei in Schwierigkeiten zu geraten, hm?"

Jakov sah auf den Brief in der Hand des Großvaters und nickte bedächtig. Noch niemals hatte Großvater ihn nach Einbruch der Dunkelheit rausgeschickt. „Diese Nacht ist bestimmt so wichtig wie das erste Passahfest", dachte Jakov.

„Das ist nur für die Hand des Bürgermeisters bestimmt." Der Alte sah Jakov müde in die Augen. Der Junge blickte zu Boden, um seine Glückseligkeit darüber zu verbergen, dass er an irgendeinem unergründlichen Abenteuer teilhaben sollte. Aber in Großvaters altem, zerfurchten Gesicht war keine Freude, und irgendwie schämte sich Jakov der Erregung, die seine strahlenden Augen sicher verrieten.

Der Großvater nahm den Kopf des Jungen verständnisvoll zwischen seine Hände. „Du glaubst wohl, dass ich alter Mann blind bin? Hmmm?", meinte er. „Bald wirst du vielleicht deine Gefühle vor mir verbergen können, aber jetzt noch nicht. Es ist die Erregung vor der Schlacht, die du jetzt verspürst, Junge. Aber du musst auch darüber nachdenken, was das zu bedeuten hat."

Die Blicke der beiden trafen sich, und Jakov versuchte die Worte des alten Mannes zu verstehen.

„Wir hier in der Altstadt versuchen mit unseren Nachbarn in Frieden zu leben, ob es christliche oder islamische Araber sind, ja?", erklärte der Großvater ernst. „Wir versuchen friedlich miteinander auszukommen. Wir warten auf den Messiah, Jakov. Bevor er Israel nicht aufrichtet, können wir kein Volk sein, kann es nur noch mehr Tote geben. Diese Teilung ist ein schlimmer Handel für alle. Christen werden sterben und ebenso Moslems und Juden. Es ist ein schlimmer Handel, Jakov. Die Menschen, die heute Nacht feiern, wissen nicht, dass sie am Rande ihres eigenen Grabes tanzen. Willst du dir das merken, ja?"

Jakov schluckte schwer und nickte. „Ja, Großvater."

Der Großvater strich ihm übers Haar und lächelte kaum merklich in seinen dichten grauen Bart hinein. „Geh also. Worauf wartest du noch? Auf den Messiah?" Er stand auf und führte Jakov zu der schweren Holztür. Dann begann er sich vor Husten zu krümmen, und Jakov überlegte, ob er ihn wirklich allein lassen sollte, selbst wenn es galt, eine so wichtige Botschaft zu überbringen. Jakov klopfte dem Alten zwischen seinen knochigen Schulterblättern sanft auf den Rücken. „Jetzt geh schon", drängte der Großvater, nach Luft ringend.

Jakov zog seinen Mantel an, und Schaul sprang auf, wobei sein ganzes Hinterteil in erwartungsvolle Bewegung geriet. Der Großvater blickte den Hund missbilligend an. „Schakal!", rief er aus. Schaul duckte sich ängstlich und legte sich wieder hin. „Ach, du willst hier liegen bleiben? Geh mit dem Jungen!" Der Alte drohte mit der Faust und trat nach ihm, und Schaul rannte davon. „Und sieh zu, dass er wieder nach Hause kommt, sonst wartet morgen ein arabischer Kochtopf auf dich!"

Jakov riegelte die schwere Holztür auf, und Schaul folgte ihm dankbar die Stufen zur Straße hinauf. „Immer droht Großvater", dachte Jakov. „Immer tritt er nach Schaul und droht mit dem arabischen Eintopf, und jedesmal soll dann mein großer Hund auf mich aufpassen." Er dachte kurz darüber nach, ob das alles nur eine Art Spiel war, das der Großvater mit ihnen trieb. Aber eins war sicher: Der Großvater wusste, dass der Hund Jakov beschützen würde, solange er dazu fähig war.

In den dunklen Straßen der Altstadt gab Schauls zottelige Gegenwart dem jungen Boten Sicherheit. Der Alte war sich dessen bewusst, dass Juden sich jedoch bald zu keiner Tageszeit mehr in der Altstadt sicher fühlen könnten.

Jakov sprang die Treppe hinauf und nahm gleich zwei Stufen auf einmal. Einen Augenblick lang verharrte er vorsichtig, als überall in der Altstadt Lichter aufleuchteten. Ein unheimlicher Schein drang durch die verschlossenen Fensterläden und spiegelte sich schimmernd auf den Pflastersteinen.

Er stand still und lauschte. Aus der Ferne, von der Neustadt her, kam noch ein anderes Geräusch. Das Getöse von Autohupen brandete gegen die handbehauenen Quader der Altstadtmauer wie Wellen gegen eine Deichmauer.

„Sie feiern", sagte Jakov zu Schaul, als sie losgingen. „Die Zionisten feiern. Das ist der Unterschied zwischen ihnen und uns. Auf dieser Seite der Mauer blasen wir immer noch den Schofar, nicht wahr?"

4. Die Nacht der Teilung

Das Getöse von Autohupen drang durch die massiven Wände von Ellies Dunkelkammer. Sie horchte auf und blinzelte bei dem schwachen roten Licht. „Da ist etwas los", sagte sie laut vor sich hin und war vom Klang ihrer eigenen Stimme überrascht. Dann wässerte sie die letzten Abzüge der Schriftrolle des alten Arabers und hing sie zum Trocknen neben die anderen auf.

Die Dämpfe der Entwicklungschemikalien hatten ihre verstopften Nebenhöhlen während ihrer sechsstündigen Tätigkeit im Fotolabor freigemacht, so dass sie sich so gut fühlte wie schon seit Tagen nicht mehr. Seufzend wusch sie sich die Hände und trocknete sie am Zipfel ihres Nachthemdes ab, der sich schon seit geraumer Zeit hinten aus ihrer Hose hervorgeschoben hatte. Dann knipste sie das Licht an und ließ sich auf einen dreibeinigen Hocker fallen, um ihre Leistung zu bewundern. Wie Wäsche an einer Leine hingen Reihe um Reihe von tropfenden 8x10-Fotografien in dem kleinen Raum. „Wahrscheinlich habe ich gerade sechs Stunden an einer Kopie der jüdischen Vorschriften für Koscherfleischereien oder sonst einem Unsinn gearbeitet", dachte Ellie. Mosche und Onkel Howard würden sich bestimmt über sie totlachen.

„Na ja", sagte sie zu den Bildern, „ich mag wohl ein archäologischer Dummkopf sein, aber wenn ich tot bin, wird man zumindest sagen, ich hätte Ausdauer besessen."

Hierauf musste sie wieder laut und so heftig niesen, dass die Abzüge, die in ihrer Nähe hingen, zu rascheln begannen. Sie griff nach der Taschentuchschachtel, die aber inzwischen leer war. Den überquellenden Abfalleimer vor Augen zog sie zunächst in Erwägung, ob sie Fotopapier für ihre Nase benutzen sollte, bevor sie nach dem Zipfel ihres Nachthemdes griff. „Was ich jetzt brauche", murmelte sie kläglich, während sie ihre Nase mit dem weichen Stoff putzte, „ist eine Dusche und eine schöne heiße Tasse ‚Irish Coffee'." Das Duschen ließe sich leicht bewerkstelligen, dachte sie, als sie die Tür zur Dunkelkammer öffnete und einen letzten Blick auf die Fotografien warf, bevor sie das Licht ausknipste. Mit dem ‚Irish Coffee‘ würde es wohl schwieriger sein.

Onkel Howard war Antialkoholiker. Als Sohn eines Geistlichen, der Feuer und Schwert von der Kanzel predigte, würde er lieber sterben als auch nur einen Schluck Alkohol zu sich zu nehmen, nicht einmal zu medizinischen Zwecken.

„Je kleiner der Drink, desto klarer der Kopf“, pflegte er streng zu sagen und lehnte ein derartiges Getränk selbst bei einer Cocktailparty ab. Ellie hatte noch nicht herausgefunden, warum man zum Feiern einen klaren Kopf brauchte, aber schon oft hatte sie bei derartigen Gelegenheiten Onkel Howards kleine, untersetzte Gestalt mit einer halbausgetrunkenen Flasche Coca-Cola in der Hand von Gruppe zu Gruppe schlendern sehen. Am frühen Abend konnte sie manchmal hören, wie er mit Leuten, die offensichtlich einen weniger klaren Kopf hatten als er, verschiedene Aspekte des Baalskultes diskutierte; zu vorgerückter Stunde wechselte er allerdings das Gesprächsthema bedeutend öfter als sein alkoholfreies Getränk. Wenn er einen stark angeheiterten britischen Oberst ausfindig machte, der sich über die Probleme jüdischer Immigration nach Palästina ausließ, konnte er nicht umhin, sich unauffällig in die Nähe der Zuhörer des Offiziers zu begeben. „Wissen Sie“, sagte Onkel Howard dann mit wohlwollendem Lächeln, „es ist nur eine Frage der Zeit, bis die Juden eine eigene Nation sind. Genau hier in Palästina. Und dann werden wir sie um Passierscheine bitten, um einreisen zu können, was, Herr Oberst?“

Nichts machte ihm mehr Freude als mitanzusehen, wie sich ein britischer Oberst an seinem Whiskey Soda verschluckte. Wenn sich dann alle Augen auf Onkel Howard richteten, fügte er gerne noch hinzu: „Lesen Sie und weinen Sie, Herr Oberst. Es steht schon in der Heiligen Schrift. Sie können also ebensogut Ihre Sachen packen.“ Dann, bevor jemand auch nur ein Wort sagen konnte, lächelte er, nippte an seiner Cola, klopfte dem prustenden Oberst auf den Rücken und schlenderte davon. Einen klaren Kopf, den hatte Onkel Howard. Also würde es in seinem Hause nichts geben, womit sie sich einen ‚Irish Coffee‘ machen konnte.

Ellie sah auf ihre Armbanduhr. Es war nach Mitternacht. Sogar die Bar im „King David Hotel" würde geschlossen haben. Nach drei Tagen Bettruhe fühlte sich Ellie hellwach und verfluchte ihr Pech, in einer Stadt zu sein, in der nach dem Neun-Uhr-Läuten die Bürgersteige hochgeklappt wurden. Sie horchte auf das Crescendo der Autohupen und überlegte, was einen solchen Lärm in den Straßen verursacht haben mochte. Es war zweifellos irgendeine politische Demonstration. Wahrscheinlich hatten jüdische oder arabische Terroristen wieder irgendein Gebäude in die Luft gejagt.

Sie ging auf Zehenspitzen durch den dunklen Flur zum Badezimmer und vernahm, als sie an der Küche vorbeikam, erstaunt den Klang eines Radios. Sie stieß vorsichtig die Schwingtür auf und schaute hinein. Dort saßen an dem kleinen Tisch Miriam und ihr 50-jähriger Sohn Ischmael, und beide hörten mit ernster Miene einem arabischen Nachrichtensprecher zu, dessen Stimme unverkennbar ärgerlich klang. „Müssen wohl die Juden sein, die diesmal etwas in die Luft gejagt haben", dachte Ellie, indem sie leise die Küche betrat. Sie verharrte einen Augenblick, bis Miriam aufsah. Sie hatte dunkle Ringe unter den Augen, und ihr altes Gesicht sah völlig übermüdet aus. Auch Ischmael, mit tiefen Sorgenfalten um seine Augen, sah auf. Ellie erwiderte den Blick der beiden und lächelte verlegen.

„Ich weiß, ich sehe schrecklich aus, aber machen Sie sich deswegen keine Sorgen", scherzte sie. Aber Miriam und Ischmael hatten nur ernste Blicke für sie. „Entschuldigen Sie", murmelte Ellie und wandte sich zum Gehen. „Ich wollte gerade in den Umkleideraum und kurz unter die Dusche ..."

„Setzen Sie sich!", befahl Miriam. „Nie können Sie ernsthaft sein; heute Nacht ist niemandem zum Lachen zumute." Die Alte stieß ihren Stuhl zurück und ging zum Herd. „Setzen Sie sich!", sagte sie wieder und kniff die Augen zusammen. „Ich mache Tee."

„Tja, eigentlich hatte ich Lust auf einen ‚Irish Coffee', wissen Sie – mit etwas Schlagsahne oben drauf", meinte Ellie, indem sie sich einen Stuhl heranzog. „Was ist los? Warum schlafen Sie noch nicht?"

Wortlos streckte Ischmael seine Hand über den Tisch zum Radio hin und suchte den BBC-Sender von Palästina, den englisch sprachigen Rundfunksender des Mittleren Ostens. Miriam öffnete unterdessen an der Anrichte eine Büchse, um Kaffee aufzubrühen. Keinen ‚Irish Coffee‘, dachte Ellie, indem sie sich ergeben in die Abstinenz fügte, nur Kaffee.

„Hören Sie sich an, was im Radio durchgesagt wird", befahl Miriam. „Vielleicht lernen Sie etwas dabei." Dann brummelte sie Arabisches, während Ischmael sich immer noch bemühte, das alte Gerät auf den gewünschten Sender einzustellen.

„Machen Sie sich keine Sorgen wegen Mutter. Nicht auf sie achten", flüsterte er. „Sie immer so spricht, wenn ihre Füße weh tun", fügte er im Vertrauen hinzu.

Ischmael suchte weiter und ließ Sprecher unterschiedlichster Nationen zu Wort kommen, die einen in jubilierendem Jiddisch, die anderen in verärgertem Arabisch, bis schließlich die Stimme der BBC deutlich zu hören war.

„... die Abstimmung endete mit einer Zwei-Drittel-Mehrheit. Dreiunddreißig Nationen haben für die Teilung und dreizehn dagegen gestimmt. Unter denen, die dagegen gestimmt haben, sind Großbritannien und ..."

„Ach", rief Ellie erleichtert aus. „Ich dachte, jemand hat irgendetwas in die Luft gejagt!"

„Noch nicht", meinte Miriam niedergeschlagen. „Das kommt erst morgen."

„Ich hatte ganz vergessen, dass heute der Tag der Abstimmung war."

Ellie beugte sich näher zum Radio hin.

„Was macht man mit so einem Mädchen?", rief Miriam und hob entsetzt die Hände.

Ellie beachtete sie nicht. „Dann ziehen die Briten also ab." Sie sah Ischmael mit hochgezogenen Brauen an.

Er nickte nachdenklich. „Es wird sehr bald Krieg geben. Der Mufti ist nach Jerusalem zurückgekehrt. Ich erst heute Morgen hören. Er hetzt die islamischen Araber auf. Was wird dann aus uns, den christlichen Arabern, werden? Wer kann das sagen!"

„Das weiß unser Herr allein", meinte Miriam, während sie die Tassen füllte. „Jesus möge uns schützen", murmelte sie.

„Wer ist denn dieser Mufti?", wollte Ellie wissen.

„Siehst du, Ischmael, sie weiß nicht einmal etwas von dem Mufti." Miriam schüttelte den Kopf über Ellies Unwissenheit.

„Ein Mann, der große Macht über das Volk hat", erklärte Ischmael. „1929 und noch einmal 1936, er hetzt auf das Volk viele Monate lang, gegen die Juden einen Aufruhr zu machen, wo sie vorher doch Freunde und Nachbarn waren. Er ruft aus einen Jihad – einen heiligen Krieg – gegen alle, die nicht islamisch sind."

„Gegen euch auch?", fragte Ellie stirnrunzelnd und beugte sich vor. „Gegen die christlichen Araber auch?"

„Dieser böse Mensch ist verantwortlich für den Tod meines jüngeren Bruders und meines Vaters", erzählte Ischmael weiter. Ellie warf schnell einen Blick auf Miriam, die bei der Erinnerung seufzend den Kopf schüttelte. „Ich ... Es tut mir Leid", sagte Ellie leise. „Das wusste ich nicht."

„Das war 1920", sagte die Alte. „Und Ihr lieber Onkel, der Herr Professor, nahm mich, diese alte Frau, auf, als ich nicht wusste, wo ich hin sollte."

„Wenn jüdische Kinder bei Nacht Angst haben", fuhr Ischmael fort und lehnte sich dabei auf dem Stuhl zurück, „ist es der Mufti, der ihnen Alpträume macht."

„Ist er Ihr Schwarzer Mann?", fragte Ellie.

„Ja. So etwas Ähnliches. Natürlich ist er sterblich. Diese Tatsache kennt er genau. Ohne seine sechs großen schwarzen sudanesischen Leibwächter geht er nirgendwohin."

„Sudanesische?", fragte Ellie.

„Als junger Mann er hat für den britischen Geheimdienst im Sudan gearbeitet. Er glaubte, dass Britannien sein Volk befreien würde. Dann haben die Briten 1917 ein Dokument unterzeichnet, das eine unabhängige jüdische Heimstätte in Palästina zum Ziel hatte."

„Die ‚Balfour Deklaration'", fügte Miriam hinzu, während sie ihren Kaffee umrührte. „Wie haben die jungen Zionisten in Jerusalem gefeiert! Und wir Christen glaubten allmählich, dass unser Herr Jesus bald auf diese Erde zurückkehren würde!" Sie lächelte.

„Jeden Sonntag nach dem Gottesdienst wir alle picknickten auf dem Ölberg und sagten zueinander: ‚Vielleicht wird dies der Tag Seiner Rückkehr sein.'" Auch Ischmael lächelte bei dem Gedanken an diese Erinnerung.

„Damals waren wir eine große, glückliche Familie", fügte die alte Frau hinzu. „Aber dieser Haj Amin, der Mufti, fing an, die Briten zu hassen. Er gab seinen Posten auf und kehrte nach Jerusalem zurück. Jeden Tag hetzte er in den Souks des islamischen Viertels gegen die bösen Briten und die bösen Juden und die bösen Christen, die glauben, dass die Rückkehr der Juden in der Schrift steht und erfüllt werden muss."

„Nicht alle Christen glauben das, Mutter", unterbrach Ischmael. „Einige stimmen damit nicht überein, und einige sind auch nur dem Namen nach Christen – aus politischen Gründen."

„Wie Demokraten und Republikaner in den Staaten?", fragte Ellie.

Ischmael nickte. „Ja, aus politischen Gründen. Aber viele von uns hier in Palästina glauben an Christus. Er ist der Messiah. Wenn es einmal wieder eine Nation Israel gibt, wird er zurückkehren, vielleicht schon bald." Er rieb sich die Stirn, als ob er sich an etwas erinnern wollte, und fuhr fort: „Aber dieser Kerl, Haj Amin Husseni, hasst alle, die zu der Verheißung an Israel stehen. Als ich jung war, hetzte dieser Kerl die Araber des islamischen Viertels während der Heiligen Osterzeit zu einem Aufruhr auf. Sie fielen über die Juden und christlichen Araber am Jaffa-Tor her. Sie schwärmten aus dem Viertel und überwältigten uns. Mein Vater wurde vor meinen Augen getötet. Auf meinen Bruder wurde mit Messern gestochen, genau wie auf mich." Ischmael zog seinen Hemdkragen zurück und zeigte eine zerklüftete Narbe von beinahe zwanzig Zentimetern, vom Hals bis zur Brust. „Mein Bruder erholte sich nicht mehr. Ich war wochenlang dem Tode nah."

Miriam stand mit gebeugtem Kopf da, den Rücken zu Ischmael und Ellie gewandt. Ihre Stimme klang belegt, als sie sagte: „Die Briten haben nichts unternommen, um diesen Mann zu bestrafen.

Statt dessen hofften sie, ihn für sich zu gewinnen, und sie betrauten ihn mit der dritthöchsten islamischen Würde. Sie machten ihn zum Großmufti von Jerusalem. Und kein Moslem erlangt ein Amt, ohne ihm absolute Treue zu schwören. Er verachtete die Intelligenten und stützte seine Macht auf die Unwissenden."

„Und es waren viele, die ihm folgten. Er war es, der die Briten so ängstigte, dass sie die Einwanderung der Juden mit dem Weißbuch von 1939 beendeten", fügte Ischmael hinzu.

„Wie konnte ein einzelner Mann all das tun?", fragte Ellie.

„Er erklärte einen Jihad – einen heiligen Krieg gegen alle Juden", erzählte er weiter. „Also sind die Engländer der Meinung, dass sie viel Ärger in Palästina vermeiden, wenn sie die Juden draußen lassen. Schließlich hat England gegen die Nazis gekämpft. Vielleicht dachten sie, die Araber würden die Juden sowieso töten, wenn sie nach Palästina kämen. Also hinderte dieses Weißbuch die Juden an der Flucht, und nun war es Hitler, der sie genauso umgebracht hat."

„Der Mufti fiel bei den Briten in Ungnade und floh zu Adolf Hitler. Dort blieb er während des ganzen Krieges; zwei Wahnsinnige hatten sich gefunden, die sich von dem Hass gegen Gottes auserwähltes Volk nährten. Hitler ist jetzt tot, aber der Mufti kehrt in dieser Stunde nach Jerusalem zurück, um wieder einmal den Zorn der Moslems anzustacheln", sagte Miriam.

„Wie sieht er aus?", fragte Ellie und überlegte, ob das unaussprechlich Böse eines solchen Mannes jemals im Film festgehalten werden könnte.

„Er hat einen roten Bart ...", begann Ischmael. „Einen roten?"

Ischmael nickte. „Und hellblaue Augen. Er ist immer höflich, sagt man, sehr elegant und würdevoll. Er verurteilt einen Menschen mit einer Handbewegung zum Tode."

„Und er hat sechs schwarze Leibwächter?", lächelte Ellie. „Er dürfte schwer zu übersehen sein."

„Aber es ist besser, Sie begegnen ihm trotzdem nicht", meinte Miriam ernst. „Sie dürfen nicht hoffen, diesen Mann zu finden, um ein Bild von ihm zu machen."

„Sie können meine Gedanken lesen."

„Die Schwärze seines Hasses kann man nicht sehen", warnte Miriam. „Aber man kann sie fühlen. Jeder Jude, der durch seine Gewalt stirbt, ist nur ein weiteres Opfer dessen, woran dieser Hitler glaubte. Er ist in Jerusalem. Bald werden wir alle seine Gegenwart zu spüren bekommen."

„Es gibt auch Juden, deren Hass genauso schwarz ist", fügte Ischmael ernst hinzu. „Sie glauben, dass Gewalt die einzige Antwort auf Gewalt ist, und nun haben auch sie das Blut Unschuldiger an ihren Händen."

„Ich glaube, solche sinnlosen Handlungen sind schuld daran, dass die Welt gegen einen jüdischen Staat ist." Miriam schüttelte bekümmert den Kopf.

„Nun, wenn man bedenkt, was ihnen angetan worden ist, kann man sie da verurteilen, wenn sie nicht die andere Wange hinhalten?", fragte Ellie.

„Man kann ihnen keinen Vorwurf machen", meinte Ischmael schulterzuckend. „Aber selbst die Führer der Juden, gute Männer wie Ben-Gurion und Weizman, wissen, dass es den Traum der Juden von einem Heimatland untergräbt, wenn Juden zu Terroristen werden und Unschuldige morden, genau wie es der Mufti tut. Und die Welt schaut auf die Opfer und sagt. ‚Seht, diese Juden töten auch Unschuldige. Was unterscheidet sie von den Nazis, hm?'"

„Kurz bevor Sie nach Palästina gekommen sind, haben die Engländer zwei jüdische Terroristen hingerichtet, die des Mordes schuldig waren." Miriam goss Ellie noch eine Tasse Kaffee ein. „Und dann haben andere jüdische Terroristen zwei britische Soldaten entführt und aufgehängt. Sie starben nur deshalb, weil sie Engländer waren. Diese alte Frau fragt sich, wie das alles enden wird."

„Sch!" Ischmael bat mit erhobenem Zeigefinger um Ruhe.

Der Ansager sprach mit einem unverkennbar britischen Akzent eintönig weiter. „Palästina wird in zwei Staaten geteilt werden, einen arabischen und einen jüdischen. Auf Empfehlung der Kommission ist Jerusalem zur internationalen Stadt erklärt worden und wird somit von den Vereinten Nationen verwaltet werden ..."

„Da haben Sie es", frohlockte Ellie. „Jerusalem gehört allen: Christen, Arabern und Juden. Sie haben nichts zu befürchten."

Der Blick, mit dem Miriam Ellie ansah, ließ deren Lächeln schnell vergehen.

„Ich sage Ihnen, Miss Ellie", fiel Ischmael freundlich ein, „der Mufti wird nicht eher ruhen, bis die Araber alle Juden ins Meer getrieben haben, bis Jerusalem die Hauptstadt der Vereinten Arabischen Nation von Palästina ist, ohne Juden. Verstehen Sie?"

Ellie schüttelte den Kopf. „Krieg?"

„Ja", meinte Miriam voll Trauer, „und die Angehörigen unseres Glaubens werden dazwischen stehen."

„Aber all die Autohupen", meinte Ellie und deutete mit dem Kopf in die Richtung, aus der das Hupkonzert kam.

„Die Juden feiern. Zumindest einige von ihnen. Aber die alten Rabbis werden sich heute Nacht nicht freuen. Sie wissen, dass zu viele sterben werden", sagte Ischmael.

Miriam erhob sich und stellte die Kaffeekanne zurück auf den Herd. „Unser Leben wird sich nur zu gewiss ändern. Vielleicht kommt jetzt die Zeit, von der unser Herr Christus gesprochen hat. Trotzdem glaube ich, jetzt wäre der richtige Zeitpunkt, um Urlaub in Amerika zu machen, wenn ich nicht so alt wäre und die Knochen meiner Familie nicht schon seit tausend Jahren in der Nähe Jerusalems begraben lägen."

„Repräsentanten der arabischen Nationen", sagte der Rundfunksprecher monoton, „haben geschworen, die Juden an dem Tag ins Meer zu treiben, an dem der letzte britische Soldat den Boden des Heiligen Landes verlässt. Zionisten haben dem entgegengesetzt, dass …"

„Sicher werden die Vereinten Nationen –", begann Ellie, unterdrückte aber ihre Worte, als der Sprecher fortfuhr.

„Die Britische Regierung hat nachdrücklich erklärt, dass sie bei den Auseinandersetzungen zwischen Juden und Arabern neutral bleiben, aber die Mandatsgesetze bis zum vollständigen Abzug aller britischen Truppen weiter anwenden will."

„Sehen Sie, Fräulein Ellie", erklärte Ischmael. „Die Mandatsgesetze besagen, dass Juden keine Waffen haben dürfen. Die arabischen Nationen besitzen jedoch viele Waffen und dürfen noch mehr kaufen, weil sie anerkannte Nationen sind. Die Juden müssen warten, bis das Mandat endet, bevor sie Waffen beschaffen dürfen, und dann wird es zu spät sein. Niemand wird da sein, der sie schützt. Sie werden in nur wenigen Tagen ausgerottet sein, wenn nicht ein Wunder geschieht. Sie werden es erleben."

„Sie wollten einen eigenen Staat haben", sagte Miriam und setzte sich bedrückt an den Tisch. „Ich fürchte, sie haben nur einen Friedhof gekauft für die Menschen, die sterben werden. Die Nacht der Teilung ist eine Nacht der Trauer, fürchte ich."

„Na ja, für Onkel Howard wird sie sicher ein Gesprächsthema bei Geselligkeiten abgeben", meinte Ellie lächelnd, um die Stimmung wieder etwas zu heben.

„Was kann man mit einer solchen Einstellung anfangen?", flehte Miriam den Allmächtigen mit erhobenen Händen an. „Fräulein Ellie, Sie interessiert aber auch gar nichts außer Ihrer Kamera", schimpfte sie. „Sie machen immerzu Scherze, und keiner kann darüber lachen. Es gibt nur Sterben, Sterben."

Ellie widerstand dem Drang zu sagen, es sei gar nicht so schlecht, lachend zu sterben. Statt dessen trank sie einen kleinen Schluck von ihrem Kaffee und stand dann auf. „Tja, danke für den Kaffee. Jetzt geht's zur Dusche." Sie winkte und ging. An der Tür drehte sie sich um und lächelte Miriam freundlich an. „Hoffentlich geht es Ihren Füßen bald wieder besser", sagte sie und schloss schnell die Tür vor dem verärgerten arabischen Redeschwall, der ihr folgte.

Als sie an Onkel Howards dunklem Arbeitszimmer vorbeikam, klingelte das Telefon. Ellie warf einen Blick auf ihre Armbanduhr. Fast ein Uhr nachts. „Das kann nur eins bedeuten", dachte Ellie – „ein Ferngespräch". Und zu dieser Zeit musste es aus weiter Ferne kommen, vielleicht von ihrer Mutter in den Staaten. „Mutter kann sich nie die Zeitverschiebung merken", murmelte sie, als sie den Hörer aufnahm.

„Hallo", sagte sie laut ins Telefon, weil sie die undeutliche Antwort der Vermittlung für Ferngespräche erwartete. Statt dessen wurde sie von der aufgeregten Stimme Darla Makewiths begrüßt, einer Studentin der „Amerikanischen Schule für Orientforschung", die nur selten einmal hinter ihren Büchern hervorkam.

„Bist du's, Ellie? Warum schreist du so?"

„Ich dachte, du seist –", begann sie, wurde jedoch sogleich von Darlas übersprudelndem Schwatzen unterbrochen, das sich kaum gegen das raue, geräuschvolle Gelächter im Hintergrund durchsetzen konnte.

„Du kannst dir kaum vorstellen, was hier los ist. Ich meine, hier spielt wirklich alles verrückt. Alle sind völlig aus dem Häuschen! He, ich dachte, du seist krank oder so. Hast du Lust, mit uns ein bisschen auszugehen? Die Leute tanzen in den Straßen, wie am Siegestag!"

„In einer halben Stunde bin ich fertig. Ich muss mich erst duschen. Dann könnt ihr vorbeikommen."

Ellie lachte in sich hinein, belustigt über das ungewöhnliche Ereignis, dass Darla mehr als zwei Sätze auf einmal gesprochen hatte. Das muss schon ein außergewöhnliches Straßenfest sein, das Miss Makewith von ihren Büchern weglocken kann.

Ellie legte den Hörer auf und lief eilig zur Dusche. Je länger das dampfende Wasser die Entwicklungschemikalien auf ihrer Haut und den dumpfen Schmerz zwischen ihren Schultern wegspülte, desto besser fühlte sie sich. Sie wusch sich die Haare und ließ das heiße Wasser eine Zeitlang vom Kopf über den Rücken laufen. Es war nach ein Uhr morgens, und sie fing gerade erst an, sich munter und lebenslustig zu fühlen. „Wahrscheinlich wird mein Tagesablauf in nächster Zeit etwas durcheinandergeraten", dachte sie – „so, wie in meiner ersten Zeit, als ich gerade von Amerika herübergekommen war." Immerhin war zu Hause gerade Nachmittag. Ihre Familie würde jetzt die Nachrichten über den Mittleren Osten hören und an sie denken, während sie Weihnachtspakete nach Palästina fertig machte. Für einen kurzen Moment überfiel Ellie fast schmerzhaft Heimweh, als sie sich vorstellte, wie ihre Mutter, auf dem Wohnzimmerboden hockend, emsig Ellies „Rot-Kreuz-Pakete" packte, wie sie es nannte. Mindestens zweimal im Monat kam so ein

Paket an, das Sicherheitsnadeln oder zerquetschte Schokoladensplitterkekse enthielt. Ellie notierte sich geistig, ihre Mutter im nächsten Brief um Kleenextücher zu bitten. Es war einfach, in einem Brief um solche Gebrauchsartikel zu bitten. Schwierig fand Ellie dagegen, ihrer Familie über ihre wirklichen Gefühle für David zu berichten. Vielleicht weil sie sich selbst nicht darüber klar war, was sie wirklich empfand oder dachte. Ihre Leute waren in allem so sicher gewesen. Die Welt war voller Recht und Unrecht, Gerechtigkeit und Ungerechtigkeit, Wahrheit und Lüge. Es gab keine Grauzonen, kein Vielleicht. Und Ellie hatte genauso empfunden, als sie sich in David verliebt hatte. Zu jener Zeit hatte es keine richtigen oder falschen Entscheidungen gegeben, nur ihn und ihre Liebe – oder was sie für Liebe gehalten hatte.

Ellie verließ die Dusche und rieb sich eilig trocken. Sie wischte den Spiegel ab und besah sich die wirren roten Haare des Gespenstes, das ihr entgegenglotzte. Niemand konnte bei ihrem Anblick ahnen, wie sehr sie sich verändert hatte. Ihre Eltern schickten die Pakete an jemanden, der in Wirklichkeit gar nicht mehr existierte, und glaubten immer noch, dass sie ihr „kleines Mädchen" sei. Sie nahm ihnen das nicht übel; sie sah einfach keinen Grund, sie von etwas anderem zu überzeugen. Niemand brauchte zu wissen, wie es in ihrem Innern aussah. Das war ihr ureigenstes Geheimnis. Und vielleicht das Geheimnis Gottes, wenn er zufälligerweise immer noch daran interessiert war. Sie war sich auch nicht einmal mehr sicher, ob sie noch an ihn glaubte. Und vielleicht spielte das auch sowieso keine Rolle. Niemals konnte sie wiedererlangen, was sie verloren hatte. Niemals wieder würde das Grau aus ihrem Leben verschwinden.

Ellie trocknete ihr Haar vor dem geräuschvollen Radiator leicht an und flocht es dann zu einem feuchten Zopf, der ihr über den Rücken hing. Sie zog sich schnell eine dunkelblaue Hose an und dazu einen grauen Pullover, ihre Lieblingskleidung aus ihrer College-Zeit. Dann ging sie durch den Flur zurück zum Fotolabor, um noch einmal einen Blick auf die Schriftrolle zu werfen.

Diese lag, teilweise auseinandergerollt, auf der verchromten

Arbeitsplatte und sah auf der blitzenden Oberfläche sehr zerbrechlich und alt aus. Ellie berührte das Leder und legte ihren Zeigefinger sanft auf die verblasste Tinte der fremdartigen Buchstaben. Sie wünschte sie könnte ihre Botschaft lesen, entziffern; was immer sie für ein Geheimnis bergen mochte.

„Wenn Mosche hier wäre", sagte sie zu der Rolle, „wärst du nicht so stumm."

Dann sammelte sie die winzigen Bruchstücke auf, die vom Rand abgebröckelt waren, und trug sie zurück in Onkel Howards Arbeitszimmer. Sie öffnete eine unverschlossene Schublade, nahm einen Briefumschlag heraus und schob die Bruchstücke hinein. Anschließend datierte sie den Umschlag und schrieb die Worte „Geheimcode" darauf, bevor sie ihn sorgfältig auf die Schreibtischunterlage legte. Als sie aufsah, erblickte sie Miriam, die mit einem missbilligenden Gesichtsausdruck an der Tür stand.

„Wo ist Ihr Nachthemd, Miss Ellie?", fragte sie kopfschüttelnd. „Sie gehen jetzt nicht zum Straßenfest hinaus – nur über meine Leiche."

„Mir geht's gut. Prima. Bin hellwach, wirklich."

Miriams Stimme, mit einem tiefen Grollen beginnend, wurde mit jedem Wort lauter. „Der Professor wird es nicht gerne sehen, wenn seine kranke Nichte mit den Töchtern des Rabbis die Hora tanzt, und Miriam wird Sie heute Nacht nicht hinauslassen, wenn jeder Moslem seine Kugeln für die morgige Party zählt!"

Sie wurde von der Ankunft einer Gruppe ziemlich ausgelassener Studenten an der Haustür unterbrochen. „Halt!", rief sie ihnen entgegen. „Gehen Sie ins Bett, wo Sie hingehören!" Sie ergriff einen Schürhaken und schwang ihn bedrohlich, während sie zur Haustür ging. Ellie kam ihr zuvor. „Das brauchen wir nicht, Miriam", meinte sie lachend. „Ich glaube, diese Truppen sind auf unserer Seite." Sie riss die Tür auf und wurde von einer Gruppe von sieben Studenten und Darla Makewith begrüßt. Darla trug einen lächerlichen Tropenhelm und ein hellblaues Kleid.

„Komm mit, Ellie, oder es gibt Ärger!", riefen sie fröhlich. Unter schallendem Gelächter zogen sie Ellie zur Tür heraus und übertönten Miriams Protest mit dem mitreißenden Refrain: „We're off to See the Wizard!"

Als Ellie sich noch einmal umsah, konnte sie gerade noch die Silhouette von Miriam mit dem Schürhaken in der Türöffnung erkennen. Ellie winkte fröhlich zum Abschied und ging dann in Richtung King George Avenue, wo Menschenmassen den Autoverkehr fast zum Erliegen gebracht hatten. Es war Fastnacht und Silvester zusammen und, wie Darla gesagt hatte, Siegestag – alles in einem. Von Bürgersteig zu Bürgersteig wimmelte die breite Straße von singenden, tanzenden, lachenden Menschen. Vor ihr trugen schwarz-gekleidete orthodoxe Juden einen britischen Soldaten hoch über ihren Köpfen und drehten ihn im Kreis, während er begeistert schrie: „Gott schütze die Juden!"

Die Begeisterung war ansteckend. Die buntgestickten Kaftane der bucharischen Juden wogten neben den khakifarbenen Gewändern der Sabrajuden, die mehr im Kibbuz als in der Synagoge zu Hause waren.

Es war eine Nacht, die man nicht vergessen würde. Eine Nacht, die man im Film festhalten sollte, dachte Ellie, während sie zusah, wie sich der britische Soldat, immer noch auf den Schultern der Juden, schaukelnd dem Stadtpark näherte.

Im nächsten Augenblick wurden Ellie und Darla in einen Strudel von Tänzern gezogen. Untergehakt summten sie ein Lied, das auch ohne Worte die Stimmung anheizte. Schneller und schneller drehten sie sich in dem großen Rad aus Menschen, bis Darla, erschöpft von der Anstrengung, ausschied und auch Ellie die Schultern der Fremden zu beiden Seiten losließ. Sie entdeckte Darla erhitzt und keuchend in einiger Entfernung und bahnte sich mühsam einen Weg zu ihr.

Da nahm sie flüchtig auf der anderen Straßenseite einen hochgewachsenen, strohblonden Mann wahr. Ihr Herz setzte aus, und sie rang nach Atem. „Er kann unmöglich hier sein", dachte sie, „so weit weg von zu Hause! Das kann nicht David sein!" Sie stellte sich auf die Zehenspitzen und reckte ihren Hals, um den Mann noch einmal zu sehen. Doch durch dieses Wogen der Körper hindurch konnte sie sein Profil und seinen Hinterkopf nur andeutungsweise ausmachen.

„David!", rief sie, so laut sie konnte, und hörte sich selbst kaum aus dem Lärm heraus. „David!", rief sie wieder, diesmal fast sicher.

Ein kleiner Mann mit einem Ansatz zur Glatze drehte sich um und legte seine Arme um sie. „Hast du mich gerufen, mein hübsches Kind?", fragte er lächelnd.

Ellie machte sich frei, während sie sich immer noch bemühte, über die Menge hinweg zu sehen; aber der große Mann war fort und hatte sie mit ihrem Herzklopfen zurückgelassen. „Wie idiotisch ich bin", dachte sie und kam sich ziemlich dumm vor. David war zu Hause in San Francisco, und sie war jetzt in einen anderen Mann verliebt. Es konnte jedenfalls sein, dass sie verliebt war. Egal, sie konnte nicht jedem strohblonden Fremden nachlaufen, der David Meyer ähnlich sah.

Darla tippte ihr auf die Schulter. „Was ist los? Du siehst aus, als ob du ein Gespenst gesehen hättest."

„Ja, ich, ich glaube, das habe ich tatsächlich, so ungefähr." Ellie nahm Darlas Arm und arbeitete sich durch die Menge zum Park.

* * *

David Meyer zog den Reißverschluss seiner abgetragenen ledernen Fliegerjacke zu und klopfte wohl schon zum hundertsten Mal an diesem Abend auf seine Brieftasche und seinen Pass. Michael Cohen hatte ihn gewarnt, die Straßen würden voller Taschendiebe sein, und er wollte mit seinem amerikanischen Pass kein Risiko eingehen.

Er drehte sich zweimal um sich selbst, um Michaels kahl werdenden Kopf in dieser Masse von Leibern zu suchen. David blickte mit geteiltem Vergnügen auf diese Mischung von Weinen und Lachen, in deren Mitte sich Michael befand und jede Frau überschwänglich umarmte. David kam sich vor, als ob er wie Dorothy aus Kansas von einem Wirbelsturm in das Land Oos versetzt worden wäre, wo kleine jüdische Mümmler erfolglos gegen boshafte, das Gemeinwesen bedrohende Hexen ankämpften. Vielleicht war er der Blechmann, der rasselnd und ohne Herz umherlief, ein Söldner im wahrsten Sinne des Wortes. Nur versprach dieses Vorhaben zu wenig Geld, als dass er sich Söldner nennen könnte. Amerikaner wurden Freiwillige genannt, obwohl die meisten Burschen, mit denen David in der vorigen Woche herübergekommen war, nicht viel Ahnung davon hatten, was hier gespielt wurde.

„Ja, mein Großvater war Jude", hatte David Michael vor drei Monaten erzählt. „Aber mein Vater ist Prediger und was bin ich?"

Michael hatte ihn mit dem für ihn typischen todernsten Blick angesehen: „Der Großvater in deinem Stammbaum hätte Hitler bereits genügt, David. Vielleicht sollte dir das auch genügen. Etwas Besseres als dich gibt es nicht. Wir brauchen dich bei uns."

Hier war er also und fühlte sich wie das fünfte Rad am Wagen. Sein Lohn war ungefähr so hoch, dass er sich ein Zimmer und soviel koscheres Lamm leisten konnte wie er vertrug. Und natürlich bestand noch die Möglichkeit, eine alte Freundin zu treffen. Er blieb stehen, um die Menge genauer zu betrachten und dabei nach Ellies rotem Haarschopf Ausschau zu halten. Er überlegte, ob sie heute Nacht hier irgendwo sein könnte. Da er sich albern vorkam, als er die hoffnungsvolle Aufregung niederkämpfte, die gegen seine Brust hämmerte, dachte er über die anderen Möglichkeiten nach, die sein Abenteuer noch in sich barg – zum Beispiel, dass er nach vier Jahren in einem Weltkrieg gegen die Nazis nun wegen eines winzigen Gebietes, das nicht größer als Rhode Island war, ins Gras beißen konnte. Und alles nur aus Spaß an der Sache, aus Abenteuerlust! Er war ein Soldat gewesen, für den es keinen Krieg mehr gegeben hatte, bis dieses kleine Scharmützel hier anfing. Für seinen Vater stellte der Kampf für eine jüdische Heimstätte einen Akt religiöser Verantwortung, eine wirkliche Ehre dar. David, der Blechmann, wusste mit seinem Leben einfach nichts Besseres anzufangen.

Einen Moment lang dachte er, er habe in der Menge rotes Haar gesehen. Dann war es verschwunden, und er drehte sich nach Michael um, gerade rechtzeitig, um zu sehen, wie ein verwahrlostes

Kind in einem schwarzen Mantel die Brieftasche aus Michaels Hosentasche zog und, dicht gefolgt von einem zotteligen Hund, wegrannte.

„He, du!", schrie David, indem er sich einen Weg durch ein engumschlungenes Pärchen zu Michael bahnte. „Michael! Irgend so ein Balg hat gerade deine Brieftasche geklaut. Hinterher!"

Während eines leidenschaftlichen Kusses konnte Michael ihn nicht hören; er schaute noch nicht einmal auf. David stürzte zu ihm hin, stieß ihn von dem jungen Mädchen weg und schleppte ihn dann am Kragen seines Jacketts hinter dem flüchtenden Langfinger her.

„Was machst du?", brüllte Michael protestierend. „Das kleine Biest hat deine Brieftasche!"

Michael schlug auf seine Hosentasche und rief erschrocken: „Oh, und wo ist er hingelaufen?" Dann stürzte er sich vor David in die Menge, bahnte sich einen Weg durch die Tänzer und Betrunkenen und suchte ein Kind, das er noch nie gesehen hatte.

5. Der Überfall

Ellie klopfte an Darlas Helm und wunderte sich, wo dieser früher so schüchterne Bücherwurm wohl seine Ausrüstung her hatte. Darla wandte zwar den Kopf, konnte Ellie jedoch wegen der dicht gedrängten Menschenmassen nicht ansehen. Ihr Gesicht wäre eine Fotografie wert, dachte Ellie – hochrot vor Aufregung und Überschwang. „Fantastisch!", kreischte Darla. „Ist das nicht fantastisch?"

„Ich gehe eben nach Hause!", rief Ellie Darla zu. „Und hole schnell meine Kamera!" Darla hielt mit einem fragenden Gesichtsausdruck eine Hand ans Ohr; und dann wurde sie vom Strom der Tänzer mitgerissen. Die anderen Studenten aus ihrer Gruppe hatten sie schon gleich am Anfang der King George Avenue verloren. Als Ellie sich ihren Weg nach Hause bahnte, meinte sie zu sehen, wie einer von ihnen alle Frauen um ihn herum zwischen dreizehn und dreißig leidenschaftlich küsste.

Als sie auf die Straßenecke zuging, wurde sie von einem alten Mann in zerfetztem Mantel umarmt, der ihr mit verzücktem Blick einen Kuss mitten auf die Lippen gab. Er tippte sich an den Hut, als sie sich an ihm vorbeischob, und rief: „Wir haben einen Staat!" Ellie hatte den Eindruck, dass ihr alle Männer, an denen sie vorbeikam, einen Kuss geben wollten.

Sie hielt sich beim Laufen ziemlich dicht an den Ladenfronten, weil es dort etwas leichter war, durch das Gedränge zu kommen. „Kann sein, dass es die ganze Nacht dauert, bis ich meine Kamera geholt habe", dachte sie, während sie mühselig gegen den Strom der Menschen ankämpfte. Sie wünschte, Mosche wäre hier, um ihr den Weg frei zu machen. Nachdem sie sich eine Viertelstunde abgemüht hatte, erreichte sie eine dunkle, fast menschenleere Straße am Rande des Stadtteils Rehavia. Nur einige Nachzügler eilten an ihr vorbei in Richtung King George Avenue. Sie holte tief Luft und machte sich auf den Weg nach Hause.

Ihr geschultes Fotografenauge konzentrierte sich auf zwei Männer, die durch die Dunkelheit der Straße langsam auf sie zukamen.

Als sie die beiden genauer betrachtete, blieb der eine stehen, lehnte sich gegen ein Treppengeländer und zündete sich eine Zigarette an, deren orangefarbenes Glühen einen Augenblick lang sein Gesicht erleuchtete. „Wie grimmig er aussieht", dachte Ellie, „so gar nicht wie die Menschen, die da hinten so ausgelassen feiern." Seine Gesichtszüge erschienen ihr unglaublich hart. Sein breiter Unterkiefer schob sich vor wie bei einer Bulldogge. „Er muss Engländer sein", dachte Ellie; Amerikaner trugen nicht solche schweren Übermäntel wie ihn sich dieser vierschrötige Mann umgehängt hatte. Während sie im Geiste ein Bild von ihm machte, sah er auf – genau zu ihr hin, so schien es ihr – bis sein Streichholz flackerte und ausging. Der andere Mann blieb im Hintergrund. Seine kleinere Gestalt verschwand fast ganz im Schatten des Großen.

Einen Moment lang spürte Ellie, wie sich die Härchen auf ihrem Rücken kribbelnd aufrichteten, doch dann lachte sie innerlich über ihre Albernheit. Sie musste daran denken, wie es ihr als Kind ergangen war, wenn sie Basil Rathbone als Sherlock Holmes im Radio gehört hatte. Sie wusste, es war albern von ihr, aber dennoch lief sie schneller zur Eingangstreppe von Onkel Howards großem weißen Steinhaus. Vorsichtig, da sie an Miriams Waffe dachte, steckte sie den Schlüssel ins Schlüsselloch und betete, dass die Alte das Quietschen der Türangeln nicht hören würde.

Das Haus war still und dunkel, als sie durch den walnussgetäfelten Salon zu dem Flur ging, der zunächst zu ihren Räumen und dann weiter zum Fotolabor führte.

In ihrem Zimmer brannte Licht, und sie warf einen Blick hinein. Da saß Miriam, fest eingeschlafen, auf einem Stuhl neben ihrem Bett. Ihr Kinn lag auf der Brust, und graue Haarsträhnen hingen ihr ins Gesicht. Die Alte hatte auf sie gewartet, wie eine besorgte Mutter darauf wartet, dass ihr Kind von einer Verabredung nach Hause kommt. Ellie betrachtete sie einen Augenblick und ging dann auf Zehenspitzen in ihr Zimmer.

Sie schüttelte die alte Frau sanft an der Schulter. „Wachen Sie auf, und gehen Sie schlafen. Ich bin zurück – Sie können jetzt ins Bett." Miriam richtete sich mit einem Ruck auf und stieß dann erneut

eine arabische Schimpfkanonade hervor, in die sie zur Ausgewo-
genheit einige englische Ausdrücke einstreute.

„Sie haben Recht Miriam", meinte Ellie besänftigend. „Da draußen ist es zu turbulent für mich." Dann setzte sie sich auf ihr Bett
und begann ihre Schuhe auszuziehen.

Miriam warf ihr verschlafen einen prüfenden Blick zu und rieb
sich die Augen. „Sie gehen also jetzt ins Bett?"

„Richtig, Miriam", versicherte Ellie ihr freundlich. „Danke, dass
Sie gewartet haben."

„Ach", ächzte Miriam, als sie sich schwerfällig vom Stuhl erhob.
„Sie sollten besser auf Miriam hören", sagte sie mit drohendem
Zeigefinger. Dann wandte sie sich um und ging über den Flur in
ihr eigenes Zimmer, das hinter der Küche lag.

Ellie wartete einige Minuten, bis sie sicher sein konnte, dass
Miriam zu Bett gegangen war. Mit ihren Schuhen in der Hand
schlich sie durch den Flur ins Fotolabor. Sie machte das Licht an
und holte Blitzlichtbirnen und mehrere Filme herbei, die sie sich in
alle Taschen stopfte. Vorsichtig legte sie einen Film in ihre große,
sperrige Leica ein.

Sie war ein deutsches Erzeugnis aus der Zeit vor dem Krieg und
ein Geschenk ihrer Eltern zu ihrem Diplom gewesen. Obwohl gebraucht gekauft, war sie in außergewöhnlich gutem Zustand und
sehr wertvoll. Sie war Ellies ganzer Stolz, und ihr Weitwinkelobjek-
tiv hatte schon so manches Motiv eingefangen, das Ellies außeror-
dentliche Zuneigung zu den Straßen dieser fremdartigen, buntgemischten Stadt widerspiegelte. Heute Nacht würde sie die Stim-
mungen und die Gesichter bei der Wiedergeburt einer alten Nation
im Bild festhalten. Sie brachte das Blitzlicht an und ließ eine Birne
einschnappen.

Als sie sich im Raum nach anderen Dingen umsah, die sie noch
gebrauchen könnte, fielen ihre Augen auf die verchromte Arbeitsplatte, auf der sie die Schriftrolle hatte liegen lassen. Sie war nicht
mehr da. Ellie legte ihre Kamera weg, eilte durch den Raum und
strich mit der Hand über die Arbeitsfläche, als ob sie sich davon
überzeugen wolle, dass sie auch tatsächlich leer sei. Sie sah sich

prüfend im Zimmer um, riss dann die Tür zur Dunkelkammer auf und war erleichtert, die Bilder immer noch an den Trockenständern zu sehen. Bestimmt hatte die Alte die Rolle einfach an eine Stelle gelegt, die sie für sicherer hielt. Sie ließ Schuhe und Kamera zurück und lief auf Strümpfen durch Flur und Küche in Miriams Zimmer.

„Miriam", flüsterte sie und klopfte leise, „schlafen Sie noch nicht ein." Ohne eine Antwort abzuwarten, öffnete Ellie vorsichtig die Tür und steckte ihren Kopf ins Zimmer. „Miriam?", sagte sie noch einmal, diesmal lauter, und hörte das laute Ticken eines alten Weckers sowie Miriams regelmäßige Atemzüge. „Miriam?" Wo ist die Schriftrolle? Wo haben Sie die Schriftrolle hingelegt?"

Nachdem Ellies Augen sich an das trübe Licht gewöhnt hatten, konnte sie Miriams Gestalt in ihrem kleinen Bett unter den Decken erkennen. „Miriam?", Sie versuchte es noch einmal. Eine geschlagene Minute stand Ellie in der Türöffnung und überlegte, ob sie die alte Frau wecken sollte. Wahrscheinlich hätten sie nicht einmal König Richard und die plündernden Kreuzfahrer wach bekommen. Sie ließ ihren Blick schnell durchs Zimmer gleiten. Auf einer schlichten Spiegelkommode konnte sie, in kunterbunter Anordnung, zwei Dutzend Bilder von Miriams Familienangehörigen erkennen. An der Wand über ihrem Bett hing ein Kreuz aus Olivenholz und an der gegenüberliegenden Wand ein Gemälde, das Jesus mit ausgebreiteten Armen darstellte. Auf dem Nachttisch lag ein dickes, in rissiges Leder gebundenes Buch. Auf dem Buchdeckel stand in großen Goldlettern ein arabischer Titel. „Das ist wohl ihre Bibel", dachte Ellie, als sie die Tür zuzog, um die alte Frau schlafen zu lassen. Wegen der Schriftrolle konnte sie jetzt sowieso nichts unternehmen. Miriam hatte sie bestimmt an einem sicheren Ort aufbewahrt.

Ellie zog sich die Schuhe an, nahm ihre Kamera wieder an sich und machte sich nun nicht mehr die Mühe, auf Zehenspitzen zu laufen.

Sie verschloss die Haustür hinter sich und musste über den Lärm, der über die Hausdächer von der King George Avenue zu ihr herüberschallte, lächeln. Sie hüpfte die Stufen hinunter und machte sich nur kurz darüber Gedanken, dass die Blitzlichtbirnen in ihren prallgefüllten Taschen zerdrückt werden könnten, wenn sie in zu viele freudige Umarmungen geraten sollte. Sie überquerte die Straße im Laufschritt, um schnell wieder an dem Freudenfest teilnehmen zu können.

Wieder bemerkte sie die beiden Männer, die auf der anderen Straßenseite standen. Ganz spontan richtete sie ihre Kamera auf sie und drückte auf den Auslöser. Im Aufflammen des Blitzes erkannte sie den wütenden, verärgerten Blick des größeren Mannes, und für einen Augenblick empfand Ellie panische Angst. Was hatte sie getan?

„Halte dich heute Nacht an frohe Gesichter, mein Kind", sagte sie zu sich selbst, als sie mit beschleunigten Schritten auf der dunklen, verlassenen Straße weiterging. Zu ihrer Bestürzung fielen die Männer in die gleiche Gangart wie sie und folgten ihr durch die schlecht beleuchtete Straße wie gierige Jagdhunde ihrer Beute durch das Unterholz. „Die können doch nicht hinter mir her sein", beruhigte sich Ellie und eilte noch schneller zu Licht und Lärm der King George Avenue. Sie hörte einen der beiden husten. Dann beschleunigten die beiden ihre Schritte so stark, dass sie zunächst genauso schnell liefen wie Ellie, bis sie schließlich sogar schneller wurden als sie.

Angst stieg in ihr hoch, und plötzlich kam es ihr so vor, als ob zwischen ihr und dem Lärm der nur ein paar Häuserblocks entfernten Menschenmenge Lichtjahre lägen. Drei Blocks vor ihr tanzte eine Gruppe von Frauen auf einer Militärlimousine, während der Fahrer ohnmächtig vor Wut aus dem Fenster brüllte. Nur drei Blocks. Ellie entfernte die verbrauchte Blitzlichtbirne und setzte im Laufen eine neue ein. Sie blickte über die Schulter, nun ganz sicher, dass ihre Angst berechtigt war: sie wurde tatsächlich verfolgt. Plötzlich wirbelte sie herum und sah den Männern, die bis auf ungefähr 10 Meter an sie herangekommen waren, direkt ins Gesicht.

„Was wollen Sie?", schrie sie.

Die Männer blieben vor Überraschung stehen und standen mit den Händen in den Taschen vor ihr. Ellie glaubte die Umrisse einer Pistole in der Tasche des größeren Mannes zu erkennen. Der kleinere Mann blieb stehen, während der größere einen Schritt vortrat.

„Mazel Tov", sagte er einschmeichelnd, aber mit starkem Akzent. Ganz bestimmt kein Brite, stellte Ellie fest. „Mazel Tov, junge Frau. Wir feiern, nein?" Er kam näher und streckte seine große Hand aus, deren Handfläche als Geste der Friedfertigkeit nach oben zeigte.

„Lassen Sie mich in Ruhe", warnte Ellie, „oder ich schreie." Gerade in diesem Augenblick wurde kreischendes Gelächter vom Fest herübergetragen, und der Schrei einer Frau hallte in der Straße wider.

„Wer soll das überhaupt hören?" Seine Stimme wurde rau und drohend. Er trat noch einen weiteren Schritt vor, und Ellie hatte das Gefühl, wie in einem Alptraum am Bürgersteig festgefroren zu sein. „Geben Sie mir die Kamera", forderte er sie auf. „Und ich tue Ihnen nichts."

Ellie presste ihre Kamera an sich. „Sie wollen die Kamera?" Sie konnte nur mühsam sprechen, weil ihr Hals wie zugeschnürt war.

„Nur die Kamera." Seine Stimme nahm wieder einen schmeichlerischen Ton an, und er kam noch einen Schritt näher. Mit ausgestreckter Hand stand er nun kaum mehr als Armeslänge von ihr entfernt.

Langsam hielt Ellie ihm ihre Kamera entgegen. In diesem Augenblick stürzte er auf sie zu. Sie drückte auf den Auslöser; der Blitz leuchtete hell in der Dunkelheit auf, nur wenige Zentimeter von den Augen des Mannes entfernt. Er taumelte zurück und hielt die Hände vors Gesicht, wie von einem Messer getroffen. Ellie wirbelte herum und rannte, wobei sie ihre sperrige Kamera fest an sich presste, auf die Lichter und die Sicherheit der Menschenmenge zu. Der große Mann brauchte nur Augenblicke, um seine Sehkraft wiederzuerlangen. Dann rief er dem anderen zu: „Pack sie!", und rannte mit weit ausholenden Schritten hinter ihr her. Sie hörte das Flattern seines Tweedmantels hinter sich. Für jeden Schritt, den sie tat, schien er zwei zu machen, und seine Füße bewegten sich im Takt zum stampfenden Rhythmus der Straßentänzer. Die kühle Nachtluft schmerzte in ihrer Nase, und sie fühlte Stiche in der Seite. Sie stolperte und wäre beinahe gefallen, wenn sie sich nicht an einer rauen Hausmauer festgehalten hätte. Der große Mann rannte weiter und kam ihr schnell näher. Nur anderthalb Blocks weiter war die Sicherheit bietende Menge. Aber diese Strecke war zu weit.

Das Echo der Schritte auf dem Pflaster übertönte die frohen Rufe von der Straße vor ihr. Als er nur noch ungefähr drei Meter hinter ihr war, wirbelte Ellie erneut herum und schleuderte ihm die schwere Leica an den Kopf. Es krachte, als er, wie ein Stürmer beim American Football in sie hineinrannte. Sie hörte sein unterdrücktes Stöhnen, als er sie mit voller Wucht umrannte und auf den Bürgersteig warf. Ellie spürte, wie das Glas der Blitzlichtbirne zerbrach und in ihre Oberschenkel drang. Sie schürfte sich die Haut an Händen und Ellbogen auf, als sie versuchte, den Fall abzufangen. Die Leica fiel ihr klappernd aus der Hand, und die Splitter des Objektivs übersäten den Bürgersteig. Sie war so außer Atem, dass sie nicht einmal aufschreien konnte. Sie spürte zähflüssiges Blut in ihrem Mund. Und eine warme, klebrige Lache bildete sich unter ihren Händen, während sie zwischen den umherliegenden Scherben der Blitzlichtbirnen und den kleinen, metallenen Filmdosen auf dem Bürgersteig lag. So verharrte sie, während der Mann sich erhob und an ihr vorbei in die Dunkelheit ging. Er bückte sich und hob die Kamera auf. Dann beobachtete Ellie mit halbgeöffneten Augen, wie er die Kamera aufriss und den Film herauszerrte.

„Sie sollten bei der Auswahl Ihrer Motive vorsichtig sein, Miss Warne", sagte er mit belustigtem Tonfall. Dann schmetterte er die Kamera auf den Boden und ging zu ihr.

„Die ist erledigt", meinte sein Komplize ängstlich. „Lass sie. Die ist erledigt."

Ellie, deren Kopf zwischen den Füßen des großen Mannes lag, blieb still liegen. Ihr Körper jedoch war in Erwartung weiterer Gewalttätigkeiten angespannt.

„Das Mädchen ist also noch blöder als man mir gesagt hat", brummte der Große. „Die hat mehr Glück als Verstand." Dann lachte er und stieß sie mit seiner Schuhspitze. Danach wandte er sich ab, und beide Männer gingen lässig in Richtung des geschäftigen Treibens.

* * *

Jakov drückte Schaul hinter dem Treppengeländer zu Boden, als sich die beiden Männer näherten. Die Nackenhaare des Hundes richteten sich auf, und Jakov hörte ein dumpfes Grollen aus Schauls Kehle, als die Männer zum Greifen nahe vorübergingen. Jakov brachte seinen zotteligen Kumpan mit einem Stups zum Schweigen, als der eine Mann verstohlen in ihre Richtung schaute.

„Es ist nichts. Nichts", sagte der Große. „Wir hätten sie umbringen können. Und keiner hätte was gesehen."

Aber Jakov hatte es gesehen. Von seinem Versteck im Kellereingang einer Wohnung hatte er gespannt, wenn auch wegen seiner unterlassenen Hilfe voller Scham, zuerst das Blitzen und dann die Verfolgung der hübschen Amerikanerin durch die beiden Verbrecher beobachtet. Auf Jakov hatten sie nicht den Eindruck normaler Rowdies gemacht; sie hatten kein Geld bei dem Mädchen gesucht. Und merkwürdigerweise schienen sie zu wissen, wer sie war.

Jakov sah zu, wie die beiden Männer zwischen den grellen Lichtern und dem Lärm der Feiernden verschwanden. Als er merkte, dass sich die Dame in der Dunkelheit zu regen begann, sprang er die Stufen hinauf und rannte zu ihr hin. Er blieb ungefähr einen halben Meter von ihr entfernt stehen und beobachtete abwartend, wie sie sich mühsam erhob.

„So was Blödes", murmelte sie schluchzend. „So was Blödes. Sie haben meine Leica zerbrochen." Sie stand mit schlaff herabhängenden Händen inmitten der Trümmer.

Jakov wusste nicht, was das Wort „Leica" bedeutete, aber diese Dame hatte offensichtlich große Schmerzen.

„Sie brauchen Hilfe, meine Dame", sagte Jakov. Das war mehr eine Feststellung als eine Frage. Als Ellie ihren Kopf hob, erblickte sie die kleine dunkle Gestalt des Jungen und meinte wehklagend: „Hast du das gesehen? Sie haben mich verfolgt und zusammengeschlagen. – Ach! Und sie haben mir meine Leica kaputt gemacht!"

„Ja, ich habe sie gesehen. Böse Männer. Kennen Sie die?" Er ging zu ihr hin, um ihr beim Aufstehen behilflich zu sein. Vielleicht war ihr Bein eine „Leica".

„Ich die kennen!", rief sie aus, indem sie über die knirschenden Splitter auf den zerstörten Apparat zuging, der offensichtlich an dem ganzen Unglück schuld war. Sie bückte sich mühsam und hob die Kamera auf. „Meine arme Leica", sagte sie wieder stöhnend.

„Sie ist kaputt", wiederholte Jakov mit verständnisvollem Lächeln.

„Zerschmettert, ruiniert, zerbrochen." Sie humpelte ein paar Schritte und ließ sich auf der zweiten Stufe nieder, während Jakov und Schaul sie gebannt beobachteten. „Pass auf deinen Hund auf, mein Kleiner, es sei denn, er hat Kampfstiefel an. Hier sind überall Glassplitter", meinte sie kläglich. „Sogar in meinem Körper."

„Vielleicht gehen Sie besser nach Hause", meinte Jakov, während er die kleinen Filmdosen aufsammelte. „Es könnte sein, dass sie zurückkommen." In der Hoffnung auf eine Belohnung hob er auch noch die letzte Filmdose auf und sagte: „Jakov wird Ihnen helfen." Dann zeigte er auf den Hund. „Schaul wird nicht zulassen, dass Ihnen jemand etwas zu Leide tut."

„Ja, guter Hund." Schaul winselte leise und wollte ihre blutige Hand lecken. „Ich hätte euch ein paar Minuten eher gebrauchen können."

Jakov verspürte Gewissensbisse. Er hätte Schaul leicht zu Hilfe schicken können, aber er hatte sich aus der Sache herausgehalten, aus Neugier, wie es weitergehen würde. „Wir bringen Sie nach Hause", sagte er leise.

Ellie konnte mühselig aufstehen, da der Junge ihr die kaputte Kamera abnahm. Dann legte er seine Hand um ihre Hüfte, und sie stützte sich schwer auf ihn.

„Haben Sie gesagt, dass Sie die Männer nicht kannten? Ich meine, der Große hätte Ihren Namen gesagt."

Sie humpelte schweigend ein paar Schritte weiter. „So? Vielleicht", entgegnete Ellie verwirrt. „Ich habe sie noch nie in meinem Leben gesehen." Ellie ließ den ganzen Vorgang noch einmal vor ihrem geistigen Auge ablaufen und versuchte sich zu erinnern, ob irgendjemand ihren Namen gesagt hatte oder ob sie sich das eingebildet haben könnte. Aber nur Ausdrücke wie „blöd" und „mehr Glück als Verstand" klangen ihr in den Ohren. Wenn sie zu Hause war, würde sie die Polizei holen, und dieser Kleine würde dann aussagen, was er gesehen hatte. Im Augenblick hatte sie kaum Schmerzen. Sie kochte vor Wut, und das machte sie gegen alles andere unempfindlich. „Egal wer sie waren, die kriegen wir. Ich hole die Polizei, und dann finden wir sie schon."

Ellie fühlte, wie der Kleine bei dem Wort „Polizei" erstarrte, denn Jakov wurde von einer panischen Angst bei dem Gedanken daran ergriffen, dass er sich ausführlich mit eben jenen Polizisten unterhalten sollte, die ihn und seinen Hund erst vor einer Stunde wegen des harmlosen Diebstahls verfolgt hatten.

„Ich kann mit keinem Polizisten sprechen", sagte Jakov. „Ich kann Sie nur nach Hause bringen und muss dann wieder gehen. Ich und Schaul, wir müssen mit einer Botschaft zum Haus des Rabbis. In die Altstadt."

„Davon bist du aber ein ganz schönes Stück entfernt."

„Ich wollte gerne die Feier sehen."

„Wenn du ein bisschen bleibst, gebe ich dir Geld. Es dauert bestimmt nicht lange."

„Geld?" Jakov rückte seine Mütze zurecht, die ihm in die Stirn gerutscht war, während Ellie sich auf ihn gestützt hatte. „Gut, vielleicht kann ich ein paar Minuten bleiben", sagte er betont gleichgültig. Jedermann wusste, dass Amerikaner reich waren und jede kleine Gefälligkeit und alles, was sie kauften, reichlich bezahlten. Es gab ein Sprichwort in den Souks der Altstadt: „Wenn Amerikaner eine Olive kaufen, bezahlen sie gleich den ganzen Baum." Die wenigen Amerikaner, die Jakov und seine Freunde in der Altstadt gesehen hatten, waren ganz anders als ihre britischen Gegenstücke. Wenn die Briten auf der Suche nach interessanten Sehenswürdigkeiten durch das jüdische Viertel gingen, taten sie dies in einer Haltung distanzierter Überlegenheit. Sie äußerten ihr Erstaunen über die traditionellen Gewänder und Sitten der orthodoxen Chassidim mit Ausdrücken wie „malerisch" und „richtig mittelalterlich".

Die Amerikaner hingegen starrten alles mit unverhohlener Neugier an und suchten ständig Souvenirs wie ein Hund einen Knochen. Von ihnen hatte Jakov so wichtige Ausdrücke wie „oh, Mann" und „Mensch, Frau, das ist nicht zu glauben!" gelernt. Großvater sagte, sie seien wie Kinder. Obwohl die meisten Amerikaner, die herüberkamen, Juden waren, unterschieden sie sich doch völlig von den hiesigen Juden. Die Rabbiner sagten warnend, dass Menschen, die nicht im Talmud lesen, nicht erwachsen werden. Die allermeisten Amerikaner hatten wohl nie den Talmud gelesen. Jakov mochte sie. Ihre Großzügigkeit war, im Gegensatz zu der der britischen Eroberer, so gut wie nie herablassend; sie war naiv und für die Kaufleute ebenso amüsant wie lukrativ. Also entschloss sich Jakov zu bleiben. Gott sorgte für ihn und Großvater auf wunderbare Weise. Und was für eine Geschichte würde er dem alten Mann zu erzählen haben!

„Wie viel Geld wollen Sie mir denn geben?", fragte Jakov aufrichtig.

„Man kann nicht gerade behaupten, dass du ein guter Samariter bist", sagte Ellie zu sich selbst, als sie die Eingangsstufen zur Haustür hinaufhumpelte. „Du bist wohl eher ein kleiner Söldner, was?", meinte sie, und in ihrer Stimme schwang Belustigung mit.

„Was ist ein Söldner?", fragte Jakov, als sie die Tür aufschloss und sie den beleuchteten Alkoven betraten.

Erst jetzt bemerkte Ellie die zerlumpten Kleider des Jungen. Sein langer schwarzer Mantel nach Art der Chassidim hatte viele Flicken und war zwei Nummern zu klein. Seine Manschetten waren durchgescheuert, und die Sohlen seiner Schuhe begannen sich von dem brüchigen Oberteil zu lösen. „Hmmm", sagte sie nachdenklich. „In deinem Fall bedeutet Söldner wohl, dass du hungrig bist." Sie hielt Schaul, der hinter ihnen herkam und sich dann ruhig neben seinen Herrn setzte, die Tür auf. „Möchtest du mit in die Küche kommen und etwas essen, während ich die Polizei rufe?"

„Zum ersten Mal im Hause einer echten Amerikanerin zu sein, ist schon genug", dachte Jakov. Aber es wäre Sünde, die Speise der Unreinen zu essen. Wer könnte sagen, ob sie koscher war? Obwohl sein Magen protestierend knurrte, schüttelte Jakov den Kopf und blieb lieber, wo er war – jeden Augenblick bereit, in die Nacht hinauszufliehen. Er senkte seine Augen zum Parkettboden und wagte nicht, die vielen Bilder an den Wänden um ihn herum anzusehen. Verstohlen betrachtete er die steinerne Statue eines Reiters. Er war wirklich in eine Höhle des Lasters und des Unglaubens geraten! Er würde Großvater nicht erzählen, dass er richtig im Haus drin gewesen war.

„Komm, setz dich doch, Jakov", forderte Ellie ihn mit gepresster Stimme auf. Denn allmählich schwollen ihre abgeschürften Ellenbogen an.

„Danke, nein, vielen Dank", antwortete Jakov, ohne aufzublicken. „Schaul und ich warten hier, wenn Sie nichts dagegen haben."

Ellie zuckte die Achseln und humpelte zu Onkel Howards Arbeitszimmer, um die Polizei anzurufen.

Jakov kam es vor, als stände er eine Ewigkeit in dem Alkoven. Er hörte sein Blut in den Ohren klopfen, während er wartete, darauf bedacht, die Kunst der Ungläubigen nicht anzusehen. Er schaute angestrengt auf Schauls breiten Schädel und zeichnete mit dem Fuß die Holzmaserung des Bodens nach. Nur einmal warf er einen kurzen Blick auf das Bild, das rechts über ihm hing – ein hübsches rothaariges Mädchen in einem gelben Kleid, das auf einem Kissen saß und ein Buch las. Jakov schielte angestrengt, um den Titel des Buches zu sehen. Als er sich näher und näher heranbewegte, erschien Ellie in der Türöffnung und beobachtete ihn schweigend, bis er sie bemerkte und vor Schreck zusammenzuckend seinen alten Platz wieder einnahm.

„Das gefällt dir wohl?", fragte sie. „Was meinst du, wie es heißt?"

Jakov zuckte die Achseln. Er fühlte sich sehr unbehaglich und wünschte, er hätte die junge Amerikanerin oder ihre Angreifer nie gesehen, auch nicht für Geld.

„Die Polizei kann heute Nacht nicht kommen", fuhr Ellie unbeirrt fort. „Sie haben genug auf den Straßen zu tun, haben sie gesagt. Ich denke mir, dass heute Nacht alle Verbrecher und kleinen Diebe unterwegs sind."

Jakov empfand ein angstvolles Kribbeln in seiner Magengrube. Man konnte ihm doch hoffentlich seine verbrecherische Betätigung nicht ansehen?

„Ich brauche deinen Namen und deine Adresse. Jemand von der Polizei kommt morgen hierher und fragt dann nach Einzelheiten. Ich möchte gerne wissen, wo ich dich finden kann, wenn ich dich brauche."

„Geben Sie mir das Geld schon heute?" Während Jakov sie ansah, überlegte er ernsthaft, ob er ihr seine Adresse überhaupt geben sollte, da sie diese dann an die Polizei weitergeben würde.

„Ja."

„Gut", meinte er froh. „Aber Sie dürfen der Polizei meine Adresse nicht verraten. Wenn Sie möchten, dass ich etwas sagen soll, müssen Sie kommen und mich holen. Großvater hätte es nicht gerne, wenn die palästinensische Polizei zu uns ins Haus käme. Das sieht nicht gut aus, wissen Sie."

„Abgemacht." Ellie war einverstanden und holte eine Ein-Pfund-Note für ihn, während er seine Anschrift in der Altstadt auf die Rückseite eines Umschlags kritzelte.

„Es tut mir so Leid, dass Ihre Leica zerbrochen ist", sagte er, riss ihr den Schein aus der Hand und eilte mit Schaul, der hinter ihm hertrabte, aus der Tür. „Schalom."

Ellie sah ihnen nach, bis sie in der Dunkelheit der Straße verschwunden waren. Was für eine merkwürdige Stadt, in der sich so ein kleiner Junge zwischen Dieben und Rowdies auf den Straßen herumtrieb! Sie verriegelte die Tür und ging langsam durch den Flur zum Badezimmer, um ihre Wunden zu reinigen und zu verbinden.

* * *

Jakov hüpfte geradezu durch die Dunkelheit. Er war der glücklichste Junge in Jerusalem. Er hatte ein paar Münzen in der Tasche, die er aus der fast leeren Brieftasche eines Betrunkenen entwendet hatte, und eine Ein-Pfund-Note als Bezahlung für eine gute Tat. Ohne

Zweifel hatte Gott ihm zugelächelt! Er tastete unter seiner Mütze nach dem Brief, den sein Großvater an Rabbi Akiva, den Bürgermeister der Altstadt, geschrieben hatte. Für einen Augenblick schalt er sich dafür, nicht gleich zum Haus des Bürgermeisters gegangen zu sein. Aber er hatte sich durch die Begeisterung einer Gruppe von Feiernden dazu hinreißen lassen, ihnen aus den Toren der Altstadt heraus in die Neustadt von Jerusalem zu folgen. In allem erkannte er ganz deutlich die Hand Gottes. Denn niemals hätte er die amerikanische Dame getroffen und die Belohnung von ihr erhalten, wenn er nicht in die Neustadt gegangen und wegen der gestohlenen Geldbörse verfolgt worden wäre. „Gottes Weisheit ist groß", dachte Jakov zufrieden, während er außen an der Stadtmauer entlang zum Zion-Tor ging, um dann den verschlungenen Durchgängen zu folgen, die ihn zu seinem Ziel bringen würden.

Als sich die Türme des Zion-Tores undeutlich vor ihm abzeichneten, hatte er das Gefühl, dass die schroffen, handbehauenen Quader des Mauerwerks selbst noch in der Dunkelheit hell leuchteten. Seine Überschwänglichkeit schwand jedoch, als er unter dem wuchtigen Bogen durchging. Ungefähr hundert Meter musste er durch die Gassen des arabischen Viertels gehen, bevor er den Teil der Altstadt erreichte, in dem er zu Hause war. Ganz anders als das jüdische Viertel, das noch in strahlender Helligkeit lag, war die enge, gewundene Straße des arabischen Viertels dunkel, und die Fensterläden der Häuser waren geschlossen. Jakov fragte sich, was für Pläne wohl hinter diesen schwer verriegelten Türen geschmiedet würden. Früher hatte dieses Viertel immer einen recht freundlichen Eindruck auf ihn gemacht, aber in dieser Nacht schien es ihm von Drohungen und düsteren Vorahnungen erfüllt zu sein.

Dicht gefolgt von Schaul, rannte er die letzten Meter zu dem Torbogen, der den Eingang zum jüdischen Viertel bildete. Beinahe in jedem Haus brannten noch Lichter, und von der großen Hurva Synagoge schallte ihm durch die Straßen Musik entgegen. Ein Gefühl der Erleichterung überkam Jakov, als er einer Gruppe von drei Chassidim begegnete, die ihm, vom Gottesdienst kommend, „Schalom!" und „Mazel Tov!" zuriefen. Je näher er dem gepflasterten Zentrum des jüdischen Viertels kam, desto mehr Gesichter erkannte er. Und zu seiner Überraschung machten die meisten den Eindruck, als ob sie über die Nachricht glücklich seien.

„Schalom, Jakov!", riefen ihm einige Jeschiva Studenten zu, und alle tätschelten ihm den Kopf. „Und wie nimmt dein Großvater, Rabbi Lebowitz, die Nachricht auf?"

„Er tanzt nicht vor Freude", erwiderte Jakov und hatte dabei das Gefühl, dass er sich der Untreue schuldig machte, indem er mit Angehörigen seines Volkes sprach, die vor Freude tanzten. Dies waren sogar Großvaters Studenten; sollten sie in dieser Nacht nicht besser trauern, anstatt mit den neuen Juden auf der anderen Seite der Mauer zu feiern? „Sage deinem Großvater, dass wir heute Abend für den Frieden Jerusalems gebetet haben", trugen sie ihm auf. Dann streichelten sie ihn nochmals und schlenderten davon. Trotz seiner Jugend war sich Jakov bewusst, wie sehr Jerusalem der Gebete bedurfte. Der Großvater sagte immer, Gott sei über das freudige Gebet eines guten Juden froh. Er ließ also seine Befürchtungen beiseite, als er ihnen mit einem fröhlichen „Schalom" antwortete. Großvaters Brief fest in der Hand, sprang er die letzten Stufen zum Haus des Rabbi Akiva hinunter. Unerschrocken riegelte er das Hoftor auf und ging auf die massive Haustür zu, nachdem er Schaul befohlen hatte, dort auf ihn zu warten. Er schlug dreimal den großen Messingtürklopfer an. Ein Lichtschein schimmerte aus dem Fenster, und aus dem zweiten Stockwerk hörte er monotone Radioklänge. Aber Jakov musste eine geschlagene Minute warten, bis er die sanfte Stimme von Akivas sechzehnjähriger Tochter Jehudit vernahm.

„Wer ist da?"

„Jakov Lebowitz. Ich habe eine Nachricht von meinem Großvater", gab Jakov zur Antwort und kam sich sehr wichtig vor.

Die große Tür öffnete sich knarrend. Jakov legte seine Finger an die Lippen, ließ dann seine Hand über die Mesusah neben dem linken Türpfosten gleiten und trat ein.

Jehudit sah in ihrem schwarzen Kleid bleich und übermüdet aus.

„Schalom", sagte Jakov.

„Schalom", erwiderte Jehudit seinen Gruß mit gesenkten Augen.

„Warte hier", wies sie ihn an und verließ eilends die Eingangshalle.

„Dies ist ein Haus", dachte Jakov bewundernd, als er das Haus des Rabbis mit dem der amerikanischen Dame verglich. Es hingen zwar keine Bilder an den massiven Wänden, aber die Einrichtung war schwer und wuchtig. Ein Service aus echtem Silber stand auf dem dunklen Walnussbüffet im Esszimmer zu seiner Rechten. Silberleuchter zierten den ölglänzenden Tisch, und Jakov stellte sich die vornehmsten und reichsten Gäste auf den Stühlen mit den hohen Lehnen vor. Er stand auf einem dicken Orientteppich und betrachtete eingehend dessen verwirrende dunkelrote und blaue Muster um seine Füße. Rabbi Akiva war ein wohlhabender Mann: außer ihm konnte sich nur noch ein weiterer Mann in der Altstadt den Luxus eines Telefons leisten.

Jakov hörte Akivas Schritte oben auf der Treppe und sah, als er aufschaute, wie dieser, mit Pantoffeln an den Füßen, wie ein König die Stufen hinabstieg. Er trug einen Anzug aus dem feinsten Stoff, den Jakov je bei einem Chassid gesehen hatte, und eine schwere Goldkette, die schräg über seiner Weste hing, schmückte seinen gewaltigen Bauch. Sein langer Bart war so schwarz und schwer wie die Wolle seines Mantels, und seine Augen, die finster unter seinen dichten Brauen hervorschauten, schienen bis in die hintersten Winkel von Jakovs Seele zu dringen.

„Schalom, Rabbi Akiva", grüßte Jakov schüchtern.

Akiva stieg weiter die Treppe hinunter. „Schalom!", donnerte er mit mächtiger Stimme.

Als er sich der letzten Stufe näherte, wagte Jakov ein scheues Lächeln und sagte hoffnungsvoll: „Und Mazel Tov!"

Eine Welle unterdrückten Zorns lief über Akivas grobes Gesicht, als er den Jungen ansah. Jakov merkte, wie sich sein Magen in der Gewissheit, etwas Falsches gesagt zu haben, zusammenkrampfte.

„Mazel Tov? Mazel Tov, hast du gesagt?", schnaubte Akiva. „Und wozu gratulierst du mir?"

Jakov sah schnell zur Seite, fort vom legendären Zorn Akivas. „Verzeihen Sie, Rabbi Akiva. Ich meine, ich –"

„Bist du auch einer von denen?" Akiva zeigte mit seinem gewaltigen Kopf zur Straße hin. „Tanzt du auch in den Straßen unserer verlorenen Stadt?"

„Nein", stammelte Jakov. „Ich bete für Jerusalems Frieden." Akiva wippte auf seinen Fersen und wandte den Kopf, um Jakov mit einem zusammengekniffenen Auge argwöhnisch anzusehen. „Das ist eine gute Antwort für ein Kind in deinem Alter, mein Junge. So sollten wir alle für den Frieden in Gottes Heiliger Davidsstadt beten. Und wofür betest du noch?", fragte er mit herausfordernd gehobenem Kinn.

Jakov dachte krampfhaft nach und riskierte dann eine Antwort, die richtig sein mochte, was immer der Rabbi auch hören wollte. „Ich bete für die Ankunft des Messiah, Rabbi Akiva."

Die Gesichtszüge des Rabbis schienen sich zu entspannen, und kurzfristig umspielte ein schwaches Lächeln seine harten Lippen. „Das war eine gute Antwort, Junge. Das hast du gut gesagt. Dein Großvater erteilt dir gute Lehren."

„Ja, Rabbi", stammelte Jakov erleichtert.

„Und lehrt er dich auch, dass wir keine Nation sein können, ohne dass der Messiah uns leitet? Und dass die Menschen, die jetzt ihren Staat feiern, ihre Hand gegen das Angesicht Gottes erheben und seinen Auserwählten leugnen?"

„Ja, Rabbi", antwortete Jakov und war sich nicht sicher, ob der angestaute Zorn Akivas in irgendeiner Weise gegen ihn gerichtet war.

„Wie denkt er über die Juden, die versuchen, illegal nach Palästina zu kommen? Ohne die gesetzliche, gottgegebene Autorität des britischen Mandats?" fragte Akiva, dem das Spiel Freude bereitete.

Jakov selbst war mit Hilfe der Aliya, die jüdische Kinder nach Palästina geschmuggelt hatte, ins Land gekommen. Akivas Frage war beinahe zu schwierig, als dass Jakov sie hätte beantworten können. „Ich denke mir ..."

Akiva kniff die Augen zusammen. „Nun? Nun?"

„Dass sie dieses Land durch Gottes Gnade erreichen." Er sah Akiva offen ins Gesicht. Er dachte an seine Familie und wünschte, sie hätte noch solange gelebt, dass sie die letzten Sperrzonen des Mandats hätte durchbrechen können.

„Nun?", fragte Akiva etwas weniger streng. „Und was ist deine Meinung?"

„Ich würde beten, dass alle Juden in ihre Heimat kommen können", antwortete Jakov furchtlos.

„Ich verstehe. Auf Kosten und als Gegenleistung für die, die bereits hier sind?" Akiva blickte so finster, dass Jakov seine Kühnheit bereute. „Meine Familie lebt hier seit vielen Generationen, Jakov, deine erst seit recht kurzer Zeit. Der Mufti und ich kennen uns sehr gut, und wir beide glauben, dass nichts Gutes aus dieser Teilungssache entstehen kann."

Jakov blickte nicht auf und stand stumm da.

„Also, Junge, willst du dich zu diesen Gottesverrätern gesellen? Dieser Haganah? Der geheimen Organisation von Juden, die das Wohlwollen der Regierung untergraben?"

„Nein", antwortete Jakov und hielt Akiva den Brief hin, in der Hoffnung, das Verhör damit zu beenden. „Aber ich wünschte, dass alle Juden nach Hause kommen könnten."

„Nach Hause!", schnaubte Akiva, indem er das Siegel des Briefes brach. Er las ihn schweigend und sah Jakov dann durchdringend an. „Geh also nach Hause, Junge", sagte er mit beißendem Spott. Hierauf wandte er sich um und stieg mit stampfenden Schritten die Treppe hinauf.

Jakov ging allein hinaus und war dankbar, die kühle Nachtluft atmen zu können, während er langsam nach Hause ging.

6. Die Rettung

Mosche hielt die junge Frau fest an sich gedrückt, als sie wie Treibholz von der Brandung ans Ufer gespült wurden.

„Wir haben es geschafft!", brüllte er über das Tosen hinweg.

Die Frau konnte vor Erschöpfung nur mit dem Kopf nicken, während sie sich mühsam auf dem schlüpfrigen Sand aufzurichten versuchte.

„Halten Sie sich an mir fest." Mosche stand im seichten Wasser und zog sie aus den Wellen. Er merkte, dass sie weinte, während sie die letzten Meter zum Strand stolperte. Leises Schluchzen schüttelte ihre schmalen Schultern, als sie auf dem trockenen Sand in sich zusammenfiel. Das warme Salz ihrer Tränen mischte sich mit dem kalten Nass des Mittelmeeres.

„Sie sind in der Heimat", sagte er sanft, indem er ihren Kopf wie den eines kleinen Kindes streichelte. „In der Heimat, mein Mädchen."

Sie hörte zwar nicht auf zu zittern, aber nach und nach wurde das Schluchzen schwächer, und sie schlief ein. Er häufte trockenen Sand wie eine Decke über sie, und danach übermannte auch ihn der Schlaf. „Ganz bestimmt hat Ehud schon vor langer Zeit seine Fracht hier an demselben Strand abgeladen", dachte Mosche. Inzwischen war die „Ave Maria" bestimmt schon wieder zu einem anderen Reiseziel unterwegs. Mosche hoffte, dass die Flüchtlinge nicht von einer Streife der Einwanderungsbehörde aufgefunden und zur Deportation nach Tel Aviv zurückgebracht worden waren. Darüber hinaus hoffte er, dass sie beide nicht von britischen Soldaten gefunden würden, die den Strand regelmäßig nach illegalen Einwanderern absuchten. Im Augenblick war er allerdings zu müde zum Nachdenken. Er fragte sich noch, wie die Frau wohl hieß. Dann schliefen beide regungslos an derselben Stelle, an der sie vor Erschöpfung hingesunken waren.

Von einer Dunstwolke umgeben stieg die Sonne am östlichen Horizont auf, verscheuchte die Dunkelheit und brachte die Erinne-

rung an die vorangegangene Nacht in unverminderter Eindring-
lichkeit zurück. Nachdem Mosche die Augen aufgeschlagen hatte,
blieb er still neben der Frau auf dem Sand liegen und betrachtete
deren Gesichtszüge so eingehend, als ob er sie zum ersten Mal sähe.
Sie hatte ihren Kopf von ihm abgewandt; ihr langes schwarzes Haar
fiel nach hinten, so dass ihr Gesicht, ihr zierlicher Hals und die
zarten Schultern unbedeckt blieben. Ihr weißer Baumwollunterrock
klebte feucht an ihrem schlanken Körper. Während er sie so ansah,
überkamen ihn eigenartige Gefühle, die ihn dazu veranlassten, seine Augen abzuwenden und sich abrupt aufzusetzen. Er warf Sand
hoch und ließ ihn von der leichten Brise, die über den Strand strich,
verwehen. Ihre weichen weißen Arme waren über ihrer Taille ge-
kreuzt, und als sie sich bewegte, fiel Mosches Blick auf die Nummern, die auf ihren linken Unterarm tätowiert waren. Während
ihrer Gefangenschaft bei den Nazis war sie die Nummer 7645-8927
gewesen. Darunter befanden sich die zackige schwarze Narbe eines
SS-Blitzes und die Worte „Nur für Offiziere", das Zeichen einer
Prostituierten, die einem Bordell für Nazi-Offiziere zugewiesen war.
Mit einem Gefühl des Ekels wandte sich Mosche ab, und eine tiefe
Trauer überkam ihn. „Nur für Offiziere". Er hätte gerne gewusst,
ob diese junge Frau sich noch an ihren Namen erinnerte.

Allmählich regte sie sich in dem Bewusstsein, dass er wach war.
Sie schlug ihre Augen auf – tiefer, blauer als das Meer, aus dem sie
gerade gekommen waren, dachte Mosche. Fast automatisch schob
sich ihre rechte Hand über die Tätowierung auf ihrem linken Arm.
Sie schien keine Scham darüber zu empfinden, dass sie sich in Unterwäsche mit einem fremden Mann am Strand befand. Scham
empfand sie nur darüber, dass er erfahren könnte, dass da andere
Männer gewesen waren, viele andere Männer, und dass jeder in
ihrer Seele eine klaffende Wunde zurückgelassen hatte, bis vielleicht
kein Teil ihrer eigenen Seele mehr übrig geblieben war. Mosche tat
so, als ob er ihre Bewegung nicht bemerke, und schaute statt dessen
auf das Meer hinaus.

„Guten Morgen", sagte er leise.

Sie setzte sich auf und begann den Sand von ihrem Körper abzureiben, immer sorgsam darauf bedacht, ihren linken Arm seinem Blick zu entziehen.

„Geht es Ihnen gut?", fragte er, immer noch ohne sie direkt anzusehen. Sie fuhr fort, den Sand beinahe ärgerlich abzureiben. „Ich weiß, dass Sie sprechen können", sagte Mosche ungeduldig. „Letzte Nacht habe ich Ihre Stimme gehört."

„Ob es mir gut geht?", fuhr sie ihn an. „Was glauben Sie, wie es mir geht, halb erfroren und voller Sand?"

„Immerhin leben Sie!", brüllte Mosche unbeherrscht. „Trotz dieses blöden Kunststücks, das Sie letzte Nacht vollführt haben. Wir könnten jetzt warm und sauber sein – Sie alle gemütlich in einem Kibbuz und ich auf dem Rückweg nach Jerusalem, wenn Sie nicht ins Wasser gesprungen wären. Ich hätte Sie ertrinken lassen sollen."

„Ja", sagte sie resigniert, „das hätten Sie vielleicht." Sie hörte auf, den Sand abzureiben und hielt ihre Knie umfasst, während sie auf die gekräuselten Wellen blickte.

Mosche schämte sich plötzlich seines Ärgers. Der Tod wäre für diese junge Frau gnädiger gewesen. „Mit was für Schuldgefühlen und Erinnerungen wird jeder Tag ihres Lebens belastet sein!", dachte er. „Schauen Sie", sagte sie in kindlichem Erstaunen. „Jetzt ist Ebbe." Dann sah sie ihn verunsichert an. „Oder nicht?"

„Ja." Jetzt schaute er sie ebenfalls an und lächelte entschuldigend. „Jetzt ist Ebbe."

„Das dachte ich mir. Die vielen Muscheln auf dem Sand. Als Kind habe ich von Gezeiten und Stränden gelesen. Aber noch nie habe ich einen Strand gesehen." Sie bemühte sich, ihr unfreundliches Verhalten wieder gutzumachen.

„Manchmal werden Teile von alten Wracks ans Ufer gespült."

„So wie wir, nicht wahr?" Sie lächelte ihn an und zog dabei ihre Augenbrauen hoch, als ob sie beide ein Geheimnis teilten.

„Wie heißen Sie?", fragte er nach geraumer Zeit.

Ihre Augen verdunkelten sich von neuem mit dem Schmerz der Erinnerung, und Trauer legte sich über ihr Gesicht. „Ich war ...", begann sie langsam, „ich heiße Rachel. Rachel", sagte sie wieder, als ob ihr der Name fremd sei.

„Ein schöner Name", meinte er und dachte daran, wie gut er zu ihr passte. „„Also diente Jakob um Rachel sieben Jahre; und sie kamen ihm vor wie ein paar Tage, so lieb hatte er sie.'" Die junge Frau sah ihn belustigt an. „Das ist aus der Bibel", meinte er unbeholfen. „Oh", sagte sie nur und sah wieder weg. „Dann will ich Ihnen sagen, dass ich nichts mit ihr gemeinsam habe." Sie drückte ihre Tätowierung noch fester an ihren Körper.

„Rachel", begann Mosche zögernd und hätte gerne die Wunden gelindert, die so weit klafften wie die Felsspalten am Toten Meer. „Sie sind jetzt frei. Niemand will Sie verletzen."

Ein trauriger Schleier legte sich über ihre Augen. „Von mir ist nichts übrig geblieben, was man verletzen könnte", erwiderte sie entschieden. „Ich habe mein Gefängnis mitgebracht."

Mosche räusperte sich unbehaglich. „Ich habe mich total falsch verhalten", dachte er. „Es ist kalt, finden Sie nicht?" Er zitterte, als er an sich heruntersah: nur mit einem Unterhemd, Boxershorts und schwarzen Socken bekleidet.

„Wo sind wir?", fragte sie. „Wissen Sie das?"

„Tel Aviv liegt ungefähr drei Kilometer weiter am Strand entlang, wenn ich mich nicht täusche." Er reckte sich in der Morgenluft.

„So werden Sie nicht weit kommen", bemerkte sie belustigt und sah dabei seine schlanke Gestalt prüfend an.

Mosche antwortete nicht, sondern schaute angestrengt dorthin, wo die Sonne aufging. Er stand so lange regungslos da, dass Rachel schließlich ihre Augen gegen die Helligkeit abschirmte, um herauszufinden, was seine Aufmerksamkeit so fesselte.

„Was sehen Sie?", fragte sie schließlich.

„Eine Streife. Sie kommt mit beträchtlicher Geschwindigkeit auf uns zu."

Rachel stand auf und sah sich verzweifelt nach einem Versteck um. „Nein!", rief sie. „Nicht jetzt, wo wir es doch fast geschafft haben!"

„Setzen Sie sich", befahl er. „Halten Sie einfach den Mund, und lassen Sie mich reden. Tun Sie so, als ob Sie ganz ruhig seien." Mosche entdeckte seine durchnässte und verknotete Hose am Ufer.

Nach außen hin unbeteiligt, ging er zu ihr hin, um sie aufzuheben. Rachel hörte zunächst nur, dass sich ein Jeep näherte, bevor sie ihn sah. Aber sie blieb zusammengekauert im Sand sitzen, wie Mosche ihr befohlen hatte.

Als der Jeep in etwa 300 Meter Entfernung von ihnen mit heulendem Motor über den Sand fuhr, winkte Mosche mit den Armen, um die Soldaten anzuhalten. „Was machen Sie?", fragte Rachel beunruhigt.

„Ich habe gesagt, dass Sie mich das machen lassen sollen, ist das klar?", sagte Mosche zähneknirschend, aber nach außen hin lächelnd. „Halten Sie den Mund."

Zwei Männer saßen im Jeep – ein Fahrer und ein Beifahrer. Der Fahrer steuerte das Fahrzeug so nah am Wasser entlang, dass der Beifahrer von hochgeschleudertem Wasser nassgespritzt wurde. Wenn der Beifahrer dann laut fluchte, lenkte der Fahrer den Wagen für kurze Zeit auf trockeneren Boden, um aber schon bald erneut ans Wasser zu fahren, so dass sich der gleiche Ablauf ständig wiederholte.

Mosche benötigte eine Weile, um die Soldaten von ihrem Spiel abzulenken. Aber sobald diese ihn entdeckt hatten, schossen sie schnurgerade auf sie zu und hielten rutschend genau vor Rachel an.

„Mann, was hamwa denn hier?", rief der Fahrer, als er die Handbremse anzog und sich mit einer eleganten Bewegung aus dem Jeep schwang.

„Eine Meerjungfrau." Der junge Offizier sprang aus dem Wagen und ging mit energischen Schritten auf Rachel zu, die ihren Kopf auf die Knie sinken ließ. Sie hatte schon öfter den Blicken von Männern auf Streifendienst standhalten müssen.

Mosche trat schnell zwischen die beiden Soldaten und Rachel und breitete seine Hände aus, um seine Harmlosigkeit zu unterstreichen. „Wir sind so froh, dass Sie gekommen sind", sagte er in einem so deutlichen britischen Akzent, dass Rachel ihn erschrocken ansah, um sich zu vergewissern, dass dies noch derselbe Mann war. Beim Klang dieser gebildeten Sprache ließen die Männer sofort von ihrem burschikosen Benehmen ab und nahmen Haltung an.

„Jawohl, Sir", sagte der noch jungenhaft aussehende Offizier, als er vor dem Jeep her auf Mosche zustapfte. Er hatte offensichtlich Mühe, seine Belustigung über den Mann zu verbergen, der in Unterwäsche und so weit weg von der Zivilisation gestrandet war. „Wohl in Schwierigkeiten, wie ich sehe?"

„Gott sei Dank, dass jemand von der Obrigkeit hier ist", brummte Mosche. Dann schnauzte er den lüstern schielenden Fahrer an: „Holen Sie der Dame bitte etwas zum Umhängen? Sehen Sie denn nicht, dass wir in einer misslichen Lage sind?"

Der Fahrer hörte auf zu grinsen und lief eilig davon, um eine Militärdecke herbeizuholen.

„Eine Decke ist wohl nicht das Richtige für die Dame, Wilkes!", bellte der Offizier. „Geben Sie ihr doch Ihren Mantel!"

Mosche riss dem Fahrer die Decke aus der Hand und legte sie sorgsam um Rachels Schultern, während der Fahrer den Fond des Wagens auf der Suche nach seinem schweren Übermantel durchstöberte.

Der Offizier zog die Brauen zusammen. „Er hat sich noch nicht ganz von der Feierei der letzten Nacht erholt, Sir."

„Man merkt's." Mosche hätte zu gerne gewusst, ob man gefeiert hatte, weil die Teilung gescheitert oder weil sie durchgekommen war.

„Der Bursche kann es einfach nicht glauben, dass wir nach Hause gehen, versteh'n Sie."

„Hm." Mosche nahm dem Fahrer den Mantel ab und half Rachel beim Anziehen, während die Soldaten ihnen den Rücken zuwandten. „Das ist keine Entschuldigung dafür, britische Staatsbürger, die sich offensichtlich in einer prekären Situation befinden, so zu behandeln", sagte er ungehalten, während er Rachel zum Wagen geleitete. „Setz dich hierher, meine Liebe", sagte er, indem er ihr liebevoll auf den Sitz des Offiziers half. Dann legte er die Decke um seine eigenen Schultern, obgleich er innerlich schon durch die Nachricht erwärmt war, dass die Briten abziehen würden. Die Teilung war also rechtskräftig geworden.

„Sind Sie beraubt worden, Sir?", fragte der Offizier, nun recht unterwürfig. „Sie und die Dame? Ich wette, dass es bei der Feier war."

„Sehen Sie doch selbst, Mann", fuhr Mosche ihn in gespieltem Zorn an.

„Ich habe doch gleich gesagt, dass es für britische Staatsbürger auf den Straßen nicht sicher ist. Sie und Ihre, hm, Frau, Sir?"

„Meine Frau ist in der Botschaft, Captain", sagte Mosche in vertraulichem Tonfall.

Der Offizier zwinkerte listig. „Verstehe. Eine heikle Angelegenheit für Sie. Sagten Sie ‚in der Botschaft', Sir?", fragte er, offensichtlich eingeschüchtert.

„Das haben Sie doch gehört!", entgegnete Mosche laut. „Bei Gott, Mann. Verstehen Sie das nicht? Stellen Sie sich das einmal in diesem verdammten jüdischen Käseblatt vor! Die Ehre Großbritanniens steht auf dem Spiel! Ziehen Sie sich aus!"

„W ... Was?" Der Offizier trat einen Schritt zurück.

„Nun, Sie werden doch wohl nicht von mir verlangen, dass ich in diesem Aufzug nach Tel Aviv zurückgehe."

„Ganz bestimmt nicht, Sir."

„Ich schicke Ihnen einen Fahrer. Wir nehmen seine Sachen auch noch."

Mosche sah an dem inzwischen eingeschüchterten Fahrer hinab, der sofort begann, seine Uniform auszuziehen. „Für die Dame", fügte Mosche hinzu.

„Jawohl, Sir", stammelte der Fahrer.

„Hören Sie –", versuchte der Offizier mutig zu protestieren.

„Wir haben es mit einem politischen Ereignis ersten Ranges zu tun, Captain, wenn ein Mitglied der Botschaft entführt, beraubt und ohne Kleider mit einer jungen Frau am Strand zurückgelassen wird. Die Juden werden die Tatsache, dass diese Frau nicht meine Ehefrau ist, ganz schön ausschlachten, da können Sie sicher sein. Ich beabsichtige, den Vorfall so günstig für unser Land wie möglich erscheinen zu lassen, und Sie werden mir dabei helfen. Was Sie angeht, haben Sie die junge Frau nie gesehen. Ist das klar?"

„Jawohl, Sir!", meinte der Offizier salutierend.

„Gut, dann geben Sie uns Ihre Hosen!"

Ohne weiteren Einwand zog der Offizier nun seine Uniform aus und übergab sie eingeschüchtert Mosche, der sich kurz mit der Decke abrieb und dann völlig neu einkleidete, bis hin zu den Schuhen, die eine Idee zu klein waren. Hinter dem Wagen standen der Offizier und der Fahrer niedergeschlagen in Unterhosen und Socken mit Strumpfbändern.

Rachel zog schnell die Uniform des Fahrers an und stopfte ihr Haar unter die Mütze. Um die Sache abzurunden, zog sie den Übermantel wieder an und blinzelte Mosche zu, als sei sie ein etwas feminin aussehender Soldat.

Mosche hatte Schwierigkeiten beim Knoten der Krawatte und musste den entkleideten Offizier um Hilfe bitten. „Das hätten wir, Sir", sagte dieser und rückte die Krawatte zum Abschluss noch etwas zurecht. „Niemand wird den Unterschied merken."

„Gut", meinte Mosche knapp und setzte sich die Mütze flott auf. „Ein paar Pfund brauche ich auch noch, Captain."

„Geld, Sir?", Der Offizier griff unsicher nach seiner Brieftasche. „Natürlich, Mann", meinte Mosche in angewidertem Ton. „Selbstverständlich können Sie sich darauf verlassen, dass Ihnen das Geld umgehend zurückerstattet wird. Ich kann Ihnen eine Bescheinigung ausstellen, wenn Sie wollen."

„Ich habe nur zwei Pfund sechs bei mir." Der Offizier durchsuchte seine Brieftasche und zog zwei zerfledderte Scheine und ein paar Münzen hervor. „Eine Bescheinigung ist überhaupt nicht nötig, Sir. Eine Vereinbarung zwischen Ehrenmännern, würde ich sagen."

„Ganz meine Meinung. Sie sind ein anständiger Kerl, Captain. Wir schicken möglichst bald jemanden, der Sie abholt. Tja, dann wollen wir mal." Mosche sprang hinters Steuer und ließ den Motor an.

„Danke Sir."

„Und wenn Sie mal in der Botschaft –"

„Danke, Sir! Es wird mir ein Vergnügen sein." Er winkte fröhlich hinterher, als Mosche mit aufheulendem Motor davonfuhr und eine Wolke von Kies und Sand hinter sich aufwirbelte.

Zum ersten Mal lachte Rachel. Sie warf ihren Kopf übermütig zurück, riss sich die Mütze vom Kopf und ließ ihr Haar im Wind flattern. Mosche sah sie von der Seite an, während sie schaukelnd über die Dünen fuhren. Dann tat auch er einen Freudenschrei beim Gedanken an die zwei Soldaten, die in Socken am Strand warteten.

Rachel schüttelte verwundert den Kopf. „Wo haben Sie so Englisch sprechen gelernt?"

„Ich bin mit Englisch aufgewachsen." Mosche schaltete. „Und vor dem Krieg war ich eine Zeitlang an der Universität von Oxford."

„Und haben Sie dort auch die Schauspielkunst erlernt? Sie sind ein überzeugender Schauspieler."

„Nein, die habe ich während des Krieges gelernt. Wenn man jüdische Kinder mit der Aliya aus Europa schmuggelt", fügte er lächelnd hinzu, „muss man überzeugend sein."

Rachel legte ihre Hand auf seinen Arm. „Das sind Sie!" Sie lachte wieder. „Die Botschaft?" Aufrichtige Bewunderung spiegelte sich in ihrem Gesicht. „Und wie ist Ihr Name, Herr Botschafter?"

„Mosche Sachar, verehrte Dame", er streckte seine Hand aus, und sie schüttelten sich die Hände, als ob sie sich zum ersten Mal träfen.

„Sehr erfreut, Sie kennen zu lernen", sagte Rachel mit einem Kopfnicken und salutierte dann: „Sir!" Der Jeep schaukelte so sehr im Sand, dass sich Rachel an ihrem Sitz festhalten musste. „Wohin bringen Sie mich?", fragte sie dann.

„Was halten Sie von einem Frühstück?" Mosche trat das Gaspedal tiefer durch und fuhr durch die Dünen auf eine holprige Straße mit Kopfsteinpflaster zu, die sie in Sicherheit bringen würde.

7. Die Schriftrolle

Der Polizist verschränkte seine Hände auf dem Rücken und schritt den Orientteppich vor Ellie in seiner vollen Breite ab.

„Ein großer Mann, sagen Sie", meinte er nachdenklich, und ein britischer Akzent in seiner palästinensischen Ausdrucksweise war nicht zu überhören.

„Ja, groß", pflichtete Ellie bei. „Der andere hatte ungefähr Ihre Größe. Aber ich konnte ihn nicht gut sehen."

„Aber Sie können den Mann doch beschreiben?" Er blieb vor ihrem Stuhl stehen und wippte auf seinen Fersen. „Wenn Sie ihn wiedersähen, würden Sie ihn dann wohl erkennen?"

„Ja, ohne Schwierigkeiten." Ellie hatte das unbestimmte Gefühl, als ob sie diejenige sei, die verhört würde. „Ein großer, vorstehender Unterkiefer, so eine Art Hakennase und ein grobschlächtiges Gesicht; vielleicht vierzig Jahre alt. Gekleidet wie ein Europäer oder Amerikaner. Nur dass er keiner war."

Der Polizist runzelte die Stirn und beugte sich zu ihr vor. „Was nicht war?"

„Amerikaner."

„Wie können Sie das denn so genau sagen?", fragte er barsch.

„Er war einfach keiner, das ist alles. Seine Sprache klang nicht amerikanisch." Sie war selbst überrascht über die Sicherheit, mit der sie das sagte.

„Er hat also mit Ihnen gesprochen? Was hat er gesagt?" Die Augen des Polizisten wurden schmal und stechend.

„Er muss etwas gesagt haben, aber ich erinnere mich nicht genau, was es war."

Der Beamte schürzte seine Lippen nachdenklich und begann wieder auf und ab zu schreiten. „Könnten Sie seinen Akzent denn beschreiben?"

„Ich glaube, es klang so wie in einem Kriegsfilm." Ellie zögerte. „Wie die Gestapo. Vielleicht deutsch. Ich würde sagen, es war ein deutscher Akzent."

Der Polizist fuhr sich mit der Hand über die Lippen, als er zweifelnd auf Ellie hinabsah. „Sind Sie sicher, dass Sie letzte Nacht nicht doch etwas zu viel getrunken haben, junge Dame? Sie sind gefallen, haben sich verletzt, und Ihre Kamera ist kaputt gegangen und ...“

„Zu viel getrunken?“ Ellie sprang entrüstet auf. „Der Mann hat mich verfolgt und zu Fall gebracht und versucht, meine Kamera zu stehlen. Er hat sie aufgerissen, den Film herausgenommen und die Kamera zertrümmert. Ich habe einen Zeugen. Einen Jungen. Er war versteckt im ...“ Ellie brach abrupt ab, weil der Polizist einen Schritt zurücktrat, als ob ihm jemand einen Schlag versetzt hätte.

„Einen Zeugen?“, sagte er mit rauer Stimme. „Ein anderer hat das gesehen?“

„Ja. Und ich weiß, wo ich ihn finden kann. Er kann Ihnen die ganze Geschichte erzählen. Vielleicht kann er Ihnen sogar sagen, wie der andere Mann aussah!“, fuhr sie ihn an.

Für einen Augenblick schien der Polizist zu erbleichen, erlangte seine Fassung jedoch schnell wieder. „Dann müssen wir mit diesem ... Zeugen sprechen. Ein Junge, sagen Sie? Wo kann ich ihn finden?“

„Ich habe seine Adresse“, sagte Ellie und hatte plötzlich das Gefühl, in Gegenwart dieses Mannes vorsichtig sein zu müssen. „Ich hole ihn und bringe ihn zum Polizeirevier, wenn Sie es wünschen. Er hat gesagt, er möchte nicht, dass sich Polizisten um sein Haus herumtreiben.“

Der Mann wurde verständnisvoll und freundlich, so dass Ellie ihr unbestimmtes Unbehagen über ihn wieder vergaß. „Das ist verständlich, natürlich.“ Als er lächelte, zeigte sich eine Lücke zwischen seinen Schneidezähnen, und tiefe Furchen umgaben seine Augen. „Ist Ihnen heute Nachmittag um vier recht? Und vielleicht wäre es dem Jungen angenehmer, wenn wir uns irgendwo außerhalb des Reviers träfen?“

„Wahrscheinlich. Ich glaube schon, ja.“

„Sollen wir uns dann hier treffen? Hier ist es ruhig und nicht so hektisch wie im Revier.“

„Gut.“ Ellie ging zur Haustür, weil sie das Gefühl hatte, die Unterredung beenden zu müssen. „Und, Officer – entschuldigen Sie, ich habe Ihren Namen vergessen."

„Rausch." Er hielt ihr die Hand hin. „Officer Rausch."

Als Ellie ihm die Hand schüttelte, befiel sie wieder ein starkes Unbehagen. Sie öffnete schnell die Tür und trat zur Seite, als er an ihr vorbei zur Treppe eilte. „Vier Uhr dann, Officer Rausch. Bis bald."

Rausch setzte seine Dienstmütze auf und schritt über die Straße. Ellie lehnte am Türpfosten und sah ihm nach, bis er um die Ecke gebogen war. Irgendetwas an ihm beunruhigte sie. Aber sie tat ihre Zweifel mit einem Achselzucken ab und schloss die Tür hinter sich.

Obwohl es schon beinahe neun Uhr morgens war, hörte Ellie Miriam erst jetzt in der Küche hantieren. Ihre Nachtwache war sicher der Grund dafür, dass Miriam länger geschlafen hatte als jemals zuvor in ihrem Leben. Ellie zog einen Pullover über, um ihre verbundenen Ellenbogen zu verbergen und schaute etwas schuldbewusst zur Küche hinein. Dort stand Miriam fertig angezogen mit wohlgeordneter Frisur und summte ein Lied vor sich hin, während sie den Kaffee mahlte.

„Guten Morgen!" Ellie ging hinein und wollte Miriam die Kaffeemühle wegnehmen. „Lassen Sie mich helfen."

Miriam gab die Mühle nicht her. „Setzen", befahl sie. „Siebenundzwanzig Jahre lang ich habe in diesem Hause jeden Morgen den Kaffee gemahlen. Soll ich für Sie fotografieren?"

Ellie ließ sich ergeben am Tisch nieder. „Ganz schöner Trubel letzte Nacht, was?"

Miriam sah sie an und schüttete noch ein paar Kaffeebohnen in die Mühle.

„Wie haben Sie geschlafen?", fragte Ellie dann in fröhlichem Tonfall.

„Nachdem Miss Ellie den Irrtum ihrer Wege gemerkt hat und ist zurück nach Hause ins Bett gegangen, habe ich gut geschlafen. Unser Herr Jesus hat sie letzte Nacht beschützt. Es ist eine Schande, dass eine junge Frau geht wie eine Haremsdame auf die Straße, um zu tanzen", schimpfte sie.

„Na, gut –.“ Ellie wechselte das Thema. „Miriam, wo ist die Schrift-rolle? Ich habe sie in der Nacht gesucht, aber ich konnte sie nicht finden. Haben Sie sie weggetan?“

„Ha!“, rief Miriam aus und drehte den Griff noch heftiger. „Sie haben sie im Fotolabor gelassen, auf der Arbeitsplatte. Sie ist etwas Heiliges. Das weiß ich. Das werden Sie schon sehen, wenn der Pro-fessor kommt ...“

„Wo haben Sie sie hingetan?“, unterbrach Ellie sie, erleichtert, dass die Rolle nicht einfach während der Nacht verschwunden war.

„Ins Arbeitszimmer des Professors. Sicher im Schrank.“

„Gut, ich möchte sie mir noch einmal ansehen.“ Ellie wollte auf-stehen.

„Sitzen bleiben!“, befahl Miriam. „Sie brauchen Ihr Frühstück. Tagelang Sie haben schon nichts mehr gegessen. Und jetzt, da Sie auf sind, werden Sie gut frühstücken.“

„Nur einen Kaffee.“

„Kaffee!“ Miriam rollte mit den Augen und hob verzweifelt ihre Hände. „Ich muss heute etwas in der Altstadt erledigen. Ich möch-te die Schriftrolle zu einer der Jeschiva Schulen bringen. Vielleicht kann uns ein Rabbi einen Hinweis geben, da Mosche und Onkel Howard weg sind.“

„Es ist heute nicht sicher in der Altstadt. Der Mufti hat alle Mos-lems zu einem Generalstreik aufgerufen. Ich mache Waffeln, und Sie bleiben im Haus, Miss Ellie.“ Miriam ging zum Kühlschrank, um Eier und Milch herauszuholen.

„Nur Kaffee. Miriam, ich möchte wirklich wissen, was es mit diesem Ding auf sich hat, ich muss es unbedingt wissen.“

Miriam brachte die Eier kopfschüttelnd wieder in den Kühlschrank zurück. Es klopfte laut an der Haustür; ohne ein weiteres Wort zu verlieren, ging Miriam durch den Flur, um aufzumachen.

Ellie goss sich eine Tasse Kaffee ein und stützte sich auf die An-richte, während sie sich den Duft in die Nase steigen ließ. Miriam steckte den Kopf zur Tür herein.

„Sie sind hier – diese Ziegenhirten aus der Wüste. Sie sagen, sie wollen jetzt Geld oder die Rolle.“

Merkwürdig enttäuscht darüber, dass sie schon so früh zurückgekommen waren, ging Ellie zur Haustür, um sie zu begrüßen.

Die beiden Männer standen vor dem Bild des ‚Lesenden jungen Mädchens' und unterhielten sich angeregt über die Vorzüge ihrer Figur, während sie auf Ellie warteten. Als sie sich räusperte, wandten sie sich zu ihr um und beäugten sie ebenfalls mit großem Interesse.

„Salaam." Sie verbeugten sich mit großer Höflichkeit vor Ellie, die neben Miriam stand.

„Salaam", erwiderte sie, indem sie dem jungen Mann die Hand entgegenstreckte. „Und guten Morgen."

Er ergriff ihre Hand. „Kein so guter Morgen, fürchte ich. Die Abstimmung von letzter Nacht macht es erforderlich, dass wir Jerusalem schnell verlassen."

„Ich würde die Schriftrolle sehr gerne noch jemandem zeigen, bevor ich mich dazu äußere", meinte Ellie.

„Sie haben die Fotografien, nein?", entgegnete der junge Mann. „Wir müssen abreisen. Bitte die Rolle oder zweihundert Pfund, hm?" Er hielt ihr seine Handfläche hin.

„Wann werden Sie wieder in die Stadt zurückkehren?", fragte sie und hatte ein ungutes Gefühl, die Schriftrolle aus der Hand zu geben, bevor Onkel Howard selbst einen Blick darauf geworfen hatte.

„In zwei Wochen, wenn Allah will." Er wiederholte ihre Frage für den alten Mann noch einmal auf Arabisch. Der Alte nickte erfreut.

„Und bringen Sie dann auch die anderen Rollen?"

„Haben Sie dann auch das Geld?"

Ellie wandte sich an Miriam. „Holen Sie dem Mann die Schriftrolle", meinte sie resigniert. Dann wandte sie sich wieder an ihn: „Wenn wir sie hier nur in Sicherheit lassen könnten, bis Sie wiederkommen."

„Es wird in Jerusalem keinen sicheren Platz mehr geben. Nein, Lady. Wir müssen gehen."

Miriam kam zurück und trug die Schriftrolle ehrfürchtig in den Armen, als ob sie ein Baby hielte. Ellie nahm sie ihr ab und überreichte sie dem Alten, der sie wieder in seine Ledertasche stopfte.

Er grinste wieder breit und zahnlos, musterte Ellie von Kopf bis Fuß und wandte sich, einen arabischen Redeschwall murmelnd, seinem Sohn zu. Miriam hob verärgert ihre Arme, öffnete die Haustür und geleitete die beiden entschlossen auf die Straße.

„Was haben sie gesagt?", wollte Ellie wissen, während Miriam die Tür zuknallte und verriegelte.

„Er sagt, Sie wären eine hübsche Ergänzung zu seinen Frauen, und er wüsste gerne, ob Sie das Mädchen auf dem Bild an der Wand da sind. Er sagt, Sie sind dafür geschaffen, viele kleine Lämmer zu säugen."

Ellie fühlte, wie sich ihr Gesicht verfärbte. „Ich bin wohl doch ziemlich weit weg von der Uni in Los Angeles?", meinte sie lächelnd.

„Ja, aber ich glaube, Sie werden vielleicht bald nach Hause zurückkehren. Und dort werden Sie viel sicherer sein als hier."

* * *

Hassan räusperte sich und spie durch seine Zahnlücke. Von seinem Posten aus, gegenüber dem Hause Moniger, beobachtete er, wie die alte Araberin die beiden Beduinen zur Haustür hinausdrängte. Sie standen einen Moment lang unschlüssig da, bevor sie schnell in Richtung Stadtmauer davoneilten. Er zögerte kurz, um zu überlegen, ob er diesen beiden folgen oder warten sollte, bis die junge Frau herauskam, um dann lieber ihr zu folgen, so wie er dies schon bei ihr und Mosche Sachar zusammen mit Gerhardt während der letzten Wochen getan hatte. Da er die Uniform eines palästinensischen Polizeibeamten trug, würden die Beduinen nicht bezweifeln, dass er das Recht hatte, ihre Ledertasche zu durchsuchen, die sie leer mit ins Haus genommen und gefüllt wieder herausgebracht hatten.

Er atmete scharf durch die Nase ein und drückte seine Zigarette aus. Er musste daran denken, dass es hauptsächlich Gerhardt Zigarette war, die sie in der vorigen Nacht in Schwierigkeiten mit dem Mädchen gebracht hatte. Wenn Gerhard das Streichholz nicht angezündet hätte, wären sie von dem Mädchen vermutlich gar nicht bemerkt worden. „Tja", dachte er, „wenn der Zeuge nicht gewesen wäre, hätte man über alles das Tuch des Schweigens decken können. Vielleicht hätte man sie einfach töten sollen, und damit wäre die Sache erledigt gewesen. Aber dafür war immer noch Zeit – wenn sie den Zeugen gefunden hatten. Es war noch Zeit und Gelegenheit, sie beide umzubringen."

Ohne weiter darüber nachzudenken, ging Hassan hinter den Beduinen her. Wenn die Uniform sie nicht dazu bewegen konnte anzuhalten, dann höchstwahrscheinlich das goldene Symbol des Halbmondes um seinen Hals. Kein gläubiger Moslem in Jerusalem würde es wagen, die Autorität eines Geheimpolizisten des Muftis nicht anzuerkennen oder sich ihr gar zu widersetzen.

Er beschleunigte seine Schritte, als die Beduinen um die Ecke des Wohnviertels bogen. Während sie so eifrig miteinander redeten, dass sie ihn nicht bemerkten, stiegen sie die lange, ansteigende Straße zum arabischen Viertel der Altstadt hinauf. Als sie durch das Tor gingen, war er bis auf wenige Meter an sie herangekommen. Sowie sie die Altstadt erreicht hatten, verschwanden die beiden in einem dunklen Kaffeehaus und bahnten sich einen Weg an den dicht besetzten Tischen vorbei zu einem leeren Platz in einer Ecke am Ende des Raumes.

Alle Augen richteten sich feindselig auf Hassan, der sich nun schmerzlich bewusst war, dass seine Uniform inmitten der mit der Keffijah bekleideten Krieger, die sich auf einen Jihad gegen die ungläubigen Juden vorbereiteten, fehl am Platze war. Er griff in sein Hemd und zog das Medallion mit dem Halbmond heraus, eine glitzernde Erklärung dafür, dass er sehr wohl seinen Platz im Gefüge der arabischen Gesellschaft hatte. Er arbeitete für die „Gestapo" Haj Amins, des Muftis von Jerusalem. Während er durch die in Gruppen zusammenstehenden Männer ging, nickte man ihm in Anerkennung seiner Bedeutung zu. Ehrenbezeugungen und leise Salaam-Rufe klangen durch das Kaffeehaus, während die Krieger ihre kleinen Tassen mit dem bitteren Kaffee auf den Tisch stellten und in respektvollem Schweigen warteten, bis er vorbeigegangen war.

106

Die beiden Beduinen beobachteten erstaunt, dass Hassan an all den anderen Tischen vorüberging, um sich an ihren Tisch zu setzen.

„Salaam." Die beiden Beduinen standen auf und verbeugten sich vor ihrem ungebetenen Gast.

„Ihr seid heute Morgen im Haus der ungläubigen Zionistin gewesen!", fuhr Hassan sie an, ohne ihren Gruß zu erwidern.

Vater und Sohn verging sogleich das Lächeln, und sie tauschten ängstliche Blicke aus.

„Aber, Herr", begann der Alte, „wir sind nur dorthin gegangen, um ein Geschäft abzuwickeln."

„Nur einfach so", fügte der junge Beduine hinzu.

„Setzt euch", bedeutete Hassan mit einer kaum sichtbaren Bewegung seines Zeigefingers.

Langsam sanken sie auf ihre Kissen, entsetzt darüber, dass sie Mufti Haj Amin beleidigt hatten, der mit einem Wink seines Zeigefingers ihr Leben beenden konnte – ja, das Leben eines jeden Einwohners von Jerusalems arabischem Viertel, der ihn in irgendeiner Weise beleidigt hatte. „Der Herr interessiert sich für Antikas, so haben wir jedenfalls gehört; wir selbst haben bisher noch nie ein Geschäft mit ihm gemacht. Wir verkaufen dies hier." Der junge Beduine zog hastig die Schriftrolle hervor und legte sie vor Hassan auf den Tisch.

Hassan warf nur einen uninteressierten Blick darauf. Dann sah er die beiden mit hartem Blick an. „Der Mufti ist ärgerlich", sagte er mit leiser Stimme und beobachtete, wie den Beduinen die Farbe aus dem Gesicht wich. „Was ist es, das ihr den Zionisten gezeigt habt?"

„Eine alte Schriftrolle, Eure Exzellenz. Sehr alt."

„Und was hat der amerikanische Professor gesagt?"

„Wir haben ihn nicht angetroffen. Aber die Frau schien Interesse zu haben – sehr großes Interesse. Sie wollte, dass wir noch einmal zurückkommen, damit ihr Onkel die Rolle genau ansehen kann."

Hassan schürzte nachdenklich seine Lippen und spielte mit dem brüchigen Rand der Schriftrolle. „Vielleicht würde dies den Mufti interessieren", meinte er feierlich.

„Es wäre uns eine Ehre", rief der Alte aus, „wenn der Mufti dieses unwürdige Geschenk annehmen würde!"

„Dann werdet ihr beide in der Wüste verschwinden und euch um eure Herden kümmern?"

„Mit großer Freude, wenn Allah und der Mufti es so wollen!"

„Dann geht." Hassan hob seinen Finger noch einmal, und die beiden sprangen vom Tisch auf und eilten erleichtert aus dem Kaffeehaus.

Hassan warf eine Münze auf den niedrigen Tisch und trank einen Schluck vom Kaffee des jungen Beduinen, während er gedankenverloren die Schriftrolle vor sich anstarrte. Vielleicht interessierte sich auch der Mufti für etwas, das für diese Judenfreunde, diese Amerikaner, von so offensichtlichem Interesse war. Vielleicht bekäme er selbst sogar eine große Belohnung.

Er nahm die Rolle unter den Arm und ging durch den überfüllten Raum auf die Straßen Jerusalems.

* * *

Ellie nahm eine Fotografie nach der anderen von den Trockenständern, bis sie nummeriert und geordnet in einem Stapel vor ihr lagen. Sie verdrängte ihre Enttäuschung darüber, dass sie das Original zurückgegeben hatte, indem sie sich sagte, dass sie zumindest die Fotografien besaß und bald den Inhalt der Rolle erfahren würde. Sie schob die Bilder in einen großen gefütterten Briefumschlag und knipste das Licht zur Dunkelkammer aus.

Sie traf Miriam beim Kartoffelschälen an.

„Ich fürchte, dass wir die Schriftrolle nicht hätten weggeben sollen", seufzte die Alte.

„Wahrscheinlich ist sie ganz wertlos, Miriam. Sie wissen doch, wieviel hier von diesem Zeug kursiert. Aber wir werden sowieso bald wissen, was drin steht." Ellie tunkte ihren Finger in die Zuckerschale, während Miriam die Arbeitsplatte reinigte.

„Wir wollen hoffen, dass die beiden wiederkommen mit der Rolle, Miss Ellie. Mein Herz sagt mir, dass dies etwas von großer Bedeutung ist, obwohl ich kann nicht sagen, warum."

Ellie wunderte sich immer wieder über die seltsame innere Stimme, die die alte Frau offensichtlich besaß. Miriam hörte die Stimme der Wahrheit bei verschiedenen Gelegenheiten. Aber eigentlich war sie doch nur eine alte Frau, die im Hause eines Professors für Archäologie arbeitete. Von Archäologie selbst hatte sie keine Ahnung – und doch fragte Onkel Howard sie manches Mal wegen des Handlungsortes dieser oder jener biblischen Geschichte um Rat. Und sie hatte selten Unrecht gehabt.

„Sie dürfen diese Fotografien heute nicht in die Altstadt bringen", schimpfte Miriam, als sie Ellies Paket sah. „Ich sage Ihnen, dieser Mufti hat zu einem Generalstreik aufgerufen. Ich glaube, es ist zu gefährlich heute, in die Altstadt zu gehen."

„Sie glauben, es wird zu Gewalttätigkeiten kommen?"

„Wahrscheinlich ja. Es ist nicht sicher."

„Dann sollte ich eine Kamera mitnehmen. Vielleicht gewinne ich einen Pulitzerpreis, wenn ich ein paar gute Bilder mache – wer weiß?" Ellie ging schnell ins Fotolabor zurück, um eine Kamera zu holen, und bedauerte noch einmal den Verlust ihrer Leica.

„Wenn Sie einen Preis gewinnen, können Sie ihn abholen, wenn Sie tot sind!", rief Miriam ihr durch den Flur hinterher. „Und wenn Sie getötet werden ... Ich denke irgendwie, dass ich Sie hätte aufhalten sollen. Aber wenn Sie so verrückt sind ..." Ihre Stimme verhallte, als Ellie an ihr vorbeilief.

„Nicht verrückt, Miriam, sondern Journalistin."

„Ein junges Mädchen sind Sie. Ich werde zu Jesus beten, dass man Ihnen nicht den Kopf abschießt!" Miriam kehrte wieder zu ihren Kartoffeln zurück, während Ellie einen Film einlegte und sich dann auf den Weg zur Altstadt machte.

Jakovs Angaben waren wohl eindeutig für jemanden, der sein ganzes Leben in Jerusalem verbracht hatte. Ellie las das Gekritzel auf der Rückseite des Umschlags genau durch und wünschte zum tausendsten Mal, dass Mosche bei ihr wäre. „Wenn er hier wäre", murmelte sie vor sich hin, während sie zügig zur King George Avenue ging, „brauchte ich dies hier natürlich niemandem zu zeigen." Mit dem Umschlag in der Hand suchte sie die Straße vor ihr nach einem der uralten Taxis ab, die durch die Stadt ratterten. Mit einem Taxi zu fahren, war für sie die einzige Möglichkeit, auch ohne Mosche ihr Ziel zu erreichen. Aber selbst ein Taxi würde sie nur bis zum Anfang der verwinkelten Straßen bringen, die in die Altstadt führten.

Während sie an der Ecke der King George Avenue stand, rasten binnen einer Minute zehn Taxen an ihr vorbei und wirbelten hinter sich den Abfall der vergangenen Nacht auf. Konfetti bedeckte den Bürgersteig wie ein Teppich, und Teile der Sonderausgabe der „Jerusalem Post" von diesem Morgen verkündeten, dass die Teilung rechtskräftig geworden war. Es war der Morgen nach der Feier, doch Ellie konnte nirgends Anzeichen dafür entdecken, dass Miriam mit ihrer Vorhersage von Gewalttätigkeiten Recht behalten würde. In diesem Stadtteil schien das Leben wieder einen normalen Verlauf zu nehmen – wenn auch vielleicht mit einer leichten Katerstimmung. Als sie endlich ein Taxi herbeigewinkt hatte und dem Fahrer, da er kein Englisch sprach, die Angaben unter die Nase hielt, bemerkte sie nicht den Mann, der hinter ihr aus der Schneiderei kam.

„Jerusalem ist eine alte Stadt", dachte Ellie, „aber es hat auch so viel Neues und Hoffnungsvolles an sich." Als der Fahrer nach links auf den Julian's Way abbog, fielen ihr die jungen Bäume auf, die die Straße zu beiden Seiten säumten. Wer immer sie gepflanzt hatte, die Britische Mandatsregierung oder die Vertretung der Juden, hatte sich der Hoffnung hingegeben, hier lange genug leben zu können, um sie wachsen zu sehen und sich an ihrem Schatten zu erfreuen. „Für einige muss die Abstimmung der letzten Nacht eine Überraschung gewesen sein", dachte sie, als das Taxi an den beiden Wellblechbaracken vorbeifuhr, in denen der Britische Offiziersclub untergebracht war.

Gleich hinter dem Offiziersclub auf der linken Seite befanden sich das große Y.M.C.A.-Gebäude und genau gegenüber davon das King David Hotel. Keines der Gebäude zeigte irgendwelche Spuren der mörderischen Explosion, die vor einem Jahr von jüdischen Terroristen verübt worden war und der viele Bedienstete der Britischen Mandatsregierung zum Opfer gefallen waren. Ein ganzer Flügel des Hotels war zerstört worden. Die Irgun, eine Vergeltungsgruppe militanter Juden, hatte die Verantwortung für die Tragödie übernommen, und alle Zionisten, wie friedlich sie auch sein mochten, hatten deswegen leiden müssen. Die Leichen der Büroangestellten und Schreibkräfte waren aus dem Schutt befreit, die Blutflecke an den umliegenden Gebäuden beseitigt und das King David Hotel wieder aufgebaut worden. Das Mandat selbst stand jedoch auf immer wackeligeren Füßen, weshalb die britische Regierung bei den noch jungen Vereinten Nationen um Hilfe gerufen hatte. Aber man hatte wohl in keiner Weise damit gerechnet, dass die Abstimmung zugunsten der Zionisten ausfallen würde. Und Ellie vermutete, dass die Regierungsangestellten sich an diesem Morgen im Schockzustand befanden. Falls die Vereinten Nationen die Teilung nicht wieder rückgängig machen würden, – und jedermann wusste, dass das immer noch der Fall sein konnte – wären sie arbeitslos.

Der Fahrer nahm die längste Strecke zum Jaffa-Tor. Er fuhr an dem in Dreiecksform gebauten Postgebäude vorbei, bog in die Jaffa Road ein und fuhr durch das Geschäftsviertel im ausladenden Schatten der schroffen Mauer. Die burgähnliche Erscheinung der Zitadelle über dem Jaffa-Tor zeichnete sich vor ihnen ab. Der Taxifahrer hielt mit quietschenden Bremsen vor dem Tor und wandte sich mit geöffneter Hand zu Ellie, um die Bezahlung in Empfang zu nehmen. Sie legte ihm die Münzen darauf, ohne ein Trinkgeld hinzuzufügen, da sie wusste, dass er den Fahrpreis durch seine Umwege beträchtlich in die Höhe getrieben hatte. Sie lächelte über seinen enttäuschten Gesichtsausdruck und sprang dann aus dem Taxi direkt in eine Flut von Menschen, die in die Altstadt strömten.

Dort schloss sie sich den Christen an, die sich zu Dutzenden an den vielen heiligen Orten des christlichen Viertels zum Sonntagsgottesdienst drängten. Auch dieser Stadtteil war ein kleines politisches Schlachtfeld. Alle christlichen Sekten und Nationalitäten befanden sich darüber im Streit, wessen Boden der heiligste und welche Art der Gottesverehrung die richtige sei. Alle beanspruchten für sich das Monopol auf die Wahrheit, die Rechtschaffenheit und Gott. Ellie blieb stehen, um staunend mitanzusehen, wie eine Prozession weihrauchschwenkender Priester auf der Straße vorbeizog. Links von ihr erhoben sich die Türme der Grabeskirche, des mutmaßlichen Sterbeortes Jesu. Ellie fragte sich, was Jesus wohl sagen würde, wenn er Jerusalem jetzt sehen könnte, gespalten in Hunderte von Sekten, von denen jede eine tötliche Zeitbombe der Selbstgerechtigkeit darstellte. Und wo war Gott in all dem? fragte sich Ellie. Falls er jemals wirklich hier war, dachte sie entschieden, hatte er bestimmt vor diesem Streit kapituliert und irgend einen anderen zentralen Standort gewählt. Sie fotografierte einen bärtigen orthodoxen Priester, um dessen Kappe Weihrauchwolken schwebten.

Genau vor ihr befand sich die Street of the Cham, die zur jüdischen Klagemauer und dem islamischen Felsendom führte. Da der Himmel an diesem Tage bedeckt war, glänzte die goldene Kuppel nur matt; dennoch überstrahlte ihre majestätische Architektur jedes andere Gebäude in Jerusalem. Ellie konnte das Gefühl nicht loswerden, dass die Menschen, die dort ihre Andacht verrichteten, im Vorteil waren gegenüber den armen, schäbigen Juden, die vor den uralten Steinen der Klagemauer im Stehen ihre Gebete verrichteten.

Rechts von ihr befand sich das islamische Viertel, das mit zahllosen Minaretten gespickt war, von denen aus die Gläubigen zum Gebet gerufen werden konnten. „Sie gäben auch einen guten Standort für Heckenschützen ab", dachte Ellie, als ihr auffiel, welch gute Ausblicke von dort aus über die Dächer und Straßen des jüdischen Viertels möglich sein mussten. Und als sie die Gässchen des arabischen Stadtteils betrachtete, bemerkte sie, dass tatsächlich etwas nicht stimmte. Im Gegensatz zu anderen Tagen, an denen arabische Händler ihre Waren feilboten und Fußgängern nachliefen, mit denen sie um unerwünschte Waren feilschten, war es heute düster und still. Im arabischen Viertel saßen die Kaufleute in ihren verschlossenen kleinen Läden und wärmten sich an den rasselnden Ölöfen, während sie die Rede des Muftis besprachen oder darüber nachdachten.

Als Ellie vorbeikam, brachen die Gespräche ab, und auf ihrem

Weg durch die düsteren Gässchen zu Jakovs Haus folgten ihr finstere Blicke. Seitdem sie in Palästina war, war sie sich noch nie so sehr als ungläubige Sünderin vorgekommen wie jetzt. Bei dem Gedanken, dass vielleicht ihre Kamera in der vergangenen Nacht Anlass zur Feindseligkeit gewesen war, versuchte sie diese unter ihrer Jacke zu verbergen. Im Augenblick zumindest hatte sie nicht den Wunsch, irgendjemanden zu fotografieren, der ihr Lächeln nicht erwiderte – nach all dem, was gestern Nacht passiert war.

Eine verschleierte Frau mit einem Wasserkrug auf dem Kopf ging an ihr vorbei und starrte sie ängstlich mit glänzend braunen Augen an, die zu fragen schienen: „Was machst du heute an diesem Ort?" Einen Augenblick lang war Ellie versucht, auf dem Absatz kehrt zu machen und auf demselben Weg, den sie gekommen war, zurückzugehen, zurück in die relative Sicherheit der Neustadt. Doch statt dessen blieb sie am offenen Eingang eines kleinen Ladens voller Messingtöpfe und Kerzenleuchter stehen und händigte den Umschlag mit Jakovs Adresse tapfer einem harmlos aussehenden alten Araber aus.

„Können Sie mir sagen ...", begann Ellie, während der Alte den Umschlag hin und her wendete und das Gekritzel begutachtete, das für ihn keinerlei Sinn ergab, und fuhr dann fort: „Ist hier jemand, der lesen kann?"

„Lesen?" Der Alte lächelte und entblößte dabei seine beiden einzigen gelblichen Zähne. Er erinnerte Ellie ein bisschen an eine Kürbislaterne. „Du Amerikanerin?", fragte er.

„Ja, Amerikanerin." Sie nahm ihm den Umschlag wieder ab.

„Du möchten kaufen Kerzenhalter, hm? Sehr billig." Er rieb sich die Hände.

„Ich möchte wissen, wo diese Adresse ist." Sie zeigte auf den Umschlag und sprach etwas lauter, als ob sie sich mit größerer Lautstärke besser verständlich machen könnte.

Der Mann zeigte ihr zwei verstaubte Kerzenhalter. „Sehr schön, sehr schön."

Ellie wollte den Umschlag schon wieder in die Tasche stecken, als sie eine sonore Stimme aus der dunkelsten Ecke des muffigen kleinen Ladens hörte. „Was wünschen Sie?" Ein Mann in einem schwarzen Gewand und einer karierten Keffijah stand auf und trat aus dem Dunkel. Ellie sah die Schwärze seiner Augen schon, bevor Licht auf sein markantes, von einem schwarzen Bart umrahmtes Gesicht fiel. Das angedeutete Lächeln auf seinen vollen Lippen bedeutete nichts Gutes. Es war ein Lächeln, das seine Belustigung über die Dummheit einer Amerikanerin ausdrückte, die sich an einem solchen Tag im arabischen Viertel aufhielt. Ein goldenes Halbmondmedaillon glitzerte auf seiner Brust.

Der schwarz gekleidete Araber war nicht größer als Ellie, aber seine Erscheinung schien den Raum auszufüllen. Zögernd glättete sie den zerknitterten Umschlag und hielt ihn dem Mann hin, während er auf sie zukam. Er nahm den Umschlag und schaute sie so lange eindringlich an, bis sie fühlte, wie ihr die Röte ins Gesicht stieg. Erst dann warf er einen Blick darauf.

„Warum kommen Sie heute hierher?", fragte er, und seine Augen wurden wieder stechend.

Ellie schluckte mühsam. „Ich habe hier einen Freund. Einen kleinen Jungen, den ich besuchen möchte."

„Sie wären gut beraten, dem jüdischen Viertel fernzubleiben", meinte er warnend.

„Aber ich muss dahin. Wissen Sie, ich ..." Sie brach ab, als sie sah, wie das merkwürdige Lächeln wieder auf seinen Lippen erschien.

„Sie wollen Fotos machen?" Er zog den Aufschlag ihrer Jacke zurück, um die Kamera aufzudecken. Instinktiv machte Ellie einen Schritt zurück zur Tür.

„Vielleicht. Wenn Sie die Adresse nicht kennen, frage ich jemand anderen", meinte sie eilig.

Er trat einen Schritt auf sie zu, wobei er seine stählernen Augen von ihren roten Haaren bis zu ihren Füßen gleiten ließ. „Ich zeige Ihnen, wo Sie hin müssen", meinte er schließlich. „Kommen Sie."

Er schob sich an ihr vorbei und schritt majestätisch auf die gepflasterte Straße. Ellie lief mit einem Gefühl des Unbehagens hinter seinen wallenden Gewändern her. Bilde ich mir das nur ein, oder spiegelt sich tatsächlich angstvolle Ehrfurcht in den Gesichtern der Araber, an denen er vorübergeht? dachte Ellie. Es war egal; trotz allem fühlte sie sich beschützt und war dankbar dafür, dass sie zu dem Torbogen geleitet wurde, der die Grenze zwischen dem arabischen und dem jüdischen Viertel bildete.

„Dort." Der Araber deutete auf eine Gasse, in der es von schwarzgekleideten Chassidim wimmelte. „Machen Sie viele Bilder, junge Frau, denn bald wird dies alles nicht mehr sein. Salaam." Er verbeugte sich und berührte zum Gruß seine Stirn, dann wandte er sich um und war verschwunden.

Die Straße war stellenweise so eng, dass Ellie mit den Armen beinahe gleichzeitig die Häuser auf beiden Seiten berühren konnte. Mosche hatte ihr erzählt, dass die Menschen die Straßen hier so eng gebaut hatten, um die in den heißen Monaten gnadenlos niederbrennende Sonne fernzuhalten. Besonders heute hatte Ellie das Gefühl, dass sie sich in einem Irrgarten mit Menschen aus einem anderen Jahrhundert befand. Und tatsächlich fing sie an zu fotografieren, während sie die steile Gasse hinaufstieg, die zu Jakovs winziger Wohnung führte.

* * *

Hassan stand gegen den Eingang des Messingladens gelehnt und zündete seine letzte Lucky Strike Zigarette an, während er darauf wartete, dass Kadar, der Ellie begleitet hatte, zurückkehrte. Während er den Rauch tief inhalierte, überlegte er, wie lange es wohl dauern würde, bevor er wieder eine Packung amerikanischer Zigaretten in die Hände bekäme. Sie waren ein Luxus, den sich nur die ganz Reichen oder die Privilegierten und Gefürchteten leisten konnten. Er war unter der arabischen Bevölkerung sowohl privilegiert als auch gefürchtet, genau wie Kadar. Ganz bestimmt war es der Wille Allahs gewesen, dass sich das dumme Mädchen, das er beschattete, im Laden von Kadars Vater nach dem Weg erkundigt hatte.

Kadar nickte ihm kurz zu, als er auf ihn zukam. Sein rechter Mundwinkel war durch ein selbstzufriedenes Lächeln leicht nach oben gezogen. Nachdem Hassan ihm in den Laden gefolgt war, setzten sich beide in die dunkle Ecke neben den Ofen.

„Allah ist uns wohlgesonnen, Hassan", meinte Kadar, während er mit dem Medaillon spielte.

„Du hast sie also vom Foto her wiedererkannt?" Hassan lehnte sich gegen die Wand und sog den Rauch tief ein. Dann klopfte er die Asche in einer Messingschale ab.

„Sicher haben viele von uns die rothaarige Gefährtin von Mosche Sachar erkannt. Die Wahrheit ist, dass ich ihr auch den Weg gezeigt hätte, wenn wir nicht jede ihrer Bewegungen verfolgen müssten."

„Bis in ihr Schlafzimmer, was?" Hassan lachte laut.

„Sie ist doch eine schöne Frau, oder nicht?"

„Eine richtige Schande, dass wir sie umbringen müssen."

„Vielleicht", meinte Kadar lächelnd, indem er seine Augen zusammenkniff, „wird sie noch nicht so schnell sterben müssen. Jedenfalls nicht, bevor wir ihre gesamten Haganah-Geheimnisse kennen."

8. Auf Adlers Schwingen

Der Duft von Apfe!strudel und Käseblintsen strömte aus Fanny Goldblatts Küche ins Esszimmer. Sie schaute durch die Schwingtür und trällerte: „Kommt ihr schon vor Hunger um? Aber ihr dürft mich nicht drängen. Apfelstrudel braucht seine Zeit!"

„Es lohnt sich zu warten, Fanny", meinte Mosche und rieb sich mit der Hand über sein frisch rasiertes Gesicht.

Fanny drohte Rachel mit einem Holzlöffel. „Ich erwarte, dass Sie alles aufessen. Dann mache ich noch mehr."

Rachel nickte mit einem anerkennenden Lächeln und versuchte sich zu erinnern, wann sie zum letzten Mal Käseblintsen und Apfelstrudel gegessen hatte.

„Sie müssen doch wieder etwas auf die Rippen kriegen", fügte Fanny hinzu, und schon war ihre majestätisch füllige Figur wieder verschwunden.

Mosche zuckte die Achseln. „Fanny meint, dass jede Frau zumindest so aussehen sollte, als ob sie wüsste, wie man kocht."

„Und auch isst?" Rachel trank einen Schluck Kaffee und fühlte sich seit Tagen zum ersten Mal frisch und behaglich. Obwohl ihre schmale Gestalt in Fannys dunkelblauem Morgenrock verschwand, bemerkte Mosche, wie sehr dieser ihre schwarzumränderten, kobaltblauen Augen betonte. Ihre frisch gewaschenen Haare glänzten wie schwarzer Satin. „Bei helllichtem Tage, mit gewaschenen und gekämmten Haaren", dachte er, „ist sie vielleicht die schönste Frau, die ich je gesehen habe." Als ihr Blick sich mit dem seinen traf, schaute er schnell weg.

„Erzählen Sie mir doch", sagte sie leise, indem sie mit dem Zeigefinger über den Rand ihrer Tasse strich, „was Sie machen, wenn Sie … das hier nicht tun?"

„Sie meinen, wenn ich nicht bei Fanny frühstücke?", entgegnete er. Dabei bemerkte er, dass ihre Nägel völlig abgebissen waren.

Sie setzte die Tasse ab und stützte ihr Kinn auf die Hand. „Nein, wenn Sie keine dummen Mädchen aus dem Meer fischen."

„Eigentlich führe ich ein sehr langweiliges Leben!", meinte Mosche ausweichend. „Das würde Sie bestimmt nicht interessieren." Je weniger sie von ihm wusste, desto besser. Wahrscheinlich würden sie sich nach diesem Morgen doch nie wiedersehen, und es hatte keinen Sinn, jemandem seine bürgerliche Identität zu offenbaren, der nicht unbedingt darüber Bescheid wissen musste. „Sie bleiben etwa einen Tag bei Fanny. Ich beschaffe Ihnen Papiere und jemand holt Sie ab."

„Wie man die beiden Soldaten abgeholt hat?", fragte sie lächelnd.

„Sie werden nicht weit laufen müssen."

„Und wohin werden Sie mich bringen?"

„Es gibt einen Kibbuz in der Nähe. Vielleicht dorthin. Dort sind auch die anderen aus Ihrer Gruppe ..."

„Das ist mir egal. Ich habe Ihnen das schon letzte Nacht gesagt. Ich habe Familie in Jerusalem. Und dorthin gehöre ich."

Mosche musste über die Nachdrücklichkeit, mit der sie das sagte, lächeln. „Familie ist wichtig", meinte er zustimmend. „Es ist wichtig, zu jemandem zu gehören."

„Sie fahren doch nach Jerusalem. Können Sie mich nicht mitnehmen?"

Sie flehte ihn an wie ein Kind, und einen Augenblick lang hatte Mosche das Gefühl, es sei herzlos, sie nicht mitzunehmen. Während er in seine Kaffeetasse starrte, meinte er zögernd: „Und was würden Sie tun, wenn die Briten aufmerksam würden? Würden Sie dann genauso vom Jeep springen wie vom Schiff? Ich kann Sie nicht mit nach Jerusalem nehmen. Jedenfalls nicht jetzt."

Rachel protestierte, als Fanny schwungvoll ein Tablett mit dampfendem Essen ins Zimmer brachte. „Störe ich?", fragte sie, als Rachel von Mosche abrückte und in eine andere Richtung schaute. „So ein hübsches Mädchen, Mosche! Deine Mutter, Gott hab' sie selig, hätte noch erleben müssen, wie du hier neben einem so hübschen Mädchen sitzt!" Sie gab Käseblintsen auf Mosches Teller. „Na, nun esst schon", forderte sie die beiden auf. Dann meinte sie zu Rachel gewandt: „Enkelkinder. Das wünscht sich jede Mutter. Und ein nettes jüdisches Mädchen für ihren Sohn." Sie schmunzelte, als

Mosche und Rachel unbehaglich auf ihren Stühlen hin und her rutschten.

„Komm, Fanny, setz dich." Mosche aß ein Stück Strudel und verdrehte die Augen vor Entzücken.

„Nein, nein, ich lasse euch beide allein. Ich habe nämlich viel in der Küche zu tun", erwiderte sie und ging unter Geklapper wieder in die Küche. Dabei summte sie ein jiddisches Liebeslied, das die beiden aber zu überhören versuchten.

Schließlich schaute Rachel auf und fragte leise: „Ist sie immer … so?"

„Sie meinen, dass sie versucht, mich unter die Haube zu bringen?", fragte er achselzuckend. „Sie sind nicht die erste, aber sicherlich …" Er stockte.

„Was?"

Mosche spielte mit seiner Gabel, schaute ihr erst in die Augen und dann wieder auf seinen Teller. „Die …" Er stockte erneut. Er wollte ihr sagen, wie schön sie war. Aber er konnte ihr nicht sagen, was sie bestimmt schon tausendmal gehört hatte. „… die Hungrigste", beendete er den Satz matt und aß dann schnell wieder ein Stück Strudel.

Rachel warf ihren Kopf zurück und lachte. „Das ist wahr! Soviel habe ich zuletzt vor dem Krieg gegessen."

Fanny kam mit dem Nachschlag herein und tat Mosche trotz seines Protestes noch mehr Käseblintsen auf den Teller. „Weißt du, Mosche, inzwischen werden dich alle für tot halten. Sie werden so traurig sein, dass du ins Wasser gefallen bist. Vielleicht solltest du mal jemanden anrufen? Damit wir nicht Kaddisch für dich sagen müssen und irgendjemand vielleicht vor Kummer umkommt?"

Mosche zog sich mit einer Entschuldigung in ein kleines Schlafzimmer zurück, das neben dem Wohnraum lag. Dort wählte er die Nummer des roten Hauses und ließ es zweimal klingeln, bevor er auflegte und noch einmal wählte. Beim fünften Klingeln meldete sich Ehud Schiffs raue Stimme.

„Ehud", sagte Mosche leise. „Hast du den Fang zum Markt gebracht?"

„Bist du es?", brummte Ehud ungläubig. „Leibhaftig", lachte Mosche.

„Dann bring ich dich höchstpersönlich dafür um, dass du uns einen solchen Schrecken eingejagt hast!", jubelte Ehud. Mosche hörte durchs Telefon, wie er den anderen im Haus zurief, dass er noch lebe. Daraufhin entstand im Hintergrund eine überschwängliche Begeisterung, die sich auch in Sticheleien Luft machte: „In diesem Windbeutel ist auch zuviel Luft, als dass er untergehen könnte."

„Ich habe noch dazu eine stattliche Flunder an Land gebracht, Ehud", sagte Mosche mit einer Andeutung auf Rachel.

„Es ist ein Wunder", gluckste Ehud. „Aber ich mag Wunder. Wo bist du jetzt?"

„Ich esse den besten Strudel Palästinas, wo soll ich da wohl sein?"

„Verschwende keine Zeit, hörst du? Der Alte möchte dich sofort sprechen. Sofort", betonte Ehud noch einmal. „Dann bin ich also in ein paar Minuten bei dir."

Als Ehud eingehängt hatte, setzte sich Mosche auf Fannys Bett und war versucht, die Decken zurückzuschlagen, um sich hineinzulegen. Es wäre so schön, einfach ins Bett zu gehen und alles vergessen zu können. Sollte sich doch ein anderer über Flüchtlinge und Araber und britische Kanonenboote den Kopf zerbrechen! Das einzige, was ihm im Augenblick erstrebenswert erschien, waren ein paar Tage Schlaf, um Fannys Frühstück zu verdauen. Wahrscheinlich war dies jedoch der einzige freie Augenblick, in dem er eine derartige Möglichkeit auch nur in Erwägung ziehen konnte. Ein Treffen mit dem Alten hieß nur eins: harte Arbeit in den nächsten Wochen und nachts nur wenig Schlaf. Während er Fannys angeregten Äußerungen und Rachels leisen Antworten im anderen Zimmer zuhörte, fragte er sich, ob er Rachel wohl jemals wiedersehen würde. Und er fragte sich darüber hinaus, warum es ihm so wichtig war, sie unbedingt wiederzusehen.

* * *

Die sechsundsechzig Kilometer lange Fahrt von Tel Aviv nach Jerusalem war, gelinde gesagt, eine Höllenfahrt. Auf hoher See war Ehud vielleicht ein hervorragender Kapitän, aber auf der Autobahn fuhr er wie ein Wahnsinniger. Während er mit seinen behaarten Händen das Steuer festhielt, hatte er seine Augen überall, nur nicht auf der Straße.

Der Militärverkehr nach Tel Aviv war besonders stark. Wenn sie einen britischen Truppentransport überholten, trat Ehud mit seinem riesigen Fuß das Gaspedal bis zum Boden durch, beugte seinen Oberkörper aus dem Fenster und rief, während sie an den Fahrzeugen zentimeternah vorbeifuhren: „Gott schütze den König!" Hatten die Soldaten „Gott schütze den König!" zurückgebrüllt, rief Ehud allerdings zum Abschluss: „Und lasst ihn da, wo er herkommt, Amen!"

Mehr als einmal fühlte Mosche den Drang zu bremsen. Und des Öfteren merkte er, wie sein Fuß auf dem Boden der Beifahrerseite nach einem Pedal suchte.

Als sie schließlich das büchergesäumte Arbeitszimmer des Alten betraten, witzelte Mosche: „Mach Ehud zum Chauffeur des Muftis, und wir haben die Schlacht gewonnen!"

Mit ernster Miene schaute David Ben-Gurion Mosche unter buschigen weißen Augenbrauen an.

„Es kann tatsächlich sein, dass wir als Erstes gegen den Mufti kämpfen müssen." Die Wirkung seiner Worte abwartend, hielt er inne und ließ seinen Blick in dem überfüllten kleinen Zimmer schweifen. Ehrfürchtige Stille legte sich über die Gruppe von Männern, die sich dort versammelt hatten, um die Strategie der nächsten Tage und Wochen zu besprechen. Der Alte tippte mit einem Bleistift auf eine Karte von Jerusalem, die ausgebreitet auf seinem Schreibtisch lag. Mit der Spitze des Bleistifts zeigte er auf den Platz des Felsendoms. „In diesem Augenblick, in dem wir hier versammelt sind, hält er auf dem Platz der Moschee vor zehntausend Moslems eine Rede. Und bisher ist es immer so gewesen, dass sich gleich darauf die jüdischen Friedhöfe füllten. Das entsprach natürlich auch seiner Absicht."

Mosche betrachtete die ernsten Gesichter und überlegte, wie viele aus dieser Gruppe erst vor kurzem angekommen waren. Er wusste, dass viele von ihnen noch nie die Raserei erlebt hatten, zu der Haj Amin die Massen während seiner Zeit als Großmufti von Jerusalem immer wieder aufgehetzt hatte. Seit Mosches frühester Kindheit hatte Haj Amin das Leben der Juden in Jerusalem überschattet. Sein Name war entweder nur leise, hinter vorgehaltener Hand, oder lauthals in politischen Diskussionen um den Familientisch ausgeprochen worden. Und einmal, als Mosches älterer Bruder beerdigt wurde, hatte man ihn mit Trauer in der Stimme genannt. Haj Amin, Großmufti von Jerusalem, mit seinen leuchtend roten Haaren und seinen blitz-blauen Augen, wurde Mosches nächtliches Schreckgespenst, die furchtbare Erscheinung seiner kindlichen Alpträume. Ein einziges Mal hatte Mosche ihn persönlich gesehen. Umgeben von seinen sechs schwarzen Leibwächtern war er seinem gepanzertem Mercedes entstiegen und in der Residenz des Britischen Oberkommissars verschwunden, während Mosche im Bus vorbeifuhr. Mosche hatte seinen Blick nicht von den flatternden roten und blauen Roben gewandt, bis der Mufti sich den Blicken entzog, indem er hinter dem Tor verschwand. Und selbst danach hatte er noch auf den Mercedes gestarrt, weil er sich fragte, was für Gedanken des Hasses wohl von diesem Fahrzeug aus gegen die Juden gerichtet wurden.

Die Männer im Büro schwiegen jetzt verbissen und bedrückt. Ben-Gurion hüstelte und lehnte sich in seinem Stuhl zurück. „Wenn und falls die Briten tatsächlich das Mandat aufgeben, werden sie ein Vakuum zurücklassen – kein Vakuum von Versprechungen und Ankündigungen, sondern ein Vakuum von militärischer Macht." Seine Augen suchten die der Männer. „Ohne Zweifel wird Haj Amin der Erste sein, der versuchen wird, dieses Vakuum mit seiner eigenen Macht zu füllen. Ich vermute, dass er nicht erst warten wird, bis die Briten abgezogen sind, um uns das Gebiet, das uns als jüdische Heimstatt garantiert worden ist, Stück für Stück wieder abzunehmen."

Er stand auf und zog hinter seinem Schreibtisch eine Landkarte hervor. Die Grenzen des zukünftigen Staates waren rot umrandet. Gelbe Linien markierten den arabischen Staat, und mitten im Zentrum des arabischen Gebietes lag Jerusalem. Er tippte auf die Nadelspitze, die die Heilige Stadt markierte. „Die Vereinten Nationen haben die Illusion, dass Jerusalem zu keinem Staat gehören soll. Es soll, wie sie sagen, eine internationale Stadt sein." Er zog seine Brauen hoch und schüttelte langsam den Kopf. „Wer auch immer sich das ausgedacht haben mag, muss irgendwie meschugge, verrückt, gewesen sein!" Ein unsicheres Gelächter ging durch die Gruppe, und Mosches Spannung ließ etwas nach. „Die Vereinten Nationen kennen den Mufti nicht so wie wir. Hier! Die Stadt Jerusalem muss unsere erste Verteidigungslinie sein", schloss der Alte, während Mosche auf seine Hände sah und sich ein überraschtes Gemurmel unter der hingerissenen Zuhörerschaft des Alten erhob. „Irgendwelche Fragen?" Als alle durcheinander zu reden begannen, setzte sich der Alte und sorgte, mit dem Bleistift pochend, für Ruhe. „Einer nach dem anderen. Was glaubt ihr, wo wir hier sind? Auf einem arabischen Basar?"

Schimon Devon, ein Mann von herber Schönheit, stellte die erste Frage. „Womit sollen wir Jerusalem verteidigen? Mit Stöcken und Steinen? Im ganzen Jischuv haben wir nur ein paar Hundert alte Gewehre in Sliks versteckt und besitzen nur wenig kostbare Munition, von schwererer Artillerie ganz zu schweigen. Wir werden schon stark genug unter Druck gesetzt werden, wenn wir nur den Boden innerhalb unseres eigenen Territoriums verteidigen wollen, ganz zu schweigen von Jerusalem. Ich bin der Meinung, wir sollten alle Juden aus Jerusalem herausholen und statt dessen das übrige Gebiet verteidigen."

Ben-Gurion fuhr sich mit den Fingern durch seine weißen widerspenstigen Haare und verzog das Gesicht. „Du siehst nur die Praxis, Schimon." Er versuchte zu lächeln. „Das ist schon ein Problem, ja, aber wenn wir die Schrift lesen, ist Jerusalem eben Teil des Staates Israel – immer schon gewesen. Alle Probleme, die damit zusammenhängen, müssen gelöst werden." Er fuhr sich wieder mit der Hand durch die Haare und sagte: „So. Wir fangen mit Jerusalem an. Ein Problem ist, dass unsere Stellung hier schwierig und nicht zu verteidigen ist. Welche Lösung gibt es nun zu diesem Problem?"

Ein kleiner, zur Glatze neigender Mann neben einem großen Blonden mit Lederjacke ergriff das Wort. „Sein Akzent ist eindeutig amerikanisch", dachte Mosche. Auch sein Hoppla-hier-komm-ich-Auftreten. Mosche mochte ihn sofort. „Vor dem Krieg gab es einen amerikanischen Filmregisseur namens John Ford, der Wildwestfilme in einem abgelegenen Navajo-Reservat drehte, wissen Sie?"

Der Alte nickte, aber die Bedeutung dieser Worte schien ihm nicht klar zu sein. „Ja, Michael", sagte er höflich, „und weiter?"

„Nun damals, im Jahr 1940, gab es dort einen Schneesturm. Ich meine, man konnte nicht in das Reservat hinein und nicht heraus. Keine Möglichkeit, die Indianer mit Nahrung zu versorgen. Das übrige Land hatte sich gerade erst von der Wirtschaftskrise bekrabbelt, und niemand machte sich groß darüber Gedanken, dass die Leute da draußen verhungerten. Aber dieser Ford organisierte Wohltätigkeitsveranstaltungen, gab Essen und so'n Kram. Er klärte die Leute auf, beeinflusste die öffentliche Meinung und –"

„Ich weiß nicht, was das mit Jerusalem zu tun hat, mein amerikanischer Freund", unterbrach ihn Schimon ungeduldig.

„Kannst du wohl eine Minute lang den Mund halten? Ich komme noch zum Thema", entgegnete Michael verärgert, da der Alte ihm durch ein Kopfnicken bedeutete, fortzufahren. „Gut, also die Leute interessierten sich allmählich dafür und trieben viel Geld auf. Dann beschafften sie Lebensmittel und charterten Transportflugzeuge, und wir versorgten die Indianer über eine Luftbrücke mit Lebensmitteln." Er stieß seinen hochgewachsenen Freund in die Seite. Ich und David hier sind dorthin geflogen. Noch dazu bei schlechtem Wetter und dickem Eis."

„Wir haben nicht einmal ein Flugzeug, das für eine solche Operation groß genug wäre", beharrte Schimon, während der Alte schweigend zuhörte. „Und arabische Kugeln sind etwas unangenehmer als schlechtes Wetter."

„So? Wer sagt das?", meinte Michael herausfordernd. „Was haben wir denn hier für einen Optimisten? Ich bringe Amerikas bestes

Kriegsas zur Ausbildung von Piloten – hier ist er, David Meyer – und bringe ihn zum ersten Mal zu unserem Treffen, und alles was wir zu hören bekommen ist, dass so ein Angsthase sagt, wir hätten nicht genug Flugzeuge!"

Schimon verzog seine Lippen verächtlich, und Mosche beobachtete, wie er abwechselnd seine Fäuste ballte und entspannte. „Ich glaube einfach, dass wir besser dran wären, wenn wir uns auf das konzentrieren würden, worin wir stark sind!", gab Schimon ärgerlich zurück, „statt zu versuchen, eine hoffnungslose Situation zu retten."

In diesem Augenblick räusperte sich David Meyer. Und alle Augen richteten sich auf ihn, als er tief Atem holte, bevor er das Wort ergriff. „Du könntest Recht haben", begann er. Schimons finsterer Blick wurde triumphierend. – „Aber, wisst Ihr, wenn alles, was bisher dazu gesagt worden ist, tatsächlich eine Bedeutung gehabt hat, müsste Jerusalem es wert sein, von uns gehalten zu werden. Zumindest für eine begrenzte Zeit."

Der Alte beugte sich voller Interesse vor.

David ließ seine Knöchel knacken. „Wenn dieser Mufti so darauf aus ist, Jerusalem zu gewinnen, wird er wohl seine Kämpfer dort konzentrieren, oder?"

Die Männer nickten nachdenklich, und Mosche ergriff das Wort. „Vom rechtlichen Standpunkt aus gesehen, dürfen wir keine Waffen kaufen, bis das Mandat ausläuft", sagte er zu Ben-Gurion gewandt. „Ich weiß, was er sagen will. Wenn Jerusalem schon keine Waffen kaufen darf, kann es doch uns für einige Zeit kaufen, in der wir die neue Nation bewaffnen."

„Richtig", pflichtete ihm David lächelnd bei. „Schon mal von Alamo gehört?"

Der Alte nickte und schürzte seine Lippen. „Unser Erbe ist voller Alamos, Mr. Meyer – letzten Verteidigungen, Belagerungen und Kämpfe auf Leben und Tod. Aber das alles hat keinen Sinn, wenn wir die Bevölkerung von Jerusalem nicht mit Lebensmitteln und Wasser versorgen können."

„Wenn die Wasserleitungen zerstört werden –", warf Schimon ein.

„Dann haben wir noch die Zisternen und werden rationieren", unterbrach Mosche.

„Mit Wasser können wir euch nicht dienen." Michael strich sich nachdenklich über seinen kahl werdenden Schädel. „Aber mit der Lieferung von Lebensmitteln hat es bei den Navajos geklappt."

„Aber nicht in Sportflugzeugen, die habt ihr wohl nicht!", fuhr Schimon auf. „So werdet ihr nur Zeit und Energie verschwenden."

„Mann, was willste denn, ich und David packen das in einem Segelflugzeug. Misch dich da nicht ein!", erwiderte Michael bissig.

„Und mit etwas Geld bekommen wir all die Flugzeuge, die wir brauchen, und können die Piloten trainieren mit denen sie bemannt werden."

Es herrschte wieder Schweigen im Zimmer, und alle Augen richteten sich auf den Alten. „Jede Nation sollte eine Luftwaffe besitzen, Schimon. Selbst wenn Jerusalem fallen sollte – das wird es nicht, aber wie dem auch sei – die Nation Israel muss eine Luftwaffe haben." Dann richtete er seinen Blick auf Michael und David. „Ihr treibt die Männer und die Flugzeuge auf. Und ich kümmere mich um die öffentliche Meinung und das Geld, einverstanden? Denn jetzt werden wir die Heilige Stadt halten, und wenn Gott will, sie auch für immer halten." Der Alte hatte Schimon durch seine Entschiedenheit zum Schweigen gebracht. Dann nahm er die große schwarze Bibel, die ihn überallhin begleitete und blätterte darin, bis er sein Lieblingsbuch gefunden hatte, das Buch Jesaja. Er begann zu lesen und betonte dabei jedes Wort. „Aber die auf den Herrn harren, bekommen neue Kraft, dass sie auffahren mit Schwingen wie Adler ..." Er hielt inne und sah die Männer im Zimmer an. „Der Herr weiß, dass wir nicht länger warten können. Lasst uns beten, dass er uns führen und uns Kraft geben wird. Was das Übrige anbelangt, hat jeder von uns seine Aufgabe. Wir werden für die Operation ‚Auf Adlers Schwingen' zusammenarbeiten."

9. Beim Rabbi

Ellie und Jakov schauten zu, wie der Großvater bedächtig den Kessel vom Ölofen nahm und das heiße Wasser durch das Teesieb goss. Jakov erkannte daran, dass Großvater frische Teeblätter nahm und die Tassen für besondere Gäste benutzte, dass er sein Möglichstes tat, um seine Gastfreundschaft zu zeigen. Großvater stellte die Tassen auf das Tablett aus O!ivenholz und begab sich hinüber zum Tisch, an dem Ellie saß. Sie lächelte den alten Mann an, als er ihr das Tablett reichte.

„Trinken Sie, trinken Sie", drängte der Großvater. „Da heute der Tag nach dem Schabbat ist, sind wir noch nicht in der Bäckerei gewesen. Deshalb haben wir leider keinen Kuchen für Sie."

„Das macht nichts", meinte Ellie. „Es ist wirklich sehr nett von Ihnen."

Jakov fragte sich, ob sie wohl durchschaute, dass sie niemals Kuchen im Haus hatten, egal welcher Wochentag es war. Ellie schlürfte ihren Tee, während der Großvater ihr zusah und anerkennend nickte. Dann setzte er das Tablett ab und nahm sich selbst eine Tasse, bevor er sich zu Jakov aufs Bett setzte.

„Sie haben Glück gehabt, dass Sie nicht schwer verletzt worden sind, junges Fräulein. Jakov hat mir von dem Überfall erzählt. Schrecklich."

„Ich war sehr dankbar, dass mir Ihr Enkel geholfen hat." Ellie trank einen Schluck Tee und lächelte Jakov zu, der merkte, wie er errötete."

„Er ist ein lieber Junge", meinte der Großvater nickend. „Ein Trost für einen alten Mann."

Jakov wünschte, dass sich das Gespräch nicht so sehr auf seinen Charakter konzentrieren würde. „Sie haben eine andere Kamera mitgebracht!", warf er ein.

„Dann machen Sie also gerne Bilder?", fragte der Großvater.

„Damit verdiene ich meinen Lebensunterhalt", erzählte Ellie freimütig und strich dabei über das Päckchen mit den Bildern von der

Schriftrolle. „Es wäre schön, wenn er mir sagen könnte, was in den Schriftrollen steht", dachte sie. „Ich bin Fotografin bei der Amerikanischen Schule für Orientforschung, Fachbereich Archäologie."

Der Großvater nickte höflich. „Ach, ja, das Studium alter Dinge, von Menschenleben, die tot und vergangen sind, nicht wahr?"

„Vielleicht kann man es so sagen", meinte Ellie und lachte leise, als sie sich an die endlosen Stunden erinnerte, die sie damit verbracht hatten, in der Ausgrabungsstätte von Gibeon Griffe von Krügen zu katalogisieren.

„Ich studiere ebenfalls die Alten. Das lebendige Wort des Ewigen, Amen."

„Amen", wiederholte Ellie und kam sich ziemlich dumm vor, als der Rabbi sie belustigt ansah. „Ich meine, hm, manchmal stoßen wir auch auf solche Dinge. Alte Schriften und ..." Sie begann den Umschlag zu öffnen, während der Großvater sich weiter interessiert zeigte, indem er zu ihren Worten nickte. Ellie nahm den Stapel von Bildern heraus und legte ihn auf den Tisch, und der Großvater zog erstaunt die Brauen hoch, als er das erste nummerierte Bild von der Schriftrolle in die Hand nahm. „Arabische Hirten haben mir dies gebracht. Ich weiß nicht, was das alles bedeutet, weil der Mann, der diese Sachen sonst deutet, nicht in der Stadt ist. Aber ich dachte, vielleicht kennen Sie jemanden, der mir sagen könnte, was darin steht ...", schwatzte sie darauflos, während der Großvater die Worte der Schriftrolle eingehend betrachtete.

Sein Mund verzog sich zu einem Lächeln, und dann begann er zu lesen: „Nun wohlan, wir wollen miteinander rechten, spricht der Herr. Wenn eure Sünden wären wie Scharlach, sollen sie doch weiß werden wie Schnee; wenn sie rot wären wie Purpur, sollen sie doch werden wie Wolle." Er sah sie an und legte die Fotografie auf den Stapel zurück.

„Sie können das ja lesen!", rief Ellie begeistert aus.

„Natürlich", meinte der Alte achselzuckend und lächelte belustigt über ihr Erstaunen. „Das sind die Worte des Propheten Isaiah, junge Frau."

„Ist das sehr alt?", fragte sie und beugte sich gespannt vor.

„Die Worte Isaiahs sind sehr alt. Und Ihre Schriftrolle? Vielleicht ist sie alt, vielleicht auch nicht. Der Schreiber hatte einen interessanten Schriftzug, aber wahrscheinlich ist sie nicht sehr alt. Wir haben eine Schriftrolle in der Hurva Synagoge, die über siebenhundert Jahre alt ist. Ein stattliches Alter, nicht wahr?"

Eine Welle der Enttäuschung überkam Ellie, als sie sich wieder richtig auf den Stuhl setzte und die Fotografien in den Briefumschlag steckte.

„Warten Sie", sagte der Großvater und streckte seine Hand aus. „Warum so eilig? Vielleicht haben Sie noch etwas anderes da drin?" Er hielt einen Moment inne und sah den Stapel durch. Dann las er wieder laut: „Wie lieblich sind auf den Bergen die Füße des Freudenboten, der Frieden verkündet, der gute Botschaft bringt ..."

„Hmmm", sagte der Großvater. „Das sollte heute jeder in Jerusalem lesen, was?" Er fuhr feierlich fort: „... zu Zion spricht: Dein Gott ward König! Horch, deine Wächter erheben die Stimme, jauchzen zumal; denn sie schauen's vor Augen, wie der Herr heimkehrt nach Zion. Brecht aus in Jubel, jauchzet zumal, ihr Trümmer Jerusalems! Denn der Herr tröstet sein Volk, erlöst Jerusalem."

Die steinernen Wände des winzigen Kellerraumes schienen von der Stimme des alten Rabbis widerzuhallen. „Wer immer das geschrieben hat, muss Jerusalem geliebt haben", sagte Ellie schließlich.

„Ja", sagte er lächelnd und legte den Stapel wieder auf den Tisch. „Das könnte man sagen. Gott hat das geschrieben."

„Gott? Und was ist mit Isaiah?", fragte Ellie.

„Oh, er hielt die Feder, aber Gott hat ihm gesagt, was er schreiben sollte, nicht wahr?"

„Meinen Sie nicht, dass nach so vielen tausend Jahren, in denen Menschen die Worte immer wieder abgeschrieben haben, etwas verändert worden ist?" Ellie spielte mit einer Ecke des Stapels.

„Sie stellen zu viele Fragen", meinte der Rabbi augenzwinkernd. „Vielleicht sollten die Menschen nicht das Alter der Urkunde studieren, sondern die Prinzipien, die sie enthält. Ich will Ihnen die Wahrheit sagen. Das, was ich gelesen habe, enthält die Verheißungen des Heiligen an Israel, gesegnet sei sein Name bis in alle Ewigkeit. Das hat sich nicht geändert, obwohl Israel schon seit zweitausend Jahren nicht mehr existiert." Sorgfältig tat er die Fotografien wieder in den Umschlag; dann übergab er ihn Ellie. „Studieren Sie die Worte, und man wird in der Welt sicherer leben können. Und besser!"

Ellie spürte, dass in den Worten, die er vorgelesen hatte, seine Hoffnungen und Träume lagen. Er liebte Jerusalem wie Isaiah es geliebt hatte. Aber wenn es einen Gott gibt, folgerte Ellie, wäre dies der letzte Ort auf Erden, den er lieben würde. Das Naturschutzgebiet Yosemite vielleicht, aber Jerusalem niemals. Hier konnte niemand ‚vor Augen schauen, wie der Herr heimkehrte'.

„Warum haben Sie nicht die Schriftrolle selbst mitgebracht, junge Frau?", fragte der Großvater.

„Ich musste sie den Besitzern zurückgeben. Aber mein Onkel kann einige Bruchstücke analysieren und auf diese Weise das genaue Alter der Rolle ermitteln; wenn sie wirklich alt ist, wird die Schule sie bestimmt erwerben. Jedenfalls vielen Dank für Ihre Hilfe."

„Isaiah ist in jeder Sprache lesenswert. Gehen Sie also heim, und lesen Sie selbst." Er streichelte ihr das Haar wie einem kleinen Mädchen, und Ellie spürte eine innere Wärme bei dem Rabbi, die sie nicht vermutet hatte. „Ich wünsche Ihnen Glück. Ich wünsche Ihnen, dass Ihre Schriftrolle alt ist, denn dann werden Sie erkennen, dass die Worte tatsächlich unverändert sind."

Er stand auf und gab damit zu erkennen, dass der Besuch beendet sei. „Und Sie möchten Jakov zu einem Gespräch mit dem Polizisten mitnehmen."

„Ja. Ich werde ihn im Taxi nach Hause schicken", versprach sie. Jakovs Gesicht leuchtete bei diesen Worten auf, und der Großvater fasste ihn am Kinn.

„Ich bin noch nie im Taxi gefahren, Großvater!", sagte er erwartungsvoll.

„Ich auch nicht, Jakov –" Er blickte ihm lächelnd in die Augen. „Was ist los – ist ein Bus nicht mehr gut genug?"

„Doch, aber ..."

„So viel Geld auszugeben!" Der Alte sah Ellie an. „Der Bus tut's auch. Aber er muss vor der Dunkelheit zurück sein."

* * *

David stand gegenüber dem Hause Moniger und setzte seine innere Auseinandersetzung fort. „Du hättest sie erst anrufen sollen, du Trottel." Er sah an den Fenstern des quadratischen Hauses hoch und fragte sich, welches ihre Fenster waren. Wenn sie jetzt heraussah, würde sie sehen, wie er schwitzend auf und ab ging, um sich Mut zu machen, zur Tür zu gehen und anzuklopfen. „Was willst du ihr denn sagen? ‚Hallo, ich war gerade in der Nähe; dachte, ich schau mal eben rein'? Das bringt's nicht, David", murmelte er. „‚Ich hab' da einen alten jüdischen Kumpel, der zufälligerweise erwähnt hat, dass hier Flieger gebraucht werden. Das ist eine ehrliche Arbeit. Du hast gesagt, ich solle mit dieser Herumtreiberei aufhören und zur Ruhe kommen.'" Irgendwie klang nichts richtig in seinen Ohren. Und in Wahrheit hatte David die Stelle nur angenommen, weil er Ellie wiedersehen wollte und wusste, dass sie in Jerusalem war.

David holte tief Luft und fuhr sich mit den Fingern durch seine zerzausten Haare. Während er über die Straße auf die Eingangsstufen zuging, zog er den Reißverschluss seiner Fliegerjacke nervös auf und zu. Als er gerade mit der Faust an die Tür klopfen wollte, hielt er noch einmal inne, um abzuwarten, bis sich der Knoten in seinem Magen etwas gelöst hatte. „Du meine Güte", murmelte er, „so 'ne Angst hatte ich nicht mal, als ich gegen die fähigsten Nazipiloten gekämpft habe." Als ob er den Steuerknüppel in einem tödlichen Vorstoß nach vorne drückte, zwang David seine Hand dazu, an die massive weiße Tür zu klopfen. Zunächst schien es, wie David teils erleichtert, teils enttäuscht feststellte, als ob niemand aufmachen würde. Doch dann, als er sich gerade umdrehen und die Stufen wieder hinuntergehen wollte, klickte der Türgriff und die Tür öffnete sich quietschend einen Spalt breit. Miriam steckte ihren Kopf heraus und sah David von oben bis unten an.

131

„Was wollen Sie?", fragte sie.

„Ich ... hm, wohnt hier Ellie Warne?" Er steckte die Hände in die Taschen.

„Und wenn es so ist?", fragte die Alte.

„Ich bin ein alter Freund von ihr. Ich meine, ich –" Er merkte, dass seine Stimme viel höher klang als sonst. „Ich komme aus den Staaten, und ich habe ihr einen Brief von ihrer Mutter mitgebracht. Kann ich sie sprechen?"

„Miss Ellie ist nicht zu Hause."

„Wann kommt sie denn zurück?"

„Ich werde ihr den Brief geben und sagen, dass Sie hier waren, um sie zu sprechen." Die Alte hielt ihm ihre runzelige Hand entgegen. „Schon gut. Ich möchte sie überraschen." Er ergriff ihre Hand und schüttelte sie. „David Meyer ist mein Name."

Das Gesicht der Alten verwandelte sich, als sie seinen Namen hörte. „Ach ja, ich habe von Ihnen hören!", rief sie aus.

„Tatsächlich?"

„Schon oft. Als Miss Ellie krank war, sie hat oft Ihren Namen genannt! Wirklich ein sehr guter Freund." Sie öffnete die Tür nun ganz und trat zur Seite, um David hereinzulassen. „Dann kommen Sie herein, junger Mann. Ich mache Tee. So einen weiten Weg sind Sie gekommen, um einen Brief abzugeben."

Verblüfft über diesen Empfang folgte er ihr bescheiden in die Eingangshalle und dann weiter ins Wohnzimmer mit den vielen antiken Gegenständen.

„Man kann ohne Schwierigkeiten erkennen, womit der Professor sein Geld verdient", meinte er und bewunderte einen antiken Emaillekrug aus Ägypten, der neben ihm auf dem Tisch stand. „Das ist wohl so 'ne Art Museum, oder?"

„Der Staub, das ist das Schrecklichste. Warten Sie hier", wies ihn Miriam an, als sie davoneilte, um Tee zu machen und David allein ließ. „Dann hat sie also von mir gesprochen?", überlegte David. „Und ich habe die ganze Zeit gedacht, sie würde nicht mal mehr an mich denken. Die alte Dame sagt, sie hat meinen Namen genannt. Natürlich kann sie genauso gut auch schlechte Träume gehabt haben." Der Knoten in seinem Innern wurde wieder fester, und er musste sich umwenden und wieder auf und ab laufen.

Fast ein Jahr lang hatte er Ellie nicht mehr gesehen. Er meinte, dass er nach einer so langen Zeit eigentlich nicht nur die Farbe ihrer Augen, sondern auch ihren Namen vergessen haben müsste. Aber hier war er nun, um die halbe Welt gereist, und spielte den Briefträger für eine schöne Frau mit grünen Augen, die er nicht vergessen konnte, wie sehr er es auch versuchte. In gewisser Weise hasste er diese innere Schwäche, die ihn hierher geführt hatte, und er hasste Ellie, weil sie schuld daran war, dass er sie so sehr liebte. Ohne sie fühlte er sich wie ein Flugzeug ohne Steuerknüppel, während er sich früher einfach vom Wind hatte treiben lassen, ohne sich Gedanken darum zu machen, welche Richtung sein Leben einschlug. Jetzt machte er sich Gedanken. Genau wie die anderen Verrückten in seiner Staffel, die sich während des Krieges verliebt und im Urlaub geheiratet hatten. Und er hatte gelacht und sich geschworen, dass ihm das nie passieren würde. Dann war er Ellie begegnet.

Von Anfang an hatte er gewusst, dass Ellie diese Beziehung wichtig war. Aber er hatte seine Gefühle nicht wahrhaben wollen und seinen Kopf aus der Schlinge gezogen, weil er geglaubt hatte, dass sie zu eng für seinen Hals sei. Er gestand sich seine Liebe zu ihr nicht einmal in Augenblicken ein, in denen er ihr Zärtlichkeiten zuflüsterte und sie liebevoll in den Arm nahm. Selbst als ihm der Gedanke an sie wichtiger war als das Lachen jedes anderen Mädchens, mit dem er seine Zeit verbrachte, weigerte er sich, zuzugeben, dass Ellie etwas Besonderes an sich hatte.

Er merkte, dass er sie verletzt hatte. Als ihr klar geworden war, wie weh er ihr tat, hatte sie ihm schließlich den Laufpass gegeben und gesagt, er solle sich mit seiner Maschine zum Teufel scheren. „Sie hat so eine Art, mit Worten umzugehen", dachte er und musste bei der Erinnerung lächeln. Achselzuckend war er gegangen und hatte so getan, als ob ihm das nichts ausmache – ihm, dem erfahrenen, harten Kämpfer, der zu hart war, als dass ihn so was noch berühren könnte. In der Staffel wurde er der Zinnmann genannt, weil alle sagten, er habe kein Herz im Leibe, und beinahe hätte er es selbst geglaubt. Und nun saß er hier wie ein Teenager, der sich zum ersten Mal verliebt hatte und seinem Mädchen vom einen Ende der Welt zum anderen gefolgt war. Denn Jerusalem konnte man wohl als das andere Ende der Welt bezeichnen!

Als er tief einatmete, nahm er den süßen Fliederduft wahr, den er als ihr Parfüm wieder erkannte. Schon als er zum ersten Mal sein Gesicht in ihrem Haar vergraben hatte, hatte er ihr gesagt, dass sie genau wie seine Großmutter roch. Das war ein Kompliment. Er atmete wieder tief ein, in dem Bewusstsein, dass sie während der letzten sechs Monate hier gelebt hatte. Er sah sich im Zimmer um und hatte das Bedürfnis, die Gegenstände zu berühren, die auch sie berührt hatte. Aber am meisten sehnte er sich danach, ihr Gesicht zu sehen und ihr zu sagen, dass er ihr unrecht getan hatte, in allem. Er wollte ihr sagen, dass er nun nicht mehr weglaufen wollte; dass er etwas suchte, was ihm fehlte, ein Herz, wie dem Blechmann.

Miriam brachte den Tee. Es war heißer Tee, wie er ihn nicht mochte, höchstens mit viel Zitrone und mehreren Löffeln Zucker. Trotzdem hielt er, auf dem Rand eines Stuhles sitzend, die zerbrechliche Porzellantasse unbeholfen in seiner großen Pranke.

„Werden Sie warten, junger Mann?", fragte Miriam. „Oder vielleicht wollen Sie lieber sie suchen? An so einem Tag wie heute sorge ich mich so. In letzter Zeit ist keine Frau in der Altstadt sicher."

David setzte die Tasse klirrend ab. „Wo ist sie? Allein?"

„Mit ihrer Kamera und hofft bestimmt, dass ein Mord geschieht, damit sie kann dabei sein, um die Tat zu fotografieren, nein? Ich sage Ihnen das, weil Sie Miss Ellie kennen." Das war mehr im Ernst als im Scherz gesagt.

„Genau. Und ist auf den Pulitzerpreis aus." Er stand auf. „Wissen Sie, wo sie ist? In welcher Gegend?"

„Sie hat hiergelassen eine Adresse." Miriam nahm ein Stück Papier von dem langen Büffet. „Im jüdischen Viertel. Im Haus des Rabbi Lebowitz. Gehen Sie durch das Jaffa-Tor."

Die Befehle, die der Mufti seinen Leuten gegeben hatte, waren einfach gewesen: Der Aufruhr sollte einem doppelten Zweck dienen. Er würde den Vereinten Nationen und der Welt deutlich machen, wie idiotisch es von ihnen war zu glauben, dass die Juden ihren Boden gegen die Flutwelle der Gläubigen halten könnten, die sie umgaben. Wenn sie sahen, was sie für ein Blutbad mit ihrer lächerlichen Abstimmung angerichtet hatten, würden sie bestimmt eine Änderung in Betracht ziehen. Und natürlich würde Gewalt ein hervorragender Deckmantel für den Mord an dem jüdischen Jungen, dem Zeugen, und für das Verschwinden der rothaarigen Frau sein.

Der Aufruhr musste den Eindruck erwecken, als sei er spontan entstanden, ohne Verbindung zu der Rede, die er an diesem Morgen auf dem Platz des Felsendoms gehalten hatte. Alle Araber in Jerusalem fürchteten seine Macht, aber die Mehrheit billigte weder seine Politik noch seine Methoden. Aus politischen Gründen würden Männer keinen Mord begehen; sie mussten erst durch Leidenschaft und Rachegefühle dazu aufgeputscht werden. Diese Demonstration musste beginnen wie ein Funke, der den Hass aller Araber gegen die Juden entzündete, und niemand durfte jemals argwöhnen, dass es der Mufti war, der dort Öl ins Feuer goss, wo er es brauchte.

„Unser Führer ist von Allah inspiriert", kommentierte Hassan, während er und Kadar eilig von einem arabischen Laden zum nächsten gingen.

Die Lüge vereinte Männer und Jungen zu einem rasenden, rachedurstigen Mob, der durch die Souks fegte und die Lüge so lange wiederholte, bis der Hass siedete und sich schließlich kochend in die angrenzenden Viertel der Altstadt ergoss. Als die Lüge schließlich durch das Jaffa-Tor in das jüdische Geschäftsviertel quoll, machte sich niemand mehr die Mühe zu fragen, ob das überhaupt die Wahrheit sei. In der ganzen Stadt lief der Mund eines jeden Arabers davon über, und jedes Herz war voll davon.

„Hast du es noch nicht gehört?", fragte Kadar den schweigsamen Kupferschmied. „Eine Bande von Juden hat erst heute Morgen am Jaffa-Tor zwei junge Araberinnen vergewaltigt."

10. Der Aufruhr

Als Ellie mit Jakov und dem Hund durch das Tor ging, war es fast Mittag. Ein Geruch von gebratenen Hühnchen und gegrilltem Lamm lag in der Luft des jüdischen Geschäftsviertels der Neustadt, und Ellie merkte, dass ihr Magen knurrte. Sie wünschte, sie hätte heute Morgen Miriams Angebot angenommen, ihr Belgische Waffeln zu machen. „Hast du Hunger?", fragte sie Jakov, als er und Schaul ihre Nase gleichzeitig hoben und den Duft tief einsogen.

Der Junge nickte lebhaft.

„Ich auch – ich komme um vor Hunger!", rief Ellie aus. „Wo gibt's denn hier in der Gegend ein gutes Lokal, in dem wir essen können? Ich muss unbedingt zu Mittag essen."

„Es gibt eine Falafal-Bar hier in der Nähe." Jakov leckte sich bei dem Gedanken daran die Lippen. „Den besten in der Neustadt." Dann fügte er hinzu: „Haben Sie auch Falafal in Amerika?"

„So etwas Ähnliches." Sie legte ihm lächelnd den Arm um die Schultern. „Zu Hause nennen wir das Hamburger, aber die sind nicht halb so gut wie Falafal, Jakov." Der Gedanke an das flache runde, mit Lamm und Reis gefüllten Pitabrot ließ ihr das Wasser im Munde zusammenlaufen. Wenn es etwas gab, von dem Ellie nach Hause schreiben konnte, dann war es das jüdische Essen!

Die Bar war ein winziges Lokal, das von einer Schneiderei und einem Leinengeschäft eingerahmt wurde. Es wimmelte von schwarz gekleideten Kaufleuten und Ladenmädchen, die dem überlasteten Paar hinter der hohen Theke ihre Bestellungen zuriefen. Zwei Männer, die an einem wackeligen Tisch vor dem Fenster gesessen hatten, standen auf, als Ellie und Jakov eintraten. Ellie setzte sich schnell hin, schob die leeren Teller und zerknüllten Servietten zusammen und stellte sie an den Tischrand. Jakov zog sich den Stuhl heran, der Ellie gegenüber stand, und setzte sich. Dann schaute er aus dem Fenster nach Schaul, der geduldig vor der Tür wartete.

„Es scheint so, als ob ich die einzige in ganz Jerusalem sei, die dieses Lokal nicht kennt", rief Ellie über das laute Geklapper der

Teller und die angeregte Unterhaltung der Kunden hinweg. „Was kann man denn hier Gutes essen?"

„Alles", gab Jakov begeistert zur Antwort, während ein alter Kellner in gebückter Haltung die gebrauchten Teller auf einem Tablett zusammenstellte und wieder davoneilte. Einen Augenblick später kam er mit einem Bleistift hinter dem Ohr und einem kleinen Block zurück, um die Bestellung aufzunehmen. Als er sie freundlich auf Jiddisch anredete, sagte Ellie schnell zu Jakov: „Bestell du für mich."

Nachdem Jakov bestellt hatte, verbeugte sich der Alte freundlich und sagte zu Ellie gewandt: „Sehr gut, Liebchen", steckte den Stift wieder hinters Ohr und bahnte sich einen Weg durch die stehenden Kunden, um die Bestellung der beiden aufzugeben.

„Was hast du für mich ausgesucht?", fragte Ellie den Jungen.

„Hühnchen. Und für mich Lamm. Und haben Sie schon mal gehört von einem Getränk, das Coca-Cola heißt? Das ist ganz neu in Palästina."

„Ganz gutes Zeug, nicht wahr?", meinte Ellie und verzog leicht die Miene.

„Ich habe es erst einmal getrunken", versicherte ihr Jakov, „aber ich finde, es schmeckt ganz prima."

Draußen sprang Schaul jäh auf und fing an zu bellen. Jakov reckte seinen Hals, um nach dem Hund zu sehen, der jemanden auf der anderen Straßenseite entdeckt zu haben schien.

„Hat er auch Hunger?", fragte Ellie.

„Nein. Er sieht wohl was." Jakov beobachtete ihn beunruhigt. „Oder hört was."

Eine Zeitlang sah Ellie prüfend die Gesichter der Fußgänger an, die am Fenster vorbeigingen, wandte sich jedoch dann wieder voller Interesse der fremdartigen Speisekarte zu. Ohne Jakov hätte sie nicht die leiseste Ahnung gehabt, was sie hätte bestellen sollen. Als sie wieder aufsah, beobachtete Jakov am Fenster stehend mit heftig gerunzelter Stirn eingehend die Straße und wandte dann seinen Blick wieder dem bellenden Hund zu.

„Setz dich, Jakov", forderte sie ihn auf. „Das Essen wird gleich hier sein."

„Aber sehen Sie doch", sagte er, und seine Worte waren so leise, dass fast nur ein Flüstern zu hören war. „Sehen Sie nicht?"

Ellie sah beunruhigt in die Richtung, in die er starrte. Von weit hinten auf der Straße schienen Menschen auf sie zuzulaufen. Genau vor ihnen auf dem Bürgersteig blieb ein Mann stehen und schaute in eben diesem Augenblick auch dorthin. Ellie bemerkte, wie sich in seinem Gesicht Entsetzen und Furcht ausbreiteten. Er machte auf dem Absatz kehrt und stürzte zur Tür herein, wobei er einen anderen Mann umrannte.

„Ein Aufruhr!", schrie er. „Die Araber sind auf die Straßen gegangen. Schließt eure Läden! Lauft alle nach Hause!"

Eine Frau schrie auf. Männer stießen jiddische Flüche aus, während sie sich in Massen durch die Tür schoben. Ellie und Jakov sprangen von ihren Stühlen auf und drängten sich in einer Ecke zusammen, von der aus sie aber immer noch den Krawall auf der Straße sehen konnten. Ellie nahm ihre Kamera heraus und fing an zu fotografieren, während jüdische Männer und Frauen vorbeihasteten. Eine beleibte ältere Frau in einem mit bunten Blumen bedruckten Kleid rannte mit hoch erhobenen Armen vorbei und stieß mit weit geöffnetem Mund unverständliche Schreie aus.

„Los", sagte Jakov und zog Ellie am Ärmel. „Wir müssen rennen." Jakov zog sie zur Tür. Der Barbesitzer schob sie, während seine Frau weinend hinter der Theke stand und die Hände rang.

Einen Augenblick lang sah sich Ellie auf dem Bürgersteig inmitten der Verwirrung erstaunt um. Überall kurbelten besorgte Kaufleute die schweren metallenen Rollläden vor den Türen und Fenstern ihrer Geschäfte herunter. Nur einen Häuserblock weiter mischte sich donnernd der Ruf „Jihad! Jihad! Jihad!" mit den Schreien der Juden, die vor dem Mob flohen oder das Feuer bekämpften, das ihre Läden umzingelte. Und dann, als die Kaufleute an ihr vorbeirannten und der zornige Mob sich näherte, entdeckte Ellie die Gestalt des palästinensischen Polizeibeamten, mit dem sie erst heute Morgen gesprochen hatte. In gleichgültiger Haltung, mit gekreuzten Armen, lehnte er an einer Mauer und betrachtete das Ganze ohne innere Anteilnahme. In einiger Entfernung von ihm, gerade so, dass sie außerhalb Ellies Blickfelds waren, standen drei junge Araber. Sie schauten sie unverwandt an. Einer von ihnen deutete mit einem Kopfnicken auf sie und bahnte sich dann durch die fliehende Menge einen Weg genau dorthin, wo sie stand. Sie hob ihre Kamera und fotografierte den Polizisten, voller Zorn darüber, dass ein Mann mit Amtsgewalt inmitten eines solchen Kampfes stehen konnte, ohne einen Finger zu rühren. Dann wandte sie sich Jakov zu, der seine inständige Bitte, doch mit den anderen mitzurennen, voller Panik auf Jiddisch an sie gerichtet hatte.

Einige Minuten, nachdem der heulende Mob in das Viertel eingedrungen war, waren die Princess Mary Avenue und die Mamillah Road übersät von verletzten jüdischen Geschäftsleuten und dem Raub aus ihren Geschäften. Ellie stand wie angewurzelt auf dem Bürgersteig, unfähig, der Gewalt, die sich um sie herum explosionsartig ausbreitete, Einhalt zu gebieten. Der Rauch, der wie ein dikker grauer Nebel durch die Straße wehte, biss ihr in den Augen und hüllte alles in eine traumatische Dunkelheit. Ihre Wangen waren nass vor Tränen. Schauls rasendes Bellen mischte sich mit dem Klirren von zersplitterndem Glas und qualvollen Schreien. Arbeiter, Bauern und Jugendliche in schwarz-weiß karierten Keffiyahs schwangen Keulen und Eisenstangen, außer sich vor unbändigem Zorn.

„Kommen Sie, Lady!", drängte Jakov. „Bitte!" Er zog Ellie heftig am Arm; dann wurde er in die wogende Menge gestoßen, aber er hörte nicht auf, sie mit ausgestreckten Armen weiter zu rufen.

„Das ist ein Alptraum!", rief sie. „Gott, ein Alptraum!"

Die drei Araber drängten sich weiter zu Ellie hin, während sie bemüht war, den Jungen wieder zu finden. Genau vor ihr kurbelte ein Schneider schluchzend einen Rollladen vor seiner Schneiderei herunter. Die drei Männer lösten sich aus der Menge in seiner Nähe und warteten, herausfordernd nebeneinander stehend, auf Ellie. Der Schneider stürzte auf sie los und wurde durch einen Schlag mit einem Rohr auf den Hinterkopf niedergestreckt. Als Ellie mit zitternden Händen ihre Kamera hob und noch einmal auf den Auslöser drückte, stach ihm der größte der drei Araber ein Messer in den Rücken. Ellie schrie auf, als der Mann auf dem Bürgersteig verendete. Ihr Magen drehte sich bei dem Anblick um, und sie wandte sich zur Seite, um sich zu erbrechen. Vor ihren Augen drehte sich alles; sie stützte sich an dem halbgeschlossenen Rollladen der Schneiderei ab und sah die drei Araber mit leeren Augen an. Dann fiel ihr Blick auf das Messer des Mörders; Blut tropfte von der Klinge auf seine Schuhspitze. Die drei kamen einen weiteren Schritt auf sie zu. Als der Mann mit dem Messer sie am Kragen ihrer Bluse packte, sah Ellie zum ersten Mal seinen lüsternen Blick; gleich darauf presste er sie mit seinem ganzen Gewicht und der Kraft seiner Wut fest gegen die Wand.

Jakov drehte sich um und erkannte durch das Wogen des Mobs hindurch, wie Ellie gegen den Rollladen gedrückt wurde. „Sie werden sie mitnehmen!", schrie er. „Schaul!", rief er gellend nach dem Hund. „Auf sie!" Er zeigte auf die Männer und Ellie, während er sich zu ihr vorkämpfte.

Der Mörder stieß sie über den Bürgersteig unter dem Rollladen durch in die Dunkelheit der Schneiderei. Er riss dabei so heftig an ihrer Bluse, dass die Knöpfe absprangen. Wenn zwei Araberinnen vergewaltigt worden waren, dann würden tausend Jüdinnen dafür bezahlen. Er würde bei dieser rothaarigen Frau mit der Vergeltung beginnen, bevor er sie an Hassan und den Mufti weitergab.

Der Hund jagte geschickt zwischen den Beinen von Juden und Arabern durch und sprang dann dem Mörder knurrend und mit gefletschten Zähnen ans Gesicht, als dieser sich duckte, um in die Schneiderei zu gelangen. Schaul riss mit seinen Wolfszähnen einen Fetzen aus der Wange des Mannes, so dass dieser Schmerzensflüche ausstieß und wild um sich schlug, um den Angriff abzuwehren. Vor Erstaunen wichen seine Kumpanen einen Schritt zurück, gerade weit genug, dass Jakov an ihnen und der Leiche des Schneiders vorbei in die Schneiderei schlüpfen konnte, wo Ellie ein Versteck suchte.

„Die kommen gleich hinter Ihnen her, Lady. Kommen Sie!" Jakov packte sie am Arm und rannte zu einer Treppe am hinteren Ende des Raumes.

Genauso unerwartet wie er angegriffen hatte, ließ Schaul von dem wimmernden Mann ab, um hinter Jakov und Ellie her zur Treppe zu laufen.

Hassan, der das Ganze von der anderen Straßenseite beobachtet hatte, verließ seinen Posten, um die Verfolgung der beiden aufzunehmen, während sein Handlanger mühsam auf die Beine kam und sich das Blut vom Gesicht wischte.

Als Ellie und Jakov die dunkle Treppe hinaufsprangen, kamen ihr die Schreie der aufgepeitschten Volksmassen so unwirklich vor wie im Traum. In ihren Ohren klangen nur das Klopfen ihres Herzens und kurze Schluchzer, die wohl ihre eigenen sein mussten. Jakov zog sie stolpernd zur Tür am oberen Ende der Treppe. Sie presste die Kamera an sich, die ihr immer noch um den Hals baumelte.

„Alles in Ordnung, Lady", sagte Jakov leise. „Wir schaffen es." Als Schaul ihm in die Fersen rannte, befahl er ihm: „Zur Fleischerei, Schaul!" Der Hund gehorchte umgehend und rannte zurück zur Straße, wobei er noch Hassan und den drei Männern gegen die Beine lief, als er unter dem Rolladen hindurchschlüpfte.

„Den Hund bring ich um!", fluchte der Mörder, als Schaul in der Menge verschwand.

„Lass den Köter!", fuhr Hassan ihn an. „Die Frau und das Kind müssen wir haben. Es gibt hier für sie keinen Ausweg. Leg ein Feuer, und damit ist die Sache erledigt."

Hassan nahm einem Jugendlichen einen Benzinkanister ab und spritzte die sofort verdunstende Flüssigkeit durch die geöffnete Tür der Falafal-Bar. Die drei Araber gossen zusätzlich noch Benzin in die Schneiderei und zündeten ein Streichholz an. Heiße Flammen loderten auf und verschlangen die Stoffe und Anzüge in dem winzigen überfüllten Raum. Jakov drehte den Türgriff und warf sich gegen die Tür am oberen Treppenabsatz. Während sengende Flammen in rasender Geschwindigkeit hinter ihnen herkamen, stürzten sie in die Wohnung des Schneiders. Mit einem Gefühl von Unwirklichkeit bemerkte Ellie, dass das Essen des Toten noch auf dem Tisch stand. Ein halb ausgetrunkenes Weinglas stand noch an derselben Stelle, an der er es abgestellt hatte.

Geschickt fand Jakov die schmale Leiter, die zum Dach hinauf führte. „Kommen Sie, Lady. Die werden uns sonst wie Hühnchen braten!", schrie er gellend, während er sie zur Leiter zog. „Was ist da oben?", fragte sie in panischer Angst und mit dem Gefühl, in eine Falle gelaufen zu sein.

„Das ist der einzige Weg!", schrie er und schob sie zur Falltür und weiter auf das flache Dach hinauf, während die Flammen schon hinter ihnen prasselten und ihnen schwarzer Rauch folgte. Rasch hatte das Feuer das Innere der Schneiderei verschlungen und züngelte weiter in die Wohnung. Jakov schlug die Falltür zu und rannte zum Dachrand. Als er hinunterschaute, entdeckte er Hassan in seiner Polizeiuniform und die drei Araber, die sie verfolgt hatten.

Hassan schaute hinauf und entdeckte Jakov; er zeigte mit dem Finger auf sie, aber sein Blick wurde schon wieder durch den Rauch von einer Anzahl verschiedener Feuer verdunkelt.

„Da steht ein Polizist bei den Männern!", rief Jakov Ellie zu. „Sehen Sie! Vielleicht kann er sie dazu bringen aufzuhören."

Ellie rannte geduckt zu Jakov und schaute über den Dachrand, während bereits Rauch durch die geschlossene Falltür drang. Schwaden von schwarzem Rauch zogen vorbei, als Ellie versuchte, die Gesichtszüge des Polizisten zu erkennen. In einem Moment, in dem ihre Sicht nicht durch Rauchwolken behindert wurde, erkannte sie Hassan, als er ihr das Gesicht zuwandte. „Es ist derselbe, mit dem wir heute nachmittag sprechen sollten. Ich habe ihn schon vor einiger Zeit gesehen."

„Kommen Sie, wir müssen weiter. Das Feuer." Jakov zupfte an ihrem Ärmel und führte sie zu einer Stelle am Rande des Daches, die einem anderen Gebäude am nächsten lag. Obwohl der Abstand zwischen den beiden Gebäuden kaum mehr als einen Meter betrug, erschien er Ellie als gähnender Abgrund. „Wir müssen springen." Jakov kletterte zum Rand des Daches.

„Ich kann nicht." Während Ellie noch auf den ungefähr zehn Meter tiefer liegenden unebenen Erdboden starrte, brach das Feuer durch die Falltür. „Jetzt!" Jakov sprang zum gegenüberliegenden Dach, rollte sich ab und sprang auf. „Es ist nicht weit, Lady! Springen Sie doch!", drängte er.

Das Feuer wütete hinter ihr, und sie fühlte schon seine Wärme in ihrem Rücken, aber immer noch wippte sie am Rande des Daches vor und zurück und versuchte, den Mut zum Sprung zu sammeln. Sie hörte unter sich das Bersten der Balken, als der zweite Stock der Wohnung krachend zusammenstürzte.

„Schnell!", schrie Jakov. „Bitte, Lady. Bitte springen Sie!" Er streckte ihr die Hände entgegen.

Sie schaute starr auf seine Hände. So kleine Hände! Und doch hatte sie das unbestimmte Gefühl, als ob sie versuchten, sie über den Abgrund zu heben, der sich zwischen ihr und der Sicherheit auftat. Ihre Knie schlotterten; sie drehte sich um und sah, wie das Feuer gerade das geteerte Dach erreichte und auf sie zuraste. Da ging sie in die Knie und nahm Schwung und sprang mit aller Kraft, wobei sie mit beiden Händen nach Jakovs ausgestreckten Armen griff. Mit Jakovs Unterstützung landete sie auf ihren Füßen, gerade in dem Augenblick, als das Dach der Schneiderei, auf dem sie noch vor wenigen Sekunden gestanden hatte, einstürzte.

Während Jakov Ellie über die Dächer sicher von einem Übergang zum nächsten führte, folgte ihnen Hassan mit seinen Leuten unten auf der Straße. Eine Gewehrsalve zerriss die Menge unter ihnen und ließ beinahe ein Dutzend Juden verstummen. Ellie erkannte die Leiche der Frau in dem geblümten Kleid, die an der Bar vorbeigerannt war. An einer Hausmauer lag der jiddischsprechende Kellner, der ihre Bestellung aufgenommen hatte. Seine weiße Schürze war blutgetränkt, aber Ellie sah noch den Bleistift hinter seinem Ohr. Und immer noch folgten ihnen Hassan und die drei Araber mit nach oben gerichteten Augen, als seien Tod und Zerstörung um sie herum ein alltägliches Ereignis.

„Der Polizist ist einer von ihnen!", schrie Ellie. „Er führt sie genau hinter uns her."

Plötzlich prallte eine Kugel nur wenige Zentimeter von Jakovs Kopf entfernt an der Oberfläche des gewölbten Daches ab. Der von der Wucht der Kugel abgesprengte Putz spritzte ihm in die Augen. Er fiel auf die Knie, schrie auf und schlug die Hände vors Gesicht.

„Bist du verletzt?", rief Ellie und rannte zu ihm hin. Sie zog seine

Hände weg. Sein Gesicht war vom Putz gesprenkelt, und seine geschlossenen Augen waren verschwollen.

„Ich kann nichts mehr sehen!", schluchzte der Junge. „Meine Augen!"

Eine weitere Kugel drang in die Wand hinter Ellie ein. „Jakov, gibt es noch eine andere Möglichkeit, von den Dächern herunterzukommen? Wir sind hier oben eine zu leichte Zielscheibe."

Der Junge nickte mit geschlossenen Augen. „Können Sie den Häuserblock gleich unten sehen? Ein großes Gebäude? Das ist das Kino. Wir können von hier aus ins Kino, auf den Balkon innen drin. Aber Sie müssen mir helfen."

„Gott, hilf mir!" Als Ellie zurückblickte, sah sie, wie die Flammenfront, von der Schneiderei ausgehend, von Haus zu Haus raste und sogar schon das Gebäude bedrohte, auf dem sie sich gerade befanden. Noch nie in ihrem Leben hatte sie solche Angst empfunden. Doch sie musste daran denken, wie der Junge hilfsbereit seine Hände nach ihr ausgestreckt hatte. Und so schlang sie seine Arme um ihren Hals und nahm ihn auf den Rücken. In gebückter Haltung lief sie zum Rand des Daches und sprang auf das nächste Dach. Dabei wurde Jakov auf das rauhe Teerdach geschleudert. „Ist alles in Ordnung?", fragte sie und nahm ihn wieder auf den Rücken.

Er nickte und klammerte sich fest. „Sagen Sie mir, wenn Sie springen, Lady."

„Hast doch wohl keine Angst?", keuchte sie, indem sie im Zickzack lief wie ein Abwehrspieler beim Football.

„Doch", war seine Antwort.

„Ich auch", erwiderte sie und sah mit starrem Blick über den Rand des Daches auf das nächste, tiefer liegende Gebäude. „Fertig?"

Dieser Abstand war noch größer als der vorherige, aber sie hoffte, dass sie es schaffen würden, da das Dach ja tiefer lag als das, auf dem sie sich momentan befanden. Genau auf der gegenüberliegenden Seite des tieferen Gebäudes lag das Kino. Ellie konnte gerade noch die Feuerleiter erkennen, die zum Balkon führte. „Fertig?", wiederholte sie, nicht sicher, ob sie selbst sprungbereit war.

„Ja."

Ellie holte so tief Luft, als ob sie einen tiefen Sprung ins Wasser machen wollte. Dann sprang sie und landete mit ihren Füßen auf dem äußersten Rand des Gebäudes. Sie kämpfte um ihr Gleichgewicht, aber das Gewicht des Jungen zog sie nach hinten. Als sie endlich nach vorne taumelte, fiel Jakov von ihrem Rücken, konnte sich aber noch soeben mit den Händen am Dachrand festhalten. Er schrie auf bei dem Gedanken, dass unten auf ihn der Tod wartete, wenn er losließe.

Ellie kroch auf allen Vieren zu ihm hin und erreichte ihn gerade in dem Augenblick, als sich der Griff seiner Hände zu lockern begann. „Ich hab dich, Junge!", schrie sie, indem sie ihn am Handgelenk fasste und zu sich heraufzog. „Diesmal haben wir's ja noch geschafft!"

Danach ließ sie sich erschöpft zurückfallen, während er schwer keuchend dasaß, sein Gesicht in den Händen verborgen. Rauchwolken wirbelten über ihnen durch die Luft, als gehorchten sie einer unhörbaren Musik. Und unter ihnen wurde das Staccato der Gewehrschüsse durch Schreie unterbrochen.

* * *

David kämpfte sich mühselig Zentimeter um Zentimeter durch die Princess Mary Avenue zum Jaffa-Tor vor. Er wusste, irgendwo in diesem Gewühl war Ellie. Sein Magen krampfte sich zu einem Klumpen zusammen, während er Männer und Frauen um sich niedersinken sah. War auch Ellie unter ihnen?

Er wollte ihren Namen hinausbrüllen, so lange schreien, bis sie ihn hörte und ihm antwortete. Aber ihm war klar, dass es in diesem Lärm sinnlos war. Inmitten dieses blutbefleckten Pöbels, der ihm entgegenströmte und ihn zurückstieß, suchten seine Augen angestrengt nach dem kupferfarbenen Glanz ihres Haares. Immer weiter schob er sich gegen diesen Strom vor und hoffte, dass er sie entdecken würde, bevor es zu spät war.

Berge von Gegenständen wurden überall in Brand gesteckt, und es schien, als ob niemand auch nur einen Finger rührte, um dem Pöbel Einhalt zu gebieten. Er hörte das Röhren eines Motors und sah mit einiger Erleichterung, dass sich zwei Dutzend britische Soldaten unter der Plane eines Militärlastwagens hervor auf die Straße ergossen. Im Nu trat jedoch Zorn an die Stelle der Erleichterung, als sich die Soldaten nur zur Bereitschaft auf die Straße stellten und die Brutalität um sich herum weiter wüten ließen. Ein Mann in palästinensischer Polizeiuniform stand da und gaffte zum Dach eines brennenden Gebäudes, ohne auch nur den Versuch zu unternehmen, Hilfe zu leisten oder dem Blutvergießen irgendwie Einhalt zu gebieten. David beobachtete, wie er drei verbissen aussehenden Arabern Zeichen machte; sein Blick folgte der Handbewegung zum Dach des Gebäudes. Das kupferne Haar eines Mädchens bewegte sich über das Dach. Das konnte doch nicht sein – sie trug einen kleinen Jungen auf dem Rücken! Aber es war tatsächlich Ellie, und diese Männer – Entsetzen und Hoffnung hielten sich in Davids Herz die Waage, als das Mädchen vom Rand des Daches über einen Abgrund von ungefähr eineinhalb Meter Breite auf ein anderes Haus sprang, das um Manneshöhe tiefer lag. Sie fiel, der Junge entglitt ihr, konnte sich aber gerade noch am Dachrand festhalten. Als sie sofort herumwirbelte und sich über den Dachrand beugte, um den Jungen am Handgelenk zu ergreifen, konnte David flüchtig ihr Gesicht sehen. „Ellie!", brüllte er. „Halt fest!", schrie er gellend. „Lass nicht los! Warte!"

Während sie den Jungen zu sich hochzerrte, zog einer der Araber einen alten Revolver hervor und zielte, wobei der Polizist ruhig zuschaute. David schrie wieder gellend auf und warf den Mann zu Boden, gerade als dieser den Abzug betätigte. „Ellie!", schrie er wieder. „Lauf weg!" Der Polizist mit der Lücke zwischen den Zähnen lächelte ihn an und trat ihm dann kräftig in den Unterleib. Es wurde dunkel um David.

Ellie richtete sich wieder auf und nahm Jakov noch einmal auf den Rücken. Sie spurtete über das Dach und streckte, ohne in die Tiefe zu sehen, bereits eine Hand nach der wackeligen Metalltreppe an der Seitenwand des Kinos aus.

„Halt dich fest", ermahnte sie den Jungen. „Nur noch ein kurzer Sprung zur Leiter. Halt dich bloß fest." Aus ihrer Angst war ein Mut entstanden, von dem sie bisher nicht einmal gewusst hatte, dass sie ihn überhaupt besaß. „Ich hab' den Mut zwar nicht mit Löffeln gegessen, aber das hier schaff' ich trotzdem", murmelte sie vor sich hin. Sie fasste nach der Leiter und sprang. Mit beiden Füßen landete sie sicher auf den Sprossen.

Als sie über die Schulter nach unten sah, erkannte sie, wie Hassan und seine Verbrecher einen Mann auf der Straße angriffen. „Wenigstens beachten sie uns nicht", sagte sie sich und kletterte so schnell sie konnte zu dem kleinen schmiedeeisernen Gitter, das den Notausgang des Kinos zur Feuerleiter hin umgab. Vorsichtig setzte sie Jakovs Hand fest auf das Geländer und half ihm, zur Plattform hinaufzuklettern. Noch bevor sie bei ihm war, hatte er bereits selbst die zersplitterte Holztür geöffnet und war ins Kino hineingekrochen. Sie kletterte hinter ihm her und schloss die Tür in der Hoffnung, dass ihre Verfolger sie noch nicht entdeckt hatten.

„So ich schleiche mich hinein, wenn ich Filme sehen will." Jakov lehnte sich gegen die kühle Projektionswand hinter einem Samtvorhang. „Meine Augen", sagte er leise. „Sie tun so weh."

Ellie spähte hinter dem Vorhang hervor. Der Raum war beinahe dunkel und völlig menschenleer. Von draußen klang das Rattern von Maschinenpistolen gedämpft durch die dünne Holztür herein. Ellie kam sich vor, als sei sie tatsächlich gerade einem Kriegsfilm mit richtigen Bösewichtern entstiegen. Aber schon einen Augenblick später hörte sie dumpfe, regelmäßige Schläge. „Die Türen!", entfuhr es ihr. „Sie haben uns gefunden!"

Der Junge griff nach Ellie, während der regelmäßige Rhythmus der Schläge durch das Gebäude hallte. Zunächst dachte sie, er habe Angst; dann sagte er jedoch: „Schon gut, Lady. Es wird schon gut werden. Wir müssen weg." Er tätschelte ihr tröstend die Hand. Sie fragte sich, ob er vergessen habe, dass sie die Erwachsene und er das Kind war.

Eine Gewehrsalve begleitete das Krachen der endgültig nachgebenden Türen. Das Kino füllte sich mit trübem Licht und den Stimmen von Hassan und seinen Leuten, die die Aufrührer anwiesen, die Sitze mit Benzin zu tränken. Von ihrem Platz hinter dem Vorhang aus beobachtete Ellie, wie sich Hassan, mitten in dem Chaos stehend, prüfend nach Spuren ihrer Anwesenheit umsah. Dann hob er sein Kinn in grimmiger Vorfreude, gewiss, dass seine Beute in den Flammen sterben oder bei dem Versuch, dem Inferno zu entkommen, gefangen würde.

„Lady, ich rieche Benzin. Die wollen uns auch verbrennen. Wir sollten weglaufen!"

Mit einem letzten Blick in die Runde befahl Hassan allen, hinauszugehen und warf dann ein Streichholz, das den Raum jäh in eine Hölle von Flammen und Rauch verwandelte. Der Boden unter ihnen wurde schnell warm, und Ellie wusste, dass es nur Sekunden dauern würde, bis auch sie in einer Falle säßen. Und selbst wenn sie entkämen, würde sie das Feuer durch den offenen Ausgang verfolgen. „Wir müssen, wenn wir die Tür geöffnet haben, sofort hinausspringen", rief Ellie unter Husten.

Jakov kletterte auf ihren Rücken und schlang seine Arme wieder um ihren Hals. Sie stieß die Tür mit einem kräftigen Schwung auf und hechtete zur Leiter hin, als die Flammen schon hinter ihnen röhrten und nach dem Sauerstoff züngelten, der plötzlich durch die Tür hereinströmte.

Bei einem Blick nach unten sah Ellie, dass Hassan und seine Leute ruhig mit gekreuzten Armen am Anfang der Allee auf sie warteten. „Wir müssen rauf!", rief Ellie. „Sie warten auf uns." Während die Flammen ihnen bereits die Treppe hinauffolgten, kämpfte sich Ellie durch die dichten Rauchwolken, die sie zu ersticken drohten. Der Junge hatte zwar fast schon das Bewusstsein verloren, hielt sie aber noch fest umklammert. Sie spürte, dass ihre Kamera, die sie immer noch um den Hals trug, gegen die Sprossen der Leiter schlug, während sie sich mit dem Jungen hochmühte.

Hassan spurtete zur einzigen verbleibenden Fluchtmöglichkeit – einer Leiter am anderen Ende des Kinos. Als Ellie sich mit Jakov auf das Dach schleppte, begannen bereits einige Stellen der Leiter zu schmelzen. Sie stellte Jakov vorsichtig auf seine Füße und schaute sich ihre verzweifelte Lage an. „Wir können wählen, ob wir im Feuer gebraten werden oder Zielscheibe für die da unten sein wollen", sagte sie nach kurzem Überlegen. Hinter ihnen züngelten die Flammen an der Seite des Gebäudes hoch, und unten warteten Hassan und der Mann, der versucht hatte, sie zu vergewaltigen. Sie ergriff den Handlauf der Leiter, die zu den Männern hinunterführte und starrte Hassan mit düsterem Blick an.

Dieser legte die Hände trichterförmig um seinen Mund und brüllte durch das Röhren des sich rasch ausbreitenden Infernos: „Kommen Sie, Miss Warne. Es wird Ihnen nichts geschehen." Sie nahm zwar das Gewehr in seiner Hand und das immer noch lüsterne Gesicht des Mörders neben ihm wahr, aber sie brauchte nicht lange, um sich zu entscheiden. Der Tod war in keinem Fall einfach, das wusste sie, aber gegrillt zu werden, entsprach nicht ihren Vorstellungen von einem noblen Abgang. Es gab immer noch eine Möglichkeit zu entkommen. Noch einmal nahm sie den Jungen auf und begann vorsichtig die Leiter zu dem wartenden Hassan hinabzusteigen.

Kurz darauf brachen jäh die Fenster mit einem heulenden Ton auf dieser Seite des Gebäudes auf. Flammen schlugen heraus und hüllten sie und den Mittelteil der Leiter ein. Sprossen und Handlauf wurden zu heiß für die Hände. Hassan trat achselzuckend zurück. Nun ja, er hatte ihr zumindest eine Chance gegeben. Aber dieser Verlauf der Dinge löste sicherlich das Problem, sie loszuwerden.

11. Die Befreiung

David hielt sich seinen Leib noch vor Schmerzen, als er sich mühsam wieder aufrappelte. Gegen einen Laternenpfahl gelehnt sah er sich die Zerstörung um ihn herum an und erkannte, dass Hassan und der Mann, der ihn getreten hatte, dabei waren, zum anderen Ende des brennenden Kinos zu laufen. Er humpelte hinter ihnen her und kam gerade noch rechtzeitig, um mitanzusehen, wie Ellie begann, die Leiter herunterzuklettern. Da explodierten zu seinem Entsetzen die Fenster, und Ellie und der Junge wurden vom Feuer eingeschlossen. „Sie haben nicht mehr viel Zeit", schoss es ihm durch den Kopf. Unvermittelt fiel sein Blick auf den verlassenen Mannschaftswagen, und mit Kriegsgeheul rannte er dorthin. Als er ins Führerhaus geklettert war und den Motor anließ, griff ihm ein britischer Sergeant mit muskulösem Arm durch das Fenster an die Kehle. David zog dessen Faust zurück und streckte ihn mit einem Schlag genau ins Gesicht nieder. Ohne sich umzusehen, trat er dann das Gaspedal ganz durch und brauste auf Hassan und die unten an der Leiter wartenden Männer zu.

Hassan drehte sich ungläubig zu dem herannahendem Lastwagen um, schrie auf und und sprang gerade noch rechtzeitig zur Seite, bevor der Wagen gegen den Mörder neben ihm fuhr. Der tote Araber wurde auf die Motorhaube geschleudert, und sein Gesicht wurde gegen die Windschutzscheibe gedrückt. David trat auf die Bremse und hielt den Lastwagen genau unterhalb von Ellie und dem Jungen an.

Die Flammen loderten höher und höher und reichten fast bis zu Ellie heran, die auf der Leiter stand und vor Entsetzen erstarrt war. „Ellie!", schrie er, so laut er konnte, „Spring, Mädchen! Spring auf die Plane!"

Sie schaute entsetzt und ungläubig herunter. Natürlich erkannte sie Davids Stimme, aber er konnte es unmöglich sein.

Der Qualm hatte ihr beinahe die Sinne geraubt. Und binnen kürzester Zeit würde die Leiter so heiß sein, dass sie sich nicht mehr daran festhalten konnte. Sie versuchte sich auf die Plane des Lastwagens zu konzentrieren. Wenn diese ihrer beider Gewicht aushielte, dann gab es vielleicht noch eine Möglichkeit zu überleben. „Gott –", flüsterte sie. Das war ihr ganzes Gebet. „Wir springen jetzt, Jakov. Halt dich fest, halt fest."

Während sie beide schreiend eine schrecklich lange Zeit, wie es schien, durch die Luft flogen, hielt sie Jakovs Arme fest an sich gepresst. Ellie war darauf gefasst, ihr Ziel zu verfehlen und zu sterben. Als sie es dennoch trafen, dämpfte die Plane zwar ihren Fall, r zerriss aber dabei, und sie fielen krachend auf den metallenen Boden der Pritsche. Ellie rang nach Atem, und es wurde dunkel um sie.

Als sie wieder zu sich kam, beulten pfeifende Kugeln die Ladeklappe des polternden Lastwagens ein. Sie blieb flach liegen und schirmte den Jungen mit ihrem Körper ab, während der Wagen in wildem Tempo und schlingernd durch die Kurven der Straßen jagte. Als sie den Lärm des Aufruhrs hinter sich gelassen hatten, wagte es Ellie nach einigen Minuten, sich aufzusetzen und durch die zerfetzte Plane zu schauen. Eine schmale, spiralförmige Rauchwolke stieg über dem Geschäftsviertel auf, und das Echo der heulenden Sirenen wurde von den in eigentümlichem Rosa schimmernden Steinen, aus denen die meisten Häuser der Stadt erbaut waren, zurückgeworfen. Ein Militärmotorrad mit Beiwagen, bemannt mit zwei Soldaten, die entschlossen durch ihre Motorradbrillen schauten, ratterte hinter ihnen her. Dann sausten die Soldaten an dem Mannschaftswagen vorbei und fuhren in Höhe des Fahrers neben ihm her. Erst da erinnerte sich Ellie wieder an die Stimme, die so wie Davids geklungen und ihr zugerufen hatte, den rettenden Sprung zu tun. „Ich muss mir das eingebildet haben", dachte sie. Aber sie konnte dennoch nicht umhin, darüber nachzudenken, wer wohl der Fahrer dieses Lastwagens sei und wo sie und Jakov hingebracht würden. Sie brauchte sich nicht lange Gedanken darüber zu machen. Der Wagen fuhr, begleitet von der heulenden Sirene des Motorrads, zu den Hadassah-Kliniken hinauf. Ellie hob die Plane hinter dem Führerhaus hoch und hatte die britischen Soldaten genau im Blickfeld. Sie hielten ihre Pistolen auf den Fahrer des Wagens gerichtet. Ellie streckte ihren Kopf heraus, um den Fahrer zu erkennen, aber sie sah nur einen in Leder gekleideten Arm aus dem Fenster hängen. „Eine Fliegerjacke", dachte sie mit klopfendem Herzen. Konnte es wirklich David sein? Sie zog ihren Kopf zurück und fasste nach ihrer zerrissenen, offenen Bluse. Wenn sie je gehofft hatte, ihn wiederzutreffen, so hätte sie sich das Wiedersehen nicht vorgestellt!

Der Lastwagen hielt mit quietschenden Bremsen vor dem Noteingang der Kliniken. Die beiden Soldaten waren sofort beim Fahrer des Lastwagens. Sie stießen mit ihren Pistolen gegen die Tür, während diese sich bereits öffnete und sich ein Paar schlaksiger Beine in Levisjeans herausstreckten und auf den Bürgersteig sprangen. Ungläubig beobachtete Ellie, wie David mit den Pistolenspitzen herumgewirbelt und mit dem Gesicht nach unten auf die Motorhaube gestoßen wurde.

„David!", schrie sie gellend.

„Ellie, ich ..." Er sah sie an, wurde jedoch sofort wieder auf den Wagen gestoßen.

„Se könn' nich'n Mannschaftswagen klaun und erwarten, dass Se damit durchkomm', Kerl", sagte einer der Soldaten.

„Ich habe ihn nicht gestohlen!", meinte David nachdrücklich.

„Ich habe einen verletzten Jungen hier hinten, Officer!", schrie Ellie so laut sie konnte.

Die Soldaten schauten erst sich an und dann argwöhnisch zu David. „Ich seh mal nach", meinte der Fahrer des Motorrads, während der andere David die Mündung seiner Pistole in den Nacken drückte.

Der Soldat ging lässig zur Lastwagenpritsche und spähte zu Ellie hinein, die Jakov in ihren Armen hielt. Der Junge war immer noch bewusstlos, und sein Gesicht war verschwollen und verzerrt.

„Sie seh'n selbst nich gut aus, Ma'am", meinte der Soldat mit einem Blick auf ihre rauchverschmutzte und zerrissene Kleidung.

David sagte laut: „Ich sage Ihnen doch, wenn ich den Wagen nicht genommen hätte, wären sie jetzt tot. Du meine Güte, bringen Sie doch das Kind endlich in die Klinik!"

152

Der Fahrer nickte dem Soldaten zu, der David unter Kontrolle hielt, und dieser zog daraufhin sein Gewehr widerstrebend zurück. David richtete sich auf und rannte dann nach hinten, um Jakov auf den Arm zu nehmen. Einen flüchtigen Moment lang traf sich sein Blick mit Ellies. Sie schaute ihn innig an, als sie ihm den schlaffen Körper Jakovs übergab.

„Geht's dir gut?", fragte er leise.

Sie wurde von ihren Gefühlen überwältigt. Tränen schnürten ihr die Kehle zu, als sie versuchte, gefasst zu bleiben. Sie hielt sich ihre Bluse zu, senkte den Kopf und lehnte sich dann gegen ihn. „Oh, David!", schluchzte sie. „David."

Mit einem Mal war der Lastwagen von Ärzten und Pflegern umgeben. David übergab den Jungen einem Team, das ihn auf eine Trage legte und mit dieser dann ins Gebäude eilte.

„Schon gut, Ellie", flüsterte er. „Schon gut, Liebes. Ich bin ja da."

Er nahm sie in seine Arme; anschließend hob er sie, ohne die Schwestern zu beachten, die mit einer zweiten Trage in der Nähe standen, aus dem Lastwagen und trug sie liebevoll durch die Türen in die Sicherheit der Klinik.

* * *

Als sich die Dämmerung über die Stadt legte, löste sich der graue Dunst über dem Geschäftsviertel allmählich auf. Mosche rannte die Stufen der Klinik hinauf und stürmte durch die Türen. Die Vorhalle wimmelte von kleinen Menschengruppen, die auf eine Nachricht von Freunden und Verwandten warteten, die in den Aufruhr verwickelt worden waren. Polizisten und britische Offiziere schienen überall zu sein, nahmen eidesstattliche Aussagen auf und liefen zwischen den geschäftigen Ärzten und Schwestern hin und her.

Mosche war über sich selbst erzürnt, weil er Ellie nicht gleich angerufen hatte, als er wieder in Jerusalem war, und erzürnt über Ellie, weil sie so töricht gewesen war, allein auszugehen – ausgerechnet heute! Als er schließlich doch angerufen hatte, hatte er erfahren, dass Howard Moniger zurückgekehrt und bei Ellie in der Klinik war. Weitere Einzelheiten wusste Miriam nicht.

Mosche schob sich sanft an einer weinenden Frau vorbei zum Informationsschalter. Eine gehetzt aussehende Empfangsdame blickte von dem summenden Schaltbrett auf.

„Was gibt's?", fragte sie ungeduldig.

„Ich brauche die Zimmernummer von Ellie Warne. Vielleicht ist sie auch unter Michelle Warne eingetragen." Mosche ballte und entspannte nervös seine Hände.

Sie schaute prüfend auf eine Liste und sagte, ohne aufzusehen: „Zimmer 312."

Mosche wartete nicht auf den Lift, sondern rannte auf schlecht beleuchteten Treppen drei Etagen höher. Die angeschlagenen Besuchszeiten ignorierend, schritt er rasch durch einen langen Korridor. An dessen Ende entdeckte er Howards stattliche Erscheinung neben einem hochgewachsenen britischen Offizier in mittlerem Alter, der einen üppigen Schnurrbart trug. Während Howard in tiefer Besorgnis zu ihm sprach, machte der Offizier sich Notizen. Sorge verdunkelte das im allgemeinen fröhliche Gesicht des Professors, und er trug immer noch Khakikleidung und Feldstiefel. Mosche überlegte, ob er sich genauso müde fühlte wie er aussah.

Als Howard aufblickte, entdeckte er Mosche und hob seine Hand zum Gruß.

„Wie geht's ihr?", fragte Mosche noch im Laufen, ohne abzuwarten, bis der Offizier zu Ende gesprochen hatte.

„Sie kommt durch, Mosche", sagte Howard und legte ihm die Hand auf den Arm. „Eine Gehirnerschütterung, Rauchvergiftung, ein paar Kratzer und Quetschungen. Sie werden sie ein paar Tage hier behalten."

„Kann ich zu ihr?", Mosche war schon auf dem Weg zur Tür.

„Sie hat Beruhigungsmittel bekommen."

„Oh." Mosche war enttäuscht. Er wollte sich eigentlich nur persönlich davon überzeugen, dass sie lebte. Ihm fiel auf, dass der britische Captain Ellies Kamera hielt. „Was ist damit?", fragte er unvermittelt.

„Mosche, ich möchte dich einem Freund von mir vorstellen. Captain Luke Thomas." Der Offizier nickte und streckte ihm seine Hand entgegen.

„Ellie hat ihre Angreifer fotografiert", erklärte der Captain.

„Angreifer? Sie meinen, sie ... ist sie ..."

„Nein, Mosche, sie ist ihnen entkommen", sagte Howard ernst. „Sie war mit einem kleinen Jungen zusammen, scheint es, und er hat sie herausgeführt."

Mosche drehte sich abrupt um und stieß, ohne abzuwarten, die Tür zu dem im Dämmerlicht liegenden Krankenzimmer auf und trat ein. Eine kleine Lampe leuchtete auf dem Nachttisch, und Ellies feuchtes Haar schimmerte auf dem Kissen wie dunkles Kupfer. Er blieb eine Weile stehen und sah zu, wie sich ihre Brust in tiefen, gleichmäßigen Atemzügen hob und senkte; dann trat er leise an den Rand ihres Bettes und nahm ihre Hand.

Sie hatte dunkle Ringe unter den Augen, aber sie schlief friedlich wie ein Kind.

Seine Besorgnis verflüchtigte sich und machte zärtlichen Gefühlen Platz. Er hob ihre Fingerspitzen an seine Lippen. „Mein dummes kleines Mädchen", sagte er sanft. „Mein liebes dummes Mädchen."

Sie wandte ihm seufzend ihr Gesicht zu und drückte ihm sanft die Hand. Er wollte sie in seine Arme nehmen, hatte aber Angst, dass er sie verletzen könnte. So stand er eine volle Minute da und betrachtete sie im Schlaf. Er beugte sich nieder, um sie zu küssen, aber gerade als seine Lippen die ihren berühren wollten, hörte er ein Geräusch aus einer dunklen Ecke des Zimmers.

„Ahem." Mosche drehte sich verwirrt um und starrte in die Dunkelheit. Nur undeutlich konnte er die Gesichtszüge des Mannes erkennen, der sich geräuspert hatte.

„Mosche Sachar, nicht wahr?" Die Stimme klang eindeutig gereizt. „Wer ist da?", fragte Mosche barsch und trat zwischen Ellie und den Mann in der Ecke.

„Ich habe Sie heute Morgen bei dem Treffen gesehen. Beim Alten. Was Sie vorhaben, möchte ich wissen! Und worin Sie sie verwickelt haben!" Die Stimme hatte einen zornigen Klang angenommen.

„In gar nichts ist sie verwickelt." Ärger stieg in ihm hoch.

„Tatsächlich?" Die Feindseligkeit verwandelte sich in beißende Ironie. „Diese Witzbolde haben sie und das Kind doch aus gutem Grund gejagt. Sie waren doch hinter was her."

„Was geht Sie das eigentlich an?", meinte Mosche herausfordernd und ballte die Hände. Die undeutliche Gestalt stand auf und trat ins Licht. Sofort erkannte Mosche den amerikanischen Flieger, den er beim Treffen gesehen hatte. Dessen Gesicht war jetzt starr vor Zorn, und seine Augen durchbohrten Mosche.

„Ich liebe sie zufälligerweise", antwortete David heftig.

Mosche lächelte sarkastisch. „Dann möchte ich Ihnen mein Beileid ausdrücken, Mr. Meyer. David Meyer ist doch Ihr Name, nicht wahr? Ich glaube, ich habe Ihren Namen beim Treffen heute Morgen wieder erkannt. Ellie hat mir alles von Ihnen erzählt." Er lächelte weiter, als ob er sich innerlich über etwas belustige. David sah ihn unverwandt an und betrachtete dann mit zwinkernden Augen die ruhig schlafende Ellie. Ein Hauch von Zärtlichkeit glitt über sein Gesicht, und Mosche trat zur Seite, um seinen Blick zu behindern. „Auf jeden Fall", meinte Mosche mit Bestimmtheit, „waren Sie lange von der Bildfläche verschwunden."

„Tja, jetzt bin ich jedenfalls wieder da. Und in was für einen politischen Schmutz Sie sie auch hineingezogen haben –"

„In gar nichts habe ich sie hineingezogen", unterbrach Mosche. „Sie weiß nichts von meiner Arbeit; sie darf nichts wissen."

„Auch gut. Denn sobald sie wieder auf den Beinen ist, geht sie wieder in die Staaten. Klar?" David ging mit großen Schritten zur Tür hinaus und ließ Mosche allein an Ellies Bett zurück. Dieser wandte sich ihr zu, streichelte ihr die Stirn und musste über die Sommersprossen auf ihrer Nase lächeln. „Er hat recht, weißt du, Liebes. Weil ich dich liebe, muss ich dich nach Hause schicken."

* * *

Hassan verbeugte sich tief vor der Gegenwart Haj Amins, des Muftis von Jerusalem. Er hoffte, dass dieser das Zittern seiner Hände nicht bemerken würde, während er dem Chef der Leibwache das Päckchen mit den Fotografien der jungen Frau aushändigte. Das Päckchen wiederum wurde an den Mufti weitergegeben, der es mit ausdrucksloser Miene öffnete, die Fotografien flüchtig durchblätterte und dann Hassan ansah.

„Nun?", meinte der Mufti in scheinbar belustigtem Ton.

„Das Mädchen hat sie fallen gelassen, als sie in die Schneiderei rannte. Sicher sind sie für die Haganah von Bedeutung. Vielleicht ist die Rolle eine Art Code."

„Solange wir das Mädchen nicht haben, können wir das nicht entscheiden. So ist es doch, Hassan, oder?"

„Ja, Haj Amin, so ist es. Wenn es Allahs Wille ist –"

Eine Spur von Zorn blitzte über das gelassene Gesicht des Muftis. „Es ist der Wille Haj Amins, des Großmuftis von Jerusalem, Hassan!"

Hassan, durch die leicht erhobene Stimme seines Führers in Furcht versetzt, verneigte sich wieder tief.

„Ich bitte um Vergebung, Haj."

Der Mufti lächelte gnädig und zog eine Augenbraue hoch. „Unser Freund, der Führer, hatte die richtige Einstellung zum jüdischen Problem. Eine Schande, dass er nicht beenden konnte, was er begonnen hatte. Gerhardt hätte sie getötet, wenn du ihn nicht daran gehindert hättest."

„Aber der Junge ..."

„Er lebt auch noch, nicht wahr?"

„Er ist immer noch in der Klinik. Es scheint, dass seine Augen verletzt worden sind."

„Seine Augen? Armes Kind. Dann ist er also blind."

„Nur auf einem Auge, sagt man, – auf dem rechten."

Der Mufti legte gedankenvoll seine Finger gespreizt gegeneinander. „Eine ausgezeichnete Idee, Hassan. Vielleicht kannst du dich doch noch rehabilitieren."

Hassan stand in dumpfer Verwirrung da und überlegte, was für eine Idee dem Mufti wohl gefallen könnte.

„Wenn der Junge blind wird, kann er unseren Spitzenagenten nicht mehr identifizieren, stimmt's?" Der Mufti fuhr fort: „Schade, dass du ihm die Sehkraft seines linken Auges nicht auch noch nehmen konntest; aber wir hoffen, dass du dich unseres Vertrauens für würdig erweisen wirst."

Hassan nickte eifrig. „Alles was Sie wünschen, Haj Amin."

„Nun denn". Der Mufti lehnte sich gegen ein Kissen zurück. „Bring uns auch das linke Auge des Jungen! Oder seine Leiche. Das macht keinen Unterschied. Obwohl das Auge eines Juden uns mehr erfreuen würde. Und das Mädchen. Kadar sagt, sie sei schön. Das würde uns freuen."

„Wie Sie meinen, Haj Amin."

Der Mufti blätterte den Stapel von Fotografien durch. „Was diese Fotos anbetrifft, werden wir sie zu dem jüdischen Narren von einem Rabbi ins jüdische Viertel bringen. Vielleicht kann er Licht in diese Sache bringen."

Teil 2

Das Erwachen

Dezember 1947

„Man sagt, dass in den letzten Tagen der Löwe bei dem Lamm lagern wird. Ich glaube, selbst dann wäre ich lieber ein Löwe."

David Ben-Gurion

12. Die Wahrheit über die Schriftrollen

Sieben Tage waren verstrichen, seitdem der britische Offizier die Nachricht von Jakov überbracht hatte. Ein einsamer Schabbat war vergangen, und es gab immer noch keine weitere Mitteilung über sein Befinden. Der Großvater erhob sich steif vom Stuhl und schaute sich schweigend in der winzigen Wohnung um. „Zu groß ohne dich, Jakov", murmelte er vor sich hin. „Zu leer, zu öde."

Er ging langsam am Eisenbett des Jungen entlang und blieb stehen, um mit der Hand über das Kopfkissen zu streichen. Wie sehnte er sich danach, ihm von der Thora zu erzählen! Aber die Altstadt war von der Neustadt abgeschnitten. Die Tore waren von zornigen Arabern versperrt worden, die der Mufti einberufen hatte, um sicherzustellen, dass Juden, die sich aus den Mauern ihres Viertels wagten, nicht wieder nach Hause zurückkehren konnten. Der Mufti, so schien es, wollte die Gelehrten und Rabbis aus der Altstadt vertreiben, auch wenn diese, wie der Großvater, gegen die zionistischen Radikalen waren, die eine Heimstatt ohne den Messiah anstrebten. „Wir wollen zusammen rechten ...", summte der Großvater. Aber er fürchtete, dass es nichts mehr zu ‚rechten' gab. Er konnte nur hoffen, dass Rabbi Akiva irgendeine Einigung mit dem Mufti erzielen würde, so dass das Leben im Viertel wieder einigermaßen normal verlaufen konnte. Dann würde er auch zu Jakov in die Klinik gehen können.

Der Großvater nahm seinen Mantel vom Haken an der Tür. Während er ihn langsam anzog, merkte er, wie dünn und morsch der abgetragene Stoff war. Auch sein Herz wurde allmählich dünn und morsch. Jakov war alles, was er noch hatte, alles, wofür er gelebt hatte – für ihn und die Hoffnung auf den Messiah.

* * *

Ellie hielt Jakovs kleine, blasse Hand und spielte mit dem Erkennungsarmband an seinem Handgelenk. Um seinen Kopf trug er einen Verband, und lange Zeit hatte er geschwiegen, als sie ihm erzählt hatte, warum sein Großvater ihn nicht besuchen konnte. Sie überlegte, ob er wohl eingeschlafen war. Schließlich seufzte er und sagte leise: „Und was ist mit Schaul? Haben Sie ihn gefunden?"

Ellie sah mit traurigem Gesicht zu Mosche, der am Fußende des Bettes stand. Er räusperte sich und sagte freundlich: „Vielleicht ist er in die Altstadt, in deine Wohnung, zurückgekehrt."

„Nein", antwortete Jakov mit tränenerstickter Stimme. „Ich habe ihm befohlen, an der Fleischerei zu warten. Er hat bisher immer gewartet."

„Vielleicht ist er aber doch zu deinem Großvater zurückgegangen", warf Ellie voller Hoffnung ein.

„Er ist ganz bestimmt tot, wenn Sie ihn nicht da gefunden haben, wo ich gesagt habe." Der Junge wandte das Gesicht ab und zog seine Hand zurück. „Weil ich nicht sehen kann, kann ich nicht beten und auch die Thora nicht lesen", sagte er schließlich. „Ich weiß, Schaul war nur ein Hund, aber ich will trotzdem Kaddisch für ihn sagen, wenn es mir wieder gut geht."

„Du und Ellie, ihr habt Glück gehabt", sagte Mosche und fasste durch die Decke Jakovs Fuß. „Der Ewige war mit euch."

Hilflos dem Kummer und der Verlassenheit des Jungen gegenüber, lehnte sich Ellie in ihrem Stuhl zurück und starrte düster auf den Verband. Sie konnte ihm nicht sagen, dass er vielleicht niemals wieder richtig sehen würde, dass er mit ziemlicher Sicherheit die Sehkraft des einen Auges eingebüßt hatte und die des anderen zu diesem Zeitpunkt noch unklar war.

„Mr. Sachar", sagte Jakov, „stimmt es, dass Sie an der Jeschiva studiert haben; dass Sie beinahe ein Rabbi waren?"

„Wer hat dir das erzählt?", fragte Mosche lächelnd.

„Der Arzt, der meine Augen untersucht, sagt, dass Sie ein großer Professor für alte Sprachen an der Hebräischen Universität sind."

„Ye'he sh'lomo rabbo min sh'mayo, ve'chaim oleynoo ve'a! kol Yisroale, ve'imroo Omaine", sagte Mosche und zwinkerte dann Ellie zu.

„Omaine", wiederholte Jakov. Nach einer Weile fragte er: „Ist es also wahr? Werden Sie mir dann helfen, Kaddisch für Schaul zu sagen?"

„Wir wissen ja noch nicht, ob er tot ist, Jakov. Warte noch, mein Junge. Noch wissen wir es nicht."

Jakovs schmale Schultern schienen im Bett zu versinken und die Lebhaftigkeit seiner Stimme dahinzuschwinden. „Werden Sie mir bei meinen Gebeten helfen, bevor Sie gehen? Ich kann doch meine Jarmulke nicht tragen."

„Der Verband wird wohl als Kopfbedeckung durchgehen." Mosche setzte sich neben ihn und tätschelte seine Hand. „Wir werden miteinander beten."

Ellie trat zurück und lehnte sich befangen mit gebeugtem Kopf an die Fensterbank, während Mosche und der Kleine die Worte rezitierten, die die Juden schon seit den Tagen Moses beteten. Vielleicht war es für Mosche gar kein so großer Schritt vom Rabbi zum Archäologen, dachte Ellie. Während sie den alten jüdischen Klängen lauschte, fühlte sie sich irgendwie unbehaglich, und Mosche kam ihr fremd vor. Dies war ein Teil von ihm, der ihr völlig unbekannt war. Während sie seiner sicheren, aber dennoch sanften Stimme zuhörte und beobachtete, wie sich seine breiten Schultern im Rhythmus der Gebete hoben und senkten, überlegte sie, ob es wohl noch mehr Dinge in seinem Leben gab, die er ihr vorenthalten hatte. Er gehörte in dieses Land; sie nicht. Sie fing an darüber nachzudenken, ob sie überhaupt irgendwohin gehörte.

* * *

Als Rabbi Lebowitz in die kalte Abendluft hinaustrat, musste er husten, weil sich der Schmerz in seiner Brust verschlimmerte. Heute Abend würde er mit Rabbi Akiva sprechen. Er würde ihn fragen, ob ein so alter Mann wie er keine Sondererlaubnis bekommen könne, um die Grenzen des Viertels verlassen und nach einem Besuch bei seinem Enkel wieder zurückkehren zu können. Vielleicht konnte Akiva mit dem Mufti verhandeln. Dann würde er Jakov besuchen und beruhigt sein.

Berge von Sandsäcken standen jetzt vor den Häusern und Läden. Die Furcht, die durch den Aufruhr im Geschäftsviertel entstanden war, hatte die Menschen dazu veranlasst, die Fenster mit Brettern zu vernageln und die Straßen im jüdischen Viertel zu verbarrikadieren. Mit einem Funken Hoffnung erinnerte sich der Großvater, dass er derlei schon früher erlebt hatte. Jene schlechten Tage waren vergangen. Und so werden auch diese vergehen; obwohl jetzt das Brot rationiert war und die rituellen Bäder aus Furcht vor Wasserknappheit verboten worden waren.

Das Tor zum Hof von Akivas Wohnsitz war fest verschlossen. Der Großvater läutete die Glocke und wartete darauf, dass eine seiner Töchter oder ein Diener öffnete. Bereits wenige Sekunden später läutete der Alte voller Ungeduld noch einmal. Von der anderen Seite der massiven Steinmauer hörte er eine laute Frauenstimme fragen, welcher Narr zu dieser Stunde noch allein auf den Straßen sei. Er erkannte die Stimme Jehudits, der Tochter Akivas.

„Ich bin es, Rabbi Lebowitz", rief er. „Ich habe eine dringende Angelegenheit mit deinem Vater zu besprechen."

Das Tor öffnete sich langsam mit quietschenden Angeln.

„Schalom Jehudit", grüßte er das Mädchen.

„Schalom Rabbi Lebowitz. Geht es Ihnen gut?" Der Klang ihrer Stimme verriet echte Besorgnis darüber, dass der Alte noch nach Einbruch der Dunkelheit draußen in der Kälte war.

„Ganz gut, dank sei Gott, Amen", entgegnete er und ging entschlossen an ihr vorbei. „Dein Vater ist doch nicht beschäftigt?"

„Er ist im Arbeitszimmer, Rabbi Lebowitz. Er studiert heute Abend die Propheten." Sie öffnete die Haustür und ließ den Alten eintreten.

„Ein achtbarer Zeitvertreib. Vielleicht werden wir dort die Antwort auf unsere Fragen finden."

Jehudit klopfte leise an die Tür zum Arbeitszimmer ihres Vaters. „Vater, Rabbi Lebowitz ist da."

Der Großvater hörte das Schließen einer Schublade; dann ging die Tür auf. Akiva, dessen massige Gestalt und hartes Gesicht dem Alten zunächst den Blick ins Arbeitszimmer versperrten, trat nach einem Kopfnicken zur Seite und gab die Sicht frei in ein Zimmer mit Bücherregalen an allen Wänden und einem großen Schreibtisch, der mit Papieren bedeckt war wie mit Bergen von herabgefallenen Blättern.

„Mein Freund", sagte Akiva ohne innere Anteilnahme, als er den Großvater am Arm nahm, um ihn zu einem großen Lederstuhl zu führen. „Haben Sie Nachricht von Ihrem Enkel? Geht es Ihnen gut?"

„Es ist mir schon besser gegangen, Rabbi Akiva. Und was Jakov betrifft ..." Der Alte hustete. „Immer noch keine Nachricht über seinen Zustand."

Akiva ging um den Schreibtisch herum und setzte sich auf seinen Stuhl. Seine Hände faltete er über einem Stapel von Fotografien, die vor ihm lagen. „Womit kann ich Ihnen dienen?", fragte Akiva ohne Wärme.

Der alte Rabbi starrte zuerst Akivas dicke Finger und dann die Fotografien an, auf denen sie ruhten. Er zuckte zusammen, als er die Bilder von der Schriftrolle erkannte, die die rothaarige Frau ihm an dem Tag gezeigt hatte, an dem Jakov mit ihr weggegangen war. Er zupfte eine Weile an seinem Bart, bevor er Akiva erstaunt anschaute.

„Verzeihen Sie, Rabbi Akiva", sagte er schließlich. „Sie studieren Isaiah, wie ich sehe. Sie besitzen keine Schriftrolle von dem Propheten?"

Akiva lehnte sich zurück und klopfte mit seinen Fingern auf den Stapel mit Ellies Fotografien. „Das hat nichts zu sagen. Man hat mich gebeten, diese Fotografien zu prüfen, sie sind von einer Schriftrolle, die möglicherweise aus einer Genisah gestohlen worden sind. Die Schriftrolle selbst ist im Besitz eines bedeutenden Bürgers dieser Stadt. Interessant, aber wahrscheinlich wertlos."

„Diese Fotografien kenne ich, Rabbi Akiva. Sie waren im Besitz der Frau, mit der Jakov gegangen ist. Sie sind –"

Der Großvater brach ab, als er merkte, dass Akivas Gesichtsausdruck großes Interesse zeigte. „Weiter, Freund."

„Wahrscheinlich wertlos, wie Sie sagen ...", beendete der Alte seinen Satz mit einem unguten Gefühl. „Wie ist Akiva an die Fotografien gekommen?", fragte er sich.

„Genau wie ich dem Besitzer der Schriftrolle gesagt habe. Wertlos ..." Er zuckte die Achseln. „Tja", sagte er, indem er unvermittelt das Thema wechselte. „Wir machen Fortschritte bei unseren Verhandlungen, Rabbi Lebowitz. Das arabische Oberkommando und die Briten scheinen willens, uns zu helfen, wenn wir unsererseits bereit sind, ein paar geringfügige Zugeständnisse zu machen."

„Ich bin gekommen, um genau das mit Ihnen zu besprechen", sagte der Alte, indem er sich vorbeugte. „Vielleicht, wenn ich Jakov sehen könnte –"

„Wenn wir damit einverstanden sind, Waffen in unserem Viertel zu verbieten", unterbrach Akiva, „wollen die Briten unserem Volk freies Geleit durch das arabische Viertel zusichern. Bald", lächelte er, „werden Sie Ihren Enkel sehen können, Rabbi Lebowitz."

Der Alte hob erleichtert seine Rechte. „Gelobt sei Gott", flüsterte er.

„Der Mufti weiß, dass wir hier nur arme Gelehrte sind", schnaufte Akiva und zupfte an seiner Weste. „Wir brauchen keine Haganah oder Waffen auf den Straßen."

„Gut gesagt, Rabbi Akiva. Gut gesprochen. Wohlan, lass uns zusammen rechten", meinte der Großvater nickend.

„Die Moslems sind im Großen und Ganzen vernünftige Leute", sagte Akiva mit Autorität. „Der Mufti und ich sind mit derlei Feindseligkeiten schon früher fertig geworden. Wie immer, werden auch diese Feindseligkeiten versiegen, und wir werden wieder in Frieden leben." Akiva erhob sich und ging zur Tür. Dort rief er laut nach Jehudit, die rasch mit niedergeschlagenen Augen herbeikam. „Jehudit, siehst du nicht, dass unser Freund einen Tee nötig hat?", meinte er auffordernd. Jehudit nickte und verschwand in der Eingangshalle. Akiva wandte sich daraufhin wieder dem Alten zu und konnte seine Neugierde über die Schriftrollen nicht unterdrücken. „Nun, was ist mit diesen Fotografien?" Er lächelte breit.

Der Großvater begrub seinen Argwohn und sagte sich, dass Akiva gute Nachrichten für ihn gehabt hatte und er vielleicht gut daran täte, eine Freundlichkeit mit einer anderen zu vergelten, indem er ihm mitteilte, was er über die Fotografien wusste. „Die Schickse, die ungläubige rothaarige Frau, hat sie mir gebracht. Sie arbeitet für die Amerikanische Schule für Orientforschung. Sie sind Goyim, und sie hatte daher keine Ahnung von der hebräischen Sprache. Ich habe ihr die Passage aus dem Isaiah vorgelesen –"

„Was, von der Rolle selbst?", unterbrach Akiva mit schmal werdenden Augen. Wieder hatte Rabbi Lebowitz ein ungutes Gefühl.

„Sie dachte, es handle sich vielleicht um eine alte Rolle. Sie sprach allerdings von einem anderen Besitzer. Es ist auch möglich, dass die Schule die Schriftrolle kauft. Ich habe ihr nur gesagt, was auch Sie erkannt haben: dass sie aus einer Genisah stammt und wahrscheinlich wertlos ist. Nu?"

„Genau." Akiva betrachtete zuerst gedankenverloren die Fotografien und schaute dann den Alten lächelnd an. „Ah, aber wenn sie tatsächlich von der Hand eines Alten stammte ..." Er zögerte. „Eine Kiste von der Größe dieses Schreibtisches, gefüllt mit Pfund Sterling, würde nicht an den Wert eines solchen Fundes heranreichen."

„Ein ungewöhnlicher Schriftzug, Rabbi Akiva, aber ich glaube, das Einzige, was daran wertvoll wäre, sind die Worte und nicht die Schriftrolle, auf die sie geschrieben sind."

„Vielleicht." Akiva hielt inne. „Dies ist die Ansicht eines wahren Gelehrten, Rabbi Lebowitz."

Jehudit brachte eine Kanne mit dampfendem Tee und servierte ihn in zierlichen Porzellantassen. Der Großvater trank dankbar den starken Aufguss, der die Wärme wieder in seinen Körper zurückkehren ließ. „Rabbi Akiva ist wahrlich ein großer Mann", dachte er, während sie miteinander über die Thora sprachen. Wer anders konnte auf den Wegen des Friedens wandeln und trotzdem eine Antwort auf diese schrecklichen Bedrohungen finden, wie sie das Viertel umgaben? Als schließlich die Kerze niedergebrannt war und der Alte auf verschlungenen Wegen nach Hause ging, erinnerte er sich nur noch dunkel an Ellies Fotografien. Die Vorfreude darauf, Jakov wiederzusehen, erwärmte ihn.

* * *

Howard Moniger justierte das große Mikroskop auf dem Tisch sehr sorgfältig. Eingehend betrachtete er ein Bruchstück der Schriftrolle aus dem Briefumschlag, auf den Ellie „Geheimcode" geschrieben hatte. Winzige Risse und Poren auf der gelblichen Oberfläche des Bruchstückes veranlassten ihn, vor Erstaunen tief Luft zu holen.

„Was ist los?", fragte Mosche und kam näher.

Howard sah mit hochgezogenen Brauen auf und trat zur Seite, damit Mosche seinen Platz an dem Gerät einnehmen konnte. „Sieh selbst!"

Mosche setzte sich auf den Hocker und betrachtete das vergrößerte Bruchstück. „Es ist Leder", sagte er nur. „Es ist Leder, kein Pergament. Howard, weißt du, was das bedeuten könnte?" Er konnte seine Augen kaum von dem Mikroskop wenden, und als er schließlich doch aufsah, zitterte Howard vor Erregung.

„Sie hat mir erzählt, der Rabbi habe ihr gesagt, dass es das ganze Buch Isaiah sei." Howard schüttelte verwundert den Kopf. „Wenn es das bedeutet, was ich glaube ..."

„Könnte es wohl der wichtigste Fund unseres Jahrhunderts sein, Howard!", beendete Mosche seinen Satz. „Gott sei Dank, dass sie die Negative der Fotografien hat. Wenn sie sich wieder besser fühlt, muss sie uns noch eine Reihe von Abzügen machen, nicht wahr?"

„Sie ist schon dabei, Mosche", lachte Howard. „Hinten im Labor."

Voller Erinnerungen an alles, was sich ereignet hatte, seitdem sie die Bilder von der Schriftrolle zum ersten Mal entwickelt hatte, beobachtete Ellie, wie die eigenartigen Buchstaben auf dem weißen Fotopapier im Entwicklungsbad zum Vorschein kamen. Sie wässerte die letzten Abzüge und hing sie sorgfältig zum Trocknen auf, um dann die Filmrolle zu bearbeiten, die sie am Tage des Aufruhrs belichtet hatte.

Vom Negativ bis zum Abzug vergingen nur wenige Minuten; sie verfolgte noch einmal Abzug um Abzug ihrer Irrfahrt durch die Altstadt zu Jakovs Haus und dann hinaus durch das Jaffa-Tor. Das

Gesicht Hassans stierte sie aus dem Entwicklungsbad an und ließ sie unwillkürlich schaudern; schließlich schrie der gequälte Schneider auf, als ihm die gebogene Klinge des Mörders in den Rücken drang.

Ellie wässerte die Abzüge und versuchte sie mit der Objektivität eines professionellen Fotografen zu betrachten. „Der Polizist ist ein bisschen verschwommen. Verzeihlich bei all dem Rauch und Durcheinander. Aber der Mord – ein unglaublicher Treffer", sagte sie. Dann wurde sie so von Trauer überwältigt, dass sie schnell wegschauen und das Licht anknipsen musste. Das war alles erlebte Wirklichkeit, nicht nur für die Kamera gestellt! Die Erinnerung an die Schreie konnte sie nicht unterdrücken, und noch einmal wurde ihr übel. Sie zog sich den Hocker heran, um sich zu setzen, und legte ihren Kopf auf die Knie. Gerade als ihr Magen sich etwas zu erholen begann, hörte sie ein leises Klopfen an der Tür.

„Bist du jetzt fertig?", fragte Onkel Howard durch die Tür.

„Beinahe", antwortete sie mit gespielter Fröhlichkeit. „Aber lass die Tür noch einen Moment zu." Ihr Körper straffte sich, und sie atmete noch einmal tief durch, darauf bedacht, nicht zu dem Schneider auf dem Foto zu sehen. „In Ordnung, komm herein", sagte sie mit gezwungenem Lächeln.

Aufgeregt wie Kinder vor der Bescherung öffneten Mosche und Howard die Tür, um dann wie vom Blitz getroffen vor den Fotografien stehenzubleiben.

Howard stieß einen leisen Pfiff aus und legte seinen Arm um Ellie, die blass und mitgenommen auf dem Hocker neben ihm saß. „Was hältst du davon?", fragte er Mosche, dessen Blick liebevoll über die Bilder glitt.

„Herrlich! Die Buchstaben tropfen wie Honig von den Linien. Ich habe noch nie etwas Ähnliches gesehen." Er schaute Ellie voller Bewunderung an. „Das hast du gut gemacht, meine kleine Schickse." Er berührte zärtlich ihr Gesicht und beugte sich dann zu ihr hinunter, um sie auf die Stirn zu küssen. Aber sie machte sich steif, erhob sich abrupt und ging wieder an den Arbeitstisch und zu den Abzügen vom Aufruhr, die noch im Wässerungsbad lagen. Mosche stellte sich hinter sie und legte eine Hand auf ihre Schulter. Seine Kiefermuskeln spannten sich, als sein Blick zuerst auf Hassans Gesicht und dann auf den Schneider fiel, der mit einem Schrei auf den Lippen starb. Rauch und Feuer und qualvolle Schreie schienen den Raum auch jetzt noch zu erfüllen. Als Ellie sich abwendete und mit leeren Augen in das beleuchtete Fotolabor hinter der Dunkelkammer starrte, folgte Howards Blick dem Mosches.

„Das hast du gesehen", brachte Howard so mühsam hervor, als habe er einen Tritt in den Unterleib erhalten. „Lieber Gott, Ellie! Da bist du mitten drin gewesen!"

„Ich dachte, ich könnte das Bild irgendwohin einschicken." Sie bemühte sich, ihre Stimme nüchtern klingen zu lassen bei dem Versuch, ihre innere Beteiligung abzuschütteln, – so als sei der Aufruhr nur ein alltägliches Ereignis gewesen. „Vielleicht zum Life-Magazin oder sonstwohin." Sie drängte sich an den Männern vorbei und ging mit staksigen Schritten aus dem Labor heraus und überließ es ihnen, die Bilder weiter anzustarren.

„Alles in Ordnung mit dir, mein Freund?" Howard spürte, wie betroffen die Bilder Mosche machten. Mosche antwortete nicht, sondern wandte sich statt dessen um und folgte Ellie ins Fotolabor.

„Du hast Recht", sagte er, indem er ihr sanft übers Haar strich. „Diese Bilder müssen an die Öffentlichkeit. Wir schicken Bruchstücke der Schriftrolle nach New York zur Analyse, und deine Fotografien kommen mit dazu." Er senkte seine Stimme. „Du bist wahrhaftig eine bemerkenswerte Frau." Er küsste ihre zitternden Lippen und ging dann durch den Flur ins Arbeitszimmer.

Onkel Howard lehnte am verchromten Arbeitstisch und sah Ellie lange an. „Geht es dir wieder gut, Kind?", fragte er liebevoll.

Ellie nickte. „Klar."

„Wirklich?", beharrte er.

„Ich glaube, dass ich einfach ...", begann sie stockend und drängte die Tränen zurück, die in ihr hochsteigen wollten. „Ich fühle mich so leer. Ich habe bisher in einer Art Traumwelt gelebt, Onkel Howard. Ich habe noch nie einen Menschen sterben sehen, weißt du. Der Tod ist –" Sie brach ab, weil ihr die Worte fehlten.

„Eine Tatsache, an der man nicht vorbeikann."

„Ich habe ihn mitangesehen. Ich habe gespürt, wie er mir von Dach zu Dach gefolgt ist. Er war hinter mir her und hat mir Angst gemacht. Ich bin noch nicht bereit zu sterben, und niemand, der da auf den Straßen gestorben ist, war bereit dazu oder darauf gefasst."

Howard ging zu ihr und legte seinen Arm um sie. Sie lehnte ihren Kopf gegen seine Brust, und schweigend ließ sie ihren Tränen freien Lauf. „Beruhige dich." Er wischte ihr die Tränen ab.

„Hast du keine Angst, Onkel Howard?", fragte sie, und ihre Stimme klang wie die eines kleinen Mädchens.

„Nein, Liebes. Jeden Tag beschäftige ich mich damit, Bruchstücke aus dem Leben von Menschen zusammenzusetzen. Es spielt keine Rolle, ob sie im ersten Jahrhundert lebten – sie waren so lebendig wie du und ich. Ich lebe mit der Wirklichkeit des Todes, aber ich habe keine Angst vor ihm. Gott sagt, unser Leben ist nicht mehr als ein Windhauch. Im Vergleich zur Ewigkeit währt unser Leben nur den Bruchteil einer Sekunde, ist wie ein Lidschlag Gottes. Aber dennoch sieht und liebt er uns. Und er hat uns mit gutem Grund hierher geschickt."

Ellie machte sich von ihm los. „Wie kannst du das glauben? Was für einen Sinn könnte der Tod dieses armen Menschen haben? Und was für einen Unterschied macht es, dass ich hier bin?"

„Ich weiß es nicht, Ellie. Und ich sage auch nicht, dass Gott dies getan hat. Menschen haben es getan. Aber ich werde darum beten, dass das, was jetzt so böse und sinnlos erscheint, einmal einen Sinn bekommt." Er rieb sich müde die Stirn. „Das klingt alles so abgedroschen, nicht wahr?"

Sie schaute weg, um seinem Blick auszuweichen. „Ich weiß nicht. Ich muss einfach herausfinden, wo ich in all dem meinen Platz habe."

„Es tut mir Leid. Ich hätte dich nicht hergebeten, wenn ich gewusst hätte, dass du dies erleben würdest. Ich werde mich darum kümmern, dass du sobald wie möglich nach Kalifornien zurückkehren kannst.

Sie lachte spöttisch. „Zurück in die Wirklichkeit?"

„Dorthin, wo du sicher bist. Ich glaube, das ist das Beste."

„Eins muss ich dir über mich sagen, Onkel Howard. Ich bin bisher immer den sicheren Weg gegangen. Ich wusste einfach nicht, dass es etwas anderes gibt."

„Aber ich fühle mich verantwortlich", entgegnete er und schüttelte den Kopf.

„Niemand ist schuld daran, nur ich selbst. Aber ich kann auch nicht glauben, dass es Gottes Wille oder sonst jemandes Plan war, dass ich hier bin. Ich werde meine eigenen Pläne machen und lernen, mit ihnen zu leben, das ist alles." Sie ging langsam aus dem Zimmer. Das Gesicht des Schneiders stand immer noch lebhaft vor ihrem geistigen Auge.

13. Mosche und David

Mosche sah nicht vom Mikroskop auf, als Ellie das Arbeitszimmer betrat. Geistesabwesend starrte er weiter auf die Struktur des ledernen Bruchstückes. Nachdem er Ibrahim Hassans Gesicht in Ellies Wässerungsbad gesehen hatte, war alles andere bedeutungslos geworden. Er hoffte nur, dass sein Zorn ihn nicht dazu verleiten würde, die Identität des Polizisten mit den auseinanderstehenden Zähnen preiszugeben. Aber warum war Ellie das Ziel seiner brutalen Verfolgung gewesen?

Tief aufseufzend atmete er ihren Duft ein, während sie schweigend hinter ihm stand. Es war Ellies Verbindung zu ihm, die Hassan auf ihre Spur gebracht hatte. Und diese Erkenntnis machte sie in seinen Augen noch teurer und so verletzlich wie ein Kind.

Ein dumpfer Schmerz pochte zwischen seinen Schulterblättern und kroch hinauf bis zum Hinterkopf. Er setzte sich aufrecht hin und bewegte den Kopf von einer Seite zur anderen, um die Spannung zu lösen.

„Kopfschmerzen?", fragte Ellie, während sie ihm sanft mit ihren Fingern die Schläfen massierte.

„Hmmm", brummte er. „Hinten im Nacken."

„Ist irgendetwas mit dir, Mosche?", fragte sie, weil sie seine Unruhe spürte.

„Ich glaube, du gehst besser wieder in die Vereinigten Staaten", meinte er, während sie ihm den Nacken massierte.

„Du sagst das auch?", fragte sie mit erstauntem Lächeln. „Warum?"

„Du bist hier nicht sicher." Er wandte sich zu ihr um und sah ihr in die Augen.

„Schon wieder dieses schöne Wort. Sicher."

„Man wäre ein Narr, wenn man Sicherheit nicht schätzte, Ellie."

„Und du bist kein Narr, nicht wahr, Mosche?" Der gereizte Unterton in ihrer Stimme verwirrte ihn, doch dann lächelte er wieder.

„Das mag ich an dir, weißt du", fuhr sie fort. „Du bist, obwohl ganz im Brennpunkt des Geschehens, so sicher. Ich meine, du bist ja in diesem ganzen Schlamassel aufgewachsen, nicht wahr? Mit Aufruhr und Schlägereien?"

„Das ist in Jerusalem schon immer an der Tagesordnung gewesen."

Etwas klickte in Ellie und verwandelte ihre Gereiztheit in Verachtung. „Und was hast du dagegen getan?"

„Ich lebe einfach."

„Mit deinen Büchern und Schriftrollen und kostbaren Tontafeln. Während Menschen leiden und sterben, bist du sicher!"

Mosche lächelte. „Solange nicht das eigene Leben davon betroffen ist. Was soll man denn anderes tun?"

„Ich weiß nicht", entgegnete sie ärgerlich. „Das muss ich noch herauskriegen. Aber ich sage dir, Mosche, du bist Jude. Du bist hier aufgewachsen. Und trotzdem hast du nicht einmal mit mir über Politik oder diesen Mufti gesprochen, geschweige denn von den Juden, die von diesen schrecklichen Orten in Europa kommen. Das Einzige, was dir wichtig ist, ist die Tatsache, dass ich Bilder von dieser Schriftrolle habe und dass ich sicher bin. Ich kann nicht verstehen, wie du hier aufgewachsen sein kannst und dir trotzdem alles egal ist. Ich habe wenigstens eine Entschuldigung. Ich meine, ich komme aus Los Angeles." Er lachte über ihren letzten Satz, und sie wünschte, sie hätte Los Angeles überhaupt nicht erwähnt. „Lach nur weiter", erregte sie sich.

„Was willst du damit sagen?" Er nahm ihre Hand. Aber sie entzog sie ihm und setzte sich auf den Stuhl, der am weitesten von ihm entfernt stand.

„Ich weiß noch nicht. Aber ich glaube, was ich an einem Menschen schätze, ist seine Fähigkeit zur Veränderung. Vielleicht ist es auch nur meine eigene Veränderung, die ich an mir selbst schätze."

„Ellie, ich ..." Mosche spürte den Drang, ihr von seinem anderen Leben zu erzählen; von der „Ave Maria" und seiner jahrelangen Arbeit in der Haganah. Aber an das Schweigegebot denkend, stockte er und wandte sich dann wieder mit gerunzelter Stirn dem Mikroskop zu. „Deine Fotos von der Schriftrolle sind gut", sagte er schließlich.

„Ist das alles, was dir wichtig ist?", entgegnete sie leise. Seine Antwort war Schweigen. Sie stand unvermittelt auf und starrte auf seinen Rücken, während er über das Mikroskop gebeugt saß. „Er ist ein Mann ohne Überzeugung", dachte sie, „ohne Mut". „Vielleicht sollten wir uns vorerst nicht sehen, Mosche. Ich meine, uns nicht mehr treffen. Solange, bis mir klar ist, was ich will."

Mosche hielt sich krampfhaft an der Tischkante fest, um nicht dem Bedürfnis nachzugeben, sie zu packen, fest an sich zu drücken und ihr alles zu erzählen: was er in seinem Innersten fühlte und dass es die Kraft seiner Überzeugung war, die ihn zum Schweigen zwang. Statt dessen nickte er nur und sagte mit belegter Stimme: „Was immer du für das Beste hältst."

Ellie stakste in dem Bewusstsein, dass sich Mosche nicht einmal etwas aus ihr machte, pikiert hinaus. Sie ging geradewegs in ihr Zimmer und knallte lautstark die Tür hinter sich zu, um nachdrücklich kundzutun, dass dies ihr letztes Wort in dieser Angelegenheit sei. Sie warf sich auf ihr Bett und nahm ihren Wecker vom Nachttisch. Es war erst sieben Uhr abends, und sie kam sich vor wie eine Gefangene. Denn das Haus konnte sie nicht verlassen, und solange Mosche im Haus war, wollte sie auch nicht aus dem Zimmer gehen. Wenn sie ihn zu bald wiedersähe, würden ihr Zorn und ihre Entschlossenheit vielleicht unter dem ruhigen Blick seiner ebenholzfarbenen Augen dahinschmelzen. Sie wollte ihren Zorn genießen, Mosche wegen seiner Teilnahmslosigkeit hassen, ihm Vorwürfe wegen seiner Selbstgefälligkeit machen. Das war viel leichter als sich mit den anderen Gefühlen auseinanderzusetzen, die auf sie einstürmten und die ihr Bild, das sie von sich selbst hatte und an das sie sich bisher so heftig geklammert hatte, verdrängen wollten.

Dann dachte sie an David. Wo war er jetzt? Er war bei ihr in der Klinik gewesen. Daran konnte sie sich erinnern. Wie tröstlich war es gewesen, als er ihr übers Haar gestrichen hatte! Es war kein Traum und keine Sinnestäuschung gewesen. Als sie aufgewacht war, hatte sie Onkel Howard nach ihm gefragt und eine Nachricht in Davids verkrampfter Handschrift erhalten. Ellie nahm sie vom Nachttisch und las sie zum hundertsten Mal:

„Wünschte, mein Gesicht könnte das erste sein, das du siehst, wenn du deine Augen aufschlägst. Ich bin in ein paar Tagen zurück, und wir gehen dann tanzen. D."

Die Sicherheit seiner Worte hatte sie erschreckt. Sie war sich ganz und gar nicht sicher, ob es überhaupt richtig war, ihn wieder zu sehen, wenn oder falls er käme. Schließlich war dies der erste Tag, an dem sie noch nicht an ihn gedacht hatte.

* * *

Ellie setzte sich auf, als sie ein leises Klopfen an der Tür hörte.

„Es ist offen", sagte sie, während sie ihren Wecker aufzog. Miriam sah mit gerunzelter Stirn ins Zimmer.

„Sie gehen im Bett?", fragte sie. „Dieser junge Mann von neulich ist hier für Sie. Ich werde ihm sagen, Sie gehen im Bett."

„Sagen Sie ihm das bloß nicht!", entfuhr es Ellie wie aus der Pistole geschossen, weil sie sich Davids Reaktion auf Miriams gebrochenes Englisch vorstellte. „Meinen Sie David Meyer, Miriam?"

„Ja, ja", entgegnete Miriam. „Derselbe David. Sie wollen ihn sehen, selbst wenn Professor Sachar hier ist?", flüsterte sie heiser.

„Ja. Sagen Sie ihm, ich bin in ein paar Minuten bei ihm." Miriam schüttelte missbilligend den Kopf und verzog sich, indem sie arabische Laute vor sich hin murmelte.

Ellie frischte ihr Make-up auf und empfand ein unbestimmtes Gefühl der Befriedigung darüber, dass sich ihre beiden Freier begegnen würden. „Es kann nie schaden, einen Mann im Ungewissen zu lassen", murmelte sie, während sie sich mit einer Bürste durchs Haar fuhr. Sie probierte vor dem Spiegel ihr gewinnendstes Lächeln, bestäubte sich mit Fliederduft und ging dann hinaus, um David zu begrüßen.

Er stand mit der Mütze in der Hand im Wohnzimmer, als sie eintrat. Er atmete tief durch, machte einen Schritt auf sie zu und wollte sie in die Arme nehmen. „Donnerwetter, du riechst aber toll!", begrüßte er sie.

Sie entzog sich seiner Umarmung und erwiderte kühl: „Es ist schön, dich wiederzusehen, David. Was führt dich nach Jerusalem?"

„Spiel nicht mit mir, Ellie", bat er, indem er auf sie zuging. „Nicht nach dem, was neulich war."

„Ich weiß nicht, wovon du sprichst." Sie setzte sich mit übereinandergeschlagenen Beinen. „Nimm doch Platz." Sie zeigte auf einen Stuhl, der auf der anderen Seite des Kaffeetisches stand.

Er ließ sich ärgerlich auf den Stuhl fallen. „Dieser Rauch muss deinem Verstand geschadet haben. Erinnerst du dich nicht mehr an das, was du mir gesagt hast?"

Ellie merkte, dass sie errötete. „Nein, David, ehrlich nicht. Neulich war weder die Zeit noch die Gelegenheit dazu." Sie stockte. „Du, ich bin froh, dass du neulich genau im richtigen Augenblick gekommen bist. Ich bin dankbar dafür. Aber mein Leben hat sich geändert. Ich weiß nicht, ob ich mich auf irgendetwas einlassen möchte."

„Es ist der andere, nicht wahr?", warf David ein.

„Alles ist anders geworden, David. Ich weiß nicht, warum du hier bist, aber ich bin inzwischen erwachsen geworden. Und wenn du dich amüsieren willst, dann bin ich sicher, dass es genügend ..."

„Ich wollte dich sehen – darum bin ich hier. Du bist nämlich nicht die einzige, die sich ändern kann. Lass uns nach Hause gehen, Mädchen. Lass uns weg von hier und dorthin zurückgehen, wo wir hingehören."

„Wo gehören wir hin?" Sie reagierte leicht gereizt. Sie wollte nicht Mädchen genannt werden, und seine besitzergreifende Art stieß sie ab.

„Ich weiß nicht, wie es dir geht, aber ich mag Frisco ganz gern. Die Einzelheiten können wir später regeln. Ich will dich nur hier rausholen, okay?"

„Warum?"

„Weil ich –" Er wollte ihr sagen, dass er sie liebte, aber die Worte blieben ihm im Halse stecken. Diesem Mosche hatte er es sagen können, als sie bewusstlos in der Klinik lag. „Warum ist es nur so schwer, wenn sie mir hellwach und so wunderschön gegenübersitzt?", dachte er. „Hör mal", meinte er, indem er die Taktik wechselte, „ich könnte heute Abend ein bisschen Abwechslung gebrauchen. Wie steht's mit meinem Angebot?"

„Du meinst deine Nachricht? In der du gesagt hast, du wolltest mich zum Tanzen mitnehmen? Ich habe das für eine Aufforderung gehalten", erwiderte sie kühl.

Sie hatte immer so eine Art, ihn schneller zu reizen als jede andere Frau, die er bisher getroffen hatte. „Nein. Das war eine Frage. Willst du nun tanzen gehen oder nicht?"

Als Mosche auf dem Flur in Davids Rücken vorbeiging und auf seinem Weg zur Haustür einen Blick ins Wohnzimmer warf, trafen sich seine und Ellies Augen kurz. Doch schon wandte sich Ellie wieder an David: „Ich würde schrecklich gern mit dir tanzen gehen, David."

Mosche entzog sich schnell ihrem Blick und hoffte, dass sie nicht die Eifersucht auf seinem Gesicht gesehen hatte.

„Toll!", rief David aus.

„Warte eben", sagte sie ein bisschen zu laut, während sie aufstand, um in den Flur zu gehen. „Ich sage nur eben Onkel Howard, dass wir was vorhaben. Wohin wollen wir denn? Zum King David?"

Obwohl David ihren plötzlichen Sinneswandel nicht verstand, war er trotz allem erleichtert. „Klar. Da gibt es eine nette kleine Band", rief er hinter ihr her, ohne zu merken, dass sie hinter Mosche herlief.

„So schnell schon fort, Mosche?", fragte sie, als sie aus der Haustür trat. „Ich hatte gedacht, dass du mit Onkel Howard die ganze Nacht über die Schriftrolle reden würdest."

Statt ihr zu antworten, zog Mosche die Tür hinter ihr zu. Dann sah er sie forschend an und legte seine Hand an ihre Wange. „Ich verstehe, dass du jetzt keine Achtung vor mir haben kannst. Aber es passt nicht zu dir, dass du mit den Gefühlen eines Mannes spielst. Sei vorsichtig – es ist nicht immer alles so, wie es scheint."

Ellie empfand plötzlich Scham über das Spiel, das sie mit diesem zärtlichen und liebevollen Gelehrten trieb. „Mosche", sagte sie stockend, „ich ... wir müssen miteinander reden. Besuchst du mich einmal?"

„Ich muss die Stadt für einige Zeit verlassen. Universitätsangelegenheiten. Wir schicken die Bruchstücke weg – zusammen mit deinen Fotografien." Er zeigte ihr ein Päckchen. „Dein Freund ... David, so heißt er doch? Er wird mich morgen wahrscheinlich nach Tel Aviv fliegen."

„Du kennst ihn?", fragte sie erstaunt.

„Wir haben uns kurz in der Klinik gesehen", entgegnete Mosche und hütete sich zu erwähnen, dass er David zum ersten Mal im Büro des Alten getroffen hatte.

„Wann bist du wieder zurück?" Als sie ihm genau gegenüberstand, bemerkte sie, durch die Schatten, die Straßenlampen auf sein Gesicht warfen, dessen herbe Schönheit. Plötzlich wollte sie nicht, dass er fortging.

„In einer Woche vielleicht. Ich hoffe, es dauert nicht länger. Dann werden wir uns unterhalten, meine kleine Schickse." Er beugte sich zu ihr hinab und küsste sie auf die Lippen – zuerst sanft, dann zog er sie fest an sich und suchte ihr Gesicht mit einem solch leidenschaftlichen Blick, wie sie ihn bisher noch nie bei ihm gesehen hatte. „Vielleicht bist du mehr Sabra als du weißt", flüsterte er. Dann küsste er sie wieder mit einer Wildheit, die sie seinem Willen machtlos auslieferte.

„Das war eher eine Begrüßung als ein Abschied", meinte sie atemlos, während sie sich aus seiner Umarmung befreite.

„Ich bringe dir eine Überraschung mit, wenn ich zurückkomme." Er wandte sich um und schritt schnell auf die Lichter der King George Avenue zu, während sie ihm von der Eingangstreppe aus nachschaute.

Als sie wieder ins Zimmer kam, unterhielten sich David und Onkel

Howard leise miteinander. Onkel Howard schaute sie an und erhob sich dann mit der Zuvorkommenheit eines Mannes, der in einer Zeit größerer Höflichkeit aufgewachsen war. Sie stellte fest, dass David sitzen blieb. Da sein Blick düster war, nahm sie an, dass Onkel Howard ihm erzählt hatte, dass Mosche gerade da gewesen war.

„Hast du Mosche zur Tür begleitet, Kind?", fragte Onkel Howard. „David dachte, du hättest mich gesucht."

„Mosche fährt morgen früh ab", meinte sie, ohne auf Davids mürrisches Gesicht zu achten. „Das wusste ich nicht."

„Und hat er dir erzählt, wohin er fährt?", fragte Howard mit einem schnellen Blick auf David, der nicht aufsah.

„Irgendetwas mit der Universität", antwortete Ellie und wunderte sich über Onkel Howards Ton. „Hat er dir das nicht erzählt?"

„Doch, das hat er." Er sah David noch immer so an, als ob er eine Reaktion von ihm erwarte.

David stand auf und zog den Reißverschluss seiner Fliegerjacke zu. „Wenn wir noch etwas Zeit haben wollen bis zur Sperrstunde, dann sollten wir jetzt besser gehen", wechselte er unvermittelt das Thema. „Schön Sie wiedergesehen zu haben, Professor."

„Natürlich, natürlich. Ihr seid dann also im King David Hotel?" Er brachte sie zur Tür. „Es scheint wohl heute Abend alles ruhig zu sein?" Onkel Howards Stimme hatte wieder ihren üblichen heiteren Ton angenommen. „Ich warte auf dich", sagte er, während er Ellie in den Mantel half.

„Bitte nicht, Onkel Howard", protestierte Ellie.

„Unsinn. Ich muss ohnehin noch arbeiten." Dann meinte er in ernstem Ton zu David gewandt: „Ich denke, auch Sie werden nicht zu spät zurückkommen wollen, in Anbetracht dessen, dass Sie morgen recht früh fliegen." Onkel Howard schien bewusst Davids Blick zu suchen, und Ellie hatte das Gefühl, als ob sie aus einem Gespräch ausgeschlossen würde, in dem jedes Wort eine Doppelbedeutung hatte.

„Um Himmels willen", sie küsste Onkel Howard leicht auf die Wange und nahm David am Arm, „lass uns gehen."

David führte sie zu einem alten grünen Plymouth, der auf der anderen Straßenseite parkte, und öffnete ihr die Tür. Als sie sich bückte, um einzusteigen, erhielt sie zur Begrüßung eine Unzahl überschwänglicher, nasser Hundeküsse ins Gesicht. Da saß Schaul, winselnd und vor Freude zitternd, auf dem Vordersitz!

Sie schlang ihre Arme um seinen zotteligen Hals und zog den Hund lachend vor Überraschung und Freude zu sich auf den Schoß. „Oh, Schaul!", rief sie, „du Köter! Wo hast du nur gesteckt?"

David glitt hinters Steuer. „Er hat ein Ein-Zimmer-Apartment mit mir und Michael geteilt", meinte er mit leicht verzogenen Mundwinkeln, während er den Motor anließ. „Ich wollte ihn ausquartieren. Meinst du, du kannst ihn aufnehmen?"

„Wo hast du ihn gefunden?" Sie quietschte überrascht auf, als Schaul sie mit der Nase anstupste und sich noch enger an sie schmiegte.

„An der Fleischerei. Genau, wo du gesagt hast. Ich bin so froh, dass es der richtige Hund ist. Ich dachte, ich hätte vielleicht den falschen Köter erwischt. Es war ziemlich schwierig, ihn ins Auto zu bugsieren. Nur mit Michael zusammen habe ich es geschafft. Ich hatte es schon fast aufgegeben. Aber als ich ihn so ansah, hatte ich das Gefühl, dass ich ihn schon mal irgendwo gesehn hatte. ‚Weißt du', sagte ich zu Michael, ‚der sieht aus wie der Köter, der in der Festnacht mit deiner Brieftasche abgehauen ist. Und ich wette, Jakov ist das Kind, das deine Brieftasche geklaut hat!' Also ging Michael in die Fleischerei und kam mit Corned Beef wieder, legte es auf den Rücksitz, und der Hund sprang hinein, um es sich zu holen. Ich glaube, Michael hofft, dass der Junge ihm die Brieftasche wiedergibt, wenn er ihm dafür den Hund zurückbringt."

Ellie sah erstaunt Davids verschmitztes Lächeln. „Aber wie hast du ihn gefunden?", fragte sie wieder.

„Du hast mir doch gesagt, wo er sein könnte. In der Klinik. Erinnerst du dich nicht mehr?" Er bog in die King George Avenue und fuhr auf das Hotel zu.

„Nein, wirklich nicht."

David schürzte die Lippen und runzelte die Stirn. „Du hast mir noch ganz andere Sachen gesagt. Ich glaube, ich muss dich wohl daran erinnnern."

Ellies Augen füllten sich mit Freudentränen, als sie daran dachte, wie sich Jakov, der immer noch in der Klinik lag, darüber freuen würde, dass sein zotteliger Freund in Sicherheit war. Sie legte ihre Hand auf Davids Arm. „Du bist wundervoll. Einfach wundervoll."

„Jaaa, so allmählich fällt's dir wohl wieder ein", lächelte er sie an. „Fällt dir sonst noch was ein?" Er hob seine Augenbrauen in freudiger Erwartung.

Ellies Herz schwoll vor Zärtlichkeit für David. Er war so, wie er immer gewesen war – so begierig, geliebt und bewundert zu werden. Und beides fiel ihr nicht schwer. „Ich erinnere mich", begann sie zögernd, „dass du da warst. Irgendwie war es deine Stimme, die ich im kritischsten Augenblick meines Lebens gehört habe."

Er räusperte sich befangen. „Nun ja, ja also, ich möchte auch gerne in deinen glücklichsten Augenblicken dabeisein, weißt du?"

Während Ellie Schauls Kopf streichelte, wog sie jeden Gedanken und jedes Gefühl sorgfältig ab. „Das hast du auch schon, David. Ich mag dich wirklich sehr gern", sagte sie leise. „Aber ich bin mir nicht sicher, ob ich dich noch liebe."

„Dafür sorge ich schon." Seine Stimme war belegt, und in seinen Worten schwangen Erinnerungen mit.

„Das ist es, was mir Angst macht. Auch weiß ich nicht, ob ich überhaupt noch zurück möchte, David. Ich habe Zeit gehabt, über uns nachzudenken, und es gab soviel, was zwischen uns nicht in Ordnung war. Hier bin ich glücklich."

„Es ist dieser Mosche, stimmt's?" Die Freude war aus seiner Stimme geschwunden.

„Teilweise – vielleicht. Ich kann es einfach nicht sagen." Ellie sah auf, als sie gerade am mächtigen Gebäude des King David Hotels vorbeifuhren. „Was machst du?"

„Einfach fahren", antwortete er, kehrte um und fuhr am Gebäude der Jewish Agency vorbei, um dann auf Ellies Straße im Stadtteil Rehavia einzubiegen. Ohne anzuhalten, passierten sie das Haus Monigers und fuhren schweigend weitere fünf Minuten, bis David

an zwei Wachtposten in der Nähe eines Berges von Sandsäcken vorbeikam. Er hielt am Rande eines gepflügten Ackers gegenüber dem
Kreuzkloster, zog die Handbremse an und schaute einen Moment
in die Dunkelheit. Dann wandte er sich zu ihr. „Ich möchte dir
etwas sagen", begann er unbeholfen. Er hielt inne, wie um die richtigen Worte zu wählen. In der Dunkelheit konnte Ellie das Ticken
seiner Uhr hören.

„David, ich glaube, wir sollten jetzt fahren", meinte sie schließlich.

„Noch nicht. Bitte. Komm mit mir." Er stieg aus und ging um
das Auto herum, um ihr die Tür zu öffnen. Sie blieb sitzen, weil sie
sich wegen des geheimnisvollen Tons in seiner Stimme unbehaglich
fühlte. „Bitte, Ellie." Sie stieg widerstrebend aus, und er führte sie
an der Hand über den Acker zu einem kleinen Schuppen. Als er
aufgeschlossen hatte, öffnete er die beiden Türflügel ganz weit, betätigte einen Schalter und erleuchtete sowohl den Schuppen als auch
den Acker. Im Schuppen stand ein winziges blau-weißes Flugzeug.
„Hilf mir, es herauszuschieben", forderte David sie auf und ergriff
einen Flügel.

„Warum? Was machst du, David?" Ellie versuchte nicht, den gereizten Unterton in ihrer Stimme zu unterdrücken.

David rollte das Flugzeug auf den Acker, während sie am Schuppen stand und zuschaute. „Komm". Er öffnete für sie die Tür zum
Cockpit. „Ich möchte dir zeigen, wo ich lebe." Er lächelte in dem
milden Licht. Und wider besseres Wissen kletterte sie in das Flugzeug. David startete den stotternden Motor der kleinen Maschine
und ließ sie erst eine Strecke rollen, bevor er sie klappernd und
ratternd so langsam über die holperige Rollbahn fuhr, dass Ellie
nicht glaubte, dass sie jemals den Boden verlassen würden. Mit einem Ruck, der ihren Magen einen kleinen Hüpfer tun ließ, hoben
sie plötzlich ab und stiegen gemächlich, solange, bis sie über den
Scopusberg und die schlafenden Hadassah-Kliniken flogen. In einem Bogen glitten sie über das King David Hotel, um schließlich
so hoch zu steigen, dass die Lichter der Stadt zu ihnen aufblinkten
wie winzige Sterne. Ellie schaute aus dem Cockpit auf die Millio-

nen von Sternen über ihnen. David sah sie mit einem gelösten Lächeln an. „Hier lebe ich", sagte er schließlich.

„Hier bin ich König David. Wie findest du mein Königreich?"

Ellie fiel auf, dass sein Gesichtsausdruck durch das milde Licht der Armaturen irgendwie verändert war. So hatte sie ihn noch nie gesehen. „Das ist ganz schön", meinte sie unbeeindruckt. „Weißt du, du hast mich noch nie zu einem Flug mitgenommen."

David zeigte auf die winzige Lichtergruppe im schwarzen Samt unter ihnen. „Bethlehem", sagte er. „So, wie die Engel es in der Nacht, als Christus geboren wurde, gesehen haben müssen. Keine Gewehre. Keinen Zorn. Keine Menschen, die sich hassen. Frieden auf Erden. So sieht es wenigstens von hier oben aus." Er sah sie an, und seine Augen strahlten vor Zärtlichkeit. „Ich wollte, dass du die Welt heute Nacht so siehst, weil ich dir sagen möchte, Ellie –". Er hielt inne und suchte nach Worten. „Ich möchte dir sagen, dass ich mein Leben mit dir verbringen möchte." Er schluckte und sah dann rasch von ihrem unveränderten Blick weg.

„Das hast du mir noch nie gesagt. Danke", entgegnete sie und fragte sich insgeheim, ob er es zu spät sagte, ob das wirklich noch eine Bedeutung für sie hatte. „Hier oben, wo die Welt so fern ist, kannst du das sagen. Da sieht alles so schön aus, ist es aber nicht. Denn die Wirklichkeit ist so, dass dort unten die Menschen nur darauf warten, sich gegenseitig von der Erdoberfläche zu fegen." Sie machte eine Geste zur hell glitzernden Milchstraße hin. „Das ist zwar schön, David, aber du kannst doch nicht hier oben leben. Früher oder später muss dein kleines Flugzeug herunterkommen. Wenn dies der einzige Ort ist, an dem du leben kannst, dann passe ich nicht zu dir. Wenn du mir nicht sagen kannst, dass du mich liebst, wenn wir mit beiden Füßen auf festem Boden stehen, dann ist das, was du fühlst, vielleicht keine Liebe." Sie wandte sich von ihm ab und starrte auf die winzigen Lichter eines Automobils, das durch die Straßen Jerusalems kroch. „Es tut mir Leid", sagte sie und kam sich plötzlich albern vor. „Ich weiß nicht, was mit mir los ist. Ich habe dir deinen großen Augenblick verdorben, nicht wahr?"

„Schon gut", entgegnete er leise. „Ich hatte es schon im Gefühl.

Die letzten Tage waren für dich ja nicht gerade ein Zuckerschlek-ken."

Ellie fragte sich, ob je wieder etwas so sein würde wie früher. „Es ist nur, früher wusste ich nie ..." Wieder schnürte ihr ein Anfall von Trauer den Hals zu.

„ Schon gut", beruhigte er sie und war wütend auf sich, weil er nicht gewartet hatte, bis sie den Schock dieses schrecklichen Erlebnisses überwunden hatte. „Ich weiß selbst nicht, was ich erwartet habe, als ich einfach so nach Palästina gekommen bin."

„Warum bist du überhaupt gekommen, David?", fragte sie, während sich das Flugzeug über der Stadt etwas senkte.

„Deinetwegen bin ich gekommen", sagte er nur.

* * *

Als Ellie unter die kühlen Laken kroch, dachte sie darüber nach, dass Mosche sich hinter seinen alten Schriften vor der Verantwortung drückte und David irgendwo zwischen der Milchstraße und den winzigen, blinkenden Lichtern der Erde gefangen war. Vielleicht war sie selbst gefangen gewesen. Die Wirklichkeit des Lebens konnte sich jedenfalls mit ihren Hoffnungen und Illusionen nicht messen. Heiße Tränen rannen ihr über die Wangen, und sie wünschte sich, dass die sanften, friedlichen Lichter des Himmels und die blinkenden Sterne von Jerusalem miteinander verschmelzen könnten zu einem einzigen Himmel auf Erden. „Aber das wird nicht geschehen", flüsterte sie in die Dunkelheit hinein.

Dann dachte sie an Onkel Howard – der so voll Frieden und Freude war, seines Lebens so sicher. „Gott", sagte sie schließlich, „siehst du mich?"

Irgendwo in der Ferne durchbrach das Rattern eines Gewehrfeuers die Stille der Nacht. Ellie streckte ihre Hand aus, um den Kopf des großen Hundes zu streicheln, und fiel dann in einen unruhigen Schlaf.

14. Der Anschlag von Hadassah

In andächtigem Schweigen rauchte Hassan den Stummel einer türkischen Zigarette. Während er den schweren Rauch inhalierte und sanft die Asche von der Zigarette abklopfte, betrachtete er befriedigt die kleinen Rauchringe, die seinem Munde entstiegen und dann als immer größer werdende O's in das Foyer schwebten. Dieses Kunststück hatte er von einem hochgewachsenen blonden Leutnant während ihrer gemeinsamen Zeit in einer SS-Kommando-Schule der Nazis gelernt. Hassan schaute auf das Zifferblatt seiner in Deutschland hergestellten Armbanduhr. Schon Viertel nach sechs; Gerhardt hatte sich also verspätet.

Das Foyer des Hotels Semiramis im Vorort Katamon war voll mit Hotelbewohnern, die entweder eilig zum Essen gingen oder vom Essen kamen. Von der Ecke aus, in der er auf einem Stuhl mit verschlissenem rotem Samtbezug saß, musterte Hassan interessiert ihre Gesichter, während sie sich bei dem kleinen, eine Brille tragenden Empfangschef hinter dem Mahagoniempfangsschalter nach Mitteilungen erkundigten. Er vermutete, dass einige von ihnen Araber waren, die im jüdischen Geschäftsviertel die Wohnungen in der zweiten Etage über den Geschäften bewohnt hatten. Als der Stadtteil in Flammen stand, waren sie in die Sicherheit des Hotels Semiramis mit seinen Topfpalmen, verschlissenen roten Teppichen mit Pflanzenmustern und den niedrigen monatlichen Preisen geflohen. Zweifellos fühlten sie sich hier außer Gefahr, im Herzen einer harmonischen Gemeinschaft aus Arabern und Juden, die am Rande des rasenden Fanatismus der rein moslemischen Viertel und des flammenden Zionismus eines rein jüdischen Gebietes lebte. Es herrschte politisch ein gemäßigtes Klima in Katamon, da Juden und Araber schließlich hier Seite an Seite lebten.

Hassan musste insgeheim über die Naivität dieser christlichen Araber lächeln. Denn Haj Amin kam gerade die friedliche Koexistenz in Katamon für seine Zwecke zustatten. Bald würde Gerhardt kommen, und dann würde das Hotel der Herstellungsort seiner TNT-Päckchen und der raffinierten Briefbomben werden, die jedem die Hand abrissen, der das Pech hatte, eine davon zu öffnen. Und außerdem gab es noch die großen Überraschungen, die sich Haj Amin und Gerhard für das jüdische Jerusalem ausgedacht hatten. In einer kleinen, nett eingerichteten Suite mit Blick auf die Straße würden sie jede Einzelheit bis zur Perfektion planen. Weit davon entfernt, die Zufluchtsstätte des arabisch-christlichen Mittelstandes zu sein, würde das Hotel im Laufe der Zeit zum Hauptquartier der terroristischen Aktivitäten des Muftis.

In diesem Augenblick stürmte eine größere Anzahl Männer und Frauen durch die Doppeltüren herein. Zwei alten Frauen, die in enganliegende Tücher gehüllt waren, folgten erwachsene Söhne und Töchter und eine Schar von Kindern. Ein großer Mann in einem Tweedanzug blieb mit gebeugten Schultern am Empfangsschalter stehen, läutete dort die Glocke und lehnte sich dann an. Die übrigen Gruppenmitglieder versammelten sich unterdessen vor der schmiedeeisernen Tür des Aufzugs. Während sich zwei kleine Jungen darum stritten, wer von ihnen den Aufzug durch einen Knopfdruck herbeirufen dürfe, unterhielten sich die beiden alten Frauen über ihre Köpfe hinweg. Hassan gab sich keinen Illusionen darüber hin, dass die Schlacht, die hier bald stattfinden sollte, zu ihren Gunsten ausgehen würde. Nein, sie würde zum Ruhme Haj Amin Husseinis, des Muftis von Jerusalem und zukünftigen Herrschers eines vereinigten Palästina, ausfallen. Haj Amin war der Name, den diese Menschen fürchteten, und am Ende würden sie die Verlierer sein. Obwohl sie Araber waren, würden sie von der Bildfläche verschwunden sein, noch bevor das letzte Wort gefallen war. Schließlich kam es auch nicht so darauf an.

Hassan spürte einen eisernen Griff auf seiner Schulter. Er schnappte überrascht nach Luft und drehte sich um: Gerhard sah mit undurchdringlicher Miene auf ihn herab. Er trug denselben schweren Tweedmantel, den er in der Nacht getragen hatte, als der Kleine und das Mädchen sie entdeckt hatten. Eine breitkrempige Fedora, die er sich ins Gesicht gezogen hatte, verdeckte den Blick seiner kalten blauen Augen. „Nun, mein Freund", flüsterte er. „Bist du jetzt bereit, deinen Auftrag zu beendigen?"

Hassan zog noch einmal kurz an seiner Zigarette und klopfte die Asche auf den Teppich. Dann zerdrückte er den glühend heißen Stummel zwischen den Fingern und ließ ihn in die Hemdtasche seiner Polizeiuniform gleiten.

„Der Junge ist immer noch in der Klinik – da haben wir leichtes Spiel. Ich habe mir gedacht, dass wir vielleicht noch einen Happen essen, bevor wir ihn erledigen."

„Essen kannst du später", knurrte Gerhardt.

„Warum so ungeduldig, Freund?" Hassan stand auf und sah ihm direkt ins Gesicht, während er sich den Mantel anzog.

„An deiner Stelle würde ich mir über die Ungeduld Haj Amins Gedanken machen." Gerhardt wandte sich mit einem kalten Lächeln zur Treppe und ließ Hassan, dem der Appetit vergangen war, stehen.

* * *

Die Nacht war kalt, und die Sterne hingen wie Eisstücke am Himmel. Hassan zog seinen Mantelkragen bis über die Ohren und wünschte, dass er statt dieses offenen Jeeps ein geschlossenes Fahrzeug gestohlen hätte.

Er fuhr durch das arabische Viertel Sheikh Jarrah am Fuße des Skopus-Berges und empfand eine gewisse Befriedigung, als er die grellen Lichter der Kliniken hoch oben auf dem Berg sah. Er war sicher, dass er seinen Auftrag ausführen und in der Anonymität von Sheikh Jarrah verschwunden sein würde, noch bevor der Junge seinen letzten Blutstropfen verloren hatte.

In der letzten Kurve vor dem Anstieg auf den Berg schaltete er in den ersten Gang. Die Kliniken und die Hebräische Universität würden als höchster Punkt in der Umgebung in der kommenden Zeit sicher zur Festung der Juden werden. Aber es würde, wie Hassan befriedigt feststellte, leicht sein, ihnen die Luft abzuschnüren, da sie von arabischen Vororten umgeben waren. Er hatte vor, diese

Überlegungen dem Mufti gegenüber zu erwähnen, sobald er ihm von der endgültigen Beseitigung des kleinen jüdischen Zeugen berichten konnte.

Er warf einen Blick auf seine Armbanduhr – gleich sieben. Er fuhr auf den Klinikparkplatz und stellte den Wagen in einem abgetrennten Bereich ab, der für Behördenfahrzeuge reserviert war. Niemandem würde der Militärjeep, der nur einer von vielen war, auffallen. Er zog die Handbremse an und ließ dann rasch seine Hand am Bein entlang in den Stiefelschacht gleiten, um nach dem schmalen Griff des Dolches zu tasten, den er dort versteckt hatte. Alles in allem, dachte er, sollte das eigentlich nicht länger als ein paar Minuten dauern. Er sprang aus dem Jeep und ging zielstrebig an einem britischen Wachposten vorbei, der zackig salutierte, als Hassan mit der Hand an seine Mütze tippte.

Es war immer noch früh, als er durch den Haupteingang der Kliniken ging. Vielleicht war sogar noch Zeit für eine schnelle Tasse Kaffee in der Cafeteria, damit er seine Hände nach der Fahrt durch die eisige Nachtluft aufwärmen konnte.

* * *

Die Menschenmenge in der Cafeteria im ersten Stock hatte sich bereits beträchtlich gelichtet. Hassan saß in der äußersten Ecke gegenüber einer Gruppe von drei rundlichen Krankenschwestern, die ihre ganze Pause verschwatzten und kicherten.

Während er noch einen letzten Bissen Strudel aß und seinen Kaffee schlürfte, verfluchte er Gerhardt wegen der Eile, mit der er ihn dazu angetrieben hatte, diesem kleinen Juden den Garaus zu machen. „Ich hätte eigentlich noch Zeit gehabt, mir eine gute Mahlzeit zu gönnen", dachte er verdrossen. Während der Dienst der Ärzte und Schwestern wechselte, gingen die Lichter in den Krankenzimmern allmählich aus. Hassan kratzte die Reste des faden Kantinenessens am Tellerrand zusammen und legte das Besteck und die Kaffeetasse darauf. Dann verließ er den nüchternen Raum, um in die Vorhalle zu gehen. Diese hatte sich inzwischen fast völlig geleert. Er erwog zunächst, mit dem Aufzug in den fünften Stock zu fahren, überlegte es sich jedoch anders, da er damit rechnen musste, dass ihn eine aufmerksame Krankenschwester anhalten würde, wenn er am Schwesternzimmer vorbeikam. Er stieß eine schwere Schwingtür auf, die ein Schild mit der Inschrift „Treppe" trug, und begann den langen Aufstieg zum Zimmer 529 auf der Kinderstation, wo der Junge lag. Seine Schritte hallten laut durchs Treppenhaus. Einmal stieß eine Schwester eine Tür auf und sprang auf ihrem Weg nach unten an ihm vorbei.

„Ich hasse es, auf diesen Aufzug zu warten", rief sie gutgelaunt.

Hassan tippte an seine Mütze und nickte wortlos.

Er hoffte, dass der Junge fest schlafen würde. Das würde seine Aufgabe sicherlich erleichtern. Ein schneller Stoß mit dem Messer, und Jakov Lebowitz würde, wie die jüdischen Fleischer es nannten, auf die koschere Weise sterben – indem sein Blut leise und schmerzlos aus seinem Körper floss.

* * *

Durch ein kleines gläsernes, mit Draht verstärktes Bullauge beobachtete Hassan, wie eine Schwester mit einem klappernden Metalltablett voller Medikamente durch den schwach erleuchteten Flur ging. Er starrte auf die großen roten Nummern und die Pfeile an der Wand, die den Weg zum Zimmer des kleinen Juden wiesen. Die Zimmer 520 bis 529 lagen links von ihm, entgegengesetzt zu der Richtung, die die Schwester eingeschlagen hatte. Er lächelte über die Aufregung, die er plötzlich empfand, und bückte sich, um noch einmal nach dem Messer zu fühlen.

Er stieß die Tür einen Spalt breit auf und stellte befriedigt fest, dass die Schwester gerade um die Ecke bog. Sanftes Licht spiegelte sich auf dem glänzenden Boden vor dem Schwesternzimmer. Hassan befand sich außerhalb des Blickfeldes der Schwester, die hinter dem großen Tresen saß und eine Zeitschrift durchblätterte.

Er schlüpfte vom Treppenhaus in den Flur, sorgsam darauf bedacht, dass die Ledersohlen seiner Stiefel nicht auf den frisch geschrubbten Fliesen quietschten. Er ging dicht an der Wand entlang und kam an Zimmern vorbei, die nach Urin und keimtötenden Mitteln rochen, und verfluchte die Tatsache, dass Nummer 529 am äußersten Ende des Flurs lag. Ein Kind mit einem weißen Verband stöhnte, als er an der offenen Tür von Zimmer 525 vorbeikam. Er schaute durch die Gitterstäbe des Bettes und stellte sich vor, wie das Blut Jakov Lebowitz' die Laken tränkte und welche Panik diesen Flur erfüllen würde, wenn die Tat Ibrahim El Hassans im ersten Morgengrauen entdeckt werden würde.

Die Tür von Zimmer 529 war geschlossen. Hassan stieß sie leise auf, da er wusste, dass die Augen des Jungen verbunden waren und er daher nicht durch das Licht geweckt werden konnte. Ein grausames Lächeln umspielte seine Lippen, und wie im Rausch zog er das Messer aus seinem Stiefel und schlich auf Zehenspitzen ins Zimmer.

Dann jedoch erlosch sein Lächeln. Vor ihm stand nicht das Bett eines einzigen jüdischen Kindes, sondern es standen zwanzig Betten mit zwanzig schlafenden Kindern da. Er wandte sich keuchend um und stieß dabei mit dem Arm gegen eins der Kinderbetten aus Metall. Sein Messer fiel so geräuschvoll zu Boden, dass ein Kind aufschrie. Er zog sich rückwärts hinter die Tür zurück, weil er befürchtete, dass gleich eine Schwester ins Zimmer eilen würde. Schweißperlen traten ihm auf die Stirn und tropften ihm an den Schläfen herunter bis in seinen Kragen. Als keine Schwester erschien und sich seine Augen langsam an das Halbdunkel gewöhnt hatten, ließ seine Anspannung nach, und er ging wieder ins Zimmer. Er entschied sich dafür, die schlafenden Gesichter einfach abzusuchen.

Auf Zehenspitzen näherte er sich dem ersten Bett, wandte sich jedoch sofort ab, als er ein in Gips gehülltes kleines Bein bemerkte, das in einem Streckverband hing. Im nächsten Bett lag ein kleines Mädchen, dessen langes schwarzes Haar fächerförmig ausgebreitet auf dem Kissen lag. Als er sie betrachtete, schlug sie stöhnend mit den Armen, als ob sie das Böse in ihrer Nähe spürte. Er ging weiter und ließ dabei seine Finger über das Bettende gleiten. „Zwei", zählte er wortlos. Dann beugte er sein Gesicht so dicht über das nächste

Kind, dass sein Atem es veranlasste, sich umzudrehen. Da das Kind keinen Verband über den Augen hatte, schlich sich Hassan verstohlen weiter zum nächsten Bett. In ihm lag die winzige Gestalt eines Kindes, dessen Kopf verbunden war. Er hatte Glück, dachte er bei sich und spielte mit der Klinge des Messers, bevor er den schlaffen Arm des Kindes hob, um das Erkennungsarmband zu überprüfen.

„Ich möchte Wasser trinken", murmelte das Kind verschlafen. Hassan ließ den Arm los und hob sein Messer, bereit zuzustoßen.

„Wie heißt du, Junge?", fragte Hassan leise.

„Michael. Ich möchte was trinken."

„Halt den Mund", flüsterte Hassan drohend. „Wo schläft Jakov Lebowitz?"

„Ganz hinten", kam die wimmernde Antwort.

Hassan richtete sich auf und stahl sich, jedes Bettende mit der Hand berührend, zu dem letzten Bett, das direkt neben dem Fenster stand. Dort konnte er, im Lichtschein der Straßenlampen die Gestalt Jakovs undeutlich ausmachen.

„Zu dir bin ich gekommen", sagte er mit einem grausamen Unterton in seiner Stimme. Dann fasste er seinem Opfer an den Hals und erhob sein Messer, um zuzustechen. Auf einmal schrie das Kind, das er vorhin geweckt hatte, laut auf, und Hassan zögerte einen Moment.

Gleich darauf schreckte Jakov aus dem Schlaf und schoss in die Höhe. „Schaul!", schrie er laut. „Schaul!"

Im Nu hallte die ganze Station von Kinderschreien wider. Hassan bewegte sich rückwärts zum Fenster hin und warf sich, als die Tür aufflog und überall auf der Station die grellen Lichter angingen, durch die Scheibe und hechtete zur Feuerleiter. Er kletterte auf der schmalen Stahlleiter hinunter zum Balkon des zweiten Stocks, öffnete das Fenster und schlüpfte in die Dunkelheit eines leeren Zimmers. Von dort spurtete er zur Tür, auf den Flur hinaus und dann zur Treppe des Notausgangs, wobei er mit derselben Schwester zusammenstieß, die ihn erst vor wenigen Minuten gegrüßt hatte.

Als er das Stockwerk erreichte, auf dem sich die Eingangshalle befand, besann er sich für den Bruchteil einer Sekunde und ging dann mit schnellen Schritten hinaus. „Im fünften Stock ist ein Terrorist!", rief er einer Gruppe britischer Soldaten zu. Während diese sofort zur Treppe und zum Aufzug rannten, ging er mit gemächlichen Schritten zu dem gestohlenen Jeep und verschwand in Richtung der Straßen von Scheikh Jarrah.

15. Die Haganah

Mosche schritt das Büro des Alten in seiner gesamten Länge ab und sah von Zeit zu Zeit auf das weißhaarige Haupt, das über einen Stapel von Fotografien gebeugt war.

„Und Sie glauben, das Mädchen ist verlässlich?", fragte Ben-Gurion.

„Ohne Zweifel", entgegnete Mosche ohne Zögern.

„Eine amerikanische Journalistin als Mitglied der Haganah wäre ganz hilfreich, um es neutral zu formulieren." Er nahm seine Brille ab und rieb sich mit einer Hand über die Augen. „Dann treten Sie an sie heran. Ganz behutsam. Aber sprechen Sie mit ihr. Es gibt nur eine Möglichkeit, wie die Welt unsere Stimme hören kann, und das ist, wenn ein Außenstehender unsere Sache laut hinausschreit." Er blätterte die Fotografien durch. „Ich sehe, dass Ihr Freund Ibrahim Hassan an dem Aufruhr beteiligt war."

„Überrascht Sie das?"

„Vielleicht sollten wir Sie für einige Zeit aus Jerusalem wegschicken? Wie wär's mit einer anderen Aufgabe? Was halten Sie davon, ein paar Wochen durch Europa zu reisen? Zur Waffenbeschaffung?"

„Überlassen Sie das Reisen Arazi. Ich bin Palästinenser; ja, noch mehr als das: Ich bin vom Staub Jerusalems. Ich kann mich um Hassan kümmern."

„Und was ist mit der Frau, Miss Warne? Haben Sie auch an ihre Sicherheit gedacht?" Der Alte lehnte sich in seinem Stuhl zurück und betrachtete Mosche verständnisvoll.

„Ich habe tagelang an nichts anderes gedacht." Mosche setzte sich schwerfällig auf einen Stuhl, Ben-Gurion gegenüber.

„Sie empfinden also eine starke Zuneigung zu ihr?"

Mosche nickte. „Leider ja. Ich bin sicher, dass ich sie verlieren werde, wenn ich ihr nicht von meiner Arbeit hier erzähle." Er starrte trübsinnig auf die Landkarte von Palästina, die hinter dem Alten hing. „Sehen Sie, sie hat angefangen, sich für unsere Sache zu begeistern und verachtet plötzlich den Mosche Sachar, den sie kennt."

„Nun, dann würde sie also auch ohne Sie eine Möglichkeit finden zu bleiben, nicht wahr? Natürlich kann es sein, dass Sie sie verlieren. Genau wie auch Miss Warne Sie verlieren könnte; wie jeder von uns schon jemanden in diesem bitteren Kampf verloren hat. Aber dieses Risiko müssen Sie eingehen."

„Sie ist sich selbst noch nicht klar darüber, dass sie sich verändert hat. Sie weiß noch nicht, was in ihr wach geworden ist. Aber ich habe es in ihren Augen gelesen: Sie ist eine von uns geworden."

„Dann dürfen Sie nicht zu ändern versuchen, was Gott aus ihr gemacht hat. Sie müssen mit dem Risiko leben oder die Gefühle, die Sie für sie empfinden, verdrängen. Hören Sie auf einen alten Mann, mein junger Freund. In der Liebe gibt es immer ein Risiko!"

„Bisher habe ich ihr gegenüber noch nicht von Liebe gesprochen", erwiderte Mosche und schaute abwechselnd auf seine Schuhe und zu David Ben-Gurion, der ihn mit unnachgiebigem Blick ansah.

„Ha!", rief der Alte aus. „Und Sie haben Angst, dass sie Ihnen mangelnden Einsatz vorwerfen könnte!", meinte er bissig. „Vielleicht hat sie sogar Recht damit, was?"

„Von dieser Seite habe ich das noch gar nicht betrachtet." Mosche kratzte sich am Kopf und stand auf. „Vielleicht haben Sie Recht."

„Vielleicht." Der Alte machte eine Geste mit der Hand. „Und was diese anderen Angelegenheiten anbetrifft, die weniger wichtig scheinen als Herzensangelegenheiten" – er fuhr mit der Hand über die Papierstapel, die auf seinem Schreibtisch verstreut lagen – „sie sind in Gottes Händen. Ich weiß, dass Gott den Kindern Israels ganz Palästina verheißen hat. Ich weiß zwar nicht, welche Grenzen er festgelegt hat, aber ich glaube, dass sie weiter gesteckt sind als die vorgeschlagenen. Wenn Gott seine Verheißung zu seiner Zeit einhält, ist es unsere Aufgabe als arme Sterbliche in einem schwierigen Zeitalter, bis dahin so viel wie möglich von den Überresten Israels zu bewahren. Das bedeutet, dass wir im Augenblick eine andere Ladung schmuggeln müssen als in der Vergangenheit. Ohne uns zu verteidigen, werden wir unser Land nicht eine Woche halten können." Er schaute Mosche, der wieder begonnen hatte, auf und ab zu gehen, ernst an. „Wollen Sie sich nicht setzen?", meinte er gereizt. Mosche ließ sich wieder auf seinem Platz nieder und starrte auf die kleinere Karte von Jerusalem, die rechts von Ben-Gurion hing.

„Vielleicht ahnen Sie, worauf ich hinaus will? Was soll aus Jerusalem werden?"

Mosche lächelte verbissen. „Ich habe die letzte Woche damit verbracht, mit Gebietsbefehlshabern zu sprechen. Wir haben nur einen sehr geringen Vorrat an Waffen und Munition in der Neustadt versteckt. Die Altstadt ist wohl nicht mehr zu retten. Nicht mehr zu retten", wiederholte er noch einmal.

„Eine Formulierung, wie wir sie auch von Schimon gehört haben. Wie sieht die Lage nun im Einzelnen aus?"

„Wir haben zehn Männer innerhalb der Mauern. Jeschiva-Studenten. Sie sind zwar entschlossen zu kämpfen, aber ohne Ausbildung. Es gibt nur vierzehn Gewehre, völlig antiquierte Exemplare aus dem ersten Weltkrieg, die in einer Kellerwand verborgen sind. Munition ist ungefähr so viel da, dass jeder vielleicht drei Mal schießen kann, falls die Jungs überhaupt wissen, wie man mit Gewehren umgeht."

„Und die Zivilisten?"

„Schon jetzt hat der Mufti es ihnen unmöglich gemacht, in die Neustadt zu kommen. Es befinden sich 2500 Ultra-Orthodoxe innerhalb der Stadtmauern. Sie brauchen unsere Organisation, um mit Lebensmitteln versorgt zu werden, aber es besteht nicht die geringste Möglichkeit, dass wir ihnen etwas liefern", gab Mosche düster Auskunft.

„Dann schlagen Sie also vor, dass wir damit beginnen sollten, die Altstadt zu evakuieren?"

„Die Menschen dort sind wie Lämmer inmitten von Löwen."

„In den letzten Tagen werden die Lämmer bei den Löwen lagern. Aber ich glaube, selbst dann möchte ich lieber ein Löwe sein. Ich möchte Ihre Meinung hören. – Was sollen wir tun?" Der Alte sah ihn mit durchdringendem Blick an.

„Vom strategischen Standpunkt aus gesehen ist die Altstadt Zeitverschwendung. Wir werden Schwierigkeiten genug haben, Jerusalem als Ganzes zu halten. Aber vom religiösen Standpunkt her betrachtet ist sie das Zentrum unserer Existenz. Selbst diejenigen, die nicht an Gott glauben, erkennen den Wert der Altstadt."

„Ja. Das hat sich seit Jahrhunderten kaum geändert. Und jetzt, wo die Synagogen und Gettos in Europa restlos von der Erdoberfläche verschwunden sind, was bleibt uns da noch außer Jerusalem?"

„Dann müssen wir aus den Lämmern innerhalb der Stadtmauern Löwen machen und tun, was wir können, z.B.mit dem britischen Oberbefehlshaber sprechen, bevor dieser Geier Akiva einen Handel mit dem Mufti eingeht. Wenn Sie aus humanitären Gründen die Erlaubnis bekommen können, unter Geleitschutz Nahrung in die Altstadt zu bringen ..."

„Sie glauben, Sie können die Dinge, die für unser Überleben notwendig sind, hineinschmuggeln?"

„Nun, sicher ist, dass Arazi und die anderen die Waffen, die wir brauchen, erst nach Palästina transportieren müssen. Aber wenn wir sie erst einmal in der Neustadt haben, finde ich schon einen Weg, Lebensmittel und Munition zu mischen. Ich glaube, wir müssen versuchen, die Altstadt um unserer eigenen Verfassung willen zu halten."

„Es steht fest", meinte der Alte mit dem Ausdruck endgültiger Entschlossenheit, „dass die Augen der Welt auf die Stadt der Gläubigen gerichtet sind. Und, Mosche –." Er tippte auf die Fotografien, „Ihre Freundin, Miss Warne, ist sehr wohl fähig, das Bild einzufangen, das die Welt sehen soll."

Mosche biss sich nachdenklich auf die Lippe, als er an die Gefahren dachte, denen Ellie ausgesetzt sein würde, wenn sie den Kampf im Bild festhalten würde. Wieder fragte er sich, ob er sie überhaupt darum bitten konnte. „Dieses kleine Fleckchen Erde und die Klagemauer ist alles, was uns geblieben ist, nach der totalen Zerstörung durch Titus vor zweitausend Jahren. Wie können wir das kampflos aufgeben?"

„Gut", pflichtete der Alte ihm bei und nickte. „Ich bin froh, dass Sie anderer Meinung sind als Schimon. Und was ist nun mit Ihren Schriftrollen?"

„Fragen Sie Mosche, den Archäologen, Mosche, den Juden, oder Mosche, den Zionisten?", lachte Mosche.

„Alle drei."

„Ich glaube, dass sie vielleicht das letzte Überbleibsel des Judentums von vor zweitausend Jahren sind."

Ben-Gurion zog erstaunt die Luft ein. „Sie glauben, dass sie bereits aus der Zeit vor der Diaspora herrühren? Unglaublich!"

„Falls das so ist – und ich muss einschränkend sagen falls – ist ihre Entdeckung zu einer Zeit, in der unser Volk aus allen Winkeln der Welt heimkehrt, bedeutungsvoll. Irgendwie kann ich mich des Gefühls nicht erwehren, dass diese alten brüchigen Schriften unter Umständen so wichtig sein könnten wie die Altstadt selbst. Genau wie wir, sind auch sie von unserem Vermächtnis zweitausend Jahre lang abgeschnitten gewesen. Und jetzt, da wir Hoffnung am nötigsten brauchen, hat Gott uns an seine Verheißungen aus grauer Vorzeit erinnnert."

„So spricht wohl Mosche, der Jude?" Der Alte lächelte eigenartig, als er die Fotografien der Schriftrolle betrachtete. „Und was sagt der Zionist?"

„In Kürze werden wir wissen, ob Professor Monigers und meine Annahme über die Authentizität der Schriftrolle richtig ist. Wenn ja, dann haben wir eine mächtige Waffe auf unserer Seite. Wir haben das Wort Gottes! Es gibt Menschen, die das hören wollen; wir sollten daher die Welt wissen lassen, was für einen Fund wir gemacht haben."

Der Alte ordnete den Stapel und gab ihn Mosche zurück. „Wir brauchen jeden, den wir in diesem Augenblick für unsere Seite gewinnen können, mein Freund. Besonders Gott, oder?"

Mosche blätterte den Stapel noch einmal durch und überflog dabei die Worte Jesaja. „Ebenso wie seine Freunde."

„Teilt Professor Moniger Ihre Begeisterung über die Bedeutung der Schriftrolle?"

„Er war es, der es mir gestern Abend zuerst gesagt hat. Er lebt seit zwanzig Jahren in Jerusalem. In seinem Herzen ist er sowohl Christ als auch Jude. Auf jeden Fall ist er ein guter Mensch."

Der Alte schaute auf seine Armbanduhr. „Sie müssen noch ein Flugzeug erreichen – und, ich glaube, morgen Abend auch noch ein Schiff!"

Mosche nickte, erhob sich und schüttelte ihm die Hand. „Schalom."

„Und sagen Sie auch diesem haarigen Affen Ehud Schalom, ja?"

Mosche verließ das Büro und schlängelte sich durch das Gedränge der Männer und Frauen, die darauf warteten, zu Ben-Gurion vorgelassen zu werden. „Wenn es wirklich eine Nation Israel geben sollte", dachte Mosche, „wird er sicherlich ihr Premierminister werden." Die Tür des Alten stand den Menschen genauso offen wie sein Herz.

Zum ersten Mal seit Tagen war Mosche froh zumute. Zumindest war er sich jetzt darüber im Klaren, wie er sich Ellie gegenüber verhalten sollte. Wenn sie erst die Wahrheit über ihn erfahren hatte, dann würde sie dem amerikanischen Flieger bestimmt Lebewohl sagen.

Während er sich der Behelfslandebahn ganz in der Nähe des Kreuzklosters näherte, sah er, wie David und Michael, der andere Haganah-Pilot, eingehend den Motor der kleinen blauen Piper betrachteten.

„Ich bin Kampfflieger!", hörte er David ausrufen. „Nicht irgendein Chauffeur für so ein Archäologenjüngelchen, weißt du? Und überhaupt – wann fangen wir eigentlich mit der Ausbildung von Piloten an, Michael?"

„Sobald wir unsere Flugzeuge kriegen. Das ist eins davon, David. Das und noch zwölf von der gleichen Sorte. Eliahu hat zwanzig von diesen Dingern zu einem Spottpreis gekauft, und wir haben sie zusammengebaut."

David klapperte mit einem Werkzeug im Motor. „Ach du meine Güte", stieß er angewidert aus. „Wir können doch nicht in diesen Blechbüchsen über die arabische Legion fliegen und ihnen Felsbrocken auf den Kopf werfen. Vielleicht dreht jemand durch und knallt uns ab."

„Du musst Geduld haben." Michael stieß klirrend mit einem Schraubenschlüssel gegen den Motor.

„Geduld? Hat das nicht was mit Kranksein zu tun?" David stieß Michael so heftig an, dass dieser in die Höhe schnellte und sich den Kopf stieß.

„Pass bloss auf, ja?"

„Du warst es doch, der von Geduld gesprochen hat."

„Denkst du, ich bin blöd oder was, Meyer? Heiliger Strohsack!" Michael rieb sich seinen kahl werdenden Kopf und hinterließ dort eine Ölspur. David zog ein Taschentuch heraus und wischte sie ab.

„Tja, ich glaub' schon, dass du blöd bist. Sieh dir doch an, was du machst. Wir könnten jetzt im ‚Fisherman's Wharf' in Frisco Krabben essen. Statt dessen bist du in Jerusalem und versuchst deine Glatze mit dem Maschinenöl von einem der zwölf Flugzeuge der jüdischen Luftwaffe zu kaschieren. Stimmt doch, oder?"

„Ich habe nicht gesagt, dass dies die einzigen Flugzeuge sind. Ich habe gesagt, das sind die einzigen, die fliegen können."

„Okay. In Ordnung. Erzähl mir nicht, dass du nicht blöd bist, Mike, du blöder Jude."

„Na und? Du bist ja auch hier, du blöder Halbjude."

„Viertel. Mein Großvater ist dafür verantwortlich, dass ich hier bin, wenn du dich erinnerst."

Mosche lachte laut und musste an den letzten Abbott-Castello-Film denken, den er im Rex Theater gesehen hatte. Dieses Kino war zu der Zeit in arabischem Besitz gewesen und eine Woche später von der jüdischen Terroristenorganisation Irgun in die Luft gesprengt worden. Dann musste er wieder darüber lachen, wie widersinnig man sich doch im Leben verhielt. „Sie haben Recht", sagte er, als David und Michael aufsahen. „Wir sollten uns alle nach Frisco aufmachen und Krabben essen."

„Da, siehst du nun? Er ist der gleichen Meinung wie ich, und dabei kann er mich nicht mal leiden." David starrte Michael an und kletterte dann ohne großes Aufheben in die Maschine. „Sie kommen doch, oder?", rief er Mosche zu, der sich noch wunderte und überlegte, wie er auf Davids Bemerkung reagieren sollte.

Tatsächlich mochte er David nicht besonders, aber das war nur wegen seiner Beziehung zu Ellie. Sehr wahrscheinlich war dieser

Hanswurst von Amerikaner gar kein schlechter Kerl. Mosche unterdrückte sein Unbehagen und kletterte in den engen Passagiersitz im Cockpit gleich neben seinen Rivalen. Als der Propeller anfing, sich zu drehen, griff Mosche nach seiner Aktentasche. Seine Knöchel wurden dabei vor Anspannung ganz weiß.

„Tut mir Leid, dass Sie keinen Sicherheitsgurt haben, Kamerad", sagte David und verzog sein Gesicht zu einem Lächeln. „Sie halten sich besser fest. Diese kleine Sardinenbüchse fliegt nämlich etwas unruhig."

Mosche legte seine Tasche unter seine Füße und umklammerte mit beiden Händen den Rand seines Sitzes. Schweißperlen traten ihm auf die Stirn, als er merkte, dass die Rollbahn an eine Reihe von Apartmenthäusern grenzte.

„Fliegen Sie oft?", fragte David, während sich die Piper in Bewegung setzte.

„Hmmm", nickte Mosche. Er war bisher nur einmal geflogen und hatte das Gefühl nicht sonderlich gemocht.

„Können Sie mit dem Fallschirm springen?", fragte David, während er den Motor aufheulen ließ.

„Nein." Mosche hoffte, dass ihm die Angst nicht anzumerken war.

„Schon gut." Das kleine Flugzeug fuhr ratternd über das Feld. „Da diese Klappsitze keinen Fallschirm haben, ist sowieso nur mein Pilotenschirm vorhanden." – David lächelte strahlend, als das Flugzeug abhob und so dicht über die Apartmenthäuser flog, dass sie beinahe von den Rädern gestreift wurden. Es machte ihm besonderes Vergnügen zu beobachten, wie Mosche die Augen schloss und ein Dankgebet sprach.

Mosche öffnete wieder die Augen und sah in die Tiefe, während das Flugzeug stetig in südlicher Richtung an Höhe gewann. Unter sich konnte er die Gebäude des St.-Simeon-Klosters erkennen, das sich am Rande des wohlhabenden Viertels Katamon befand. Bis jetzt hatten dort mittelständische Araber und Juden erfreulich harmonisch zusammengelebt. Mosche wusste, Katamon würde bald zu einem Schlachtfeld zwischen den gedungenen Gewaltmenschen des Mufti und der Haganah werden, da beide Parteien darum kämpften, verstärkt in Jerusalem Fuß zu fassen.

David schwenkte langsam nach Osten ab. Und Mosche konnte zu seiner Linken die winzigen Gestalten britischer Soldaten in der Allen-by-Kaserne ausmachen. Genau dahinter wand sich ein Straßenband den Hügel des Bösen Rates hinauf, wo Judas seine Bezahlung für seinen Verrat an Christus bekommen hatte. „Was für eine Ironie", dachte Mosche. Ein schlecht informierter Engländer, der eine gute Aussicht haben wollte, hatte das Büro des britischen Oberbefehlshabers auf dem Gipfel eben dieses Berges erbauen lassen. Trotz aller guter Absichten der Engländer, die Palästina seit dem Zusammenbruch des osmanisch-türkischen Reiches im Jahre 1910 regiert hatten, war kaum mehr als schlechter Rat von dieser Befestigung oben auf dem Berge ausgegangen. Mosche empfand Mitleid mit Sir Allen Cunningham, dem Mann, der das Amt des Oberbefehlshabers innehatte. Dieser war der Frage einer jüdischen Heimstätte gewogen, aber seine Politik wurde ihm von Außenminister Bevin vorgeschrieben, der für seinen Judenhass bekannt war und danach strebte, den Plan zur Teilung schon vor dessen Durchführung scheitern zu sehen. Nichts würde dieses Scheitern schneller herbeiführen als die ständigen bewaffneten Aufstände der Araber. Bevin hoffte, dass man Großbritannien dann wieder bitten würde einzuschreiten, damit es wieder die Rolle spielen könnte, die seinen Vorstellungen eher entsprach. „Was für schlechte Ratschläge werden Sir Allen wohl heute wieder aus London übermittelt", dachte Mosche. Er würde es früh genug erfahren, ebenso wie der Alte und die Jewish Agency. Denn es gab in der britischen Mandatsregierung viele Sympathisanten der Juden, die bereit waren, Geheimmeldungen für ein Dankeschön und einen Händedruck preiszugeben.

Die winzige Piper tuckerte stotternd in einem weiten Bogen über den Ölberg. Wie Ameisen auf ihrem Hügel wandt sich eine schwarzgekleidete Karawane von Menschen langsam den Berg hinauf zum jüdischen Friedhof – eine weitere Szene in dem Drama, das sich in den Straßen dort unten abspielte. Heckenschützen hatten seit der Nacht der Teilung das Leben von sechs Juden auf dem Gewissen. Es waren nur sechs von den sechs Millionen, die in den Todeslagern Hitlers gestorben waren; nur sechs von den Hunderttausend, die in der Stadt Jerusalem lebten.

Und doch kannte Mosche das Leid, das dort den Hügel hinaufgetragen wurde. Er erinnerte sich an das Gesicht seines Bruders Eli und wandte seinen Blick von dem Leichenzug zu den zerklüfteten Mauern der Altstadt und der goldenen Kuppel des Felsendoms. Nur ein winziges Häufchen von Juden lebte im Schatten der Omar-Moschee, und doch waren sie den Arabern, die um sie herum lebten, ein Dorn im Auge. Die heiligen Kämpfer des Muftis die Jihad-Moqhaden, hatten die Synagogen und Jeschiva-Schulen als erstes für ihre Zerstörung auserkoren. Aber irgendwie musste es den Juden gelingen, diese altehrwürdigen Mauern zu halten.

„Es wird leichter sein, die modernen Gebäude der Hebräischen Universität und der Hadassah-Kliniken im Norden der Stadt zu halten", dachte Mosche. Obwohl der pinienbewachsene Skopus-Berg, auf dem sie standen, weit hinter den arabischen Linien lag und von moslemischen Wohnvierteln umgeben war, hatten die Bauten den Vorteil der Höhe. Solange die Kliniken gut versorgt waren, könnte selbst eine Armee von Partisanen sie nur unter Schwierigkeiten einnehmen. Aber gerade die Versorgung würde das Hauptproblem der Haganah sein.

Mosche schaute auf die Straße, die durch das von Arabern gehaltene Stadtviertel Sheikh Jarrah zur Universität und zu den Kliniken führte. Am Fuße des langen Abhanges machte die Straße eine Kurve. Der perfekte Ort für einen Angriff aus dem Hinterhalt. Er notierte sich dies geistig, während sie über das Zentrum des jüdischen Teils in der Neustadt flogen und dann ihren Bogen nach Nordwesten in Richtung Tel Aviv beendeten.

Unter ihnen lag die Hauptverkehrsader, die den Lebenssaft von Jerusalem nach Tel Aviv transportieren würde. Dieses schmale Autobahnband war die einzige Verbindung des jüdischen Teils von Jerusalem mit dem Meer und dem Nachschub, der nötig war, damit sich die Stadt dem nahenden Zorn von Haj Amin erwehren konnte. Mosche wusste, wie verwundbar diese Lebensader war.

Unter ihnen fiel die Straße auf eine Länge von sechsunddreißig Kilometern durch eine enge Schlucht ab, die auf Arabisch Bab El Wad, das Tor zum Tal, genannt wurde. Hohe Pinien und Felsen bedeckten die Abhänge auf beiden Seiten. Dies war ein idealer Ort, bewachte Transporte in Richtung Jerusalem anzugreifen. Ohne Zweifel kannten die Soldaten Haj Amins jeden Felszacken und jedes Versteck, von dem aus ein Mann allein die Arbeit von hundert erledigen konnte.

Schließlich ergriff David das Wort, als könne er Mosches Gedanken lesen: „Da unten ist die Stelle, wo ihr eure Schwierigkeiten haben werdet. Ohne Kampf wird man wohl kaum in der Schlucht nach oben kommen. Ich habe sie mir die ganze Woche über angesehen; jedesmal, wenn ich die Strecke geflogen bin. Hier, ich zeig's Ihnen." Er drückte den Steuerknüppel nach vorn und steuerte das Flugzeug steil hinab in Richtung der Baumwipfel zu beiden Seiten der Schlucht. Mosche schluckte und hielt sich krampfhaft am Sitz fest, während er den Blick starr geradeaus gerichtet hielt.

„Na, halten Sie mal Ihren Kopf zum Fenster raus, Kumpel. So können Sie nichts sehen!", rief David.

Gehorsam machte Mosche das Fenster auf und hielt seinen Kopf in den Wind. Genau unter ihm waren die Baumwipfel. „Ohne mich groß anzustrengen, könnte ich Eier aus den Vogelnestern nehmen", dachte Mosche.

„Sehen Sie sich das an!", schrie David, als sie über eine kleine Lichtung flogen. Dort bei den Felsen stand eine kleine Gruppe von arabischen Bauern mit Gewehren und Patronengurten über der Schulter. Ihre Gesichter waren so deutlich zu sehen, dass Mosche erkennen konnte, dass bei einem von ihnen, der mit offenem Mund dastand, Zähne fehlten.

Als David über den kleinen Trupp hinwegsurrte, machten sie ihre Gewehre schussbereit und fingen an, auf Mosches Kopf zu schießen. Bei dem bedrohlichen Knallen zog er ihn blitzschnell wieder ein, gerade in dem Augenblick, als eine Kugel den Flügel durchbohrte. Und David lenkte das Flugzeug schnell himmelwärts und außer Reichweite.

„Sie Idiot!", schrie Mosche zornig. David zog seine Augenbrauen in scheinbarer Betroffenheit hoch.

„Heh, sind Sie verletzt?", grinste er.

„Wir hätten abgeschossen werden können!" Mosche knallte das Fenster zu und bemerkte dabei den kreisrunden Durchschuss in der Scheibe.

„Na", schnaufte David. „Diese kleinen Büchsen halten schon ein ziemliches Flakfeuer aus. Sozusagen unzerstörbar, wenn man meinem Freund Michael glauben darf. Er sagt, wir werden die arabische Legion mit ihnen bombardieren."

„Ich hätte umkommen können dabei!"

„Das wäre aber schade gewesen", meinte David belustigt.

„Sie sind verrückt." Mosche kämmte sich mit seinen Fingern durchs Haar und nahm seine Betrachtung der Straße durch Bab El Wad wieder auf.

„Ach, lassen Sie doch", sagte David schließlich. „Regen Sie sich nicht so auf. Die meisten Araber sind ganz miese Schützen. Die Gefahr, dass sie einen treffen, ist relativ gering. Eher erschießen sie sich gegenseitig."

„Darauf haben Sie wohl gezählt, was?" Mosche starrte David durchdringend an. „Warum sind Sie eigentlich nach Palästina gekommen, Mr. Meyer?", fragte er.

„Ellie hat mir gestern Abend dieselbe Frage gestellt; genau auf dem Sitz, auf dem Sie jetzt sitzen." David lächelte wieder breit.

„Und was haben Sie ihr geantwortet? Ich bin neugierig."

„Ich habe ihr gesagt, dass ich ihretwegen gekommen bin."

„Und was hat sie dazu gesagt?"

„Sie hat mich gefragt, ob ich auch der ägyptischen Luftwaffe beigetreten wäre, wenn sie in Kairo gewesen wäre. Ich sagte, vielleicht."

„Ich verstehe nicht, was sie jemals an Ihnen gefunden hat."

„Das wäre eine merkwürdige Sache, hat sie gesagt." David kratzte sich am Kopf. „Aber wissen Sie, von Ihnen hält sie ebensowenig. Sie glaubt nämlich, Sie hätten sich vor der Verantwortung Ihrem Volk gegenüber gedrückt." David machte eine Pause, lang genug, um die Worte wirken zu lassen. „Natürlich ahnt der Professor, wie es um uns beide bestellt ist. Von Ihnen glaubt er, dass Sie ein Haganah-Mitglied sind, und ich weiß nicht, was er von mir denkt."

„Niemand weiß genau, was er von Ihnen denken soll, Mr. Meyer."

„Ich steuere dieses Flugzeug, nicht wahr? Ich habe meine Gründe, hier zu sein. Und bis ich meine Gründe sicher zu Hause habe, setze ich mich für diese kleine Aktion ein, so gut ich kann. Das ist meine Maxime."

„Wir haben offensichtlich unterschiedliche Maximen."

„Vielleicht. Vielleicht auch nicht. Sie machen sich Gedanken über eine Menge Menschen. Ich nur über einen."

„Über sich selbst?"

„Dann machen sie zwei draus. Über mich und Ellie. Vielleicht noch ein paar mehr am Rande, so wie Michael. Aber das sind auch schon alle."

Während sie über die Schlucht flogen, steuerte David das Flugzeug wieder ganz tief nach unten. Genau unter ihnen waren das mit Stacheldraht umgebene Blockhaus einer britischen Polizeistation und die roten Dachziegel des Trappistenklosters der Sieben Qualen von Latrun zu sehen. „Wie viele Qualen warten noch auf mein Volk", fragte sich Mosche, „bevor Vorurteile und Leiden ein Ende haben?" Jeder Zentimeter dieses Gebietes hatte einmal der alten Nation Israel gehört. Genau auf der anderen Seite war das Ayalon-Tal, wo die Sonne für Joschua still gestanden hatte. Dann schlängelte sich die Straße durch das Sorek-Tal, wo Delilah geboren war und Simson die Ernte der Philister zerstört hatte, indem er Füchse mit brennenden Schwänzen in die Kornfelder jagte. Die Ruinen von Gezer, die Mitgift für die Tochter des Pharao, als sie Salomo heiratete, lagen unterhalb eines kahlen Hügels dort drüben. Wie er dieses Land liebte und auf die Verheißungen hoffte! „Wir sind ein Volk der Bibel", sagte Mosche schließlich. „Millionen sind unter den apathischen Blicken von Menschen ermordet worden, die nur sich selbst sahen. Zu bewahren, was übrig geblieben ist, sicherzustellen, dass es niemals wieder passiert – das ist meine Sorge."

„Tja", sagte David leise. „Ich wünsche Ihnen Glück dabei. Und solange ich hier bin, will ich tun, was ich kann. Aber ich habe mein Leben noch vor mir, und ich habe vier Jahre in einem blutigen Krieg gekämpft. Und ich sage Ihnen, Kumpel –" David hielt inne und beugte sich mit gerunzelter Stirn vor, um den kleinen schwarzen Punkt zu betrachten, der wie ein Käfer aus der Urzeit die Straße entlang kroch. „Was ist das?", fragte Mosche. „Der Bus von Tel Aviv?"

„Ja. Sehen Sie mal ein paar hundert Meter nach hinten. Neben der Straße in sämtlichen Felsen –"

Mosche strengte seine Augen an, um zu sehen, was Davids scharfe Augen kurz vorher ausgemacht hatten. Tief unter ihnen, wie ein Schwarm kriechender Insekten, waren mindestens hundert mit der Keffijah bekleidete Krieger, die auf den Bus warteten, der von Tel Aviv kam. Ihnen genau gegenüber, durch die Biegung der Straße dem Blick versperrt, stand eine Barrikade aus Steinen und Holz. Hinter dem Bus befand sich ein Panzerwagen, – den aber die Insassen des Busses wegen eines kleinen Hügels, der ihnen die Sicht versperrte, nicht sehen konnten, – der darauf wartete, dem Bus den Fluchtweg abzuschneiden. Wie die beiden von ihrem hohen Aussichtspunkt erkennen konnten, passierte der Bus einen arabischen Wachtposten auf einer Feisspitze. Dieser gab sofort dem Panzerwagen das Zeichen, nach vorn zu fahren und die Straße zu sperren.

„Festhalten!", brüllte David und drückte den Gashebel nach vorn. „Wir gehen tiefer, um eine bessere Sicht zu haben."

Mosche stemmte seine Füße gegen den Boden und keuchte, als der Erdboden und die Gruppe der Araber immer näher und schließlich so nahe kamen, dass er deutlich das Muster auf ihren karierten Keffijahs und die entsetzten, angsterfüllten Gesichter der Männer erkennen konnte, die in Deckung liefen. „Hochziehen!", schrie Mosche und war ganz sicher, dass sich das Flugzeug mit der Nase tief in den Erdboden bohren würde. „Hochziehen!", schrie er wieder, als die Barthaare eines Arabers deutlich zu erkennen waren und die Schreie der Männer das Röhren des Motors übertönten. David hielt seine Hände unverändert vorn. Erst als der Erdboden ganz nahe kam, riss er die Maschine wieder steil nach oben, so dass es

Mosche jäh nach hinten warf und das Fahrgestell noch den Kopf eines flüchtenden Banditen streifte.

„Iiiiiiiiiiiihaaaaaaaaaa!", rief David, während Mosche wieder zu seinem Sitz kroch. „Haben Sie das gesehen?" Er zog das klapprige Flugzeug steil nach oben und neigte es dann zur Seite, um einen besseren Überblick über das Chaos zu haben. „So ist's richtig, Mädchen", rief er und tätschelte das Armaturenbrett.

Mosche musste flüchtig daran denken, wie Ehud die „Ave Maria" streichelte und wunderte sich über das wahnsinnige Verhalten der Männer in diesem Krieg. Dann sah er auf die Araber hinunter, die mit ihren Gewehren auf die kleine blaue Piper zielten. Kleine Explosionen vor ihren Gewehrläufen ließen erkennen, dass sie tatsächlich auf das Flugzeug schossen, während sie sich noch aus dem Staub aufrappelten.

Als der Busfahrer das raubvogelähnliche Herabstoßen der Piper bemerkt hatte, hielt er zunächst den Bus kurz an, fuhr jedoch, als der Panzerwagen hinter ihnen sichtbar wurde, mit einem Ruck weiter in Richtung der Arabergruppe und der Barrikade. „Sie können die Absperrung nicht sehen!", schrie Mosche.

David kreiste mit dem Flugzeug und bemerkte kaum, wenn sich eine Kugel mit dumpfem Einschlag in den Rumpf bohrte. „Wir müssen noch mal runter", sagte er, drückte den Gashebel nach vorn und setzte zu einem noch steileren Sturzflug an als das erste Mal. „Wollen mal sehen, ob wir das Kaffeekränzchen da unten nicht sprengen können", knurrte er mit fest aufeinandergebissenen Zähnen, während er mit seiner ganzen Kraft versuchte, die Kontrolle über das kleine Flugzeug zu behalten.

Wieder kamen ihnen der Erdboden und der Feind näher und näher, während sie auf die Felsen zustürzten. Vom Panzerwagen klang das Rattern eines Maschinengewehres herüber und sättigte die Luft mit Kugeln. Die Windschutzscheibe des Flugzeugs barst, und Staub hüllte das Cockpit ein, als David im letztmöglichen Augenblick wieder hochzog und auf dem Erdboden unter sich ein Durcheinander von Jihad-Moqhaden zurückließ, die schreiend und fluchend nach ihren Gewehren suchten.

Der Bus näherte sich langsam der Absperrung; als er um die Kurve fuhr, zerrissen zwei Landminen mit dumpfem Knall die Reifen. David entzog sich dem Kugelregen, indem er höher stieg; bald konnte er den Schaden übersehen. Der Wind pfiff durch das Cockpit, und David hatte eine klaffende Wunde über dem Auge. Unter ihnen war der Bus allmählich mit Schlagseite zum Stehen gekommen, und die Araber rannten zornig mit erhobenen Gewehren darauf zu. Auf David machte die Situation unwillkürlich den Eindruck einer Wildwestszene, in der die feindlichen Indianer einen Wagenzug einkreisen.

„Funken Sie!", drängte Mosche. „Rufen Sie Tel Aviv um Hilfe."

„Sie machen wohl Witze?", erwiderte David. „Dieser Vogel hat kaum Flügel, geschweige denn Funk. Wir müssen versuchen, nach Lydda zu kommen und hoffen, dass sie so lange aushalten, bis jemand zu ihnen stoßen kann."

„Machen Sie doch noch einen Sturzflug! Jagen Sie sie weg!"

„Das Flugzeug würde das nicht aushalten. Es würde dabei zu Bruch gehen." David kämpfte mit dem Ruder und nahm Kurs auf den Flugplatz von Lydda, während Mosche sich in den Sitz neben ihm fallen ließ. Er schaute noch einmal zurück und sah, dass eine schmale schwarze Rauchwolke am Horizont aufstieg.

Die restlichen fünfzehn Minuten flogen sie schweigend. Mosche war sicher, dass er die Strecke schneller hätte laufen können als sie das verkrüppelte kleine Flugzeug fliegen konnte. Ihm war übel bei dem Gedanken, dass für den Bus jede Hilfe zu spät kommen würde.

An diesem Nachmittag war der winzige Warteraum auf dem Flugplatz in Lydda voller britischer Offiziere und jüdischer Zivilisten, die auf Nachricht über das Schicksal des Jerusalemer Busses warteten. David trank schluckweise Kaffee, während Mosche auf und ab ging und dem knackenden Radio an Bord des britischen Panzerwagens zuhörte. Als schließlich die Nachricht kam, fiel ein bärtiger Mann leise schluchzend in sich zusammen. „Keine Überlebenden. Zweiunddreißig Menschen ums Leben gekommen, soweit wir feststellen konnten."

16. Im Kibbuz

Rachel starrte auf die Latte der Schlafkoje über sich. Von draußen war ein monotones Bum, Bum, Bum zu hören, weil ein Kind einen Ball gegen die Wand der Mietskaserne warf. Sie zählte bis einhundertzehn, dann gab sie es auf. Ein paar Frauen, Überlebende von Dachau, saßen am anderen Ende des Raumes in der Nähe des Ofens und tuschelten leise miteinander, während sie von Zeit zu Zeit verstohlene Blicke in ihre Richtung warfen. Worte wie „Verräterin" und „Hure" klangen zu ihr herüber, und Rachel fragte sich, warum sie sich überhaupt die Mühe machten, leise zu sprechen. Sie wusste ohnehin, dass sie das Thema ihres Gespräches war. Diese Frauen hatten ihr Leiden überstanden und lebten treu dem Gesetz, das den Tod über die Tugend setzt. Rachel hingegen hatte zwar ihr eigenes Leben gerettet, dafür aber ihre Seele bei dem Handel verpfändet.

Sie blickte sich seufzend in der trüben Notbehausung des Kibbuz um. Zweifellos herrschte hier eine Sauberkeit, die mit dem Schmutz der Flüchtlingslager nicht zu vergleichen war. Aber Rachel hätte gerne gewusst, ob sie jemals wieder in einem richtigen Bett schlafen oder ihren eigenen Abendbrottisch decken würde; ob sie jemals wieder ihr Haar vor einem Spiegel kämmen könnte, in dem sich nicht gleichzeitig die Gesichter von einem Dutzend anderer Frauen spiegelten, die sich davor drängten? Ja, der Netanya Kibbuz war sauber, und das Essen war gut, aber er war kein Zuhause – jedenfalls nicht, solange über das Brandzeichen auf ihrem Arm getuschelt wurde. Man nannte sie eine Hure und ließ sie links liegen. Die Sabras, die in Palästina geborenen Jüdinnen, hatten zwar ein Lächeln für sie übrig und sprachen freundlich mit ihr, aber nur aus Mitleid. Auch sie sahen niemals den Menschen in ihr, der unter dem unlöschbaren Zeichen der SS lebte.

Sie stand auf und ging langsam mit niedergeschlagenen Augen an der Gruppe der flüsternden Frauen vorbei. „Seht mal", sagte eine gerade so laut, dass sie es hören konnte, „die Hure ist endlich aufgestanden." Die Frauen kicherten und gaben die Bemerkung in der

Runde weiter. Benommen vor Trauer lächelte Rachel einer schmächtigen, zerbrechlich wirkenden jungen Frau zu, die ein Baby auf ihrem Schoß hopsen ließ. Doch Verachtung war auf dem Gesicht der jungen Frau ablesbar, und sie rief Rachel zu: „Das Geschäft geht wohl schlecht, seit du nach Palästina gekommen bist, was?" Als Rachel den Kopf abwandte und eilig nach draußen ging, brach die Gruppe in schallendes Gelächter aus. Aber das Gespött folgte ihr bis hinaus in den hellen Sonnenschein, wo Kinder fröhlich durch die geordneten Reihen von Wellblechbaracken rannten und Fangen spielten. Ein kleiner Junge, der seinem Verfolger ausweichen wollte, rannte ihr dabei mit dem Kopf voran zwischen die Beine. Er schlug sich auf dem Boden das Kinn auf und rief heulend nach seiner Mutter.

Rachel kniete sich nieder, um ihm aufzuhelfen. „Bist du verletzt?", fragte sie und klopfte ihm den Schmutz von seiner zerlumpten Hose. „Mama!", heulte er. „Ich will zu meiner Mama!"

„Ist ja schon gut." Sie legte ihre Hand auf sein lockiges Haar und schaute sich sein Kinn an. „Nur ein Kratzer. Bloß ein kleiner Kratzer. Es wird schon wieder gut", meinte sie lächelnd.

Gleich darauf hörte sie hinter sich von der Tür ihrer Mietskaserne einen schrillen Schrei: „Samuel!"

Als Rachel sich umwandte, sah sie, wie die schmächtige Frau ihr Baby einer anderen Frau übergab und dann zu ihr und dem Kleinen lief. Als der Junge seine Mutter sah, weinte er noch lauter. „Mama! Die hat mich umgerannt. Die Frau hat mir ein Bein gestellt und mich umgeworfen!" Als sich eine kleine Gruppe von zornigen Frauen um sie versammelte, versuchte Rachel sich zu verteidigen: „Er ist beim Spielen in mich hineingerannt –"

„Lassen Sie meinen Sohn in Ruhe!", schrie die Mutter. „Nehmen Sie Ihre dreckigen Hände von meinem Sohn!"

„Aber ich …" Rachel wollte etwas erwidern, doch die Frau packte sie und warf sie zu Boden. Anschließend spuckte sie ihr ins Gesicht. Zuletzt schnappte sie sich den immer noch wimmernden Jungen und eilte mit ihm in die Baracke zurück.

Rachel wischte sich den Speichel von der Wange und schloss kurz die Augen, um ihre Tränen zu unterdrücken. Ein Dutzend anderer neugieriger Lagerbewohner sah schweigend zu, wie sie sich von dem staubigen Boden erhob. Danach wandten sich nacheinander alle von ihr ab und gingen davon, die Arme schützend um die Schultern ihrer Kinder gelegt; sie durften nicht mit ihr sprechen, ja noch nicht einmal von ihrem Schatten berührt werden. Nur ein mageres schüchternes Mädchen von achtzehn oder neunzehn Jahren wagte es, das Schweigen zu brechen. Sie strich sich ihre dunklen Haarsträhnen aus dem Gesicht, starrte Rachel mit großen braunen Augen an und flüsterte: „Alles haben wir im Lager getan, um zu überleben." Ihr Blick wurde magisch von der Tätowierung auf Rachels Unterarm angezogen. „Aber das – das niemals."

„Dies ist immer noch ein Todeslager", dachte Rachel, „und ich bin darin lebendig begraben". Denn in den Augen ihres Volkes war sie gestorben und hatte ihre Seele verloren, weil sie dem Feind ihren Körper als Gegenleistung für ihr Leben verkauft hatte. Sie hatte nur noch die eine Hoffnung, dass ihr Großvater immer noch in Jerusalem lebte, dem Ort, von wo sie zuletzt etwas von ihm gehört hatte. Als sie mit hoch erhobenem Kopf zu ihrer Schlafkoje zurückging, sagte sie sich, dass sie nichts mit den anderen Überlebenden gemein hatte. Denn sie hatte Familie in Jerusalem. Sie hatte eine Familie, und die Jewish Agency würde ihr helfen, ihren Großvater zu finden, der Lehrer an einer Jeschiva-Schule in der Altstadt war. Dann würde sie heimkehren.

* * *

Knappe zwei Stunden vorher war David in Richtung Netanya Kibbuz, Haifa und Jerusalem abgeflogen und hatte Mosche auf dem Flugplatz von Lydda zurückgelassen. Den von Kugeln durchsiebten Flugzeugrumpf, in dem sie hergeflogen waren, hatte man schnell in einen kleinen Wellblechhangar am Rande von Lydda gebracht und ein neues Flugzeug, bis auf die Kenn-Nummer identisch mit dem vorigen, für David auf die Rollbahn geschoben, damit er seinen Flug fortsetzen konnte. Zehn weitere Flugzeuge, bis hin zur Kenn-Nummer VAL 572 völlig gleich, standen über das ganze Land verteilt in Scheunen an den Behelfslandeplätzen in der Nähe von Kibbuzim. „Wenn die Briten jemals zwei von den Flugzeugen gleichzeitig ausmachen, werden sie glauben, dass sie doppelt sehen", hatte Michael erklärt. „Wir wollen nämlich nicht jeden wissen lassen, dass wir eine Luftwaffe haben – selbst wenn sie nur aus Pipern besteht."

Die Sonne hatte gerade den Horizont erreicht, als eine DC-4 der Swiss-Air auf der Rollbahn von Lydda landete. „Ja, das ist genau die Art von Maschine, die wir brauchen", dachte Mosche, als er das Flugzeug der Linie 442 über den Orangenhainen abheben und langsam auf das Meer hinter Tel Aviv zufliegen sah.

Mosche wusste, dass Tel Aviv nur sieben Flugstunden von Paris und noch einmal fünfzehn Stunden von New York entfernt war. Morgen um diese Zeit würde der Express-Postsack, den er zum Zentralbüro der zionistischen Bewegung in New York geschickt hatte, in den Händen fähiger Männer sein, die mit seinem Inhalt sehr sorgfältig umgehen würden.

Die Bruchstücke und die Fotografien von der Schriftrolle würden zur Datierung zur Johns-Hopkins-Universität nach Baltimore gebracht werden. Und Ellies Schnappschuss von dem sterbenden Schneider auf der Princess Mary Avenue würde, mit einem ausführlichen Bericht versehen, auf dem Schreibtisch des Verlegers des Life-Magazins landen. Die Presse würde schon wissen, was damit zu tun sei. Er hoffte, dass sich die Welt binnen einer Woche darüber im Klaren sein würde, dass die Todeslager der Nazis nicht das Ende des jüdischen Kampfes ums Überleben waren.

„Gott", flüsterte Mosche, als das Flugzeug nur noch ein winziger Punkt am dunkler werdenden Himmel war, „lege ein Wort für uns ein!"

Captain Luke Thomas zupfte an seinem gepflegten Schnauzbart, rieb sich die Stirn und betrachtete eingehend den Schnappschuss, den Ellie bei dem Aufruhr von Hassan gemacht hatte. Schließlich räusperte er sich und legte das Bild auf Howards Schreibtisch. „Können Sie mir sonst nichts über den Kerl sagen?", fragte er und schaute Howard, Ellie und David der Reihe nach an.

„Wir dachten, Sie müssten in der Lage sein, uns etwas zu berichten", meinte David, und seine Augen blitzten vor Ungeduld.

„Wir haben eine gründliche Untersuchung durchgeführt, Mr. Meyer. Der Mann gehört nicht der palästinensischen Polizei an, und dies ist auch niemals der Fall gewesen."

„Aber die Uniform ...", begann Ellie und beugte sich in dem großen Ledersessel vor.

„Unglücklicherweise, Miss Warne", – der freundliche Captain zupfte wieder an seinem Bart, – „besagt eine Uniform weiter nichts, als dass ein geschickter Schneider am Werke war."

„Tatsächlich?", fuhr David auf. „Was sind Sie dann also?"

Howard sah ihn mit einem mahnenden Blick an und meinte dann zum Captain gewandt: „Luke, ich habe dich in die Sache einbezogen, weil ich einfach nicht sicher bin, was das alles bedeutet. Frei heraus gesagt wollten wir niemand anderen einbeziehen, bevor wir nicht sicher sein konnten, dass der Mann tatsächlich nicht der Mandatsregierung angehört."

„Das verstehe ich, Howard", nickte Luke. „Heutzutage ist es schwierig zu entscheiden, wem man trauen kann. Die gesamte Führung ist völlig gespalten. Ganz unter uns gesagt, hat der Außenminister ein fürchterliches Chaos aus der ganzen Sache gemacht."

David unterbrach ihn: „Wer also ist dieser Kerl, und warum war er hinter Ellie her? Ich meine, warum denn ausgerechnet hinter ihr?"

Luke lehnte sich zurück, zog eine große, dunkle Bruyèrepfeife hervor und füllte sie sorgfältig mit einem schwarzen Tabak. „Miss Warne", begann er und schenkte Davids Aggressivität keine Beachtung, „ich habe die Fotografie verschiedenen Beschäftigten der Hadassah-Kliniken gezeigt. Niemand erinnert sich, den Mann in der Nacht gesehen zu haben, in der der Junge angegriffen wurde. Aber Jakov selbst sagt, die Stimme wäre ihm bekannt vorgekommen. Ich habe so ein Gefühl, als ob der Mann auf der Kinderstation und der Mann, der Sie verfolgt hat, ein und derselbe sind." Luke lächelte ihr zu und drückte den Tabak in seiner Pfeife fest. „Es gibt da zumindest eine Verbindung."

„Aber ich habe Ihnen doch gesagt, dass ich den Jungen erst in der Nacht der Teilung kennen gelernt habe."

„Und das Kind ist ein Taschendieb und kein Agent", unterbrach David wieder.

„Wir sind im Augenblick noch nicht sicher, was er wirklich ist", erwiderte Luke. „Aber auf jeden Fall steht die Kinderstation nun unter Bewachung." Er zündete ein Streichholz an und zog kräftig an seiner Pfeife. „Vielleicht sollten auch Sie bewacht werden?"

„Wir sind gerade dabei, alles in die Wege zu leiten, damit Ellie innerhalb der nächsten Woche in die Staaten abreisen kann, Luke", meinte Howard unaufgefordert und mit einem Seitenblick auf Ellie, die bedrückt die Stirn runzelte und unruhig auf ihrem Stuhl hin und her rutschte. „Bis sie abreist, wäre das vielleicht keine schlechte Idee."

„Aber ich –", protestierte Ellie.

„Miss Warne, es ist kein Geheimnis, wie Ihr Onkel über die Gründung einer jüdischen Heimstätte hier in Palästina denkt. Ich muss gestehen, dass ich seine Ansichten teile, und ich stehe mit meiner Meinung nicht allein in der Reihe der britischen Offiziere hier in Palästina. Dieser Bursche" – er wies mit seiner Pfeife auf die Fotografhie von Hassan – „gehört nicht zu uns. Wir wissen allerdings nicht, was er zu gewinnen hofft, indem er Sie verfolgt. Gibt es irgendetwas, das Sie uns noch nicht gesagt haben? Irgendeine politische Betätigung während Ihres Aufenthaltes in Palästina?" Dann schaute er Howard an. „Oder vielleicht sollte ich lieber dich fragen, Howard? Wenn dieser Bursche ein arabischer Agent ist, – und ich vermute, dass dies die einzige Antwort auf die Frage nach seiner Identität ist – warum sollte er deine Nichte verfolgen?"

„Ich bin nur Archäologe – momentan jedenfalls. Meine politischen Aktivitäten können zum jetzigen Zeitpunkt nicht anders ausgelegt werden, wenn es das ist, worauf du anspielst. Ich bin kein Mitglied der Haganah. Wenn du mich jedoch wieder fragen solltest, nachdem das Mandat abgelaufen ist ..." Er brach ab und lächelte breit.

„Du und leider auch ein Viertel der britischen Soldaten, die hier stationiert sind", sagte Luke. „Und die andere Hälfte wird der arabischen Legion beitreten." Hierauf schaute er David, der mit ernster Miene dabeisaß, fest an. „Und wie steht's mit Ihnen, Mr. Meyer?"

David brummte zynisch. „Sie wissen ganz genau, dass ich Pilot bei der Jewish Agency bin", entgegnete er streitlustig. „Das ist doch nicht verboten, oder?"

„Nein", – Luke zündete ein weiteres Streichholz an – „ebensowenig wie meine Frage." Dann wurde sein Gesicht ernst, und er sah David prüfend an. „Sie waren es, der den Überfall auf den Bus gestern festgestellt hat. Ich habe die Meldungen gelesen. Scheußlich!"

„So kann man es wohl nennen." Davids Blick verriet Erregung. „Hören Sie, ich weiß nicht, was mit Ellie wird, aber bis wir hier heraus sind ..."

Ellie war plötzlich verärgert über Davids Hinweis auf ihre Abreise. „Ich habe mit niemand Kontakt gehabt, der auch nur im entferntesten mit der Haganah in Verbindung steht, Captain Thomas", sagte sie. „Aber nach all dem, was ich in den letzten Wochen erlebt habe, versichere ich Ihnen, dass ich nicht in die Staaten zurückkehren werde, wenn ich auch nur die geringste Gelegenheit sehe, der Organisation in irgendeiner Weise zu helfen."

„Worauf wollen Sie hinaus?", fragte David den Captain.

„Die Sache ist die", antwortete der hagere, sonnengebräunte Captain, „dass Sie aus irgendeinem Grunde von gefährlichem Interesse für die anti-zionistische Bewegung in Palästina sind. Ich glaube nicht, dass sie Sie aufs Geratewohl ausgesucht haben. Ganz sicher gibt es ein Motiv für dieses Vorgehen."

„Könnten es die Schriftrollen sein?", fragte Ellie.

„Ausgeschlossen." Onkel Howard spielte gedankenverloren mit dem Bleistift. „Sie können im Augenblick noch keine Vorstellung von ihrer politischen Tragweite haben."

„Sie treffen sich regelmäßig mit einem Mann", meinte Luke forschend. „Mosche Sachar. Haben Sie eine besondere gefühlsmäßige Beziehung zu ihm?"

Howard gähnte und streckte sich. „Das ist eine kalte Spur, Luke. Mosche interessiert sich nur für die Politik der alten Assyrer."

„Ich dachte nur, man kann ja mal fragen", entgegnete Luke, der gutgelaunt seine Pfeife paffte und einen schnellen Blick auf David warf.

Dieser starrte Ellie an und merkte, dass sie rot anlief, als Mosches Name erwähnt wurde. Eine Welle der Eifersucht durchfuhr ihn so heftig, dass er den Drang verspürte, ans Bücherregal zu gehen und vorzugeben, die Buchtitel zu lesen, während das Gespräch hinter ihm seinen Fortgang nahm.

„Was immer Sie denken mögen", Ellie warf ihr Haar zurück und streckte ihr Kinn vor, „Mosche ist der letzte in Palästina, der für irgendjemand eine Bedrohung darstellen würde. Schon gar nicht für die Araber. Solange seine Arbeit nicht beeinträchtigt wird, kann die Welt um ihn herum zusammenfallen. Das einzige, was er dann tun würde, wäre, auf Tontäfelchen Nachrichten für die Archäologen zu hinterlassen, die hier vielleicht in ein paar tausend Jahren Ausgrabungen machen."

„Und wo ist Professor Sachar jetzt?"

„In Universitätsangelegenheiten unterwegs", sagte Howard und richtete seine Augen starr auf David, als wollte er dessen Gedanken lesen. „Das stimmt doch, David?"

David wandte sich um und lehnte sich gegen das Bücherregal. „Ich weiß nicht", meinte er. „Ich bin nur der Chauffeur." David war sich jetzt sicher, dass es Ellies Verbindung zu Mosche war, die sie in diese tödliche Gefahr gebracht hatte. Er ballte seine Fäuste und wandte sich erneut dem Bücherregal zu. Da Ellie um Mosches Verbindung zur Haganah nichts wusste, würde sie in fünf Tagen das Flugzeug in die Staaten besteigen. In der Zwischenzeit musste er den Mund halten. Und Mosche würde sich erst mit den Arabern befassen, wenn er Ellie sicher auf die Reise geschickt hatte. „Sachar ist in meinen Augen ein richtiger Fachidiot", sagte er. „Ich möchte keine Beleidigungen äußern, Professor. Aber das einzige, worüber er sich unterhalten wollte, war dieses archäologische Zeugs. Als die Araber den Bus angriffen, hat er vor Angst in die Hosen gemacht, der Arme." Er drehte sich um und blinzelte Ellie zu, die vor Scham und Verwirrung über Mosches Verhalten wegschaute.

„Sehen Sie, Captain", sagte er. „Dieser Weg ist eine Sackgasse."

* * *

Auf einem Felsen sitzend, schirmte Rachel ihre Augen gegen die späte Nachmittagssonne ab und schaute prüfend in die Himmelsrichtung, aus der sie das Dröhnen eines Flugzeugmotors hörte. Dann sackte sie in sich zusammen und kaute nervös an ihren Fingernägeln. Heute war wieder Posttag. Und während sie am Horizont das kleine blau-weiße Flugzeug ausfindig zu machen versuchte, begann ihr Puls in der Erwartung zu rasen, dass sie heute vielleicht Nachricht von ihrem Großvater aus Jerusalem erhalten würde. „Inzwischen", dachte sie hoffnungsvoll, „muss die Jewish Agency ihn ausfindig gemacht haben; inzwischen wird er wissen, dass ich lebe und ihn suche."

Mit dem Größerwerden des kleinen Fleckes am Himmel wuchs auch ihre Aufregung. Allerdings war sie bestrebt, sie hinter äußerer Gelassenheit zu verbergen. Zu spät hatte sie erkannt, dass sich die anderen im Lager über ihre Hoffnung nur lustig machten; die meisten bezweifelten, dass sie tatsächlich Familie hatte. Zwei Frauen, mit denen sie einen kleinen Winkel in der Mietskaserne teilte, gingen kichernd vorbei und musterten sie von oben bis unten. Rachel senkte hastig die Augen.

„Wartest du immer noch auf deinen kostbaren Brief, liebe Rachel?", spottete die eine der beiden.

Als Rachel nicht antwortete, höhnte die andere: „Nein, sie wartet auf den Piloten. Vielleicht ist er ein zahlender Kunde."

Rachel stand abrupt auf und ging zum Versammlungsraum des Kibbuz, während das monotone Brummen des Motors lauter wurde. Gerade als sie bei den schweren Doppeltüren des Gebäudes ankam, flog das Flugzeug so dicht über den grasbewachsenen Platz, dass sein Schatten auf Rachel fiel. Sie drehte sich ungestüm um und verfolgte, blinzelnd in der Sonne stehend, wie der hellblaue Rumpf langsam über der Behelfslandebahn des Kibbuz kreiste und dann schließlich landete. Außer den diensthabenden bewaffneten Wachposten im Umkreis des Kibbuz ließ jedermann seine Arbeit liegen und lief eilig herbei, um die zerbrechliche kleine Maschine und ihren Piloten zu begrüßen. Nur Rachel drehte sich um und ging in den leeren Versammlungsraum, um dort allein auf den Postaufruf zu warten.

Der Betonboden hallte von ihren Schritten wider. Sie goss sich eine Tasse Kaffee ein und zog sich dann eine lange Holzbank heran, um sich zu setzen. An der Stirnseite des weißen Tisches hatten zwei Verliebte ihre Initialen in ein Herz graviert. Rachel zeichnete wehmütig mit dem Finger das Herz nach und sann darüber nach, wie es wohl sein würde, einen Mann zu lieben und von ihm geliebt zu werden. Dann wurden die Türen mit lautem Getöse aufgestoßen, und die Menge schob sich hinter David Meyer, dem hochgewachsenen amerikanischen Piloten, herein. Als ob sie ihre Gedanken verbergen wollte, stellte Rachel ihre Kaffeetasse schnell auf die Initialen.

Mit dem Postsack über der Schulter ging David laut lachend in die Mitte des Raumes. Dort warf er den Sack auf den Tisch und setzte sich lässig auf eine Bank.

„Heh! Wie steht's mit 'nem Kaffee für den Postboten?", rief er scherzend.

Eins der Sabramädchen schenkte eine Tasse ein und stellte sie ihm hin. Unterdessen begannen zwei Männer damit, das Bündel Briefe durchzusehen und die Namen der Leute aufzurufen, die sich versammelt hatten, um ihre Post entgegenzunehmen. Rachel hörte nicht auf, den Tassenrand anzustarren und nervös mit dem Zeigefinger an den Griff zu klopfen.

Ein Name nach dem anderen wurde aufgerufen. Als dann die Päckchen und Briefe ausgeteilt wurden, erfüllten Freudenrufe den Raum. Rachel schluckte schwer, als der letzte Name aufgerufen wurde, ohne dass sie genannt worden war. Sie nippte an ihrem kalten Kaffee und fing einige Gesprächsfetzen in ihrer Nähe auf. „Sieht so aus, als wollte der Mufti die Altstadt zuerst erwürgen", hörte sie David zum Kibbuzsprecher sagen. „Anschließend will die arabische

Legion der ganzen Stadt an den Kragen. Ich weiß nicht, wie lange wir noch ungehindert aus und ein können."

Rachel wurde von Panik ergriffen. Jerusalem nicht mehr erreichen zu können, würde bedeuten, dass sie ihres Lebensinhaltes beraubt wäre. „Da muss irgendein Versehen passiert sein", dachte sie. „Vielleicht liegt der Brief doch noch ganz unten im Postsack. Vielleicht ist er übersehen worden."

Sie erhob sich und verbarg ihre zitternden Hände tief in ihren Taschen. Nach einem Moment des Zögerns ging sie langsam an den Tisch, an dem David saß und sich, Kaffee trinkend, mit einigen anderen Männern und zwei Sabrafrauen unterhielt. Schweigend blieb sie neben ihm stehen, bis das Gespräch versiegte und man auf sie aufmerksam wurde.

„Entschuldigen Sie", sagte sie stockend. David wandte sich brüsk zu ihr um; doch dann, als er ihre Schönheit wahrnahm, umspielte ein Lächeln seine Lippen.

Er stieß einen leisen Pfiff aus und rempelte den Mann neben sich an. „Da habt ihr mir aber was verheimlicht", meinte er lachend. „Wo habt ihr denn all die flotten Bienen her? Was hast du denn heute Abend vor, Süße?"

Die beiden Frauen am Tisch wechselten einen Blick, und die Männer sahen befangen auf ihre Hände. Als David die veränderte Stimmung bemerkte, fragte er lächelnd: „Was habt ihr denn?"

„Entschuldigen Sie bitte", Rachel wandte sich zum Gehen. „Ich hätte Sie nicht unterbrechen sollen."

„Nun mal langsam, meine Hübsche!" David sprang auf und griff nach ihrem Arm.

Rachel starrte noch immer auf den Riss im Betonboden. Sie war sich darüber bewusst, dass mittlerweile fast alle Augen im Versammlungsraum auf sie und den Piloten gerichtet waren. „Bitte", sagte sie leise, indem sie sich ihm entzog. „Es tut mir leid."

Ohne ihr Handgelenk freizugeben, entgegnete er mit belegter Stimme: „Nein, mir tut es leid. Ich meine, ich ... Ich hab' nur Spaß gemacht, wissen Sie?"

„Schon gut", erwiderte sie.

„Kann ich Ihnen irgendwie behilflich sein?", fragte er zuvorkommend, während er sie zur Bank zog. „Möchten Sie einen Kaffee?"

Immer noch, ohne ihm direkt ins Gesicht zu sehen, suchte sie nach Worten. „Ich warte, wissen Sie. Auf einen Brief von der Jewish Agency in Jerusalem. Wegen meiner Familie."

David nickte. „Und er ist heute nicht mitgekommen?"

Rachel sah ihn an. „Ich dachte, er sei vielleicht im Postsack geblieben."

„Klar", meinte David aufmunternd, weil er Mitleid mit dem Mädchen empfand, das so hoffnungsvoll und doch so verzagt war. „Wir sehen noch mal nach. Wie heißen Sie?"

„Rachel Lubetkin." Sie buchstabierte den Namen langsam, während er die Taschen öffnete und darin herumstöberte.

„Es tut mir leid", meinte er schließlich und schüttelte die Taschen aus. „Das war's."

Sie sah wieder auf ihre Hände und versuchte zu lächeln. „Ja", sagte sie steif und versuchte die Tränen der Enttäuschung zu unterdrücken. „Haben Sie vielen Dank." Sie wollte aufstehen, aber David berührte wieder ihren Arm.

„Vielleicht nächstes Mal, ja?", meinte er mit einem aufmunternden Lächeln.

„Vielleicht."

„Tja, hm, gut. Kann ich noch was für Sie tun?"

Rachel legte ihre Hände fest in ihrem Schoss zusammen. „Könnten Sie ...", begann sie zögernd. „Würden Sie für mich einen Brief persönlich bei der Agency vorbeibringen? Vielleicht, dass Sie jemand auf mich aufmerksam machen könnten. Ich habe dort Familie. In Jerusalem, wissen Sie. Einen Großvater in der Altstadt", erklärte sie hastig.

„Klar. Haben Sie ihn hier? Haben Sie den Brief bei sich? Dann nehme ich ihn mit."

„Er ist im Haus." Rachel stand auf und schaute David dankbar an, bevor sie zu ihrer Schlafkoje in der Mietskaserne lief. Dort riss sie ein Blatt Papier von ihrem Notizblock und steckte es in den Briefumschlag, der an die Jewish Agency gerichtet war.

„Schon wieder ein Brief, Rachel?", meinte eine ihrer Kameradinnen mit geheuchelter Sympathie. „Sag mir bloß nicht – schon wieder keine Nachricht aus Jerusalem?"

Während Rachel den Brief zuklebte, sah sie die Frau unverwandt an. Dann machte sie auf dem Absatz kehrt und rannte zum Versammlungsraum. Sie öffnete die Tür und wartete einen Augenblick befangen, während sie die beiden Frauen beobachtete, wie sie David über ihre besondere Vergangenheit als Nazi-Prostituierte aufklärten. Nachdem die eine sie an der Tür gesehen hatte, brachte sie ihre Nachbarin durch einen Rippenstoß zum Schweigen. Peinlich berührt starrten die beiden Rachel an. David drehte sich um und schaute die schöne junge Frau mitleidig an.

Rachel wurde ganz starr. Sie trat einfach einen Schritt zurück und schloss die Tür. Sie presste den Brief an sich und lief trübsinnig, in einem Gefühl völliger Verlassenheit, über den Platz. Aber verlassen hatte sie sich auch vorher schon gefühlt, und dennoch hatte sie gelebt – oder jedenfalls überlebt.

Da hörte sie Schritte hinter sich. „Heh, Rachel Lubetkin", rief eine fröhliche Stimme. Sie ging weiter, ohne sich umzudrehen. Doch David fasste sie am Ellenbogen und drehte sie herum. „Heh", sagte er und blickte ihr dabei lächelnd in die Augen, „wollten Sie mir nicht einen Brief mitgeben?"

* * *

Mosche beobachtete amüsiert, wie Ehud seine dritte Portion Käseblintsen aufaß, sich dann den Mund am Ärmel seines roten Flanellhemdes abwischte und laut rülpste.

„Mir wird ganz warm ums Herz, Ehud", gurrte Fanny Goldblatt liebevoll, „wenn ich für einen Mann kochen kann, der gerne isst." Sie goss Ehud, Mosche und Dov Yori, dem Chef des Geheimdienstes der Haganah, die sich alle in ihrer Tel Aviver Wohnung getroffen hatten, noch einmal Kaffee nach. „Eines Tages werde ich dich heiraten, Fanny." Ehud rülpste wieder und schob seinen Teller weg.

„Nur, dass du dich innerhalb einer Woche totessen würdest", lachte Mosche.

„Jetzt kocht sie noch umsonst für dich, Ehud. Wenn du erst mal verheiratet bist, dann musst nämlich du die Rechnung beim Kaufmann bezahlen", scherzte Dov und duckte sich, als Fanny ausholte, um ihm einen Klaps auf seine glänzende Glatze zu geben.

Fanny ließ sich an dem großen, dunklen Eichentisch nieder und faltete ihre Hände vor sich. „Und wie kommst du dazu anzunehmen, dass ich einen solchen Gorilla überhaupt haben möchte?" Sie schob ihre Unterlippe in gespielter Entrüstung vor. „King Kong würde meine Mahlzeiten essen und nicht halb so schlecht dabei riechen."

„Deshalb ist er doch zur See gegangen", fügte Mosche grinsend hinzu. „Die Sardinen merken das nicht."

„Wohl aber die Flüchtlinge!", meinte Dov klagend.

„Immerhin bringe ich sie sicher an Land", murrte Ehud.

„Was ich dich noch fragen wollte, mein lieber Mosche", unterbrach Fanny. „Hast du eigentlich schon wieder von dieser Schönheit, Rachel Lubetkin, gehört?" Sie zog ihre Brauen hoch.

Mosche schaute sie überrascht an und wechselte dann achselzuckend das Thema. Seitdem er ihr das letzte Mal begegnet war, hatte er sich verboten, an die schöne junge Frau zu denken. Jetzt, da ihr Name gefallen war, war er plötzlich so verwirrt, als könnte jemand die Gedanken erraten, die er sich über sie gemacht hatte. „Also", sagte er, „wollen wir nun den Transport besprechen oder nicht?"

„Gut, gut". Dov schob seinen Stuhl vom Tisch zurück. „Dann wollen wir mal."

„Das wird wohl für eine Zeitlang meine letzte Fahrt gewesen sein. Ich bleibe in Jerusalem." Mosche trank einen Schluck Kaffee. Als er noch etwas Zucker nahm, fragte er sich, wie schwierig es wohl in einigen Wochen für die Juden in Jerusalem sein würde, Zucker oder Kaffee zu bekommen.

„Dann wollen wir, meine kleine Geliebte und ich, dafür sorgen, dass es heute Abend eine gute Fahrt wird", versprach Ehud.

Dov räusperte sich und schaukelte unter Fannys missbilligendem

Blick auf den hinteren Stuhlbeinen, wobei er sich an der Tischkante festhielt. „Auf dieser Fahrt bringen wir eine größere Gruppe halbwüchsiger Jungen mit", erklärte Dov. „Im Wehrdienstalter. Sobald sie vom Schiff sind, fangen wir mit der Ausbildung an."

Mosche nickte zustimmend. „Wieviele?"

„ Soviele ihr auf dem Schiff zusammenpferchen könnt, wie?", meinte Dov. „Wir haben nur herausgefunden, dass es ein Problem bei der Sache gibt." Er zögerte. „Einige unserer Passagiere sind möglicherweise Spitzel."

„Britische?", brummte Ehud, und Mosche stellte sich vor, wie sich Ehuds Nackenhaare schon bei dem Gedanken daran sträubten wie bei einem wütenden Hund.

„Einige davon", sagte Dov, und sein Stirnrunzeln ließ die Furchen seines vollen Gesichtes noch tiefer erscheinen. „Der amerikanische Geheimdienst hat uns dabei etwas geholfen. Fragt mich nicht, warum oder wie. Aber es ist ein Mann dabei, nach dem wir besonders Ausschau halten müssen. Der Geheimdienst selbst sucht ihn bereits seit achtzehn Monaten." Dov fuhr in seine Tasche und zog eine verblasste Fotografie hervor. Er starrte sie an und warf sie dann über den Tisch zu Mosche. „Er war Mitglied eines SS-Sabotagetrupps und Sprengstoffexperte, bis er einen anderen Offizier wegen eines Mädchens in einem Bordell ermordete. Seine Mutter war eine moslemische Araberin und sein Vater Deutscher. Dieser Kerl ist schon mit dem Hass auf Juden großgeworden. Kein Wunder bei einer solchen Kombination, nicht wahr?"

Mosche betrachtete das scharfkantige Gesicht und den vorstehenden Unterkiefer. Die kalten blauen Augen machten selbst auf dem Bild einen grausamen Eindruck. Der einzige Hinweis auf das arabische Blut des SS-Offiziers war seine große gebogene Nase. Mosche hatte das unbestimmte Gefühl, dass er den Mann schon einmal gesehen hatte.

„Warum sollen wir ihn denn suchen?"

„Er ist Terrorist – dafür ausgebildet und erzogen. Die Amerikaner glauben, dass er für eine Reihe von Gräueltaten verantwortlich ist. Sie hätten ihn gerne bei den Nürnberger Prozessen angeklagt. Aber unglücklicherweise haben ihn die Nazis, nachdem er seinen Offizierskameraden aufgeschlitzt hatte, nach Ravensbrück gesteckt."

„Ravensbrück?", fragte Ehud und schnappte ungläubig nach Luft. „Zusammen mit jüdischen Gefangenen?"

Dov nickte. „Das ist Gerechtigkeit, wie sie im Buche steht, nicht? Dort haben sie ihn bis zum Ende des Krieges schmoren lassen. Fünf Monate zwischen seinen eingeschworenen Feinden."

„Und jetzt?", fragte Mosche mit einem Gefühl wachsenden Unbehagens. „Man hat seine Spuren bis in den Süden von Jugoslawien verfolgt. Die Amerikaner glauben, dass er vielleicht versuchen wird, sich als Jude auszugeben, um auf eins unserer Schiffe zu kommen und sich nach Palästina einzuschmuggeln. Sein Name ist Friedrich Ismael Gerhardt. Der Name spielt aber gewiss keine Rolle. Denn mit Sicherheit wird er eine andere Identität annehmen. Aber die Nummer der Tätowierung ist 346686; wenn ihr also jemanden seht, der ihm ähnelt, dann überprüft die Nummer."

Mosche reichte die Fotografie an Ehud weiter, der sie genau studierte und dann brummend zu Mosche zurückwarf. „Woher wollt ihr wissen, dass er nicht schon im Land ist?"

„Das wissen wir auch nicht. Wir nehmen nur an, dass er in den Kern von Jerusalem und zu des Muftis Gnaden vorstoßen will. Er hatte nämlich einen Freund, einen Araber, mit dem er auf der Kommandoschule war. Ich bin sicher, dass du dich noch vom sechsunddreißiger Aufstand her an ihn erinnerst, Mosche."

Mosche beugte sich vor und stützte seine Arme auf den Tisch. „Wen meinst du?"

„Ibrahim El Hassan."

17. Ellies Entscheidung

Jakov brannten Tränen der Freude in den Augen, als Ellie ihm von Schaul erzählte. „... und Miriam schimpft mit ihm, aber wenn sie glaubt, dass niemand merkt, dass sie ihm Fleischreste zuschiebt, täuscht sie sich."

„Genau wie Großvater!", lachte er glücklich. „Immer schimpft er, aber dann streichelt er ihn wieder und krault ihm die Ohren." Plötzlich überkam ihn starkes Heimweh, und alles, was er sich wünschte, war, Großvater und Schaul noch einmal zu sehen. Nur sehen.

„Es wird nicht lange dauern, weißt du, und ihr seid alle wieder zusammen. Der Doktor müsste gleich hier sein, und dann kann er dir selbst alles genau erklären. Er hat Mosche und mir gesagt, dass es gut aussieht."

Ein zur Glatze neigender englischer Arzt im weißen Kittel mit einem schmalen Lippenbart zog den Vorhang zurück und sagte fröhlich in distinguiertem englischen Akzent: „Wirklich ziemlich gut."

Jakov wandte seinen Kopf in die Richtung, aus der die Stimme kam. „Sie haben Schaul gefunden, Herr Doktor!", rief er aufgeregt. „Er ist bei Miss Ellie zu Hause."

„Und bestimmt isst er Ihnen die Haare vom Kopf!", meinte der Arzt und schaltete das Deckenlicht aus – und eine trübe Nachttischlampe ein. „Heute machen wir einen Verbandswechsel und lassen dich ein paar Minuten lang sehen, während wir nachschauen, wie gut alles bis jetzt verheilt ist."

Als der Arzt die Bandagen sanft über den Augen aufschnitt, verzog Jakov vor Schmerz das Gesicht. „Nicht verkrampfen, mein Junge", meinte der Arzt. „Zuerst wird alles etwas verschwommen aussehen."

Ellie nahm Jakovs Hand. „Du brauchst keine Angst zu haben, Jakov. Ich bin ja da."

Er drückte ihre Hand heftig, aus Angst, dass er nichts sehen würde, wenn der Verband entfernt war. „Es ist Gottes Strafe für meine Sünden", dachte er. „Ich habe Angst."

„Das Zimmer wird dunkel sein", sagte die sanfte Stimme des Arztes ruhig. „Anschließend werden wir etwas Licht machen, damit du die Möglichkeit hast, dich nach und nach daran zu gewöhnen."

„Wenn ich blind bin, dann ist es Gottes Strafe", flüsterte Jakov.

Ellie holte geräuschvoll Luft. „Sag doch nicht so etwas, Jakov." Sie drückte seine Hand noch fester und küsste seine Finger. „Gott hat dir das nicht angetan." Sie hörte sich dieselben Worte sagen wie Onkel Howard. „Menschen haben das getan."

„Und noch dazu sehr böse Menschen", fügte der Arzt hinzu, während er Jakov den Verband abwickelte.

„Aber ich habe das Götzenbild angesehen. Ich habe gegen das Gesetz Moses verstoßen."

Ellie wechselte besorgte Blicke mit dem grauhaarigen Arzt, als er die letzte der langen Binden abnahm und nur noch zwei Baumwolltupfer auf den Augen des Jungen zurückblieben.

„Was meinst du damit?", fragte sie und empfand dasselbe Gefühl der Fremdheit wie an jenem Tag, als Mosche mit Jakov gebetet hatte.

„Das Bild – ‚Lesendes junges Mädchen'. Ich habe es angesehen und damit das Gesetz gebrochen. Ich habe in den letzten Tagen gedacht, dass ich wohl durch Blindsein bestraft werde."

Der Arzt hielt inne und streichelte Jakovs blasse Wange. „Wenn ich Gott wäre, würde ich alles Erdenkliche tun, um dir das Augenlicht zu erhalten. Ich bin nur ein Arzt mit dem Herzen eines Menschen, und habe ich nicht alles getan, um dir zu helfen?"

Jakov nickte bedächtig.

„Ganz gewiss liegt es in Gottes Händen", sagte der Arzt. „Aber bilde dir kein Urteil über sein Herz, bevor ich den Verband nicht abgenommen habe." Er lächelte und blinzelte Ellie zu. Und sie war dankbar für sein Einfühlungsvermögen und Verständnis.

Sie streichelte Jakovs Hand und musste an die Geschichte von der Heilung des Blinden durch Jesus denken. Zum ersten Mal seit ihrer Kindheit betete sie, und zwar darum, dass Gottes Barmherzigkeit durch die Hände des Arztes gewirkt haben möge.

Feinfühlige Hände hoben eine Ecke des Gazetupfers. „Öffne deine Augen nicht, bevor ich es dir sage." Dann schaltete er die Nachttischlampe aus. Während er den letzten Tupfer des Verbands entfernte und in eine Nierenschale legte, lag das Zimmer in einem milden Dämmerlicht. Als er die Krusten auf den Augenlidern abwusch, streichelte Ellie Jakovs Arm und betete schweigend.

„So, junger Mann. Du kannst deine Augen öffnen!"

„Aber ich habe auch noch andere Sünden begangen", wandte Jakov ein und wurde allmählich von Panik ergriffen.

„Öffne deine Augen langsam. Es kann sein, dass es etwas weh tut." Jakovs Augenlider flatterten, als seien sie zu schwer, um geöffnet zu werden. Doch dann schlug er sie mit einem Ruck auf. Der Arzt hielt eine winzige Stablampe vor seine Augen und bewegte sie langsam von rechts nach links.

„Was siehst du, Jakov?", fragte er. „Sag mir, was du siehst."

„Ein kleines Licht. Eine kleine Kerze, die sich ganz hinten in der Dunkelheit bewegt."

Ellie seufzte vor Erleichterung.

„Ausgezeichnet!", rief der Arzt aus. „Gott ist offensichtlich barmherzig, auch wenn wir manchmal sündigen!", stellte er fest und behandelte Jakovs Augen, bevor er sie wieder frisch verband.

„Großvater sagt, Gott ist nur schwer zu erzürnen und immer barmherzig", meinte Jakov lächelnd.

„Das klingt, als ob dein Großvater ein weiser Mann sei."

„Er ist Rabbi. An der polnischen Jeschiva-Schule in der Altstadt." Der Doktor warf Ellie einen schnellen Blick zu. „Und hat er dich schon besucht, Jakov?"

„Sie sagen, dass die Altstadt abgeschnitten ist. Ich würde mich sehr gerne mit ihm über alles unterhalten, was ich lerne."

„Vielleicht bald. Wohnt jemand von deiner Familie in der Neustadt, bei dem du bleiben kannst, falls wir dich entlassen sollten?"

„Nein, niemand", antwortete er traurig. „Außer Schaul."

„Ach ja", nickte der Arzt. „Der Hund, nicht wahr?"

Ellie suchte den Blick des Arztes. „Wir könnten helfen, etwas zu arrangieren, Herr Doktor. Lassen Sie ihn nicht länger hier als nötig."

„Ich denke, bis Weihnachten wird er auf jeden Fall entlassen." Er drückte Jakovs Schulter. „Chanukkah für dich, nicht wahr?"

„Ich würde Chanukkah schrecklich gern mit Großvater und Schaul verbringen." Jakov wandte seinen frisch verbundenen Kopf Ellie zu. „Chanukkah wird nämlich das Lichterfest genannt. Ich freue mich darauf, die Lichter zu sehen."

* * *

Der breite Scheinwerferkegel der altertümlichen Harley-Davidson durchbrach die kalte Dunkelheit vor Mosche und beleuchtete die Straße, die nach Jerusalem und damit zu Ellie führte. Er musste sich damit begnügen, mit dem Motorrad zu fahren, denn er wollte nicht darauf warten, bis ihm eine stotternde Piper der Jewish Agency die Gefahr ersparte, die am Straßenrand lauerte – nicht seitdem er von Gerhardt und Hassan gehört hatte. Die Unruhe, die er bei Gerhardts Foto empfunden hatte, war umgeschlagen in die schreckliche Gewissheit, dass er das Gesicht des Terroristen kannte; nicht weil er ihn schon einmal gesehen hätte, sondern weil er genau Ellies Beschreibung des Mannes entsprach, der ihre Kamera zerstört und sie auf dem Bürgersteig niedergeschlagen hatte. Gerhardt war nicht erst auf dem Weg nach Palästina; er stand bereits im Dienst des Muftis und bewegte sich ungehindert auf den Straßen Jerusalems.

Dreimal hatte er versucht, Jerusalem telefonisch zu erreichen, nur um zu erfahren, dass die Telefonleitungen unterbrochen waren. Er hatte Ehud und die „Ave Maria" allein auf die Sammeltour geschickt und sich Dovs Motorrad für die Mitternachtsfahrt nach Jerusalem geliehen. Er kannte nicht das genaue Ausmaß der Gefahr, in der Ellie zur Zeit schwebte. Er konnte nur vermuten, dass Gerhardt und Hassan sie aufgrund ihrer Beziehung zu ihm verfolgten. Ohne Zweifel versuchten sie, in der gesamten Stadt Haganah-Stützpunkte ausfindig zu machen und sie als Ziele zu kennzeichnen. Auf jeden Fall war kein Jude mehr in der Heiligen Stadt sicher, nicht, wenn Gerhardt und seinesgleichen für Haj Amin arbeiteten.

Das war letztlich das Wesen des Terrorismus: zuzuschlagen, wo man es am wenigsten erwartete, Unschuldigen Gewalt anzutun und sie zu terrorisieren, bis am Ende die Moral und die Entschlossenheit, sich zu erheben und zu kämpfen, von Angst und Mutlosigkeit besiegt worden waren. Jerusalem, fürchtete Mosche, stand am Rande eines neuen Holocaust.

Der scharfe Wind schmerzte Mosche an Gesicht und Händen, während er mit dem schweren Motorrad an dem gespenstisch weißen Gestein des alten Dorfes Beit Dagon vorbeibrauste, das seinen Namen nach dem alten Fischergott der Philister hatte. Nach ungefähr acht Kilometern hinter dem Dorf begann ein eisiger Regen. Als er an Sarafand, Palästinas größtem britischen Militärstützpunkt, vorbeikam, waren Jacke und Hose völlig durchnässt. Gleich hinter Sarafand markierte ein hohes Minarett seinen Wechsel in feindliches arabisches Gebiet. „All die Königreiche und Regierungen, die danach gestrebt haben, dieses Land zu besitzen", dachte er – „wo sind sie jetzt?" Während die Kälte seine Wangen gefühllos machte, erinnerte er sich an einen Spruch, den er von den alten Rabbis gelernt hatte, als er noch als kleiner Junge durch die Straßen Jerusalems gehüpft war: „So wie Staub Eisen überdauert, Mosche, so wird Israel seine Unterdrücker überleben. Eines Tages wird unser Messiah kommen, und dann werden wir wieder eine Nation sein und frei sein."

Mosche konnte sich nicht mehr daran erinnern, wann er aufgehört hatte, auf den Messiah zu warten. Vielleicht war es gewesen, als der britische Offizier die Nachricht überbracht hatte, dass sein älterer Bruder Eli von den Männern Ibrahim El Hassans getötet worden war. „Es muss für Juden noch eine andere Möglichkeit geben, in Freiheit zu leben", hatte er seiner gramgebeugten Mutter gesagt. „Wenn Gott uns nicht den Einen schickt, der unsere Last trägt, dann müssen wir eben lernen, sie selbst zu tragen und ein Heimatland schaffen, das allen Kindern Abrahams eine Zuflucht bietet." So war die Errichtung einer Nation Israel sein Traum geworden, sein Messiah, wobei er sich dessen bewusst war, dass dieser Traum mit dem Blut vieler erkauft werden würde.

Auf seinem Weg nach Latrun kam er an dem ausgebrannten Wrack des Busses vorbei, der gestern von Tel Aviv nach Jerusalem fahren sollte, dem Sarg von zweiunddreißig kostbaren Menschenleben. „War das erst gestern?", fragte er sich. Schon hatte der Regen ihr Blut von der Straße gewaschen. Nur zweiunddreißig Juden, würde die Welt sagen – was waren zweiunddreißig verglichen mit Millionen? Ein Gefühl der Verzweiflung erfüllte ihn, als ihm klar wurde, dass jedes Menschenleben, das verloren war, schnell aus dem Gedächtnis der Welt verschwinden würde. „Sie wissen nicht", sagte er zu ihren Seelen, während er vorbeifuhr, „dass jeder von euch einen Namen hatte." Vor ihm lag Bab El Wad und der nur unter Gefahr zu bewältigende Weg durch die unübersichtliche, gewundene Schlucht, die nach Jerusalem führte. Mosche umfasste den Lenker fester, als die Steigung begann und das Motorrad sich nach hinten neigte. Inzwischen war er bis auf die Haut durchnässt, aber dennoch dankte er Gott für den Regen, der ihm entgegenpeitschte. Diese grausam kalte Nacht hatte die arabischen Bauern, die den Pass bewacht hatten, in die Wärme ihrer Dörfer zurückgetrieben. Er spürte den Geruch regennasser Pinien in der Nase und konnte kaum glauben, dass in seiner unmittelbaren Nähe Gefahr lauerte.

Ungefähr acht Kilometer vor Jerusalem glitzerten die freundlichen Lichter des Kibbuz Kiryt Anavim von einem Hügel zu seiner Linken. Gleich dahinter, rechts von ihm, standen die mittelalterlichen Reste einer Kreuzfahrerburg, und vor ihm funkelten die Lichter von Jerusalem und hießen ihn willkommen.

Die Sperrstunde war längst vorbei, als Mosche schließlich an dem flachen Gebäude des Busbahnhofs von Egged und dann an dem hell erleuchteten Gebäude vorbeikam, in dem die „Palestine Post" ihren Sitz hatte und in dem die Drucker die Zeitung von Morgen setzten. Morgen früh würden die Überschriften ausnahmsweise einmal keine Schreckensnachrichten verkünden, wenn die Morgenzeitung in den Straßen ausgetragen wurde. „Aber das wird nicht von Dauer sein", dachte Mosche. Er bog in die Ben Yehuda Street ein und brauste am Atlantic Hotel vorbei, wo David Meyer ein Zimmer mit Michael Cohen teilte und ein halbes Dutzend weitere Mitglieder der Haganah wohnten. Mosche wischte den Regen von seiner Motorradbrille und sah zum dritten Stockwerk hinauf, wo in mehreren Zimmern noch Licht brannte. Als er schließlich in die King George Street bog und an dem Gebäude der Jewish Agency vorbeifuhr, sah er, dass das Büro des Alten immer noch erleuchtet war. Er war zunächst versucht, anzuhalten und mit ihm seine neuesten Informationen zu besprechen, aber dafür würde am Morgen immer noch Zeit genug sein. Im Augenblick wollte er nur Ellie sehen, um von ihr zu hören, dass sie verstehen konnte, warum er nichts von seinem geheimen Leben hatte erzählen können. Er bog nach Rehavia ein und fuhr gemächlich die Straße entlang, während seine Augen die Dunkelheit nach jemand absuchten, der vielleicht das Haus Monigers beobachtete. Die Straße schien ruhig und leer, und alle Fenster waren dunkel.

Mosche stellte den Motor ab und ließ die schwere Maschine ohne Antrieb auslaufen. Während er mit beiden Beinen das Gleichgewicht hielt, ließ er das Motorrad bis vor Monigers Haus auslaufen. Mosche nahm die Motorradbrille ab und hängte sie an den tropfenden Lenker; dann stieg er steifbeinig ab und stellte die Maschine auf den Ständer. Er stand länger da und sah an dem schlafenden Haus hinauf, bevor er langsam auf die Haustür zuging.

Plötzlich hörte er leises Tappen von Schritten, die sich schnell von hinten näherten. Er fühlte, wie sich seine Nackenhaare aufrichteten. Er drehte sich blitzschnell um und sah undeutlich zwei Gestalten vor sich. Sie sprangen ihn sofort an und warfen ihn auf den Bürgersteig. Mosche holte mit seiner Rechten kräftig aus und vertrieb einen seiner Angreifer mit einem schweren Haken. Der andere jedoch traf ihn schwer mit dem Griff seiner Pistole ins Gesicht.

Die Welt schien um ihn zu verschwimmen, aber Mosche kämpfte dennoch weiter und traf den Mann mit einem gezielten Tritt in den Unterleib. Er fiel stöhnend zurück und rollte sich vor Schmerzen auf dem Bürgersteig, während sein Kamerad sich erneut auf Mosche stürzte. Mosche spürte kaltes, nasses Metall an seiner Stirn und hörte das Klicken des Pistolenhahns.

„Ein Wort, Kerl, und du bist ’ne Leiche", sagte eine Stimme drohend. „Hände hinter'n Rücken, und auf'm Bürgersteig herum-rollen."

Wortlos fügte sich Mosche. Er spürte einen heftigen Schmerz, als der Mann ihn in den Rücken trat. Dann schnappten Handschellen um seine Handgelenke zu. „Alles in Ordnung, Smith?", rief der Mann seinem Kameraden zu. „Mensch, hat er dich verletzt?" Der Akzent war eindeutig englisch.

Smith richtete sich stöhnend an dem schmiedeeisernen Treppen-geländer auf. „Bring ihn um!"

„Bloss nich, Mann. Weck den Professor, und dann werden wir dem Hauptquartier davon Meldung machen, dass wir einen gefasst haben, der hier herumlungerte." Der Mann drückte Mosche seine Pistole ins Genick. „Steh auf", brummte er.

Mosche kam mühsam auf die Knie, wobei die Handschellen in seine Handgelenke schnitten. Smith humpelte zur Treppe und klopfte kräftig an die Tür. Nach kurzer Zeit ging das Licht auf der Veranda an und enthüllte, dass Mosches Angreifer zwei völlig durchnässte britische Soldaten waren. Die Tür ging auf, und ein zerzauster Howard Moniger spähte missmutig durch die Öffnung.

„Was ist los?", fragte er zornig.

„Wir haben Ihren Mann", sagte Smith zackig – wenn auch unter Schwierigkeiten wegen der Schmerzen, die er immer noch hatte, – und zeigte dann auf Mosche.

„Man kann wohl sagen, dass er uns ganz schöne Probleme ge-macht hat, aber hier isser. Wir ha'm ihn." Stolz erfüllte die Stimme des Mannes mit der Pistole.

Howard glaubte seinen Augen nicht zu trauen. Sein Gesicht lief rot an, er eilte die Stufen hinunter, und stieß den verwirrten jungen Soldaten zur Seite. „Idioten!", explodierte er. „Sie haben gerade Pro-fessor Sachar von der Hebräischen Universität festgenommen!"

Eine halbe Stunde später trank Mosche im gut verschlossenen Arbeitszimmer bedächtig eine Tasse Tee, während Ellie einen Eis-beutel gegen seine Wange hielt. Er war in Howards roten Wollbademantel gehüllt und sah aus, als ob er einen schweren Ka-ter hätte.

„Du siehst also, Howard –" dann schaute er bekümmert zu Ellie – „und Ellie, warum ich das Gefühl hatte, dass ich zurückkommen musste. Ich weiß, dass meine Worte in diesen vier Wänden bleiben werden. Aber es ist äußerst wichtig, dass ihr euch jetzt des Ernstes der Verbindung mit mir bewusst werdet. Vielleicht bin ich es, der euch in Gefahr gebracht hat."

„Oh, Mosche", sagte Elli überschwänglich. „Es tut mir so Leid. Die ganze Zeit über habe ich gedacht, du wärst –"

„Ich bin es, der dich um Vergebung bitten muss, mein Liebes", wehrte Mosche ab. „Auch dich, Howard."

Howard setzte sich in seinen wuchtigen Lederstuhl und drückte seine Finger gegen die Lippen. Mosches Bericht hatte er kommentarlos angehört. Jetzt atmete er tief durch. „Ich habe das schon seit einiger Zeit vermutet", sagte er einfühlsam. „Es ist nicht nötig, mich um Verzeihung zu bitten, mein Freund. Ich fühle ganz mit dir – bestimmt weißt du das auch." Er nahm einen Bleistift in die Hand und pochte damit auf die Schreibtischplatte. „Wenn ich dir mit irgendetwas helfen kann, Mosche. Bitte ..." Seine Stimme brach ab, da Mosche über den Schreibtisch hinweg seine Hand ergriff.

„Mein guter Freund", sagte er leise.

„Wir beide müssen uns jetzt natürlich Gedanken wegen Ellie machen. Nächsten Mittwoch reisen die Studenten der Schule in die Staaten ab. Sie fliegt dann mit ihnen", erklärte Howard.

„Wenn du bleibst, Onkel Howard –", unterbrach Ellie.

„Unsinn", erwiderte Howard barsch.

„Ich bin über einundzwanzig", wandte Ellie ein. „Ich kann das gleiche Angebot machen, Mosche. Wenn es etwas gibt ..."

Mosche berührte mit der Hand ihre Wange. „Ich hatte auf der Fahrt hierher viel Zeit zum Nachdenken. Ich glaube, dein Onkel hat vielleicht Recht. Deine fotografischen Fähigkeiten würden zwar sehr hilfreich dabei sein, unser Elend an die Öffentlichkeit zu bringen. Aber, Ellie, falls du es bis jetzt noch nicht gemerkt hast, ich liebe dich, und deshalb musst du nach Hause."

* * *

Miriam kniete unter Schwierigkeiten zwischen den Gepäckkisten, die überall im Arbeitszimmer des Professors herumstanden. Ellie sah zu, wie die alte Frau sorgfältig eine antike Tonschale in Zeitungspapier wickelte und sie dann in die Kiste legte, die vor ihr stand.

„Ach, ich mich erinnere, als der Herr Professor diese fand!", sagte sie. „Ich glaube nicht, dass er jemals Jerusalem verlassen muss. Selbst bei den Aufständen, als mein lieber Mann ist getötet worden, der Herr Professor ist geblieben und hat für mich einen Platz gehabt." Sie seufzte traurig.

„Er wird schon zurückkommen, Miriam. Und Beirut ist nicht so weit weg. Er hat Sie doch gebeten, mit ihm dorthin zu gehen, bis hier alles vorüber ist. Warum wollen Sie das nicht tun?"

„Ich bin zu alt. Zu alt. Und wenn wir alle gehen, wie es der Mufti von uns Christen wünschen würde, wer soll dann noch in Jerusalem bleiben? Mein Sohn, er sucht mir ein schönes Zimmer im Hotel Semiramis in Katamon. Nicht so weit weg."

„Wird Ihr Sohn bei Ihnen bleiben?", fragte Ellie, während sie sorgfältig eine Tontafel einwickelte.

„Oh, ja", rief Miriam strahlend. „Und junger Enkel. Aber ich will Ihnen die Wahrheit sagen, Miss Ellie. Miriam wird Sie vermissen mit Ihren merkwürdigen Ideen. Und wird täglich für Sie beten, wenn Sie nach Hause zurückkehren."

„Auch ich will Ihnen die Wahrheit sagen. Ich wollte, ich müsste nicht gehen. Bei genauerem Überlegen könnte ich mich vielleicht ganz nützlich machen –"

„Ach ja, aber jetzt sagt die amerikanische Regierung, dass die, die bleiben und helfen, werden verlieren ihre ... wie nennt man es?", fragte sie.

„Staatsbürgerschaft", ergänzte Ellie mit angewidertem Tonfall. „Irgendjemand trifft dort drüben schlechte Entscheidungen, wenn Sie mich fragen."

„Ohne die Hilfe von Amerika fürchte ich sehr um meine jüdischen Freunde", seufzte die Alte. „Aber unser Herr, er sieht das alles, nicht wahr?"

Ellie antwortete nicht, sondern widmete sich wieder mit neuem Schwung ihrer Arbeit. Ihre Taschen waren gepackt und standen an ihrer Zimmertür. Sie warteten darauf, dass Ellie am nächsten Morgen mit den anderen Studenten und fast allen an der Schule Beschäftigten nach Hause fliegen würde. Das Herz wurde ihr schwer, als sie daran dachte, Mosche verlassen zu müssen und auch David, der sich trotz der Warnung, die die amerikanische Botschaft an die Bürger der Vereinigten Staaten richtete, entschieden hatte zu bleiben. Sie sah sich in dem Zimmer mit den halbausgeräumten Bücherregalen um und fragte sich, ob sie wohl je zurückkommen würde. „Wenn es nur etwas gäbe, was ich tun könnte", dachte sie unglücklich.

„Bald die Juden werden Chanukkah feiern, das Lichterfest. Dieses Jahr wird es sehr traurig und still sein, fürchte ich." Die Alte schüttelte den Kopf. „Und Weihnachten!" Sie erhob die Hände. „Wir müssen in unserem Herzen die Geburt von Jesus feiern. Wenn viele ihn kennen würden, ich glaube, dann wäre es nicht nötig, dass wir packen und von Soldaten und Töten sprechen. Diese alte Frau hat schon zuviel gesehen." Miriam stand auf und verließ ohne ein weiteres Wort das Zimmer und überließ Ellie ihren Gedanken.

Nach kurzer Zeit kam sie erneut herein. Sie hatte ihre Hände zunächst hinter dem Rücken verborgen. Dann jedoch hielt sie Ellie, während sie auf sie zuging, ein in leuchtendes Papier verpacktes Päckchen hin. „Hier", murmelte sie. „Nehmen Sie. Ich habe es speziell für Sie gekauft. Sie waren manchmal ein sehr dummes Mädchen, aber auch –" Ihre Stimme versagte – „diesem alten Herzen sehr teuer."

Völlig verwirrt nahm Ellie das hellrote Päckchen aus Miriams abgezehrten Händen. „Aber es ist doch noch nicht Weihnachten", protestierte sie.

„Einfach so", erwiderte Miriam. „Nun, dann müssen Sie es einpacken, und wenn Sie glücklich in Los Angeles angekommen sind, werden Sie an uns denken und für den Frieden Jerusalems beten, ja?"

Ellie nahm das Päckchen an sich, stand dann auf und umarmte

die alte Araberin, die ihr ganzes Leben lang in der Hoffnung auf Frieden und unter der Bedrohung der Kriege gelebt hatte.

„Wissen Sie", sagte Ellie und schaute unter Tränen in Miriams blassbraune Augen, „es kommt mir vor, als ob ich vor etwas davonlaufen würde, das ich eigentlich tun müsste. Ich fühle mich ... ganz fürchterlich."

„Möge der Herr Ihr Leben in seiner Hand halten, Kind." Miriam tätschelte ihr die Wange, drehte sich dann um und ging aus dem Zimmer, um ihre Gefühle bei einer Tätigkeit in entfernteren Räumen des Hauses abzuarbeiten.

Ellie setzte sich auf eine große versiegelte Kiste und hielt ihr Weihnachtsgeschenk in den Armen. Sie war versucht, Miriam nachzulaufen und das Päckchen jetzt zu öffnen, so dass die Alte ihre Freude über das Geschenk mitkriegen könnte. „Aber vielleicht macht es sie glücklicher, wenn sie Weihnachten an mich denkt, genauso, wie ich traurig sein werde bei dem Gedanken an die Menschen, die ich hier zurücklasse", dachte Ellie.

Sie war gerade wieder bei ihrer Arbeit, als sie ein lautes Klopfen an der Haustür hörte. Onkel Howard ging eilig am Arbeitszimmer vorbei, um aufzumachen. Ellie spitzte ihre Ohren, um zu horchen, aber das Einzige, was sie hören konnte, waren die gedämpften Worte einer kurzen Unterhaltung und das Schließen der Tür.

Immer noch in Pyjama, Morgenrock und Hausschuhen, schlurfte Onkel Howard ins Arbeitszimmer und ließ sich auf die Kiste neben sie fallen. Sein Gesicht war verkniffen und ernst, und er hielt zwei Umschläge in der Hand. „Nun, Kind", begann er. „Ganz bestimmt ist es nichts Ernstes ..."

„Es klingt aber ernst", dachte Ellie beunruhigt.

„Was ist es?" Sie beäugte die Umschläge argwöhnisch. Es waren zwei Telegrammumschläge. Und Telegramme brachten meistens nur Kummer. „Was?", fragte sie wieder.

Onkel Howard hielt sie ihr hin. „Sie sind beide für dich. Eins aus Los Angeles und das andere aus New York."

Sie nahm sie vorsichtig und starrte sie an, als versuchte sie die Nachricht zu erraten. „Sie sind an mich gerichtet."

„Genau das habe ich gesagt." Onkel Howard beugte sich ungeduldig vor. „Dann öffne sie doch, Kind!"

Vorsichtig machte Ellie erst die Klappen des einen und dann des
anderen Umschlags auf. Das aus Los Angeles reichte sie ihrem nervös gewordenen Onkel. „Hier, lies du das hier", wies sie ihn an und
holte selber das Telegramm aus New York aus dem Umschlag. Da
sie niemanden in New York kannte, war sie sicher, dass es weder um
Tod noch irgendein anderes Unglück gehen konnte – was auch
immer darin stehen mochte.

Als Onkel Howard die Nachricht aus Los Angeles vorlas, ging
eine Welle der Erleichterung über sein müdes Gesicht.

„Ellie:
Daddy und ich fliegen nach New York, um dich abzuholen stop.
Feiern Weihnachten in Big Apple stop. Beten für deine sichere Rück-
kehr stop. Küsse für Howard Mom"

* * *

Schaul lag ausgestreckt mitten auf dem Parkettboden des Arbeits-
zimmers und genoss die Nachmittagssonne, die ihm auf den Pelz
brannte. Vor einer Viertelstunde hatte Ellie ihren Eltern ein Telegramm geschickt, in dem sie ihnen mitgeteilt hatte, dass sie nicht
nach New York kommen sollten. Unrasiert und allem Anschein nach
völlig aufgelöst, folgte ihr Onkel Howard ins Arbeitszimmer.

„Ich bin letzten Endes für deine Sicherheit verantwortlich, Ellie."
Er verschränkte die Hände hinter seinem Rücken und schritt vor
den inzwischen leeren Schaukästen auf und ab. „Wenn dir etwas
passieren sollte, würde ich mir das nie verzeihen." Er blieb vor seinem Schreibtisch stehen und nahm eins der zerknüllten Telegramme auf. „Schlimmer noch" – er schwenkte es vor Ellies Nase –,
„deine Mutter würde mir nie verzeihen."

Ellie tat so, als nähme sie den Ernst in Onkel Howards Stimme
nicht wahr – sie beugte sich zu Schaul, tätschelte seinen dicken

Kopf und kraulte ihm das Kinn. „Das Life-Magazin wird es mir nicht verzeihen, dass ich jetzt abreise", meinte sie mit einem belustigten Lächeln. Sie zog das New Yorker Telegramm aus ihrer Hosentasche und hielt es ihm hin. „Mit der Macht der Presse kannst du nicht streiten, Onkel Howard. Auch Mutter nicht."

Sie faltete das Papier auseinander und begann, jedes Wort deutlich betonend, zu lesen:

„... *Life-Redaktion sehr beeindruckt von Palästina-Fotografien ... Hofft auf Ihre Annahme eines Auftrages ... Alle Kosten ...*, und so weiter, und so weiter", schloss Ellie triumphierend.

„Ellie, wenn du die Stelle annimmst, sind die Folgen nicht absehbar für dich. Hast du denn immer noch nicht genug? Hast du nicht genug gehört und gesehen, um zu wissen, dass man hier keine Scherze macht?"

„Du hast Recht. Niemand macht Scherze. Am allerwenigsten ich. Du erinnerst dich doch, dass du mir gesagt hast, dass alles irgendeinem Plan unterliegt? Nun, vielleicht hast du Recht. Vielleicht soll dieses verrückte Durcheinander, das ich mein Leben nenne, hier und heute gelebt werden. Vielleicht kann ich ein kleiner Teil irgendeines Wunders sein." Erregung lag in ihrer Stimme.

„So habe ich das aber nicht gemeint, junge Dame", brummte er.

„Du glaubst also nicht, dass Gott über mich wacht, Onkel Howard?" Sie schob trotzig das Kinn vor. Sie hatte jetzt eine Falle konstruiert, aus der er sich nicht herauswinden konnte.

„Gott ist keine kugelsichere Weste, Ellie." Er schaute sie stirnrunzelnd an. „Du siehst doch, was mit Jakov passiert ist –"

„Das stimmt. Was soll mit dem Jungen werden? In ein paar Tagen wird er aus dem Krankenhaus entlassen. Er wird nicht durch die Absperrungen der Araber in die Altstadt kommen. Wo soll er denn bleiben?"

„Du wechselst das Thema, Ellie Warne, und du erinnerst mich täglich mehr an deine Mutter." Er seufzte verärgert und ließ sich auf einen Stuhl fallen. „Ich hatte schon in Erwägung gezogen, hierzubleiben", sagte er geistesabwesend. „Aber du ..."

„Ich habe nicht das Thema gewechselt. Jakov kann nirgendwo

hin, und ich glaube, er sollte bei uns bleiben." Sie lehnte sich entschlossen zurück und starrte in sein düsteres Gesicht.

Er schlug mit der Faust auf den Schreibtisch und beugte sich ärgerlich vor. „Nicht bei uns und du, mein liebes Kind, wirst rechtzeitig zu Weihnachten im sonnigen, friedlichen Kalifornien sein. Das ist unabhängig von meiner Entscheidung, hierzubleiben oder in Beirut abzuwarten …"

Ellie hob herausfordernd ihre Augenbrauen. „Wirf doch noch einmal einen Blick auf mein Telegramm. Life hat sich erboten, mir alle Ausgaben zu erstatten, z. B. ein Zimmer im King David Hotel. Geh doch, und schließ die Schule. Pack deine Kruggriffe ein, und zieh nach Beirut. Entweder ich bleibe hier bei dir und arbeite hier für die Life-Redaktion, oder ich wohne im King David Hotel und arbeite dort für sie. Das ist ganz egal. Ich nehme diesen Auftrag an."

Onkel Howard lehnte sich resigniert zurück. „Ich hätte dich längst nach Hause einschiffen sollen, glaube ich."

„Mich wie eine Mumie verpacken und wegschicken, damit ich der Gefahr entgehe, meinst du das?"

„Ich hatte es erwogen." Er fuhr sich mit der Hand über seine Glatze und starrte mit leeren Augen das Zimmer an. „Ich schicke diese wertvollen Sachen zur Sicherheit nach Beirut, egal, was ich mache. Sie sind mehr wert als ich", brummte er. Dann schaute er Ellie an, und in seinen Augen blitzte wieder der Schalk: „Du glaubst, Gott kann solche wie uns brauchen, Kind?"

Ellie verdrehte die Augen und tat, als ob sie das nicht glauben könnte. „Wer weiß!", lachte sie.

„Nun, dann gehst du am besten zu Mosche und fragst, wo wir beginnen sollen."

240

18. Das Opferlamm

David saß ohne Schuhe in seinem Hotelzimmer an einem improvisierten Pokertisch und rieb sich die Füße. Er spielte lustlos mit seinem schrumpfenden Stapel Streichhölzern; Michael Cohen hingegen schielte boshaft hinter seinem Holzstapel Gewinnen hervor.

Benny Rothberg, ein Mann mit einem pausbäckigem Engelsgesicht, mischte die abgegriffenen Karten und meinte gedehnt: „Du meine Güte, hast du denn nicht allmählich die Nase voll von der Gewinnerei?"

„Ja", fiel David ein, „wenn er noch mehr Streichhölzer kriegt, bricht der Tisch noch zusammen."

„Halt den Mund und teil schon aus!", fuhr Bobby Milkin auf, ein in New York geborener Jude mit groben Gesichtszügen, der mit seiner großen grünen Zigarre das Zimmer in einen dichten, übelriechenden Qualm hüllte.

„Warum machst du das Ding nicht aus?" Benny rümpfte die Nase und fächelte sich mit den Karten Luft zu.

„Nah", knurrte Bobby, „ich muss das Zimmer ausräuchern, die Flöhe von dem stinkenden Hund loswerden."

„Er hatte aber keine Flöhe", verteidigte ihn Michael.

„Er war im höchsten Grade bissig." Bobby kaute an seiner Zigarre.

„Er mag nur keine Zigarren." Benny teilte die Karten aus.

„Oder keine Leute, die rauchen." Michael nahm lässig eine Karte nach der anderen auf.

„Oder keine Leute, die wie Milkin stinken." David lächelte nur, als Bobby den Rauch in seine Richtung blies. Dann schaute er seine Karten an und begann zu husten und zu würgen. „Es ist nicht die Zigarre, die stinkt, Leute; die Karten stinken!" Er warf seine Karten auf den Tisch. „Ich bin draußen."

Michael blieb gelassen, während er zwei Streichhölzer nahm und sie auf den Einsatz warf. „Das wird euch beide zwei Hölzer kosten, damit ihr bleiben könnt."

David schob seinen Stuhl mit lautem Scharren zurück, stand auf und streckte sich. Er schlenderte zum Fenster und schaute hinunter in die regennasse Stille der Ben Yehuda Street. „Noch nie", dachte er, „hat die Straße der Juden so einen buntgemischten Haufen beherbergt wie den der amerikanischen Haganah-Freiwilligen. „Hat es endlich aufgehört zu regnen, David?", fragte Michael, während er triumphierend sein „full house" auf Bobbys drei Neunen legte.

„Es nieselt nur noch ein bisschen", antwortete David. Milkin stöhnte, und die anderen lachten.

„Wenigstens stinkt es hier nicht mehr nach dem nassen Hund", brummte Bobby und zählte dabei seine magere Ausbeute an Streichhölzern.

„Zu etwas muss die Zigarre ja gut sein", stimmte Michael ihm zu. „Du hast Glück, dass wir nicht um Geld gespielt haben, nicht, Milkin?"

Benny ordnete die Karten sorgfältig, bevor er sie in die abgegriffene Schachtel steckte. „Was habt ihr überhaupt mit dem Köter gemacht?"

„David hat ihn in einen Pelzmantel für sein Mädchen umarbeiten lassen", lachte Bobby lauthals.

„Nah, er hat ihn zu ihr gebracht und dort gelassen. Sie hat gesagt, der Hund könnte bleiben, aber David müsste gehen. Stimmt doch, Dave?" Michael zählte seinen Gewinn.

„So ungefähr." David lächelte und ließ sich schwer auf sein Bett fallen, so dass es ächzend unter seinem Gewicht nachgab. „Ich geh' jetzt lieber ins Bett, und ihr könnt abziehen." Er legte sich auf sein Kopfkissen und verschränkte die Hände unter dem Kopf.

„Wir haben schon verstanden", meinte Benny und ging hinter Milkin hinaus, der auf dem ganzen Weg über den Flur bis in sein Zimmer über den Verlauf des Abends murrte.

„Bis morgen dann", rief Michael in einer Lautstärke hinter ihnen her, die zweifellos die meisten Hotelbewohner des Atlantic Hotels aus dem Schlaf riss. Dann schloss er die Tür und rieb sich feixend die Hände. „Was für ein Abend! So, wie er sich angestellt hat, könnte man meinen, Bobby hätte seine Lebensersparnisse verloren."

„Du hast wohl Röntgenaugen, oder waren deine Karten gezinkt?", fragte David trocken.

„Sie sind neidisch, Mr. Meyer." Michael schleuderte seine Schuhe fort, öffnete dann das Fenster und atmete die kalte Luft, die ins Zimmer strömte, tief ein. „Man muss schon das richtige Gespür haben, wenn man das Spiel richtig beherrschen will, weißt du?" Er knallte das Fenster wieder zu und warf sich aufs Bett.

„Das nennst du Gespür? Du bist doch hinter Milkin her gewesen, als hättest du ihn selbst noch um seine Socken bringen wollen", lachte David.

„Kein Interesse an seinen Socken, sonst hätte ich sie auch gekriegt. Der Kerl ist so ‚schmuck'. Irgendwann hetze ich noch mal den Hund auf ihn."

„Sei nicht so gefühllos." David warf einen Blick auf Michaels Zehen, die aus seinen Socken hervorschauten. „Du hast vielleicht das richtige Gespür, aber wenn du Köpfchen hättest, hättest du mit ihm um seine Socken gespielt."

Michael wackelte mit seinen Zehen. „Ich bin die Vogelscheuche, stimmt's? Vogelscheuche und Blechmann, das sind wir."

David beugte sich vor und schaltete das Licht aus. „Michael?", fragte er dann, während er sein Hemd aufknöpfte und es ins Zimmer warf.

„Ja?" Michaels Stimme klang bereits schläfrig.

„Wenn wir Köpfchen hätten, wären wir längst wieder in Kansas bei Tante Em." David schloss seine Augen.

„Vergiss nicht Dorothy und diesen zotteligen Köter Toto in Rehavia", murmelte Michael. „Ich bin nämlich nicht ganz so blöd wie du meinst und weiß schon, warum du nach Palästina gekommen bist."

„Ja, schon, aber sie geht wieder in die Staaten."

„Und du bleibst?", fragte Michael nach langer Pause.

„Nachdem, was ich gestern auf der Straße gesehen habe, glaube ich, ich sollte hierbleiben und euch helfen."

„Toll", gähnte Michael. „Kannst du mir morgen ein Paar Socken borgen?"

Gerhardt lehnte sich gegen das Gebäude gegenüber dem Atlantic Hotel und schaute durch den strömenden Regen hinauf zu den hell erleuchteten Fenstern im dritten Stock.

Die Flucht der rothaarigen Frau war, wie sich herausgestellt hatte, ein Glücksfall für ihn gewesen. Sie hatte noch einen jungen Freier vor sein immer wachsames Auge geführt. Der amerikanische Flieger war nicht nur zu seinem Vergnügen nach Palästina gekommen. Auch er war also Mitglied der Haganah, genau wie die Männer, die mit ihm im Atlantic Hotel in der Ben Yehuda Street wohnten.

„Welcher Ort wäre wohl geeigneter", dachte Gerhardt, „um das jüdische Lichterfest mit einem kleinen Geschenk von Haj Amin zu begehen?" Er sah sich die Architektur des Gebäudes genau an und notierte sich im Geiste dessen Schwachstellen. Dann sah er es sich auch von den Seiten genau an und lächelte über die Einfachheit seines Planes.

Das Personal des King David Hotels erhielt zumindest den Eindruck üppiger Normalität aufrecht. Der rotgekleidete Türsteher, mit Medaillen und Epauletten und leicht ergrautem Haar, das unter seiner schwarzen Mütze hervorschaute, sah eher aus wie ein General im Ruhestand. Als David den zerbeulten grünen Plymouth am Haupteingang anhielt, trat der Türsteher vor und öffnete Ellie elegant mit einer einzigen fließenden Bewegung die Tür und half ihr aus dem Wagen. Sie blieb stehen und guckte an den bleigefassten Bogenfenstern hinauf, bis David auf dem roten Teppich, der in das mit Plüsch ausgestattete Innere des Hotels führte, zu ihr kam.

* * *

David war verärgert über die Nachricht, dass Ellie nicht mit den anderen Studenten und den Beschäftigten der amerikanischen Schule nach Hause fliegen würde. „Du weißt, dass dies unser Abschiedsessen sein sollte", sagte er schroff, während er ihren Arm nahm und in die Eingangshalle trat.

244

„Nun, wir können ja eine Begrüßungsfeier daraus machen!", lächelte sie schüchtern. „Komm, David, ich dachte, du würdest dich für mich freuen. Schließlich arbeite ich jetzt für das Life-Magazin!"

„Was heißt hier Life, es geht hier schließlich um dein Leben", gab er mürrisch zur Antwort.

Dunkelhäutige arabische Hotelpagen eilten in der holzgetäfelten Eingangshalle hin und her; aristokratisch aussehende Herren, die die London Times lasen, versanken in tiefen roten Ledersesseln, während Kellner ihnen Glenlivit Whisky oder Gin Tonic mit Spiralen aus Limonen servierten, die in Palästina selber wuchsen. Über den Teppich mit einem verwirrend üppigen roten Blumenmuster flanierten britische Offiziere und Regierungsangestellte, die ihre Freizeit hier verbrachten, um sich zu entspannen und sich über die neuesten Ereignisse zu unterhalten. Alles in allem hatte die Einrichtung eine bemerkenswerte Ähnlichkeit mit dem Savoy Hotel in London. Messinglampen auf den Tischen bei den Sesseln vermittelten ein Gefühl wie in einem englischen Herrenhaus. Und in der Bar, die sich an die Eingangshalle anschloss, entdeckte Ellie Gemälde von Pferden, die in weiten Bögen über Gräben sprangen und über ausgedehnte Wiesen in England galoppierten.

„Warum", fragte sich Ellie, „wollen sie unbedingt hier bleiben, wenn sie die Atmosphäre Großbritanniens so sehr lieben?"

Der befrackte Oberkellner stand aufmerksam in der Nähe eines kleinen Schreibpultes, während sie in den hohen Speisesaal gingen. Weiße Tischdecken und blankes Silber zierte die grazilen Queen-Anne-Tische, und die Kellner bewegten sich geschmeidig von Tisch zu Tisch, verbeugten sich leicht und sorgten für die Bedürfnisse der Speisenden, noch bevor sie sich dieser bewusst waren.

Ellie drängte sich das Gefühl auf, in eine Cole-Porter-Komödie geraten zu sein, in der jeder lustig und geistreich und die Welt unkompliziert war. Sie versuchte zu vergessen, dass in der gesamten Umgebung des Hotels Militärpolizisten stationiert waren. Denn heute Abend, entschloss sie sich, würde sie so tun, als ob diese Fassade die wirkliche Welt wäre und die Realität draußen gar nicht existierte.

„Sir?", fragte der Oberkellner mit deutlich britischem Akzent.

„Wir haben einen Tisch für zwei Personen bestellt, für Meyer. Ich bin heute Nachmittag kurz hier vorbeigekommen. Ihre Telefone funktionieren alle nicht."

Der Oberkellner lächelte leicht – beunruhigt, wie Ellie feststellte, durch die Erinnerung daran, dass die wirkliche Welt selbst das King David Hotel nicht unberührt ließ. „Jawohl", sagte er. „Meyer. Ah ja, bitte hier entlang."

Er nahm zwei in Leder gefasste Speisekarten aus einem Ständer und führte sie zu einem kleinen Ecktisch für zwei Personen, der beinahe hinter einer Topfpalme verschwand. Er zog den Stuhl für Ellie zurück, zündete eine hohe weiße Kerze an und verschwand mit einer Verbeugung.

David las die Karte nur zum Schein und blätterte ärgerlich die Seiten durch. Ellie beobachtete ihn über den Rand ihrer Karte hinweg mit einem nachsichtigen Lächeln auf den Lippen. „Sollen wir lieber woanders hingehen?", fragte sie.

„Ja. Wie wär's mit dem „Copper Kettle" an der Ecke von Gower und Sunset?"

„Abgemacht."

„Deine Eltern werden sich Sorgen machen." Er starrte sie an.

„Ich bin schon erwachsen und kann auf mich selbst aufpassen."

„Wie bei dem Aufruhr? Sie hätten dich in einer Kiste nach Hause geschifft, wenn ich nicht —"

„Das weiß ich." Ellie legte ihre Speisekarte hin. „Aber es hat sich etwas bei mir verändert."

„Das kann man wohl sagen." David tat so, als ob er wieder die Speisekarte lesen würde.

„Ich meine, in mir. Etwas geht in mir vor", versuchte sie ruhig zu erklären.

„Du bist überanstrengt, das ist es."

„Vielleicht kann ich hier helfen." Als sie die Speisekarte wieder in die Hand nahm, fühlte sie sich gereizt.

„Was glaubst du, wer du bist, Jeanne d'Arc? Die heilige Ellie? Du bist im Begriff, dich selbst umzubringen um der edlen Sache des

Journalismus willen. Selbst Leute, die sich durch Europa gekämpft haben, werden bei dieser Sache draufgehen. Es kann tödlich sein, auf die Straße zu gehen. Wenn wir – du und ich – überhaupt eine gemeinsame Zukunft haben –"

„Du setzt eine ganze Menge voraus, David", unterbrach ihn Ellie, „wie du das schon immer getan hast. Ich habe dir gesagt, ich bin nicht mehr dieselbe."

„Was glaubst du, welche Gründe Mosche hat, wenn er dich bitten würde, zu bleiben?" Davids Stimme wurde lauter.

„Ich glaube, er liebt mich."

„Aber nicht so, wie er dieses stinkende kleine Stück Land liebt, nein."

„Ich bin Journalistin. Das ist meine Arbeit."

„Vor zwei Tagen warst du noch die Handlangerin eines Archäologen auf dem Weg in die Heimat. Nun bist du auf einmal Journalistin!"

Ellie sah, dass ein Ehepaar Seitenblicke auf David warf, da seine Stimme ständig lauter wurde. „Sprich bitte leiser", wies sie ihn zurecht. „Es ist aus zwischen uns beiden, David. Wenn das alles ist, was du von mir hältst –"

„Mir ist es egal, ob du einen Pulitzer-Preis gewinnst, hörst du?"

„Ja, und allen anderen hier ist es auch egal."

„Wenn du Journalistin sein willst, dann mach weiter so. Aber ohne mich. Ich möchte eine Frau, klar? Es ist aus. Wir sind fertig miteinander!"

Der Schatten des Kellners fiel auf den Tisch. Ärgerlich schauten David und Ellie ihn an.

„Was darf ich Ihnen bringen?", fragte er und fühlte sich unter dem Blick der beiden unbehaglich.

Ellie stand auf. „Ein Taxi."

* * *

Mosche sah mit leerem Blick aus dem Fenster auf die in der Sonne gleißende Kuppel der Omar-Moschee. Nur einmal hatte er auf dem Boden des heiligen Ortes gestanden, an dem Abraham seinen Sohn dargeboten hatte, auf dem Altar, den er mit eigenen Händen gebaut hatte. Als hochaufgeschossener, schlacksiger Junge von fünfzehn Jahren hatte Mosche die gestohlene Uniform eines britischen Soldaten angezogen und war an den moslemischen Torwachen der Moschee vorbeigegangen. Kein Jude konnte diesen Platz öffentlich ohne Furcht vor Repressalien oder Verhaftung aufsuchen. Schweiß war ihm auf der Stirn gestanden, und sein Herz hatte wild geschlagen, als er den Hof betrat. Er hatte sich vorgestellt, was Abraham empfunden haben mochte, als er an diesen Ort gekommen war, um seinen Sohn als Opfer darzubringen. Bei diesen Gedanken bekam Mosche einen scheußlichen Geschmack in den Mund und hatte ein brennendes Gefühl im Magen.

Und doch war Gott Abraham treu geblieben, erinnerte sich Mosche. Er führte ihm einen Widder zu, und so hatte Isaak nicht sterben müssen. Mosche hatte damals seine Augen zur Westmauer erhoben, dem letzten Rest des Großen Tempels, der zusammen mit dem Staat Israel vor beinahe zweitausend Jahren zerstört worden war. Mosche hatte die Moschee nicht betreten, sondern sich statt dessen vorgestellt, wie eine Gruppe zerlumpter Juden genau auf der anderen Seite der Mauer betete. Auch sie beteten um einen Retter, der eines Tages Jerusalem befreien würde. Nur eine dünne Mauer aus handbehauenen Steinen trennte diese Juden von den Moslems, mit denen er in den Hof hineingegangen war. „Aber diese Mauer ist eine Grenze, und genauso hart wie ihre Steine sind auch die Menschen", hatte er damals gedacht.

Mosche trat vom Fenster zurück und setzte sich schwerfällig an seinen Schreibtisch. Er spielte mit den Fotografien der Schriftrolle: dem Buch Isaiah, wie es aufgeschrieben worden war zu einer Zeit, als der Große Tempel noch dort stand, wo nun das moslemische Heiligtum in der Sonne glitzerte. Nicht ein einziges Wort war geändert worden. Die Verheißungen waren dieselben geblieben. Alles, die Zerstörung Israels und das Umherirren seines Volkes, waren prophezeit worden. Nun kehrte sein Volk zurück. Aber was war mit dem Messiah? Mosche hatte sich schon vor langer Zeit vom Glauben an den Auserwählten Israels getrennt. Und doch waren die orthodoxen Juden, die dort an der Mauer beteten, immer noch fest davon überzeugt, dass es eine Nation Israel erst dann wieder geben könne, wenn der Messiah persönlich erschien, um sie zu regieren und zu erlösen. So viele verschiedene Glaubensrichtungen gab es bei den Juden in aller Welt. Aber in dieser Vielfalt musste doch auch irgendwo die Wahrheit zu finden sein. War der Messiah schon nach Israel gekommen, wie Howard glaubte? Hatte Gott den Auserwählten zum Opferlamm auserkoren, um die Juden in anderer Weise als sie es glaubten, zu erlösen und ihre Heimat wieder aufzubauen?

Die kleine Messinglampe auf Mosches überladenem Schreibtisch beleuchtete die Fotografien der Schriftrolle Isaiahs. Mosche las noch einmal die Bestätigung der Johns-Hopkins-Universität:

„Wir gratulieren! Sie haben vielleicht den bedeutendsten Fund in der Geschichte der Neuzeit gemacht. Das Material bestätigt, dass die Schriftrolle aus dem ersten Jahrhundert stammt …"

Zum hundertsten Mal, so kam es ihm vor, blätterte Mosche die Fotografien durch und staunte über die präzisen Schriftzeichen dieser alten Handschriften. Er öffnete die neueste Ausgabe des hebräischen Isaiah-Textes und untersuchte die Seiten auf mögliche Veränderungen zwischen der Schriftrolle und der modernen gedruckten Seite. Buchstabe für Buchstabe waren die Worte dieselben. Mosche schlug schnell Isaiah 53 auf und runzelte die Stirn, während er die Worte noch einmal sorgfältig las.

„Und er war doch durchbohrt um unsrer Sünden, zerschlagen um unsrer Verschuldungen willen; die Strafe lag auf ihm zu unserem Heil, und durch seine Wunden sind wir genesen. Wir alle irrten umher wie Schafe, wir gingen jeder seinen eigenen Weg; ihn aber ließ der Herr treffen unser aller Schuld …"

Mosches Blick fiel auf die modernen Kommentare der Rabbiner unter dem Text: „Der Prophet bezieht sich auf die Nation Israel ...“

Obwohl der Text seit mehr als zweitausend Jahren unverändert ist, hat sich doch die Interpretation der Schrift geändert. Er lehnte sich zurück und kratzte sich am Kopf und versuchte sich an die alten Kommentare zu dieser Stelle zu erinnern, auf die er vor vielen Jahren gestoßen war. Er stand auf und suchte in seinen Bücherregalen nach der aramäischen Übersetzung, die im zweiten Jahrhundert Rabbi Jonathan ben Uzziel, ein Schüler des großen Hillel, geschrieben hatte.

„Targum Jonathan über Isaiah 53“, murmelte er und zog einen staubigen Band aus dem Regal. Er schlug das 52. Kapitel auf und begann den aramäischen Text zu lesen: „Siehe, mein Knecht Messiah wird Glück haben ...“ Er runzelte die Stirn bei dem Wort Messiah: Dann legte er das Buch hin; es drängte ihn, ein Gebetbuch aus dem neunzehnten Jahrhundert zu suchen, das auf dem obersten Regalbrett lag. Vorsichtig holte er das brüchige Buch hervor und blätterte die Seiten durch, bis er eine Paraphrase des dreiundfünfzigsten Kapitels von Isaiah fand, die für die Darbietung zum Jom Kippur geschrieben war: „Messiah ... unsere Verschuldungen und das Joch unserer Übertretungen trug er, denn er war zerschlagen um unserer Übertretungen willen: Er trägt unsere Sünden auf seinen Schultern, damit wir Vergebung für unsere Laster finden mögen ...“

„Und so“, sagte er laut, „hat sich die Interpretation geändert, obwohl die Worte dieselben geblieben sind. Die Alten wussten, dass der Prophet vom Messiah sprach. Wie unbequem die Wahrheit manchmal sein kann!“ Er lächelte ein wenig und schaute auf die im Lampenschein liegenden Fotografien. „Besonders, wenn der, den man solange für seinen Feind gehalten hat, in Wirklichkeit sein Retter ist. Die Wahrheit ist nun mal die Wahrheit, Mosche Sachar“, sagte er laut zu sich selbst. „Was machst du also mit dem Messiah? Mit dem, den sie Christus nennen?“

19. In der Haganah

Der Alte blätterte die Ausgabe des Life-Magazins vom 15. Dezember durch. Er hielt einen Moment inne, als er auf eine Werbung stieß, in der der Nikolaus eine Chesterfield-Zigarette rauchte. „Hmmm", brummte er, blätterte um und richtete dann seine Augen, die unter buschigen, weißen Augenbrauen lagen, auf Ellie. „Ihre Fotografie fördert den Umsatz der Zeitschrift, und der Nikolaus den der Zigaretten. Kann man nicht gerade Weihnachtsstimmung nennen, was man da auf Ihrem Bild sieht, nicht?" Er blätterte das Titelblatt um und legte dann die Zeitschrift offen auf den Tisch. Ellie sah auf den Schnappschuss, auf dem sich der Schneider ans Herz fasste, als das Messer des Mörders tief in seinen Rücken drang.

„Nein, Sir. Es war mehr ein Alptraum", erwiderte sie leise.

„Mosche hat mir erzählt, wie Sie den Jungen gerettet haben." Mosche räusperte sich und trat von einem Fuß auf den anderen. „Sie haben jetzt vom Verlag den Auftrag, in Jerusalem zu bleiben, um über die Ereignisse hier zu berichten?"

„Ja", nickte sie und konnte ihren Blick nicht von dem Schneider wenden, so lebhaft war ihr sein Todesschrei wieder in Erinnerung.

„Das ist gut. Sehr gut. Vielleicht können Sie dazu beitragen, dass die Welt zu sehen bekommt, welchen Problemen wir hier gegenüberstehen. Das ist sehr wichtig, Miss Warne. Wir stehen allein da und sind zahlenmäßig unterlegen, wir Juden. Wir leben schon geraume Zeit in diesem Land, und ich hoffe, dass wir noch da sind, wenn sich die Wogen wieder geglättet haben. Aber ohne die Hilfe der öffentlichen Meinung ist das nicht möglich."

Ellie sah ihm in die Augen. „Ich war mitten im Getümmel, wissen Sie, und ich habe mit eigenen Augen gesehen, was da los ist. Ich kann mir zwar immer noch nicht vorstellen, warum das geschehen ist, aber es ist nun mal geschehen. Was soll ich also tun?"

Ben-Gurion sah zuerst Mosche an, dann Ellie. Er runzelte die

Stirn und schürzte nachdenklich seine Lippen. „Wenn Sie Bilder machen wollen, können wir Ihnen dazu verhelfen, mitten im dichtesten Getümmel zu stehen. Mosche meint, Sie wären aus ziemlich hartem Holz geschnitzt."

„So, sagt er das?" Sie sah Mosche an. Dieser zuckte nur verlegen die Achseln. „Ich fliege nicht gleich bei der erstbesten Gelegenheit wieder nach Amerika, wenn es das ist, was Sie meinen." Sie lehnte sich auf ihrem Stuhl zurück.

„Gut. Wenn Sie das verkraften können, werden wir Ihnen soviel Material bieten, wie Sie brauchen."

„Ich weiß, Sie haben Bedenken, weil Life dafür nicht einen harten, abgebrühten Kriegsberichterstatter nach Jerusalem schickt. Ich weiß, ich bin nur eine Frau und –"

„Im Gegenteil. Die Agency zweifelt nicht an Ihren Fähigkeiten oder an den Fähigkeiten von anderen engagierten Frauen. Einem Mann würde ich dieselben Fragen stellen. Denn dort, wo Sie sich dann befinden, werden Ihnen richtige Kugeln um die Ohren fliegen. Damit müssen Sie rechnen."

„Glauben Sie, ich wäre mir nicht der Gefahr bewusst, nach all dem, was ich vor zwei Wochen hier erlebt habe? Jerusalem ist ein Pulverfass, dessen Zündschnur schon brennt. Und ich habe das Glück, genügend Filme und einen Auftrag zu haben, um dabei zu sein, wenn es losgeht."

„Glück?", wiederholte der Alte.

„Genau das ist es." Sie straffte sich.

Ben-Gurion wippte mit seinem Stuhl und klopfte mit dem Finger auf die Fotografie, auf der der Mörder des Schneiders abgebildet war. „‚Glück' ist im Augenblick ein seltenes Wort bei den Bewohnern Jerusalems." Er blieb schweigend sitzen.

„Dann ist es also abgemacht." Mosche rieb sich die Hände. „Du bleibst!"

„Du würdest ganz schöne Schwierigkeiten haben, mich loszuwerden, Mosche", erwiderte sie.

„Vielleicht sollten wir mit der ‚Ave Maria' beginnen?", wandte sich der Alte an Mosche.

Mosche nickte grinsend und meinte dann zu Ellie: „Was hältst du von einer Mittelmeerkreuzfahrt?"

„Wird das romantisch?"

„Und gefährlich!"

* * *

Ungeschickt vor Aufregung stopfte Ellie einen schweren Pullover mit Zopfmuster und ein Paar Levisjeans in die blaue Leinenreisetasche, die auf ihrem Bett lag. Nach kurzem Überlegen warf sie noch ein zusätzliches Paar Wollsocken und zweimal Unterwäsche zum Wechseln hinein. „Mosche hat zwar gesagt, wir würden nur eine Nacht bleiben", dachte Ellie, „aber es kann nie schaden, wenn man gut gerüstet ist."

Ihre Zimmertür quietschte, und Miriam kam mit einer großen braunen Papiertüte herein. „Ich weiß nicht, wohin Sie gehen oder warum Sie gehen, aber Sie werden doch essen müssen, oder? Hier habe ich Hühner-Sandwiches und Zucchinibrot. Das Brot ist gefroren, aber es wird schnell auftauen. Und zwei Orangen." Sie legte die Tüte aufs Bett. Dann stemmte sie die Hände in die Hüften und schüttelte missbilligend den Kopf. „Das wollen Sie tragen?" Sie musterte die Jeans und das grobe Baumwollhemd mit argwöhnischen Blicken und schüttelte erneut den Kopf.

„Ich gehe doch nicht zum Picknick, Miriam. Vielleicht mache ich mich schmutzig."

„Was ist das?" Die Alte nahm Ellies Zipfelmütze und hielt sie mit spitzen Fingern, als ob sie verseucht wäre. „Das wollen Sie tragen?"

„Wahrscheinlich." Ellie packte weiter und wünschte, Miriam würde gehen.

„Ha!" Miriam warf die Mütze zielsicher in die Reisetasche. „Sie werden wie ein Seemann aussehen."

„Wahrscheinlich". Ellie vermied es, Miriam so zu antworten, dass sie Rückschlüsse auf ihr Vorhaben ziehen konnte.

„Sie wollen also dieser alten Frau nicht sagen, wo Sie hingehen?"

„Das kann ich nicht." Ellie umarmte Miriam flüchtig.

„Nun gut, unser Herr weiß es. Er möge gnädig sein und Sie vor Gefahr bewahren." Sie seufzte und wandte sich zum Gehen. „Und nehmen Sie einen warmen Pullover mit!"

„Ja."

„Und wenn Sie aufs Meer fahren, nehmen Sie noch ein Paar zusätzliche Wollsocken mit."

„Das habe ich schon."

Die Alte lächelte breit. „Und bleiben Sie trocken", sagte sie schließlich und verließ leise in sich hineinlachend das Zimmer.

Ellie verdrehte verärgert die Augen und machte die Reisetasche zu. Dann lief sie hinter Miriam her und rief ihr nach: „Nehmen Sie sich heute frei, und besuchen Sie Ihren Sohn." Miriam hob ihre Hand zum Zeichen dafür, dass sie einverstanden war, und verschwand in der Küche. „Es hat keinen Sinn, wenn sie zu Hause bleibt und sich Sorgen macht", dachte Ellie, während sie ihre Kameratasche nahm und beschwingt ins Arbeitszimmer ging, um Onkel Howard einen Abschiedskuss zu geben.

Er saß dort zwischen den leeren Regalen und Schaukästen und war darin vertieft, sich Notizen zu den Fotografien der Schriftrolle zu machen, die er sorgfältig studierte. Als er schließlich aufschaute, sah sie, dass er vor Müdigkeit Ränder unter den Augen hatte. „Gehst du, Kind?" Er streckte ihr die Hand entgegen.

„In einem bewachten Transport nach Tel Aviv. Erfahrungsgemäß behelligen die Araber keine Transporte aus der Stadt heraus."

„Nur Transporte, die in die Stadt hereinfahren. Wann kommst du wieder zurück?"

„Morgen Abend. David bringt mich mit dem Flugzeug zurück. Es ist alles vorbereitet." Sie beugte sich über den Schreibtisch und schaute nachdenklich auf die Fotos. „Schade, dass die Beduinen nicht mit den Schriftrollen zurückgekommen sind."

Onkel Howard lehnte sich zurück und streckte sich. „Das war zu erwarten. Es ist schließlich auch für sie gefährlich. Vielleicht kommen sie wieder, wenn sich hier alles normalisiert hat und Ruhe eingekehrt ist."

„Wann mag das wohl sein?"

Howard zuckte lächelnd die Achseln. „Das weiß Gott allein."

„Ich bin nur froh, dass es überhaupt jemand weiß." Sie beugte sich zu ihm hinunter und küsste ihn flüchtig auf die Stirn.

* * *

Ellie saß Mosche gegenüber auf dem schmalen, metallenen Notsitz eines schwer gepanzerten Truppentransporters. Durch die schmalen Schlitze über ihnen fiel das Morgenlicht in den Wagen. Sie saßen zusammen mit vier weiteren Personen im Wagen, zwei Männern und zwei Frauen. Diese waren auf dem Weg nach Tel Aviv und anderen Reisezielen, die zwar nicht genannt, aber doch irgendwie verstanden wurden. Ellie erkannte einen von ihnen wieder, einen Mann mit dicken Brillengläsern, einem zerknautschten Straßenanzug und einer prallvollen Aktentasche. Sie hatte ihn zusammen mit dem schlanken, muskulösen Sabramann in Khakikleidung im Warteraum der Jewish Agency gesehen. Über ihre Aufträge konnte sie nur Vermutungen anstellen. Die beiden Frauen sahen genauso angespannt aus wie die Männer. Die eine war zierlich, beinahe zerbrechlich. „Wahrscheinlich noch nicht einmal zwanzig", dachte Ellie. Sie sieht wie eine High-school-Schülerin aus! Die andere war stabil gebaut und hatte markante Gesichtszüge. Über einer sehr großen Nase lächelten gütige braune Augen. Ihr leicht ergrautes Haar war zu einem Knoten zurückgekämmt, und sie trug ein schlichtes blaues Wollkleid sowie schwarze flache Schuhe, denen man ansah, dass sie schon so manche Strecke zurückgelegt hatten. Sie nickte Mosche lächelnd zu und nannte ihn beim Vornamen. Es schien ein ungeschriebenes Gesetz zu sein, dass niemand den anderen nach dem Grund seiner Reise auf der Straße nach Tel Aviv fragte.

„Das Wetter scheint sich zum Guten gewendet zu haben", meinte die stabile Frau und schaute zu dem hereinströmenden Licht, als sich der Wagen mit einem Ruck in Bewegung setzte.

„Ja, es wird wärmer", meinte der Mann mit der Brille und drückte seine Aktentasche fest an sich. „Heute Morgen brauchte ich meine lange Unterwäsche nicht aufzutauen."

„Gutes Wetter ist auch viel besser für die Straßen", meinte der Sabramann. „Wenn es nicht regnet, versinken wir nicht so leicht im Morast."

„Hmmm", pflichtete ihm der erste bei. „Dann gibt's auch weniger Schmutz, mit dem sich die Politiker bewerfen können", fügte er mit boshaftem Grinsen hinzu.

Die Fahrt von Jerusalem nach Bab El Wad gestaltete sich viel langsamer und beschwerlicher, als Ellie sie in Erinnerung hatte, da der Weg durch Gestein und ausgefahrene Fahrspuren so holperig war, dass die Reisenden regelrecht durcheinander geworfen wurden. So verstummte die Unterhaltung bald, und es war außer dem monotonen Brummen des Motors kein anderer Laut im Panzerwagen zu hören. Nachdem sie zwanzig Minuten bergab gefahren waren, begann der Sabramann eine traurig klingende Melodie zu summen. Auch Mosche stimmte bald leise ein, und schließlich sangen alle – nur Ellie nicht, da sie den Text nicht verstehen konnte. Als sich das Tempo des Liedes steigerte und die Reisenden den Takt mitklatschten und -stampften, waren ihre Gesichter verklärt vor Freude.

„Es gefällt mir", meinte Ellie, als das Lied zu Ende war. Sie ergriff Mosches Hand. „Wovon handelt es, Mosche?"

„Es heißt B'Shuv Adonoy", antwortete er leise. Dann übersetzte er mit nachdenklicher Miene:

„Als der Herr die zurückbrachte, die nach
Zion zurückkehren wollten, schwebten wir wie auf Wolken.
Unser Mund war erfüllt von Lachen,
Und unsere Zunge war Gesang;
Da sagten sich die Völker;
Der Herr hat große Dinge an ihnen vollbracht,
Der Herr hat große Dinge an uns vollbracht.
Wende unsere Knechtschaft, oh Herr,
Wie Ströme in trockenes Land.
Die, die unter Tränen säen, sollen in Freude ernten.

„Bringst du es mir bei?", fragte sie erfreut.

„Ach, es gibt so viele Lieder zu lernen", unterbrach der Sabramann und stimmte ein weiteres Lied an, in das die anderen erneut einfielen. Auf diese Weise verging ihnen die sich dahinziehende Fahrt wie im Flug. Nach jedem Lied übersetzte Mosche den Text, und anschließend sang die Gruppe das Lied noch einmal etwas langsamer, so dass Ellie mitsingen konnte.

Ab und zu begegnete der Transport einem Araber, der auf einem Esel ritt, und dessen Frau ihm zu Fuß folgte. Und einmal, als Ellie sich von ihrem Sitz erhoben hatte und durch den Schlitz schaute, entdeckte sie drei arabische Bauern, die schweigend auf einem Felsen am Straßenrand standen und für jeden sichtbar Gewehre trugen. „Sie greifen ja keine Wagen an, die aus der Stadt hinausfahren", sagte Ellie leise zu sich selbst. „Sie warten auf den bewachten Transport in Richtung Jerusalem." Trotzdem hatte der Gedanke etwas Beunruhigendes.

Mosche zupfte sie am Pullover. „Setz dich. Manchmal sitzen Heckenschützen zwischen den Felsen. Sie können durch die Fenster Bewegungen erkennen."

Sofort setzte sich Ellie wieder hin und blieb sitzen, bis die Straße endlich in die Ebene zu münden schien und nicht mehr so kurvenreich war.

„Nur noch ein paar Minuten bis Latrun", rief der Fahrer nach hinten.

„Latrun?" Ellie spürte, wie ihr Gaumen trocken wurde. „Ist das nicht die Stelle, wo der Bus ..."

Mosche nickte und schloss bei dem Gedanken daran für einen Moment seine Augen. Als der Fahrer herunterschaltete, wurde das Fahrzeug langsamer und er spähte angespannt durch den Sehschlitz. „Eine Straßensperre in Sicht", sagte er beunruhigt. „Eine britische."

Die zierliche Frau rutschte mit angstvollem Gesicht unruhig hin und her. Die ältere Frau legte beruhigend die Hand auf ihren Arm und richtete sich dann auf. Der Wagen kam schlitternd zum Stehen, und Ellie hörte, wie englische Soldaten sich Befehle zuriefen. Dann wurde laut gegen die hinteren Türen des Wagens geklopft.

„Öffnen!", befahl eine raue Stimme.

„Noch jemand ohne Fahrschein", witzelte der kleine Mann. „Wer das Geld nicht passend hat, muss sterben." Er machte mit einer Hand die Geste des Kopfabschneidens, aber niemand lachte.

„Auf wessen Befehl?", rief der Sabramann.

„Auf Befehl Seiner Majestät, der Mandatsregierung für Palästina." Der Soldat schlug wieder gegen die Tür. „Öffnen!"

Der Sabramann entriegelte die Tür und stieß sie so heftig auf, dass die Soldaten, die davor standen, zurückgestoßen wurden. Drei andere Soldaten traten mit Pistolen in der Hand vor.

„Wir sind informiert worden, dass dieser Transport als Bewachung bewaffnete Mitglieder der Haganah transportiert. Kommen Sie bitte heraus. Alle herauskommen."

„Ich protestiere!", fuhr Mosche sie an. „Arabisches Gebiet dürfte kaum ein Ort für unbewaffnete jüdische Zivilisten sein, einen gepanzerten Truppentransporter zu verlassen."

„Wahrscheinlich nicht, Mann", brummte ein stattlicher Sergeant, „aber Befehl is' Befehl. Damen zuerst." Er streckte seine Hand aus und half zuerst der stabilen Frau, dann dem schmächtigen, ängstlich aussehenden Mädchen aus dem Wagen heraus. „Sie auch", zeigte er auf Ellie, die aufstand und sich langsam ihren Weg durch das Gewirr von Beinen zum hinteren Teil des Fahrzeuges bahnte. Sie sprang ohne Hilfe hinunter, weil sie Abneigung empfand, die Hilfe dieser Eindringlinge in Anspruch zu nehmen. Er musterte sie mit großem Interesse, als er ihre zwanglose Kleidung und die schweren Feldstiefel wahrnahm. „Sie wollen wohl campen, was, Miss?", spottete er. „Dann fangen wir mal mit Ihnen an. Legen Sie die Hände aufs Auto."

Ärgerlich drehte Ellie sich um und legte ihre Hände seitlich gegen das Fahrzeug. Sie schloss die Augen und biss die Zähne zusammen, als der Soldat sie lüstern abtastete. Eine Welle des Abscheus und der Erniedrigung durchfuhr sie, als der Mann seine Hände – für diesen Zweck viel zu langsam – über ihren Körper gleiten ließ. „Jetzt ist's aber genug!", begehrte sie auf, drehte sich entschlossen um und sah ihm direkt in sein grinsendes Gesicht.

„Gepäck dabei?", fragte er. „Das Gepäck hierher, Leute", rief er, als Ellies Kameratasche und ihre Reisetasche den wartenden Soldaten herausgereicht wurden. Der Sergeant wühlte ungeschickt in ihren Kleidern und zog schließlich den Reißverschluss ihrer Kameratasche auf.

„Sind Sie Touristin, Miss? Hier ist wohl kaum der richtige Ort, um Bilder zu machen."

„Ich bin Journalistin. Life-Magazin. Schon mal davon gehört?"

Er wurde blass und händigte ihr die Tasche aus. „Amerikanerin, nehme ich an? Handle nur auf Befehl. Waffenkontrolle." Er schien das Bedürfnis zu haben, sich zu entschuldigen. „Wir können doch keine Juden mit Waffen im Land herumlaufen lassen. Araber natürlich auch nicht. Das Tragen von Waffen, müssen Sie wissen, bedeutet Todesstrafe." Er schnaufte und grinste abscheulich. „Sie können jetzt reingehen, Miss."

„Nein, danke". Ellies Augen wurden schmal vor Zorn, als sie sich daran erinnerte, dass sie vor zwanzig Minuten Araber mit Gewehren oberhalb der Straße gesehen hatte. „Ich glaube ich gucke lieber zu."

Die ältere Frau war schnell durchsucht und äußerte kein Wort des Protests. Das zierliche Mädchen dagegen wurde jede Minute bleicher und gehorchte nur zögernd den Befehlen. Ellie glaubte Tränen hinter ihren dicken Brillengläsern aufsteigen zu sehen, als sie sich umdrehte und ihre Hände auf den Wagen legte. Der Sergeant tastete schnell ihren Körper ab und rief „Aha!", als er eine Stelle genau über dem Knie berührte. „Lass'n Se mal seh'n, junge Frau", sagte er triumphierend und streckte seine Hand aus.

Die Frau hob ihren Rock und zog einen geladenen Revolver aus einem Lederriemen um ihren Oberschenkel. Sie sah ihn trotzig an.

„Sie erwarten doch wohl nicht, dass wir ohne Schutz auf diesen Straßen fahren? Nach all dem, was schon passiert ist."

„Ich erwarte gar nichts", knurrte er. „Ich tue nur meine Pflicht." Er händigte die Pistole einem überheblichen Rekruten aus und führte das Mädchen am Arm zu einem wartenden Auto.

Ellie zog ihre Kamera hervor und begann zu fotografieren, als die

Männer der Reihe nach zur Durchsuchung aus dem Truppentransporter kamen.

„Das würde ich an Ihrer Stelle nicht tun!", meinte der Sergeant drohend zu ihr.

„Wer sollte mir das wohl verbieten?" Ellie justierte die Kamera auf das schmächtige Mädchen in dem britischen Wagen und drückte auf den Auslöser.

Der Sergeant wich, an seiner Unterlippe kauend, zurück und fuhr sich dann mit der Hand nervös über sein Gesicht. „Ich hab' Ihnen ja gesagt, ich tu' nur meine Pflicht." Dann musterte er die Gruppe der Reisenden. „Sie können jetzt wieder rein. Und das gilt auch für Sie", meinte er zu Ellie.

Da trat die stabil gebaute Frau vor und fragte würdevoll: „Wo bringen Sie das Mädchen hin?"

„Latrun. Hauptquartier", antwortete er schroff. „Jetzt gehen Sie schon rein."

„Nein", entgegnete die stabile Frau. „Ich werde mit zum Hauptquartier fahren. Es liegt auf arabischem Gebiet. Wir werden sehen, was Ihre Vorgesetzten hierzu sagen." Dann wandte sie sich feierlich an Ellie. „Würden Sie bitte ein Bild von der Verhaftung machen?" Während Ellie noch mehrere Bilder schoss, stieg die ältere Frau lächelnd in den britischen Wagen.

„Machen Sie, was Sie wollen." Der Sergeant knallte die Tür zu. „Wenn das Mädchen zu Ihnen gehört und illegal eine Waffe bei sich trägt, dann sollte ich Sie eigentlich alle verhaften."

Ellie schoss ein Bild von ihm und lächelte dann etwas zu betont über seinen gereizten Gesichtsausdruck, bevor sie der Frau und dem schmächtigen Mädchen zuwinkte und wieder in den Truppentransporter kletterte. Die Türen fielen geräuschvoll hinter ihr zu; als sie, immer noch wütend über die Durchsuchung, wieder ihren Platz einnahm. Die Männer klopften ihr auf den Rücken, als sie an ihnen vorbeiging, und drückten ihr ihre Anerkennung aus.

„Was wird mit den Frauen geschehen?", fragte sie besorgt.

„Beunruhige dich nicht", meinte Mosche mit einem wissenden Lächeln. „Sie werden schon nach Tel Aviv kommen."

„Woher weißt du das? Sie werden doch nach Latrun gebracht, oder?"

„Hast du denn die Frau nicht erkannt, die mit dem Mädchen gegangen ist?"

„Nein."

„Du hast gerade einen Film über die Verhaftung von Golda Meir, Ben-Gurions rechter Hand in der Jewish Agency, durchgezogen. Das wird wohl eine Titelgeschichte werden", lachte er. „Ich möchte nicht wissen, was sie mit dem Sergeant machen, wenn sie ihre Papiere zeigt."

„Was geschieht mit dem Mädchen, das die Pistole hatte?" Der Transporter ruckte vorwärts.

„Golda wird sie nicht allein lassen. Und die Briten benehmen sich in der Regel anständig, wenn es um Frauen geht. Das ist auch der Grund, warum es weibliche Wachen in unseren Transportern gibt. Ein Jude, der mit einer Waffe angetroffen wird, auch wenn es sich nur um eine Verteidigungswaffe handelt, würde gehängt werden." Ellie nickte, immer noch erregt über die unfaire Behandlung.

„Das war Golda Meir?", fragte sie und konnte kaum glauben, dass ein Mitglied der Jewish Agency von so hohem Rang sein Leben so bereitwillig aufs Spiel setzte. „Sie sieht aus −"

„Wie eine nette jüdische Großmutter?"

„Hm.

„Das ist sie auch. Jüdische Großmütter wie sie haben unserem Volk schon zweitausend Jahre geholfen zu überleben", grinste er.

„Ich kann verstehen, warum." Ellie schüttelte verwundert den Kopf.

Während sie durch Latrun und Sarafand fuhren, sang die Gruppe im Truppentransporter wieder. Ellie hatte den Eindruck, dass sie die Lautstärke des Liedes sogar noch erhöhten, als sie in der Nähe des britischen Militärstützpunktes vorbeifuhren. Das Lied, das sie sangen, hieß Hatikvah, „Die Hoffnung". Und obwohl Ellie den Text nicht verstand, konnte sie doch den Inhalt aus dem Klang der Stimmen erraten. Es gab eine Hoffnung, für die sie alle lebten − ein Heimatland.

Als sie schließlich am Busbahnhof in Tel Aviv ankamen, hatte Ellie fast den gesamten Text von Hatikvah gelernt und stimmte ihn in ihrer klaren Altstimme an, während Mosche den Bass und der kleine Mann zusammen mit dem Sabramann die Melodie im Tenor sangen.

„Das klingt so wie unter der Dusche", lachte Ellie. „Es hört sich fantastisch an."

„Vielleicht sollten wir am Broadway im South Pacific singen, was meint ihr?", fragte der kleine Mann grinsend in einem Akzent, der eindeutig New York zuzuordnen war.

„Vielleicht solltet ihr euer Heimatland überhaupt irgendwo in der Südsee suchen. Das wäre sicherlich einfacher als hier." Ellie suchte ihre Habseligkeiten zusammen, während der Sabra die Türen öffnete und der Innenraum von Licht durchflutet wurde.

„Ich habe schon immer gedacht, Tahiti wäre ein ganz netter Ort für eine Jeschiva-Schule." Mosche sprang heraus und reichte ihr die Hand, um ihr herunterzuhelfen.

„Aber nur für die Chassidim –" Der kleine Mann folgte ihnen. „Wenn die Jeschiva-Mädchen in ihren Baströcken dann von den Jeschiva-Jungen begrüßt werden würden, könnten sie sagen: ‚Ha, sieh den!'" Alle verdrehten ihre Augen und stöhnten, und der Sabramann tippte sich kopfschüttelnd mit dem Finger an die Stirn.

„Du bist meschugge, Arazi. Verrückt", sagte er.

„Sonst wäre ich nicht hier, klar?"

Mosche flüsterte Ellie laut ins Ohr: „Ein alter jüdischer Witz."
„Wieviele jüdische Witze kann es nach viertausend Jahren Verfolgung eigentlich noch geben?" Der kleine Mann brach in schallendes Gelächter aus und boxte Mosche gegen den Arm; dann streckte er seine Hand aus: „Alles Gute für euch beide. Mazel Tov." Er blinzelte Ellie zu. „Ich werde mir eine Ausgabe von Ihrer Zeitschrift kaufen." Er drehte sich um und folgte dem Sabra durch die Eingangshalle des Busbahnhofs.

Ellie sah ihnen nach, bis sie verschwunden waren und schaute dann Mosche an. „Es sind ganz schön verrückte Leute dabei", meinte sie kopfschüttelnd.

„Es ist schon ganz brauchbar, wenn man ein bisschen verrückt ist. Sonst könnte einen das alles leicht deprimieren." Er legte seinen Arm um ihre Schultern. „Und jetzt wirst du den Allerverrücktesten von ganz Palästina kennenlernen." Er führte sie an den Straßenrand und ließ dort so lange seine Augen suchend über das wilde Verkehrsgewühl schweifen, bis er das schwarze Wrack eines zerbeulten, klappernden Wagens entdeckt hatte, der in wilden Schlangenlinien durch das Verkehrsgewühl kurvte. Er kam mit quietschenden Reifen am Bordstein zum Stehen. Gleich darauf kletterte Ehud aus dem Fenster der Fahrertür und rief Flüche hinter einem Wagen her, der an ihm vorbeifuhr und dann um die nächste Ecke bog. „Du bist wohl wahnsinnig!", schrie er und schüttelte seine haarige Faust hinter ihm her. Er schob seine Unterlippe vor und konnte sich offensichtlich immer noch nicht beruhigen. Dann ging er ungelenk auf Mosche und Ellie zu, ohne jedoch seinen Blick von der Stelle zu wenden, an der der Wagen verschwunden war. Halblaut sagte er vor sich hin: „Der arbeitet wohl für den Führer!"

„Dies", sagte Mosche etwas linkisch, „wird dein Gastgeber sein – Ehud Schiff."

Als Ehud neben Mosche Ellie wahrnahm, veränderte sich sein Verhalten augenblicklich. „Ahhhhh!" rief er, und seine Augen leuchteten auf. Er nahm ihre Hand und neigte sich darüber, um sie zu küssen. „Sie sind sicherlich Miss Ellie Warne, von der wir schon so viel gehört haben. Ja tatsächlich, Mosche, sie ist schön, wirklich schön, so schön, wie du es uns oft erzählt hast."

Ellie ergriff lachend seine fleischige Hand und sagte: „Aber von Ihnen hat mir Mosche noch gar nichts erzählt. Das heißt, bis eben." Dann schaute sie Mosche fragend an. „Fahren wir mit Ehud?"

„Leider ja", meinte er mit gespieltem Ernst.

„Ach deswegen." Ehud gestikulierte in Richtung des inzwischen verschwundenen feindlichen Wagens. „Habt ihr den Wagen gesehen? Der hat sich doch glatt geweigert, Platz zu machen, als ich die Fahrbahn wechseln wollte", erklärte er.

„Ehud glaubt, dass man sich auf den Straßen genauso verhalten kann wie auf dem Meer." Mosche nahm Ellies Taschen und warf sie durch das Fenster in Ehuds Wagen. „Darum lassen sich auch die Türen seines Wagens nicht öffnen. Sie sind von den vielen Zusammenstößen so verzogen, dass sie nicht mehr aufgehen. Ich werde fahren, Ehud. Diese Dame ist mir viel zu wichtig, als dass ich sie auf den Straßen von Tel Aviv verlieren möchte."

Ehud verzog flüchtig den Mund, zupfte dann nachdenklich an seinem Bart und kletterte durch das Fenster ins Auto. „Wie du meinst, Mosche. Dann kommt schon rein; mein Liebchen wartet schon im Hafen auf uns."

Ellie kletterte unbeholfen hinter ihm in den Wagen und zwängte sich zwischen seinen massigen Körper und die Wagentür, während Mosche sich in den Verkehr einfädelte.

„Bist du startklar?", fragte Mosche.

„Oh ja, ich schon. Aber meine geliebte Maria, mein Liebling, fühlt sich nicht wohl."

„Was ist denn los?" Mosches Gesicht nahm einen besorgten Ausdruck an.

„Sie wird allmählich alt, weißt du. Ich fürchte, ich werde sie eines Tages verlieren."

Ellie versuchte, ihr Entsetzen zu verbergen. Sie beugte sich vor, um Mosches Gesicht sehen zu können, während Ehud von seiner Geliebten und ihrem möglichen Ableben sprach. Zu ihrer Bestürzung schien Mosche nicht der Meinung zu sein, dass etwas Ungewöhnliches an Ehuds Worten war. „Hat schon jemand nach ihr gesehen?", fragte er in dem Versuch, hilfreich zu sein.

„Natürlich", nickte Ehud ernst. „Aber es war so ein schmieriger Kerl, hatte nicht das richtige Einfühlungsvermögen, das eine Dame braucht. Deshalb kümmere ich mich jetzt selbst um sie. Ein gelegentlicher Tritt an die richtige Stelle, wenn sie eigensinnig ist ...".

„Meinen Sie nicht, Sie sollten jemand Qualifizierteres zu Rate ziehen?", fragte Ellie, als sie um eine Kurve bogen und auf den Kai rollten.

„Ich bin seit fünfundzwanzig Jahren ihr Gebieter!", rief Ehud aus. „Meine entzückende Maria würde keinen anderen als mich wollen. Wer könnte sie auch nur halb so gut kennen?"

„Aber Sie können sich doch nicht von ihr trennen!", protestierte Ellie. „Nicht nach fünfundzwanzig Jahren."

Mosche lachte in sich hinein, während er die Handbremse anzog und aus dem Wagen auf den mit Planken belegten Kai kletterte.

„Ah, da können Sie sie sehen. Ist sie nicht ein Traum?" Ehud zeigte aus dem Wagenfenster, während er darauf wartete, dass Ellie herauskletterte.

Ellie suchte das Ufer ab und sah niemand außer zwei alten Fischern, die Muscheln von einem Schiffsrumpf im Trockendock abschabten und einen jungen Mann, der Netze auf dem Deck eines alten Trawlers flickte. „Wo?"

Mosche schaute zum Wagenfenster hinein. „Soll ich dir beim Aussteigen helfen?", fragte er Ellie.

Sie verdrehte die Augen und machte ein Gesicht, als ob sie fragen wollte, aus welcher Nervenheilanstalt Ehud ausgebrochen sei. „Wo ist denn Maria?", wollte sie wissen. „Ich sehe hier keine weibliche Person", sagte sie zu Mosche, während Ehud auf der Fahrerseite ausstieg.

„Ich glaube, das hängt von der Perspektive ab." Er zeigte auf einen alten, von Wind und Wetter mitgenommenen Trawler, der neben anderen Schiffen vor Anker lag. „Das", stellte er vor, „das ist Ehuds Geliebte."

Ellie kniff die Augen zusammen und verzog ihr Gesicht, um die kaum noch sichtbaren Buchstaben auf der abgeblätterten weißen Farbe zu lesen: „Ave Maria". Sie fuhr sich mit der Hand über die Stirn und lief rot an. Ihre Stimme klang sehr erleichtert, als sie heiser flüsterte: „Ich dachte schon ..."

Mosche lachte und bot Ellie seine Hand. „Das ist ein Fehler, den viele machen."

Ehud folgte ihnen und sah das kleine Schiff schwärmerisch an. „Sie war so schön in ihren jungen Tagen – mein kleiner Liebling." Dann beeilte er sich hinzuzufügen: „Aber ganz gewiß nicht halb so schön wie Sie, meine reizende Dame."

„Pass auf, mein Freund", warnte Mosche. „Maria wird sonst eifersüchtig."

Ehud legte einen dicken Finger auf seine Lippen. „Ganz genau, ganz genau. Sie ist sehr sensibel." Er ging zu dem kleinen Trawler. Ellie lehnte sich an Mosche und zupfte so lange an seinem Hemd, bis er sein Ohr zu ihr neigte: „Meint er das etwa ernst?", fragte sie beunruhigt bei dem Gedanken, mit ihm fahren zu müssen.

„Ganz genau, ganz genau", ahmte Mosche schelmisch Ehud nach. „Ich habe es dir doch gesagt, oder? Er ist verrückt. Aber es gibt niemand hier auf dem Meer, der auch nur annähernd so gutmütig wäre wie er. Nun komm." Er ging hinter Ehud an Bord des Trawlers. „Wir müssen bis heute Nacht noch einen weiten Weg zurücklegen."

* * *

Möwen kreisten am klaren blauen Himmel, und eine leichte Brise kräuselte Ellies Haar, während sie an Deck stand und darauf wartete, dass das Schiff in See stach. Winzige Wellen umspielten die Planken der „Ave Maria", und das Sonnenlicht auf der Wasseroberfläche spiegelte sich an der Schiffswand wider. Taue und Netze lagen über das Deck verstreut, und als Ellie die anderen vor Anker liegenden Fischerboote betrachtete, fand sie, dass sich die „Ave Maria" eigentlich nicht von den anderen Schiffen im Hafen unterschied.

„Es ist ihr Herz", nickte Ehud, als Ellie ihm erzählte, dass man nicht herausfinden könne, dass sie kein normales Fischerboot war. „Ganz sicher ist Gott mit uns." Er tätschelte das Steuer.

„Für ihr Alter trägt sie die Kinder Abrahams noch gut", sagte Mosche.

„Wie Sarah? Vielleicht sollten Sie ihr nächstes Schiff Sarah nennen. Sie war neunzig, als sie ihr erstes Kind bekam."

Ehuds Gesicht vedüsterte sich, und er streichelte Marias Steuer. „Sie werden sie noch verletzen, wenn Sie so weitersprechen. Achte nicht auf das, was sie sagt, mein Liebling", murmelte er. „Warum gehen Sie nicht auf Deck, bis wir abfahren?"

Ellie verließ das Ruderhaus und war belustigt – bis der Motor sich weigerte, anzuspringen und als einzige Antwort auf Ehuds Schmeicheleien nur ein Stöhnen von sich gab. „Nun sehen Sie sich das an!", rief er Ellie vom Ruderhaus zu. „Sie haben sie beleidigt!"

Ehud fluchte und verschwand geräuschvoll unter Deck im Maschinenraum, bis der widerspenstige Motor schließlich seufzte und unter Getöse anfing, sich zu drehen. Ellie saß auf einem Gewirr von Seilen und sah zu, wie Mosche die Leinen warf und der alte Rumpf vibrierend zuerst rückwärts in den Hafen fuhr und dann wieder vorwärts an der Kaimauer entlang in das heitere Blau des Mittelmeeres glitt. Möwen schrien und folgten ihnen in der Hoffnung, dass sie Fische fangen und ihnen austeilen würden. Hin und wieder sah Ehud finster auf Ellie hinab, und sie fühlte sich so eingeschüchtert, dass sie an Deck blieb, bis sich Mosche schließlich mit zwei Bechern Kaffee zu ihr gesellte.

„Ich habe etwas Falsches gesagt", lächelte Ellie unglücklich. „Er mag mich leider nicht."

„Er wird schon darüber hinwegkommen." Mosche reichte ihr den Becher. „Trink das."

„Er ist etwas eigenartig, nicht wahr? Ich meine, mit dem Schiff und allem."

„Dieses Schiff ist sein ein und alles. Er hat seine Familie in den Konzentrationslagern verloren – Schwestern, Brüder und zu Beginn des Krieges auch seine junge Frau. Er ist ein guter Mensch. Schon hundert Mal hat er sich der Blockade widersetzt. Siebenundsechzigtausend Juden sind dabei gefasst worden, als sie trotz des Mandates nach Palästina wollten. Und die ‚Ave Maria' ist schon ein Dutzend Mal angehalten und durchsucht worden, aber noch nie mit Passagieren an Bord. Ehud hat recht. An dem Mädchen ist etwas Besonderes."

„Was passiert mit den Menschen, die gefasst werden?"

„Sie sind noch immer hinter Stacheldraht, auf Zypern. Die Briten halten sie dort gefangen, um nicht den Zorn des Muftis zu erregen."

Ellie atmete den Dampf des Kaffees ein und nippte dann an dem heißen Getränk. „Sieht so aus, als ob der Mufti schon jetzt ziemlich böse wäre." Sie schaute Mosche lange an. „Was würde mit dir geschehen, wenn du gefasst werden würdest?"

„Bis jetzt haben wir nur Menschen geschmuggelt. Dafür würden wir vor Gericht gestellt und ins Gefängnis geworfen werden. Waffenschmuggel allerdings bedeutet den Tod."

„Sie würden dich deswegen töten? Wegen Waffen zu eurer Verteidigung?"

„Viele von uns sind bereits dafür gestorben." Mosche trank seinen Kaffee.

Ellie dachte an all die Vorwürfe, die sie ihm gemacht hatte. Dann nahm sie seine Hand und schaute über das Meer, während der Horizont von Tel Aviv immer kleiner wurde und schließlich verschwand. „Ich habe dir so viele Vorwürfe gemacht. Ich wusste ja nicht, dass du alles für diese Sache aufs Spiel setzt."

„Wie hättest du das auch wissen können?" Er hob ihr Kinn. „Ich wäre ein Narr gewesen, wenn ich es jemandem erzählt hätte."

„Ich bin ... Ich möchte nicht nur irgendeine beliebige Frau für dich sein, Mosche. Verzeihst du mir, was ich gesagt habe?"

„Schon in dem Augenblick, als du es sagtest, habe ich dir verziehen, meine kleine Schickse." Er küsste sie auf die Wange. „Aber in mancher Hinsicht bist du noch ein Kind – ungeduldig mit Menschen, die die Welt anders sehen als du, auch wenn dir deine Augen gerade erst geöffnet worden sind."

Ellie senkte die Augen und starrte auf die Taurolle, die vor ihnen lag. „Du meinst, ich bin unsensibel?"

„Im Gegenteil. Ich glaube, du fühlst" – er umfasste mit einer Bewegung den ganzen Horizont – „alles. Aber die Wahrheit ist mehr als nur Gefühl. Genau wie auch die Liebe mehr ist als bloßes Gefühl. Verstehst du?"

„Ich versuche es", sagte sie und kam sich bei seinen Worten sehr hilflos vor.

„Um die Wahrheit zu finden, muss man suchen, offen sein und Tatsachen aufdecken."

„Du sprichst wie ein Archäologe."

Mosche lachte. „Das kann schon sein. Schließlich war es dein

Onkel, der mich zuerst dazu aufforderte zu suchen." Er schaute in die Ferne und suchte nach den richtigen Worten. „Es gibt so viele Dinge, die ich nicht verstehe, aber ich glaube, dass die Antwort gerade dort liegt, wo ich mit meinem Wissen am Ende bin. Gott sagt, dass wir einmal wieder eine Nation sein werden. Ich weiß nicht, wie wir es geschafft haben, Hass und Unterdrückung von Moslems und Christen zweitausend Jahre zu überstehen und jetzt sogar kurz davor stehen, einen neuen Staat zu gründen. Deshalb muss das, was Gott durch die Propheten gesagt hat, doch wahr sein. Ich denke, vielleicht ist es die mir zugedachte Pflicht zu versuchen, die Verheißungen zu erfüllen und in ihnen die Wahrheit meiner Existenz zu finden. Ergibt das nicht einen Sinn?"

„Ist das nicht komisch?" Ellie schluckte ihren Kaffee hinunter. „Mein ganzes Leben habe ich gedacht, dass die Dinge so sein müssen, wie ich sie empfinde. Und du hast dein ganzes Leben lang über Tatsachen und Wahrheit nachgedacht. Es muss doch aber beides auf der Welt möglich sein: die Wahrheit mit dem Verstand zu erkennen und sie mit dem Herzen zu erspüren. Ich versuche es jedenfalls, Mosche, ich versuche es."

Er drückte ihr die Hand. „Das tue ich auch. Und ebenso Ehud und Howard und auch dein Fliegerfreund David –"

Ellie machte sich steif. „David? Der kann doch nicht über seine Nasenspitze hinaussehen."

Mosche küsste sie auf die Nase und meinte dann augenzwinkernd: „Eine weit verbreitete menschliche Schwäche, nicht wahr? Sich ein Urteil über einen Menschen zu bilden, ohne ihn richtig zu kennen."

„Ich hatte mir wirklich ein ganz falsches Bild von dir gemacht." Sie lächelte ihn an. „Ich bin froh, dass es nicht stimmte."

„Da du das endlich herausgefunden hast, Liebling", er stand auf und streckte sich, „möchte ich dir sagen, dass ich David für einen feinen Kerl halte. Er war ausgesprochen mutig in seinem kleinen Flugzeug."

„Er ist ein Angeber, das ist alles." Sie legte ihre Arme um seine Hüften.

„Jetzt ist vielleicht nicht der richtige Augenblick, dich vom Gegenteil zu überzeugen."

Er zog sie an sich und küsste sie sanft.

„Und welches Urteil haben Sie über mich gefällt, Euer Ehren?"

„Können Sie kochen?"

„Wo ist die Küche?"

„Du siehst, du bist wahrhaftig perfekt."

Ellie folgte Mosche die schmalen Stufen hinunter in den Laderaum des Schiffes, wo Kisten mit Orangen und Coca-Cola in einem Korridor gestapelt waren. Er führte sie zu einer schmuddeligen Kombüse. Erhellt wurde sie durch ein kleines, mit einem Messingbeschlag versehenes Bullauge, das im Bug des Schiffes eingelassen war. Der Motorenlärm machte ein Gespräch beinahe unmöglich. Vor der breiten hölzernen Theke, auf der Brotlaibe neben einem großen, runden Käse und mehreren Stangen Salami lagen, reichte der Platz kaum für eine Person.

„Innerhalb der nächsten zwei Stunden werden wir das Flüchtlingsschiff treffen", rief Mosche ihr durch das Getöse zu. „Die Passagiere werden hungrig sein."

„Wieviel Brote soll ich denn machen?", fragte sie voller Erstaunen über die Mengen von Brot und Käse.

„Soviel wie möglich. Sie werden alles aufessen." Er kramte ein großes Fleischermesser aus einer Schublade und reichte es ihr. „Willkommen in der Haganah, Liebling." Er küsste sie flüchtig.

„Was soll das sein? Eine Art Einführungsritus, oder was?" Sie tippte mit dem Finger gegen die stumpfe Seite der Messerklinge.

„Wenn du das durchstehst" – er schob sich mühsam an ihr vorbei in den Korridor – „überantworten wir dir den Oberbefehl über Töpfe und Pfannen."

Sie schwang das Messer in der Luft. „Ich komme mir vor wie ein Pirat."

„In diesem Punkt würden die Briten bestimmt mit dir übereinstimmen." Dann sagte er, während er sich über den Bauch strich: „Wenn du ein bisschen Zeit hast, bring uns doch auch ein paar Sandwiches, ja?"

„Was habe ich sonst noch zu tun?" Sie nahm den ersten der zwanzig krustigen Laibe vom Stapel und begann an ihm zu sägen. Mosche lachte und wandte sich dann zum Ruderhaus.

Das Messer drang kaum durch die Brotkruste und riss jede Scheibe in zerfetzte Stücke. Ellie wühlte in den Schubladen der Kombüse, aber sie fand in der schlecht sortierten Sammlung an Besteck und Küchengeschirr nichts, was schärfer als ein Buttermesser war. Frustriert, aber dennoch eifrig, machte sie sich über Käse und Salami her, bis nach zwei Stunden Berge von ungerade geschnittenen Salami- und Käsestücken neben Stapeln von schiefem Brot lagen. Sie klappte die Stücke zusammen, griff zwei Colaflaschen und machte sich entnervt auf zum Deck.

„Haltet ihr Männer nichts von Messern mit scharfen Schneiden?", fragte sie unverblümt, als sie Ehud und Mosche zwei enorme Sandwiches präsentierte.

Ehud umfasste das Steuer mit einer Hand und umschlang mit der anderen das Sandwich wie einen Baseball. „Na, das nenne ich ein Essen!" Dann machte er sich über die fettige Salami her. „Sie ist großartig, dein Mädchen!"

Mosche betrachtete eingehend das Zerrbild eines Sandwichs und versuchte dann eine Seite zu finden, die dünn genug zum Hineinbeißen war. „Hmmm. Großartig."

„Wenn du es nicht magst, Mosche" – Ellie verschränkte mit funkelnden Augen ihre Arme – „kannst du es als Köder benutzen. Teigkugeln und Käse wirken prima am Pier von Santa Monica. Vielleicht fängst du einen Schwertfisch, mit dem du dir dann selbst dein Brot schneiden kannst!"

„Ich habe doch gar nichts gesagt." Mosche zog ein Stück Salami zwischen den Brotscheiben heraus und kaute zufrieden.

„Ich esse es schon!", rief Ehud aus. „Es schmeckt gut und ist mächtig groß."

„Danke, Ehud", sagte Ellie. „Zu Hause in den Staaten würden wir das ‚Dagwod' nennen, oder so ähnlich."

„Siehst du?" Ehud öffnete seine Cola mit den Zähnen. „Das Mädchen hat uns amerikanische Sandwiches gemacht, und wir treffen gleich die ‚SS America'. Das ist ein gutes Omen. Mach dir keine Sorgen, Mosche."

„Habe ich etwas verpasst?" Ellie hielt besorgt inne. „Ist etwas nicht in Ordnung?"

Mosche schaute auf und betrachtete den nördlichen Horizont.

„Entweder hat die ‚SS America' Verspätung, oder wir haben sie irgendwie verpasst."

„Was machen wir jetzt?"

„Wir werden warten." Ehud schwang seine Cola. „Sie wird schon kommen."

20. Schachmatt

Es war nach vier Uhr. Der Ruf des Muezzins war schon über der Altstadt erschallt und hatte die Gläubigen zum Gebet gerufen. Haj Amin, Mufti von Jerusalem, erhob sich von seinem Gebetsteppich und schlüpfte in seine Schuhe. Dann betrat er den Patio, wo Hassan und Gerhardt auf ihn warteten.

„Meine Freunde!", sagte er heiter und nahm ihnen gegenüber Platz. Auf sein zweimaliges Händeklatschen brachte ein Diener eine silberne Kanne mit Mokka und drei winzige Tassen. Haj Amin goss den Kaffee selbst ein und reichte ihn den Männern. „Haben Sie das Foto in der amerikanischen Zeitschrift gesehen?", fragte er.

Hassan nickte mit gesenkten Augen.

„Sind Sie dafür verantwortlich, Hassan?"

„Herr –", begann dieser und setzte seine Tasse klirrend auf die Untertasse.

„Ist es nicht so, dass wir jetzt in den Augen der Welt als Mörder erscheinen ...?" Der Mufti schnipste mit den Fingern, woraufhin ihm ein anderer Diener die Zeitschrift Life brachte. Haj Amin blätterte die Seiten durch, bis er die Fotografie von dem Schneider fand. „... und die Welt aus Mitgefühl mit den Juden weint?" Er lachte, als Hassan sich unbehaglich auf seinem Stuhl wand. Dann richtete Haj Amin seinen Blick auf Gerhardt. „Haben Sie unser Geschenk an die Juden in der Ben Yehuda Street vorbereitet?", fragte er.

Gerhardt nickte.

„Gut. Aber ich fürchte, wir müssen vorher noch ein anderes Geschenk vorbereiten."

Gerhardt beugte sich stirnrunzelnd vor und schaute Haj Amin gespannt an.

„Es ist nur eine unbedeutende Kleinigkeit." Haj Amin schnipste mit den Fingern und lächelte verschlagen. „Hassan hat mir erzählt, dass er die Alte, die Haushälterin aus dem Haus der rothaarigen Frau, gesehen hat. Sie verkehrt häufig in Ihrem Hotel. Ich gehe doch recht in der Annahme, dass der Sohn der Alten dort lebt?"

„Ja", fiel Hassan ein, „und noch verschiedene andere Familien-
mitglieder, da das Geschäftsviertel –"

Haj Amin sandte einen vernichtenden Blick in seine Richtung.
„Das reicht, Hassan." Er hüstelte. „Natürlich ist es die Absicht der
Juden, die Sympathie der Welt zu erringen und uns in der Presse
öffentlich mit solchen Bildern zu züchtigen. Ich brauche Ihnen nicht
zu erzählen, Gerhardt, dass Öffentlichkeitsarbeit und Terror Hand
in Hand gehen. Wir müssen, fürchte ich, unser Geschenk an die
Ben Yehuda Street vertagen, und der Welt Gelegenheit geben, mit
uns über den Verlust von Arabern zu weinen."

„Was meinen Sie, Euer Exzellenz?", fragte Hassan.

„Wenn die Juden eine Bombe in das Hotel Semiramis legen, wer
wird dann noch behaupten, dass wir ungerecht sind, wenn wir ihnen diese Tat Auge um Auge, Zahn um Zahn zurückzahlen?"

„Aber die Juden haben doch noch nicht –", begann Hassan, wurde aber durch einen schnellen Blick des Muftis zum Schweigen gebracht.

Haj Amin lächelte Gerhardt mit einem wissenden Blick zu. „Es
sind mehr oder weniger nur ein paar christliche Araber. Wäre heute
Nacht ein zu früher Termin, mein Freund?"

„Inch' Allah, Haj Amin", antwortete er. „So Allah will."

„Allah und der Mufti." Haj Amin warf seinen Kopf zurück und
lachte über seine Raffinesse.

* * *

Es war Spätnachmittag. Eine leichte Brise kräuselte das Wasser und
ließ die „Ave Maria" auf und nieder tanzen. Das Kinn in die Hand
gestützt, schaute Mosche auf das Schachbrett, das auf einer Taurolle zwischen Ehud und Ellie lag.

„Ich glaube, sie hat dich, Ehud, mein Freund", sagte Mosche und
schluckte den letzten Bissen von Miriams Zucchinibrot hinunter.

Ehud erwiderte mit finsterem Gesichtsausdruck: „Das Spiel ist
noch lange nicht vorbei. Den Tag wird es nicht geben, an dem
Ehuds Schiff von einer Frau geschlagen wird."

„Wahrscheinlich doch." Mosche kratzte sich am Kinn.

Ellie lächelte Ehud freundlich an und zog dann ihre Königin vor. „Schach."

„Ha!", rief Ehud empört und schlug sich mit der Faust aufs Knie.

Ellie meinte augenzwinkernd: „Und noch dazu von einer nicht-jüdischen Frau!"

„Aber ich bin noch nicht matt!", protestierte Ehud.

„Gib auf, Ehud." Mosche klopfte ihm auf den Rücken und schaute dann wohl zum hundertsten Mal zum Horizont.

Dicke Wolken hatten sich im Norden zusammengeballt, und mit ihnen waren auch die winzigen Wellen vom frühen Nachmittag größer geworden.

„Wenn sie nicht bald kommen", meinte Mosche mit düsterer Miene, „bekommen wir vielleicht Schwierigkeiten mit dem Wetter."

„So wie letztes Mal?", stichelte Ehud, ohne jedoch seinen aufmerksamen Blick vom Schachbrett zu lösen. „Als du diese junge Schönheit aus dem Meer gefischt hast?"

Ellie schaute neugierig auf. „Von der habe ich noch gar nichts gehört."

„Eine Venus, hat Mosche mir erzählt. Sie sprang ins Wasser, und er rettete sie. Irgendein Glückspilz wird ihm eines Tages dafür danken, nicht wahr, Mosche?" Er stieß Mosche an. Dieser sah jedoch durch das Fernglas, als ob er nicht zugehört hätte und suchte den Horizont nach einer schmalen Rauchfahne ab, die ihnen die Ankunft der „SS America" ankündigen würde.

„Hast du sie wieder aufs Schiff gebracht?", fragte Ellie, die nun das Interesse am Schachspielen verloren hatte.

„Oh, nein", rief Ehud dazwischen, ohne den vernichtenden Blick zu beachten, den Mosche in seine Richtung sandte. „Er ist mit ihr die ganze Strecke zum Ufer geschwommen. Sie haben die Nacht am Strand verbracht, und dann sind sie zusammen zu Fanny gegangen –"

„Mosche, warum hast du mir nicht erzählt, dass du so ein Held bist?", fragte Ellie eifersüchtig.

Ehud rieb sich genüsslich die Hände und zog seinen letzten Turm. „Sie sind dran", klärte er Ellie auf.

„Das gehört einfach zu dieser Aufgabe", erwiderte Mosche und starrte immer noch durch das Fernglas.

„Ach, gib's doch zu, Mosche." Ehud verschränkte seine Arme. „Einem alten hässlichen Weib wärst du doch nicht nachgesprungen!" Seine Augen zogen sich vor Befriedigung darüber zusammen, dass Ellies Konzentration nun völlig nachgelassen hatte.

„Halt den Mund, Ehud!", fuhr Mosche ihn an. „Und mach' endlich deinen Zug!"

Ehud zuckte unschuldig die Achseln. „Sie ist doch dran, oder?"

„War sie wirklich so hübsch, Mosche?", fragte Ellie und spielte geistesabwesend mit ihrem Springer.

„Ein Traum von einer Frau, hat mir Mosche erzählt." Ehud sah erwartungsvoll auf Ellies Finger. „Nun ziehen Sie schon!"

„Ich glaube schon", antwortete Mosche gereizt. „Sie sah nicht schlecht aus."

Gedankenverloren zog Ellie ihren Springer. Ehud machte den letzten Zug des Spieles und klatschte dann in die Hände. „Schachmatt!", rief er triumphierend. „Meine entzückende Nichtjüdin, Sie haben also doch verloren!"

„Das haben Sie absichtlich gemacht!", protestierte Ellie.

„Was meinen Sie?", fragte er grinsend und legte die Schachfiguren in einen alten Schuhkarton.

Mosche stand auf und ging zum Bug des Schiffes, von wo aus er die Gewitterwolken durch das Fernglas betrachtete. Auf dem Hintergrund der dunkelgrauen Wolken konnte er eine dünne Rauchsäule erkennen. „Da ist sie", rief er nach hinten. „Sieht so aus, als würde sie vor dem Sturm davonlaufen."

„Das ist nicht gut." Ehud gab Ellie die Schachtel. „Wir sind spät dran, wie die Dinge liegen. Wenn wir die Passagiere auf unser Schiff geholt haben, werden wir sie vielleicht nicht mehr vor dem Morgengrauen an Land bringen können."

„Ich wette, die Sandwiches sind inzwischen auch trocken", meinte Ellie mit belegter Stimme, da sie sich noch immer nicht von dem

Gedanken an die schöne Frau lösen konnte, die Mosche gerettet hatte.

„Das macht nichts", entgegnete Mosche. „Lasst uns losfahren."

Die Sonne stand schon tief, als sich die „Ave Maria" endlich neben den rostigen Rumpf des Frachters „SS America" schob und die Flüchtlinge der Reihe nach auf ihr Deck herabgelassen wurden. Frauen und Kinder waren im Vergleich zu den Männern weit in der Überzahl. Ellie hörte, wie Mosche leise zu Ehud darüber sprach, dass sie Männer im wehrfähigen Alter brauchten.

„Wir müssen das in aller Deutlichkeit sagen", meinte er. „Dies muss die letzte gemischte Gruppe sein, bis die Staatsgründung vollzogen ist. Von jetzt an nur noch junge Männer – oder Frauen, die kräftig genug sind, zum Kämpfen ausgebildet zu werden. Nur dann lohnt es sich, noch einen Transport zu riskieren."

Ehud nickte mit verbissenem Gesicht, und Ellie eilte davon, um die Gesichter zu fotografieren, Gesichter, in denen sich alle Argumente für eine Gründung eines Staates Israel widerspiegelten. Hagere und hohläugige Frauen, die Babies wiegten oder kleine Kinder fest an sich drückten, wurden in den Laderaum des schaukelnden Schiffes geführt. Ihre Habseligkeiten hatten sie in kleine Bündel gepackt, manche waren sogar völlig ohne Gepäck. Ellie musste an ihre eigene Reisetasche denken, die unter Deck verstaut war. Für die eine Übernachtung während dieser Fahrt hatte sie wahrscheinlich mehr mitgebracht als diese Leute insgesamt besaßen. Eine Mutter schaute ihr dankbar in die Augen, als sie half, ihr Baby die steilen Stufen hinunterzutragen. Ellie kämpfte gegen ein Gefühl des Entsetzens an, als sie sich an die Bilder in den Wochenschauen erinnerte, welche die Konzentrationslager und die Gesichter von Männern und Frauen gezeigt hatten, die in einer Reihe aufgestellt auf den Tod warteten. Was müssen diese Menschen durchgemacht haben? dachte sie, während die Flüchtlinge geduldig ihre Plätze auf der „Ave Maria" einnahmen.

Sie verstand kein Wort von dem, was gesprochen wurde. Aber Mosche sprach mit allen freundlich und liebevoll, klopfte den Menschen auf den Rücken und schüttelte Hände zur Begrüßung. Als sie ein Junge in kurzen Hosen und zerlumptem Pullover, dessen Knie sich wie Kugeln aus seinen dünnen Beinen vorwölbten, bewundernd anlächelte, bemerkte Ellie, dass seine Zähne völlig verfault waren. Da sie wusste, dass der Junge sie nicht verstehen konnte, fragte sie Mosche: „Wie soll er denn essen?"

„Wenn der Hunger groß genug ist –", entgegnete er. Dann sagte er auf Polnisch etwas zu dem Jungen und strich ihm liebevoll über das Haar. „Wir werden dafür sorgen, dass seine Zähne in Ordnung gebracht werden. Aber mehr noch sind es die Narben, die wir nicht sehen können, die mir das Herz brechen." Er schüttelte traurig den Kopf und führte den Jungen zum Laderaum. Unterdessen machte Ellie ein Foto von ihnen. Als Mosche den Jungen liebevoll betrachtete, wurde Ellie wieder bewusst, wie sehr Mosche mit diesen Menschen verbunden war. Sie war voller Bewunderung für ihn und hatte das Bedürfnis, ihre Arme um ihn zu legen und ihm zu sagen, wie sehr sie ihn mochte.

Schließlich war auch der letzte Flüchtling sicher verladen, und die „Ave Maria" drehte von der „SS America" ab. Ellie hielt nur mit Mühe die Tränen zurück und legte Mosche, der sich am Bug den Wind ins Gesicht wehen ließ, ihre Hand auf den Rücken.

„Ich gehe immer hierher. Jedesmal, wenn wir sie übernommen haben. Weißt du, manchmal glaube ich, dass ich daran zerbreche." Er sah sie mit tränenüberströmtem Gesicht an. „Es gibt ein Gedicht von einem Mann namens Byron, das mir dein Onkel einmal gesagt hat: ,Die Vögel haben ihre Nester, der Fuchs seinen Bau, aber Israel hat nur sein Grab.'"

„Ich habe es schon einmal gehört, aber bisher habe ich es nie verstanden."

„Alle Menschen haben ein Land. Alle, außer den Juden. Diese Menschen" – er machte eine Geste zum Lagerraum hin – „sind aus dem Grab zurückgekehrt. Aber am schwersten ist es für mich, wenn ich darüber nachdenke, dass Gott solches Leid überhaupt zugelassen hat. Und dieses Leid ist auch mein eigenes Leid, weil diese Menschen zu meinem Volk gehören."

Ellie schlang ihre Arme um ihn und lehnte ihren Kopf an seine

Brust. „Das Gleiche habe ich mich auch nach dem Aufruhr gefragt. Onkel Howard meinte, dass nicht Gott es war, der das getan hat, sondern Menschen. Und zwar Menschen, die Gott nicht kennen und nicht die leiseste Ahnung haben, wer er ist."

„Vielleicht hat er recht."

„Ich habe das bisher auch nicht gewusst – aber jetzt verstehe ich es, und ich glaube, dass Gott, wer immer er auch ist, das Herz brechen muss über die Art und Weise, wie wir miteinander umgehen. Und darum, Mosche, möchte ich ihn kennenlernen und sein wie er." Sie wischte sich die Tränen von den Wangen.

„Ich hoffe, dass du findest, was du suchst. Ich hoffe dasselbe auch für mich – dass jemand die Wunden heilt, die man nicht sehen kann. – Es ist manchmal schwer, Leiden so hautnah miterleben zu müssen, nicht wahr?"

„Ja, dann habe ich das Gefühl, dass ich wegrennen und mich verstecken möchte", entgegnete sie krampfhaft lächelnd. „Aber die Sandwiches werden trocken."

* * *

Die Sperrstunde war bereits vorbei, als Hassan die schäbige Eingangshalle des Hotels Semiramis betrat. Ein Hotelangestellter lehnte am Tresen und las die Cairo Times, die ausgebreitet vor ihm lag. Aufmerksam studierte er auf der Titelseite die neuesten Äußerungen arabischer Führer, die sich in der Universität von Kairo versammelt hatten, um darüber zu diskutieren, welche Linie man gegenüber den Juden in Palästina einschlagen sollte. Während andere noch redeten, war der Mufti von Jerusalem allerdings bereits dabei, Gedanken in tödliche Taten umzusetzen.

Haj Amins letzter Auftrag an Hassan in dieser Nacht war nur ein schwaches Beispiel für sein Verständnis von Politik. Neun andere Mitglieder von Haj Amins Untergebenen hatten bereits das Hotel verlassen, um sich nach Bab El Wad zu begeben. Nur Hassan war zurückgeblieben, um sich in den Augen seines Führers zu rehabilitieren. Seine Aufgabe war es, den Zünder einzuschalten, der in dem zerschundenen Lederkoffer war, den er bei sich trug.

Hassan ließ seinen Blick durch die Eingangshalle schweifen. In einem Sessel döste ein alter Mann, ein anderer stand vor dem Eisengitter des Aufzuges und war in ein Streitgespräch mit einer alten Frau verwickelt. Hassan erkannte die beiden sofort.

„Du siehst also, Mutter," der Mann zog eine Taschenuhr aus seiner Westentasche, „du musst mit mir und Sammy hierbleiben."

Hassan machte sich auf den Weg zur Treppe, hielt dann jedoch inne.

„Ich kann nicht bleiben. Der Herr Professor, er wird sich Sorgen machen", entgegnete die Alte.

Hassan wandte sich lächelnd dem Aufzug zu.

„Und ich werde mir genauso Sorgen machen, wenn du gehst. Mutter, musst du immer so dickköpfig sein? Morgen früh, wenn das Fernsprechamt wieder geöffnet hat, werden wir einfach telefonieren. Der Professor würde mehr in Sorge sein, wenn du jetzt gehen würdest."

Hassan hustete hinter vorgehaltener Hand und unterbrach dadurch die Unterhaltung zwischen Ischmael und Miriam. „Dies ist keine Nacht, um nach draußen zu gehen. Man sagt, dass es einen Zwischenfall im Montefiori-Viertel gegeben hat."

„Siehst du!", rief Ischmael. „Nicht mal einen Kilometer von hier."

„Man kann nicht vorsichtig genug sein." Hassan drückte, an Miriam vorbeireichend, den Aufzugknopf.

„Ph!", meinte Miriam und verschränkte empört ihre Arme.

„Der freundliche Herr hat recht, Mutter. Komm jetzt."

„Waren es Juden oder Moslems?", wollte Miriam wissen und schüttelte resigniert den Kopf.

„Wahrscheinlich sind es heute Nacht die Leute des Muftis, verehrte Dame." Hassan zog das Aufzuggitter zurück und trat zur Seite, um Miriam den Vortritt zu lassen.

„Dieser Gangster!", stieß Miriam hervor. „Vielleicht hätten wir etwas mehr Hoffnung auf Frieden, wenn dieser Teufel nicht in unserer Mitte lebte."

„Mutter, bitte!" Ischmael sah sich verstohlen in der Eingangshalle um und drängte sie sanft in den Aufzug.

„Ganoven. Unwissende Gewaltmenschen, das sind sie alle!", rief Miriam, während Hassan den Koffer in die winzige Kabine schleppte und das Gitter hinter ihnen schloss. „Ein kleiner Hitler, das ist dieser Haj Amin, und die Unschuldigen sterben zu seinem Ruhm."

„Ach ja, wie recht Sie haben", entgegnete Hassan ernsthaft, während sich der Aufzug mit einem Ruck zu bewegen begann. „Zweite Etage?", fragte er, als die Kabine knirschend stehenblieb.

Ischmael schüttelte den Kopf. „Nein, danke. Wir müssen in die vierte."

Hassan trat auf den dunklen Flur der zweiten Etage und schloss das Eisengitter. „Angenehme Träume!" Er lächelte breit und nickte zum Abschied. Während der Aufzug ächzend und quietschend weiterfuhr, betrat er den Raum, der genau rechts neben dem Aufzugschacht lag. Er schaltete das Licht ein und sah sich um. Dann trug er den Koffer, genau wie Gerhardt ihn angewiesen hatte, zu der Wand, die an den Aufzugschacht grenzte. Vorsichtig öffnete er den Koffer und hob den Deckel. Zum Vorschein kam eine Bombe, die nur von einem Draht umspannt war und genug Sprengstoff enthielt, um das gesamte Hotel zu zerstören und die Fensterscheiben im Umkreis von einem Kilometer in die Brüche gehen zu lassen. Er zog die Uhr auf, die den Zünder auslösen sollte, und stellte sie auf sechs Uhr früh. Um diese Zeit würden die Menschen gerade aufwachen und noch in ihren Zimmern sein. Er bedauerte, dass sie keine Vorwarnung über ihren drohenden Tod erhalten würden. Dieser letzte Ausdruck von Furcht auf den Gesichtern seiner Opfer war es, der ihn am meisten erregte. Immerhin würden sie nicht im Schlaf sterben.

Er schloss den Deckel des Koffers wieder, machte das Licht aus und verschloss die Tür hinter sich. Dann sprang er die Treppen hinunter, glücklich in dem Bewusstsein, dass die Unschuldigen tatsächlich zum Ruhme Haj Amins, des Muftis von Jerusalem, sterben würden.

* * *

Die ganze Nacht hindurch jagte die „Ave Maria" dicht vor dem Sturm her. Kurz nach Mitternacht rollte Ellie ihre Jacke zu einem Kissen zusammen, legte sich in die Kombüse zwischen die Anrichte und das Kühlfach und versuchte zu schlafen. Die Seekrankheit hatte ihre ersten Opfer unter den Flüchtlingen im überfüllten Lagerraum gefordert, und Mosche hatte wieder seinen Posten am Bug des Schiffes eingenommen, um nach möglichen Anzeichen eines britischen Kanonenbootes Ausschau zu halten.

Kurz nach vier Uhr dreißig in der Frühe ging ein Vibrieren und Rucken durch den kleinen Trawler. Ellie wurde gegen das Kühlfach gerollt. Sie setzte sich mühsam auf und stützte sich gegen die Anrichte, während sie auf ihre Armbanduhr sah. Einen Augenblick lang konnte sie sich nicht erinnern, wo und warum sie hier war, und ein Gefühl der Angst überkam sie. Dann richtete sie sich langsam auf und umklammerte dabei den Rand der Abdeckplatte der Anrichte, um bei dem wilden Schaukeln der „Ave Maria" nicht hinzufallen. Gleich darauf kamen ihr das Schiff, Mosche und die Gesichter der Flüchtlinge wieder zum Bewusstsein. Sie angelte nach der Thermoskanne mit Kaffee, die über den Boden der Kombüse und gegen ihren Fuß gerollt war. Dann zog sie ihre Jacke an und bahnte sich ihren Weg durch die Kombüse an schlafenden und seekranken Flüchtlingen vorbei und stieg schließlich die Stufen zum Deck hinauf.

Die Nacht war kohlrabenschwarz, und der Wind peitschte ihr Regentropfen ins Gesicht. Mit der Thermoskanne unter dem Arm tastete sie sich langsam zum Steuerhaus. Als sie die Tür öffnete, stand Mosche am Steuer, und Ehud war an der Reihe, durchs Fernglas zu schauen.

„Ich habe Kaffee", sagte sie heiter.

Weder Mosche noch Ehud antworteten. Statt dessen übernahm Ehud wieder das Steuer und händigte Mosche das Fernglas aus. „Sie haben uns", sagte er.

„Ja", entgegnete Mosche grimmig. „Und einem anderen Schiff geben sie Zeichen."

„Die Sonne wird in einer Stunde am Himmel stehen, dann sind

wir erledigt", knurrte Ehud und streichelte das Steuer. „Das ist viel-leicht unsere letzte Reise, altes Mädchen", sagte er rau.

„Noch sind wir nicht mattgesetzt, mein Freund." Mosche legte seine Hand auf Ehuds Arm.

Ellie starrte trübe aus dem Fenster des Steuerhauses und sah zu, wie sich der Lichtkegel des britischen Zerstörers über das Wasser direkt auf sie zubewegte. „Sind sie dabei, uns einzuholen?", fragte sie. „Gibt es keine Möglichkeit, wie wir entkommen können?"

„Das versuchen wir seit zwei Uhr." Mosche rieb sich müde die Stirn.

Ellie öffnete die Thermoskanne und reichte ihm Kaffee. Er nahm einen kräftigen Schluck und gab den Kaffee dann an Ehud weiter. „Wir sind nicht mehr weit von Naharia entfernt." Er wischte sich den Mund mit seinem Handrücken.

„Ich fürchte, es gibt keinen anderen Weg." Ehuds Stimme verriet Entschlossenheit. „Nimm das Funkgerät! Ruf den Kibbuz! Wir werden hier am Strand auf Grund laufen. Sollen die Briten nur versuchen, uns auf eine Sandbank zu folgen! Dann können sie sich dreihundert Meter vom Ufer gegenseitig aus dem Wasser fischen."

„Es ist dein Schiff, Ehud, und deine Entscheidung. Hast du dir das gut überlegt?"

Ehud antwortete nicht, sondern streichelte statt dessen das Steuer und nickte.

Mosche nahm Ellie bei der Hand. „Komm mit. Wir haben nicht viel Zeit."

Ellie folgte ihm die Stufen hinunter aufs Deck. Durch das Tosen des Windes hindurch konnte sie den Motor des Zerstörers hören. Dann wurden die Suchscheinwerfer eingeschaltet und durchschnit-ten die Dunkelheit, die die „Ave Maria" geschützt hatte. Ellie hob ihre Hand, um sich gegen das grelle Licht abzuschirmen. Sie fühlte sich wie ein Kaninchen, das gebannt von den Scheinwerferkegeln eines herannahenden Autos auf der Straße stehen bleibt. Sie wollte wegrennen, aber es gab keine Möglichkeit, wohin sie hätte laufen können. Das Heulen der Sirene übertönte den Lärm des Motors und das Tosen des Sturmes.

„Los!", schrie Mosche. Er nahm sie am Arm und führte sie die Stufen hinunter. Dann schaute er, auf der untersten Stufe stehend, über die blassen Gesichter vor ihm. Ein Alptraum, der ihn schon oft geängstigt hatte, war jetzt Wirklichkeit geworden. „Seit einigen Stunden", erklärte er in drei Sprachen, „werden wir von einem britischen Zerstörer verfolgt. Wir haben wieder Kurs auf den Sturm genommen, weil wir hofften, ihm dadurch entkommen zu können. Aber ohne Erfolg. Jetzt werden wir das Schiff auf Grund laufen lassen. Die Mannschaft wird bereitstehen, um Ihnen ans Ufer zu helfen. Haben Sie keine Angst!" Er erhob seine Stimme, als sich Panik im Laderaum breitmachen wollte. „Man wird sich um Sie kümmern. Wir haben nicht viel Zeit. Suchen Sie Ihre Sachen zusammen!"

Er beantwortete eilig einige Fragen, und Ellie tat dasselbe. Sie empfand ein Gefühl der Hilflosigkeit dabei, Menschen auf Englisch zu beruhigen, obwohl diese ihre Worte nicht verstehen konnten. Als sie ihre Hände von den sich furchtsam an sie klammernden Fingern zurückzog, versuchte sie zu lächeln. „Meinst du, dass wir es schaffen?", fragte sie Mosche.

„Wenn du weißt, wie man betet, dann ist jetzt der Augenblick dafür." Er schritt den Korridor entlang, an der Kombüse vorbei, in einen kleinen Raum im Vorderteil des Schiffes. Mit einem Streichholz zündete er eine Öllampe an, setzte sich auf eine Holzkiste und begann an den Knöpfen des schwarzen Funkgerätes zu drehen. Statische Aufladungen entluden sich knackend im Kopfhörer. „Es ist der Sturm", sagte er ungeduldig, als ihm nur ein Pfeifton antwortete. „Mary ruft Gideon, bitte kommen", rief er. „Rufe Gideon. Mary ruft Gideon."

„Gott, hilf uns", betete Ellie. „Hilf ihm, durchzukommen."

„Rufe Gideon ..."

Das Pfeifen ging in eine menschliche Stimme über, die knackend im Kopfhörer zu hören war. „Mary ... Gideon ... Ihr meldet euch spät."

„Wir werden von einem Wolf gejagt. Wir werden sie an Land bringen."

„Wieviele ... wiederho ...Schafe?"

„Dreiundneunzig. Wiederhole, dreiundneunzig."

Als Ellie aufs Deck zurückging, drang das erste graue Morgenlicht durch die dicken schwarzen Wolken. Zu dem Zerstörer hatte sich mittlerweile noch ein kleineres Kanonenboot gesellt. Ellie konnte deutlich die Bewegungen der Matrosen auf den Decks der Schiffe ausmachen; alle Augen waren auf den kleinen Trawler gerichtet. Der Zerstörer glitt an die Seite der „Ave Maria", ließ sie winzig erscheinen und in seinem Kielwasser erschauern.

„Auf Befehl der Mandatsregierung seiner Majestät", rief eine befehlsgewohnte Stimme durch ein Sprachrohr, *„sind Sie verhaftet."*

Ehud betätigte zur Antwort das Signalhorn, wandte sich dann zum Hafen und lenkte die „Ave Maria" direkt auf Ufer und Brandung zu. „Bring sie hier rauf, aufs Deck!", rief er Ellie zu.

Mosche hatte schon dafür gesorgt, dass die Flüchtlinge in einer Reihe standen und spornte einen nach dem anderen an, an Deck zu gehen. Ellie half bei den Kindern und versuchte sie zu beruhigen. Zum Schluss, als eine junge Mutter anfing zu schluchzen, legte sie ihre Arme um sie und tröstete sie wortlos.

„Singt!", rief Ellie Mosche durch das Heulen der Sirene zu.

Als die Flüchtlinge in einer Reihe an der Reling auf Deck standen, stimmte Mosche „Be'Shuv Adonoy" an, und alle fielen in die Hymne des Widerstandes ein gegen den Riesen, der sie verfolgte.

„Drehen Sie bei!", befahl der Lautsprecher. *„Drehen Sie bei in Richtung Steuerbord, Ave Maria. Auf Befehl seiner Majestät ..."*

Die Flüchtlinge antworteten mit noch lauterem Gesang, während Ehud das kleine Schiff direkt auf die Brandung zusteuerte. Am Strand sah Ellie eine Gruppe von Männern und Frauen, die auf sie warteten. Sie legte schnell noch einen Film in ihre Kamera ein und machte Schnappschüsse von den Flüchtlingen, denen der Wille zum Widerstand ins Gesicht geschrieben stand, ebenso von dem stark bewaffneten Zerstörer, dessen Kapitän Beleidigungen und Drohungen ausstieß und es schließlich aufgab, der selbstmörderischen Fahrtroute der „Ave Maria" zu folgen.

Die Menschengruppe am Strand ließ zwei Rettungsboote aus Holz ins Wasser und schob sie über die Brandung hinweg zur Sandbank, die deutlich zu erkennen war und ahnen ließ, dass sie das letzte Reiseziel der „Ave Maria" sein würde.

„Alle festhalten!", schrie Mosche, während das kleine Schiff stetig weitertuckerte.

Mütter pressten ihre Kinder an sich, hielten sich gegenseitig fest und drückten ihre Gesichter gegen Rücken und Schultern der vor ihnen Stehenden. Alle hatten aufgehört zu singen. Nur die Sirene heulte weiter, während der Zerstörer und das begleitende Kanonenboot auf hoher See blieben und auf das unausweichliche Ende warteten.

Im Steuerhaus rannen Ehud Tränen über sein zerfurchtes Gesicht und blieben als glitzernde Tropfen in seinem Bart hängen. „Du bist ganz toll gewesen." Er streichelte das Steuerrad. „Ich werde dich vermissen."

Er legte den Rückwärtsgang ein, als sich die Anhöhe der Sandbank abzeichnete, auf die der Rumpf stoßen würde. Dann lief das Schiff mit einem dumpfen, mahlenden Geräusch auf und blieb in einer stabilen Lage liegen. Ehud schaltete den Motor ab und kletterte die Stufen hinunter, um den Passagieren, die gefallen waren, zu helfen.

Breitschultrige Männer legten sich in den Rettungsbooten in die Riemen und näherten sich zügig dem eingedrückten Kiel der „Ave Maria". Mosche nahm eine Rettungsleine vom Bug und warf sie einem jungen Mann, der sich in einem der Boote unten auf dem Wasser befand zu. Gefasst kletterten die Frauen und Kinder eine Strickleiter hinunter in die Boote und damit in die Sicherheit. Die Kräftigeren der Gruppe und diejenigen, die schwimmen konnten, gingen zum Bug und sprangen von dort in das eisige Wasser. Die Bewohner des Kibbuz wateten zu ihnen, um ihnen ans Ufer zu helfen.

Bis zum letzten Augenblick hörte Ellie nicht auf zu fotografieren. Dann packte sie die Kamera wieder in ihre Tasche und händigte sie dem kleinen Jungen aus, der sie am Abend zuvor angelächelt hatte.

„Sag ihm, er soll darauf aufpassen", sagte sie zu Mosche. Mosche legte daraufhin beide Hände auf die Schultern des Jungen und wiederholte ihre Anweisungen auf Polnisch. „Und sie darf nicht nass werden", fügte sie hinzu.

Der Kleine nickte ernsthaft und presste die Tasche fest an sich, während er die Leiter hinunterkletterte.

„So, das war's", meinte Mosche, als auch der letzte aus der Gruppe ins Wasser gesprungen war und die Rettungsleine ergriffen hatte, die zum Ufer führte. „Sind wirklich alle raus?"

Zum letzten Mal kletterte Ehud die Stufen seines Schiffes hinunter. Im Lagerraum stand das Wasser knietief. Aber dennoch war der Schaden nicht so groß, als dass man das Schiff nicht wieder hätte seetüchtig machen können – wenn nicht der Zerstörer darauf warten würde, dass alle Passagiere das Schiff verließen.

„Alles klar!", rief er Mosche und Ellie zu. Er kam zu ihnen auf Deck und nahm ein Bündel, das in eine Öljacke gewickelt war. „Das ist ihr Kompass", entgegnete er auf ihre fragenden Blicke. „Er hat mich an viele Ort gebracht, und ich werde ihn nicht zurücklassen."

Mosche wandte sich an Ellie. „Kannst du schwimmen?", fragte er und musste unweigerlich an seine Auseinandersetzung mit Rachel denken.

„Natürlich. Mein halbes Leben habe ich in der Brandung von Balboa verbracht", lachte Ellie, während sie Feldstiefel und Jacke auszog.

„Dann lass uns um die Wette schwimmen." Mosche stand am Bug, als Ellie im Vorgefühl des kalten Wassers ihr Gesicht verzog. „Spring!", meinte er ungeduldig. Als sie noch einen Augenblick zögerte, schubste er sie in das trübe graue Wasser.

Kalt schlug es über ihr zusammen, und sie tauchte gerade noch rechtzeitig hustend und keuchend auf, um zu sehen, wie Mosche vom Bug sprang. „Na, komm schon!", rief er und schwamm mit sicheren, gleichmäßigen Zügen vor ihr her. Sie folgte ihm die letzten hundert Meter bis zum Strand.

Hinter den Dünen waren Lastwagen vom Kibbuz aufgetaucht, und als Ellie und Mosche, dicht gefolgt von Ehud, ans Ufer stolperten, wurden die Flüchtlinge bereits verladen und zu versteckten Orten in der Umgebung gebracht.

Ehud wandte sich um und starrte über die Brandung zur „Ave Maria", die verloren auf der Sandbank lag. „Vielleicht können Sie sie wieder in stand setzen", meinte Ellie tröstend.

Ehud schüttelte traurig den Kopf. „Es soll wohl nicht sein."

Alle drei standen beieinander und sahen zu, wie die Kanonenrohre des Zerstörers gesenkt und ausgerichtet wurden. Dann zerriss Kanonendonner mit einem Mal das Heulen der Sirene und das Tosen des Sturmes, und die „Ave Maria" wurde in tausend Stücke gerissen. „Schachmatt", flüsterte Ehud.

21. Endlich nach Jerusalem

David schüttete den Inhalt des Postsackes auf dem Tisch aus. Dann sah er sich suchend um, bis er Rachel entdeckt hatte, die in einer entfernten Ecke des Raumes mit klopfendem Herzen ihren Morgenkaffee trank. Er zog einen weißen Umschlag aus seiner Tasche und schwenkte ihn hoch über seinem Kopf. Dabei rief er, um dem Stimmengewirr ein Ende zu machen: „Bitte mal Ruhe! Ich habe hier einen Brief von der Jewish Agency abzugeben." Sogleich sahen alle Augen im Raum auf David, und es trat Schweigen ein. „Offensichtlich gibt es hier eine junge Dame, die auf Nachricht von ihrer Familie in Jerusalem wartet."

Mit hochgezogenen Brauen wechselten die Mitglieder des Kibbuz zunächst Blicke miteinander und richteten dann ihre Aufmerksamkeit ganz auf Rachel. Diese schwieg weiterhin und wagte nicht, David anzusehen. Er drehte sich, um sicherzugehen, dass auch jeder den Brief sah, betont langsam um und räusperte sich dann vernehmlich: „Gibt es hier eine Rachel Lubetkin? Rachel Lubetkin?"

Rachel stellte ihre Tasse auf den Tisch und stand zitternd auf. Sie biss sich auf die Unterlippe, um ihre Gefühle nicht zu zeigen. Dann ging sie durch die schweigende Menge nach vorn. Dabei stolperte sie und wäre beinahe gefallen, wenn ein Mann sie nicht gehalten hätte. „Ich bin Rachel", sagte sie mit lauter Stimme. „Der Brief ist für mich." Sie schaute David lange in die Augen und war sich sicher, dass sie ihm auf diese Weise ihre Dankbarkeit am besten zeigen konnte. Nachdem er ihr den Brief ausgehändigt hatte, ging sie schüchtern und mit gesenktem Blick zurück. „Danke", flüsterte sie. „Danke."

„Keine Ursache", entgegnete er mit ärgerlichem Gesichtsausdruck, da er bemerkt hatte, dass zwei Frauen miteinander tuschelten. „Mazel Tov!", fügte er hinzu. „So sagen Sie doch, nicht wahr? Viel Glück."

Ohne ein weiteres Wort verließ sie, den kostbaren Brief in der Tasche, den Versammlungsraum und ging eilig zum Orangengarten, in dem die Zweige der Bäume, schwer von reifen Früchten, tief herabhingen. Sie setzte sich am Ufer eines Bewässerungsgrabens nieder, holte den Brief aus der Tasche und riss ihn ungeschickt und mit zittrigen Händen auf.

Sehr geehrte Miss Lubetkin!
Aufgrund Ihrer Anfrage, die letzte Woche bei uns eingegangen ist, haben wir Nachforschungen angestellt und können Ihnen die erfreuliche Mitteilung machen, dass Ihr Großvater tatsächlich in der Altstadt von Jerusalem lebt. Unter regulären Umständen wäre es uns eine Freude, Ihnen bei der Wiedervereinigung Ihrer Familie zur Seite zu stehen. Die augenblickliche politische Situation schließt jedoch Reisen nach Jerusalem aus. Wir hoffen, dass wir Ihnen bald bei der Übersiedlung nach Jerusalem behilflich sein können.
Schalom und beste Wünsche, Freda Moskewitsch, Leiterin der Familienzusammenführung

Wieder und wieder las sie den Brief. Großvater lebte! Ihr Herz quoll über vor Freude, dass der alte Mann noch lebte. Aber der Brief enthielt keine Angaben darüber, ob auch er wusste, dass sie lebte. Ferner war ihr unklar, was die Worte „schließt Ihre Reise nach Jerusalem aus" bedeuteten. Sollte sie etwa noch heute abreisen? Was genau wollte man ihr mitteilen? Sie zerbrach sich den Kopf über die unklaren Formulierungen und kam sich dabei so dumm und hilflos vor. Wem konnte sie hier Vertrauen entgegenbringen? Wessen Hilfe konnte sie in Anspruch nehmen, um den Brief zu verstehen?

Da hörte sie, wie hinter ihr jemand leise an einen Baumstamm klopfte und neben ihr eine Orange auf die Erde fiel. Als sie sich umdrehte, erkannte sie David, der auf der anderen Seite des Grabens stand und sich eine Orange schälte.

„Gute Nachrichten?", fragte er. Er war mit einem Satz bei ihr und setzte sich neben sie.

„Ja", erwiderte sie mit überschwänglicher Stimme. „Ja." Sie reichte David den Brief. „Aber ich verstehe nicht alle englischen Worte."

David las den Brief zügig durch. „Ja, das ist doch prima! Das ist ja sehr erfreulich, Rachel. Ihr Großvater lebt also?"

„Ja." Sie nickte und zeigte dann auf den zweiten Satz. „Aber was ist damit? Was bedeutet das bitte?"

„Tja. Ich glaube, man will Ihnen mitteilen, dass die Situation so brenzlig ist, dass Sie erst zu Ihrem Großvater können, wenn alles wieder etwas friedlicher geworden ist."

Rachels Lächeln war mit einem Mal verschwunden, und sie beugte sich erneut über den Brief, um noch einmal genau nachzulesen.

„Heißt das, dass ich hierbleiben muss?"

„Ja. Sieht so aus." Er sah, wie die Freude, die gerade noch ihr Gesicht hatte erstrahlen lassen, wie weggeblasen war. „Aber nur, bis sich die politische Situation beruhigt hat, wissen Sie. Machen Sie sich keine Sorgen."

„Dann muss ich also hier bleiben", meinte sie niedergeschlagen und nahm den Brief wieder an sich. „Für wie lange?" Sie sah David forschend an.

Er schürzte die Lippen, da er ihre Enttäuschung gut nachempfinden konnte. „Es kann schon eine Weile dauern. Ich weiß wirklich nicht, was ich Ihnen da sagen soll."

Jetzt quollen Tränen aus ihren Augen. Sie presste den Brief an sich und senkte den Kopf. Sie gab keinen Laut von sich, aber David sah kleine Tropfen auf ihren Rock fallen. Er räusperte sich unbehaglich und klopfte ihr unbeholfen auf den Rücken. Wieder einmal war er der Blechmann, der zu dumm und unbeholfen war, um mit Gefühlen umgehen zu können. Vergeblich suchte er nach Worten des Trostes. Schließlich wischte sie sich die Augen mit dem Handrücken und sagte: „Er ist schon so alt, wissen Sie. So furchtbar alt. Und ich habe sonst niemand."

„Das tut mir leid." Er warf mit düsterem Gesichtsausdruck einen Lehmklumpen auf die Orangenschale, die vor ihm lag. „Es tut mir wirklich leid. Aber die arabische Legion hat die Straßen von Tel Aviv nach Jerusalem besetzt. Eine Frau, die so aussieht wie Sie, würde in der Sperrzone nicht weit kommen. Sehen Sie das nicht ein?"

Rachel nickte. „Dann sind Sie also der einzige Weg, um nach Jerusalem hineinzukommen?" Sie sah ihn fest an.

Zunächst blieb er ihr die Antwort schuldig. Dann erhob er sich. „Entschuldigen Sie, also das nun doch nicht. Auf keinen Fall. Man hat für mich eine Liste zusammengestellt, auf der alles steht, was ich vorrangig nach Jerusalem fliegen soll, aber Sie stehen leider nicht auf der Liste. Außerdem, wenn Sie erst einmal in Jerusalem sind, wie wollen Sie dann in die Altstadt kommen? Der Mufti hat sämtliche Wege, die hinein oder heraus führen, abriegeln lassen."

Rachel ließ nicht nach, ihn schweigend anzustarren. David wich ihrem fragenden Blick aus. „Noch nie habe ich so gequälte und schöne Augen zugleich gesehen", dachte er. „Sehen Sie mich nicht so an! Ich kann vielleicht einen Brief für Sie abgeben, aber Sie nach Jerusalem schmuggeln? Das geht auf keinen Fall. Nein, Ma'am."

Verlegen berührte sie mit der Hand seinen Arm. „Es ist schon gut, David. Sie haben schon so viel für mich getan. Ich würde Sie niemals um so ein Wagnis bitten."

David runzelte die Stirn und kratzte sich am Kopf. „Wagnis? Ich weiß nicht, ob das ein Wagnis wäre. Außer für Sie natürlich. Nur hat Jerusalem schon Schwierigkeiten genug, die Menschen zu ernähren, die dort leben. Das ist das Wagnis. Für mich ist es keins."

„Dann werde ich eine andere Möglichkeit finden, dorthin zu kommen. Vielleicht schaffe ich es über die Straßen."

„Nun warten Sie mal – mal ganz langsam. Das wäre nun wirklich ein Wagnis! Sie würden erschossen oder als Geisel festgenommen werden oder – tja, alles Mögliche könnte passieren. Sie sind eine schöne Frau. Verstehen Sie, was ich meine?"

„Glauben Sie, ich weiß nicht, was passieren könnte? Ich habe Erfahrungen damit, wie grausam Männer zu Frauen sein können."

David sah schnell weg. „Was ich sagen wollte, war ..."

Sie lächelte ihn traurig an und nahm ihre Hand von seinem Arm.

„Die Leute hier haben Ihnen von meiner Vergangenheit erzählt, David. Aber ich habe vor nichts mehr Angst – außer davor, allein zu leben."

David empfand geradezu schmerzhaft Sympathie für sie und zermarterte sich das Gehirn nach einer Antwort. „Auf der Straße werden Sie jedenfalls nicht bis Jerusalem kommen. So einfach ist das."

„Ich muss es versuchen."

„Hm –" Er warf eine Orangenschale in den Graben. „Haben Sie irgendeine Möglichkeit, bei jemandem zu bleiben, bis wir Sie zu Ihrem Großvater bringen können?"

„Dann wollen Sie mich also mitnehmen?"

„Das habe ich nicht gesagt. Ich habe Sie gefragt, wo Sie zu bleiben beabsichtigen."

„Das weiß ich nicht. Ich kenne niemand." Sie runzelte die Stirn. „Ich werde einfach meinen Großvater suchen müssen."

„Sie müssen das doch planen, Rachel. Glauben Sie vielleicht, Sie können einfach bei den Leuten des Muftis antanzen und ganz normal durch die Tore gehen? Hören Sie", er stockte nachdenklich, „ich kenne da ein Mädchen – sie ist von Beruf Journalistin. Vielleicht kann sie Ihnen helfen. Sie hat die Möglichkeit, an Orte zu kommen, vor denen sich normale Menschen fürchten." Er lachte über Rachels fragenden Blick. „Jedenfalls soll ich sie und noch jemanden heute Nachmittag in Naharia abholen. Vielleicht können Sie ein paar Tage bei ihr bleiben."

„Dann nehmen Sie mich mit dem Flugzeug nach Jerusalem mit? Heute?"

David warf seine halb geschälte Orange auf die Erde und sagte, über sich selbst den Kopf schüttelnd: „Dann holen Sie schon Ihre Sachen."

Rachel rannte zu ihrem Schlafsaal und hielt ihren Brief fest an sich gepresst. An der Tür blieb sie stehen und lächelte die Frauen an, die gerade vom Frühstück kamen.

Eine hagere Frau mit harten Zügen sah Rachel zu, wie sie ihre wenigen Habseligkeiten in eine kleine Leinentasche stopfte. „Hast du etwas vor, liebe Rachel?", stichelte die Frau.

Rachel antwortete nicht. Als sie ihre Sachen gepackt hatte, stand sie kerzengerade und mit gestrafften Schultern vor den Frauen, die sie so gequält hatten, und sah ihnen fest in die Augen.

„Ich gehe nach Hause", erklärte sie endlich. Dann drehte sie sich um und verließ das Zimmer, um über den Platz zum Versammlungsraum zu gehen.

Sie öffnete die Tür und sah sich mit einem kurzen, suchenden Blick nach David um. Er saß am anderen Ende des Raumes mitten in einer kleinen Gruppe von Männern und Frauen. Auf seinem Teller häuften sich Rühreier und grobes braunes Brot, das mit Orangenmarmelade bestrichen war. Schweigend hörte er den BBC-Sender Palästinas und hatte sein Essen noch nicht angerührt.

In aufgeregtem Tonfall und mit starkem englischen Akzent verkündete die Stimme des Nachrichtensprechers: „Heute Morgen kurz nach sechs Uhr haben jüdische Terroristen auf das arabische Hotel Semiramis in der jüdischen Vorstadt Katamon einen Bombenanschlag verübt. Zur Zeit beläuft sich die geschätzte Zahl der Todesopfer auf sieben. Es wird angenommen, dass noch viele Menschen unter den Trümmern begraben sind. Die Hadassah-Kliniken haben ihre Türen für die Verletzten und Sterbenden geöffnet ...“

Rachel ging einen Schritt zurück und schloss die Tür langsam wieder. Dann lief sie zu dem Flugzeug, das auf dem gepflügten Feld wartete. Sie war es müde geworden, ständig von Tod und Sterben hören zu müssen. Wenigstens an diesem Morgen wollte sie nur an die Lebenden denken, an ihren Großvater; an das Zuhause, von dem ihre Mutter vor so vielen Jahren erzählt hatte. Sie kletterte in das kleine Flugzeug hinein, warf ihre Tasche hinter den Passagiersitz, und schloss die Tür hinter sich.

In dem warmen Flugzeug wurde Rachel schläfrig. Sie lehnte den Kopf gegen die Scheibe und blickte in den Obstgarten hinter dem Feld. Ein junges Paar ging Hand in Hand am Rand des Ackers entlang und verschwand zwischen den Obstbäumen. Rachels Augen füllten sich mit Tränen, als sie darüber nachsann, welche Worte der Liebe wohl im Schatten dieser Bäume getauscht werden würden. Solche Worte hatte sie noch nie gehört – und würde sie auch niemals hören, da sie ja das Zeichen „Nur für Offiziere“ trug. Kein Mann würde je darüber hinwegsehen und sie lieben können.

Da sperrte David geräuschvoll die Tür auf und brachte sie unsanft in die Realität zurück.

„Ach, da sind Sie!“, rief er aus. „Und ich dachte schon, Sie hätten vielleicht Bammel gekriegt.“

„Bammel gekriegt?"

„– es sich anders überlegt", meinte er lächelnd.

„Nein, das habe ich nicht", entgegnete sie und schüttelte den Kopf.

„Tja, das ist nun Ihr Risiko. Gerade ist wieder ein Hotel in Schutt und Asche gelegt worden. Im Radio haben sie behauptet, die Haganah hätte das getan. Aber da das hier niemand glauben will, stehen wir alle vor einem Rätsel. Haben eine Handvoll Zivilisten umgebracht – Araber, glaube ich."

„Schrecklich", erwiderte sie. „Traurig für alle."

David kletterte ins Flugzeug und schaltete die Zündung ein; zwei kräftige Sabramänner warfen den Propeller an. Brausend wurde der Motor lebendig, dann rollte die Maschine über den holperigen Boden und erhob sich langsam in die Luft. Rachel schaute fasziniert auf die winzigen Gebäude und Bäume unter ihnen, während David eine Runde über den Kibbuz flog und dabei zum Abschied mit den Flügeln wackelte. Ein Gefühl des Friedens durchflutete sie, und zum ersten Mal seit Jahren fühlte sie sich frei.

„Es ist wundervoll!", rief sie schließlich über den Motorenlärm hinweg.

„Schon mal geflogen?" Er lächelte sie an, und Rachel hatte das Gefühl, noch nie einen so gut aussehenden Mann gesehen zu haben. Sie schaute schnell weg.

„Nein. Aber ich finde es sehr schön, danke." Sie spürte, dass seine Augen noch immer auf sie gerichtet waren. Sie schaute ihn flüchtig an und meinte dann, als er seinen Blick nicht von ihr löste: „Ich weiß was Sie denken. Aber Sie dürfen mich nicht bemitleiden."

„Mitleid wäre das letzte, woran ich denken würde. Ich habe gerade darüber nachgedacht, was für eine tolle Frau Sie sein müssen, dass Sie bei diesen Erlebnissen nicht verrückt geworden sind."

„Verrücktheit ist doch nur eine Sache der Perspektive, oder nicht?"

„Ich glaube, so kann man es schon sehen, vor allem dann, wenn man selbst in der Zwangsjacke steckt."

„Ich glaube, alle Menschen stecken von Zeit zu Zeit in einer Zwangsjacke."

David grinste. „Wie ich schon sagte, so kann man es sehen."

Rachel saß schweigend da, aus Angst, noch mehr zu sagen – aus Angst, zu viel zu verraten.

Schließlich fragte sie: „Dieses Mädchen, bei dem ich bleiben soll, ist es Ihre Freundin?"

„Sie würde sagen, dass das eine Sache der Perspektive ist", meinte David lachend.

„Aber sind Sie ... in sie verliebt?"

„Ja." Er flog eine Kurve und nahm dann Kurs auf Naharia.

„Kennen Sie sie schon lange?"

„Drei Jahre – seit 1944. Ich habe sie in der ‚Hollywood Canteen' kennengelernt. Haben Sie schon mal davon gehört?"

„Nein."

„Wie sollten Sie auch." Er kratzte sich am Kinn. „Das war ein fantastischer Ort, wo Militärangehörige tanzen gehen und Mädchen treffen konnten. Es war in Hollywood – wissen Sie, wo Filme gedreht werden. Kennen Sie Filme?"

„Ich habe noch nie einen gesehen, aber schon davon gehört –".

„Jedenfalls tauchten dort manchmal Filmstars wie Lana Turner und Betty Grable auf – tolle Frauen." Davids Stimme belebte sich bei der Erinnerung. „Aber glauben Sie mir, mit Ihnen könnte sich keine vergleichen ..."

Rachel versuchte seinen Worten zu folgen und sie wenigstens teilweise ins Polnische zu übersetzen, wenn sie eine Wendung nicht verstand. Aber dennoch konnte sie nur Bruchstücke verstehen.

„Und dort haben Sie Ihre Freundin kennen gelernt?", fragte sie, begierig, Geschichten von Liebe und Freundschaft zu hören. „Ist sie ein Filmstar?"

„Nein. Aber sie könnte einer sein. Rotes Haar ..."

„Eine Schickse?"

„So könnte man's wohl nennen. Jedenfalls lernte ich sie kennen, als die Band String of Pearls von Glenn Miller spielte. Und ich merkte, dass sie die schönste Frau war, die ich jemals gesehen hatte ..." Er hielt inne und schaute Rachel lange an. Dabei nahm sein Gesicht einen ernsten Ausdruck an.

„Was haben Sie?", fragte sie.

David schaute ihr wieder in die Augen und fühlte sich einen Augenblick lang überwältigt. „Nichts. Ich habe nur bisher noch nie jemand mit solchen Augen gesehen. Das ist alles."

„Sie hat also schöne Augen?"

„Nein. Ich meine, ja – fantastische! Aber ich meinte Ihre Augen. Ihre Augen sind auch schön."

Rachel schaute weg und betrachtete angestrengt ihre Hände, die sie in ihrem Schoß gefaltet hatte. Sie war plötzlich verwirrt, sogar beschämt darüber, dass sie Davids Aufmerksamkeit erregt hatte. „Meine Augen haben zuviel gesehen, um noch schön sein zu können", erwiderte sie.

„Unsinn. Sie sind doch immer noch ein Mensch, oder nicht?"

„Das glaube ich schon lange nicht mehr, David."

„Tja, es ist aber so. Und eines Tages wird eine Band Glenn Miller spielen, und Sie werden in einer Gruppe von Mädchen stehen, die sich unterhalten –"

„Wie Ihre Freundin das getan hat?"

„Wie Ellie. Und irgendein junger Mann wird Sie durch den ganzen Saal hindurch ausfindig machen, und das wird's dann sein. Er wird sagen: ‚He, schönes Kind, möchtest du tanzen?' Genau wie John Wayne oder irgendein anderer; und dann werden Sie von den Socken sein."

„Das klingt wie ein schöner Traum", seufzte Rachel. „Wie ein amerikanischer Traum."

„So? Wie läuft denn das hier ab?"

„Der Heiratsvermittler arrangiert eine passende Familie."

„Arrangiert?", fragte David ungläubig.

„Oh ja. Meine Eltern hatten für mich bereits eine Heirat mit einem Jungen arrangiert, der in der Nähe von Warschau lebte. Ich kannte ihn noch nicht, aber ich habe meine Tage damit verbracht, mir vorzustellen, wie er wohl wäre."

„Wie alt waren Sie, als das alles beschlossen wurde?"

„Neun." Ihre Augen funkelten. „Also schon ziemlich alt. Viele werden noch früher verlobt."

David schüttelte ungläubig und belustigt den Kopf. „Sie haben Recht. Normalität ist eine Sache der Perspektive", lachte er. „Und was ist dann aus ihm geworden?"

Rachel sah erregt zur Seite. „Er ist ..." – sie stockte und suchte nach Worten, die die Grausamkeiten der Nazis wiederzugeben vermochten: Hunger, Massengräber, gedankenloser Mord. Schließlich entschied sie sich für die einfachste Darstellungsweise. „Er starb ... mit seiner Familie. Und meine Mutter und mein Vater und meine Brüder – alle, sogar der Heiratsvermittler."

David schluckte mühsam. „Das tut mir leid", sagte er leise. „Es war eine dumme Frage."

„Sie haben mich aus der Reihe herausgenommen", fuhr sie fort, so als ob sie unfähig wäre, der Flut der Erinnerungen Einhalt zu gebieten. „Ich wurde ausgezogen und untersucht. Dann drückten sie mir ein Brandzeichen auf, und ich diente der Befriedigung der Männer, die meine Familie ermordet hatten. Damit hatte ich aufgehört, ein Mensch zu sein."

„Wie alt waren Sie damals?"

„Vierzehn."

„Noch ein Kind."

„Voller Träume." In ihren Augen glänzten Tränen. „Entschuldigen Sie. Ich habe noch nie mit jemand darüber gesprochen. Unter all den vielen hat es bisher noch niemand gegeben, der mich beachtet hätte."

Der Gedanke, wie einsam sie sein musste, veranlasste David, den Steuerknüppel fester zu umfassen. „Es muss doch jemand geben, der das verstehen würde", sagte er.

„Selbst mein eigenes Volk hält mich für eine Verräterin. Ich hätte sterben sollen. Ich hätte ..." Ihre Stimme verebbte. „Ich hatte einmal eine Freundin." Außer dem Motorenlärm war nichts zu hören, als sie wieder schwieg und sich ihr Gesicht bei der Erinnerung verdüsterte. „Sie war ein Jahr jünger als ich. Sie wurde schwanger. Und sie wusste, dass sie vergast werden würde. Das war nämlich die Regel in so einem Fall. Deshalb erstach sie einen Oberst der Gestapo." Sie schloss die Augen. „Eines Morgens stellten sie uns in einer Reihe auf und zwangen uns, der Hinrichtung beizuwohnen. Ich wollte, ich wäre auch so mutig gewesen."

Trotz einem Gefühl völliger Hilflosigkeit versuchte David sie zu trösten. „Aber Sie haben das doch alles überlebt. Und meiner Ansicht nach erfordert das einen besonderen Mut."

„Sie sind sehr nett." Sie sah ihn schmerzerfüllt an. „Was gäbe ich darum, wenn ich das amerikanische Mädchen auf der Tanzfläche hätte sein können. Ich bin jetzt einundzwanzig, und all meine Träume liegen in der Asche von Auschwitz begraben. Nachts liege ich in meinem Bett und frage Gott, warum er nicht da war, warum er mich nicht hat sterben lassen. Aber er antwortet nicht."

* * *

Ellie und Mosche standen mit besorgten Gesichtern neben dem Lastwagen, der am Rande des Flugplatzes von Naharia parkte. Aus dem Radio dröhnte die Nachricht vom Bombenattentat auf das Hotel Semiramis, und Ellie zitterte, nicht vor Kälte, sondern aus Sorge um das Schicksal von Miriams Sohn und ihrem Enkel. Miriam wird außer sich sein, dachte sie. Denn die arabische Familie hatte niemand außer sich selbst.

„... bis zur Benachrichtigung der Verwandten werden die Namen der Toten und Verwundeten noch nicht bekannt gegeben", fuhr der Nachrichtensprecher fort.

Mosche legte seinen Arm um Ellie. „Dein Onkel wird bei ihr sein, Ellie. Du kannst jetzt nichts tun."

„Ich weiß. Es ist nur, weil sie so eine wunderbare alte Frau ist. Mosche, wenn wir für Leute oder mit Leuten arbeiten, die so etwas tun konnten ..."

„Es war nicht die Haganah", erwiderte er gereizt. „So viel kann ich dir sagen. Vielleicht würden diese Idioten in der Irgun so etwas tun. Vielleicht war es auch ein Unfall. Ich weiß nicht, was ich dir sagen soll, aber die Haganah hat damit nichts zu tun. Das hätte ich gewusst. Und ich hätte es nie zugelassen."

„Ihr Enkel ist Geiger." Ellie stellte sich die verstümmelten Körper unter den Trümmern vor. „Geiger", wiederholte sie. „Es erscheint einfach lächerlich, dass so ein Mensch verletzt werden kann ..."

Mosche massierte sich müde die Stirn. „Sechs Millionen Geiger, Dichter, Träumer und Ärzte sind in den letzten sechs Jahren gestorben, weil sie Juden waren. Und niemand hat behauptet, dass das einen Sinn gehabt hat. Vielleicht erregt das Schicksal eines Einzelnen mehr Mitleid als die bloßen Zahlen. Vielleicht ist es zu grausam, sich vorzustellen, dass so viele sinnlos gestorben sind."

Ellie schaute zum grauen Himmel empor und horchte auf das Motorengeräusch von Davids Flugzeug. Sie schaltete das Radio ab und saß unglücklich auf dem Trittbrett des Lastwagens, während der brummende Punkt in der Ferne allmählich Gestalt annahm und schließlich über ihnen kreiste.

Mosche sah auf seine Uhr. „Er hat Verspätung."

„Wie immer."

David setzte sanft auf der betonierten Rollbahn auf und rollte mit laufendem Motor bis zu der Stelle, wo der Lastwagen stand. Er öffnete die Tür und warf einer Sabrafrau den Postsack zu, dann gab er Ellie und Mosche ein Zeichen, einzusteigen.

Mosche öffnete die Tür des vibrierenden kleinen Flugzeugs und half Ellie in den Fond, wo Rachel mit übereinandergeschlagenen Beinen auf einem Postbeutel saß. Als Ellie Rachel entdeckte, stutzte sie und sah David argwöhnisch an.

„Beeilt euch. Ich bin spät dran."

„Das haben wir gemerkt", entgegnete Ellie trocken und setzte sich neben Rachel.

Als Mosche einstieg, stellte David kurz vor: „Rachel Lubetkin, das ist Ellie Warne." Rachel lächelte Ellie freundlich an und streckte ihr schüchtern die Hand entgegen. „Sie müssen Davids Freundin sein."

„Das ist Ansichtssache. Aber immerhin bin ich Ellie", meinte sie und erwiderte Rachels Lächeln.

„Und das ist Mosche Sachar."

Mosche drehte sich um und erkannte Rachel erst jetzt im Halbdunkel des Frachtraumes. Sein Lächeln erlosch, als ihn ihre Schönheit wieder einmal überwältigte. Dann sagte er strahlend: „Sie?"

„Sie sind es!", rief sie entzückt aus, während sie ihre Hand ausstreckte und die seine lebhaft schüttelte.

„Ich merke, ihr kennt euch bereits", sagte David gut gelaunt und setzte das Flugzeug viel langsamer in Bewegung als gewöhnlich.

„In einer sehr dunklen Nacht hat mir Mr. Sachar einmal das Schwimmen beigebracht", antwortete Rachel.

Eine Welle der Eifersucht durchfuhr Ellie, als ihr klar wurde, dass dies die Frau sein musste, die Ehud dazu benutzt hatte, das Schachspiel zu gewinnen.

Jedes Wort, das er über sie gesagt hatte, stimmte.

„Ich hoffe, es ist Ihnen in letzter Zeit gut gegangen!", meinte Mosche und ließ seine Augen in einer Weise auf ihr ruhen, die Ellie entschieden missfiel.

„David hat mir geholfen, meine Familie ausfindig zu machen." Sie zog den Brief aus ihrer Pullovertasche und reichte ihn Mosche, der ihn schnell durchlas.

„Mazel Tov!", sagte er aufrichtig. „Dann kehren Sie also jetzt heim."

„Falls es ein Heim gibt, in das sie zurückkehren kann", meinte David ironisch. „Habt ihr übrigens schon gehört, dass wir ein arabisches Hotel in die Luft gesprengt haben sollen?"

„Zunächst einmal waren es nicht unsere Leute. Und außerdem waren dort Freunde von Ellie einquartiert", gab Mosche ärgerlich zurück.

„Oh —", meinte David bestürzt und gab seinen saloppen Ton auf.

„Tut mir leid, Ellie. Ich schaffe es aber auch, in jedes Fettnäpfchen zu treten, stimmt's?"

Rachel biss sich bekümmert auf die Unterlippe und schaute Ellie teilnahmsvoll an. „Ich hoffe, niemand ist ... verletzt." Anstatt, wie sie es gerne getan hätte, ihre Hand tröstend auf Ellies Arm zu legen, verschränkte sie ihre Arme und schaute weg. „Es tut mir leid."

„David, erinnerst du dich an Miriam?", fragte Ellie und schenkte Rachel keine Beachtung. „Ihr Sohn und ihr Enkel sind betroffen."

„Die alte Frau?"

„Ja."

„Die ist zäh wie Leder."

„Du bist wirklich sehr mitfühlend!", erwiderte Ellie bissig.

Mosche wechselte schnell das Thema. „Wo lebt Ihre Familie?", fragte er Rachel.

„Ich habe nur einen Großvater. Er ist Rabbi in der Altstadt."

„Haben Sie denn eine Möglichkeit, bei jemandem zu wohnen, bis die Altstadt wieder zugänglich ist?"

Rachel sah unsicher zu David. „Tja, ich meine, David dachte –"

David kaute nachdenklich an seiner Unterlippe. „Ich hatte mir gedacht, dass Ellie sie vielleicht für ein paar Tage aufnehmen könnte."

Rachel sah auf den Postsack und tat so, als bemerke sie Ellies verärgerten Gesichtsausdruck nicht. „Aber wenn es Ihnen lästig ist …"

Ellie starrte auf Davids Hinterkopf. „Es ist überhaupt nicht lästig", erwiderte sie gezwungen.

„Gut", sagte Mosche und rieb sich die Hände. „Dann ist es abgemacht."

„Habe ich Ihnen nicht erzählt, dass Ellie toll ist?", meinte David und gähnte.

Ellie starrte zum Fenster hinaus, während Rachel sie mit verständnisvollem Blick musterte. Zögernd streckte sie ihre Hand aus und berührte leicht ihren Arm. Ellie drehte sich halb zu ihr hin, ohne ihr jedoch direkt ins Gesicht zu sehen. „Es ist schon gut", beruhigte Ellie sie. „Ich bin vielleicht etwas gereizt, in Sorge, verstehen Sie?"

„Ich kann mir auch ein Hotelzimmer nehmen, wenn es Ihnen ungelegen kommt."

„Schon gut, Rachel." Ellie war beschämt über ihre Eifersucht. „Es wird schon gehen."

Rachel sah mit ernstem Gesicht hinunter auf die Straße, wo winzige Lastwagen über die Straße nach Jerusalem krochen.

* * *

Ellie hatte ihren Onkel sofort in der Eingangshalle der Hadassah-Kliniken entdeckt. Er saß am Ende einer langen, fast leeren Reihe von Stühlen. Sein Gesicht war unrasiert und seine Kleidung zerknittert. In den Händen hielt er die kleine Taschenbibel, die er immer bei sich trug. Und während er versunken in ihr las, zeigte sich auf seinem Gesicht eine merkwürdige Mischung aus Kummer und Frieden. Miriams schöner Sonntagsschal lag sauber zusammengefaltet neben ihm auf dem Stuhl.

Als Ellie die anderen an der Tür zurückließ und auf ihn zueilte, erfüllten sie dunkle Ahnungen.

„Onkel Howard!" Sie beugte sich zu ihm hinunter und umarmte ihn stürmisch. Dann nahm sie Miriams Schal in die Hand, setzte sich neben ihn und sah ihn mit ernstem Gesicht an.

Howard atmete tief durch und musste die Tränen zurückhalten. „So ein Verbrechen. Solch ein fürchterliches Verbrechen!"

„Sammy?", fragte sie.

„Er kommt durch. Armbruch, Schnittwunden; mehr nicht."

„Gott sei Dank. Und Ischmael?"

Onkel Howard schüttelte langsam den Kopf. „Nein", erwiderte er nur.

„Oh, Onkel Howard!", schrie Ellie mit versagender Stimme. „Die arme Miriam! Die liebe alte Frau!" Sie sah sich in der Halle um. „Wo ist sie überhaupt? Geht es ihr gut?"

Howard legte seine Hand auf Ellies Arm. „Nein. Sie ist nicht mehr hier, Kind."

„Nicht mehr hier? Wo ist sie denn? Zu Hause?" Sie presste den Schal der Alten an sich und hatte Angst vor der Antwort.

Eine einsame Träne rollte über Onkel Howards Wange. Er nahm all seinen Mut zusammen und versuchte zu sprechen. Während er sich räusperte und sich die Träne mit dem Handrücken wegwischte, machte sich schmerzliches Verständnis auf Ellies Gesicht breit. „Sie ist letzte Nacht bei ihnen geblieben", sagte er schließlich. „Im Hotel."

„Miriam!" Ellie barg ihr Gesicht im Schal, als sie sich des Verlustes bewusst wurde.

„Es geht ihr jetzt gut, Kind." Howard schlang seinen Arm um sie. „Sie ist nach Hause gegangen."

„Der letzte der dreißig Toten ist heute aus dem Schutt des Hotels Semiramis im Jerusalemer Vorort geborgen worden. Obwohl die Haganah dementiert hat, in den Fall verwickelt zu sein, deuten andere Quellen darauf hin, dass das Hotel von Arabern als militärisches Hauptquartier benutzt wurde. Mitglieder des arabischen Militärpersonals waren jedoch nicht anwesend, so dass nur Zivilisten unter den Opfern waren. Das britische Oberkommando nannte den jüngsten Gewaltakt der Juden gegen die Araber ‚heimtückisch ... die Ermordung unschuldiger Menschen.'"

Haj Amin senkte die Zeitung und heftete seine Augen auf das Gesicht Rabbi Akivas, der ihm im Patio gegenübersaß. „Eine abscheuliche Tat, nicht wahr, Rabbi?", fragte er grimmig.

Rabbi Akiva schüttelte beschämt den Kopf darüber, dass Juden zu solchen Taten gegen die unschuldige Bevölkerung fähig waren. „Es bricht mir das Herz, dass diese Menschen sich Juden nennen."

„Sie können also unser Dilemma verstehen? Wenn wir die Altstadt öffnen würden, welche Garantie hätten wir dann, dass sie nicht von diesen jüdischen Fanatikern verseucht wird, diesen Mördern unschuldiger Angehöriger meines Volkes?"

„Ich habe mir gedacht, dass wir uns vielleicht arrangieren könnten. Um der Menschen meines Volkes willen, die in der Altstadt leben."

Haj Amin deutete mit hochgezogenen Brauen Interesse an. „Arrangieren?"

Akiva spielte mit der Uhrkette, die über seinem Bauch hing. „Ich hatte die Idee, dass wir einen kleinen Tausch vornehmen könnten. Es ist nämlich möglich, dass ich etwas bekommen kann, das Sie unbedingt gerne haben möchten."

Haj Amin beugte sich vor und sah Akiva gespannt an. „Und was besitzen Sie, das ich möglicherweise begehren könnte, mein Freund?"

„Den Sieg."

„Der ist mir auf jeden Fall gewiss." Haj Amin zuckte die Achseln und lehnte sich zurück.

„Sind Sie da so sicher?", fragte Akiva mit einem vielsagenden Lächeln.

Haj Amin räusperte sich und goss dann Akiva ebenso wie sich selbst noch Kaffee ein. „Und was würden Sie für das Versprechen eines Sieges über die Zionisten verlangen?"

Akiva trank seinen Kaffee in kleinen Schlucken und war sich seiner Sache gewiss. „Die Erhaltung des jüdischen Viertels. Um meines Volkes willen. Die Orte der Bildung, die Synagogen."

„Ah ja", lächelte Haj Amin. „Unsterblichkeit für den Namen Akiva, nicht wahr? Den Retter des alten Lebensstils?"

„Genauso, wie der Name Haj Amin Husseini auch bei seinem Volk unsterblich sein wird."

„Das versteht sich von selbst." Haj setzte seine Tasse auf den niedrigen Tisch vor ihm. „Unsterblichkeit. Ein ganz verständliches Bedürfnis."

„Ich dachte, dass wir vielleicht eine Einigung erzielen könnten." Akiva zupfte an seiner Weste. „Ich habe da noch einen anderen Wunsch", fügte er hinzu, weil er annahm, dass eine derartige Kleinigkeit fraglos gewährt würde.

„Von bedeutend geringerem Wert als die Altstadt, nehme ich an?"

„Es ist nur die Laune eines armen Gelehrten wie ich einer bin." Akiva neigte ehrerbietig seinen Kopf. „Eine Bagatelle, von geringem Interesse für einen anderen und sicherlich von keiner Bedeutung für die Welt."

„Im Tausch gegen den Sieg?", fragte Haj Amin und lächelte verschlagen. „Was kann das für eine Bitte sein?"

„Die Fotografien der Schriftrolle haben mein Interesse erregt, die Geschichte der Entdeckung der Rolle sogar noch mehr. Ich würde sie sehr gerne studieren und in meiner Bibliothek zum Nachschlagen verwahren ..."

Haj Amin hustete dezent in sein Taschentuch und hob dann sein Kinn, um den Mann, der ihm gegenübersaß, prüfend zu betrachten. „Vielleicht. Vielleicht können wir unsere Wünsche in Einklang bringen, Rabbi." Er hielt inne, um die volle Wirkung seiner Worte abzuwarten. „Aber momentan haben wir noch Verwendung für diesen Gegenstand. Vielleicht später. Wenn er unserem Zweck gedient hat, werden wir ihn Ihnen zum Geschenk machen."

„Welche Verwendung könnten Sie für solche alten Schriftrollen von unseren Propheten haben?", fragte Akiva neugierig.

Haj Amins Gesicht verhärtete sich für einen Augenblick. Dann nippte er an seinem Kaffee. „Steht es nicht in euren heiligen Büchern geschrieben, dass das Wort Gottes Menschen begeistert?"

Teil 3

Das Geschenk

Ende Dezember 1947

„Die verheißene Erlösung wird nicht dem jüdischen Volk allein zuteil werden, sondern der gesamten Menschheit. Und das vorrangige Ziel dieser durch den Messiah herbeigeführten göttlichen Erlösung wird es sein, dass durch die Erlösung des jüdischen Volkes der ganzen Welt Gnade und Frieden zuteil wird.“
Rabbi Avraham Hacohen Kook
Palästinas Oberrabbiner

Dezember 1929

22. Die Pessach-Hoffnung

Ellie schaute traurig auf die Trümmer des Hotels Semiramis, die wie von Zauberhand auf dem Fotopapier im Entwicklungsbad erschienen. Da stand ein Bergungshelfer auf einer zerstörten Mauer. Dort trug ein anderer einen Erste-Hilfe-Koffer, für den wenig Verwendung sein würde. Zwei andere Männer zogen einen weiteren Toten aus dem Durcheinander von Steinen und Ziegeln hervor, unter dem dreißig unschuldige Menschen ihr Leben verloren hatten. „Wie kann man nur das Thema Hoffnung fotografieren, damit die ganze Geschichte deutlich werden würde?", dachte Ellie.

Völlig erschöpft strich sie sich über die Stirn. Vorgestern am Nachmittag hatte sie von Miriams Tod erfahren und seitdem nicht mehr geschlafen. Als erstes war sie mit Mosche zum Schauplatz des Geschehens gegangen und hatte unter Tränen dauernd ihren Schmerz auf den Film gebannt.

Während sie die Rettung eines kleinen Arabermädchens, der einzigen Überlebenden einer dreizehnköpfigen christlichen Familie, fotografiert hatte, war das traurige Geläut der Altstadtglocken erklungen und hatte seitdem ununterbrochen in ernstem, gleichmäßigem Rhythmus die Toten beklagt. Ellie konnte sie selbst noch durch die massiven Mauern ihrer Dunkelkammer hören. Die Berge in der Umgebung Jerusalems, von denen erst vor wenigen Wochen der freudige Ruf des Schofar erschallt war, hallten jetzt wider von dem Geläut, das das Sterben der Vernunft und des gesunden Menschenverstandes beklagte.

Von den Minaretten des arabisch-moslemischen Viertels riefen die Muezzin unterdessen die Gläubigen mit schriller Stimme zum Gebet und zu einer weiteren Ansprache des Muftis. Und während die christlichen Araber Gräber auszuheben begannen, um hastig ihre Lieben zu begraben, versammelten sich die Moslems auf dem Vorplatz der Omar-Moschee und bekräftigten mit erhobenen Fäusten ihren rasenden Schrei „Jihad! Jihad! Jihad!"

Heiliger Krieg. Als Ellie noch einmal die Fotografie betrachtete, war es vorbei mit ihrer erzwungenen professionellen Gelassenheit. Sie senkte den Kopf und vergrub ihr Gesicht in den Händen. „Mein Gott!", brach es aus ihr hervor. „Das kannst du doch nicht wollen! Ich fühle mich so aufgewühlt und zerrissen! Ich will auch nicht mehr gegen dich kämpfen, Gott", schluchzte sie. „Miriam hat dich gekannt. Aber nun ist sie nicht mehr unter uns, und ich bin allein und weiß nicht, wo ich dich suchen soll." Sie kam sich so klein und hilflos vor, zu tief unter Trümmern begraben, als dass sie sich daraus befreien konnte. „Hilf mir!", schrie sie und spürte auf ihrer Zunge das warme Salz ihrer Tränen. Sie legte ihren Kopf auf die Tischplatte und schloss die Augen. Sie wünschte, die Glocken würden aufhören zu läuten. „Leite mich", murmelte sie. Dann fiel sie seufzend in einen tiefen und traumlosen Schlaf.

* * *

Aus dem benachbarten christlichen Viertel schallte das trauervolle Läuten der Kirchenglocken herüber. Der Großvater zog seinen Mantel enger um sich und eilte in die Street of the Stairs in Richtung der dreistöckigen Häuser des Warschauer Distrikts. Schon als junger Mann war er in diesen Straßen gegangen. Aus dem jüdischen Ghetto von Warschau war er nach Jerusalem gekommen, um die Thora zu studieren, und war nie mehr in seine Heimat zurückgekehrt. Er war alt und gebeugt dabei geworden, die immer neuen polnischen Jeschiva-Schüler in den Studierzimmern und der Synagoge, die von einem großen, friedlichen Hof umgeben wurden, zu unterrichten. Mehr als ein halbes Jahrhundert lang hatte er die Heilige Schrift studiert, und darüber waren sein Bart grau und seine Hände runzlig geworden. Nur der Warschauer Distrikt hatte sich nicht verändert. Viele Generationen vor ihm hatten ihn die Juden Polens als ein Denkmal für den Gott ihrer Väter innerhalb der Tore Zions erbaut. Generationen von Vätern hatten ihre Söhne dort zum Studium hingeschickt. Einige, wie der Großvater, waren geblieben, aber die meisten waren in ihr Geburtsland zurückge-

310

kehrt. Nun gab es keine polnischen Jeschiva-Schüler mehr. Sie waren mit ihren Vätern im Warschauer Ghetto umgekommen, als eine Panzerdivision der Nazis ihren Widerstand gebrochen und das Ghetto in Schutt und Asche gelegt hatte. „Sie sind kämpfend gestorben", dachte der Großvater. „Nur dieses kleine Fleckchen Erde bleibt als Erinnerung an das, was einmal war. Jetzt sind auch wir von der Vernichtung bedroht. All den leeren Versprechungen von Rabbi Akiva und Haj Amin, dem Freund Hitlers, zum Trotz."

Die Häuser des Warschauer Distrikts befanden sich an den beiden gefährdeten Seiten des jüdischen Viertels, und die Quartiere der Gelehrten erweckten den Eindruck von Schützengräben und Unterständen. Sandsäcke schützten die Fenster vor Gewehrfeuer, und nachts wurden die Türen mit umgedrehten Tischen verbarrikadiert. In den zwei Tagen, die seit dem Bombenattentat auf das Hotel in der Neustadt vergangen waren, hatten drei Bewohner des Nordwestteils durch Heckenschützen auf den Minaretten Verwundungen erlitten, und die Fassaden verschiedener Gebäude waren durch Kugeleinschläge beschädigt worden. Als Gegenleistung für das Versprechen, das Akiva von den Arabern gegeben wurde, das jüdische Viertel zu verschonen, war Mitgliedern der Haganah das Betreten der Altstadt untersagt, und die wenigen schlechten Waffen waren von den Briten konfisziert worden.

Nun entpuppte sich dieses Versprechen als Lüge, erdacht, um jegliche Verteidigung unmöglich zu machen. Vielleicht glaubte Akiva diese Lügen tatsächlich, hielt ihm der Großvater zugute. Vielleicht hatte er auch einen anderen Grund, die Hilfe der Juden abzulehnen, die die Neustadt verteidigten. Akiva wetterte gegen die Zionisten. Aber diese waren gar nicht mehr das eigentliche Problem. Es ging jetzt nur noch um das nackte Überleben des jüdischen Viertels.

An diesem Morgen waren die Rabbis aus den verschiedenen Teilen des jüdischen Viertels zu einem dringenden Treffen eingeladen worden. „Komm, lass uns zusammen rechten", betete der Großvater schweigend.

Obwohl das Warschauer Gebäude schon unmittelbar vor ihm lag, kam es ihm dennoch beinahe unerreichbar vor. Denn der Schmerz in seiner Brust wurde so stark, dass er nach Luft rang und stolperte. Sein Husten war in den letzten Wochen schlimmer geworden, und jetzt traten ihm selbst in der eiskalten Morgenluft Schweißperlen auf die Stirn. Er lehnte sich schwerfällig und mit geschlossenen Augen gegen ein niedriges, einstöckiges Haus. „Gott, bist du schon am Ende mit diesem alten Mann?", fragte er und musste sich in einem Hustenanfall krümmen. „Bitte, gönne mir noch etwas Zeit! Für Jakov." Volle fünf Minuten kämpfte er gegen den Anfall an, bis dieser allmählich schwächer wurde und von dem brennenden Gefühl nur noch ein dumpfer Schmerz zurückblieb. So konnte er sich schließlich wieder aufrichten und mit zittrigen Beinen seinen Weg in den Warschauer Distrikt fortsetzen. Dort warteten die neun anderen Rabbis darauf, dass sie miteinander ihre Überlebensstrategie besprechen konnten. „Wir werden überleben", flüsterte er, während er seinen Blick auf den einzigen Punkt in der Welt richtete, wo das Warschau seiner Kindheit noch erhalten geblieben war.

* * *

Mosche klopfte leise an die Tür von Ellies Dunkelkammer.

„Was ist?", klang es gedämpft aus der Kammer.

„Bist du fertig? Kann ich die Tür öffnen?", fragte er höflich.

Ellie machte die Tür auf. Ihre Augen waren rot und verschwollen. Schluchzend drehte sie sich um und ließ sich wieder, mit dem Rücken zu ihm, auf den Hocker fallen. Mosche lehnte sich an den Türrahmen und sah sie mit einem zärtlichen Blick von hinten an.

„Brauchst du denn gar keinen Schlaf?", fragte er.

„Ich habe doch geschlafen", erwiderte Ellie mit versagender Stimme. „Du hast mich geweckt, und jetzt bin ich wieder mitten in meinem Alptraum." Sie senkte den Kopf, und Tränen rannen ihr übers Gesicht. Mosche ging zu ihr und legte ihr seine starken Hände auf die Schultern.

„Vielleicht sind meine Worte kein Trost für dich, meine kleine

Schickse. Aber ich weiß, wie weh dir ums Herz ist. Mein Herz ist auch gebrochen. Um meiner Familie willen. Um meines Volkes willen."

„Und wann wird das ein Ende haben, Mosche?", fragte sie seufzend. „Wann? Und wie?" Sie schmiegte ihre Wange gegen seine Hand. „Miriam war.., sie war so voll Hoffnung. Warum kann ich nicht auch solche Hoffnung empfinden?"

„Wahre Hoffnung, wirkliche Hoffnung", sagte Mosche und suchte nach Worten, „entsteht, wenn man die Wahrheit kennt. Sie kommt, wenn man sieht, was möglich ist und glaubt, dass es geschehen wird."

„Was willst du damit sagen, Mosche?" Sie sah ihn flehend an: „Bitte hilf mir, das zu verstehen!"

„Ich fange selbst erst an, das zu verstehen. Ich kann dir nur sagen, was mein Herz und mein Verstand für wahr halten."

„Ich komme mir so verloren vor. So allein und unsicher."

„Dann will ich meine Hoffnung mit dir teilen."

„Es gibt nichts, was ich mir sehnlicher wünsche." Ellie drückte seine Hand kurz und heftig und sah ihn dann fest an.

„Erinnerst du dich an den Tag auf der ‚Ave Maria', als du davon sprachst, dass es möglich sein müsste, Gott mit dem Herzen und mit dem Verstand zu begreifen?"

Ellie nickte. Sie lehnte sich zurück und wischte sich die Tränen aus den Augen. „Ja."

„Und dass wir meinten, dass beides wichtig ist? Ich kann dir sagen, was ich sicher weiß. Aber ich kann dir nicht sagen, was man empfinden soll." Er rieb sich den Nacken und setzte sich so auf den Arbeitstisch, dass er Ellie ansehen konnte. „In der Heiligen Schrift heißt es, dass der Mensch in seinem Herzen sündig und unvollkommen ist, weil er sich Dingen zugewandt hat, die er für richtig hielt. Unsere Herzen sind verhärtet gegen die Liebe Gottes und gegen unseren Nächsten. Das stimmt doch, oder?"

„Natürlich. Sieh doch, was sie Miriam angetan haben." Ellies Gesicht verdüsterte sich erneut.

„Auch ich selbst habe mein Herz gegen andere verhärtet."

„Du? Mosche, du bist doch der sanfteste und –" wollte sie widersprechen.

„Ich habe mein Herz viele Male verhärtet. Und du?", fragte er beharrlich.

Ellie nickte. Denn sie erinnerte sich an den Tag, als Miriam sie gescholten hatte, weil sie so viele Kleider in ihrem Schrank hatte und sie nicht mit den Flüchtlingsfrauen teilen wollte, die nicht einmal einen dünnen Pullover besaßen, um sich gegen die Kälte zu schützen. Und sie erinnerte sich auch an den Ärger und die Eifersucht, die sie wegen Rachel empfunden hatte.

„So viel stimmt also von dem, was die Schrift sagt, nicht wahr?", hakte Mosche vorsichtig nach.

„Aber wo ist die Hoffnung in dem allen?", fragte Ellie dumpf. „Ich wollte, ich könnte besser sein. Ich wünschte, ich könnte mich besser verhalten und mehr Liebe geben. Ich wollte, ich hätte nie jemanden verletzt."

„Aber Wünsche sind keine Hoffnung. Hoffnung heißt, die Wahrheit zu kennen und danach zu handeln."

Verwirrung machte sich auf Ellies Gesicht breit. „Dann sag' mir die Wahrheit, Mosche. Sprich nicht in Rätseln zu mir."

Mosche schloss für einen Augenblick die Augen und zog die Stirn kraus. „In all unserem Suchen und Streben haben wir keine Möglichkeit, Gott zu erreichen, Ellie. Die Schrift sagt, dass all unsere Werke schmutzig sind. Sie ändern nicht unser Herz, geschweige denn, dass sie die Fehler, die wir begangen haben, auslöschen. Das kann nur Gott allein."

„Aber wie?" Ihre Stimme klang kläglich und flehend wie die eines Kindes.

„Ich bin Jude. Das weißt du. Und so will ich dir das Ganze aus meiner Sicht schildern. Ich habe diese Gedanken bisher noch keinem Menschen mitgeteilt", meinte er erklärend. „Also unterbrich mich, wenn es verwirrend wird."

„Ja. Bitte sprich weiter."

„Vor langer Zeit haben die Propheten geschrieben, dass einmal ein Erlöser kommen würde, zu meinem Volk, aber auch zu den

Nichtjuden. Wir nennen ihn den Messiah. Immer haben wir uns vorgestellt, dass er der politische Führer unseres Volkes sein würde. Aber ich glaube, dass er es ist, der uns zu Gott zurückführen soll. Verstehst du?"

Ellie nickte, weil sie nicht zugeben wollte, dass sie nicht ganz begriff, wovon er sprach.

„Als ich ein kleiner Junge war, stellte ich meinem Vater nach alter Sitte jedes Jahr am Pessach-Fest die Frage: ‚Wodurch unterscheidet sich diese Nacht von allen anderen?' Und er erzählte mir dann die Geschichte, wie Gott die Israeliten aus der ägyptischen Sklaverei geführt hat. Voll Trauer erinnerten wir uns der erstgeborenen Kinder der Ägypter, die bei der letzten großen Pest starben, die wütete, bevor wir das Land verlassen konnten. Denn sie waren ja Menschen wie wir. Warum mussten sie sterben und nicht wir? Ich machte mir darüber Gedanken und fragte Gott. Dann erzählte mir mein Vater, dass auch einige der ägyptischen Erstgeborenen dem Tod entgangen waren, weil sie auf Gottes Wort gehört und das Blut eines Opferlammes an ihre Türpfosten gestrichen hatten. So ging der Engel des Todes auch an ihnen vorbei. Diejenigen, die Gottes Wort Glauben schenkten, wurden gerettet. Sie glaubten einfach und nahmen das Opfer des Lammes an.

In all diesen Jahren habe ich versucht, das Gesetz zu befolgen und habe dabei gemerkt, wie Männer des Gesetzes ein unglückliches Leben führten, weil sie krampfhaft danach strebten, Gott zu gefallen. Denn das bedeutet Regeln und Gesetze, die letztlich alle gebrochen werden. Trotz all dieser Gesetze und Regeln haben wir immer den Erlöser gesucht. Von ihm erhofften wir, dass er uns von der Verfolgung und dem Leid erretten würde, die uns die christlichen und moslemischen Nationen zufügen. Immer warten wir darauf, dass der Messiah unseren Körper rettet, während unsere Seele stirbt. In der gesamten Schrift wird er erwähnt. Alte Kommentare sprechen von ihm als dem letzten Opfer für all unsere Sünden und Unvollkommenheiten. Sie sprechen von seiner Liebe und seiner Milde und davon, dass er allein uns vor dem Tode erretten kann, der in unseren Herzen wohnt."

„Wer ist es, Mosche? Und wo ist er?"

„Er starb am Abend des Pessach-Festes, vor beinahe zweitausend Jahren. Wie das Opferlamm befreite er mich von meinen Sünden und sühnte sie mit seinem Blut. Er war vollkommen ohne Makel, und er starb für mich, wie es die Propheten vorausgesagt haben. Und schließlich überwand er den Tod. Ellie, er erwachte wieder zum Leben und lebt immer noch, und er hat mein Herz wieder zu neuem Leben erweckt, seit es ihn kennt. Das ist meine Hoffnung, ja, mein Glaube und meine Wahrheit."

„Dann bist du Christ?", fragte Ellie leise. „Wie Miriam und Onkel Howard?"

„Ich bin Mosche Sachar, und ich bin ein Jude, der glaubt, dass der, den wir Jeschua nennen, der Messiah ist. Darauf vertraue ich mit einer Hoffnung, die die Wahrheit kennt. Eines Tages wird er wieder zu meinem Volk kommen, und dann wird es ihn als den erkennen, der er ist, und es wird Gnade finden und die Freude erleben, ihn als einen liebenden und verständnisvollen Erlöser zu sehen. Und für dich, meine liebe Ellie, hoffe ich, dass du deine Hände nach ihm ausstrecken wirst. Denn ich weiß, dass ihm sehr viel an dir liegt." Mit gerührtem Gesicht ging er zu Ellie und nahm sie in die Arme.

„Aber was soll ich tun, Mosche? Wie kann auch ich ihn erkennen und Hoffnung haben?"

Er streichelte und küsste ihr Haar. „Sprich einfach zu ihm, mein Liebes. Bitte ihn einfach, aus dir all das zu machen, was du an Möglichkeiten in dir hast. Vertraue ihm dein Herz an."

„Aber es ist gebrochen, Mosche; mein Herz ist gebrochen." Sie vergrub ihr Gesicht an seiner Brust.

„Er weiß, wie es ist, wenn man ein gebrochenes Herz hat, Ellie. Und König David schreibt, dass dein gebrochenes Herz genau das Opfer ist, das er annimmt."

* * *

Rachel folgte dem Professor in die Küche und stieß beinahe gegen ihn, als er unvermittelt stehenblieb, um das Licht einzuschalten. Blaue Fliesen glänzten auf den Arbeitsflächen, und quadratische Mosaiksteinchen bedeckten den Fußboden. Ein riesiger Gasherd nahm beinahe eine ganze Wand ein, und ein weißer Kühlschrank stand an der gegenüberliegenden Wand. In der Mitte des Raumes befand sich ein kleiner weißer Holztisch, auf dem eine Vase mit winzigen blauen Blumen stand, die schon leicht verwelkt waren. Die Augen des Professors glitten liebevoll über die Blumen. „Die Küche ist nicht gerade meine Domäne", sagte er mit dem Versuch eines Lächelns. Er ging zum Tisch und brach eine blaue Blüte ab, und setzte sie in seine Hemdtasche. „Miriam war eine gute Köchin. Kochen Sie auch gerne?"

„Meine Mama hat mir schon sehr früh das Kochen beigebracht. Es war eine Freude, die man nie vergisst", antwortete Rachel. Sie stellte den Wasserhahn am Spülbecken an und dann wieder ab. „Befolgen Sie die Kaschrut-Regeln?"

„Sie meinen, ob wir koscher essen? Miriam war eine christliche Araberin", meinte er stirnrunzelnd.

„Sie kochen sehr gutes Essen", entgegnete Rachel und hatte das Gefühl, ein Eindringling in Miriams Küche zu sein.

„Ja, sehr gutes. Und wenn wir Jakov zu uns nach Hause holen, wird das wahrscheinlich sehr wichtig sein."

Er drehte sich um und öffnete einen Schrank, in dem etliche durchsichtige Behälter standen, die mit Bohnen, Nudeln und Sonstigem gefüllt und sorgfältig mit arabisch beschrifteten Etiketten versehen waren. Er holte einen Behälter mit Linsen heraus und starrte traurig auf die Handschrift, während er mit dem Zeigefinger liebevoll über die Buchstaben strich.

„Ich bin sehr glücklich, Ihnen aushelfen zu können", sagte Rachel und tat so, als ob sie die Suche des Professors nach Gegenständen, die ihn an Miriam erinnerten, nicht merken würde. Dann fügte sie hinzu: „Es tut mir sehr leid, dass sie nicht mehr da ist."

Howard sah auf und lächelte. „Mir auch. Sie war eine bemerkenswerte Frau", meinte er und konnte immer noch nicht glauben, dass

Miriam nie mehr mit den Töpfen klappern oder Tee zubereiten würde. „Sie wusste, wo alles zu finden war. Es tut mir leid, dass ich hier nicht so ganz zu Hause bin. Aber wenn ich in diese Schränke schaue, habe ich dasselbe Gefühl, als wenn ich eine Ausgrabungsstelle betrachte. In gewisser Weise ist sie immer noch da. Zumindest weiß ich, dass sie lebt." Er setzte sich an den Tisch.

„Möchten Sie Tee?", fragte Rachel. Sie füllte den Kessel und zündete ein Streichholz an, um den Herd anzustellen.

„Ja, bitte", meinte er lächelnd. „Wissen Sie, ich habe noch nie in der Küche Tee getrunken. Sie hat ihn mir immer in mein Arbeitszimmer gebracht. Als ob sie eine Dienerin wäre. Aber in Wirklichkeit gehörte sie zur Familie."

„Ich verstehe." Rachel erinnerte sich an die Leere, die sie empfunden hatte, als sie den Pullover ihrer Mutter an sich presste, während diese ihren letzten Gang tat. Und wie verzweifelt sie sich danach gesehnt hatte, dass wieder zärtliche Arme in diesen Ärmeln steckten und sie eng umschlungen hielten! Sie hatte ihr Gesicht in den weichen handgestrickten Pullover vergraben und hatte geweint im Bewusstsein der Leere, die ihre Mutter zurückließ. Der Mann, der ihr gegenüber saß, empfand nun die gleiche Leere, mit der Rachel gelernt hatte, tagtäglich zu leben. Dies war noch immer Miriams Küche. Der Gasherd fauchte, und der Kessel klapperte und pfiff noch immer, wenn es Teezeit war. Aber selbst diese vertrauten Geräusche waren nur noch ein hohles Echo, seitdem sie nicht mehr da war.

Rachel suchte in den Schränken nach Tassen und fand sie schließlich direkt neben dem Spülbecken. Sie stellte sie auf die Arbeitsfläche und goss heißes Wasser durch ein Teesieb, das sie auf der Fensterbank gefunden hatte. „Milch und Zucker?", fragte sie.

„Nein, danke", erwiderte Howard, der immer noch auf die Blumen starrte. Das Schweigen lastete schwer im Raum.

„Hat es Sie traurig gemacht, von ihr zu sprechen?" Rachel saß ihm gegenüber und wirbelte beim Rühren die winzigen Teeblätter, die in ihrer Tasse schwammen, auf.

„Überhaupt nicht. Sie hat immer von ihrem Tod gesprochen, als ob sie eine Reise um die Welt plante. Ich glaube, sie freute sich darauf, dem Herrn eine Tasse Tee zuzubereiten."

Rachel fand sein freundliches Lächeln seltsam anziehend. Sie sah wieder auf ihre Tasse. „Hatte sie denn keine Angst?"

„Nein, nie. Man kann eher sagen, dass sie Freude empfand."

„Haben Sie denn Angst?", fragte sie und hatte das Gefühl, eine Veränderung an ihm zu bemerken.

„Meine Mutter sagte, wir sind nicht alle zur selben Zeit auf diese Welt gekommen, und wir verlassen sie auch nicht zur selben Zeit – außer, wenn der Herr zu uns kommt! Ich würde sie gern mit all denen verlassen, die ich liebe, aber nein, Angst habe ich nicht."

„Ich wünschte mir manchmal ... oft ..., ich hätte mit meiner Familie sterben können. Aber manchmal glaube ich, dass mein Großvater mich nötig braucht."

„Ich bin sicher, Rachel, dass viele Ihr mitfühlendes Herz brauchen." Onkel Howard schlürfte seinen Tee. „Sie sind herzlich eingeladen, so lange hierzubleiben, wie Sie möchten. Zumindest, bis die Altstadt wieder sicher ist. Wir brauchen Sie." Er tätschelte ihr den Arm.

„Ich glaube, Ihre Nichte ist vielleicht nicht so froh, dass ich hier bin. Es ist eine schlechte Zeit." Sie fragte sich, ob er wohl meinte, was er sagte, und wie er reagieren würde, wenn er über ihre Vergangenheit Bescheid wüsste.

„Unsinn. Ellie kann nicht mal Eier kochen, geschweige denn ein Essen nach den Kaschrut-Gesetzen zubereiten. Und ich weiß, dass das Mädchen wirklich gerne isst", lachte er und versuchte Rachel das Gefühl zu geben, dass sie gebraucht wurde und sich in seinem Haus wohlfühlen konnte.

In diesem Augenblick stolperte Ellie geräuschvoll durch die Schwingtür in die Küche. In den Armen hielt sie einen Haufen Pullover und Röcke und ein Paar Wanderschuhe. Ihre Augen waren rot und verschwollen, aber sie lächelte tapfer, und während sie Rachel die Kleidungsstücke zuwarf, fand sie ihr Gleichgewicht wieder.

„Sie scheinen ungefähr meine Größe zu haben. Ich dachte, vielleicht ..."

Rachel sah sie mit ausdruckslosen, fragenden Augen an. „Soll ich sie bügeln für Sie?", fragte sie.

„Aber nein!", rief Ellie. „Ich möchte, dass Sie sie tragen. Es sei denn, dass sie Ihnen vielleicht nicht passen oder so."

Rachel schaute staunend auf die schönen blauen und roten Pullover und Röcke, die sie in ihren Armen hielt. „Sie meinen für mich? Zum Tragen?", rief sie mit Tränen in den Augen. „So herrliche Kleider! So schöne Sachen."

„Kommen Sie mit in mein Zimmer. Ich versuche gerade meinen Schrank und meine Schubladen neu zu ordnen. Ich habe viele Sachen ..." Ihre Stimme klang ermutigend und freundlich.

Onkel Howard hob seine Brauen und grinste Rachel an. „Was haben Sie alles über Ellie gesagt?", fragte er.

Ellie stemmte ihre Hände in die Hüften. „Na, raus mit der Sprache. Was habt ihr zwei über mich geredet?"

Rachel strich mit der Hand über einen weichen königsblauen Pullover. „Ich sagte, vielleicht könnte ich Ihnen das Kochen beibringen?"

Der Fußboden in Ellies Zimmer war bedeckt mit Haufen von Kleidern, die Ellie aus den Schubladen und dem Schrank auf den Boden geworfen hatte. Rachel stand in der Türöffnung und besah sich das Chaos, während Ellie sich in die Mitte des Haufens fallen ließ.

„So viele Sachen", meinte Rachel lächelnd.

„Zu viele. Ich habe die halbe Miracle Mile mit nach Palästina gebracht."

„Miracle ...?"

„Mile. Das Einkaufsviertel von Los Angeles."

„Wie das Pariser Modezentrum." Rachel nickte verstehend.

„Nicht ganz. Aber ich habe es immerhin geschafft, mein Geld dort auszugeben." Ellie sah einen Berg von Blusen durch und teilte ihn in zwei getrennte Haufen. „Nehmen Sie Platz." Sie wies auf ein winziges freies Fleckchen auf dem Boden. „Also, ich dachte, solange Sie hier sind, würden Sie vielleicht gerne diese Klamotten anziehen."

„Klamotten?"

„Ja. Ich meine –" Ellie warf Rachel eine lange Wollhose in den Schoß – „die wird Ihnen besser stehen als mir."

Rachel starrte sie ungläubig an. „Amerikanische Frauen tragen solche Hosen?"

Ellie warf einen flüchtigen Blick auf Rachels knöchellanges schwarzes Kleid. „Ja. Und so was tragen unsere Großmütter. Ich will Sie nicht beleidigen."

Rachels Augenlider flatterten, als sie die Hose nahm. Sie stand auf und schlüpfte aus ihrem Kleid. Dabei achtete sie darauf, dass Ellie das Zeichen auf ihrem Arm nicht sehen konnte. Dann setzte sie sich auf den Bettrand und zog die Hose an. „Wo ich herkomme, tragen nur die Männer Hosen."

„In Amerika tragen Frauen Hosen und bauen Panzer und Flugzeuge. Schon mal von Rosie der Nieterin gehört?"

„In Europa" – Rachel zog den Reißverschluss der Hose hoch – „haben die Deutschen Juden in die Fabriken gesteckt, damit keine Deutschen sterben würden, wenn die Fabriken bombardiert würden. Ich kenne einige Leute, die erzählen, dass sie gebetet haben, dass Bomben fallen würden, wenn amerikanische Flugzeuge darüber flogen. Wenn sie nicht fielen, hat vielleicht ein jüdischer Fabrikarbeiter einen Draht verdreht oder gewollt eine Schraube vergessen. So haben wir vielleicht Amerika geholfen, den Krieg zu gewinnen, nicht?" Sie verschränkte ihre Hände hinter dem Rücken und stand schüchtern vor Ellie.

„Wie sehe ich aus?"

„Sie sehen prima aus." Ellie warf ihr eine zur Hose passende Bluse zu. „Probieren Sie diese mal an."

Rachel wandte Ellie erneut ihren Rücken zu und zog die Bluse an, wobei sie ihren linken Arm zuerst in den Ärmel steckte und schnell ihre Tätowierung verbarg. Sie knöpfte die Bluse zu und drehte sich dann um. „Tragen Sie diese Bluse, wenn Sie mit David zu Glenn Miller tanzen?" Sie breitete lächelnd ihre Arme aus.

„Wer hat Ihnen denn von Glenn Miller erzählt?", fragte Ellie erstaunt.

„David. Im Flugzeug hat er sehr viel von Ihnen erzählt. Ich habe gehört, dass Männer und Frauen tanzen. Und dass er Sie sehr liebt."

Ellie ging in die Hocke. „Er hat Ihnen das alles erzählt?"

Ellie biss sich auf die Unterlippe und sah auf den Boden. „David und ich sind nicht ..."

Rachel neigte ihren Kopf ein wenig, so, als wollte sie Ellies unausgesprochene Worte begreifen. „Sie sind beneidenswert. So beneidenswert, Ellie. In seinem Herzen hat er nur Platz für Sie."

„Ich dachte, er interessiere sich für Sie."

„Für mich?", rief Rachel aus.

„Und außerdem ist es mir egal, was er noch empfindet."

„Sie sind nicht in David verliebt?" Rachel setzte sich Ellie gegenüber und schlug ihre Beine übereinander.

„Er ist nicht im Geringsten ernsthaft und hat absolut keine Überzeugungen oder Bindungen."

„Aber das ist nicht wahr! Er hat ein Herz voll Freundlichkeit. Er hat so viel für mich getan."

Ellie kniff ihre Augen zusammen. „Da gehe ich jede Wette ein. Passen Sie nur auf, dass Sie ihm das nicht vergelten müssen. Er will immer etwas als Gegenleistung dafür."

Rachel griff sich an die Brust und setzte sich aufrecht hin. Ihr Gesicht war bleich geworden. „Das kann ich von David nicht glauben", sagte sie leise.

Ellie hatte den Eindruck, dass sie Rachel irgendwie verletzt hatte, und fügte daher rasch hinzu: „Das wollte ich nicht sagen. So habe ich das nicht gemeint. Es ist nur, weil ich mir in dieser Beziehung so ausgenutzt vorkam, verstehen Sie?", setzte sie kläglich hinzu.

Rachel sah ihr in die Augen und hielt ihren Blick lange fest.

„Ja, ich verstehe Sie."

„Sie auch? Ein Mann?"

„Ja." Rachel schaute weg. „Aber David und Mosche schienen mir irgendwie anders zu sein."

„Mosche? Er ist wundervoll, nicht wahr? Er gibt mir immer das Gefühl, geliebt zu werden."

Rachel lächelte traurig, als sie an Mosches Verhältnis zu Ellie dachte. „Mosche. Ja, er ist ein guter Mensch. Ich wusste nicht, dass Sie beide ...“ Sie schluckte mühsam. „Aber er ist Jude. Und kein Amerikaner.“

Ellie zuckte die Achseln und machte sich wieder daran, Kleider zu sortieren. „Das macht nichts. Er hat noch nie jemanden ausgenutzt. Er ist so gut zu mir. Und wenn ich mit ihm zusammen bin, ist er zuvorkommend und rücksichtsvoll ...“

„Ich verstehe. Ja. Dann lieben Sie ihn. Mosche.“ Sie schaute die Bilder an, die an Ellies Wänden hingen. Unter den Gesichtern, die sie ansahen, war auch das Bild, das Ellie kürzlich an Deck der „Ave Maria“ aufgenommen hatte und das Mosche zeigte, wie er seinen Arm um einen kleinen Flüchtlingsjungen gelegt hatte. Seine braunen Augen schienen bis in ihre Seele zu strahlen. „Er ist ein guter Mann.“ Ihre Worte waren kaum zu hören. „Sie sind beide gute Männer, glaube ich.“

23. Brüder

In den Straßen um die El-Azhar-Universität in Kairo loderten helle Freudenfeuer, und Straßenverkäufer boten ihre Waren der Menge feil, die sich versammelt hatte, um zu erfahren, auf welche gemeinsame Haltung sich die Führer der fünf arabischen Nationen im Problem Palästina geeinigt hatten. Reporter und Fotografen lehnten an den funkelnden schwarzen Limousinen, die am Bordstein parkten. Ein paar Männer machten sich Notizen, aber die meisten von ihnen kauten geröstete Maiskörner und diskutierten ihre Vermutungen über das Ergebnis der Konferenz. Ausnahmslos alle waren der Meinung, dass dieselbe Gruppe, in deren Mitte sie jetzt standen, auch die Kraft sein würde, die die Juden ins Meer treiben würde.

In der glänzenden Marmorhalle von El Azhar wartete Hassan neben den schweren Türen aus Walnussholz und zündete sich, nachdem er an einer Säule ein Streichholz entflammt hatte, seine letzte Zigarette an. Ihm gegenüber standen die Leibwächter König Abdullahs von Transjordanien, und einige Meter von ihm entfernt warteten die Wachen Ibn Sauds von Saudi-Arabien. Hassan beobachtete amüsiert, wie sich die beiden Gruppen verstohlen musterten. Denn König Abdullah hasste Ibn Saud mit der Leidenschaft einer lang gehegten Blutfehde, und Ibn Saud, Besitzer der größten bekannten Ölvorräte der Welt, hasste seinerseits König Faruk von Ägypten. Die Diener dieser Herrscher hatten nicht nur den moslemischen Glauben, sondern auch den Argwohn, den ihre Herrscher gegeneinander hegten, gemeinsam. Und noch etwas anderes teilten sie miteinander – den tiefen Hass auf die Juden in ihrer Mitte. Hassan wusste, dass dieser Hass es war, der seinem Herrn, dem Mufti, Macht über diese Männer und die Politik ihrer Regierungen verlieh.

Hassan schaute auf, als Gerhardt und Kadar zielbewusst durch den Flur auf ihn zusteuerten. Kadar trug den gleichen düsteren und selbstbewussten Gesichtsausdruck zur Schau wie der Mufti. Gerhardt erschien noch grimmiger und härter als gewöhnlich. Ibn Sauds Männer beäugten ihn neugierig und grüßten, indem sie ehrerbietig mit der Hand die Stirn berührten, als er an ihnen vorbeiging. König Abdullahs Wachen hingegen, in britisch aussehende Uniformen gekleidet, unterbrachen weder ihre Unterhaltung noch hörten sie auf zu rauchen.

„Salaam." Hassan berührte sein Kopfband beim Gruß.

„Sind sie noch immer nicht herausgekommen?", fragte Kadar mit düsterer Miene.

Hassan schüttelte den Kopf. „Sie sind schon beinahe sechs Stunden drin."

„Sie haben sich wohl viel zu sagen", meinte Gerhardt mürrisch. „Aber am Ende wird Haj Amin schließlich doch seinen Kopf durchsetzen."

Kadar lächelte ein wenig. „Wenn Allah es so will."

Gerhardt schnaubte: „Es ist der Wille Haj Amins. Und schließlich sind wir ihre große Chance, weil diese Aufschneider nicht im Traum daran denken, einen richtigen Krieg anzufangen; auch wenn sie lauthals das Gegenteil verkünden. Insgeheim hoffen sie doch, ihn vermeiden zu können. Die werden ihm alles geben, worauf er besteht. Alles. Sogar Palästina, stimmt's?"

„Das wird sich erweisen."

„Das war doch schon vor drei Tagen klar, als König Abdullah den Mufti in seinem Landhaus aufgesucht hat, um mit ihm zu sprechen. Etwas später ist dann Ibn Saud durch die Hintertür geschlüpft, und nach ihm kam der Gesandte von König Faruk. Ich sage euch, da müssen nur noch die Bedingungen ausgehandelt werden. Geld. Waffen. Soldaten. Sie werden es Haj Amin überlassen, wo er das letzte jüdische Krematorium bauen will. In der Zwischenzeit, bis die Briten abziehen, ist es unser Krieg."

„Der Krieg der Terroristen." Kadar musterte ihn kalt.

„Der Saboteure", korrigierte Gerhardt. „Patriot!"

„Einige würden sagen", unterbrach Kadar brüsk, „dass es noch kein arabisches Palästina gibt, dem gegenüber man sich patriotisch verhalten kann. Ich fürchte, dass der Terrorismus nur die Welt gegen uns aufbringt und am Ende das Gegenteil von dem bewirkt, was wir wollen."

„Meinst du, dass die Vereinten Nationen immer noch die Teilung befürworten werden, wenn sie merken, dass sie für jeden einzelnen Juden einen Soldaten aufbringen müssen, um die Juden zu schützen?" Gerhardts Augen wurden schmal, und er lächelte grausam und hart. „Das glaube ich nicht, Kadar. Und wenn Ibn Saud mit dem Öl droht, werden sie sich von diesen jüdischen Würmern genauso abwenden, wie sie es damals getan haben, als der Führer die Ideen des Muftis weitertrug." Er schaute Kadar verächtlich an. „Du bist zu weich, Kadar. Es sind nicht die kreisrunden Kugeleinschüsse, aus denen jüdisches Blut wie aus einem Wasserhahn tropft, der die Feiglinge auf dieser Welt dazu bringt, unseren Zorn durch Zugeständnisse zu beschwichtigen. Nein, sondern vielmehr ein greller Blitz im Gewühl eines Straßencafes, der Frauen und Kinder zerfetzt und sie als rohe Fleischstücke, natürlich alle koscher, zurücklässt."

Hassan klopfte die Asche seiner Zigarette auf den Marmorboden und beobachtete die Auseinandersetzung. „Einen Punkt für dich, Gerhardt", lächelte er. „Und auch für dich, Kadar. Aber am Ende bleibt es doch die Entscheidung des Muftis, wie wir den Krieg führen. Und egal, wie wir ihn führen, die Juden werden auf jeden Fall dran glauben müssen. Meiner Ansicht nach, Kadar, spielt der Zustand der Leichen dabei keine Rolle."

Kadar zuckte die Achseln. „Meine Treue gehört natürlich Haj Amin. Ich werde einfach seine Anweisungen befolgen." Er sah mit finsterer Miene auf die Tür aus Walnussholz. „Wie immer sie auch lauten mögen."

* * *

Eine einzige Glühbirne hing von der Decke des Kellerraumes in der Rehavia High School. Sie verbreitete ihr grelles Licht über die neun Männer, die sich auf harten Metallstühlen in einem Halbkreis so um Mosche geschart hatten, dass sie sowohl ihn als auch die detaillierten Karten der Altstadt sehen konnten. An der feuchten und tropfenden Schlackenblockwand hinter ihnen zeichneten sich ihre Bewegungen als riesenhafte Schatten ab. „Aber sie sind keine Riesen, sondern nur Menschen", dachte Mosche. „Und die Bewältigung dieser Aufgabe verlangt eigentlich Riesen."

Mosche räusperte sich und schloss seine Anweisungen ab. „Ihr merkt also, dass wir unsere Vorposten in den Synagogen aufstellen müssen, weil diese die höchsten Punkte im Viertel darstellen." Er schaute in die bärtigen Gesichter der um ihn gescharten Männer. „Noch Fragen?"

Vier Hände schossen gleichzeitig in die Höhe, und ihre Schatten winkten ihm von der Wand auf groteske Art und Weise zu. Er zeigte auf einen siebzehnjährigen Jungen mit einem struppigen Bart und zornigen schwarzen Augen hinter einer Nickelbrille. „Du sagst, wir sollen Posten in den Synagogen aufstellen? Glaubst du etwa, die Rabbis würden das begrüßen? Die Orthodoxen glauben doch immer noch, dass uns irgendein alter, mythischer Gott retten wird."

Mosche runzelte die Stirn. „Mit dieser Einstellung, Gerschon, beleidigst du nicht nur die Rabbis, sondern setzt du zweifellos auch unseren Plan für die Altstadt aufs Spiel. Du hast dich zwar freiwillig für diese Aufgabe gemeldet, aber jetzt werden wir einen anderen Platz für dich suchen müssen, an dem du dienen kannst."

Der Junge stand ärgerlich auf. „Was soll das heißen? Willst du damit sagen, dass ich nicht mitmachen kann?"

„Genau das will ich damit sagen. Du willst vielleicht kämpfen, aber ich kann dir versichern, dass du auch die Gebete und die Unterstützung der Altstadt-Rabbis nötig haben wirst, wenn du allem standhalten willst. Besonders den zahllosen Jihad-Kämpfern, die täglich in Massen in die arabischen Teile der Stadt strömen."

„Das kannst du nicht machen!" Der Schatten an der Wand erhob sich zu einer verzerrten Faust. „Es ist doch alles festgelegt."

„Schluss damit, Gerschon. Du bist entlassen." Mosche brachte ihn mit seinem Blick zum Schweigen. Daraufhin ergriff der Junge seinen Mantel und verließ steif und ohne sich umzusehen den Raum. „Noch jemand, der etwas zu dem mythischen Gott der Juden sagen möchte?", fragte Mosche, während die Kellertür zuknallte und der Klang der Schritte allmählich auf der Treppe verhallte. „Ihr seid angenommen worden, weil ihr alle aus einem orthodoxen Milieu kommt. Wenn ihr, aus welchem Grund auch immer, inzwischen dieses Erbe verachtet, dürft ihr die Altstadt nicht verteidigen. Wenn ihr das Gefühl habt, die alten Bräuche der Rabbis nicht mehr nachempfinden zu können, werden wir euch einen anderen Platz suchen, an dem ihr unserer Sache dienen könnt."

„Aber sind denn die Rabbis nicht gegen uns?", fragte ein kleiner, zerbrechlich aussehender Mann von ungefähr fünfundzwanzig Jahren.

„Sie sind seit der Belagerung geteilter Ansicht. Akiva hat bis vorige Woche die gewichtigste Meinung gehabt. Er hatte den Geldfluss in die öffentlichen Küchen und das Amt für die Armen unter seiner Kontrolle. Das ist inzwischen nicht mehr der Fall, und er ist darüber verärgert. Seine Anhängerschaft wird zusehends kleiner. Es sind ihm nur noch einige wenige Chassidim treu. Die Aschkenasim dagegen schicken Botschaften mit der dringenden Bitte um Nahrung und Verteidigung."

Die Köpfe nickten verständnisvoll und zustimmend. Ein junger Chassid von enormer Körpergröße und kräftiger Gestalt ergriff ruhig das Wort: „Im Warschauer Ghetto kamen die Rabbis sogar am Schabbat auf die Straßen, um uns dabei zu helfen, unsere Barrikaden zu befestigen und Sandsäcke fertig zu machen. Ihren Segen hatten wir aber genauso nötig. Und als schließlich das Ghetto fiel, starben sie tapfer mit den anderen. Ich und nur einige wenige andere schafften es zu entkommen. Aber es waren nur sehr wenige von den Tausenden."

„Dies soll sich nicht wiederholen, Raschi", sagte Mosche und hoffte, dass er Recht behalten würde. „Aber daran kannst du erkennen, wie wichtig es für die Zusammenarbeit ist, dass jeder sich bewusst ist, wer er ist und woher er kommt." Er schaute sich ein letztes Mal im Raum um. „Jeder von euch weiß, was er zu tun hat." Nachdenkliche Gesichter schauten ihn an. „Gott sei mit euch. Ihr seid unser Fundament." Auf sein Kopfnicken hin standen die Männer auf und gingen schweigend der Reihe nach aus dem Raum, vorbei an dem Alten, David Ben-Gurion, der erst gegen Ende der Versammlung eingetroffen war und abseits stand.

Als auch die letzten Männer leise gegrüßt und dem Alten die Hand geschüttelt hatten, schloss dieser die Tür hinter sich und ließ sich Mosche gegenüber auf einen Stuhl fallen. Er schlug sich mit den Händen auf die Schenkel. „Sie haben die Männer also ausgesandt."

Mosche rieb sich die Stirn. „Wie Schafe zur Schlachtbank."

„Das wollen wir nicht hoffen. Jeder von uns muss sich seine Aufgabe suchen, nicht wahr?"

Mosche schürzte die Lippen und runzelte die Stirn. Dann machte er sich daran, die Tabellen und Karten von der Altstadt zusammenzusuchen. „Was für Neuigkeiten gibt es über den Bombenanschlag?"

„Ich hoffte, Sie würden nicht danach fragen." Der Alte zündete sich eine Zigarette an. „Es war kein jüdisches Dynamit."

„Wissen Sie das genau?" Mosche rollte eine Karte zusammen und streifte ein straffes Gummiband darüber. „Was ist mit den Leuten von der Irgun? Ist es möglich, dass sie es getan haben?"

„Möglich wäre es. Wahrscheinlich hätten sie es auch gerne getan." Der Alte blies eine dicke Rauchwolke in die Luft. „Aber ich habe mit diesem Schurken Menachem Begin gesprochen, und er ist der Meinung, dass es seine Leute nicht waren. Er sagt allerdings, dass er ganz bestimmt nicht gegen das Prinzip Auge um Auge und Zahn um Zahn ist."

„Wenn es nach der Irgun ginge, hätten wir alle falsche Zähne und würden unseren Weg mit Stöcken suchen, stimmt's?", meinte Mosche. „Nun, dann kann es nur noch Gerhardts Arbeit gewesen sein."

„Und die von Hassan, Mosche." Der Alte blinzelte ihm zu. „Zwischen Ihnen und Hassan gibt es ja schon lange böses Blut."

„Zwischen Hassan und den Juden", warf Mosche ein.

„Diesem Mann müssen Sie das Handwerk legen, bevor er es Ihnen legt."

Statt zu antworten, räumte Mosche schweigend auf, indem er die

Metallstühle an der Wand stapelte. Er nahm Stuhl um Stuhl, bis nur noch der des Alten übrig blieb. Mosche legte seine Hand auf dessen Lehne und fragte: „Was soll ich Ihrer Meinung nach tun?"

„Er war einmal Ihr Freund."

„Der Freund meines Bruders."

„Er war wie ein Bruder für ihn, nicht wahr?"

„Ich denke schon." Mosche nahm einen Stuhl, den er gerade auf den Stapel gelegt hatte, wieder herunter, klappte ihn auseinander und setzte sich dem Alten gegenüber.

„Was kann man von so einem Mann sagen? Einem Mann, der einmal der Bruder eines Juden war, der dann zu den Nazis floh und sich schließlich zum Mord an unserem Volk hergab?"

„Ich dachte, Sie und Alon hätten das alles in Ihren Akten."

„Fakten wohl. Aber keine Motive. Und Sie haben nie davon gesprochen, Mosche. Vielleicht ist jetzt der Zeitpunkt dazu."

Mosche faltete seine Hände und presste die Daumen nervös gegeneinander. „Ich weiß nicht, womit ich beginnen soll."

„Mit dem Anfang."

„Schon als Kinder haben wir zusammen gespielt, an den Straßenrändern der Street of the Chain. Von unserem Fenster über Cohens Lebensmittelgeschäft ..."

„Das kenne ich gut."

„... konnten wir die Kuppel der Omar-Moschee sehen, und von seinem Fenster aus konnte Hassan die Klagemauer erkennen. Am Schabbat kam er immer herüber und zündete uns die Kerzen an. Am Ende der moslemischen Fastenzeit waren wir es dann, die der Familie Lebensmittel brachten, und umgekehrt brachte er uns Brot und Honig, wenn unsere Fastenzeit vorüber war. Sein Vater und seine Mutter waren fromme Moslems und tolerante, freundliche Leute. Ibrahim war nicht so sehr mein Freund als vielmehr Elis Freund und Bruder."

„Dieser Eli, der getötet worden ist, war Ihr Bruder?"

Mosche nickte. „Ja."

„Hassan hat ihn getötet, nicht wahr?"

Mosche nickte wieder, diesmal bedächtiger. „Ihn verraten."

„Aber warum hat er so etwas getan, Mosche?" Der Alte war jetzt so gefesselt, dass seine Augen glühten.

„Er hatte eine Schwester. Ein Jahr jünger als Eli. Eli liebte sie insgeheim und sie liebte ihn auch. Hassan wusste davon und war der Meinung, dass das in Ordnung ist; dass er und Eli wahre Brüder seien. Aber ..." Mosche drückte seine Schuhspitze gegen einen Riss im Betonboden.

„Aber was?", drängte ihn der Alte.

„Wir sind Juden." Er zuckte die Achseln als er sich an den Abend erinnerte, an dem Eli seinem Vater von seiner Liebe zu dem schönen Arabermädchen erzählt hatte.

„Weißt du überhaupt, was eine Heirat mit ihr für dich bedeuten würde? Für uns alle?" Elis Vater zeigte seinen Ärger nicht, aber es war klar, was er meinte. Eli nickte schweigend und ging in sein Zimmer, wo Mosche in einem bequemen Sessel saß und las. Er tat so, als merkte er nicht, dass sich Eli aufs Bett legte und ihm die Tränen leise über die Wangen liefen. Schließlich fragte er seinen Bruder doch:

„Was willst du jetzt tun?"

Eli wischte sich die Augen und setzte sich auf, die Arme um seine Knie gelegt. „Kann ich meinem Vater den Bart ausreißen? Ich darf sie nicht wiedersehen."

„Aber du liebst sie doch."

„Ja!", rief Eli. „Aber wir wollen nicht mehr davon sprechen."

Dies war eine Wunde, die die Zeit nicht heilte. Lange Zeit saß Mosche auf dem Metallstuhl und dachte an tausend Dinge – an Eli und was er an Elis Stelle getan hätte. Sein Vater war nun tot, und Mosche lebte nicht mehr nach der alten Tradition. Und er liebte Ellie, liebte sie, wie er sich noch nie zuvor gestattet hatte, eine Frau zu lieben.

Der Alte hustete geräuschvoll und brachte Mosche damit zurück in die Realität. „Wo sind Sie mit Ihren Gedanken?", fragte er.

„In der Vergangenheit, die sich manchmal zu wiederholen scheint", erwiderte Mosche. Er sah den Alten an. „Mein Bruder hat damals eine Entscheidung getroffen, zu der ich nicht die Kraft hätte. Er hat die Beziehung zu dem Mädchen abgebrochen. Er hat nicht einmal mehr mit Hassan gesprochen, wenn er ihm auf der Straße begegnete. Er drehte sich um und ging davon, wenn er seinen Freund sah. Er wandte sich schweigend von den Menschen ab, die er liebte."

„Und dann?"

„Hassans Schwester wurde mit einem der Wächter des Muftis verlobt und verheiratet, einem Burschen namens Ram Kadar. Kurz darauf nahm sie sich das Leben. Wir hörten, dass sie für Eli eine Nachricht hinterlassen hatte, aber er hat sie nie erhalten. Einige Wochen später ist Eli von einer arabischen Bande, die ihm vorwarf, ein arabisches Mädchen geschändet zu haben, auf dem Marktplatz zerfleischt worden. Hassan war an der Spitze dieser Bande. Sie wissen ja, wie viele dabei umgekommen sind. Nicht nur Eli. Und als alles zu Ende war, hatte das Prinzip ‚Auge um Auge' viele unschuldige Opfer auf beiden Seiten gefordert."

„Fürchten Sie seinen Hass?"

„Nur wenn er bis zu den Menschen vordringt, die ich liebe. Ich selbst fürchte ihn nicht. Ich empfinde nur Mitleid mit ihm."

„Ihre Freundin Ellie Warne ist keine Jüdin", meinte der Alte forschend.

„Ich bin nicht mein Bruder."

* * *

David legte seinen Kopf gegen die Lehne und beobachtete, wie Michael die Augen schloss und sein Körper die sanften Schaukelbewegungen des Zuges in Richtung Prag nickend und wippend mitmachte. Er musste lächeln, als Michael seinen Kopf ruckartig hob und sich dann langsam wieder entspannte, bis sein Kinn erneut auf seine Brust sank. Als der Zug über eine Bockbrücke rumpelte, ruckte sein Kopf noch einmal nach hinten, dann kreuzte Michael die Arme und rutschte, mit halb geöffnetem Mund, gegen das Fenster. Mit seinem drei Tage alten Stoppelbart und den Haarsträhnen, die ihm über seinen sonst kahlen Kopf hingen, erweckte er den Anschein eines Landstreichers, der seinen Rausch ausschläft. David wünschte sich, er hätte die große Kamera bedienen können, die er am Morgen zuvor in einem Pariser Second-Hand-Laden erstanden hatte. Einen Augenblick lang war er versucht, sie aus seinem Koffer zu nehmen und es einfach zu probieren. Dann erinnerte er sich, dass er ja noch gar keinen Film gekauft hatte. Er seufzte grinsend und war entschlossen, den Anblick, wie Michael mit herabhängendem Unterkiefer in dem verblichenen Plüsch des Zugabteils saß, in Erinnerung zu behalten.

„Genau in diesem Zugabteil haben die Generäle des Dritten Reiches Europa durchquert", dachte David und schaute sich um. Die Polster waren von den Uniformen abgewetzt und verschlissen. Genauso wie das Land. Alles, die Beibehaltung eines luxuriösen Lebensstils wie auch die Befriedigung der normalen Lebensbedürfnisse, war gleichermaßen zum Stillstand gekommen, als die Menschen in Europa anfingen, sich gegenseitig in die Luft zu sprengen. Und nun, am Ende des Krieges, blieb die mühsame Aufgabe des Wiederaufbaus.

Rostige Stahlskelette von Nazi-Transportern säumten die Ränder des Bahndamms. David starrte aus dem Fenster auf die verunstaltete Landschaft und schloss die Augen, als er sich erinnerte, dass deutsche Soldaten genau an diesen Schienen entlang in Deckung gegangen waren, als er ihren Truppenzug im Tiefflug angegriffen hatte.

Nun warteten die Überbleibsel der deutschen Luftwaffe auf den verlassenen Flugplätzen in der Tschechoslowakei darauf, an den Meistbietenden verkauft zu werden. Und er und Michael befanden sich auf der Reise nach Prag, um dort mit Avriel einige Kampfflugzeuge vom Typ ME 109 zu besichtigen, die der besiegte Feind bei seinem überstürzten Rückzug vor der siegreichen Sowjetarmee zurückgelassen hatte.

Der Zug zuckelte, in seiner Fahrt von vielen Haltestationen unterbrochen, durch die zerstörte Landschaft. Die Felder, einst üppig bewachsen, waren völlig vernichtet; die Stoppeln der letzten Ernte – vor dem Krieg – schauten noch aus dem halbgefrorenen Matsch hervor. Als das monotone Rattern der Räder zum tausendsten Mal, so kam es David vor, zum Stillstand kam, fiel sein Blick auf einen Bauern, der einen braunen Mantel mit Flicken trug und schräg über dem Rücken einen Korb mit sich führte. Sein rechter Ärmel war leer und hochgesteckt. „In welchem Krieg und für welche Sache", fragte sich David, „hat dieser alte Mann seinen Arm verloren? Und hatte es denn letzten Endes einen Sinn gehabt?" David sah auf seine Hände. Wie sehr wünschte er sich, dass sein Leben einen Sinn bekäme; dass er etwas in dieser Welt, deren Wirklichkeit so öde und hoffnungslos anmutete, ändern könnte. Dann dachte er an seinen Vater, dessen Glaube zu weit über seine eigene Existenz hinauszureichen schien, um das Leben der Menschen zu berühren, die um ihn herum lebten. Und was war mit Ellie? Seine Selbstsucht hatte in ihrem Herzen und ihrer Seele Wunden zurückgelassen, so tief wie jene in dem Land, durch das er gerade fuhr. Er starrte auf die hohen Gräser, die zwischen den sabotierten Bahnschienen wuchsen. Denselben Männern, die sie gesprengt hatten, oblag jetzt die Aufgabe, sie wieder aufzubauen. David schien es, als ob sein Leben ein andauernder endloser Blitzkrieg gewesen wäre. Und jetzt stand auch er vor der nahezu unmöglichen Aufgabe, wieder aufzubauen, was er beinahe zerstört hatte. Er hoffte nur, dass es nicht schon zu spät für ihn und Ellie war.

Der Zug setzte sich wieder vibrierend und ratternd in Bewegung und fuhr langsam durch ein Dorf, in dem amerikanische Pioniere in olivfarbener Kleidung den Zivilisten einige Anweisungen gaben, während sie selber mit dem Bulldozer durch die Trümmer eines ausgebombten Gebäudes fuhren. Als der Zug ein schlammiges Feld passierte, schreckte er einen Schwarm Amseln auf, die in einem Bogen in den grauen Himmel aufflogen. In der Ferne sah David den hohen Ziegelschornstein des Dachauer Lagers; der dicke graue Rauch hatte sich im Land verflüchtigt. „Schon die Luft in Europa ist totale Friedhofsluft geworden", dachte David, „und die Schuld der Schornsteine hat die Luft für alle Menschen hier vergiftet." „Ich möchte etwas ändern", flüsterte er.

Er lehnte sich zurück und schmunzelte über Michael, der immer noch schlief. David streckte seine Hand aus und tippte gegen den Kopf. „He, Vogelscheuche, wach auf."

Michael schlug nur eins seiner Augen auf und brummte. „Ja? Was willst'n?" Er setzte sich auf und rieb sich das Gesicht mit beiden Händen.

„Ich wollte dir nur sagen, dass ich froh bin, hier zu sein, weißt du?"

Michael verzog sein Gesicht und verdrehte die Augen. Dann seufzte er und lehnte sich wieder an. Augenblicke später fiel sein Kopf erneut vornüber, während der Zug weiter in Richtung Prag ratterte.

* * *

Im Café ‚Sohn Mohammeds' in Latrun stiegen bedächtig die Rauchwolken auf und bildeten unförmige Ringe über den Köpfen der Männer.

Hassan lächelte entwaffnend die beiden britischen Deserteure an, die ihm am Tisch gegenüber saßen und lüstern die Tänzerin auf der kleinen Bühne anstarrten. Ihre blutunterlaufenen Augen bewegten sich im Rhythmus der Musik hin und her. Ohne seine Verachtung für die Männer zu zeigen, die an ihren eigenen Leuten Verrat begangen hatten, goss Hassan ihnen noch Kaffee ein, den sie mit Whisky mischten.

„Auch 'n Tropfen, Kumpel?" Einer der Soldaten hielt einen Flachmann an Hassans Tasse.

Dieser hielt schnell seine Hand über die Tasse. „Anhänger des Propheten trinken keinen Alkohol."

„Dich hat wohl der Antialkoholikerverein am Wickel, was?", entgegnete der Soldat angetrunken.

Hassan zuckte bloß die Achseln und trank schluckweise seinen Kaffee, während er wartete, bis die Tänzerin mit einer gezielten Bewegung ihren Tanz beendete und die beiden Soldaten johlten und wild applaudierten. Dann schlürften sie ihren Kaffee und wischten sich den Mund mit dem Handrücken ab. „Euch gefällt unsere Unterhaltung wohl, was?", fragte Hassan.

„Seit Anno '45 in Paris hab' ich so was Tolles nich mehr geseh'n. Meinst du, du kannst mich mit ihr bekanntmachen?"

„Mit diesem Mädchen oder einem Dutzend anderer, mein Freund. In ein paar Tagen werdet ihr für mein Volk Helden sein. Wie Lawrence, der den Beduinen gegen die Türken zum Sieg verholfen hat."

„Alles, was ich wissen will, ist, wo das Geld ist", meinte der größere der beiden und hielt seine Hand offen hin.

„Eine unwichtige Nebensache", versicherte ihm Hassan. „Sagen wir, dreißig Pfund sofort und noch mal dreißig, wenn die Sache erledigt ist?" Er langte nach seinem Geldbeutel und zählte dreißig Pfundnoten auf den Tisch.

„Also wohin soll'n wir das Zeug liefern?", fragte der andere Soldat.

„Ich habe euch doch gesagt", meinte Hassan warnend, „ihr haltet einfach euren Mund und fahrt die Lastwagen. Wir werden euch schon sagen, wenn ihr am Reiseziel angekommen seid."

„Zu Weihnachten, was? Ich sage immer, weg mit den Christusmördern, dann sind wir sie los!" Die zwei Deserteure hoben ihre Tassen zu einem Toast auf den Tod und leerten sie in einem Zuge.

24. Schabbat

Eingerahmt von den Betenden, die sich zum morgendlichen Gottesdienst versammelt hatten, bewegte der Großvater seinen Oberkörper im Rhythmus des Gebetes vor und zurück.

„Habe Wohlgefallen, Ewiger, unser Gott, an deinem Volke Israel und ihrem Gebet, und bringe den Dienst wieder in das Heiligtum deines Hauses, und nimm die Feueropfer Israels und ihr Gebet in Liebe auf mit Wohlgefallen."

Sein Kopf war mit einem blau-weißen Tallit bedeckt, der schon seinem Vater und dem Vater seines Vaters aus dem Priestergeschlecht der Cohanim als Gebetsbekleidung gedient hatte.

„... und unsere Augen mögen schauen, wenn du nach Zion zurückkehrst in Erbarmen. Gelobt seist du, Ewiger, der seine Majestät nach Zion zurückbringt!"

Der Großvater öffnete die Augen und schaute zur Kuppel der Synagoge, durch deren verbarrikadierte Fenster das frühe Morgenlicht hereinfiel.

„Oh, Ewiger, allbarmherziger Gott", flüsterte er, während die Männer um ihn herum fortfuhren, sich im Rhythmus zu bewegen und zu beten. Er zupfte an seinem Backenbart. „Ich weiß, dass der Schabbat dein Tag ist. Auch der Mufti weiß das, und er hat dennoch deiner gespottet, indem er uns dazu herausgefordert hat, die Gesetze der Thora zu brechen. Aber wir wissen es besser. Ganz besonders heute ist es unser Mizwah, dein Wort zu sprechen. Vielleicht hat Jakov heute niemanden, der ihm aus der Thora vorliest. Das mögest du verhindern. Deshalb weiß ich, Gott, dass du verstehst, dass ich heute mit dem Bus fahren muss."

Um ihn herum erklangen die Stimmen der anderen Betenden, die das Hallel sprachen: „Aus der Bedrängnis rief ich den Herrn an; der Herr hat mich erhört und befreit. Der Herr ist für mich, und ich fürchte mich nicht; was sollten Menschen mir tun?"

„Willst du also heute mit mir gehen? Selbst wenn ich mit dem Bus auf den Skopus-Berg fahre? Und willst du mich auch wieder sicher nach Hause bringen?" Die Augen des Rabbis füllten sich mit Tränen, als er daran dachte, dass er Jakov wiedersehen würde. Er schnupfte einmal und fügte dann leise hinzu: „Du weißt, Gott, der Junge ist mein ein und alles." Schon der Gedanke, Jakov wiederzusehen, linderte die Schmerzen in seiner Brust und ließ ihn leichter atmen als in den letzten Wochen.

Im Raum erklangen das letzte Gebet und die Segnungen der Cohanim. Die große Kuppel von Nissan-Bak hallte wieder vom letzten „Omaine" des Gottesdienstes, und der Großvater spürte, dass der Ewige sein Gebet erhört hatte. Er küsste den Saum des Tallit und schickte sich an – zum ersten Mal in seinem Leben – bewusst den Schabbat zu brechen.

Als er an einem Jeschiva-Schüler mit spärlichem Bartwuchs vorbeieilte, grüßte ihn dieser mit einem „Schalom, Reb Lebowitz".

„Guten Schabbat, Josi", entgegnete der Großvater und wich dem Blick des alten Rabbi Eilan aus, der durch die im Heiligtum stehenden Gruppen von Betenden auf ihn zuging.

„Reb Lebowitz!", rief der Rabbi, der hinter Josi herhief, mit brüchiger Stimme. „Auf ein Wort, bitte!", rief er. „Ach, Reb Lebowitz!"

Josi, der sich mit finsterer Miene an die Fersen des Großvaters heftete, musste um verschiedene Gesprächsgruppen herumlaufen, die angeregt über die Bibel diskutierten. „Reb Lebowitz, ich möchte mit Ihnen über die Gesetze von Haschavat Aveida, die Rückgabe von verlorenem Eigentum sprechen, wie wir sie in der Mischna des Talmud studiert haben. Baba Metzi 2. Wenn das Eigentum eines anderen gefunden wird ..." begann er in der Annahme, dass nun eine Diskussion folgen würde, die normalerweise Stunden dauerte.

Der Großvater verlangsamte nicht einmal seine Schritte. „Ja, ja, Josi. Vielleicht ein anderes Mal. Erinnere dich einfach an Leviticus 19,18; dann kommst du schon zurecht! Ich muss mich jetzt beeilen, sonst verpasse ich meinen Bus." Daraufhin blieb der Student wie angewurzelt stehen, so dass Rabbi Eilan gegen ihn rannte. „Ihren Bus, Reb Lebowitz?", rief Josi hinter ihm her, während der Großvater grüßend durch die massiven Tore der Großen Synagoge eilte.

Die schrille Stimme Rabbi Eilans folgte ihm bis auf die Straße, wo andere Männer in schwarzen Mänteln standen und Themen des Gesetzes wie auch den neuen Erlass des Muftis besprachen, der jegliches Reisen, außer am Schabbat, verbot, sowohl aus der Altstadt heraus als auch in die Altstadt hinein.

„Auf ein Wort, Reb Lebowitz!"

„Morgen! Ich darf nicht zu spät kommen!"

Der Großvater eilte durch die winkligen Gänge des jüdischen Viertels bis an den Rand des armenischen Viertels, wo die versprochene Eskorte wartete, die ihn zum Zion-Tor und zum Bus der Linie Zwei brachte. In der Straße sah er viele Gesichter, die er schon sein ganzes Leben lang kannte. Man nickte ihm zu und folgte ihm neugierig mit den Augen, während er seine Hand leicht zum Gruß erhob.

Vor ihm erhob sich das schmale Mandelbaum-Tor, das sich am Ende des Viertels befand. Er schaute auf und blickte über seine Schulter. „Kommst du auch, Gott?" Auf den letzten Metern beschleunigte er seine Schritte, und gleich nachdem er den Bogen passiert hatte, traf er auf eine Gruppe, die hinter der Markierung der British Highland Light Infantry wartete.

Ein hochgewachsener Offizier mit gerötetem Gesicht und einem Schnauzbart war gerade dabei, eine Gruppe von zwölf Juden einer gründlichen Musterung zu unterziehen. Als er den Großvater kommen sah, runzelte er die Stirn.

„Guten Schabbat, Rabbi", sagte er.

Der Großvater sah sich um, weil er dachte, dass der Offizier vielleicht einen anderen Rabbi meine. „Guten Schabbat", erwiderte er zögernd.

„Eine scheußliche Sache ist das hier, nicht?"

Wieder zögerte der Großvater, als ihn der Offizier von unten herauf musterte. „Meinen Sie mich, Sir?", fragte der Großvater.

„Ja, natürlich. Er ist scheußlich, dieser Erlass, dass die Altstadt, außer am Tag der Ruhe, nicht verlassen werden darf. Und selbst dann brauchen Sie noch eine bewaffnete Eskorte. Der Mufti versucht die Moral der Altstadt-Juden zu untergraben. Und die wird wohl auch bald am Ende sein."

„Ich glaube nicht, dass ich schon das Vergnügen hatte, Sie kennenzulernen, oder?" Der Großvater zupfte an seinem Bart und schmunzelte innerlich darüber, wie entrüstet dieser Nichtjude über den Mufti war.

„Captain Luke Thomas." Der Captain streckte ihm seine Hand entgegen. „Und Sie, Sir?"

„Rabbi Schlomo Lebowitz." Er gab dem Offizier die Hand, ohne auf den nagenden Schmerz in seiner Brust zu achten.

„Ich habe gleich gesehen, dass Sie ein Rabbi sind." Luke zwirbelte seinen Schnauzbart und wippte auf seine Fersen.

„Und ich habe gleich gesehen, dass Sie Offizier sind."

„Ja". Er räusperte sich. „Stimmt. Sie haben wohl etwas Dringendes zu erledigen, da Sie am Schabbat reisen?"

„Ich habe einen Enkel in den Hadassah-Kliniken." Der Großvater blinzelte und rückte seine Nickelbrille zurecht, während der Offizier stirnrunzehnd in seiner Tasche nach einem kleinen ledergebundenen Notizbuch suchte.

„Ich habe es doch irgendwo." Er blätterte suchend in dem Büchlein. „Ist das zufällig ein junger Bursche namens Jakov Lebowitz?"

Der Großvater nickte. „Genau. Aber woher wissen Sie das?"

„Er ist ein netter Junge. Ich hatte die Freude, mich mit ihm unterhalten zu können, und dabei erwähnte er, dass er einen Großvater in der Altstadt hat. Es konnte niemand anders als Sie sein."

Da erfüllte ein Gefühl der Freude den Rabbi. Denn dies war sicher ein Zeichen dafür, dass Gott mit ihm war. „Ich habe in der letzten Zeit keine Nachricht über seinen Zustand erhalten und habe das Gefühl, zu ihm zu müssen."

„Ganz recht. Selbst am Schabbat."

„Nur Männer wie der Mufti können glauben, dass Gott solch ein Herz hätte, dass er mich am Schabbat von Jakovs Seite fernhält. Meinen Sie nicht auch?"

„Omaine", sagte eine Frau mittleren Alters, die ein langes schwarzes Wollkleid trug. „Und möge das Gehirn des Muftis in der Sonne vertrocknen!"

„Omaine", wiederholten zwei junge aschkenasische Studenten wie aus einem Munde und spuckten aus, um ihre Meinung zu bekräftigen. „Gut gesprochen, Rabbi."

Der Captain warf seinen Kopf zurück und lachte laut. „Eine würdige Einstellung."

„Ein würdiges Gebet", sagte der Großvater, als sich die Gruppe aus dem gemeinsamen Abscheu gegen Haj Amin näherkam. „Und wann fahren wir zum Zion-Tor?"

„Wir haben immer noch viel Zeit, bis der Bus kommt." Der Captain sah auf seine Armbanduhr. „Wir wollen doch nicht gerne jemanden zurücklassen. Noch fünf Minuten."

Der alte Rabbi erhob seine Arme. „Wenn dies ein normaler Schabbat wäre, kämen wir jetzt gerade aus der Synagoge nach Hause, nicht wahr?" Alle nickten einträchtig. „Und dann würden wir singen" – er erhob seine Stimme –, „so dass der Mufti uns hören könnte:

Wenn wir erwachen von des Lebens dunklem Wahn,
Wenn Gott die müde Brust befreit,
Herzen, die jetzt noch bedrückt vom Gram,
Erheb'n sich dann im Jubelschrei;
Dann ist von der fahlen Stirn
Aller Kummer fern,
Denn es weicht die Sorg', und Freude tritt an ihre Stelle ..."

Der Gesang der Gruppe hallte so kräftig von den Steinwänden der Gebäude wider, dass in den Häuserschluchten ein tausendstimmiger Gesang entstand. Als das Lied zu Ende und auch sein letztes Echo verhallt war, wandte sich der Großvater begeistert zum Captain und sagte: „Sehen Sie, selbst die Engel feiern mit uns den Schabbat des Herrn. Die Erlasse des Muftis können uns nicht die Freude rauben."

„Das haben Sie gut gesagt, Rabbi", erwiderte der Engländer grinsend.

„Omaine!", riefen die beiden Aschkenasim und spuckten wieder aus.

Dann stellte man sich gegenseitig vor, und auf diese Weise entstand ein Gefühl der Kameradschaft in der kleinen Gruppe. Jeder einzelne hatte für seine Reise in die Neustadt einen ganz persönlichen Grund, den er dem Großvater mitteilte. Dieser, als der einzige Rabbi der Gruppe, konnte ihre Bedenken zerstreuen, indem er ihnen Weisungen aus der Thora nannte, die besagen, dass das Gesetz manchmal besondere Ausnahmen zulässt. Luke Thomas stand nicht weit von ihnen entfernt und hörte jedes Wort. Er verschränkte die Hände hinter seinem Rücken, und wenn der Großvater einen besonders interessanten Punkt anschnitt, nickte er mit dem Kopf und schob seine Unterlippe nachdenklich vor. Schließlich konnte der alte Rabbi nicht länger an sich halten.

„Sehen Sie", sagte er zum Captain, „innerhalb der Stadttore treffen sich die Menschen Israels und diskutieren die heiligen Bücher. Sie aber sind Goyim, Engländer, und doch hören Sie zu wie ein Jeschiva-Schüler. Das finde ich ganz erstaunlich."

Die kleine Gruppe Juden schaute gespannt auf den Engländer. Dieser zwirbelte befangen seine Bartspitze. „Es ist nur, dass ich das, was Sie sagen, ähnlich finde wie, nun ja ..." Er hielt inne. „Das heißt, was Sie sagen, klingt so christlich."

„Ha!", lachte der alte Rabbi laut, und in sein Gelächter fielen die Umstehenden zögernd ein. „Das, was aus meinem Mund christlich klingt, würde aus Ihrem Mund in meinen Ohren jüdisch klingen!"

„Ich bin ein Anhänger Christi, Sir", erwiderte der Captain, als sich sechs englische Wachen um ihn scharten.

„Aha! Von dem, den wir Jeschua nennen?"

„Ja, genau. Ich glaube ganz fest, dass er der Messiah ist, und dass er die Prophezeiungen erfüllt hat."

Der Großvater zupfte an seinem Backenbart und merkte, dass sich der Kreis von Juden und Nichtjuden enger um ihn schloss, während er über eine Antwort nachdachte. „Viele Juden waren einmal mit Ihnen einer Meinung, Captain. Sonst könnten Sie hier nicht stehen und mir erzählen, dass Sie Christ sind. Als Ihre Vorfahren noch die Bäume anbeteten, hat dieser Jesus schon aus der Thora gepredigt, und seine jüdischen Jünger diskutierten seine Gleichnisse. Das ist doch die Wahrheit, oder?"

„Gut gesprochen, Rabbi", pflichteten ihm die beiden aschkenasischen Studenten bei, während andere nickten und zustimmend murmelten.

Dann richteten sich alle Augen in Erwartung einer Antwort auf Luke. „Ja, ich verstehe, was Sie meinen. Aber heißt es nicht bei Jesaja ... ich glaube, es ist Jesaja zweiundfünfzig, dass sogar die Nichtjuden den Messiah sehen und an ihn glauben werden?"

„Richtig, Captain", nickte der alte Rabbi. „Aber ich fürchte, dass die Nichtjuden aus Jesus auch einen Nichtjuden gemacht haben. So sind über zweitausend Jahre lang Juden im Namen Christi gemordet und gequält worden. Und was sagt Gott dazu? Na, was meinen Sie?"

Luke räusperte sich und atmete tief durch. „Steht es nicht geschrieben, dass Gott sich nicht ändert und immer derselbe bleibt? Egal, wie und aus welchem Grunde wir ihn verändern wollen? Jesus ist noch immer derselbe, der er vor zweitausend Jahren war, als die ersten Juden an ihn glaubten."

„Das haben Sie gut dargelegt." Der Großvater hob seine Hand, um die auf Jiddisch geführte Diskussion zu beenden, die hinter ihm am Rande der Menge stattfand. Er schätzte die unaufdringliche, gutmütige Art, mit der dieser Engländer seine Meinung zum Ausdruck brachte. Er hatte früher schon mit christlichen Goyim diskutiert. Und gewöhnlich wurden solche Diskussionen feindselig und hitzig geführt und gipfelten in der Wendung Christusmörder. „Vielleicht werden wir diese Unterhaltung beim Abendmahl einmal fortführen, wenn die Anhänger Allahs und seines Propheten uns armen Gelehrten es wieder einmal gestatten werden, nu?"

„Ich würde mich freuen, Ihnen das Brot zu solch einem Mahl bringen zu dürfen, Sir." Der Captain salutierte und wandte sich an seine Leute. „Im vorderen und mittleren Bereich", kommandierte er. „Zwei gehen an jeder Seite und je einer vorn und hinten. Rabbi, wenn Sie so freundlich wären und bitte die Leute zu dritt nebeneinander antreten ließen."

Der Großvater stellte seine kleine Gruppe zusammen – ein seltsam aussehender General und seine kleine Truppe. Während sie durch das feindliche arabische Viertel marschierten, prüften die Engländer jede Türöffnung, an der sie vorübergingen, und jeden Schatten, der von den Dächern geworfen wurde. Der Captain führte die Gruppe voran, seine Maschinenpistole entsichert und bereit, bei einem Angriff aus dem Hinterhalt sofort zu schießen. Er wäre der erste, der erschossen werden würde, dachte der Großvater und nahm sich vor, den Captain wirklich einzuladen, das Brot mit ihm zu brechen – falls es überhaupt noch Brot geben würde, das man brechen konnte.

$$* * *$$

Es war Samstagmorgen. Sechs Tage waren seit Miriams und Ischmaels Beerdigung vergangen. Zusammen mit anderen arabischen Christen hatte Miriams Enkel seine wenigen armseligen Habseligkeiten zusammengepackt und sich nach Beirut im Libanon in Sicherheit gebracht. Täglich beschleunigte sich der christlich-arabische Exodus und beraubte die Regierungsbüros der Elite der arabischen Intellektuellen und ruinierte das Postwesen und die Telefondienste. Am nächsten Tag würde man die Türen der christlichen Kirchen für die Wenigen öffnen, die noch den Mut hatten, öffentlich zu beten. Viele von denen, die in der Stadt blieben, beteten schweigend und hinter geschlossenen Türen und richteten ihre Augen in der Hoffnung auf den Ölberg, dass Christus wieder seinen Fuß auf die heilige Stätte setzen und Zion Frieden bringen würde.

Ellie spülte das Geschirr und war sehr stolz auf die Käseblintsen, die sie unter Rachels Anleitung gemacht hatte. Rachel hatte sich, zusammen mit Schaul, der sich ihr freudig an die Fersen geheftet hatte, in ihr Zimmer zurückgezogen, um sich für einen Besuch bei Jakov in der Klinik fertig zu machen.

Onkel Howard steckte seinen Kopf zur Küchentür herein. „Bist du fertig?", fragte er.

Ellie stellte das Wasser ab und trocknete sich die Hände ab. „Ich will nur eben meinen Mantel holen." Sie machte das Licht aus und ging vor ihm zur Tür.

Onkel Howard pfiff anerkennend, als er Ellies roten Pulli und Rock sah. „Du siehst richtig weihnachtlich aus", meinte er strahlend.

Ellie blieb stehen und klopfte an Rachels Tür: „Kommst du, Rachel?", rief sie.

Rachel öffnete die Tür. Sie trug einen Rock, den Ellie ihr gegeben hatte, und einen hübschen königsblauen Pulli, der zu ihren Augen passte.

„Nicht nur ein hübsches Mädchen, sondern gleich zwei!", rief Onkel Howard aus.

„Sie sind sehr freundlich, Herr Professor", erwiderte Rachel errötend. „Sie sind beide sehr freundlich."

Trockene Blätter trieben über die fast leeren Straßen der Neustadt. Rollen von Stacheldraht säumten die Bürgersteige wie die sterbenden Zweige eines riesigen Gesträuchs. Ellie schaute besorgt zu Onkel Howard, während sie um Barrieren herum und auf Umwegen zu den Hadassah-Kliniken fuhren.

Als sie das Hauptquartier der palästinensischen Polizei passierten, dachte Ellie daran, wie sehr es einem unheimlichen Märchenschloss ähnelte. Es war von hohen Elektrozäunen umgeben, und überall schien das Gewirr der Drähte die Politik der britischen Regierung für ein jüdisches Heimatland zu unterstreichen.

„Ist das ein Gefängnis?", fragte Rachel, die auf dem Rücksitz saß.

„Das Polizeihauptquartier. Der Draht soll die Menschen draußen halten, nicht etwa drinnen. Wir nennen diesen Ort hier Bevingard, nach dem britischen Außenminister, der für dieses ganze Chaos verantwortlich ist. Er ist der Mann, der dafür gesorgt hat, dass Sie nicht nach Palästina einreisen konnten. Blockierte Einwanderung, um den Mufti zu besänftigen."

„Eigentlich beinahe komisch", sinnierte Ellie. „All dieser Draht, die Zäune und Gewehre. Sie wollten die Juden von Palästina fernhalten, und nun verstecken sie sich selbst in einem selbstgebauten Gefängnis."

Sie sah sich nach Rachel um und musterte sie von der Seite. Ein trauriges Lächeln huschte über Rachels Lippen, aber sie sah nicht auf. „Über Gefängnisse braucht man ihr nichts zu erzählen", dachte Ellie.

„Lebt er hier?", fragte Rachel, die den Anblick der bewaffneten britischen Wachen, die die Tore bewachten, intensiv auf sich wirken ließ.

„Nein", erklärte Onkel Howard. „In England."

„Warum hat er sich dann so intensiv dafür eingesetzt, uns nicht nach Palästina zu lassen? Meine Mutter und mein Vater haben vor dem Krieg so sehr versucht, hierher zu kommen. Wenn nur –"

Sie sprach nicht weiter, aber Ellie spürte die Qual, die aus ihrem unbeendeten Satz sprach, heraus.

Rachel räusperte sich und begann erneut: „Dies ist ein so kleines Fleckchen Erde, nicht wahr?"

„Heutzutage haben die Briten eben Sorge, dass sie ihr Weltreich verlieren könnten, – und den Wohlstand, der damit einhergeht: Ägypten, Indien, Palästina. Wenn sie die arabischen Nationen brüskieren, haben sie vielleicht bald kein Benzin mehr für ihre Autos", erklärte Howard.

„Dann tauschen sie also Benzin gegen Menschenleben", sagte Rachel bedrückt.

„Solche Dinge ändern sehr wenig. Als Jesus Christus noch über diese Berge ging, stand er auf dem Ölberg und weinte um seine Stadt. Später erzählte er seinen Anhängern all die Dinge, die ihr geschehen würden. Bis zur Zerstörung des Tempels."

„Und ist es geschehen, wie er gesagt hat?", fragte Rachel.

„Bis zur letzten Einzelheit. Er sprach auch von den Dingen, die heutzutage geschehen. Bis zur letzten Einzelheit", wiederholte er. „Wie von einer Tatsache." Er zwinkerte Ellie zu. „Ich glaube, er wusste sogar, wie verängstigt ein gewisser Archäologe jedes Mal sein würde, wenn wir durch Sheik Jarrah zu den Hadassah-Kliniken fahren."

„Wen in aller Welt meinen Sie bloß, Herr Professor?", scherzte Ellie. Rachel beugte sich nach vorn und legte ihre Arme auf die Lehne des Vordersitzes. „Wie sieht es in Amerika aus, wo du herkommst?", fragte sie neugierig.

Ellie reichte ihr eine Ausgabe von Life. „Das wird dir einen Eindruck vermitteln. Wo ich lebe, ist im Augenblick alles beleuchtet und weihnachtlich geschmückt. Der Nikolaus steht in jedem Schaufenster, und die Menschen kaufen noch wie verrückt die letzten Geschenke ein."

„Ich werde im Auto warten", meinte Rachel zu Ellie, als Onkel Howard auf den Klinikparkplatz fuhr und anhielt.

„Wirklich?", fragte Ellie. „Vielleicht würde es dir Freude machen, mitzukommen. Ich glaube, der Junge spricht sogar polnisch."

„Geht nur. Die Fahrt war einfach wunderbar", erwiderte sie, als die anderen aus dem Auto stiegen.

Rachel saß auf dem Rücksitz von Onkel Howards Plymouth aus dem Jahre 1923, den ein amerikanischer Diplomat nach seinem Aufenthalt in Palästina zurückgelassen hatte. Sie blätterte Ellies Life-Ausgabe vom 22. Dezember durch, die ein Sonderbote der Jewish Agency gebracht hatte.

Auf dem Titelblatt war ein Kind zu sehen, das ein Gesangbuch in der Hand hielt, und winzige Engel, die über seinem Kopf Harfe spielten. „In Amerika ist bald Weihnachten", dachte sie und lächelte, als sie sich daran erinnerte, wie in Polen die Nichtjuden vor dem Krieg zu Weihnachten ihre Straßen und Häuser geschmückt und Weihnachtslieder gesungen hatten. Meistens war ihre Weihnachtsfeier mit Chanukkah zusammengefallen, einem der strahlendsten Feste des jüdischen Jahres. Sie dachte an das letzte Chanukkah, das ihre Familie in dem von den Nazis besetzten Warschau zusammen verbracht hatte. Ihre kleinen Brüder hatten sich um sie versammelt, als sie die erste der acht Kerzen zur Erinnerung an die acht Festtage und den Kampf der Juden für die Freiheit angezündet hatte. Man hatte Geschenke ausgetauscht, und sie hatte genug Geld gespart, um jedem ihrer drei Brüder einen Pullover kaufen zu können, selbst dem Baby Jani. Trotz des Hungers und der Härte des Krieges hatten Gelächter und Licht ihr Haus erfüllt. Sie hatten nicht geahnt, dass sie Chanukkah zum letzten Mal zusammen in der Familie feierten. Kaum ein ganzes Jahr später, mitten in der Nacht, waren die Türen von den Nazis aufgebrochen und die Juden in Viehwagen zusammengepfercht abtransportiert worden, wobei die Männer mit Gewehren in der Hand sangen:

> *„Zerschlagt die Schädel des Judenpacks,*
> *Die Zukunft ist siegreich und gehört uns,*
> *Stolz weht die Fahne im Wind,*
> *Wenn das Judenblut vom Schwerte rinnt. "*

Wenn es nicht ein paar gute Menschen in der polnischen Christengemeinde gegeben hätte, wären sie alle verloren gewesen. Während sie durch den Schnee zu den Viehwagen liefen, die am Bahnhof warteten, hatte eine Polin Rachels kleinen Bruder ihrer Mutter vom Arm genommen, die ihr unter Tränen etwas ins Ohr geflüstert hatte. Rachel hatte gesehen, wie die Frau am Rande des Bahnhofsplatzes von SS-Wachen angehalten wurde. Das war das letzte, was sie von Jani mitbekam. Ihre Mutter hatte still in sich hineingeweint, während sie in den Zug gestoßen wurden. Aber umgewandt hatte sie sich nicht, um sich über das Schicksal des Kindes Gewissheit zu verschaffen, aus Angst, dass die Nazis merken könnten, dass er zu ihr gehörte – dass das kleine lächelnde Baby ein verhasster Jude war.

Rachel blätterte in der Zeitschrift und verschlang die Bilder geradezu. Überall war Überfluss. Ein älterer Mann stand am Fenster, während eine Frau einen Truthahn übergoss, der auf einem mit Essen beladenen Holzofen stand. Ein mit Zuckerwerk und Popcorn geschmückter Weihnachtsbaum und ein funkelnagelneues Auto, das draußen vor dem Fenster im Schnee vorfuhr, waren zu sehen. „Da kommen sie, Mom! Und Jim braucht keinen Wunschknochen – sie haben ihren Plymouth!" Rachel sah lächelnd auf das durchgescheuerte Gewebe des Rücksitzes. Am Armaturenbrett hing das Wort *Plymouth* schief vom Handschuhfach. Dann war das Auto, in dem sie saß, also auch aus Amerika. Es sah zwar nicht wie der Wagen in der Zeitschrift aus, aber dennoch empfand sie ein merkwürdig beglückendes Gefühl dabei, als sie sich vorstellte, dass sie in dem Auto aus der Werbung saß. Sie blätterte um und sah die Zeichnung eines riesigen, weißen Kühlschrankes, voll mit Lebensmitteln. „Natürlich Kelvinator!", lautete die Bildunterschrift. „Das ist noch nie dagewesen. Und kein Mensch hat sich träumen lassen, dass es je so einen Kühlschrank geben würde. Eins von Amerikas großen Nachkriegsprodukten ..."

Sie staunte, was dieses Gerät alles leistete. In Polen hatte sie noch nie von einem Gerät gehört, in dem Lebensmittel tagelang frisch und kühl blieben. „Was für ein wunderbares Land muss Amerika sein", dachte sie, „mit seinen Erfindungen und Tanzkapellen, wo Männer und Frauen wirklich miteinander tanzen, nicht nur im selben Raum, sondern einander sogar berühren!" Sie blätterte flüchtig weiter, vorbei an Fotografien von Parties und der Geschichte des Herzogs von Windsor, und war schockiert, als sie auf das Foto von der „Ave Maria" stieß. Das Schiff saß auf der Sandbank fest, Flüchtlinge irrten an den Strand, und britische Kanonenboote lagen drohend im Hintergrund. Die Bildunterschrift lautete: „Absichtlich gestrandetes Flüchtlingsschiff in Palästina". Irgendwie hatte die Wirklichkeit des Ereignisses nichts mit dem Foto zu tun, und Rachel fragte sich, ob dieselben Menschen, die die überladenen Werbungen überflogen, wohl auch nachempfinden könnten, was im Rumpf des kleinen Schiffes stattgefunden hatte.

„Hier habe ich Mosche zum ersten Mal gesehen." Sie deutete auf den Bug. „Und an dieser Stelle wechselten wir vom Frachter über. Und da ist die Stelle, von der aus ich ins Wasser gesprungen bin. Aber die Amerikaner werden nur durchnässte Menschen am Strand und ein kleines Fischerboot auf der Sandbank sehen."

Sie blätterte um und las überrascht die Worte „Schöpfer und Schöpfung" als Überschrift des Leitartikels. „Dieselbe Welt", las Rachel laut, langsam und deutlich, um ihr Englisch zu üben, „die in dieser Woche die Geburt Jesu Christi feiert, ist sich nur unvollkommen der eigentlichen Bedeutung dieses Ereignisses bewusst." Sie nahm sich vor, den freundlichen Professor zu fragen, was diese Worte bedeuteten. „Die Ursache dieses, unseres Problems liegt in der Überbetonung weltlicher Dinge begründet, die etwa wie folgt beschrieben werden kann: Gott wird von uns zwar nicht geleugnet, aber praktisch aus unserem Denken und Handeln ausgeschlossen. Gott wird damit zu einer fernen oder rein historischen Gestalt ohne Bezug zu den Problemen unserer Zeit." Rachel wiederholte die letzte Wendung und schaute über das Panorama von Jerusalem, das sich vor ihr am Fuße des Skopus-Berges erstreckte. „Was für wirkliche Probleme haben diese Amerikaner wohl?", fragte sie sich laut. Sie fuhr mit ihrem Zeigefinger an der Spalte entlang. „Zum Beispiel ist gegenwärtig in Europa ...", sie hielt inne und nickte. „Da, sie schreiben von Problemen in Europa, nicht in Amerika." Dann las sie weiter, froh, dass der Wohlstand ein solches Land vor Problemen bewahrte. „Das Problem liegt nicht so sehr darin begründet, dass die Brücke zwischen Mensch und Gott zerstört wäre oder es keinen Zugang zu Gott mehr gäbe, sondern vielmehr in einer Krankheit des Geistes, die einzig und allein mit der harten Bezeichnung ‚Tod des Herzens' ausgedrückt werden kann."

Rachel wusste, wovon der Schreiber sprach. Es war auch der Fluch ihres Lebens, dass sie immer noch unter den Lebenden weilte, obwohl ihr Herz schon vor langer Zeit gestorben war. Sie beugte sich tiefer über die Seite und berührte die Worte mit dem Finger. „Das Traurige daran ist, dass viele Herzen gestorben sind, weil sie sich halbherzig zu Gott bekannten und sich deshalb vergeblich seiner Bedeutung bewusst zu werden versuchten."

„Das ist es also", dachte sie mit einem Gefühl der Erleichterung. Das also war ihre Krankheit – zur Sprache gebracht in einer amerikanischen Zeitschrift. Sie hatte ihr bisher noch keinen Namen gegeben. Irgendwann zwischen dem Viehwagen und dem letzten Nazioffizier, der sie missbraucht hatte, war ihr Herz gestorben. Selbst als sie sich darum bemühte, wieder die Bedeutung Gottes, trotz einem Leben voller Entsetzen und Verrat, zu erfassen, hatte sie die Schlacht verloren, ihre Seele, Gott verloren.

Sie starrte in Richtung Altstadt, die von einer Mauer umgeben war, wo ihr Großvater lebte und nicht wusste, dass sie lebte. „Vielleicht ist mein Herz immer schon tot gewesen", sagte sie laut vor sich hin, überrascht vom Klang ihrer eigenen Stimme. Sie versuchte sich zu erinnern, ob Gott jemals für sie Wirklichkeit gewesen oder ob er ihr immer fern war, ein bloßes Anhängsel ihres kulturellen Erbes. Wie war es bei Chanukkah oder Pessach gewesen? War er ihr dann jemals nahe gewesen? Sie schloss die Augen und versuchte sich an das Gesicht ihrer Mutter zu erinnern, wenn sie bei ihr am Bett saß, um mit ihr zu beten:

Geist und Körper sind dein,
Oh himmlischer Hirte mein; ...
Mein Hoffen, meine Gedanken, meine Ängste, du siehst sie all;
du bestimmst meinen Weg, meine Schritte kennst du.
Wenn du mich nur hältst, komme ich nimmer zu Fall.

Diese Worte ihres Kinderglaubens schienen ihrer zu spotten, regelrecht von der Wagendecke zurückzuprallen. Wie tief war sie gefallen! Jetzt konnte sie weder Gott noch ein Mensch je wieder aufrichten.

Während sie gedankenverloren aus dem Fenster starrte, sah sie, wie ein Panzerwagen den langen, steilen Skopus-Berg heraufkam. Sie beobachtete, wie ein hochgewachsener britischer Offizier auf der Fahrerseite aus dem Wagen sprang und zur Beifahrerseite eilte, um den Wagenschlag zu öffnen. Er streckte seinen Arm aus und beugte sich hinunter, um jemandem beim Aussteigen zu helfen. Ein alter Rabbi mit einem schwarzen pelzbesetzten Hut stieg aus und trat auf den Bürgersteig. Er lächelte in seinen grauen Bart hinein und zog dann seinen knielangen schwarzen Mantel enger um sich. Dann machte er eine leichte Verbeugung zu dem Offizier hin und verschwand durch den Eingang der Klinik. „Wie ähnlich er den Rabbis in den Warschauer Ghettos sieht", dachte Rachel. Aber das schien zu einem vergangenen Leben zu gehören. „Guten Schabbat, Rabbi", sagte sie leise und erinnerte sich an tausend Gesichter, die für immer fort waren.

* * *

Nachdem Gerhardt das Loch in das Armaturenbrett des gestohlenen britischen Lastwagens gebohrt hatte, griff er auf dem Sitz neben sich in das Fach mit den Rohren von 7,5 Zentimetern Durchmesser und schob eins der Rohre in das Loch. Es passte wie angegossen, und er würde es noch an seinem Platz anschweißen, bevor er die Zündschnur durchzog. Wenn sie einmal in Brand gesetzt war, würde sie im Rohr verschwinden, und niemand könnte dann ihren tödlichen Weg aufhalten.

Er stieg aus dem Lastwagen und betrachtete befriedigt, wie die Kisten mit Sprengstoff von einer ausgewählten Mannschaft von Jihad-Moqhaden vorsichtig auf der Lastwagenpritsche befestigt wurden. Er lächelte grausam und wischte sich die Hände an der Hose ab.

Hassan, der sich ihm von hinten näherte, hustete geräuschvoll, um ihn auf seine Gegenwart aufmerksam zu machen. „Also", meinte er gutgelaunt. „Es scheint, dass der Wille des Muftis auch der Wille Allahs ist."

Gerhardt machte sich nicht die Mühe, sich umzudrehen. „Hat es da irgendwelche Zweifel gegeben?"

„Du hattest Recht und Kadar Unrecht, wie? Und jetzt schicken uns Könige und Königreiche alles, was wir für eine Schlacht brauchen, und sie selbst stehen am Rande des Geschehens und toben gegen die Juden. Ich glaube, es ist nur recht und billig, dass wir Palästinenser unser Leben für den Mufti aufs Spiel setzen."

Gerhardt warf ihm einen spöttischen Blick zu. „Und welche Position möchtest du in seiner Regierung einnehmen?"

Hassan beachtete seine Bemerkung nicht. „Hast du schon gehört? Die Regierung der Vereinigten Staaten hat eine weitere Ladung Sprengstoff beschlagnahmt, die den Juden geschickt werden sollte. Eine Kiste ist in New York auf den Kai gefallen und dabei aufgebrochen", meinte er ironisch.

„Wir werden unsere Vorräte mit den Juden teilen." Er machte eine ausholende Handbewegung in Richtung der gestapelten Kisten. „Obwohl sie unsere Geschenke in etwas anderer Form bekommen werden als du sie hier siehst."

„Haj Amin hat den Jihad-Moqhaden jegliche weiteren Aktionen untersagt, bis du deine Mission beendet hast."

„Eine weise Entscheidung. Das sollte sie wohl so lange einlullen, bis wir die Ladung geliefert haben." Er lehnte sich an die Motorhaube des Lastwagens und schaute Hassan belustigt an.

„Ich wollte, ich könnte auch an so einem entscheidenden Schlag gegen die Zionisten teilnehmen."

Hassan schnalzte enttäuscht mit der Zunge.

„Der Mufti hat dir doch andere Aufgaben für Heiligabend überlassen, oder?"

„Ja."

„Dann sei damit zufrieden. Tu' du den Willen Allahs."

25. Jakovs Entlassung

Jakov trug eine schwarze Augenklappe über seinem linken Auge und sah blinzelnd in die verschwommenen Gesichter von Ellie und Onkel Howard. Ellies rotes Haar bildete einen reizvollen Kontrast gegenüber dem weißen Vorhang, der Jakovs Bett vom Lärm der Kinderstation abschirmte. Der freundliche englische Arzt hingegen verschmolz mit der sterilen Umgebung, wenn man von dem hellblauen Taschentuch absah, das er auf Jakovs Vorschlag hin in seinem Kittel trug.

„Ich bin froh, dass Sie eine von den Goyim sind", rief Jakov und sah lächelnd auf Ellies hellroten Pullover. „Ihre Blusen und Kleider haben so lustige Farben!", fügte er hinzu. „In diesem Krankenhaus sieht alles gleich aus. Weiß. Und deshalb bin ich jetzt gar nicht mehr sicher, ob ich auf dem rechten Auge überhaupt noch sehen kann." Howard lachte, und Ellie ließ sich neben ihm auf dem Bett nieder.

„Ich bin so froh, dass du mich sehen kannst, Jakov", sagte sie.

„Wenn dies ein orthodoxes Krankenhaus am Schabbat wäre, würde ich sicherlich glauben, dass ich blind bin. Denn dann wäre alles schwarz – sogar die Bärte der Ärzte."

„Du siehst wie ein Pirat aus", warf Ellie ein. „Nicht wahr, Onkel Howard?"

„Wie Schwarzbart. Das war ein orthodoxer Pirat." Onkel Howard zauste Jakovs braunes Haar, das dieser inzwischen nicht mehr streng orthodox, sondern lockig trug.

„War er ein Chassid oder ein Aschkenas?", fragte Jakov ernsthaft.

„Ein Chassid. Wie du. Und er war ein rauer und harter Bursche."

„Und er trug eine Augenklappe?"

„Über dem linken Auge. Sie passte zu seinem Hut und zu seinem Mantel."

„Das ist gut", lächelte Jakov. „Dann werde ich wie dieser schwarzbärtige Pirat sein."

Der Arzt warf ein: „Ich glaube, Jakov ist inzwischen so guter Dinge, dass man ihn wieder in See stechen lassen kann."

„Ich fühle mich auch gut", erwiderte der Junge eifrig. „Und ich würde sehr gerne meinen Großvater und Schaul sehen ..."

Ellie und Howard schauten den Arzt erwartungsvoll an, der mit den Fingern auf das Bettgestell trommelte und mit dem Ende seines Stethoskops spielte. „Du bist jetzt über drei Wochen bei uns, und ich muss sagen, dass deine Genesung geradezu an ein Wunder grenzt, wenn man bedenkt, wie schwer verletzt du warst."

„Dann darf ich also nach Hause?", fragte Jakov mit flehender Stimme.

„Das Problem ist nur, Jakov, dass du immer noch behandelt werden musst. Das heißt, dass ich dich mindestens dreimal in der Woche sehen möchte. Aber wenn du in die Altstadt zurückkehrst, wird das nicht möglich sein."

Der Junge schob nachdenklich die Unterlippe vor. Ellie ergriff seine Hand und sagte freundlich: „Heute ist Schabbat, Jakov, und heute ist der einzige Tag, an dem der Mufti den Juden erlaubt hat, die Altstadt zu verlassen und wieder zurückzukehren. Und jeden Tag macht er es der Jewish Agency schwerer, Nahrung und Nachschub in das jüdische Viertel zu bringen."

„Das weiß ich. Mein Großvater wird nicht herkommen können", sagte er traurig. „Er würde niemals den Schabbat brechen."

Howard und Ellie sahen sich an. „Daran kannst du sehen, wie schwer es für den Doktor wäre, dich zu behandeln, mein Sohn", sagte Howard und legte ihm tröstend die Hand auf die Schulter. „Die Altstadt ist im Augenblick nicht der richtige Ort für dich."

Jakov nickte wieder zögernd.

„Schaul scheint sich bei uns ganz wohl zu fühlen. Würdest du gern mit zu uns nach Hause kommen und eine Weile bei uns bleiben? Es sind auch noch andere Freunde von uns da." Ellie versuchte, ihre Stimme fröhlich klingen zu lassen, obwohl ihr Herz ein schmerzliches Mitgefühl mit diesem zarten kleinen Jungen empfand, der im weißen Bettzeug so schmächtig aussah. „Mosche hat versprochen, zusätzlich zu unserem Weihnachtsfest eine Chanukkahfeier vorzubereiten. Außerdem ist noch ein sehr hübsches Mädchen bei uns zu Gast. Ich weiß ja, dass du hübsche Mädchen magst."

„Ich möchte Schaul sehr gerne wiedersehen", sagte Jakov und schnüffelte leise. „Aber mein Großvater wird ohne mich zu Chanukkah sehr einsam sein."

Plötzlich raschelte der Vorhang hinter Howard und wurde zurückgezogen. „Einsam zu Chanukkah?", brummte eine vertraute Stimme. „Weißt du denn nicht, dass dieser alte Mann Schüler hat, die ihm die Kerzen anzünden werden?"

Jakov holte tief und erstaunt Luft. „Großvater!", rief er und war mit einem Satz auf seinen Knien. Er warf sich dem alten Rabbi in die ausgestreckten Arme, und die kleine Kabine war von Großvaters tiefem, glucksendem Lachen erfüllt. „Du bist doch gekommen! Du bist am Schabbat gekommen!"

„Dann hast du also gedacht, ich käme nicht?" Er blickte sich lächelnd um. „Wo sind wir denn hier? Im Allerheiligsten? Alles in Weiß. Wirst du es nicht leid, immer nur weiß zu tragen, Jakov?" Er zupfte an seiner schwarzen Weste und sah dann den Arzt an, der über das ganze Gesicht zu schmunzeln begann. „Und dies ist der Hohepriester, was?"

Ellie und Howard beobachteten aus einiger Entfernung voller Freude die Wiedervereinigung von Großvater und Enkel. „Es ist schön, Sie wiederzusehen, Rabbi", sagte Ellie.

„Ja. Ich freue mich, dass die Araber Ihnen nichts getan haben. Als ich am nächsten Tag Ihre Fotografien sah, dachte ich, Sie wären ebenfalls verletzt." Er stockte, als Ellies Gesicht einen sonderbaren Ausdruck annahm. „Also, Jakov", sagte er dann und klopfte dem Jungen auf den Rücken, „bist du so froh, mich wiederzusehen, dass du deine Manieren vergessen hast? Wer sind diese freundlichen Goyim, die sich so liebevoll um dich gekümmert haben, während ich eingesperrt war in der Altstadt?"

„Entschuldigung, Großvater. Aber ich habe mich so gefreut."

„Das merke ich." Der alte Rabbi wischte eine Träne von Jakovs Gesicht. „Wie David und Jonathan, hm? Manchmal ist es gut, vor Freude zu weinen. Aber vergiss niemals deine Manieren!"

Jakov setzte sich wieder und wischte sich die Nase am Ärmel. „Nein, Großvater."

„Also stell mich vor! Worauf wartest du? Auf den Messiah?"

„Miss Ellie Warne kennst du ja schon."

„Ach, ja. Und der Brite hat mir erzählt, dass sie dir das Leben gerettet hat. Wofür ich dem Ewigen täglich danke. Möge sein Segen Sie auf all Ihren Wegen begleiten!"

Ellie errötete. „Danke. Aber vorher hat Jakov mich gerettet."

„Er ist ein guter Junge. Ein kluger Junge, mein Jakov, und ich danke dem Ewigen dafür." Er stieß Jakov leicht an.

„Und das ist der Herr Professor, ihr Onkel."

„Ah ja, der Mann, der sich für die Alten interessiert. Ich danke Ihnen auch für Ihr Interesse, das Sie einem sehr Jungen entgegengebracht haben." Er deutete mit dem Kopf in Jakovs Richtung.

„Und dies ist Doktor Brown, der so lieb wie ein Engel zu mir war."

„Doktor Braun?" Der Großvater sprach den Namen mit deutschjiddischem Akzent aus. „Möge Gott Sie segnen und Ihnen ein langes und glückliches Leben schenken. Er, der immer gnädig ist, wird Ihnen diesen Akt der Gnade nicht vergessen."

„Danke, Sir. Er, der immer gnädig ist, hat ebenfalls sehr großen Anteil daran gehabt, das versichere ich Ihnen."

Der Großvater verbeugte sich leicht. „Natürlich. Steht es nicht geschrieben, dass alles Gute von ihm allein kommt?"

„Omaine", sagte Jakov.

Onkel Howard legte seinen Arm um Ellies Schulter. „Wir werden auf den Flur gehen, damit Sie wieder miteinander vertraut werden können."

Doktor Brown nickte leicht mit dem Kopf. „Und ich muss noch meine Runde machen. Ich bin bald zurück."

Dann ließen sie den Jungen und seinen Großvater allein und zogen den Vorhang zu, damit die beiden ungestört sein konnten. Als sie gegangen waren, schlang der Großvater seine Arme um den Jungen und drückte ihn an sich. „Jakov, Jakov. Mein Sohn."

Jakov kuschelte sich an die Weste seines Großvaters und ließ die

Einsamkeit der vergangenen drei Wochen langsam von sich gleiten. So saßen sie lange Zeit schweigend beieinander, und nahmen die Freude über die Anwesenheit des anderen tief in sich auf. Schließlich war Jakov der erste, der wieder sprach.

„Aber es ist Schabbat. Wie bist du hergekommen?"

„Zunächst haben der Herr und ich beim Morgengottesdienst miteinander geredet; dann bin ich zum Mandelbaum-Tor gegangen, nachdem ich diesen beiden Quälgeistern von Josi und Rabbi Eilan entkommen war, die mich wahrscheinlich wegen des Komitees für die jungen Haganah-Burschen sprechen wollten, die heimlich ins Viertel kommen. Als ich schließlich das Tor erreicht hatte, traf ich einen freundlichen Briten, der den Professor sehr gut kennt. Er hat unsere bemitleidenswerte kleine Gruppe durch das arabische Viertel geleitet; und dann hat er mir angeboten, mich in einem Panzerfahrzeug herzubringen und auch wieder zurückzufahren, nachdem ihm bewusst geworden war, dass die Linie Zwei mich vielleicht nicht durch dieses Arabernest Sheik Jarrah bringen würde und ein Rabbi, der allein durch das Viertel läuft, unweigerlich getötet oder einen Aufruhr verursachen würde."

„Aber was ist mit dem Schabbat, Großvater?"

„Glaubst du, dass derselbe Gott, der den Schabbat erschaffen hat, nicht wusste, dass der Mufti ihn für seine Pläne missbrauchen würde? Vergisst du so schnell das Gesetz, das in Leviticus 19,18 geschrieben steht?" Er schnaufte erwartungsvoll. „Also sage es. Hat die Augenklappe dich stumm gemacht?"

„Du sollst dich nicht rächen, auch nicht deinen Volksgenossen etwas nachtragen ..." Jakov stockte.

„Ja, ja, weiter."

„... sondern du sollst deinen Nächsten lieben wie dich selbst; ich bin der Herr", endete Jakov strahlend.

„Richtig. Hat der Herr den Schabbat erschaffen?"

„Ja."

„Und was fordert er von seinen Kindern an seinem Tag?"

„Dass wir den Schabbat heiligen?"

„Ist es heilig, Leviticus zu befolgen?"

„Ja."

„Und was ist es sonst noch?"

„Es ist unser Gebot."

„Na also. Und warum hat sich dieser alte Mann auf die Reise begeben und dich besucht, mein Sohn?"

„Weil ...", Jakov schluckte, „...weil du mich liebst?"

„Wie mich selbst", endete der alte Rabbi. „Das hast du gut gesagt, Jakov. Gut durchdacht, wie ein wirklich gebildeter und gelehrter Mann. Nun müssen wir noch andere Dinge miteinander durchdenken."

Jakov schaute ihn gespannt an und nickte. „Ja, Großvater."

„Es ist schön, dass wir einer Meinung sind. Wie der Arzt gesagt hat, musst du noch ein paarmal zu ihm kommen. Wie machen wir das am besten?"

„Vielleicht können wir uns bei Nacht hinausschleichen ..."

Der Großvater schüttelte entschieden den Kopf. „Hat der Arzt nicht gesagt, du müsstest in der Neustadt bleiben?"

„Ja."

„Warum?"

„Wegen meiner Augen. Aber Großvater, es wird schon so gehen."

„Kann ein Mann ohne Augenlicht die Thora und den Talmud studieren? Kann er seinen Kindern die Geschichten in der Mischna vorlesen?"

„Nein."

„Ist es dann wichtig, dass du sehen kannst?"

„Ja."

„Gut. Wir stimmen also überein." Der alte Rabbi verschränkte seine Arme und sah Jakov über den Rand seiner Brille an. „Wo willst du dann bleiben?"

„Der Professor hat mir angeboten, dass ich bei ihm bleiben kann. Schaul ist auch dort."

„Ha!", rief der Großvater aus und schlug sich vor Freude aufs Knie. „Ich habe den Schakal schon totgeglaubt! Dann musst du auch bei dem Professor bleiben. Und wenn du dich einsam fühlst, schickst du das zottelige, stinkende Vieh einfach mit einem Briefchen in die Altstadt. Ich schicke ihn dann wieder zurück, und dann brauchen wir nicht über die Mauer zu starren und vor Sorge zu vergehen, nicht?"

„Oh, Großvater! Ein wunderbarer Plan! Schaul wird gerne nach Hause kommen, und niemand wird ihn anhalten. Es gibt mehr arabische Hunde in der Altstadt als Ziegen auf einem Beduinenfeld. Sie werden ihn gar nicht beachten."

„Na also, dann braucht uns das Herz nicht schwer zu werden. Denn der Ewige in seiner Weisheit hat bereits Vorkehrungen dafür getroffen, dass er den Schakal in seinen Dienst nehmen kann." Großvater umarmte Jakov erneut. „Und nun muss ich gehen. Aber zuerst –" Er spürte, wie sich die Arme des Jungen fester um ihn schlangen. „Er wird dich segnen ...", begann er den Segensspruch.

„Der Ewige soll dich von Zion aus segnen, der Schöpfer von Himmel und Erde", sagte Jakov kläglich.

„Lauter, Jakov", wies ihn der Großvater an. „Der Ewige –"

„Ewiger, unser Herr! Wie mächtig ist dein Name über der gesamten Erde!" Jakovs Stimme wurde kräftiger; sein verzweifelter Drang, sich an den Großvater zu klammern, wich einer inneren Ruhe.

„Und dich erhalten!"

„Erhalte mich, oh Herr! Denn auf dich vertraue ich."

Großvater segnete Jakov noch zwölf Mal, bis der Junge ihn ein letztes Mal tapfer und ohne Tränen ansah. Und als sich der alte Mann von ihm abwandte und durch den Vorhang ging, hatte er das Gefühl, dass Jakov den Kummer, der ganz sicher noch vor ihm lag, überstehen würde. Er schlurfte an den anderen Kindern des Saales vorbei und segnete innerlich jedes der erwartungsvollen Gesichtchen. „Nicht wahr, Gott, das war doch noch ein guter Schabbat, was?"

Er blieb an der Tür stehen und schaute durch den Saal zurück zu dem Vorhang, der Jakovs Bett umgab. Dann stieß er mit einem Seufzer die Tür auf und trat auf den Flur.

Howard und Ellie standen am anderen Ende und unterhielten sich leise, während sie aus dem Fenster auf den Hof der Klinik sahen.

„Ah-hem", hüstelte der Großvater, während er auf sie zuschlurfte.

Beide schauten ihn gleichzeitig an. Dann gingen sie auf ihn zu und trafen mit ihm am Lift zusammen.

„Haben Sie in Ihrem Hause noch Platz für einen kleinen jüdischen Jungen?", fragte der Großvater und suchte in seiner Tasche nach der Pfundnote, die Jakov vor drei Wochen mit nach Hause gebracht hatte. Er nahm den verknitterten Schein heraus und legte ihn Howard auf die Hand.

„Bitte –", Howard versuchte ihm den Schein zurückzugeben. „Das kann ich nicht annehmen."

„Es ist nur ein kleiner Betrag."

„Es ist ein Segen für mich, wenn Sie mir erlauben, mich um Jakov zu kümmern." Er hielt den Schein mit spitzen Fingern.

„Gott verhüte, dass ich einem Menschen seinen Segen wegnehme. Ich kann Ihnen also nichts dafür bezahlen. Aber Sie wissen, dass in drei Tagen Chanukkah ist, und ich habe kein Geschenk für den Jungen. Nehmen Sie das, und kaufen Sie ihm ein Dreidel, ja?", meinte er lächelnd zu Ellie.

„Was ist das?"

„Ein Pullover oder ein Hemd. Das ist Tradition, nu? Fragen Sie mich nicht, warum. Und wenn noch etwas übrig bleibt, Jakov isst außerordentlich gerne Pfefferminzstangen. Lassen Sie mich auch eben noch einen kurzen Brief an ihn schreiben, ja?" Er schlurfte zum Schwesternzimmer und ließ sich von einer kräftigen Schwester in einer übermäßig gestärkten Tracht einen Stift und einen Notizzettel geben, auf den er ein paar Zeilen kritzelte. Dann faltete er das Papier sorgfältig zusammen und schrieb Jakovs Namen darauf. Er händigte es Howard aus. „Sie wissen doch, wieviel diese Dinge einem kleinen Jungen bedeuten."

Howard nickte, nahm seine Brieftasche aus seiner Hosentasche und legte den Geldschein sowie den kleinen Brief sorgfältig hinein. Dann nahm er mehrere saubere, glatte Fünf-Pfund-Noten aus der Brieftasche und gab sie dem Großvater. „Für Chanukkah. Das können Sie mit anderen teilen, wenn Sie möchten. Ich weiß, dass das Leben in der Altstadt im Augenblick nicht leicht ist."

„Das ist wahr. Sehr wahr. Und es sieht so aus, als ob täglich mehr Münder zu stopfen wären." Der Großvater nahm die Scheine nicht aus Howards ausgestreckter Hand. „Plötzlich will jeder junge Mann zur Jeschiva-Schule. Ob zum Lernen oder zum Kämpfen, kann ich nicht sagen. Aber mit jedem weiteren Transport kriecht ein neuer Schüler unter einem Lastwagen hervor oder aus einem Mehlfass heraus." Er lachte in sich hinein.

„Dann nehmen Sie das an, Rabbi. Für Ihre Schüler und sich selbst zu Chanukkah. Sie segnen mich, wenn Sie mein Geschenk annehmen."

„Gott verhüte, dass ich Ihnen meinen Segen verweigere." Der Großvater nahm das Geld und ließ es in seine Tasche gleiten, wobei in seinen Augen der Schalk funkelte.

„Danke", sagte Howard lächelnd. „Frohes Chanukkah."

„Und guten Schabbat", entgegnete der Großvater, wobei er Howard über seine Brille hinweg ansah. „Sie sind ein sehr guter Mann, Herr Professor. Entschuldigen Sie, wenn ich so etwas sage, aber es ist eine Schande, dass so ein gelehrter und gebildeter Mensch wie Sie kein Jude ist." Er schob seine Unterlippe vor und runzelte nachdenklich die Stirn. „Tja, ich möchte doch zu gerne wissen, was Sie für Nachrichten über diese Schriftrolle des Isaiah haben. Ich habe in diesen Wochen viel an sie denken müssen."

„Vor zwei Tagen haben wir ein Telegramm von der Universität in Amerika erhalten." Howard verschränkte seine Arme. „Die Bruchstücke, die wir datiert haben, waren ungefähr zweitausend Jahre alt. Das rückt ihr Entstehungsdatum ungefähr in die Nähe der Zerstörung des Tempels."

„Ui!", rief der Großvater aus. „So alt sind sie also!"

Ellie trat einen Schritt vor, bis sie dicht neben Howard stand. „Sagten Sie nicht, dass Sie meine Fotos am Tag nach dem Aufruhr gesehen hätten?"

„So ist es. Haben Sie sie vielleicht noch zu jemand anderem gebracht? Vielleicht, nachdem Sie von mir weggegangen sind?"

„Nein. Ich habe sie verloren, als wir vor unseren Verfolgern davonliefen."

Die Augen des Großvaters wurden schmal. „Wie ich mir gedacht habe." Er stockte, und es sah so aus, als wäre er bekümmert. „Sie befinden sich jetzt im Besitz eines Mannes, dessen Vertrauenswürdigkeit inzwischen viele Menschen in der Altstadt anzweifeln. Er erwähnte mir gegenüber, dass er den Besitzer der Schriftrolle kenne und dass sie vielleicht von großem Wert sei. Ist das der Fall?"

„Sie ist von großem Wert, ja. Der ideelle Wert eines so alten Reliktes, das zugleich die Genauigkeit biblischer Abschriften während der letzten zweitausend Jahre beweist, ist unschätzbar."

„So. Wer zweifelt daran, dass die Heiligen Schriften unverändert sind?", fragte der alte Rabbi lächelnd.

„Sie vielleicht nicht", meinte Howard achselzuckend. „Aber viele andere. Und dann der Zeitpunkt, zu dem sie gefunden wurden. Nach zweitausend Jahren Diaspora kehren die Juden nun heim, genau wie es auf der Schriftrolle prophezeit worden ist."

„Sie machen mich beinahe noch zum Zionisten." Er zupfte an seinem Backenbart. „Nun sagen Sie mir, Herr Professor. Wenn diese Entdeckung so wichtig für den Zionismus ist, wäre es dann nicht der dringendste Wunsch der Gegner der Heimstätte, die Schriftrolle geheimzuhalten? Würde es deren Sache nicht schaden, wenn die Schriftrolle an die Öffentlichkeit gebracht würde?"

„An diesen Aspekt hatte ich noch gar nicht gedacht, aber ich glaube, es stimmt." Howard war beunruhigt über die Wendung, die die Unterhaltung genommen hatte.

„Ach, Herr Professor", meinte der Großvater nickend, „Sie hätten zur Jeschiva-Schule gehen sollen. Denn dort lernt man, Probleme vorwärts und rückwärts zu durchdenken. Wie es geschrieben steht: Nimm sieben Juden und lasse sie ein Problem erörtern, und du endest mit vierzehn Meinungen." Er lachte.

„Wie sind Ellies Fotos in den Besitz Ihres Freundes gelangt?"

„Einige sind der Meinung, dass er niemandes Freund außer sein eigener ist. Ich weiß nicht, wie er daran gekommen ist, aber wenn Sie die Gnade hätten, mich dabei helfen zu lassen, wieder zu holen, was verloren war ..."

„Aber selbstverständlich, Rabbi."

„Danke", nickte dieser kurz. „Sie kümmern sich um mein Lamm, und ich werde sehen, was ich für Ihr Lammfell tun kann. Ist das ein guter Vorschlag? In der Thora und im Talmud stehen Gesetze über verlorenes Eigentum. Ein aufrechter Mann wird Ihren Anspruch respektieren. Natürlich gibt es die Aufrechten und die ‚Aufrechten‘, nu? So, nun muss dieser alte Mann fort." Er drückte den Aufzugknopf und legte Ellie dann mit geschlossenen Augen seine Hände auf den Kopf. „Möge Gott Sie segnen und Ihnen ein langes Leben geben mit einem Mann, der für Sie sorgt und Ihnen viele Kinder schenkt! Omaine."

„Amen", wiederholte Ellie und musste dann gegen ihren Willen lächeln.

Dann stellte sich der Großvater vor Howard und legte seine Hände auf dessen Kopf, während der Aufzug sich geräuschvoll hinter ihm öffnete. „Und möge Gott Sie bei all Ihren Unternehmungen segnen und Ihnen Wohlstand und Frieden geben! Möge sein Segen über Ihrem Hause sein! Omaine."

„Amen." Howard ergriff die Hand des Rabbis und schüttelte sie lebhaft. „Gott segne Sie, Sir."

Der Großvater trat rückwärts in die überfüllte Kabine und verneigte sich leicht, während sich die Türen schlossen. Sein Argwohn in bezug auf Akivas Aufrichtigkeit hatte sich nun bestätigt. „Also, Gott", betete er schweigend, während der Aufzug zum ersten Stock hinunterglitt, „ich weiß nicht, ob es von Bedeutung ist oder nicht. Aber wenn ich diesen Goyim, die sich um meinen Jakov kümmern, eine Freundlichkeit erwidern kann, dann würde ich einen kleinen Ratschlag in dieser Angelegenheit zu schätzen wissen, ja? Und wenn unsere kleine Gruppe von einem Wolf im Schafspelz geleitet worden ist, dann sollten wir das vielleicht auch wissen."

Vorsichtig, da seine Beine von der Fahrt im Aufzug zitterten, trat er aus der Kabine und ging dann langsam durch die Eingangshalle hinaus in die kalte Dezemberluft. Er schaute zum Himmel, der sich im Westen zusehends verdüsterte. „Wieder ein Sturm, Gott?", fragte er laut. „Gut. Wir werden die Zisternen der Altstadt füllen. Zumindest wird es uns nicht an Wasser mangeln." Er seufzte und wandte sich dann wieder dorthin, wo er das Panzerfahrzeug und den freundlichen englischen Captain verlassen hatte.

Als er an einem schwarzen Wagen vorbeiging, der am Bordstein parkte, hörte er, wie ihn eine Frau leise grüßte: „Guten Schabbat, Rabbi." Er rückte seine Brille zurecht und nickte.

„Guten Schabbat", erwiderte er den Gruß der jungen Frau, die auf dem Rücksitz des Wagens saß. Er stutzte einen Moment, als sie ihn erwartungsvoll lächelnd ansah. Es war, als ob sie noch mehr sagen wollte – oder als ob sie vielleicht eine Antwort von ihm erwartete. Irgendwie hatte er außerdem das Gefühl, dass er ihr schon einmal begegnet war, aber er konnte sich nicht erinnern, sie je auf dem Marktplatz der Altstadt gesehen zu haben. Einen Augenblick lang verwirrte ihn der Ausdruck ihrer Augen. „Na dann, guten Schabbat, junge Frau", sagte er wieder. Dann ging er weiter zu dem Panzerfahrzeug, das ihn nach Hause bringen würde.

* * *

Der rot-blau gestreifte Rollkragenpullover lag sauber gefaltet auf Jakovs Bett. Der Junge zog die braunen Wollhosen hoch und knöpfte sie zu. Dann stand er einen Augenblick unschlüssig da und schaute sich suchend nach Hosenträgern um, während er die Hose an der Taille hochhielt. Er fand nur einen schmalen Ledergürtel, den er ungeschickt, weil er diese Tätigkeit zum ersten Mal in seinem Leben ausführte, durch die Schlaufen seiner Hose zog. Seine eigene Kleidung war am Tage des Aufruhrs zerrissen, und so zog er jetzt die hastig zusammengesuchten Kleidungsstücke an, die in der Klinik zurückgeblieben waren. „Ich sehe aus wie die Goyim", murmelte er, während er sich das Hemd über den Kopf zog.

„Was sagst du da, Jakov?", rief Ellie durch den Vorhang.

Mosche zog den Vorhang zurück und lugte zu Jakov hinein. Dann wandte er sich grinsend zu Ellie: „Er sieht gar nicht mehr wie ein Jude aus."

„War das Professor Sachar?", rief Jakov.

Mosche betrat wieder das Umkleideabteil. „Ich war drüben in der

Universität", er setzte sich auf das Bett, „und dachte, ich schau' mal kurz herein und seh' mal nach, wie es dir geht. Und nun hat man mir gesagt, dass du nach Hause gehst."

„Nicht nach Hause. In Professor Monigers Haus. Wenn ich so angezogen in die Altstadt ginge, würden sie mich für einen Ketzer halten." Jakov stopfte entrüstet sein Hemd in die Hose.

„So wie mich, hm?" Mosche schlug das Revers seines braunen Tweedjackets hoch und zupfte an seinem offenen Hemdkragen.

„Als ich Ihnen das erste Mal begegnet bin, waren meine Augen verbunden. Da haben Sie aber nicht wie ein Ketzer geklungen."

Mosche flüsterte: „Denk an den Verband, Jakov, wenn du einem Menschen begegnest. Schau mit deinem Herzen! Professor Moniger ist ein freundlicher und guter Mann. Ich glaube, dass Gott vielleicht vergessen hat, dass er kein Jude ist. Und deshalb musst du, wenn du bei ihm zu Hause bist, seine Sitten achten."

„Ich habe Großvater nicht wegen des Essens gefragt." Jakovs Stimme wurde noch kleinlauter.

„Wusstest du nicht, dass sie die Kaschrut-Gesetze befolgen?" Mosche grinste breit über den Ausdruck der Erleichterung, der über Jakovs Gesicht huschte. „Und noch eins, da wir schon vom Gesetz sprechen, Jakov. Steht es nicht irgendwo geschrieben, dass man nicht nehmen darf, was einem anderen gehört?"

Jakov schluckte geräuschvoll, und die Farbe wich aus seinem Gesicht, während er angestrengt versuchte, ein Paar neue Wollsocken anzuziehen. „Ja."

„Man erzählt sich, dass ein kleiner Junge wie du und ein sehr großer Hund gesehen worden sind, als sie in den Straßen ..."

„Ich glaube, das ist ein gutes Hemd ..."

„Es sieht bestimmt nicht so aus wie der schwarze Mantel des Taschendiebs."

„Und die Hose sogar ohne Hosenträger. Das ist eine gute Art, die Hosen oben zu halten."

„Der Dieb, erzählt man sich, hatte Hosenträger."

„Ich bin sehr dankbar, dass diese schönen Socken keine Löcher haben."

„Von den Socken des Jungen gibt es keine Beschreibung."

„Sie waren keine Spur heil."

„Wie bei dir, hm, mein heiliger chassidischer Dieb." Mosche zauste ihm das Haar. „Das soll unser Geheimnis bleiben. Aber denke auch immer daran, für jede Segnung dankbar zu sein, selbst wenn sie von der Hand eines Nichtjuden kommt. Willst du das tun?" Mosche amüsierte diese raffinierte Erpressung des liebenswerten kleinen Heuchlers ungemein. Der Junge nickte und zog seine eigenen abgetragenen Schuhe an.

„Aber darf ich nicht wenigstens eine Jarmulke tragen?", fragte er schüchtern.

„Ich dachte mir schon, dass selbst jemand, der aussieht, als ob er in die Neustadt gehörte, vielleicht eine Jarmulke brauchen könnte." Mosche zog ein hübsches gesticktes blaues Seidenkäppchen aus seiner Tasche. Er setzte es dem Jungen sanft auf. „Aber eine Jarmulke allein macht noch keinen aufrechten Mann aus", sagte er mit scheinbarem Ernst.

„Nein, Sir, Reb Sachar."

Ellie rief ungeduldig von der anderen Seite des Vorhangs: „Was macht ihr da drinnen?"

„Wir führen, wie ihr in Amerika sagen würdet, ‚ein Gespräch unter Männern'."

„Jetzt beeilt euch aber. Onkel Howard ist wahrscheinlich schon bei Rachel unten im Auto."

Mosche strich Jakovs Jarmulke glatt und legte den Arm um seine Schulter. „Fertig?"

Sie gingen zusammen aus dem Saal und über die Station, wo ihnen von überall „Mazel Tov" und „Schalom" entgegenschallte. Mosche spürte, wie sich die Schultern des Jungen mit jedem Schritt entspannten. Als sie schließlich in die kalte Luft des Dezembernachmittags hinaustraten, erzählte Jakov bereits frohgemut von den Jungen, die er in der Klinik kennengelernt und mit denen er sich angefreundet hatte. „Wir werden uns alle wiedersehen, wenn wir wieder gesund sind und es keine Bomben mehr in den Straßen gibt." Ellie und Mosche sahen sich an, und Mosche streckte schnell seine

Hand aus, um über Ellies Arm zu streicheln, als ob sie gestochen worden wäre und er damit ihren Schmerz lindern könnte.

„Dies ist ein schöner Tag, Mosche", sagte sie. „Mir geht's gut, ja."

Er nickte und zeigte dann auf den Wagen, in dem Howard und Rachel saßen und sich unterhielten. Howards rundes Gesicht machte einen angeregten und gelösten Eindruck. Mosche und Ellie sahen durch die Windschutzscheibe, wie Rachel ihm eine Zeitschrift reichte und fröhlich auf eine Seite deutete. Howard sah sich diese einen Augenblick lang an und stimmte dann in einer undefinierbaren Tonart das Weihnachtslied „Hör die Engelsboten singen!" an. Ein leichter Wind trug seine krächzende Stimme über den Parkplatz, und Ellie wurde von einem Glücksgefühl erfasst, als sie sich daran erinnerte, wie die Menschen in ihrer Heimat an belebten Straßenecken Weihnachtslieder gesungen hatten. Sie stimmte ebenfalls laut ein:

„Gnadenreiche Zeit des Friedens,
Gott versöhnt sich mit den Sündern!
Erhebt euch, voller Freude, ihr Nationen,
schließt euch dem Triumph des Himmels an.
Mit der Engel Schar ruft aus ..."

„Es ist zu hoch für mich", lachte sie. „An dieser Stelle komme ich nie weiter."

Mosche räusperte sich und sang dann mit lauter Kopfstimme.

„Christ ist zu Bethlehem geboren!
Horch, die Engelsboten singen,
Ruhm dem neugebor'nen König bringen."

Jakov, der zwischen ihnen ging, schaute auf und tippte sich dann an die Stirn. „Meschugge!", rief er aus.

Als Howard sie bemerkte, winkte er heftig und rief: „Haben wir die gleiche Richtung?"

„Genau wie Bing Crosby", lachte Ellie zurück.

„Mosche! Sollen wir dich mitnehmen? Wenn du nicht gerade zum Tempelberg musst."

„Zur Residenz des Muftis, bitte." Als Mosche seinen Kopf durchs Fenster steckte, konnte er nicht verhindern, dass sich sein Herz beim Anblick von Rachels blauen Augen verkrampfte. „Hallo, Rachel", grüßte er verlegen.

„Sie sehen gut aus", erwiderte sie und schaute schnell weg. „Geht es Ihnen ... gut?"

„Ja, ...hm."

„Los, Mosche, steig ein. Wir müssen nach Hause." Ellie klopfte ihm auf den Rücken.

Mosche sah auf seine Armbanduhr und richtete sich auf, wobei er sich den Kopf stieß. „Schon gleich halb fünf! Ich habe gar nicht bemerkt, dass es schon so spät ist." Er legte Ellie seine Hände auf die Schultern und gab ihr einen flüchtigen Kuß auf die Wange. „Ich hätte es beinahe vergessen. Ich muss jetzt gehen."

„Ich dachte, du wolltest –"

„Das war unüberlegt von mir. Ein Treffen. Ich muss zu einem Treffen. Auf Wiedersehen, Liebling. Howard. Jakov, es ist gut, dass du nach Hause kommst. Und Rachel."

Er sah nicht Rachels verwirrten Gesichtsausdruck, da er nicht mehr in den Wagen schaute, sondern über den Parkplatz zur Hebräischen Universität davoneilte.

„Na, und so was liebe ich!" Ellie öffnete die Tür.

„Fährt er nicht mit uns?", fragte Jakov.

„Ich glaube nicht, mein Sohn", lächelte Howard und ließ dann den Wagen an.

Rachel starrte aus dem Fenster und war sicher, dass Mosche nicht mit ihnen fahren wollte, weil sie im Wagen war. Von plötzlicher Scham überwältigt, schaute sie kaum auf, als Ellie ihr Jakov vorstellte. Während der langen Fahrt nach Hause unterhielten sich Ellie und Howard die ganze Zeit mit Jakov, aber das Schweigen lastete schwer über dem Rücksitz, von wo aus Rachel durch das Fenster auf die Drahtrollen starrte, die die Stadt in ein Gefängnis verwandelt hatten.

26. Die Rettung kommt vom Himmel

Das britische Panzerfahrzeug wand sich langsam den Berg Zion hinauf und am Davidsgrab vorbei. Unmittelbar vor ihm keuchte der Bus der Linie Zwei, eine schwarze Auspuffwolke hinter sich herziehend, in Richtung Zion-Tor. Sechs Soldaten der Highland Light Infantry lehnten an den groben Quadern der Stadtmauer und unterhielten sich gedämpft, während sie auf die Gruppe warteten, die sie durch die winkeligen Straßen des arabischen Viertels zurück zum Mandelbaum-Tor geleiten sollten, das im Schatten der Synagogen lag.

„Da kommen sie, Leute." Einer der Soldaten stieß den Rauch seiner Zigarette durch die Nase und schulterte sein Gewehr.

„Der Bus und unser Captain, dieser Judenfreund."

„Pass auf, was du sagst, Tory. Der Captain is' gar nich' so übel."

„Was woll'n wa wetten, dass nich' mal die Hälfte von'n Juden zurückkommt, die heute morg'n rausgegangen sind? Das sind doch Feiglinge, diese Juden."

„Fünf Pfund dafür, Tory, dass zwölf rausgegangen sind und zwölf auch wiederkommen."

„Die Wette gilt, Williams. Na, was is'? Noch jemand, der wetten will? Ich sage, diese Juden mach'n sich an ihr'm heilig'n Tag vor Angst inne Hosen. Da kommt nich' mehr als die Hälfte wieder durchs Mandelbaum-Tor. Wartet's nur ab."

Da hielt der ramponierte, blau-weiße gepanzerte Bus mit quietschenden Bremsen bei den wartenden Soldaten an. Die Türen klappten auf, und der Busfahrer starrte müde auf die grinsenden Soldaten hinab.

„Will jemand aussteigen?", rief einer der Soldaten.

Eine alte Frau kam langsam heraus. Zwei aschkenasische Jeschiva-Schüler und eine junge Frau mit ihrer betagten orthodoxen Mutter folgten.

Einer der Soldaten versetzte dem Mann neben sich einen Stoß. „Die sind alle nach Beirut abgehau'n."

Das Grinsen verging ihm jedoch, als fünf weitere Fahrgäste zur Tür herauskamen. „Das sind aber trotzdem erst zehn."

Da erschienen Captain Thomas und der Großvater hinter den Soldaten. „Zehn was?", fragte Luke.

„Zehn Fahrgäste, die ausgestiegen sind, Sir", sagte ein Soldat zakkig. „Ich und Tory hier haben gewettet ... Ich sage: zwölf raus, zwölf rein."

„Nun, also hier ist Nummer elf." Luke deutet mit dem Kopf zu dem alten Rabbi hin.

„Sind noch mehr drin?", rief Tory.

Ein alter Mann ging langsam die Stufen hinunter und sah sich blinzelnd in der späten Nachmittagssonne um. „Ist das hier das Zion-Tor?", fragte er mit schwacher Stimme. „Ich wollte eigentlich nach Katamon." Mit diesen Worten drehte er sich um und verschwand wieder im Innern des Busses.

„Es sind immer noch nicht mehr als elf."

Gleich darauf stand Tory mit aufgehaltener Hand zwischen den anderen Soldaten, während der kleine Trupp der Altstadtbewohner sich neben den mit schweren Stahlplatten gepanzerten Toren versammelte. Der Großvater holte tief Atem und schüttelte, leise in sich hineinlachend, den Kopf. „Also", sagte er, „es sieht so aus, als ob wir noch mehr Jeschiva-Schüler bekämen." Er schaute zur Bustür.

Aus dem dunklen Innern des Busses kamen der Reihe nach noch acht verwegen aussehende junge Männer in schwarzen Mänteln, worauf Tory das Geld unter dem Gejohle der anderen Soldaten gleich wieder aus der Hand gerissen wurde.

„Klein'n Augenblick noch! Augenblick, Leute!", begehrte Tory auf. „Diese Burschen gehör'n nich' zur Wette. Die sind heute Morgen nich' rausgekommen, und die geh'n auch nich' zurück, stimmt's, Captain?"

Luke Thomas wippte auf seinen Fersen und musterte die jungen Männer, die in einer Reihe und mit ihrem Gepäck in der Hand neben dem Bus standen. „Ich sehe nicht ein, warum ihnen verwehrt werden sollte, das Viertel zu betreten, solange sie nichts Böses im Schilde führen." Er betrachtete stirnrunzelnd einen riesigen, grobknochigen Chassid. „Hast du vor, Unheil zu stiften, Bursche?"

„Nein, Sir", antwortete der Mann in gebrochenem Englisch. „Ich kommen nur, um zu studieren Gottes Wort."

„Da haben Sie's!" Der Captain wandte sich um und ging davon. „Aber, Sir, Sie woll'n die Juden doch wohl nich' durchlass'n, ohne wenigst'ns ihr Gepäck zu überprüf'n?", rief Tory.

„Natürlich nicht. Macht die Taschen auf, Burschen! Wollen mal sehen, was ihr da drin habt."

Die Neuankömmlinge öffneten der Reihe nach ihre zerschundenen Koffer. Captain Thomas stocherte gleichgültig mit dem Lauf seiner Maschinenpistole in ihrer Kleidung herum und befahl ihnen dann mit zufriedener Miene, ihre Koffer wieder zu schließen. „Sind Sie zufrieden, Tory? Scheint, dass Sie die Wette verloren haben."

„Und was is' mit den Frau'n? Und mit dies'm alt'n Knaben da?" Er zeigte auf den Großvater.

„Ach, komm schon, Tory!", sagte ein anderer Soldat. „Zahl' deine Schulden."

„Der Schabbat ist bald vorbei", warf der Großvater ein. „Wir müssen nach Hause."

Tory wandte sich brummend ab und schleuderte seine Zigarettenkippe auf das Pflaster.

„Vorne und Mitte!", teilte Luke seine Leute ein. Dann wandte er sich noch einmal an den Großvater. „Wenn Sie so freundlich wären, Rabbi, Ihre Leute zu viert aufzustellen."

Eine viel größere und noch dazu besser ausgestattete Gruppe als an diesem Morgen aus der Altstadt gekommen war, marschierte nun durch das arabische Viertel zurück. Drei Granaten waren in der voluminösen Kleidung der alten orthodoxen Frau versteckt, und Gewehrpatronen würzten den Sack mit Bohnen, den ihre Tochter für ein Chanukkah-Essen nach Hause trug. Aber das wertvollste Chanukkah-Geschenk, das an diesem Nachmittag in das jüdische Viertel der Altstadt geschmuggelt wurde, war ein Maschinengewehr, das der einzige Rabbi der Gruppe zerlegt in seiner Hose bei sich trug.

„Jakum purkan min schemaja. Die Rettung kommt vom Himmel."

Michael Cohen klopfte auf den Rumpf der glänzenden neuen Messerschmidt 109 und grinste David breit an.

„Tja, ich hab' genug von diesen deutschen Babies vom Himmel geholt. Und ich hab' mir bestimmt nie träumen lassen, dass ich sie mal selber fliegen würde." Er drehte sich einmal um die eigene Achse, um die Restbestände deutscher Kampfflugzeuge in Augenschein zu nehmen, die auf dem Grasflugplatz von Budejovice in der Tschechoslowakei standen.

„Also. Was meint ihr?", fragte Avriel und rückte seine Nickelbrille zurecht.

„Tja, das sind ja richtige Flugzeuge. Kampfflugzeuge", meinte David kopfschüttelnd.

„Aber nicht besonders sicher und mit instabiler Fluglage." Michael holte tief Luft und atmete dann laut aus.

„Könnt ihr sie fliegen?", fragte Avriel stirnrunzelnd.

David und Michael sahen sich an und wiederholten laut: „Können wir sie fliegen?"

„Ja, ja. Das will ich von euch wissen!" Avriel schaute sie misstrauisch an.

„Wir brauchen ein paar Stunden Übung, Avriel. Du weißt, es sind keine Mustangs."

„Oder Spitfires."

„Aber immer noch besser als eine Piper."

„Ich wette, die hier brauchen nicht mit Metallreifen zusammengehalten zu werden."

„Meinst du, die haben richtige Zündkerzen, Michael?", scherzte David.

„Das einzige, was meine Maschine in der Luft gehalten hat, war meine übergroße Angst, die von mir auf diese antiken Zündkerzen übersprang."

„Das gehört alles zu einem guten Piloten dazu, David. Man braucht schon ein Flugzeug, das einen wirklich fordert."

„Bedrohen träfe den Sachverhalt besser", erwiderte David.

Avriel grinste. „Soll ich das so verstehen, dass ihr zwei gerne mal an die Maschinen ran wollt?"

Michael wiegte nachdenklich den Kopf. „Im letzten Krieg haben wir uns an diese Maschinen rangemacht, Avriel. Jetzt möchten wir rein."

„Gut. Das ist gut. Wir können fünfundzwanzig Stück davon haben. Im Mai."

„Im Mai!", rief David aus. „Und was sollen wir die nächsten viereinhalb Monate tun?"

„Beten", erwiderte Michael mürrisch. Er zog seine Nase kraus und nagte an seiner Lippe. „Wie werden wir sie überhaupt nach Tel Aviv kriegen? Ich meine, die Reichweite von diesen Dingern ist ..."

„Darüber machen wir uns morgen Gedanken", schnitt ihm Avriel das Wort ab, als er den untersetzten, unterwürfigen Waffenhändler auf sie zuwatscheln sah.

„Na, meine Herren, wie gefallen sie Ihnen?", fragte der Händler.

„Sie sind keine Spitfires oder Mustangs", brummte Avriel. „Instabil. Ziemlich instabil, wissen Sie."

„Wahrscheinlich sind sie nicht nach Ihrem Geschmack." Der Händler verzog sein Gesicht und schaute bekümmert auf die Flugzeuge.

„Unsere Männer brauchen zumindest Übung."

Die Miene des Händlers heiterte sich wieder auf. „Ah, ja, dafir haben wir einen ehemaligen Piloten der Luftwaffe ..."

„Einen Nazi?"

Der Händler zuckte mit ausgebreiteten Armen die Schultern. „Wer kann das sagen? Vielleicht mag er den Fiehrer, vielleicht auch nicht. Hat jeder Amerikaner, der fliegt, fir Rosenfeld gestimmt?"

„Roosevelt", verbesserte David.

„Oder wie er heißt", schnaubte der Händler und rieb sich seine glänzende Glatze.

„Er fliegt also fir Deitschland. Vielleicht einmal Sie haben auf ihn geschossen, und jetzt bringt er Ihnen bei, eine Messerschmidt zu fliegen."

Die drei Amerikaner sahen sich an. Michael zuckte die Achseln. „Warum nicht?"

Der Händler klatschte erfreut in seine kurzen Hände.

„Gurt!", rief er aus. „Finfundzwanzik?"

„Wenn Sie noch hunderttausend Schuss Munition dazugeben", versuchte Avriel zu handeln.

„Nein. Nein." Der Händler schüttelte betrübt den Kopf. „Vielleicht siebzik."

„Neunzig."

„Achtzik."

„Fünfundachtzig."

„Abgemacht!" Der Händler ergriff Avriels Hand und schüttelte sie ungestüm. „Und was die Sache betrifft ..."

„Was für eine Sache?" Avriel sah ihn erstaunt an.

„Die Sache mit der Verschiffung der Waffen." Der Händler zog ein Blatt aus seiner Tasche. „Ja. Sehen Sie ..." Er fuhr mit dem Finger über eine lange Liste. „Zehntausend Gewehre. Hmmm. Maschinengewehre. Munition. Ihr anderer Waffenhändler, der große dunkle Bursche, Kadar ... macht sich Sorgen wegen der Verschiffung. Keine Sorgen machen. Wir haben kleines Schiff fier Transport. Es heißt die Lino und soll schon in drei Wochen lossegeln. Hier ist der Plan." Er drückte Avriel das Blatt in die Hand.

„Toll." Avriel sah sich die Angaben ausgiebig und genau an.

Michael und David starrten über seine Schulter auf die eindrucksvolle Liste von Waffen, die nicht zur Verteidigung der Juden, sondern für das Arsenal des Muftis bestimmt waren.

„Macht es Ihnen was aus, wenn ich sie behalte?" Avriel schob die Liste in die Tasche, ohne eine Antwort abzuwarten. „Okay. Jetzt wollen wir die Papiere aufsetzen, ja?" Dann klopfte er David auf den Rücken. „Ihr fahrt schon mal zum Hotel. Es dauert sicher nicht lange."

Schweigend fuhren Michael und David in einem kleinen grünen Taxi nach Prag. Während der Fahrt bemerkten sie, dass der unangenehm aussehende Taxifahrer sie argwöhnisch durch den Rückspiegel beobachtete. Wenn ihn David jedoch hin und wieder lächelnd anblinzelte, richteten sich seine finsteren Augen sofort wieder auf die holprige Lehmstraße.

Als sie schließlich die schmuddeligen Nachkriegsstraßen des von den Sowjets okkupierten Prag erreichten, tippte Michael dem Fahrer auf die Schulter und bedeutete ihm, dass sie aussteigen wollten. Sie waren immer noch mehrere Blocks von dem verwahrlosten Hotel Flora entfernt, aber sie wollten beide nicht länger darauf warten, über die Liste zu sprechen, die ihnen in die Hände gefallen war.

Während Michael dem Fahrer den Fahrpreis auf die Hand zählte, versuchte David, dem starren Blick eines zerlumpt aussehenden jungen Mannes in einem Tweedmantel und mit einer wollenen Seemannsmütze keine Beachtung zu schenken. Und auf dem Weg zum Hotel schien es David so, als ob alle Augen auf sie gerichtet wären.

„Tja", flüsterte David. „Sieht so aus, als ob auch der Mufti von Kriegsüberschüssen gehört hätte."

„Möchte wissen, wieviele Flugzeuge die Araber gekauft haben."

„Möchte wissen, ob derselbe Luftwaffenmensch auch denen das Fliegen beibringt."

„Ja. Und was für Piloten die wohl haben?"

„Wahrscheinlich die gleichen, die wir auch haben – Nazis und Amerikaner, die vom letzten Krieg übrig geblieben sind, was? Machen alles noch mal durch."

„Was ist mit dieser Aufstellung von Kriegsmaterial? Den Maschinengewehren, Gewehren, der Munition?"

„Genug, um uns von der Erdoberfläche verschwinden zu lassen", meinte David finster.

Michael sah ihn lächelnd an. „Weißt du, David, es tut gut, dass du es uns sagst."

„Uns in die Luft zu jagen. Uns abzuschießen. Uns in einer Kiste in die Heimat abzutransportieren."

„Das hat so einen gewissen Klang, findest du nicht?"

„Ich sage dir, Michael, das ist die verrückteste Sache, die ich je erlebt habe. Wir haben ein Waffenembargo gegen uns selbst verhängt –"

„Da ist dieses Wort schon wieder."

„Also können wir nichts anderes tun, als das Zeug zu kaufen und zu warten, bis die Briten abziehen. Wenn sie weg sind, können wir es liefern. In der Zwischenzeit kann der Mufti wie verrückt Sachen zu den anderen arabischen Nationen verfrachten und kriegt das alles geliefert, noch bevor der erste Engländer Palästina überhaupt verlassen hat. Wir stecken zweifellos ganz schön in der Patsche."

„Tja", meinte Michael naserümpfend, „ich glaube, wir sollten uns überlegen, ob wir den Waffentransport an die Araber nicht irgendwie verhindern können. Ich weiß nicht, ob ..." Seine Stimme verebbte.

„Denk du nur eine Weile darüber nach, Vogelscheuche. Ich glaube, du kriegst vielleicht doch noch etwas Verstand, wenn wir uns nur lange genug mit der Sache beschäftigen."

„Vielleicht findest du dann auch noch ein Herz."

„Kein Problem."

„So? Du und Ellie, ihr seid also wieder zusammen?"

„Das habe ich nicht gesagt."

„So, was denn?"

„Ich besuche sie am Heiligabend."

„Hat sie dich eingeladen?"

„Ihr Onkel."

Michael schüttelte den Kopf. „Das nennst du also kein Problem, was?"

„Vielleicht eine kleine Abweichung von der Planung."

„Sie liebt einen anderen? Diesen Mosche?"

„Ich weiß nicht", meinte David achselzuckend. „Nein. Ich glaube nicht."

„Hör mal, David. Warum gehst du nicht einfach mit ihr irgendwohin, wo es nett und ruhig ist und wo ihr zwei alleine seid, und bist ein bisschen nett zu ihr?"

„Nee."

„Warum nicht?"

„Hab' ich schon versucht."

„Ja? Und hat nicht geklappt?"

„Nee."

„Dann sitzt du ganz schön in der Patsche, Junge. Im Ernst."

„Es gibt immer noch Weihnachten."

„Und was passiert Weihnachten?"

„Ich habe ihr eine neue Leica gekauft."

$$* * *$$

Eine befremdende, unerwartete Ruhe hatte sich in den letzten Tagen über die Stadt gelegt, als ob die inzwischen eingekehrte warme Wetterlage die Gefühle des Hasses hätte ändern können. Zum ersten Mal seit dem Aufruhr im Geschäftsviertel wagten es die Juden, ihre Läden noch über die Mittagszeit hinaus aufzulassen. Heute, zwei Tage vor Weihnachten und Chanukkah, würde man bis drei Uhr auf den Märkten einkaufen können. Danach würden die Kaufleute immer noch genügend Zeit haben, ihre Tore zu schließen und nach Hause zu eilen, bevor Dunkelheit und Angst wieder in der Stadt um sich griffen.

Taxis waren in der Stadt eine Seltenheit geworden. Nur wenige furchtlose Taxifahrer hatten Stahlplatten an ihre Autos geschweißt und rasten nun mit quietschenden Reifen durch die Straßen und an Absperrungen vorbei, der Tatsache zum Trotz, dass Taxifahrer das beliebteste Ziel arabischer Heckenschützen geworden waren, die auf der Altstadtmauer standen. Auf diese Weise waren allein im letzten Monat fünf Fahrer umgekommen. Ellie zog es daher vor, begleitet von Rachel und Schaul, der hinter ihnen hertrottete, die drei Blocks bis zur King George Avenue zu Fuß zurückzulegen. Es war ein schöner Tag, und der Spaziergang gab Ellie endlich die Gelegenheit, einmal ein vertrauliches Gespräch mit Rachel zu führen.

Diese war seit Jakovs Ankunft merkwürdig still geworden, hatte nur wie eine stumme Dienerin gekocht und geputzt und war anschließend in ihrem Zimmer verschwunden.

„Sprich mit ihr", hatte Onkel Howard ihr besorgt geraten. „Du weißt schon, wie Mädchen eben miteinander reden." Dann war er zur amerikanischen Schule davongeeilt, um sich dort mit einem Mitglied der Beiruter Fakultät zu treffen, mit dem er sich wegen der Verschiffung und Sicherstellung von Ausgrabungsstücken, die er bisher noch nicht weggeschickt hatte, unterhalten wollte.

„Bist du nicht froh darüber, dass du zu uns gekommen bist?", fragte Ellie und sah zum blauen Himmel hinauf, wo sich ein Schwarm Tauben flatternd anschickte, sich unter dem Dachgesims eines Ladens in der King George Avenue niederzulassen.

„Doch", entgegnete Rachel und ging wieder schweigend weiter. „Er war eben recht traurig, nicht wahr?"

„Wer?"

„Der kleine Junge. Wie heißt er noch?"

„Jakov."

„Richtig, Jakov. Er wäre gerne mitgekommen. Ich hätte zu Hause bleiben und er hätte mitkommen sollen."

Als ein britischer Panzer auf Streifendienst rasselnd an ihnen vorbeifuhr, hob Ellie grüßend ihre Hand und lächelte dem Soldaten zu, der oben im Turm saß. „Er konnte doch nicht mitkommen", erwiderte Ellie. „Du musst mir doch dabei helfen, dieses Dreidel auszusuchen, das sein Großvater ihm zu Chanukkah schenken möchte. Abgesehen davon, Kleine ..."

Rachel lächelte sie verwirrt an. „Ja?"

„Wie kommt es, dass du auf einmal so still bist, seitdem der Junge bei uns ist?"

Rachel dachte daran, wie Mosche auf dem Parkplatz vor der Klinik gestanden und sie angesehen hatte und dann fortgeeilt war. Das ging ihr seitdem nicht mehr aus dem Kopf. Aber sie wollte ihre Gefühle nicht der Frau gegenüber äußern, die ihn liebte. Schließlich antwortete sie – ehrlich, wie ihr schien, indem sie bedrückt erklärte: „Ich kann mit Kindern nicht umgehen."

„Was soll das heißen?"

Rachel bekam einen schwermütigen Gesichtsausdruck, als sie sich erinnerte, wie sich die Kinder in den Lagern für Verschleppte ihr gegenüber verhalten hatten, wenn sie an ihnen vorbeigegangen war. Sie hatten über Dinge getuschelt, die sie von ihren Müttern aufgeschnappt hatten. „Sie scheinen mich nicht zu mögen", meinte sie achselzuckend.

„Warum nicht? Wachsen dir bei Vollmond Klauen? Du bist doch ein netter Mensch. Jakov mag dich. Oder er würde dich jedenfalls mögen, wenn du dir Mühe gäbst."

„Das verstehst du nicht, Ellie. Es gibt so viele, die das Gegenteil sagen würden."

„Na, die sollen mal kommen." Ellie klopfte ihr auf den Rücken und lächelte Rachel offen an, in der Hoffnung, sie aufheitern zu können.

„Aber, sieh mal, es gibt etwas an mir, das ein normaler, anständiger Mensch …"

„Ich habe da eine eigene Philosophie", unterbrach Ellie sie. „Willst du sie hören?" Sie wartete Rachels Antwort erst gar nicht ab. „Niemand ist normal. Was immer das auch sein mag. Und kaum jemand ist wirklich anständig, wenn man tief auf den Grund seiner Seele sieht. Und jeder, der einem Menschen deswegen Vorhaltungen macht, weil andere ihm etwas angetan haben …"

Rachel blieb mitten auf dem Bürgersteig stehen, und der Schmerz in ihren Augen ließ Ellie mitten im Satz abbrechen. „Für mein Volk bin ich, was man eine Sotah nennt. Weißt du, was das bedeutet?"

Ellie schüttelte düster den Kopf. „Nein", erwiderte sie und war beschämt über ihren oberflächlichen Versuch, Rachel aufzuheitern.

„Sotah. Das bedeutet untreue Ehefrau, Verräterin. Verstehst du?"

„Weil du überlebt hast und andere nicht?", fragte Ellie ungläubig.

Rachel schaute Ellie mit durchbohrendem Blick an. Rachel zog den Ärmel ihres Pullovers hoch und legte dann ihre Hand auf die Tätowierung. „Man sagt, dass ich eine Sotah meines eigenen Volkes bin", wiederholte Rachel. Mütter haben ihren Kindern verboten, mit mir zu sprechen. Sie haben Recht, glaube ich." Sie hielt Ellie ihren Unterarm hin.

Zum ersten Mal sah Ellie das Zeichen, ‚Nur für Offiziere', von dem ihr Mosche erzählt hatte. Sie starrte darauf und schaute dann Rachel betroffen in die Augen.

„Sie sehnt sich verzweifelt und aus tiefster Seele nach Freundschaft", dachte Ellie. Sie ergriff Rachels ausgestreckte Hand und zog behutsam und sanft ihren Ärmel wieder herunter.

„Die Welt ist voller schlechter Menschen, Rachel", sagte sie leise, und das Herz war ihr schwer wegen Rachels Bürde. „Aber du gehörst nicht zu ihnen."

Rachel sah Ellie in schweigender Dankbarkeit an und lächelte, als Ellie sich bei ihr einhakte und sie untergehakt zusammen weitergingen.

* * *

Auf der Grasrollbahn bei Bari in Italien ließ David den Motor der sechssitzigen Stinson anlaufen und schickte sich an, die Maschine zu starten.

„Da macht ihr Augen, was, Kumpels?", fragte Avriel.

„In diesem Ding fühlt man sich wie in einem Ozeandampfer, verglichen mit den kleinen Schlauchbooten, in denen ihr uns in Palästina habt herumschwirren lassen", bemerkte David, während sie auf die Startbahn rollten.

„Ja!", brüllte Michael über den Motorenlärm hinweg, während David die Maschine auf Touren kommen ließ. „Außerdem ist hier hinten so viel zum Saufen, dass man damit ein Schlachtschiff versenken könnte." Er deutete auf die Kisten, die mit den Bezeichnungen Scotch und Selterswasser versehen waren. „Hast du vor, einen Nachtclub in Jerusalem aufzumachen?"

„Sei kein Idiot!", rief ihm Avriel über die Schulter zu. „Die Haganah hat für alles militärische Verwendung!"

27. Feiertagspläne

Mosche nahm die sperrige Einkaufstasche in seinen linken Arm und sprang die Stufen zum Hause Moniger hinauf. Zwei lange Brotlaibe sahen aus der Tasche hervor, auf deren Boden ein schwerer, runder Käse ruhte. Mosche klopfte laut an die Tür und sah sich dann verstohlen um, in dem instinktiven Bewusstsein, dass feindliche Augen jede seiner Bewegungen beobachteten. Hinter den Schlössern und Riegeln, die Howard in der vergangenen Woche an der Tür angebracht hatte, hörte er Jakovs helle Stimme und Schaul, der neben dem Kleinen stand und ärgerlich bellte.

„Wer ist da?"

„Mosche." Er wischte sich mit dem Handrücken über den Mund. „Hat Schaul schon gefrühstückt, oder bin ich seine erste Mahlzeit?"

Riegel schnappten auf, die Schlösser öffneten sich klickend, und endlich öffnete Jakov Mosche schwungvoll die Tür. Schaul wedelte etwas zögernd mit dem Schwanz und schnüffelte an Mosches Bein, während dieser über die Schwelle trat und die Tür wieder hinter sich verriegelte. Jakov vergewisserte sich, dass auch wirklich jedes Schloss gesichert war. „Guten Morgen, Herr Professor", begrüßte er ihn strahlend. „Es ist der Herr Professor, Schaul."

Mosche hielt Schaul seine Hand hin. „Nur der harmlose Professor", säuselte er. „Guter Hund."

„Seit ich verletzt worden bin, ist er angriffslustiger geworden", entschuldigte Jakov das Verhalten seines Hundes. „Aber er wird Ihnen nichts tun; außer, wenn Sie zwischen mich und ihn kommen."

Mosche sah mit halb zusammengekniffenen Augen auf den Hund und ging dann einen Schritt zurück. „Guter Hund", wiederholte er. Er sah sich im Flur um. „Sind schon alle auf?"

„Oh, ja, schon lange. Rachel und ich sind heute Morgen schon einkaufen gewesen. In der Bäckerei gibt es jetzt ganz lange Schlangen, aber wir haben das Brot bekommen."

„Ihr habt natürlich Schaul mitgenommen?"

„Ja, ich glaube, er mag Rachel fast so gern wie mich, obwohl sie so still und traurig ist, dass sie kaum ein Wort spricht."

Mosches Gesicht nahm einen besorgten Ausdruck an, während er an Rachels entzückendes Lächeln dachte, als sie ihm an dem Morgen in Tel Aviv bei Fanny gegenübergesessen hatte. Er hatte gehofft, dass der Aufenthalt in Jerusalem ihr über ihren Kummer hinweghelfen würde. „Vielleicht findet Schaul sie sehr schön."

„Oh, ja", nickte Jakov. „Er ist sehr klug, wissen Sie. Wollen Sie Miss Ellie und Rachel sehen? Sie sind in der Küche, glaube ich."

Ein leichter Kaffeeduft strömte durch den Flur, während Jakov vor Mosche her zur Küche ging. Mosche ging in einiger Entfernung hinter Schaul und blieb abrupt stehen, als sich das zottelige, grimmig aussehende Tier umsah und ihn von Kopf bis Fuß musterte. „Schöner Hund", beschwichtigte Mosche.

„Schaul!", tadelte Jakov. „Komm schon!" Dann sagte er über die Schulter gewandt zu Mosche: „Rachel kocht gut. Besser als Großvater oder die Leute in der öffentlichen Küche. Und wie Sie gesagt haben, sie kocht Kaschrut. Sie bringt es auch Ellie bei. Aber ich glaube, Ellie ist keine so gute Köchin."

Mosche biss sich auf die Lippen, um sein Lachen zu unterdrükken, während Jakov die Küchentür aufstieß und den Blick auf die beiden Frauen freigab, die mit Spülen und Abtrocknen beschäftigt waren.

Ellie hatte immer noch ihren dunkelblauen Morgenrock an; Rachel trug eine hellblaue Hose und einen dazu passenden Pullover, den er sofort als Ellies wieder erkannte. „Guten Morgen", sagte er fröhlich und stellte die Einkaufstasche auf den Tisch.

Ellie drehte sich mit entsetztem Gesichtsausdruck um. „Du meine Güte! Rufst du vorher nicht mehr an? Wer hat dich denn hereingelassen, Mosche?"

„Schaul", entgegnete er grinsend. „Im übrigen bin ich selbst vom arabischen Oberkommando freundlicher empfangen worden." Er nickte Rachel zu, die mit dem Rücken zu ihm gewandt schweigend Geschirr abtrocknete. „Hallo, Rachel."

„Hallo", erwiderte sie leise.

„Sieh mich doch an!", jammerte Ellie.

„Ich habe Frauen schon in einem viel schlimmeren Zustand gesehen, als du es jetzt bist."

„Du meinst wohl ägyptische Mumien? Kann man so einem Mann wohl glauben?", fragte sie Rachel, während sie sich die Hände abtrocknete und dann ihre Augen verdrehte.

„Ich habe gehört, Rachel war heute Morgen schon unterwegs, um Brot zu kaufen", schalt Mosche.

„So ist es", pflichtete Jakov ihm bei. Dann nahm er Schaul am Halsband und verzog sich durch die Tür, um nicht von Ellie ausgeschimpft zu werden, weil er den Professor hereingelassen hatte.

„Wie wär's mit einer Tasse Kaffee?", fragte er und schüttete sich den Rest aus der Kanne ein. „Und einem Willkommenskuss?"

Ellie küsste ihn flüchtig auf die Wange. „Was ist das?" Sie tippte auf den Rand der Einkaufstasche.

„Kugeln, Gewehre und Granaten." Mosche setzte sich. „Wonach sieht es denn aus?"

„Toll. Einfach toll. Wir haben unsere Granaten heute Morgen getoastet und dann gegessen."

„Das perfekte Versteck. Nicht einmal die Briten würden daran denken, in deinem Magen nachzugucken. Ich werde das den Gebietskommandanten gegenüber erwähnen. Tja. Wo ist denn dein Onkel?"

Ellie stemmte ihre Hände in die Hüften. „Ich habe seit einer Woche nichts mehr von dir gehört, außer bei deiner Stippvisite in der Klinik, nach der du dann gleich wieder zu einem Treffen weggerannt bist, und dann ist das einzige, was du herausbringst: ‚Wo ist dein Onkel?'"

Rachel stellte die letzte Tasse weg und wollte, darauf bedacht, Mosche nicht anzusehen, gerade die Küche verlassen. „Entschuldigt mich", sagte sie.

Mosche fasste sie bei der Hand. „Warten Sie bitte einen Augenblick", meinte er auf Polnisch. „Ich habe etwas zu sagen, das Sie betrifft."

Rachel blieb stehen und sah ihn kurz an. Dann entzog sie ihm ihre Hand. „Bitte sprechen Sie Englisch. Ich versuche Englisch zu lernen", sagte sie zögernd.

„Bitte", fügte Ellie hinzu. „Ich habe zwar vier Jahre lang Polnisch auf der High School gelernt, aber die Zeiten haben mich immer durcheinander gebracht."

Mosche schüttelte lächelnd den Kopf. „Entschuldigung. Ich dachte, dann wäre es einfacher."

Rachel stand noch immer mit gesenkten Augen vor ihm. „Worum geht es?", fragte sie.

Mosche trank einen kleinen Schluck Kaffee und sah Ellie eindringlich an. „Ist dein Onkel zu Hause?", fragte er noch einmal.

Ellie bemerkte düster: „Das klingt ernst."

„Nein, nur wichtig." Er stellte seine Tasse auf den Tisch, ohne seinen Blick von ihr abzuwenden.

„Lass mir eine Minute Zeit. Ich glaube, er ist unter der Dusche. Ich ziehe mich eben an." Mit einem unbestimmten Gefühl der Angst in der Magengegend eilte sie zur Tür hinaus.

Rachel stand regungslos da, während die Küchentür vor und zurück schwang und schließlich stehen blieb. Das Schweigen wurde beiden unangenehm. Schließlich schürzte Mosche seine Lippen und blickte in die helle Sonne, die auf den Hof schien. „Möchten Sie sich setzen?", fragte er.

„Kann ich Ihnen noch einen Kaffee machen?", fragte Rachel zurück und nahm, ohne seine Antwort abzuwarten, den Kessel vom Ofen und eilte damit zum Wasserhahn, um ihn zu füllen.

„Danke. Hmmm." Er suchte nach Worten und bemühte sich, seinen Blick nicht zu ihrer durch einen Gürtel noch betonten schmalen Taille schweifen zu lassen und sich nur auf die Angelegenheit zu konzentrieren, derentwegen er heute – am Morgen vor Chanukkah – hierher gekommen war.

Rachel füllte sorgfältig frischen Kaffee in die Kanne. „Es ist ein schöner Morgen, nicht wahr?", sagte sie schließlich, als sie das Schweigen nicht mehr ertragen konnte.

„Ja", erwiderte er zögernd. „Rachel ...", begann er mit einer Stimme, die beinahe flehend klang.

Da sah sie ihm zum ersten Mal in die Augen. Einen Moment lang zog sie ihre Brauen zusammen, unfähig, ihren Blick von ihm abzuwenden. Dann drehte sie sich, von plötzlicher Panik erfasst, um und zündete mit zittrigen Fingern ein Streichholz an, um den Herd anzumachen. „Der Kaffee ist schwach", sagte sie hastig. „Zu Hause, als Krieg kommt, wir benutzen viele Male dasselbe Pulver, und zum Schluss war es gar kein Kaffee mehr."

„Rachel", begann er noch einmal. „Neulich, als ich Sie vor der Klinik gesehen habe, konnte ich einfach nichts ..."

Sie ging zum Fenster hinüber und sah auf den gepflasterten Hof, auf dem viele verwelkte Blätter lagen. „Ich verstehe", sagte sie leise. „Ich ..., ich flöße Ihnen Ekel ein."

„Aber nein!" Mosche sprang vom Stuhl auf und ging zu ihr. Er sehnte sich danach, ihr die Hand auf die Schulter zu legen. Aber er traute sich nicht, sie zu berühren. Er sah auf ihre Hände, die sich an der Anrichte festklammerten. „Das war nicht der Grund", entgegnete er und verfiel wieder ins Polnische. „Überhaupt nicht."

„Ich weiß, dass die Sabras einen Namen für uns Überlebende haben. Ich habe ihn von den Kindern im Kibbuz gehört. Sotah. Man bemitleidet uns, aber wir sind in ihren Augen weniger wert als Menschen. Ich habe es Ihren Augen angesehen."

„Das stimmt nicht, Rachel", sagte er leise. „Ich habe nie so über Sie gedacht. Ich weiß nicht, was ich empfinde. Jetzt, nach all dem, was Sie durchgemacht haben, wollte ich Sie bitten, noch einmal Ihr Leben aufs Spiel zu setzen."

„Aufs Spiel zu setzen?" Sie wandte sich zu ihm um, mit einem unschlüssigen Lächeln auf den Lippen. „Ich habe niemals mein Leben aufs Spiel gesetzt, Mosche. Ich habe nur überlebt, und indem ich das getan habe, habe ich mein Leben verloren. Bitten Sie mich, um was Sie wollen."

Mosches Blick glitt ab von ihr auf die leere Steinbank, die im Hof stand. „Gut", sagte er auf Englisch. Er setzte sich wieder an den Tisch, und es war ihm schwer ums Herz.

In diesem Augenblick stürmte Ellie mit Onkel Howard im Schlepptau in die Küche. Sie war angezogen und schien in dem rostfarbenen Pullover und dem grün-rostfarbenen Wollrock zu glühen. Howard trug einen schwarzen Rollkragenpullover und eine Hose aus dickem schmutzig grünem Cord. Rachel suchte befangen nach weiteren Tassen im Schrank.

„Mosche!" Howard streckte seine Hand in aufrichtiger Freude aus. „Nein, bleib sitzen. Ellie sagt mir, dass du uns etwas Aufregendes zu berichten hast."

„Komm, ich helfe dir." Ellie nahm die Kanne vom Herd und schenkte Kaffee ein. Sie tat so, als ob sie Rachels zitternde Hände nicht bemerkte. „Was hat das alles zu bedeuten?", fragte sie und stellte Mosche, der sie nicht einmal ansah, eine Tasse hin. Plötzlich hatte sie das Gefühl, dass sie Rachel beschützen müsse und hätte gerne die Tasse auf seine Beine fallen lassen. „Was ist in diesen paar Minuten, die ich weg war, passiert?", dachte sie.

„Morgen ist Heiligabend, und außerdem fängt Chanukkah an", begann Mosche, während sich Ellie und Howard Stühle heranzogen und sich zu ihm setzten. Rachel blieb am Spülbecken stehen. „Ein britischer Captain hat seine Hilfe angeboten, und morgen wird die englische Bewachung des Zion-Tores nur einen Bruchteil ihrer normalen Stärke haben. Dieser Bursche hat sich freiwillig erboten, uns dabei zu helfen, Waffen zum Haganah-Stützpunkt in der Altstadt zu schmuggeln. Er hat uns auch früher schon geholfen."

„Und was können wir dabei tun?", fragte Howard.

Mosche nahm den Brotlaib aus der Tasche und reichte ihn Howard. „Wir backen Brot für die Hungernden."

Howard stieß einen leisen Pfiff aus, als er den Laib in seiner Hand wog. „Fühlt sich an, als ob Ellie ihn gebacken hätte", meinte er grinsend.

Ellie stieß ihn mit dem Ellenbogen in die Seite und nahm ihm das Brot ab. „Heiliger Strohsack, Mosche!"

„Ich habe dir doch gesagt", meinte Mosche lächelnd, „Kugeln, Granaten und Pistolen." Er kramte nach dem runden Käse und hob ihn dann mit beiden Händen aus der Tasche. Er war mit rotem Wachs versiegelt. „Das perfekte Chanukkah-Geschenk, was? Fünfhundert Kugeln im Cheddar."

„Klingt lecker." Howard wog den Käse nun ebenfalls in seiner Hand.

„Er ist ein Geschenk für Rachels Großvater", erklärte Mosche, indem er sich Rachel zuwandte, die erstaunt aufsah.

„Für meinen Großvater?"

„Wir haben für Sie die Sondergenehmigung erhalten, Rachel, dass Sie die Altstadt betreten dürfen. Da ist es ganz natürlich, dass Sie auch Geschenke mitbringen. Aber die Geschenke sollen im Warschauer Distrikt abgeliefert werden. Rachel, Sie werden keine Zeit mehr haben ..."

„Dann werde ich ihn also nicht sehen können?" Der Glanz aus Rachels Augen verschwand so schnell, wie er gekommen war.

„Nicht morgen Abend. Wenn das Unternehmen gelingt, glauben Sie mir, dann werden Sie noch öfter Gelegenheit dazu haben. In der Zwischenzeit schreiben Sie mir aber bitte seinen Namen auf; ich werde sehen, ob irgendjemand bei der Agency seine Adresse ausfindig machen kann."

„Ich verstehe", erwiderte sie zögernd. „Ja, ich werde alles tun, womit ich helfen kann." Sie kritzelte den Namen ihres Großvaters auf das abgerissene Stück einer Papiertüte, faltete es und reichte es Mosche. „Danke."

„Gut." Er schaute wieder zu Ellie. „Du bist eine Journalistin mit bedeutenden Publikationen. Für dich werden wir leicht einen Passierschein bekommen. Die Altstadt am Heiligabend – wert, ein paar Bilder davon zu machen, was?"

„Was werde ich denn bei mir haben? Außer meiner Kamera und den Filmen, meine ich."

„Das haben wir alles schon genau durchdacht", ging er über ihre Frage hinweg.

„Und jetzt kommt das Entscheidende, Howard, ohne das nichts klappt."

„Was denn?" Howard beugte sich auf seinem Stuhl vor.

„Ohne Hilfe werden Rachel und Ellie nicht die leiseste Ahnung haben, woher sie kommen oder wohin sie gehen."

„Die Altstadt ist nicht meine Domäne, Mosche. Du bist doch

derjenige, der all die schmalen Gassen durch die Stadt und die Wege über die Dächer kennt."

„Dich meine ich nicht, Howard. Wir brauchen den Jungen."

„Jakov?"

„Er hat die besten Aussichten, an den Arabern vorbeizukommen, die eventuell den Weg der Frauen in das jüdische Viertel behindern."

„Das kann ich nicht erlauben, Mosche. Er ist doch noch ein Kind. Was ist, wenn er verletzt wird? Und seine Augen sind auch noch nicht ..."

Da öffnete sich quietschend die Küchentür, und Jakov trat herein. „Ich kenne die Straßen sogar blind, Herr Professor. Ich bin doch so oft vor den Briten davongelaufen, wenn sie böse auf mich waren. Aber ich habe nie Araber bestohlen, weil wir Nachbarn sind. Ganz bestimmt kann ich Miss Ellie und Rachel am besten zum Warschauer Distrikt führen, wenn es Schwierigkeiten gibt."

„Und kannst du sie auch wieder nach Hause bringen?", wollte Mosche wissen.

„Ich werde zurückkommen. Ich möchte gerne die Chanukkah-Kerzen anzünden, aber ich werde hierher zurückkommen." Der Junge sah Howard mit seinem gesunden Auge fest an und rückte dann seine Augenklappe zurecht. „Ich werde Ihnen helfen, die Kerzen anzuzünden, ja?"

Howard nickte bedächtig. „Du wirst rechtzeitig zum Abendessen wieder da sein."

„Ja", lächelte Jakov munter, „wenn Rachel kocht."

Da lächelte Rachel schüchtern, während Ellie verärgert seufzte. „Willst du damit sagen, dass du ihr Essen lieber isst als meins?"

Jakov erwiderte schulterzuckend: „Nicht ich, aber Schaul ..."

Howard lachte trotz des Ernstes der Lage leise in sich hinein. „Und was soll ich tun, Mosche? Wie kann ich helfen?"

Mosche langte in seine Hemdtasche und zog einen gefalteten Briefumschlag heraus. „Das ist gestern abend von Moddy Elaram aus Bethlehem in der Universität angekommen." Er reichte ihn Howard.

„Von dem arabischen Antiquitätenhändler?", fragte Ellie, die sofort den Namen des Händlers erkannt hatte, der im Hause Moniger oft zu Gast gewesen war. „Er hatte so warme braune Augen wie eine Jersey-Kuh", dachte Ellie bei der Erinnerung an den Mann. In der Regel hatte er Informationen oder ein kleines, aber echtes Fundstück zur Ansicht für Mosche und Onkel Howard mitgebracht.

„Der Brief ist offensichtlich vor drei Wochen abgeschickt worden. Wir haben Glück, dass wir ihn überhaupt bekamen", erläuterte Mosche. „Komm, lies ihn!"

Howard betrachtete zunächst eingehend die verkrampfte Handschrift auf dem Umschlag. Dann zog er den Brief heraus und begann zu lesen. „Sehr verehrter Herr Professor Sachar!", las er laut vor. „Hoffentlich haben Sie viel Freude an dem Wasserkrug, den Sie vor zwei Wochen gekauft haben. Ich bin seit diesen ganzen Unruhen sehr betrübt über den Verlust meiner jüdischen Freunde und Kunden. Auch bin ich auf einige alte Schriften aufmerksam gemacht worden, die mir zwei Beduinenhirten gebracht haben. Obwohl ich diese Rollen nicht behalten habe", – Howard sah auf, als Ellie nach Luft schnappte – „denn ihre Schrift ist mir unverständlich, habe ich eingewilligt, zu sein Zwischenhändler. Wenn vielleicht Sie und der Professor Doktor Moniger sie gerne sehen wollen, haben sie versprochen, am Heiligabend nach Bethlehem zu kommen um sieben Uhr zu meinem Laden. Denn dann die Christen werden zur Anbetung reisen, und man wird Sie weniger beachten. Aufrichtig Ihr Diener, Moddy Elaram." Howard starrte auf den Brief und stieß einen leisen Pfiff aus. Dann schaute er Mosche an, auf dessen Gesicht ein erregtes Lächeln lag. „Es müssen dieselben Männer sein", sagte er schließlich.

„Sie haben ja damit gedroht, zu den Antiquitätenhändlern nach Bethlehem zu gehen." Ellie nahm Howard den Brief ab und überflog ihn. „Aber Bethlehem ist eine arabische Hochburg."

„Sie hatten wohl Angst, hierher zurückzukommen, denke ich", meinte Mosche. „Wir müssen gehen, Howard. Unbedingt."

* * *

Dicker, abgestandener Zigarrenrauch schlug David und Michael entgegen, als sie polternd ihre Zimmertür im Atlantic Hotel in Jerusalem öffneten.

Es war früh am Morgen, und Michael sah, wie David feststellte, immer noch so aus, als ob er eine Woche lang nicht geschlafen hätte, und das, obwohl er beinahe die ganze Strecke quer durch Europa geschlafen hatte.

David schleuderte seine Leinenreisetasche auf einen Stuhl, zog dann den Reißverschluss seiner ledernen Fliegerjacke auf und warf sich aufs Bett. Zum ersten Mal, seit sie Prag vor drei Tagen verlassen hatten, hatte er wieder ein Kissen unter seinem Kopf. Seine Beine ließ er auf der anderen Bettseite herunterbaumeln, und als Michael an ihm vorüberging, versetzte er ihm einen leichten Tritt. „Blechmann", meinte er warnend. „Wenn du so schläfst, werden dir die Knie abfallen."

David drehte sich stöhnend um und schnürte sich die Schuhe auf. „Du musst es wissen. Denn du bist ja Experte für unmögliche Schlafpositionen. Ich kann nicht begreifen, dass du noch keinen schiefen Hals hast bei der Art, wie du stundenlang mit deinem Gesicht auf den Armaturen des Cockpits liegst, wenn ich fliege." Er warf seinen linken Schuh nach Michael, der sich duckte und ins Badezimmer auswich.

„Das ist nur die Angst. Die macht mich schläfrig, wenn du fliegst", rief er. David stand auf und warf Michael den anderen Schuh ins Bad nach, welcher ihn kräftig am Hinterteil traf. Michael schrie auf und knallte die Tür zu. David schlug mit der Faust gegen das dünne Holz. „Du willst doch hoffentlich nicht auch noch da drinnen schlafen, oder?"

Der Riegel wurde zugeschoben. „Zieh ab, Meyer", rief Michael. „Oder ich werde dafür sorgen, dass du nie mehr schlafen kannst, glaub' mir."

„Das sagst du." David ließ sich wieder aufs Bett fallen, da er die Lust verloren hatte, seinen Kumpel aufzuziehen. Eine Zeitlang betrachtete er seine Zehen, die aus hoffnungslos verschlissenen Sokken hervorlugten. „Wenn ich die heute Nacht an den Kamin hänge", sagte er laut, „wird der Weihnachtsmann ganz schöne Schwierigkeiten haben, da was reinzustecken."

„Was hast du gesagt?", fragte Michael, der aus dem Bad kam.

„Ich habe gesagt, dass der Weihnachtsmann wohl in meinen Strumpf nichts reinkriegen wird."

Michael schnaubte und zog die Nase kraus. „Das würde er sowieso nicht wollen."

„Jetzt weiß ich auch endlich, warum er Pfeife raucht. Er benutzt aromatischen Tabak", sagte David schläfrig.

„Hatte auch schon vorgehabt, das Thema anzuschneiden, Blechmann." Michael öffnete seine Kommodenschublade und nahm ein rotes Päckchen heraus. Er warf es David zu, der es mit der linken Hand auffing und unverwandt ansah.

„Soll ich raten, oder soll ich es gleich aufmachen?"

„Aufmachen. Heute feiern wir doch einen besonderen Abend, nicht? Du kannst doch nicht in löchrigen Socken zu Ellie gehen."

„Erzähl mir nicht, dass es eine neue Brieftasche mit Fünfzig-Dollar-Noten ist."

David legte sich das Päckchen auf die Stirn. „David sieht alles, weiß alles", sang er. „Ein neues Patent aus dem Jahre 1947 ... ah, nein, nein – jetzt sehe ich es ..." Er riss das Papier auf. „Ein brandneues Paar schwarz-rote Socken! Toll!", lachte er ehrlich erfreut. „Fantastisch!"

„Frohes Chanukkah!", meinte Michael errötend. „'s ist nich' viel, aber wenn jemand 'ne Kleinigkeit brauch' ..."

„Sieh mal in meiner obersten Schublade nach", wies ihn David an. „Da ist auch eine Kleinigkeit für dich. Unter meinen T-Shirts in dem grünen Papier."

„Oh, du sollst doch nicht!" Michael zog ein dünnes Päckchen hervor.

„Öffne es lieber gleich, Vogelscheuche. Ich meine, zugegeben, du musst deinem Namen Ehre machen. Aber ich schwöre, ich habe noch nie jemanden gesehen, der Flicken auf seinen Boxershorts hatte."

„Das kommt daher, dass ich mir beim Fliegen vor lauter Angst die Hosen durchscheuere." Michael öffnete lachend das Päckchen, das nicht nur eine, sondern gleich drei Unterhosen mit Herzmuster enthielt. „Nein, das solltest du wirklich nicht."

„Hab' sie in Rom gekauft. Die Dame hat sogar deine Initialen draufgestickt."

„Ja?" Michael besah sich die Hosen genau. „Mensch, Blechmann, danke. Du hast wirklich ein Herz." Er deutete auf die Herzen und lachte dabei leise über sein Wortspiel.

„Tja, immerhin, frohe Weihnachten, wenn auch ein bisschen früh, nicht?"

„Danke." Michael faltete die Hosen fein säuberlich zusammen und legte sie liebevoll in seine oberste Schublade. David nahm seine Socken und drehte sich mit einem glücklichen Seufzer auf die andere Seite. Dabei dachte er an das Geschenk, das er eingepackt und in seiner Reisetasche verstaut hatte. Er hoffte, dass Ellie den Brief, den er ihr schickte, gelesen hatte und dann wissen würde, dass es ihm ernst war mit dem, was er ihr in jener Nacht im Flugzeug über Jerusalem gesagt hatte. „Das wird heute ein ganz besonderer Abend", dachte er, während er die Augen schloss und langsam einschlummerte.

28. Heiligabend

Die Eingangshalle der „Palestine Post" hatte eine gewisse Ähnlichkeit mit der jener kleinen Zeitung in Glendale, Kalifornien, bei der Ellie im Sommer gearbeitet hatte. Der Boden wies ein geometrisches Muster aus quadratischen Fliesen auf, von denen einige fehlten oder abgebrochene Ecken hatten. Der lange Tresen aus Mahagoni, der den Eingangsbereich vom Sekretariat trennte, war durch jahrelangen Gebrauch speckig geworden. An der Wand hingen einige Auszeichnungen neben gerahmten Kopien von Artikeln der „Palestine Post", die bedeutende Ereignisse aus der Geschichte Palästinas behandelten. Fotografien von Männern wie Theodor Herzl, der den Zionismus zu einem Begriff gemacht hatte, hingen zwischen weiteren jüngeren Datums, die David Ben-Gurion zeigten, wie er in der Nacht der Teilung die Volksmenge mit erhobenem Arm grüßte. An den überladenen Schreibtischen tippten drei Männer und eine Frau geschäftig auf Schreibmaschinen, denen man ansah, dass der Zahn der Zeit seine Spuren auf ihnen hinterlassen hatte.

Die Frau war die einzige, die aufsah, als Ellie und Rachel eintraten. Sie fuhr jedoch sogleich mit ihrer Arbeit fort, als Ellie eine Ausgabe der Zeitung des Tages vom Stapel auf dem Tresen nahm und die Titelseite überflog. Die Überschriften fielen nicht aus dem Rahmen des Gewohnten, da sie von nichts Vordringlicherem zu berichten hatten als von der fehlenden Telefonverbindung zwischen den arabischen und jüdischen Gebieten der Stadt. „Die Welt hat sich wieder den Ärgernissen des täglichen Lebens zugewandt", dachte Ellie. Einen gravierenden Unterschied zwischen der „Palestine Post" und dem „Glendale Herald" gab es allerdings: Der „Glendale Herald" befand sich nicht inmitten eines Kriegsschauplatzes.

Ellie räusperte sich und setzte dann ihre leere lederne Kameratasche schwungvoll und mit einem dumpfen Knall auf den Tresen.

Die Frau am Schreibtisch sah auf. „Kann ich Ihnen behilflich sein?"

„Ich bin Judith", wiederholte Ellie die Worte, die ihr Mosche am Tage zuvor aufgetragen hatte. „Ja", entgegnete die Frau erfreut und fügte, genau wie Mosche vorausgesagt hatte, hinzu: „Sie kommen früh".

„Meine Uhr geht immer ein bisschen vor", war Ellies vereinbarte Antwort auf diese Bemerkung.

Daraufhin erhob sich die Frau hinter dem Schreibtisch, öffnete die hüfthohe Schwingtür, die in den Tresen eingelassen war, und trat zur Seite, um Ellie und Rachel durchzulassen. Dann geleitete sie die beiden wortlos zu einer Tür mit einer Milchglasscheibe, die den Weg zu einer Treppe freigab, die in den Keller hinunterführte. „Gehen Sie bitte bis ganz hinten durch. In die Dunkelkammer. Er erwartet sie." Kaum schickten sich Ellie und Rachel an, die Treppe hinunterzugehen, als die Frau die Tür wieder hinter ihnen schloss.

Als sie den Keller betraten, schallte ihnen zur Begrüßung das ohrenbetäubende Knallen und Klappern der Druckerpresse entgegen. Räder und Stangen fuhren stampfend vor und zurück, wobei jedesmal das schwere Druckklischee rhythmisch auf das Papier knallte. Ein junger Mann mit Lederschürze und Druckerschwärze im Gesicht überwachte die Presse. Als er aufsah, deutete er lächelnd mit dem Daumen zu der Tür mit der Aufschrift ‚Foto-Labor'.

Ellie klopfte an und drehte dann einfach den Türgriff, da sie überzeugt war, dass das Klopfen im Lärm der Druckerpresse untergegangen war. Sie betrat das Labor, dessen Wände aus Ziegeln gemauert waren und das sich in einem chaotischen Zustand befand. Laute Musik, die Ellie sofort als die Ouvertüre von 1812 mit ihrem Kanonendonner erkannte, dröhnte ihnen zur Begrüßung von einem Grammophon mit Handkurbel entgegen.

Ein dünner kleiner Mann, der nur noch einen Haarkranz auf dem Kopf hatte, saß auf einem dreibeinigen Hocker vor einem Arbeitstisch und war intensiv mit etwas beschäftigt. Hinter ihnen verlangsamte sich jetzt das Donnern der Druckerpresse zu einem Quietschen und verstummte dann mit einem abschließenden Knall. Die Ouvertüre dröhnte jedoch weiter.

Ich bin Judith!", schrie Ellie gegen den Lärm der Musik an. Der kleine Mann hob zunächst den Kopf, als hätte er etwas gehört, beugte sich dann jedoch wieder über seine Arbeit.

Ellie versuchte es noch einmal. „*Ich bin Judith!*"

Der Mann drehte sich auf dem Hocker um. Seine Augen leuchteten auf, als er die beiden Frauen an der Tür stehen sah. Er erhob sich und ging zum Grammophon. „*Sie kommen früh!*", rief er als Antwort.

Ellie holte tief Luft. „*Meine Uhr*", begann sie, während der Mann die Nadel von der Platte nahm und Stille einkehrte. Sie senkte ihre Stimme. „Meine Uhr ..."

„Ja, ich weiß. Sie geht ein bisschen vor", beendete er gutgelaunt den Satz. „Also. Setzen Sie sich, Miss Warne. Und Sie sind Miss Lubetkin, nu?" Er zog zwei Hocker zum Arbeitstisch und verschwand dann im Raum nebenan. Die beiden Mädchen sahen sich verwirrt an. Ellie hatte das Gefühl, von der vorhergehenden Geräuschkulisse taub geworden zu sein. Gleich darauf brachte der Mann einen großen Karton, den er vor ihnen absetzte, bevor er sich auf seinem Hocker niederließ.

„Bisschen geräuschvoll hier, nicht?", fragte Ellie.

„Ein notwendiges Übel", meinte er lächelnd. „Wissen Sie, falls wir uns unvorsichtigerweise mal selbst in die Luft jagen, wäre es nicht gut, wenn die Briten der Quelle des Geräusches nachgingen. Sie verstehen." Er zog eine metallene Filmdose aus der Tasche und hielt sie hoch. „Eine ganz gewöhnliche Filmdose, nicht wahr?" Er schraubte den Deckel auf und zeigte Ellie den Film in der Hülle. „Das ist ein Film, ja?" Er gab ihr die Hülle und tippte dann auf den Boden der Filmdose. „Sprengkapseln. Zum Sprengen, verstehen Sie", erklärte er triumphierend.

Ellie nickte, während er die Sprengkapseln wieder sorgfältig in die Hüllen steckte. „Jetzt verstehe ich, warum Sie sich für die Ouvertüre von 1812 entschieden haben."

„Ja, Sie müssen gut aufpassen. Die Blitzlichtbirnen –." Er hielt eine normal aussehende Blitzlichtbirne hoch. „Ich muss Ihnen leider sagen, dass der Blitz Ihr Bild ruinieren würde, wenn Sie sie fallen ließen." Er lächelte stolz. „Auch Ihre Kamera ist geladen."

Ellie schluckte mühsam. „Das ist also so eine Art Knallfrosch, was Sie hier fabrizieren, Herr Professor."

Er legte die Birne vorsichtig wieder hin und schlug sich zufrieden mit den Händen auf die Oberschenkel. „Für den Tag der Unabhängigkeit", sagte er. „Ich werde Ihnen beim Packen Ihrer Tasche behilflich sein. Die Engländer an den Toren werden Sie nicht behelligen. Falls Sie von arabischen Militärpatrouillen angehalten werden sollten, bevor Sie das jüdische Viertel erreichen, tun Sie sich den Gefallen und gehen Sie ein paar Schritte zurück, wenn sie darauf bestehen, Ihre Tasche zu durchsuchen. Denn was Sie bei sich tragen, wird dann zweifellos etwas früher als geplant seiner Bestimmung zugeführt werden, wenn die Kontrolleure mit dem Inhalt nicht sorgfältig umgehen."

„Das Zeug könnte also auch mich in die Luft jagen?", fragte Ellie behutsam.

Er schaute sie verärgert an. „Aber ja, wenn Sie nicht aufpassen."

Ellie seufzte und meinte dann mit einem resignierten Lächeln: „Dann ist es also gefährlich."

„Womit haben Sie denn gerechnet? Mit Tee und Plätzchen?"

„Ich weiß nicht, womit ich gerechnet habe. Aber das hier ist ganz gewiss mehr als ich erwartet habe."

„Gut. Gut." Er setzte die Kameratasche lächelnd auf den Tisch. „Dann wünsche ich Ihnen eine gute Reise und viel Glück, meine Liebe." Er begann die versteckten Sprengkörper mit einer Vorsicht einzupacken, dass Ellie das Gefühl bekam, ihre Kehle sei plötzlich wie zugeschnürt.

Als sie die Bäckerei an der Kreuzung zwischen der King George Avenue und dem Julian Way betraten, war Ellie bemüht, die Kameratasche zwar mit der gebührenden Vorsicht zu tragen, aber dabei möglichst nicht durch unnatürliches Verhalten aufzufallen. Vor der Ladentheke drängte sich eine beträchtliche Anzahl von Frauen, die für die Feiertage einkauften und die den zwei abgehetzten, geschäftig hin und her laufenden Verkäuferinnen ihre Bestellungen zuriefen, die diese dann wiederum gereizt in den hinter ihnen gelegenen Raum weiterleiteten.

„Das erinnert mich an einen Ausverkauf in Saks Fifth Avenue!",
rief Ellie Rachel zu, während beide ihren Platz am Ende einer langen Schlange einnahmen. Als sie nach zwanzig Minuten Wartezeit
an die Reihe kamen, sah eine der Verkäuferinnen, deren Haar streng
zu einem Knoten zusammengefasst war, Rachel mit strengem Blick
an und fuhr sie ungehalten an, als sie noch zögerte: „Na, Beeilung,
Beeilung! Es sind noch andere da, die warten!"

„Ich heiße Judith", wiederholte Rachel das Codewort.

„Sie kommen früh", brummte die Frau.

„Meine Uhr geht ein bisschen vor."

„Tja, ich weiß nicht, ob Ihre Bestellung schon fertig ist." Die
Verkäuferin wandte sich um und rief in den angrenzenden Raum:
„Die Bestellung für Judith!"

Einen Augenblick später erschien eine große Einkaufstüte am Fenster hinter der Verkäuferin. Zwei Laibe Chahah, dem heiligen Brot,
sahen aus der Tüte heraus. Als die Frau ungestüm danach griff,
zuckte Ellie unwillkürlich zusammen, da sie nicht wusste, womit
das Brot wohl „gewürzt" war. Kaum hatte es die Verkäuferin Rachel
schwungvoll über die Theke gereicht, als diese auch schon Anstal-
ten zu gehen machte und „Danke!" durch das Stimmengewirr rief.

„Sie haben noch nicht bezahlt!", rief die Verkäuferin.

Rachel erbleichte. Sie hatte nicht daran gedacht, dass sie die Back-
waren um des äußeren Eindrucks willen würde bezahlen müssen.
„Wieviel kostet es?", fragte sie und wühlte in ihrer Tasche.

„Lass mich das machen." Ellie trat schnell hinzu und zählte etwas
Kleingeld auf die Theke. Rachel, die überhaupt kein Geld hatte,
seufzte erleichtert auf; sie merkte, wie Ellie gleichzeitig ihre Kameratasche vor einer kräftigen Frau zu schützen versuchte, die sich hinter sie drängte.

Rachel hielt ihre Einkaufstüte wie ein Kind fest in den Armen,
während sie sich langsam aus dem stickigen kleinen Laden heraus-
schoben. „Na, ich muss schon sagen, Mosche!", entfuhr es Ellie.
„Uns bezahlen zu lassen!" Sie schüttelte entrüstet den Kopf. „Ich
werde einen Gutschein beantragen, und dann kann er mir das Geld
zurückzahlen."

Ihre nächste Station, nur drei Blöcke weiter, war ein kleines Bekleidungsgeschäft in der King George Street. Als sie die Tür öffneten, klingelte die Türglocke, und eine Frau von ungefähr siebzig Jahren kam aus dem Raum hinter dem Laden. Sie hatte graue Haare und trug ein maßgeschneidertes Burgunderkostüm nach der neuesten Mode. „Ach, du liebe Zeit", sagte sie in einem eleganten österreichischen Akzent. „Kunden. Kann ich Ihnen behilflich sein?"

„Mein ... Name ... ist ... Ju-dith", sagte Ellie sehr langsam und deutlich.

„Sie kommen früh." Der Akzent der Frau war mit einem Mal verschwunden.

Rachel und Ellie sahen sich amüsiert an. „Unsere Uhren gehen vor", erwiderte Ellie.

Die alte Dame hängte ein Schild mit der Aufschrift „Zum Essen gegangen" ins Fenster und verschloss dann die Ladentür. Sie führte die beiden in den Keller und verwandelte dort die schlanken und gut angezogenen jungen Damen in eineinhalb Stunden in nachlässig gekleidete, rundliche Matronen, bei denen Kugeln und Granaten geschickt zwischen verschiedenen Lagen unförmiger Kleidung und in ausgestopften Büstenhaltern verborgen waren.

„Die Hauptsache, meine Lieben", sagte die Frau, als sie zur Tür hinauswatschelten, „ist, so aufzutreten, dass die Männer gar nicht erst das Bedürfnis haben, Sie zu durchsuchen. Und ich glaube, das habe ich erreicht." Sie schloss lächelnd die Tür hinter ihnen und zog das Rollo hoch, als sie hinausgingen.

Sowohl Ellie als auch Rachel keuchten schwer, als sie schließlich zu Hause ankamen. Ellie wischte sich den Schweiß von der Stirn, nachdem sie ihre Last vorsichtig auf dem Sofa in der Eingangshalle abgesetzt hatten. Onkel Howard, der gerade zur Tür hereinschaute und sie nur von hinten sah, stammelte laut und mit unmissverständlicher Empörung in seiner Stimme: „Ich m-m-m-uss doch sehr bitten!"

Sie drehten sich erschrocken um, und Ellie machte ihrem erstaunten Onkel verlegen und augenzwinkernd ein Zeichen mit der Hand. „Juhuuuu."

„Um Himmels willen, Mädchen!", polterte er los. „Was haben sie denn mit euch gemacht?"

Ellie warf einen prüfenden Blick auf die gestreiften Gewänder, die er im Arm hielt: „Und was machen sie mit dir?"

„Ich gehe als Araber. Das werfe ich mir über, sobald ich am Mamillah Friedhof angelangt bin. Dann gehe ich auf die andere Straßenseite und betrete arabisches Gebiet, und das ist alles."

„Und wann gehst du los?" Ellie empfand plötzlich Besorgnis und einen inneren Widerwillen gegen das gesamte Unternehmen.

„Jetzt sofort." Howard merkte die plötzliche Panik in ihren Augen und ging auf sie und Rachel zu. „Aber zuerst sollten wir, glaube ich, diese Nacht und uns selbst in Gottes Hände legen, Kinder." Er streckte seine Arme aus und legte seine Hände mit sanftem Druck auf die Schultern der beiden.

„Guter Gedanke", meinte Ellie und neigte ihren Kopf. „Weil ich selbst gar nicht weiß, was ich tue."

Howard senkte seinen Kopf und schloss die Augen. Rachel tat verlegen dasselbe, und Howard spürte, wie sie sich verkrampfte, während er betete. „Lieber Gott, wir bitten dich, heute Nacht mit uns zu gehen. Halte uns sicher in deinen liebenden Händen! Wache über alle unsere Gedanken und Taten, und führe uns wieder nach Hause! Wir bitten dich im Namen deines Sohnes, der für uns gestorben ist. Amen."

„Amen", wiederholte Ellie und umarmte Howard. „Sei vorsichtig, du alter Teddybär", ermahnte sie ihn.

Rachel sah befangen zur Seite.

Howard küsste Ellie aufs Haar. „Seid ihr auch vorsichtig", meinte er. „Ich habe das Gefühl, als ob ich gerade ein Gürteltier umarmt hätte. Was hast du da drunter?"

„Wir sehen so aus, damit niemand das Bedürfnis hat, uns zu durchsuchen."

„Das wird ein umwerfender Erfolg sein, das versichere ich euch." Er straffte sich entschlossen und wandte sich dann abrupt ab. „Tja, ich muss jetzt gehen. Morgen früh treffen wir uns hier wieder. Wenn wir aber vor Tagesanbruch nicht zurück sind ..."

„Wenn ihr vor Tagesanbruch nicht zurück seid, was dann ...?"
Ellie sah ihn beunruhigt an.

„Dann schickt Schützenwagen." Er fasste ihr kurz unters Kinn
und eilte dann zur Tür hinaus, um Mosche zu treffen.

* * *

Gerhardt öffnete bereits das zweite Zigarettenpäckchen an diesem
Tag und warf das Cellophan aus dem Fenster des Militärlasters, der
den Bab El Wad hinaufkroch. Der hagere englische Deserteur hinter dem Steuer schaute ihn entsetzt an.

„Verflucht! Du willst doch wohl das Ding nich' hier drinn'n
rauch'n, oder?" Er wischte sich die Schweißperlen von der Stirn, als
Gerhardt die Streichhölzer aus der Tasche nahm. „In dies'm Laster
is' genug Sprengstoff, um halb Jerusalem ins Jenseits zu jag'n!"

Gerhardts Augen verengten sich, und er beugte sich lächelnd vor,
um das Streichholz am Armaturenbrett anzuzünden – nur Zentimeter von der Stelle entfernt, wo die Zündschnur aus dem Metall-
rohr herausschaute. „Nur die jüdische Hälfte."

Der Deserteur fluchte und tastete mit der Hand zum Türgriff.
„Wenn de das noch mal machst, Mann, dann kannste dir'n neu'n
Fahrer such'n!"

Gerhardt warf seinen Kopf lachend zurück und sog den schweren
Rauch tief ein. „Zwei Lastwagen, voll mit Sprengstoff und von englischen Deserteuren gefahren, deren Hass auf die Juden fast so groß
war wie sein eigener – der Plan ist narrensicher", sinnierte er. Es
würde vielleicht der größte Triumpf in seiner Laufbahn sein.

* * *

Es war immer noch über eine Stunde Zeit, bevor der Bus der Linie
Zwei vom Zion-Tor abfahren würde.

Rachel bereitete Jakov noch schnell eine Mahlzeit aus dünnen
Brotscheiben, bestrichen mit Weichkäse und Marmelade.

„Sie sind eine gute Köchin", begann Jakov versuchsweise eine

Unterhaltung mit ihr. Er zupfte an seiner Augenklappe und biss dann noch einmal ins Brot.

„Meine Mutter hat auch immer solche kleinen Butterbrote für mich gemacht", erklärte Rachel. „Mit Marmelade aus wilden Brombeeren. Wir sammelten die Beeren selber, weißt du ..." Sie konnte nicht mehr weitersprechen, als sie daran dachte, wie sie einmal am Ufer eines breiten Flusses gepicknickt hatten und wie die Sonne durch die grünen Zweige des Baumes über ihnen geschienen hatte.

„Sehr gut." Jakov stopfte sich den Mund voll.

„Wenn du fertig bist, stelle bitte das Geschirr in das Spülbecken", trug sie ihm auf, immer noch verstört und gedanklich bei den Erinnerungen, die sie so oft bedrängten. Eine Weile stand sie mit dem Rücken gegen die Anrichte gelehnt und sah zu, wie Jakov zufrieden seine Mahlzeit verzehrte. Wie oft hatte sie denselben Ausdruck auf den Gesichtern ihrer Brüder gesehen, wenn sie eilig ihr Essen verschlangen, dann ihre Bücher zusammensuchten, sich zappelnd von Mama ihre Jarmulken glattstreichen und die Jacken anziehen ließen! Dann knallten sie die Tür zu und waren an der Häuserreihe entlang zum Unterricht in die Synagoge gerannt.

Rachel schluckte schwer und ging wortlos in ihr Zimmer, um dort ungestört zu sein. Sie wusste, dass sie sich in einer knappen Stunde in den Straßen der Altstadt befinden würde. Vielleicht würde sie sogar am Hause ihres Großvaters vorbeigehen, und er würde nicht einmal wissen, wer sie war. „Es ist unfair von Mosche", dachte sie, „dass er mir nicht einmal erlaubt hat, ihn wenigstens fünf Minuten zu sehen, sein Gesicht zu berühren und zu wissen, dass ich nicht allein auf dieser Welt bin." Aber Mosche musste wohl gewusst haben, dass die Zeit nicht reichen würde, all die Dinge zu erzählen, die sie dem alten Mann sagen wollte. Fünf Minuten, eine Stunde, selbst ein Tag wäre nicht genug.

Ellie klopfte an und schaute ins Zimmer. „Ich nehme meine 35mm-Kamera mit, für den Fall eines Falles ..." begann sie, brach jedoch sofort ab, als sie an Rachels Augen merkte, dass etwas nicht stimmte. „Was ist los?", fragte sie und setzte sich neben sie aufs Bett. „Hast du Angst?"

Rachel schüttelte den Kopf. „Oh, nein!", rief sie aus.

„Machst du dir vielleicht wegen irgendetwas Sorgen?", fragte Ellie geduldig weiter, da sie nicht zu den Menschen gehörte, die leicht aufgeben, obwohl sie natürlich überlegte, ob sie sich überhaupt in Rachels Angelegenheiten einmischen sollte.

„Ich habe ...", Rachel versuchte ihrer Stimme Festigkeit zu verleihen, „Heimweh", schloss sie.

Ellie nahm sie kurz in den Arm. „So kurz vor dem Ziel? Du weißt doch, dass wir noch vor Einbruch der Dunkelheit wieder draußen sein müssen, und der Captain kommt erst um vier zum Dienst ans Tor. So haben wir nur eine Stunde Zeit, um die Sachen abzuliefern, Rachel. Vielleicht ein wenig länger. Glaubst du, wir können die Sachen abliefern und gleichzeitig noch deinen Großvater ausfindig machen?

Und ihr hättet dabei noch Zeit genug, wieder miteinander vertraut zu werden?"

„Du hast natürlich Recht." Rachels Stimme klang wieder ruhig. „Ihn wieder zu sehen und nicht bleiben zu können, wäre eine Qual."

„Die einzigen, die in die Altstadt gehen und bleiben dürfen, sind Männer. Und Mosche hat schon genug Schwierigkeiten, sie mit Nahrung zu versorgen. Aber es tut mir natürlich trotzdem Leid für dich."

„Es ist dumm und egoistisch von mir. Ich muss warten, wenn ich Mosche damit bei seiner Aufgabe helfen kann. Aber ich habe gehört, dass mein Großvater nicht einmal weiß, dass ich lebe. Man kann ihm keine Nachricht überbringen. Wenn es nur eine Möglichkeit gäbe, während wir in der Altstadt sind ..."

Ellie zog ihre Stirn kraus, und sie biss sich nachdenklich auf die Lippe. „Tja, es besteht schon die Möglichkeit, dass wir ihm irgendwo eine Nachricht hinterlassen. Hast du dich schon einmal mit Jakov darüber unterhalten?"

„Nein. Wozu ...?"

„Der Junge kommt doch aus der Altstadt. Es kann doch dort nicht so viele alte Rabbis geben. Vielleicht kennt er ihn. Oder zumindest jemanden, der ihn kennt. Ich sage dir doch immer wieder,

Rachel, rede mit ihm! Er spricht sogar polnisch!" Ellies Enthusiasmus war stark mit Gereiztheit vermischt, und Rachel schämte sich, weil sie immer noch zögerte, sich mit dem Jungen zu unterhalten. „Er ist jetzt drei Tage hier. Um Himmels willen, tu's doch endlich, Rachel! Du sitzt hier herum und bemitleidest dich selbst, und hast seit drei Tagen kein Wort mit dem einzigen Menschen gewechselt, der dir vielleicht Antwort auf deine Fragen geben könnte."

Rachel schaute weg, da ihr Tränen in die Augen stiegen. „Bist du jetzt böse mit mir?", fragte sie, voller Furcht, ihre einzige Freundin zu verlieren.

„Böse?", erwiderte Ellie laut. „Du machst wohl Scherze? Ich glaube nur, dass wir beide ein bisschen beschränkt sind, weil wir erst jetzt an diese Möglichkeit denken." Sie verdrehte hilflos die Augen, als Rachel eine Träne die Wange hinunterlief. Rachel lächelte erleichtert.

„Ich dachte schon, du wärst böse."

„Nein. Nur laut. Das ist mein irisches Erbgut." Sie tätschelte Rachels Hand. „So. Jetzt habe ich alles gesagt, und was schlägst du nun vor?"

„Mit dem Jungen zu sprechen?"

„Genau. Mit Jakov."

„Mit Jakov." Rachel stand auf und wischte sich die Tränen ab. Dann ließ sie Ellie auf dem Bett sitzend zurück und ging wieder in die Küche.

Jakov war gerade dabei, die Marmelade von seinen Fingern zu schlecken, wie es eine zufriedene Katze nach beendeter Mahlzeit tut. „Ist es Zeit zu gehen?", fragte er abenteuerlustig.

„Nein", erwiderte Rachel leise und füllte den Teekessel, obwohl sie gar nicht unbedingt Tee trinken wollte. „Kleiner Junge –", begann sie zögernd.

„Ich bin nicht mehr so klein, wissen Sie. Ich bin schon zehn", entgegnete er trotzig.

„Jakov", begann sie wieder. „Du weißt, dass ich einen Großvater in der Altstadt habe, woher du auch kommst. Man hat mir gesagt, dass –"

„Nein, das wusste ich nicht." Er faltete seine Hände auf dem Tisch und sah sie mit neuem Interesse an.

„Nein, das wusstest du wohl nicht." Sie stellte den Kessel auf den Herd und machte, aus Angst, ihn fragen zu müssen, zunächst Feuer. „Was ist, wenn er nicht helfen kann?", dachte sie. „Ja, so ist es. Und ich bin lange Zeit fort gewesen."

„Sie waren in einem Lager?", fragte Jakov.

„Ja."

„Das dachte ich mir schon. Nur, dass Ihr Haar lang und schön ist. Ich dachte, sie rasierten den Frauen die Köpfe in den Lagern."

Rachel überkam wieder diese plötzliche Angst. Wie betäubt drehte sie sich um und wollte zur Tür gehen. In diesem Augenblick betrat Ellie die Küche und hielt sie, bei den Händen gefasst, an.

Beschämt senkte Rachel ihren Kopf. Ellie hob ihr Kinn und sah ihr direkt in die Augen. „Du musst leben, und dann kannst du jetzt damit anfangen", meinte sie sanft. „Setz dich."

„Habe ich etwas Schlimmes gesagt?", fragte Jakov.

„Nein, Jakov", erwiderte Ellie, während Rachel sich zu ihm an den Tisch setzte. „Du hast recht, Rachel hat wirklich wunderschönes Haar. Aber darüber wollten wir uns eigentlich nicht unterhalten." Sie setzte sich neben ihn. „Weißt du, Rachels Großvater weiß gar nicht, dass sie lebt. Er weiß es einfach nicht. Verstehst du?"

„Aber warum nicht?", wollte Jakov erstaunt wissen.

„Weil Rachel lange Zeit fort gewesen ist. Wir dachten, wenn wir ihm irgendwie eine Nachricht überbringen könnten ..."

„Hat der Großvater noch mehr Familie?", fragte Jakov.

„Nein." Rachel sah ihn an. „Ich bin die letzte."

„Dann ist es sicher wichtig, dass er die Nachricht bald bekommt." Er schob seine Unterlippe vor. „Alleine zu leben kann einem das Herz brechen. Das sagt mein Großvater immer."

„Er hat Recht." Ellie legte beruhigend die Hand auf Rachels Arm.

„Rabbis wissen solche Dinge", sagte Jakov stolz.

Rachel begann zu strahlen. „Mein Großvater ist auch Rabbi."

„Dann werden sie sich sicher kennen!" Jakovs Worte überschlugen sich vor Aufregung. „Wie heißt er denn?", fragte er.

„Rabbi Lebowitz", erwiderte sie.

Ellie schnappte nach Luft, und Jakov runzelte die Stirn. „Schlomo Lebowitz?", fragte er neugierig.

„Dann kennst du ihn?" Rachel griff freudig über den Tisch nach seiner Hand, zog sie dann jedoch schnell wieder zurück, als sie Jakovs ungläubigen, entsetzten Gesichtsausdruck bemerkte. „Ist er ... tot?", fragte sie.

„Nein", antwortete Jakov und hatte das Gefühl, ersticken zu müssen. Er beugte sich vor, betrachtete ihr Gesicht und versuchte sich an die Fotografie zu erinnern, die Großvater ihm vor langer Zeit gezeigt hatte. Das konnte doch nicht seine Schwester sein, das konnte einfach nicht sein! „Rabbi Lebowitz ist mein Großvater!"

„Dann seid ihr miteinander verwandt?", stammelte Ellie und schaute von einem zum anderen. Bei beiden entdeckte sie jetzt die gleiche sanfte Rundung des Kinns, das ein kleines Grübchen aufwies, sowie die gleichen lebhaften, unglaublich blauen Augen.

Rachels Gesicht war bleich geworden, aber ihre Augen leuchteten vor Freude. Sie streckte ihre Hand behutsam nach Jakovs Gesicht aus. „Ich habe sonst keine Verwandten", flüsterte sie.

„Ich auch nicht", versicherte Jakov, der schließlich dem klaren Blick der Schwester Glauben schenkte, die er niemals gekannt, sondern deren Bild er nur auf einer brüchigen, vergilbten Fotografie gesehen hatte.

„Du bist Jani?", fragte Rachel ungläubig, während sie sein Gesicht mit zitternden Fingern liebkoste. „Jani Lubetkin?"

„Jani. Ja, ich bin Jani. Obwohl mein Großvater mich schon seit Jahren nicht mehr so nennt." Die Worte sprudelten aus ihm hervor. „Und ich hatte auch vergessen, dass meine ältere Schwester einen Namen hatte. Ich hatte deinen Namen vergessen." Er fing an zu weinen, und seine schmalen Schultern wurden von leisen Schluchzern geschüttelt.

Rachel ging zu ihm, schlang ihre Arme um ihn und wiegte seinen Kopf in ihren Armen. „Baby Jani, nicht weinen. Oh, Jani! Ich bin deine Schwester, deine verlorene Schwester. Ich bin Rachel."

29. Chanukkah-Geschenke

Mosche rückte das Kopfband seiner Keffijah zurecht. Es war ihm fast zu warm unter den schweren schwarz-braun gestreiften Wollgewändern, die er trug, aber er wusste, dass er dankbar für die Wärme sein würde, wenn erst die Nacht hereingebrochen war. Die kleine Eselin, die er an einer Strickleine führte, stieß ihn sanft mit ihrer Nase an. Mosche kraulte sie hinter den Ohren und hielt auf der Bethlehem Road ungeduldig nach Howard Ausschau, der sich hier mit ihm innerhalb der nächsten Stunde treffen wollte. Mosche hatte seine Uhr in seiner Wohnung gelassen, aus Angst, sie könnte verraten, dass er kein Beduinennomade war. Jetzt wüsste er gerne die genaue Uhrzeit. Er suchte den Himmel über dem Kraftwerk ab, das sich neben den Schienen und der Straße befand; beide führten tief in arabisches Gebiet hinein. Der Nachmittag war schön und wolkenlos. – „Voller Hoffnung", dachte Mosche, während er die wenigen christlichen Pilger beobachtete, die auf ihrem Weg nach Bethlehem zur Anbetung an ihm vorübergingen.

Mosche wusste, dass die Straße normalerweise an diesem besonderen Tag von Menschen wimmelte, die zur Geburtsstätte Christi pilgerten. Aber in diesem Jahr waren die Massen auf einige wenige Fromme zusammengeschrumpft. Die Beduinen, die er und Howard in dieser Nacht treffen sollten, hatten jedoch in einer Beziehung Recht behalten – niemand schien ihn oder die kleine Eselin zu beachten. Heute konnten sie sich zu Moddy Elarams Laden begeben, ohne dass sie von einem Panzerfahrzeug und einer Brigade Haganah-Soldaten begleitet werden mussten. Aber dies war zweifellos für viele Monate ihre letzte Reise in dieses Gebiet. Er schirmte seine Augen gegen die helle Nachmittagssonne ab und suchte unter den Gesichtern nach dem vertrauten Anblick von Howards heiterem Lächeln unter einer arabischen Keffijah. „Ich hätte bei der verlassenen Windmühle von Montefiori auf Howard warten sollen", dachte Mosche beunruhigt. Zumindest lag diese am Rande des jüdischen Gebietes. Man hatte ihn warnend daran erinnert, dass arabische Heckenschützen in diesem Gebiet am Werke waren. Aber in ihrer jetzigen Aufmachung mussten sie wohl eher befürchten, von der Haganah erschossen zu werden. Nur rund vierhundert Meter von Montefiori entfernt, den Julian Way hinunter und am Bahnhof vorbei, befand sich Mosche bereits tief in feindlichem Gebiet. Er hoffte, dass Howard nicht aufgehalten worden war oder überhaupt verhindert war zu kommen. Sie würden noch eine ziemlich lange Strecke zu Fuß zurücklegen müssen, bevor sie den Schutz von Elarams kleinem Laden erreicht hätten.

Eine tiefe Stimme hinter ihm schreckte Mosche aus seinen Gedanken auf: „Salaam, Professor Sachar."

Mosche drehte sich blitzschnell um und stand Howard gegenüber, der wie ein armer Hirte gekleidet war und sogar roch, als ob er eine Zeitlang unter Schafen gelebt hätte. Er grinste unverhohlen über Mosches Gesichtsausdruck. „Wo kommst du denn her?", fragte Mosche in fließendem Arabisch.

Howard antwortete ohne die Spur eines Akzentes. „Ich bin erst vor wenigen Augenblicken direkt an dir vorbeigelaufen. Hast du mich nicht erkannt?"

„Nein, aber ich habe dich bestimmt gerochen", meinte Mosche lachend.

„Wer wollte daran zweifeln, dass ich Schafe gehütet habe?" Er schlug Mosche auf den Rücken und nahm ihm den Strick ab, während er der kleinen Eselin nach arabischer Sitte zuschnalzte. „Und wenn wir wirklich wie echte Araber wirken wollen, Mosche, sollten wir beide auf den Rücken dieses armen kleinen Viehs klettern und es mit dem Stock nach Bethlehem treiben."

„Wenn wir uns müde gelaufen haben, vielleicht", erwiderte Mosche und ging hinter Howard her.

Ein kleiner Junge ritt auf den Schultern seines Vaters und klammerte sich mit seinen winzigen Händen an der schmalen Stirn des jungen Mannes fest. Ein kleines Mädchen beklagte sich wimmernd in den Armen seiner Mutter über den Staub der Straße. Die Mutter beruhigte das weinende Kind mit einem leise und liebevoll gesungenen Lied, das schon viele Mütter vor ihr seit Jahrhunderten ihren Kindern auf dieser Straße vorgesungen hatten.

„Und du, Bethlehem-Ephrathah, du kleinster unter den Gauen Judas, aus dir soll hervorgehen, der Herrscher in Israel werden soll; sein Ursprung ist in der Vorzeit, in unvordenklichen Tagen ..."

Die Melodie verbreitete sich von Gruppe zu Gruppe, bis das Echo schließlich von den unfruchtbaren Hügeln am Rande der alten Straße widerhallte.

„Ich glaube", sagte Howard, als das Lied zu Ende war, „dass schon Maria diese Worte gesungen hat, als sie sich nach Bethlehem begab, wo sie dann ihr Kind bekam."

Mosche meinte lächelnd: „Ich zweifle nicht daran, Howard. Es gibt wohl keine jüdische Mutter, die ihren Kindern dieses Lied nicht beibringt. Es stammt aus dem Buch des Propheten Micha, nicht wahr?"

Howard nickte und fühlte sich in einer Linie mit denen verbunden, die auf dieser Straße schon vor zweitausend Jahren gegangen waren. „Mosche, mein lieber Freund", sagte er schließlich. „Du kennst alle messianischen Prophezeiungen. Wir haben ja schon oft über sie gesprochen. Als Archäologe weißt du auch, wie die Prophezeiungen von den Juden des ersten Jahrhunderts aufgenommen worden sind."

Mosche nickte. „Natürlich."

„Und doch hast du mir bisher nie gesagt, warum du nicht an den Einen glaubst, der alle diese Prophezeiungen erfüllt."

Mosche schaute mit zusammengekniffenen Augen über den Pilgerzug und den Staub, der ständig um sie herumwirbelte. „Ich habe nie behauptet, dass ich nicht an Jesus glaube." Er richtete seine dunklen Augen auf Howard, und sie sahen sich in tiefem Einverständnis an. „Obwohl die Rabbis nicht glauben, dass er der Messiah war, leugnen nur die Unwissenden, dass er ein großer Prophet und ein Großer unter den Rabbis war."

„Dann erkläre mir, was du an ihm ablehnst", bat Howard, in dem ernsthaften Bedürfnis, ihn zu verstehen.

„Es ist die Meinung derer, die seit den ersten Jahrhunderten sein

Judentum geleugnet haben, die ich ablehne. Die Juden wissen bisher wenig von Jesus und möchten auch wenig von ihm wissen."

„Aber warum?"

Mosche schaute Howard ungläubig an. „Du bist ein intelligenter Mann, Howard. Du weißt doch ganz bestimmt, dass der Name Jesus für die Juden eine Geißel Gottes ist; der Teufel, in dessen Namen Kinder entzwei gerissen wurden, während ihre jüdischen Eltern in jeder spanischen Stadt bei lebendigem Leibe verbrannt wurden! Als die Kreuzritter jüdische Dörfer in Brand steckten, jüdische Häuser plünderten und jüdische Männer an den Dachsparren aufhängten, während sie ihre Frauen vergewaltigten, ist das nicht alles im Namen des Friedensfürsten geschehen?"

„Du wirst doch diese Dinge nicht mit ihm gleichsetzen wollen, Mosche?"

„Nicht ich, Howard. Aber nachdem eine Reihe von Juden mit Daumenschrauben und Streckbett dazu gezwungen worden waren, zum Christentum überzutreten, entstand in den jüdischen Ghettos des Mittelalters eine Sammlung von Legenden, genannt die ‚Toldos Jeschu', in denen sein Name verleumdet und seine Botschaft pervertiert wurde. Das ist nur konsequent, denke ich, nach den unaussprechlichen Dingen, die in seinem Namen eben dem Volk angetan wurden, dem er entsprang ..." Mosche runzelte die Stirn und schürzte die Lippen. „Der Geist der ‚Toldos Jeschu' ist immer noch lebendig, und für viele ist die Bezeichnung ‚Christ' ein Synonym für Angst."

„Die Inquisition ist doch lange vorbei. Ein scheußliches Verbrechen. Schrecklich."

„Für viele Menschen hat die Inquisition nie ein Ende gehabt." Mosche senkte seine Stimme. „In Europa haben wir noch nicht aufgehört, die Toten zu zählen. Und pferchen nicht unwissende Menschen, die sich Christen nennen, die Überlebenden immer noch in Lagern zusammen und jagen ihre Schiffe in die Luft? Ich habe Menschen sagen hören, dass die Christusmörder nichts Besseres verdienen."

„Du sprichst von Menschen, nicht von Jesus."

410

„Ich weiß, Howard. Ich bin gut vertraut mit den Lehren des gütigen Meisters." Ein trauriges Lächeln lag auf seinen Lippen, als sie ihren Weg fortsetzten. „Ich erzähle dir diese Dinge nur, damit du das Weitere begreifen kannst."

„Nicht jeder Christ leugnet, dass es sich bei den Juden um das Volk Gottes handelt."

„Die Namen derer, die ihr Leben riskiert haben, um Juden vor den Todeslagern der Nazis zu bewahren, sind in mein Herz gemeißelt. Ich empfinde keine Bitterkeit gegen Menschen, die sich Christen nennen – ich bin ihnen gegenüber nur sehr auf der Hut, mein Freund."

Howard seufzte. „Da fällt mir ein Zitat von Martin Luther ein. Mein Vater hat es oft erwähnt." Er stockte. „Augenblick, lass es mich richtig wiedergeben." Er rieb sich nachdenklich das Kinn und übersetzte die Worte ins Englische: „Unsere Narren, die Päpste, Sophisten und Mönche, haben sich bisher den Juden gegenüber in einer Weise aufgeführt, dass der, der ein guter Christ war, lieber ein Jude hätte sein wollen. Und wenn ich ein Jude gewesen wäre und hätte mitansehen müssen, wie solche Dummköpfe und Tölpel die Christenheit leiten und lehren, wäre ich lieber ein Schwein als ein Christ geworden, weil sie die Juden mehr wie Hunde denn als menschliche Wesen behandelt haben."

Mosche lachte leise in sich hinein. „Das hat er gesagt?"

„Ja."

„Nun, bravo! Gut gesagt, Rabbi, wirklich gut gesagt. Weißt du auch, welche Bedingung einem Juden von der Kirche auferlegt wurde, wenn er Christ werden wollte?"

Howard schüttelte den Kopf. „Nein."

„Er musste Schweinefleisch essen; nicht im Ernst, glaube ich. Aber er musste jedenfalls der koscheren Zubereitung der Speisen entsagen, wie sie das Deuteronomium vorschreibt. Nun frage ich dich: Kann ein Mensch nicht Christ sein und gleichzeitig die Kaschrut-Gesetze befolgen?"

„Ich sehe da keinen Hinderungsgrund", entgegnete Howard in gespielter Ernsthaftigkeit.

411

„Na gut, das war allerdings noch die geringfügigste Bedingung. Ein Jude hatte den heiligen Büchern abzuschwören und allen jüdischen Feiertagen und Festen zu entsagen. Was, frage ich dich, hat Jesus während des Passahfestes in Jerusalem gefeiert? Die Evangelien sind voll mit Festen, die vom Herrn zum Gesetz erhoben worden sind. Und selbst jetzt haben die Christen kaum einen blassen Schimmer davon, welche Bedeutung die damaligen Lebensverhältnisse in seinem Leben und in seiner Lehre hatten. Sie haben einen Nichtjuden aus Jesus gemacht."

Howards Augen glänzten vor Begeisterung über Mosches Ausführungen. In den gesamten acht Jahren ihrer Bekanntschaft hatte er ihn noch nie so viel über dieses Thema sprechen hören. „Aber er ist und bleibt Jude, nicht wahr, Mosche? Egal, was auch immer armselige und boshafte Menschen versucht haben, aus ihm zu machen."

„Ja. Er bleibt Jude." Mosche streckte sein Kinn entschieden vor. „Aber ich glaube, dass er zu allen Menschen kam, die ihn suchten. Wie ich in der messianischen Prophezeiung in Isaiah 53 gelesen habe, ist der Messiah gekommen, um in einem endgültigen Opfer unsere Sünden durch seine Wunden zu heilen. Er ist nicht zu einem Volk allein gekommen."

„Selbst wenn es nur einen einzigen Menschen auf der Welt gegeben hätte, der ihn und seinen Tod gebraucht hätte – er wäre gekommen. So groß ist Gottes Liebe."

„Als Jude kenne ich die Gesetze und habe mein Bestes getan, sie aus meinem Herzen heraus zu leben. In alter Zeit, bevor der Tempel zerstört wurde, opferte ein Mann ein Lamm als Buße für seine Sünden. Nach der Zerstörung des Tempels hatten wir die Gesetze immer noch, sündigten immer noch, aber es fanden keine Opfer mehr statt. Erst neulich, nachdem wir auf die Schriftrolle stießen, ging mir die Bedeutung von Isaiah 53 auf. Ich würde mich nie als Christ bezeichnen, aber ich verstehe jetzt, warum der Messiah in diese Welt gekommen ist. Und ich glaube, ich habe eine Wahrheit gefunden, die so alt ist wie das jüdische Volk selbst. Er will keine Opfer, er will unsere Herzen. Das letzte Opfer war das, das er für uns auf sich genommen hat. Jesus hat das jüdische Gesetz nicht aufgehoben, er hat es erfüllt." Er hielt inne und sah Howard an. „Kannst du das nachvollziehen?"

„Vollkommen. Aber warum bezeichnest du dich dann nicht als Christ, wenn du daran glaubst?"

„Habe ich dir nicht von der letzten Bedingung erzählt, die erfüllt werden musste, bevor ein Jude konvertieren konnte? Er musste sein Volk verleugnen und durfte niemals wieder mit seiner Familie sprechen. Er musste sich abwenden von allem, was ihm lieb und teuer war."

„Niemand verlangt heutzutage noch so etwas, Mosche", meinte Howard stirnrunzelnd.

„Tja, aber gerade das war eines der Gesetze, das die Menschen, die dem Glauben ihrer Väter treu blieben, billigten. Wenn ein Jude Christ wird, betrachten ihn die Orthodoxen nicht länger als Juden. Er wird aus seinem Volk ausgestoßen und für tot erklärt."

„Aber Mosche –"

„Ich bin Jude, Howard. Wie viele Juden, glaube auch ich an das Kommen des Messiah. Zufälligerweise glaube ich nur außerdem noch, dass er schon einmal hier gewesen ist."

„Eine interessante Betrachtungsweise", meinte Howard lächelnd. „Du kannst dich natürlich nicht mit dem Namen dessen bezeichnen, durch den dein Volk jahrhundertelang getötet worden ist."

„Aber ich will dir aufrichtig gestehen, Howard, dass ich glaube, dass Jesus in den Herzen der Menschen lebt, die ihn wirklich kennen. Und durch deine Freundschaft habe ich zum ersten Mal seine Güte erkannt. Dafür bin ich dankbar."

Howards Gesicht war tief bewegt, und er sah Mosche lächelnd an. „Ich wünschte nur, ich wäre als Jude geboren", sagte er.

„Als ihr zu unserem Messiah gefunden habt, seid ihr da nicht gemäß der Schrift in die Familie aufgenommen worden?", sagte Mosche und klopfte ihm auf den Rücken. „Ich betrachte dich nicht als Nichtjuden, Howard. Du hast nie versucht, mich zu dieser finsteren nichtjüdischen Religion, die sich Kirche nennt, zu bekehren. Du bist nur an meiner Seite gegangen."

„Wie kann ich dir nur vermitteln, was ich alles von dir gelernt habe?", erwiderte Howard.

„Wirklich?", strahlte Mosche.

„Natürlich."

„Ja, dann will ich dich noch über eins aufklären: Danke Gott, dass du nicht als Jude geboren bist! Denn dann wärst du aller Wahrscheinlichkeit nach jetzt tot!" Beide Männer mussten lachen, obwohl Mosches Bemerkung auf eine grausame Realität anspielte, die sie beide nicht leugnen konnten.

* * *

Dröhnend und brummend fuhr der Bus der Linie Zwei den Zion Berg hinauf zum Zion-Tor. „Zu Fuß wären wir wahrscheinlich schneller gewesen", dachte Ellie. Aber niemand ging mehr zu Fuß zum Zion-Tor. Der Gedanke daran, dass die Neigung des Hügels den arabischen Heckenschützen auf der Altstadtmauer einen ungehinderten Überblick gewährte, ließ sie selbst innerhalb der schützenden Panzerung des Busses erschaudern.

Durch Schlitze, die als Fenster dienten, fiel die Nachmittagssonne in den Bus herein. Einige der wagemutigeren Reisenden beugten sich in ihren Sitzen vor, um zu verfolgen, wie der Bus vorankam. Ellie saß im Mittelgang eine Reihe hinter Jakov und Rachel, die sich scheu auf polnisch miteinander unterhielten. Selbst in dem düsteren Inneren des Busses schien dies für Ellie der hellste Platz der Welt zu sein. So oft ihr Blick auch woandershin ging, wurde er doch gleich darauf wieder von dem Anblick der beiden angezogen. Sie waren für sie der lebendige Beweis dafür, dass Gott Anteil am Schicksal der Menschen hatte. Onkel Howard hatte es so formuliert, dass sich selbst eine unselige und aussichtslose Situation doch noch zum Guten gewendet hatte. Und dabei kam ein Fall wie dieser gar nicht einmal selten oder nur vereinzelt vor. Mosche hatte Stunden damit verbracht, ihr von ähnlichen Wundern zu erzählen. „Aber", dachte Ellie, als Rachel mit zurückgeworfenem Kopf über Jakov lachte, „dies ist auch mein Wunder. Ich habe miterlebt, wie es sich ereignet hat". Irgendwie war ihr durch dieses Erlebnis die

Realität des Wunders erst richtig bewusst geworden. Und sie hatte nun auch keine Angst mehr vor der Zukunft, die so ungewiss vor ihr lag. Gott kannte ja das Ende der Geschichte. Er hatte ja das Buch geschrieben.

Als der Bus an einer für die Fahrgäste unsicheren Haltestelle anhielt und die Türen geräuschvoll aufgingen, stand Ellie auf und holte ihre Kameratasche unter ihrem Sitz hervor. Rachel nahm die Leineneinkaufstasche, in der sich das Brot und der runde Käse befanden, die Mosche ihnen gebracht hatte. Schaul und Jakov sprangen von der obersten Stufe des Busses herunter, voll Freude, wieder einmal durch die heimatlichen Straßen laufen zu können. Rachel und Ellie hingegen, eingedenk ihrer empfindlichen Last, stiegen vorsichtiger aus.

Neben den großen gesicherten Eisentoren wartete eine Gruppe von sechs Soldaten. Einer von ihnen, ein junger Mann, der in ihre Richtung schaute, stieß seinen Kameraden an und machte leise eine Bemerkung über Rachels und Ellies unförmige Erscheinung. Die beiden Männer lachten und nahmen dann achselzuckend ihr Gespräch wieder auf. Die Dame in dem Bekleidungsgeschäft hatte also die Situation ganz richtig eingeschätzt. Diese Männer hatten überhaupt kein Interesse daran, eine Frau zu durchsuchen, die offensichtlich mindestens vierzig Pfund Übergewicht hatte. Rachel sah Ellie mit hochgezogenen Brauen an und blinzelte ihr zu. Das war eine neue Erfahrung für sie beide.

Außer ihnen stieg niemand aus. Als sich die Türen schlossen und der Bus wieder ächzend den Berg hinunterrumpelte, ging einer der Soldaten auf Ellie zu.

„Was ha'm Se denn hier vor, Miss?", fragte er.

„Ich bin Journalistin. Life-Magazin. Ich habe eine Sondergenehmigung, das jüdische Viertel heute Nachmittag zu betreten, um Fotos zu machen."

„Das is' hier keine Tanzschulveranstaltung, wis'n Se", meinte er stirnrunzelnd und sah sie mit festem Blick an. „Davon ha'm wa nichts gehört, Miss, und Sie geh'n da nich' rein, bis uns jemand was anderes sagt."

„Wer hat hier das Kommando?", verlangte Ellie zu wissen.

„Ich. Sergeant Albert Tory", entgegnete der streitlustige Soldat.

„Zumindest, bis der Captain kommt", erlaubte sich ein anderer Soldat mit einem Blick auf seine Armbanduhr zu sagen. „Sie sind 'n bisschen früh dran. Er wollte in 'n paar Minuten hier sein."

Tory drehte sich energisch zu ihm um. „Also, ich sage, hier geht niemand rein. Und wenn dieser Judenfreund von Captain was andres sagt, werd'n die wenigstens vorher richtig durchsucht", brummte er. Er richtete seinen verärgerten Blick auf Rachel, die ihren Arm schützend um Jakov gelegt hatte. „Gut, fangen wa mit dem Kleinen da an. An die Mauer!" Er packte Jakov am Arm, woraufhin Schaul aufsprang und zähnefletschend auf den verwirrten Soldaten zustürzte. Dieser wich ängstlich zurück und zog die Dienstwaffe aus der Pistolentasche.

„Nein!", schrie Jakov und warf sich zwischen Schaul und die Pistole. „Nicht schießen!"

Schaul hörte nicht auf, Tory anzuknurren, der fluchend an dem Jungen vorbeizuzielen versuchte.

„Lassen Sie sie in Ruhe!", rief Ellie und hob ihre Kamera. „Es sei denn, dass Sie in der Welt als der Mann bekannt werden wollen, der Kinder und Hunde erschießt."

Torys Blick schweifte angstvoll von ihrer Kamera zu dem Hund und wieder zu Ellie zurück. „Tun Sie das Ding weg!", brüllte er.

Ellie stellte Entfernung und Blende ein. „Nicht eher, als bis Sie die Waffe weggetan haben."

„Ihr habt den Hund geseh'n." Tory sah seine verschreckten Leute an. „Er hat versucht, mich anzugreifen, stimmt doch, Leute, oder?" Einige nickten. „Seh'n Se. Ich werd' Sie einsperren lassen, wenn Se versuch'n, sich hier einzumischen, Miss. Und Ihre kostbare Kamera verlier'n Se sowieso."

Rachel kniete sich neben Jakov und legte ihre Hand auf Schauls Kopf. „Dann müssen Sie auch mich erschießen", sagte sie ruhig.

„Nehmt das Mädchen mit der Kamera fest!" Tory deutete mit der Pistole auf Ellie.

Zwei Soldaten traten zögernd vor. Doch als sie sich Ellie näherten, stürzte Schaul erneut mit wütendem Knurren vor. Zusammen mit den anderen Männern machten sie erschrocken einen Satz nach hinten. „Tut uns leid, Sergeant – die gehört Ihnen."

„Packt sie, sag' ich!", befahl dieser. „Ich kümmere mich um den Hund."

Das Dröhnen eines Schützenpanzers ließ alle auffahren und in dessen Richtung schauen.

„Der Captain wird das schon regeln, Tory", sagte einer der Männer, als der Wagen quietschend vor dem Tor anhielt.

„Das ist nur recht und billig", meinte Ellie zustimmend, während sie auf den Auslöser ihrer Kamera drückte und Torys entsetztes Gesicht festhielt.

Captain Luke Thomas öffnete die Wagentür und stieg aus. Er erfasste die Situation mit einem Blick. Er erkannte Ellie sofort und nickte ihr kurz zu. Dann meinte er mit finsterer Miene zu Tory, dem die Schirmmütze aufs Pflaster gefallen war: „Haben Sie sich einen Einbrecher geschnappt, Sergeant Tory?"

Luke streckte sein Kinn vor und sah den zerzausten Tory von oben herab an.

„Passen Se mit 'm Hund auf, Captain. Das is'n bissiges Vieh. Wollte mir'n Bein abbeißen." Tory wischte sich die Stirn.

„Stimmt das, Bursche?" Luke sah Jakov augenzwinkernd an.

Jakov schüttelte bedächtig den Kopf. „Nein, Sir."

„Tun Sie die Pistole weg, Sergeant", entgegnete Luke und ging auf den Hund zu.

„Aber, Captain", protestierte Tory.

„Stecken Sie sie weg! Das ist ein Befehl!", fuhr Luke ihn an.

Tory gehorchte zögernd, jedoch ohne seine Augen von Schaul abzuwenden. Luke ging langsam auf Schaul zu und streckte ihm seine Hand entgegen. Schaul schnupperte misstrauisch. „Guter Hund", sagte Luke besänftigend.

Schaul beschnupperte seine Hand und bewegte dann sein schwanzloses Hinterteil. „Er tut Ihnen nichts", erklärte Jakov mit einem Blick auf den verdrossenen Sergeant, „wenn Sie mir nichts tun."

Luke kraulte Schaul hinter den Ohren. „Guter Bursche", sagte er mit fester Stimme. Dann wandte er sich an Tory. „Ich glaube, Ihr Dienst ist für heute beendet. Sie haben frei, um Weihnachten zu feiern."

„Aber, Captain!" protestierte Tory.

„Wenn Sie nicht zu Fuß zur Kaserne gehen wollen, schlage ich vor, dass Sie einen anderen Hund als Zielscheibe benutzen." Tory machte ein finsteres Gesicht und erwiderte mürrisch Lukes Gruß. Dann hob er seine Mütze auf und stieg zusammen mit drei anderen Wachsoldaten in den Schützenpanzer. Mit einem letzten zornigen Blick zurück knallte er die Tür zu.

Ellie seufzte tief auf, als sich Luke ihr zuwandte. „Miss Warne, nicht wahr? Ja, ich erinnere mich. Entschuldigen Sie bitte den Vorfall. Den Burschen sitzt der Finger manchmal etwas locker am Abzug. Sie sind hier, um Fotos von der Altstadt zu machen, nehme ich an?" Ohne eine Antwort abzuwarten, wandte er sich an Rachel. „Und Sie sind ..."

„Ich bin Judith", erwiderte Rachel und benutze den Code-Namen.

„Sie kommen früh", erwiderte der Captain. „Ich habe hier einen Passierschein. Für die Feiertage. Tja, wir müssen nun leider Ihre Taschen durchsuchen", sagte er. Dann wandte er sich ohne weitere Umschweife an einen der Soldaten. „Andrews, erledigen Sie das." Er wandte sich um und schlenderte auf das Tor zu, während ein junger Soldat mit rosigem Gesicht rasch die Tasche mit dem Brot und dem Käse durchsah.

„Alles in Ordnung, Sir", meldete der junge Mann.

„Gut, gut", entgegnete Luke. „Sie sehen nicht aus wie jemand, der Waffen in die Altstadt schmuggeln wollte, nicht wahr? Schöne Feiertage." Er richtete seinen warmherzigen Blick auf Ellie. „Life-Magazin oder nicht, Sie müssen noch vor Dunkelheit wieder zurück sein. Wir können nicht für Ihre Sicherheit garantieren, wenn Sie sich noch nach Einbruch der Dunkelheit in der Altstadt bewegen."

Ellie nickte. „Danke. Sie sind sehr freundlich gewesen."

„Öffnet die Tore, Leute", befahl er.

Die großen eisernen Torangeln ächzten, als die Soldaten das Tor öffneten. Ellie fühlte sich an den Film „Der Zauberer von Oos" erinnert, den sie zusammen mit David gesehen hatte. David hatte sein Gesicht verzogen und gelacht, als sich die Tore weit öffneten und Dorothy mit Toto und ihren Freunden das Land Oos betraten. Sie sah sich nach Rachel, Jakov und Schaul um und musste gegen ihren Willen schmunzeln. Rachel blinzelte ihr zu, als wollte sie sagen: „Das war ja gar nicht so schwierig."

Die hundert Meter breite Zone bis zum jüdischen Viertel war menschenleer. Die zwei Soldaten, die sie zum Mandelbaum-Tor begleiteten, sahen ständig sichernd zu den Dächern der Häuser hinauf. Der schmale Korridor erinnerte Ellie an eine Geisterstadt. Fenster und Türen waren mit Brettern und Holzplatten verbarrikadiert, und die Straße, in der früher der fröhliche Ruf spielender Kinder erklungen war, lag nun völlig verlassen da. „Die Bande des Muftis hat die Christen verjagt", bemerkte ein Soldat unaufgefordert. „Die machen hier jetzt nach Einbruch der Dunkelheit, was se wollen. Schleichen über die Dächer und schießen aus'm Hinterhalt auf alles, was sich im jüdischen Sektor bewegt. Denken Se dran, vor Sonnenuntergang wieder hier zu sein, wie der Captain gesagt hat. Bei Dunkelheit kommen wir hier nich' rein."

Die Soldaten wandten sich um und eilten wieder zum Tor zurück, während Ellie, Rachel und Jakov sich der Barrikade aus Sandsäcken und Stacheldraht näherten, die von Jeschiva-Schülern in schwarzen Mänteln bewacht wurde.

„Halt!", rief ein ungefähr sechzehnjähriger Junge und schwang drohend eine Mistgabel.

Jakov erkannte ihn und begrüßte ihn freudig. „Israel Ditkowitz! Ich bin's, Jakov!"

„Wie heißt das Losungswort?", fragte sie der junge Mann streng.

„Ich bin Judith", antwortete Rachel.

Der junge Mann brummte: „Na gut, dann kommen Sie mal." Er hob seine Mistgabel und ließ sie irgendwie widerwillig passieren.

„Du gibst einen guten Soldaten ab, Israel", rief Jakov, als sie um die Ecke bogen.

Ellie, erstaunt über die Veränderung, die in der Altstadt vor sich gegangen war, drückte auf den Auslöser ihrer Kamera. Eine Gruppe von Männern scharte sich auf einem Dach genau unterhalb eines Soldaten des Suffolk Regimentes zusammen, der sie und den arabischen Sektor überwachte. Ellie konnte keine Waffen bei ihnen entdecken. Sie demonstrierten einfach ihre Gegenwart. Sie waren willens, sich zu verteidigen, selbst wenn sie noch nicht dazu gerüstet waren.

„Wie weit ist es bis zum Warschauer Distrikt?", fragte Ellie Jakov.

„Ziemlich weit. Und jetzt müssen wir uns beeilen, sonst schaffen wir es nicht vor der Dunkelheit. Ich muss mit meiner Schwester noch woanders hin", fügte er entschlossen hinzu.

„Warte einen Augenblick!", rief Ellie, als Jakov, immer eine Stufe überspringend, die Street of the Stairs hinaufstürmte. „Dafür haben wir keine Zeit."

„Wenn wir uns beeilen", erwiderte Rachel, die verbissen hinter Jakov her rannte. „Das ist jetzt etwas anderes, Ellie. Jetzt, da wir uns gefunden haben, müssen wir Großvater sehen. Es ist Chanukkah. Gott hat uns ein Geschenk gemacht."

Ellie runzelte die Stirn, zwar voller Verständnis für ihren Wunsch, aber unschlüssig, wie sie die beiden davon abbringen könnte. „Wir werden es nicht schaffen."

„Nicht, wenn wir die Zeit mit Fotografieren verschwenden", meinte Jakov und schaute auf Ellie herunter.

„Aber Mosche hat gesagt –", begann sie und stockte dann. Jakov und Rachel waren entschlossen. Sie würde die beiden nicht mehr davon abbringen können.

Die Mauern des Warschauer Distrikts ragten bereits vor ihnen auf. Jakov verfiel in einen so schnellen Trab, dass Ellie und Rachel nicht mehr mit ihm Schritt halten konnten. Ihre verborgene Fracht war zu schwer, und Ellie japste schon nach den ersten Schritten.

Als Jakov sich umdrehte, um sie anzuspornen, rannte er mit dem Kopf geradewegs in die hoch aufragende Gestalt Rabbi Akivas hinein.

Jakov stolperte und sah dann in das wütende und finstere Gesicht des Rabbis. „Verzeihung, Rabbi Akiva." Er senkte rasch seinen Blick und stand ehrfürchtig vor dem Rabbi, dessen ausgeprägter Bauch sich unter dem schwarzen Mantel wölbte.

„Du!", schnappte Akiva. „Jakov, nicht wahr?"

„Frohes Chanukkah, Rabbi Akiva." Jakov sah ihn mit einem erwartungsvollen Lächeln an.

„Die Tore sind doch geschlossen. Niemand kommt durch die Absperrung, außer, wenn er evakuiert werden möchte. Wie bist du also hierher gekommen? Du hast unser Abkommen gebrochen." Er sah zu Ellie und Rachel, die sich die Treppe hinaufschleppten. „Und wer sind diese Fremden? Sie sind nicht nach der sittsamen Art der chassidischen Frauen gekleidet. Hast du sie etwa hierher geführt, Jakov? Und warum hast du das getan?" Er wandte seinen Kopf und musterte die Frauen misstrauisch.

„Dies ist meine Schwester Rachel", antwortete Jakov. „Wir sind gekommen, um meinen Großvater zu besuchen. Haben Sie ihn irgendwo gesehen?"

„Du hast keine Schwester!", erwiderte Akiva heftig. „Deine Schwester ist schon vor Jahren umgekommen. Wer ist diese Frau?"

Ellie fiel seiner wachsenden Entrüstung ins Wort. „Ich bin Ellie Warne. Ich bin Bildjournalistin." Sie streckte ihm ihre Hand entgegen. „Ich habe die Genehmigung erhalten, die Situation in der Altstadt zu fotografieren."

„Situation?", fragte Akiva kalt. „Hier ist keine Situation, außer der Gefahr, in die uns diese Eindringlinge von der Haganah bringen." Er heftete seinen verärgerten Blick auf Rachel, die auf das Pflaster starrte. „Wenn die Kerle die Angelegenheit denen überlassen würden, die wissen, wie man weiterkommt ..." Er wies Ellies Hand verächtlich zurück und schob sich dann mit zornig geschürzten Lippen an ihnen vorbei.

Jakov stand einen Augenblick lang wie betäubt da und sah hinter der massigen, schwankenden Gestalt Akivas her, der die Stufen hinunterstapfte und um die Ecke bog. „Kommt", sagte er leise. „Wir müssen uns beeilen."

„Aber wer war das?", fragte Ellie.

„Er ist ... oder vielleicht ist er es nicht mehr ... der Bürgermeister der Altstadt. Er glaubt nicht an den Zionismus. Ich weiß nicht, was Großvater sagen wird, wenn ich ihm erzähle, wie böse Akiva ist, dass wir durch die Absperrung gekommen sind." Er wandte sich um und eilte die Stufen hinauf in den Schatten des Warschauer Gebäudes. Hoch oben auf seinen Zinnen sah Ellie eine weitere Gruppe von Männern, die angestrengt nach Norden schaute, wo arabische Muezzins auf den Minaretten standen und die Gläubigen zum Gebet riefen. Ihre Rufe hallten durch das jüdische Viertel und mischten sich als Hintergrundgeräusch in die im Flüsterton geführten Gespräche der Orthodoxen, die in kleinen Gruppen um den Platz standen. Diese sahen neugierig zu, wie Ellie und Rachel ihre Last über den Hof und dann eine schmale Treppe hinunter in ein im Keller gelegenes Klassenzimmer schleppten.

Jakov stieß die Tür auf. „Hier studiere ich die –" Sein freudiger Redestrom brach jäh ab, da ihm vor Staunen die Luft wegblieb, als er sah, dass die Tische mit Bohnensäcken bedeckt waren. Junge und alte Frauen saßen in langen Reihen davor und waren emsig damit beschäftigt, die Kugeln aus den Bohnen zu sortieren. Sie sahen Jakov an, und einige lächelten und stießen freudige Wiedersehensrufe aus.

Eine alte Frau – uralt, wie es Ellie erschien – glitt von ihrem Hocker und schlurfte zu ihnen herüber. Rachel schloss die Tür hinter ihnen und lächelte, als sie die improvisierte Munitionsfabrik betrachtete. „Schalom, Jakov!", sagte die Alte mit brüchiger Stimme. „Wir haben dich in den Küchen vermisst."

„Schalom, Mrs. Cohen", erwiderte er. „Schaul und ich waren weg. Aber jetzt sind wir da", sagte er stolz, „und wir haben Geschenke für Chanukkah mitgebracht!" Er deutete strahlend auf Rachel und Ellie, die beide mit ihrer unförmigen, munitionsgeladenen Kleidung etwas befangen waren.

„Du bist ein guter Junge, Jakov." Die Alte tätschelte ihm anerkennend die Wange. Dann richtete sie ihren gütigen Blick auf Rachel und Ellie. „Sie sind wohl Judith, was? Haben Sie uns vielleicht noch ein Gewehr mitgebracht?"

30. Wieder vereint

Das strahlende Blau des Nachmittagshimmels ging mit sinkender Sonne in sanfte Pastelltöne über. Ellie sah besorgt an den kuppelförmigen Dächern vorbei zum Himmel hinauf, da es allmählich bedrohlich dunkel um sie herum wurde. Von ihrer Last befreit, schafften sie und Rachel es nun, mit Jakov Schritt zu halten, der in raschem Tempo nach Hause zur Chaim Street Nr. 8 eilte.

Rachels Gesicht war starr vor Erregung. Nach so vielen Jahren des Träumens war sie endlich in den Straßen, in denen ihre geliebte Mutter aufgewachsen war und geheiratet hatte. Sie nahm jeden Umriss der Umgebung begierig in sich auf; jeden Pflasterstein, den ihre Füße berührten, schien sie zu kennen. Und bei jedem Schritt glaubte sie das Echo der Worte zu hören: „Du bist nicht allein. Du bist nicht allein." Hier – ironischerweise wieder einmal inmitten des Krieges und der Belagerung – fühlte sie sich endlich außer Gefahr. Sie strich mit ihren Händen an den rauen Steinen der Hausfassaden entlang. Hatte ihr Vater nicht immer das Passahfest mit den Worten beendet: „Nächstes Jahr in Jerusalem?" Und hatte ihre Familie nicht jeden Abend für den Frieden der geliebten Stadt gebetet und sich stolz daran erinnert, dass ihr Großvater dort im Herzen der heiligen Stätten lebte? „Ich bin hier, Papa", tönte es in ihr, als sie daran dachte, mit welcher Rührung er immer von der Heiligen Stadt gesprochen hatte. „Ich bin hier."

Jakov bog um eine Ecke und war in der schmalen Chaim Street. „Dies ist mein Zuhause!", rief er freudig. Schaul drehte sich begeistert im Kreis und rannte dann zu den Stufen, die in ihre kleine Kellerwohnung führten. Dort blieb er stehen und schaute Jakov mit ernsten Augen an, um sich zu vergewissern, ob dieser auch wirklich kam, sprang dann die Stufen hinunter und bellte zweimal, um eingelassen zu werden. Jakov beschleunigte seinen Schritt und rannte an Rachel und Ellie vorbei, die langsamer hinter ihm her liefen. „Kommt!", rief er. „Beeilt euch!" Als die beiden ihn an der Treppe einholten, nahm er Rachel ungeduldig bei der Hand. „Dies ist mein Zuhause, Schwester", sagte er und führte sie behutsam zur Tür hinunter.

Da sie sich wie ein Eindringling vorkam, lief Ellie langsamer und sah, wie in diesem Augenblick die Sonne unterging. Sie blieb am Treppengeländer stehen, während Jakov leise klopfte und dann den Türgriff drehte.

„Großvater?", rief er und stieß die Tür auf. Es kam keine Antwort.

„Bitte, Gott", betete Ellie. „Lass sie ihn finden."

Jakov und Rachel betraten die Wohnung, aber kamen gleich darauf schon wieder heraus. „Er ist nicht zu Hause", sagte Rachel mit enttäuschter Stimme. Ihr Kopf war gesenkt, als sie beide wieder zu Ellie hinaufstiegen.

„Es tut mir so leid." Ellie suchte nach Worten des Trostes, merkte jedoch, dass sie einzig und allein an die hereinbrechende Dunkelheit zu denken vermochte. „Vielleicht kommt er zurück, wenn wir noch etwas warten. Einen Augenblick können wir noch warten."

„Er ist nicht da." Jakovs Stimme klang verwirrt. Seine Augen suchten die Straße ab. „Weg."

Ellie fuhr sich enttäuscht mit der Hand übers Gesicht. „Aber wo, Jakov? Wo kann er sein?"

„Vielleicht in der Nissan-Bak-Synagoge. Im Chanukkah-Nachmittagsgottesdienst. Obwohl wir sonst immer abends gegangen sind."

„Wo ist die Synagoge?"

„Bei den Warschauer Gebäuden."

„So weit? Warum haben wir nicht dort nachgesehen, bevor wir hierher gekommen sind?"

„Können wir es nicht noch schaffen?", fragte Rachel mit neuem Glanz in den Augen.

„Ich glaube nicht", entgegnete Jakov.

„Aber könnte es nicht vielleicht doch klappen?", fragte Ellie.

„Vielleicht", räumte Jakov ein. „Aber wir müssen uns beeilen. Ich kenne eine Abkürzung. Ich weiß, wie gut Ellie auf Dächern klettern kann. Aber was ist mit dir, Rachel?"

Ellie packte ihn am Arm. „Also los. Beeilen wir uns. Es ist zwar verrückt von mir, aber ich habe nun mal gern ein Happy End. Aber schnell, ja?"

Jakov bückte sich und flüsterte Schaul die Worte „Nissan-Bak" zu. Der wetzte los und rannte den Weg zurück, den sie gekommen waren. Jakov nahm Rachel bei der Hand und zog sie zu einer Leiter, die zwischen zwei Gebäuden verborgen stand. Nachdem er hinaufgeklettert war, winkte er den beiden Mädchen, ihm zu folgen. Ellie schürzte ihren Rock und kletterte schnell auf das flache Dach. Rachel kam etwas zögernder nach. Oben angekommen, wurde es Ellie allerdings bewusst, dass sie wahrscheinlich einen Fehler gemacht hatte. Die Sonne neigte sich bereits glutrot und riesig dem Horizont entgegen, und bald würde es zu spät sein. „Dann können wir es genauso gut noch versuchen", dachte sie und folgte Jakov von Dach zu Dach in Richtung der stattlichen Kuppel von Nissan-Bak.

Rachel dachte erst recht nicht mehr an die sinkende Sonne. Als sie sich Nissan-Bak näherten, klopfte ihr Herz heftig vor Erwartung und Aufregung. Jakov kletterte geschickt eine Leiter hinunter, die allerdings immer noch einen Block vom Eingang der Synagoge entfernt war. Der Klang jüdischer Lieder erfüllte die Straße und verschmolz mit dem Gesang des moslemischen Muezzin zu einer gespenstischen Dissonanz, da dieser gerade das Ende des Tages und den Untergang der Sonne verkündete. Ellie half Rachel hinunter und folgte ihr dann zur Straße. Als sie die ausgetretenen Steinstufen des alten Tempels hinaufliefen, senkten sich bereits lange Schatten herab.

„Ihr müsst zur Galerie der Frauen gehen. Ich gehe zu den Männern und suche ihn", erklärte Jakov, nachdem sie den äußeren Hof betreten hatten, dessen Fresken Moses hoch auf dem Berge darstellten, das Gesetz Gottes in seinen erhobenen Armen. Als Ellie und Rachel sich den Kopf mit ihren Tüchern bedeckten und die Stufen zur Galerie der Frauen hinaufstiegen, hallte die Stimme des Kantors von den Deckengewölben wider.

Frauen, junge Mädchen und kleine Kinder standen dort vor einer Lattenwand, die sie von ihren unter ihnen betenden Ehemännern und Vätern trennte.

Rachel bahnte sich zusammen mit Ellie einen Weg nach oben zur Lattenwand und schaute dann auf die Männer hinunter, die sich beim Lesen in ihren Gebetsmänteln rhythmisch vor und zurück bewegten.

„Da ist Jakov", flüsterte Ellie, die ihn entdeckt hatte, wie er sich durch die riesige Menge von Männern schlängelte und dabei in jedes Gesicht sah. Vor lauter Herzklopfen hörte Rachel gar nicht, was Ellie sagte.

„Ich liebe den Herrn, denn er hört mein flehentlich Rufen." Alle Stimmen erhoben sich gleichzeitig zur Lesung des Psalms 116 aus dem Hallel. „Ja, er hat sein Ohr zu mir geneigt – ich will ihn anrufen mein Leben lang ..."

Rachel lehnte sich gegen die Trennwand und folgte mit den Augen dem Kleinen, der ängstlich alle Gesichter absuchte. Dies war nicht einfach, da die Gesichter von blauen und weißen Tallits bedeckt und beim Singen aufwärts gewandt waren. Ellie legte ihre Hand auf Rachels Schulter. „Bitte, Gott", betete sie für die beiden. Rachels Augen spiegelten Hoffnung und Furcht wider, während ihre Hände das Lattenwerk wie ein Gefängnisgitter umklammerten. Ellie suchte gespannt die Menge ab und hoffte, einen Blick von dem gütigen alten Mann erhaschen zu können.

„Oh, Ewiger", erhob sich der Ruf, „befreie meine Seele! Gnädig ist der Ewige, und gerecht, und unser Gott ist voll Erbarmen."

Ellie, die kaum zu atmen wagte, sah, wie Jakovs Gesicht freudig aufleuchtete. Rachel rang nach Luft und beugte sich vor, als Jakov an den Fransen von Großvaters Gebetstuch zupfte. Der alte Rabbi hatte ihnen den Rücken zugewandt, aber dann kniete er sich hin und wischte Jakov Tränen der Aufregung von der Wange, während dieser trotz der Rezitation des Hallel lebhaft zum Großvater sprach. Der alte Mann umarmte den Jungen, schlang den Gebetsschal um ihn und schloss ihn in seine Freude ein. Dann befreite sich Jakov aus der Umarmung und erzählte ihm mehr über Rachel.

„Denn du hast meine Seele vom Tode errettet, mein Auge vor Tränen bewahrt."

Rachels Augen hingen wie gebannt an dem Großvater. „Hier bin ich, Großvater", flüsterte sie, während ihr die Tränen in Strömen über das Gesicht liefen. „Großvater!", rief sie so laut, dass die Männer unruhig wurden.

Der alte Mann drehte sich nach der Stimme um, und seine Augen suchten die Lattenwand ab, die die Gesichter der Frauen den Blicken der Männer entzog. Jakov zeigte dorthin, wo Rachel ihre Hände durch eine Lücke in der Trennwand steckte. Das Gesicht des Großvaters war erfüllt von tiefer innerer Bewegung, als er seine knorrigen Hände ihren entgegenstreckte und durch die Reihen der Männer schritt, bis er unter ihren ausgestreckten Händen stand. „Rachel!", rief er aus. „Du bist nach Hause gekommen." Tränen strömten ihm übers Gesicht und tropften wie Tau in seinen Bart.

Es sah so aus, als hätten sich ihre Hände über die Kluft hinweg berührt, und einen Augenblick lang begegneten sich die jungen und alten Augen voller Zärtlichkeit. Rachels Stimme war erstickt vor innerer Bewegung, als sie ausrief: „Hier bin ich!"

„Teuer ist in den Augen des Herrn das Leben seiner Frommen", las die Versammlung, während Blicke zu dem Großvater schweiften und sich anschließend schnell wieder auf das Gebetbuch richteten.

„Rachel!", rief er wieder und streckte ihr eine Hand entgegen. Doch in diesem Augenblick griff er sich an die Brust und sank auf die Knie.

Als Rachel aufschrie und von der Galerie nach unten in den großen Hauptraum lief, entstand erregtes Gemurmel in der Versammlung. Jakov saß auf dem Fußboden und hielt den Kopf seines Großvaters zärtlich in den Armen. Rachel rannte hinzu und kniete sich neben ihn. Sie ergriff seine Hand und hielt sie an ihre Wange. „Großvater", sagte sie wieder und wieder.

Eine Menschentraube bildete sich um sie herum, so dass Ellie ihre Ellenbogen gebrauchen musste, um sich einen Weg zu ihnen zu bahnen. Als der alte Rabbi Rachel ansah, blieb sie jedoch stehen. „Bist du's wirklich?", fragte er mit schwacher Stimme.

„Ja. Ja. Ich bin's, Rachel", sagte sie weinend und küsste seine Finger.

„Ich hätte es wissen müssen." Er versuchte zu lächeln. „Du hast die Augen deiner Mutter."

„Pscht. Nicht sprechen. Nicht jetzt. Wir haben später noch Zeit genug dazu." Rachel legte ihre Hand an seine Wange.

„Vielleicht nicht mehr allzu viel Zeit ... Aber du hast ja Jakov, und er –" Sein Atem ging stoßweise.

Ein großer Mann drängte sich an Ellie vorbei. „Bitte", sagte er, und die Menge teilte sich, um ihn durchzulassen. Er kniete sich neben den Großvater und öffnete schnell dessen Kragen. Dann legte er sein Ohr an die Brust des alten Mannes, und es entstand ein tiefes Schweigen, während er auf den schwachen Herzschlag horchte. Zu den jüngeren Gesichtern der Gruppe aufschauend, ordnete er an: „Helft mir, ihn zu tragen!" Rachel und Jakov wichen zurück und umarmten sich.

Vier Männer hoben den Großvater behutsam vom Boden auf und trugen ihn in einen kleinen Vorraum am hinteren Ende der Haupthalle. Dann schlossen sie, nachdem Rachel und Jakov ihnen gefolgt waren, die Tür.

* * *

Die Sterne glänzten wie Diamanten auf schwarzem Samt über der kleinen Stadt Bethlehem, und die Lagerfeuer der Pilger übersäten die Hügel um die Stadt. Mosche dachte, dass sich nicht viel geändert hatte in den zweitausend Jahren, die seit der Geburt Jesu in einer Höhle oberhalb der kleinen Stadt vergangen waren. So, wie einst die Hirten gekommen waren, um den kleinen Messiah, den König von Israel, zu suchen, kamen jetzt Howard und Mosche auf der Suche nach einem Schatz.

Es war beinahe sechs Uhr, als sie die schmalen gepflasterten Straßen von Bethlehem betraten. Verkäufer priesen Hunderten von Reisenden ihre Waren an und boten die Wärme des Feuers jedem

an, der anhielt, um eine Mahlzeit, meist bestehend aus einer Lammkeule vom Spieß mit Zwiebeln, zu erstehen. Der köstliche Duft
strömte in jeden Winkel und jede Gasse und regte auch Howards
und Mosches Appetit an.

„Wie spät ist es?", fragte Mosche einen grauhaarigen Händler,
der ihm zwei Spieße mit geröstetem Fleisch hinhielt.

„Hören Sie auf die Glocken", erwiderte der Mann. „Bald ist es
sechs Uhr. Nur noch eine Stunde, bis die Gottesdienste beginnen.
Wollen Sie etwas kaufen?"

Mosche warf ihm eine Münze hin und nahm die Mahlzeit entgegen. Einen der Spieße händigte er Howard aus, der genüsslich den
intensiven Knoblauchgeruch einsog. Augenblicke später begannen
die Kirchenglocken in der ganzen Stadt zu läuten.

„Wir haben noch eine Stunde Zeit", bemerkte Howard, händigte
Mosche den Strick der Eselin aus und kaufte von einem anderen
Händler zwei geröstete Maiskolben. Einen davon reichte er Mosche
und machte sich daran, drei Reihen des Maiskolbens auf einmal zu
vertilgen. Trotz der spärlichen Anzahl von Pilgern, die sich an diesem Nachmittag auf der Straße befunden hatte, wimmelte es jetzt
überall von Menschen, die sich danach drängten, Essen zu kaufen
und Kerzen für die heutige Lichterprozession zu erwerben, die in
einer Stunde beginnen würde. „Jetzt kann ich nachvollziehen, was
mit der Wendung ‚weil sie in der Herberge keinen Platz fanden‘
gemeint war", sagte Howard, während er seinen Mais aufaß. Den
leeren Maiskolben reichte er der Eselin.

„Wir wollen hoffen, dass wir auch finden, was wir suchen, nicht?",
bemerkte Mosche.

„So eine Weihnachtsmahlzeit hatte ich eigentlich nicht für uns
vorgesehen." Howard sah sich um und suchte einen aus der Myria-
de der Essensverkäufer aus. Dann erbleichte er plötzlich und schlug
sich mit der Handfläche gegen die Stirn. „Oh, nein!", murmelte er.

„Was ist denn los?", fragte Mosche beunruhigt.

„Dieser junge Bursche, David. Ich habe ihn für heute zum Essen
eingeladen. Ich dachte, er und Rachel würden vielleicht –"

„Ja?"

„Nun ja, ich habe glatt vergessen, ihm zu sagen, dass wir doch nicht da sind, das ist alles. Ich habe es einfach in all der Aufregung vergessen."

„Vielleicht ruft Ellie ihn ja an." Mosche kaufte noch zwei Lammspieße.

„Sie weiß nicht, dass er eingeladen war", meinte Howard achselzuckend.

Mosche warf ihm einen missbilligenden Blick zu. „Ich wusste gar nicht, dass du so verschlagen bist."

„Ich war ... ich dachte, sie würde nein sagen. Dieser junge David scheint mir zu den Menschen zu gehören, die es schaffen, ein Mädchen wie Rachel aufzuheitern."

„Da wo ich herkomme, würde man dich als Kuppler bezeichnen. Obwohl ich nicht weiß, ob ich diese Heirat überhaupt billigen könnte." Mosche runzelte die Stirn und wischte sich nach arabischer Sitte den Mund mit dem Rand seiner Keffijah ab.

„Bist du etwa eifersüchtig? Ich dachte, dass du und Ellie –"

„Ich bin nicht eifersüchtig. Es ist nur so, dass Rachel ... sie ist tief verletzt, weißt du, und ich glaube, sehr sensibel. Außerdem mag ich diesen David nicht. Schließlich war er es, der Ellie verletzt hat."

Howard zog seine Brauen hoch: „Ach?" Er sah verlegen zur Seite. „Komisch, dass ich mit jemandem in ein und demselben Haus wohnen kann, ohne zu merken, was los ist. Ich bin nie sehr sensibel gewesen, wenn es um Frauen ging."

„Ich auch nicht, mein Freund."

„Nun, es scheint, als hättest du zumindest eine besondere Beziehung zu beiden Frauen in meinem Haus."

„Sie sind beide noch so naiv", erwiderte Mosche lächelnd. „Jede auf ihre Weise. Bis jetzt hatte Ellie die Naivität eines Menschen, der noch nie in seinem Leben den Schmerz von anderen, die Leid tragen, erlebt hat. Und Rachel, die gute Rachel, hat selbst schwer gelitten, aber ohne zu begreifen, weshalb – wie ein Kind, das im Marktgetümmel verlorengegangen ist. Ellie gehen nun allmählich die Augen auf, und am Ende ist sie es vielleicht, die das verlorene Kind bei der Hand nimmt und es nach Hause führt."

„Das klingt aber nicht nach einem Mann, der nichts von Frauen versteht."

„Ich verstehe es in diesem Fall nur, weil ich selbst einmal in Blindheit und in hoffnungsloser Verwirrung über das Entsetzen um mich herum gelebt habe. Das, was ich bei Ellie lieben gelernt habe, ist ihre Fähigkeit, auch im Angesicht des Schreckens handlungsfähig zu bleiben. Rachel hat das noch nicht gelernt, und sie ist daher immer noch ein Opfer, das auf den nächsten Schlag wartet. Erst wenn unsere Augen geöffnet sind und wir gegen die Dinge, die falsch und böse sind, protestieren, werden wir so, wie Gott uns haben will, ist das nicht so?"

„Ich verstehe, was du meinst", entgegnete Howard, während er nachdenklich an seiner Lammkeule nagte.

„Ellie fühlt das instinktiv, glaube ich."

„Sie ist ziemlich hart im Nehmen."

„Nicht hart. Furchtlos. Selbst wenn sie Furcht empfindet, sucht sie immer noch nach einer Antwort, die ihr den Sieg über die Furcht verleiht. Rachel ist einfach nur furchtsam. Ohne Hoffnung in ihrer Seele lebt sie zwischen Menschen, die zu keinem Gefühl mehr fähig sind. Ich mache mir ihretwegen Sorgen. Es ist immer noch soviel Schönheit in ihrem Herzen. Sie hat es nur vergessen, und ich wünschte, ich könnte ..." Seine Stimme verhallte.

„Ich wusste nicht, dass du so empfindest. Und ich schäme mich, zuzugeben, dass ich gar nicht so weit gedacht habe."

„Vorhin hast du Martin Luther zitiert." Mosche wärmte seine Hände am Feuer. „Und nun möchte ich, dass du ein Gedicht von Bialik hörst."

Howard setzte sich und wärmte seine Hände am Feuer. „Bitte", sagte er leise.

Mosche kniete sich neben ihn. Der glutrote Schein des Feuers beleuchtete sein Gesicht, und die tanzenden Schatten betonten den gequälten, sorgenvollen Ausdruck, der um seine Augen lag. Er begann:

„Ihr alle, alle seid ständig bei mir,
Auf all meinen Wegen geht ihr mit mir –
Euer Bild ist für immer eingraviert in mein Herz.
Und ich vergesse auch nicht, wie stark, wie kräftig
Die Saat sein muss, die auf jenen Feldern dorrt.
Wie reich wäre der Segen, wenn ein Strahl
Des lebendigen Sonnenlichts zu euch vordränge.
Wie groß wäre die Ernte, in Freuden eingeholt,
Wenn einmal der Wind des Lebens durch euch bliese
Und durch die Türen der Jeschiva-Schulen wehen könnte."

Mosche senkte seine Stimme. Er stockte einen Augenblick und fuhr dann fort:

„Ihr alle, alle seid ständig bei mir –
Die hungrige Kindheit und die bittere Zeit des Mannesalters,
Und mein Herz weint um mein unglückliches Volk
Wie verbrannt, wie versengt muss unser Schicksal sein,
Wenn Samen wie dieser im Boden verdorrt."

31. Die Falle

Ein warmes Lüftchen umfing David, als er durch die Drehtür des Atlantic Hotels auf die Ben Yehuda Street ging. Zum ersten Mal seit Wochen waren die Läden und Cafes von Ben Yehuda hell erleuchtet und voller Menschen, die noch in letzter Minute Geschenke für die Feiertage einkaufen wollten. David dachte darüber nach, dass die letzten anderthalb Wochen in Jerusalem ohne Zwischenfälle verlaufen waren, so dass sich die Menschen in einem angenehmen Gefühl der Sicherheit wiegten, trotz der Nachrichten, die aus Kairo über die Konferenz der Araber eingegangen waren. Da Christen und Juden diesen Abend gleichermaßen feierten, hallten die Mauern Jerusalems von frohem Gelächter wider.

David, mit einem Geschenk für Ellie unter dem Arm, blieb noch einen Moment stehen, um die wie mit dem Lineal gezogenen Bügelfalten seiner Hose zu betrachten. Selbst sein Schlips war gebügelt, und seine Schuhe waren so blank geputzt, dass sich das helle Neonlicht des Atara Cafes auf der anderen Straßenseite in ihnen spiegelte. Das Atara war sowohl der Treffpunkt der freiwilligen Mitglieder der Haganah als auch einer Anzahl unabhängiger Journalisten. Durch die Fenster konnte David erkennen, wie sich an den kleinen, mit großen Bierkrügen überladenen Tischen Gruppen von Männern angeregt unterhielten. „Tut mir leid, Leute", murmelte er glücklich vor sich hin, „diese Party müsst ihr wohl ohne den alten David feiern."

Unter seiner ledernen Fliegerjacke trug er ein kleines Modell eines Mustang-Jägers aus Balsaholz für Jakov und zwei italienische Salami für Schaul. In Rom hatte er zwanzig Pfund Salami eingekauft und jeden Winkel seiner Reisetasche mit der pikanten Fracht ausgestopft. Erst eben war er dazu gekommen, die Tasche zu öffnen und hatte festgestellt, dass es darin wie in einem Delikatessengeschäft roch. Er schnupperte an dem flachen Päckchen, das er auf die eingepackte Kamera gelegt hatte. Da das Papier nur einen kaum merklichen Duft ausströmte, hoffte David, dass das hübsche Seidentuch, das er in Rom für Rachel gekauft hatte, nichts von dem Salami-geruch angenommen hatte.

Die Bushaltestelle war zwar nur wenige Häuserblocks entfernt, dennoch hatte sich David Michaels lädierten Wagen ausgeliehen. Er legte die Geschenke auf den Vordersitz und stieg dann ein. Als er auf seine Armbanduhr sah, wurde er ungeduldig. Es war erst halb sieben, also war er eine halbe Stunde zu früh. Einen Augenblick lang beobachtete er durch die Windschutzscheibe ein Pärchen, das verliebt durch die Straßen schlenderte und in den Häuserschatten stehen blieb, um sich zu küssen. Beim Gedanken daran, wie Ellie ihn letztes Jahr am Heiligabend angesehen und sich an ihn ge-schmiegt hatte, als sie zusammen über die Strandpromenade von Santa Monica gebummelt waren, spürte er einen Stich im Magen, der bis in seine Arme ausstrahlte. War das erst ein Jahr her? fragte er sich überrascht. Er staunte, wie lebendig seine Gefühle noch waren. Was er empfunden und was ihn bewegt hatte, schien ihm, als sei es erst gestern gewesen. Tief aufseufzend ließ er den Wagen an. „Na", meinte er zu sich selbst, „du bist also ein bisschen früh dran. Dann kannst du ihr eben noch dabei helfen, das Kartoffelpüree zu ma-chen."

David fuhr nicht auf dem direkten Weg zum Hause Moniger, weil er die mit Stacheldraht gesicherten Straßensperren längs der dunklen, unwirtlichen militärischen Gebiete meiden wollte. An ei-nem Kontrollpunkt der Haganah wurde er sofort von einem Mann erkannt, den er im Büro des Alten gesehen hatte.

„Lasst ihn durch", lautete der Befehl. „Der ist in Ordnung." Da-vid winkte und kurbelte dann die Scheibe herunter, um einer fin-ster dreinblickenden Gruppe von Männern, die vor der Jewish Agency Wache hielten, „Fröhliche Weihnachten!" zuzurufen.

Die Männer lächelten und winkten zurück. Dann warf David, einem spontanen Impuls folgend, ihrem Anführer eine Salami zu. Zunächst schien der Mann verwirrt, dann heiterte sich jedoch seine Miene auf, und er sah David an. „Passen Sie auf, wem Sie eine Salami zuwerfen. Ein anderer könnte vielleicht denken, Sie werfen eine Granate und dann.., gute Nacht!" Er deutete mit dem Zeigefinger auf David. „Aber trotzdem vielen Dank. Und gleichfalls fröhliche Weihnachten!"

Durch die geschlossenen Fensterläden der Häuser in Rehavia schimmerte Licht. Ein paar Häuser standen allerdings dunkel und öde da, von ihren Besitzern verlassen, weil diese sich an weniger gefährdete Orte begeben hatten. Aber größtenteils hatten sich die Juden strikt an die Bitte Ben-Gurions gehalten, nicht einen Zentimeter der Stadt kampflos aufzugeben.

In den jüdischen Vorposten und Kibbuzim, über die David und Michael an diesem Tag geflogen waren, herrschte ebenfalls geschäftiges Treiben. Selbst von ihrem hohen Aussichtspunkt aus hatte David sehen können, wie Männer und Frauen dabei waren, zerklüftete Gräben am Rande ihrer winzigen Siedlungen auszuheben. Die meisten jüdischen Gebiete waren vor rund einem Jahrhundert von europäischen Juden gekauft worden, die diesen geschichtlichen Augenblick vorausgesehen hatten. Und jetzt begann das bisher unwirtliche und unfruchtbare Land in der Hoffnung auf die Errichtung einer jungen Nation aufzublühen. David war sich bewusst, dass es im Augenblick nur die Hoffnung war, die diese Menschen aufrecht hielt. Denn sie hatten kaum eine Möglichkeit, sich der ständigen Bedrohungen und der stetig wachsenden Zahl von Terrorakten zu erwehren.

Einige Juden hatten sich allerdings zum Gegenterror entschlossen, und David dachte: „Wenn es etwas gibt, das die Entschlossenheit der Vereinten Nationen zunichte macht, die Teilung und die Bildung einer jüdischen Heimstätte zu unterstützen, dann sind es diese Gräueltaten, die von Juden begangen werden. Die Todeslager der Nazis waren immer noch ein Stachel im Gewissen der Welt. Aber durch die Militanz der Zionisten wurde der Welt nun dieser Stachel der Schuld genommen." Er gab es nur ungern zu, aber Mosche hatte Recht gehabt, was Ellies Fotografien anbetraf: Sie hielten den wahren Sachverhalt der hiesigen Situation einer Welt vor Augen, der jede Entschuldigung recht war, um nicht daran denken zu müssen, dass das auserwählte Volk nicht um Land und Gebiete kämpfte, sondern ums Überleben.

Als David in die Straße einbog, in der Ellie wohnte, klopfte er auf die in rotes Papier eingepackte Schachtel, in der sich die Kamera befand. Er wusste jetzt, dass er bisher den wahren Grund ihres Aufenthaltes in Jerusalem verkannt hatte. Und er hoffte nur, dass er ihr mit der Leica klarmachen konnte, dass er jetzt an das, was sie tat, glaubte. Kein Tag verging, an dem nicht einer der Haganah-Leute einen Brief von Verwandten in Amerika erwähnte, die ihre Bilder gesehen hatten. Jedes Bild hinterließ zu Hause einen nachhaltigen Eindruck und war die Triebfeder für die wachsende Unterstützung durch die Bevölkerung. Während die offizielle Politik der Vereinigten Staaten allerdings noch stark zwischen der Unterstützung der Teilung und der Androhnung eines Widerrufs schwankte, versammelten sich überall in den Vereinigten Staaten Menschen zu Banketten, um zu hören, was Golda Meir von den dringenden Bedürfnissen des Jischuvs zu berichten hatte. Und täglich strömte Geld herein. David dachte an die Messerschmidts und lächelte verbissen. Er wünschte nur, man hätte Geld genug gehabt, um eine Herde von Mustangs kaufen zu können. Das waren erstklassige, stabile Flugzeuge, und es gab keine ME 109, die gegen ihn im Cockpit seines eigenen kleinen Kampfflugzeuges eine Chance gehabt hätte.

Er fuhr beim Hause Moniger vor und zog die Handbremse an. Dann starrte er, verwirrt über die dunklen Fenster, lange Zeit am Haus hinauf. Es sah aus, als sei niemand da. „Vielleicht sind sie hinten im Haus", murmelte David vor sich hin, während er ausstieg und auf den Bürgersteig trat. Er stand unschlüssig da und kratzte sich am Kinn. Dann nahm er die Päckchen vom Sitz und ging mit großen Schritten die Eingangsstufen hinauf. Er klopfte heftig an die Tür, wartete und sah auf seine Armbanduhr. „Ich komme zwar etwas früh, aber sie müssten doch trotzdem da sein", dachte er. Er klopfte ein zweites Mal, diesmal heftiger. Als niemand aufmachte, stieg er wieder ins Auto, um dort zu warten.

* * *

Die Ölleuchter in der Nissan-Bak-Synagoge flackerten und rußten über Ellies Kopf. Inzwischen hatten fast alle Menschen den großen Hauptsaal verlassen. Ein Rabbi sprach im Flüsterton mit zwei jungen Widerstandskämpfern, und ein dritter lag auf dem Gerüst, das hoch über dem Boden des großen Saales vom Kuppeldach herabhing. Als der Mann dort oben hustete, schaute Ellie hinauf und konnte erkennen, dass er durch das Fenster angestrengt nach Norden schaute, um alle möglichen Bewegungen im moslemischen Viertel zu ergründen, das gleich hinter den dicken Mauern des Gebäudes begann. Eine junge Frau in einem langen schwarzen Kleid und mit einem Tuch als Kopfbedeckung kam eilig herein und stellte einen kleinen Korb in einen größeren, der vom Gerüst herunterhing.

„Frohes Chanukkah, Schimon", grüßte sie zu ihm hinauf und lächelte ihm zu. Ihre Stimme hallte in dem Gebäude wider.

„Danke, Tikvah", erwiderte er leise. „Könntest du mir noch eine Decke holen? Es ist kalt hier oben."

Die Frau winkte und eilte dann hinaus, wobei sie einen neugierigen Blick auf Ellie warf. Diese sah zu, wie der Mann den Korb hochzog und vorsichtig sein einsames Mahl auspackte. Ellie dachte an die Zirkusleute auf dem Trapez und an die Seiltänzer, die in ihrer Kindheit auf den Titelseiten der Zeitungen abgebildet waren. Ihre Landsleute hatten ihnen zugejubelt, obwohl es deren einziges Ziel gewesen war, irgendeinen sinnlosen Rekord aufzustellen. Hier saß ein Mann im tiefsten Jerusalemer Winter auf ein paar Brettern hoch über dem Boden. Zweifellos hätte er die Überschrift verdient: ‚Der einsamste Wachposten der Welt' oder ‚Der Wachdienst, der dem Himmel am nächsten ist.'

Ellie klopfte mit ihrem Daumen an die schwarze Kameratasche. „Was für ein Titelbild dieser Mann abgeben würde!", dachte sie. Aber sie hatte keinen Film mehr. Als der Mann wieder hustete, sah Ellie, dass er heißen Kaffee trank und hungrig eine Scheibe Brot verschlang. „Jeder Jude in Palästina ist auf irgendeine Weise ein Trapezkünstler", sinnierte sie. Und unten auf der Erde sahen die Vereinten Nationen und die Völker, die sie repräsentierten, unbeteilgt zu; nur spekulierend, ob die Juden endlich unwiderruflich ihr Gleichgewicht verlieren und in die Hände der verärgerten Araber fallen würden. Sie fragte sich, welchen Eindruck zu Hause ihre Fotos wohl zwischen Werbung für Seife und Zigaretten hinterließen. Möglicherweise betrachteten die Menschen sie kopfschüttelnd und murmelten unter Umständen „verrückt" vor sich hin; aber dann blätterten sie weiter und hatten die Angelegenheit schon wieder vergessen. „Ich glaube, du sitzt hier oben auf dem Trapez, Gott", sagte sie leise zu sich selbst. Der Wächter hörte sie und schaute über den Rand seines Sitzes. Ellie lächelte und winkte ihm zu. Er winkte zurück und wandte sich dann wieder seinem mageren Abendbrot zu.

Kurz darauf öffnete sich die Tür des kleinen Raumes, und Rachel und Jakov kamen heraus, gefolgt von dem großen Mann, der sich zuerst um den Großvater gekümmert hatte. Ellie stand auf, ging auf sie zu und umarmte Rachel, die ihren Kopf wie ein Kind an Ellies Schulter legte.

„Wie geht es ihm?", fragte Ellie.

Der große Mann schüttelte den Kopf. „Ich war während des Krieges nur Sanitäter. Ich kann hier nichts für ihn tun. Er braucht medizinische Betreuung. In der Hadassah-Klinik."

„Es ist sein Herz. Der freundliche Arzt sagte, er hat schon viele Monate ..."

„Er hat mir nie etwas davon erzählt." Jakov wurde traurig und schaute schnell weg.

„Ich kann nicht ...", begann Rachel. „Wir können ihn jetzt nicht allein lassen."

„Das habe ich auch nicht angenommen. Es ist schon in Ordnung. Ich werde es Mosche sagen."

„Mosche." Rachel wiederholte den Namen so zärtlich, dass Ellie kurz die Stirn runzelte.

„Er wird es schon verstehen, Rachel."

„Er wird denken, ich habe ..."

„Er wird nicht glauben, dass du ihn versetzt hast. Er ist ein verständnisvoller Mensch. Du wirst ihn wieder sehen, und dann wird alles gut sein." Ellie legte Rachel die Hand auf den Arm und sagte dann ruhig: „Du liebst ihn, nicht wahr?"

Rachel senkte ihren Blick und starrte auf den Marmorboden. „Ellie, ich würde mir nie anmaßen zu denken, dass ... ich habe dich auch so gern. Euch beide."

„Manchmal bin ich ein richtiger Trottel, weißt du das, Rachel? Wenn etwas offensichtlicher ist als zwei Menschen, die sich anstarren, dann sind es zwei Menschen, die versuchen, es nicht zu tun."

„Aber, Ellie ... Mosche versucht doch nicht –"

„Mach dir nichts draus. Ich bin jedenfalls der Meinung, dass Mosche versucht, es nicht zu tun. Das ist der große Unterschied." Sie lächelte und war sicher, dass sie die Dinge richtig erkannt hatte. Sie sah den großen Mann an. „Wie kann ich Rachels Großvater helfen?", wechselte sie unvermittelt das Thema.

„Das kann ich Ihnen nicht sagen, es sei denn, Sie hätten einen Krankenwagen, der ihn nach Hadassah bringt", sagte er düster. „Denn hierher wird kein Krankenwagen kommen."

„Ich verstehe." Sie hob Jakovs Kinn. „Ich weiß, dass du hierbleibst, aber du musst mir helfen, wieder hier heraus zu finden, mein Sohn."

„Schaul wird Sie nach Hause bringen. Und wenn Sie ihn nicht mehr brauchen, schicken Sie ihn wieder zurück."

„Wahrscheinlich bin ich mit ihm sicherer als mit dem ganzen Suffolk-Regiment", erwiderte Ellie leise. Sie wandte sich an den großen Mann.

„Wo werden Sie Rabbi Lebowitz hinbringen?", fragte sie.

„Wir werden ihn nirgendwo hinbringen. Wenigstens nicht heute Abend."

„Dann ist er also mindestens bis morgen hier? Gut. Das ist gut", sagte sie. Sie berührte Rachels Wange. „Bis bald."

Rachels Kinn zitterte, und sie biss sich auf die Lippe. „Oh, meine liebe Freundin!", rief sie aus. „Bitte, sei vorsichtig."

„Also, Jakov", sagte Ellie und ging zur Tür. „Wo ist Schaul?"

* * *

Tausende von Kerzen flackerten in der dunklen Straße, und ihr Schein leuchtete auf den jungen und alten Gesichtern wider – Gesichter voller Hoffnung und doch auch mit dem Ausdruck der Verzweiflung. Das Kerzenlicht wurde von ihrem Atem bewegt. Sie stimmten jetzt eine alte Hymne an, die die Geburt des Einen pries, der Immanuel, Gott mit uns, genannt wird.

Ihre Esel hinter sich herziehend, arbeiteten sich Mosche und Howard im Menschenstrom voran, der sich langsam auf der Hauptverkehrsstraße Bethlehems zu der Kirche hin wälzte, die sich – so vermutet man – an der Stelle befand, an der die Krippe gestanden hat, in die man Christus nach seiner Geburt gelegt hatte. Sowohl Mosche als auch Howard hatten schon hundert Mal Elarams Laden aufgesucht. Aber bisher waren die Straßen immer nur vom schläfrigen Summen der Fliegen erfüllt, die über dem Marktplatz flogen und die bisweilen harten Verhandlungen der Touristen und Händler wegen einer geschnitzten Krippe aus Olivenholz untermalten. Wie die Touristen, so hatten auch die beiden Archäologen bisher immer über den Preis einer alten Münze oder eines Werkzeuges aus der Bronzezeit gefeilscht. Mosche erfuhr dabei, wie zäh Elaram um den Preis rang. Und unter seinen Gewändern, unter dem Pistolenhalfter an seiner Hüfte, in der die schwere Smith und Wesson Kaliber 38 steckte, trug er gut verwahrt in einer Tasche glatte britische Pfundnoten.

Schließlich erreichten sie die Ecke, von der die Straße abzweigte, in der Elaram seinen Laden hatte. Die beiden bogen in das verlassene Gässchen ab und folgten anschließend noch einer Kurve, die einen kleinen Hang hinaufführte. Der Gesang der Pilger folgte ihnen und hallte leise wider wie Chorgesang in einem Dom. Als die Eselin über eine Stufe auf der Straße stolperte, schlug Howard vor: „Wir wollen sie hier anbinden. Es wird sie schon niemand stehlen."

Mosche lächelte ihn zweifelnd an. „Was glaubst du, wie ich an sie gekommen bin?"

Howard schnalzte missbilligend mit der Zunge. „Tja, dann wird ihr Besitzer sie vielleicht wieder zurückholen." Er schlang den Strick um eine Stange am Fenster eines verlassen aussehenden Hauses.

Mosche klopfte ihr aufs Hinterteil und folgte dann Howard die steile Treppe hinauf, die zu Moddy Elarams winzigem Laden führte. Howard keuchte, als Mosche schließlich die Ladenglocke läutete, die neben der grob geschnitzten Holztür hing. Nur ein schwaches Licht fiel durch die Fenster. Mosche öffnete das Schnappschloss und stieß die Tür behutsam auf, wodurch er noch eine weitere Glocke anschlug, die über der Tür hing.

„Moddy?", rief er und schaute sich in dem staubigen Laden um. An der Wand fauchte eine Gaslampe über dem kurzen Ladentisch, der mit Gegenständen übersät war, die einem ungeübten Auge wie der Abfall eines Töpfers erscheinen mochten. Scherben von Tontöpfen lagen neben ganzen Schalen und der Hälfte eines antiken Hausgottes. „Es gibt Dinge, die sich einfach nicht ändern." Mosche trat ein und warf einen Blick auf das Durcheinander von Gefäßen, die an der Wand gestapelt waren.

„Schrott und Schätze", meinte Howard und folgte ihm.

„Moddy?", rief Mosche wieder.

„Ich kann mir nicht denken, dass wir zu früh sind."

Dunkelgrüne Gobelinvorhänge hingen vor der Türöffnung, die in den hinteren Teil des Ladens führte. Plötzlich teilten sie sich, und ein junger Mann in einem schlecht sitzenden Anzug mit durchgescheuerten Manschetten und abgewetztem Kragen trat hinter dem Vorhang hervor.

„Sie möchten meinen Onkel sprechen?", fragte er und musterte sie argwöhnisch.

Mosche und Howard wechselten Blicke. „Er hat uns gebeten, ihn hier aufzusuchen."

Mosche wühlte in seiner Tasche, zog den Brief hervor und überreichte ihn dem hageren jungen Mann mit dem finsteren Gesicht. Mosche beobachtete ihn, während er den Brief las. Seine schwarzen Augen schienen beinahe leblos. Sein mehrere Tage alter Stoppelbart umrahmte einen zusammengekniffenen Mund, dessen Mundwinkel wie vor Bitterkeit herabgezogen waren. Sein wirres Haar fiel ihm in fettigen Locken in die Stirn. Als er den Brief gelesen hatte, sah er Mosche mit ausdruckslosem Gesicht an. „Mein Onkel liegt leider in Jerusalem im Krankenhaus. Aber ich kümmere mich so lange um seine Angelegenheiten."

„Was hat er denn? Wie lange ist er schon krank?"

„Es ist unglückseligerweise sein Herz." Seine Stimme verriet keine Gefühlsregung. „Erst vor einer Woche. Wir hoffen, dass er wieder gesund wird. Aber in der Zwischenzeit muss ich mich um seine Angelegenheiten kümmern."

„Wie Sie sehen, hat er uns gebeten, ihn hier, zusammen mit den Beduinenhirten, zu treffen. Wegen der Schriftrollen."

„Ah ja. Sie werden erwartet. Mein Onkel hat mir erzählt, dass Sie kommen und wann Sie kommen und was Sie gerne sehen möchten."

„Wann kommen die Hirten?", fragte Howard.

„Ach, leider waren sie schon da."

„Aber wieso –", wollte Mosche protestieren.

„Sie sind gekommen und wieder gegangen und haben mir die Angelegenheit übergeben. Wenn Sie Geduld haben, Doktor Professor Sachar ..." Er erhob den Zeigefinger gegen Mosche. Dann deutete er ein Lächeln an. „Es ist Zeit genug. Es ist Zeit genug." Er drehte sich um und verschwand wieder hinter den Vorhängen.

Howard beugte sich zu Mosche und flüsterte ihm ins Ohr: „Wenn der Brief drei Wochen gebraucht hat, um uns zu erreichen, war einfach nicht genug Zeit, um uns zu benachrichtigen."

„Ich hoffe nur, dass wir nicht für nichts und wieder nichts gekommen sind." Mosche runzelte gereizt die Stirn.

Der junge Mann glitt wieder durch den Vorhang und beobachtete sie so lange schweigend, bis sie merkten, dass er wieder im Raum war. Als ihre Augen den seinen begegneten, war es, als ob diese erst jetzt zum Leben erwachten. „Nehmen Sie Platz, meine Herren. Nehmen Sie Platz." Sein Lächeln schien nun aufrichtiger, was Mosche beruhigte.

Mosche, der sich nach einem Stuhl umsah, bemerkte, dass der ganze verfügbare Platz von alten Zeitungen und antiken Schaustücken eingenommen war. Howard fasste einen rachitisch aussehenden Hocker ins Auge, der unter einem Durcheinander von staubigen Gebetsteppichen begraben war. Da seine Füße von dem langen Tagesmarsch schmerzten, legte er den Haufen einfach achselzuckend auf einen anderen. Dann rückte er den Hocker zum Ladentisch und ließ sich mit einem Seufzer darauf nieder.

„Ach ja, mein Onkel", klagte der junge Mann. „Dieser kleine Laden ist alles andere als ordentlich, nicht wahr? Vielleicht eines Tages, wenn er mir gehört –" Er ließ den Satz unbeendet und richtete seinen dunklen Blick auf Mosche. „Setzen Sie sich. Sie sehen, dieser Herr dort räumt auch Sachen vom Stuhl. Das macht nichts."

„Nein, danke." Mosche lehnte sich gegen den Ladentisch. „Ich möchte stehen."

„Wie Sie wünschen."

Mosche sah auf den schweren Lederbeutel, den der junge Mann fest in den Händen hielt. „Sie wissen, wie wir heißen, aber ich glaube, Sie haben uns Ihren Namen noch nicht genannt?"

„Verzeihen Sie tausendmal, Professor Doktor." Er verneigte sich leicht. „Ich bin Ral Irman. Verzeihen Sie meine schlechten Manieren. Sehen Sie, man kann nicht vorsichtig genug sein. Man hat mir gesagt, wie Sie aussehen, und so habe ich niemanden erwartet, der so gekleidet ist wie Sie. Auch habe ich nur eine Person erwartet –", er nickte Howard zu, „und nicht zwei so achtbare Persönlichkeiten wie Professor Moniger und Sie."

Mosche runzelte die Stirn und deutete mit der Hand auf den Lederbeutel. „Wir haben einen weiten Weg zurückgelegt und wollen auch heute noch nach Hause kommen. Was wollte uns Moddy zeigen?"

Ral Irman zog seine Brauen hoch und schürzte die Lippen. „Ach ja." Er legte den Beutel auf den Ladentisch und fegte dann die Scherben mit dem Arm beiseite. „Die Schriftrollen", sagte er.

Howard beugte sich vor, die Augen gespannt auf den rissigen Lederbeutel gerichtet. Mosche bekämpfte den Drang, ihn den schmalen Händen von Moddys Neffen zu entreißen. „Ja", sagte Mosche leise, „die Schriftrollen."

Die Mundwinkel Ral Irmans hoben sich leicht, als genieße er die Spannung, die er bei den beiden Männern erzeugt hatte. Langsam schnürte er den Beutel auf, ohne Mosche dabei aus den Augen zu lassen. Seine Hand griff bewusst langsam in die Öffnung und seine Augen weiteten sich, als er auf einen Gegenstand stieß und ihn hervorzog.

Mosches Stimmung sank. Vor ihm lag eine verschrumpelte braune Schriftrolle, ungefähr von der Größe und dem Ausmaß einer Zeitung. Sie sah aus wie eine Baumrinde, und die Zeit hatte ihre Falten zusammengeschweißt.

Ral Irmans Lächeln schwand. „Sie sind nicht erfreut, Professor Doktor?"

Mosche und Howard beugten sich über die Schriftrolle und unterzogen sie in dem trüben Licht einer eingehenden Betrachtung. Pech und kleine Gewebeteilchen hingen an ihr.

„Sie ist noch nie geöffnet worden", stellte Howard fest.

„Und wird auch nicht ohne Spezialwerkzeug geöffnet werden können", fügte Mosche hinzu.

„Wir haben noch andere." Ral Irman stülpte den Beutel um und schüttete seinen Inhalt achtlos auf den Ladentisch. Fünf weitere Schriftrollen, die sich bereits im Stadium der Auflösung befanden, fielen kreuz und quer heraus, so dass Mosche den jungen Mann gereizt anfuhr:

„Sie Idiot! Hat Ihnen Ihr Onkel nicht erzählt, dass sie empfindlich sind?"

„Bitte tausendmal um Vergebung", meinte dieser gekränkt und machte einen Schritt zurück in Richtung eines wackeligen Regals mit Tonkrügen.

Howard und Mosche begutachteten eingehend die sechs antiken Zylinder und legten sie ehrfürchtig und behutsam hintereinander. Einer schien aus Papyrus zu sein und ein anderer, der fest versiegelt war, war zweifellos aus Kupfer.

„Wir wagen nicht, sie in diesem Zustand zu untersuchen", sagte Howard. Dann schaute er in Ral Irmans grübelndes Gesicht. „Wo ist die andere Schriftrolle?", fragte er, da er sicher war, dass die Isaiah-Rolle, die Ellie fotografiert hatte, nicht bei diesen zerbrechlichen Stücken war, die vor ihnen lagen.

„Die andere?" Ral Irman sah ihn unsicher an. „Mir hat mein Onkel aufgetragen, zuerst einen Preis für diese sechs festzulegen."

„Und wie lautet der Preis?"

„Eintausend Pfund. In bar. Heute Abend."

Mosche sah den jungen Mann genau an. „Eintausend sagen Sie?"

„Für diese sechs. Zusammen."

„Und was ist mit der siebten? Wir wollen sie sehen, bevor wir irgendeinen Preis für diese sechs festlegen", beharrte Mosche.

Wortlos glitt Ral Irman wieder hinter den Vorhang. Nach mehreren Minuten, wie es den beiden schien, kehrte er mit einem anderen Zylinder zurück, der im Gegensatz zu den ersten in ein weiches Baumwolltuch gehüllt war. Mosche spürte, wie sein Herz wild bis zum Hals schlug. Die Schriftrolle des Isaiah, dachte er, vollkommen und unverändert nach zweitausend Jahren. Das Wort Gottes, wie es zur Zeit Christi existierte! Ihre Prophezeiungen über die Wiedererrichtung Israels und die Ankunft des Messiah waren in den zweitausend Jahren Diaspora unverändert geblieben.

„Lassen Sie mich die Rolle sehen!", forderte Mosche, unfähig, die Erregung in seiner Stimme zu verbergen.

„Mir ist aufgetragen worden, zuerst das Geld zu kassieren", bemerkte Ral Irman verletzend und presste seine kostbare Ware noch fester an sich.

„Um Himmels willen, Mosche", flehte Howard, „bezahl ihm doch die anderen sechs." Er schob sie sorgfältig in den Beutel zurück, um auf dem Ladentisch Platz für die siebte Schriftrolle zu machen, während Mosche in seiner Tasche kramte und eine Brieftasche herauszog, die mehr als genug Geld für die sechs Schriftrollen enthielt. Während er zehn Einhundert-Pfund-Noten auf den Tisch zählte, beobachtete er, wie mit einem Mal Leben in Ral Irmans Augen kam.

„Gut", sagte Mosche. „Eintausend Pfund. Jetzt zeigen Sie uns die Schriftrolle."

Ral Irman nahm die Pfundnoten hastig vom Ladentisch und warf ihnen die letzte Rolle hin. Seine Augen glänzten vor Gier, aber Mosche und Howard schenkten dem keine Beachtung. Behutsam entfernten sie die Hülle von der Schriftrolle. Howard tat einen tiefen, erstaunten Atemzug und spürte, wie ihm die Tränen in die Augen traten, als er das warme, schwere Gewebe der Schriftrolle betrachtete.

Zwar bröckelten die Ränder ab, aber als Mosche sie mit seinem Zeigefinger leicht antippte, zeigte sich, dass sie sich, im Unterschied zu den anderen Schriftrollen, leicht aufrollen ließ. Sie offenbarte eine schöne exakte Schrift, die einen Abschnitt des neunten Kapitels aus dem Buch Isaiah behandelte. Mosche räusperte sich und rezitierte dann, während er die Worte liebevoll betrachtete:

„Denn ein Kind ist uns geboren, ein Sohn ist uns gegeben, und die Herrschaft ruht auf seiner Schulter, und er wird genannt: Wunderrat, starker Gott, Ewigvater, Friedefürst.
Groß wird die Herrschaft sein und des Friedens kein Ende ...“

Als er geendet hatte, sah Mosche Howard lächelnd an. „Wir haben sie gemeinsam gefunden, mein Freund." Howard nickte nur, denn er konnte vor innerer Bewegung nicht sprechen. Mosche schreckte auf, als Ral Irman mit einschmeichelnder Stimme fragte:

„Haben die gelehrten Herren Freude an unserem Kleinod? Da Sie sie gelesen haben, zweifeln wir nicht daran, dass diese hier vielleicht tatsächlich echt und wertvoll ist?"

„Welche Preisforderung hat man Ihnen für diese Rolle aufgetragen?" Mosche nahm wieder eine geschäftliche Haltung an.

„Diese Rolle ist unverkäuflich", sagte Ral Irman mit einem zynischen Lächeln.

Mosche streckte in einer Anwandlung von Zorn sein Kinn nach vorne und empörte sich über sein Gegenüber: „Warum nicht?", fragte er schroff.

„Weil", Ral Irmans Stimme nahm einen arroganten Tonfall an, „sie schon jemand anderem gehört."

„Wem?" Mosches Stimme wurde lauter, und er machte drohend einen Schritt auf Ral Irman zu, worauf diesem das Lächeln sogleich verging.

Da raschelte der Vorhang hinter Ral Irman und teilte sich. Mosches Augen fielen zunächst auf den glänzend blauen Lauf eines Revolvers, der, von einer schwarz behandschuhten Hand gehalten, über Ral Irmans Schulter ragte. Aus dem Vorhang erschien ein grausam aussehendes Gesicht, dessen zynisches Grinsen eine Zahnlücke enthüllte. „Sie gehört Haj Amin, dem Großmufti von Jerusalem", sagte Hassan mit unheilvoller Stimme.

Mosche wich, wie vom Schlag getroffen, zurück. Und Howard erstarrte, als ihm bewusst wurde, dass dies eine Falle war.

„Hassan!", entfuhr es Mosche, und er spie den verhassten Namen aus wie Gift.

„So begegnen wir uns also wieder, Bruder meines Freundes." Hassan schob Ral Irman so brutal zur Seite, dass dieser gegen einen Stapel Bücher fiel.

„Du bist von niemand der Freund, Hassan", erwiderte Mosche.

„Vielleicht nicht. Aber es ist nicht klug, jemanden zu beleidigen, der eine Pistole in der Hand hat."

„Was habt ihr mit Moddy gemacht?", wollte Mosche wissen.

Hassan kniff seine Augen in spöttischer Belustigung zusammen. „Hast du nicht gehört? Sein Herz." Er machte mit dem Kopf eine Bewegung in Richtung des hinteren Raumes. „Dumme Angelegenheit, diese schwachen Herzen." Hassan ging einen Schritt vor, als Ram Kadar durch den Vorhang den Raum betrat.

„Ich habe noch nicht das Vergnügen gehabt", meinte Kadar zynisch zu Mosche.

„Dies ist der Bruder des Liebhabers deiner verstorbenen Frau, Kadar."

Kadar warf ihm einen so zornigen Blick zu, dass Hassan augenblicklich verstummte. „Du bist der Zionist, Mosche Sachar, nicht wahr?" Er hob seine Hand, die ebenfalls einen Revolver hielt.

Mosches Blick streifte ihn flüchtig. „Und was habt ihr mit den Beduinen gemacht?", fragte er. „Sind die auch tot?"

„Oh nein", entgegnete Hassan. „Sie waren sehr froh, dass sie uns bei dieser kleinen Zusammenkunft heute Abend behilflich sein konnten. Sehr froh, die Schriftrollen hier lassen und wieder zu ihren

Zelten zurückeilen zu dürfen. Aber du darfst dir keine Sorgen machen. Diese Schriftrollen werden schon noch in die Hände eines Juden kommen. Der Oberrabbiner der Altstadt hat sie gekauft."

„Und zu welchem Preis?"

Hassan grinste und zögerte die Antwort so lange wie möglich hinaus, weil er Mosches Qual spürte. „Informationen, mein lieber Mosche. Und für das Blut deiner armseligen kleinen Gruppe von Haganah-Kämpfern hinter der Altstadtmauer."

Als Mosche Howard einen Blick zuwarf, war seinem Gesicht die Erkenntnis, dass Akiva sie verraten hatte, deutlich anzusehen. „Ich verstehe. Menschen gegen Schriftrollen. Dann hat der Mufti also nicht nur innerhalb, sondern auch außerhalb der Stadtmauern einen abgerichteten Affen."

Hassan stürzte vor und stieß Mosche wütend den Lauf seiner Pistole ins Gesicht. Mosche fiel hart gegen die Wand und verfehlte nur um Haaresbreite Moddys tönerne Wassergefäße, die gefährlich hoch bis zur Decke gestapelt waren. Howard sprang auf und wollte dem benommenen Mosche zu Hilfe eilen, wurde jedoch auf halbem Wege unsanft von Kadars Pistolenlauf abgehalten.

„Und wer bist du, kleiner Mann?", fragte Kadar verächtlich. Statt einer Antwort sah ihm Howard nur unerschrocken in die Augen. „Das macht nichts", brummte Kadar. „Du bist sowieso bald tot, auch ohne Namen."

Ral Irman kicherte, als Mosche stöhnte und versuchte sich aufzusetzen. Kadar drehte Howard den Arm brutal auf den Rücken und stieß ihn dann neben Mosche. „Auf die Knie. Knie dich, sag' ich. Neben diesen Judenwurm."

Howard kniete sich neben Mosche und sah sich dabei im Raum um. „Mein letzter Blick wird ein solches Durcheinander von antiken Tongefäßen und Ausgrabungsstücken sein, dass es einen Archäologen zu Tode erschrecken kann", dachte Howard mit Galgenhumor. „Ein passendes Ende für jemanden in meinem Beruf." Er hörte, wie Hassan seine Pistole entsicherte und sah, merkwürdig gefasst, in deren Mündung.

„Warte!", rief da Ral Irman und sprang vor. „Noch nicht schießen! Ihre Taschen sind voll mit Hundert-Pfund-Noten, und sie werden sonst blutig!", jammerte er. „Du hast mir das Geld von ihnen dafür versprochen, dass ich mitmache. Du hast es versprochen!"

„Du da!", schnauzte Hassan Howard an. „Mach deine Taschen leer. Aber langsam." Howard leerte sie daraufhin. Dann griff er unter seine Gewänder, zog seine Brieftasche hervor und warf sie auf den Boden.

„Jetzt seine." Hassan zeigte mit der Pistole auf Mosche, der bei dem Versuch, wieder einen klaren Gedanken zu fassen, eine ruckartige Bewegung mit dem Kopf machte.

Während Howard seine Hand nach ihm ausstreckte, trafen sich ihre Blicke, und er sah starr in Mosches Augen. Mosche schaute ihn bedeutungsvoll an. Howard runzelte die Stirn und hob Mosches Gewand hoch, während dieser auf die aufgestapelten Gefäße schielte und dann wieder hastig die Augen schloss. Howard griff nach Mosches Brieftasche und spürte einen Adrenalinstoß, als seine Hand den harten Stahl der 38er berührte.

„Keine Tricks. Du bist sowieso eine Leiche", sagte Kadar warnend. „Zieh deine Hand langsam heraus." Howard spürte die Gegenwart der zwei auf ihn gerichteten Pistolen. Er konnte niemals beide auf einmal kampfunfähig machen. Seine Hand spannte sich um den Pistolengriff. Er warf einen schnellen Blick auf die Krüge und wusste plötzlich, was er zu tun hatte. „Hier habe ich es", sagte er. Dann bohrte er den Revolver durch den Stoff von Mosches Gewand und drückte den Abzug. Die Kugel schoss durch den Stoff in die unterste Reihe der Krüge, so dass Tonscherben in alle Ecken des Ladens spritzten. Und dann prasselte eine Lawine von Töpferwaren in einer Kettenreaktion auf die verwirrten drei Männer. Hassan schrie auf und feuerte einen Schuss ab, der Mosches Oberarm durchbohrte und den Knochen zersplitterte. Mit einem Aufschrei fasste sich Mosche an den Arm. Howard half ihm mit einem Ruck auf die Beine und bugsierte ihn, halb schleppend, halb stützend, über die Tonscherben, die über den Boden verstreut waren. Im Vorbeigehen nahm er noch den Lederbeutel und die Schriftrolle des Isaiah, bevor er durch den Vorhang in den hinteren Raum eilte, von dem aus eine Treppe auf die Straße führte. Dort auf dem Boden lag Moddy, im eigenen Blut, seine sanften braunen Augen in maßlosem Entsetzen aufgerissen. Es war Howard klar, dass es nur Sekunden dauern würde, bis sich die Mörder erholt hätten und die Verfolgung aufnehmen würden.

„Los, Mosche!", schrie er. „Nimm deine Beine in die Hand, Junge! Ich kann dich nicht tragen!" Howard schleuderte die Hintertür weit auf und schleppte ihn nach draußen.

Trotz der Verletzung, die Mosche erlitten hatte, stützte er sich keuchend in ungeheurer Anstrengung auf Howard und zwang seine Beine mit seiner ganzen Willenskraft, sich zu bewegen. Die frische kalte Luft half ihm dabei, wieder zu sich zu kommen, so dass Howard ihn schnell die steile Treppe hinunter auf die Straße führen konnte. Howard schaute gerade nach oben, als Hassan, im Türrahmen stehend, auf sie zielte und schoss. Die Kugel prallte an den Pflastersteinen nur wenige Zentimeter von seinen Füßen entfernt ab. Howard hob Mosches Pistole und schoss zurück, ohne sich die Mühe zu machen zu zielen und brachte Hassan auf diese Weise dazu, nach Deckung suchend in den Laden zurückzuspringen.

„Los, Mosche! Wir haben zumindest etwas Zeit gewonnen!"

32. Zuflucht

Ellie hielt den ausgefransten Strick um Schauls Hals ganz fest. Er zog durch die dunklen Straßen wie ein Jagdhund auf der Pirsch. Oft führte sie der Weg des Hundes in winzige Gässchen, unter niedrigen Überhängen durch und an Eimern mit überquellendem Müll vorbei. „Bist du sicher, dass dies der Weg nach draußen ist, Schaul?", murmelte sie atemlos und verunsichert darüber, dass sie ihre Sicherheit tatsächlich einem zotteligen Vierbeiner anvertraut hatte. Aber sie musste ihm Glauben schenken; er schien tatsächlich ein Ziel zu haben.

„Schaul wird Sie nach Hause bringen", hatte Jakov ihr versichert. „Aber Sie dürfen den Strick nicht loslassen, sonst läuft er nach Hause, und Sie sind da, wo Sie nicht sein wollen." Daraufhin hatte der Junge Schaul einige Zauberworte ins Ohr geflüstert, und dann waren sie losgezogen.

Gerade jetzt, als sie sich durch eine kleine Gasse zwängten und dabei stinkende Müllbehälter umwarfen, die klappernd hinter ihnen her rollten, war sie versucht, loszulassen und, ihrer eigenen Nase folgend, reinere Luft zu suchen. Dennoch ließ sie den Strick nicht los und hastete die letzten Stufen zum Mandelbaum-Tor hinauf, wo eine kleine Gruppe von chassidischen Wächtern träge auf den Sandsäcken herumlungerte.

„Schalom!", rief Ellie, als Schaul sie auf den Wachposten zu zog.

„Halt!", rief derselbe junge Mann, den Jakov mit Namen gegrüßt hatte. Er sprang eilfertig auf und versperrte ihnen den Weg. „Sie können hier nicht durchgehen. Sie müssen zurück", belehrte er sie.

Schaul knurrte, und seine Nackenhaare sträubten sich, als sie vor den Männern standen. „Ruhig." Ellie streichelte ihm über den Kopf. „Ich muss in die Neustadt", erklärte sie, während Schaul von neuem knurrte und die vier Männer einen Schritt zurückwichen.

Sie besprachen sich rasch in einer Sprache, die Ellie nicht erkannte, und wandten sich ihr dann wieder zu. „Rabbi Akiva und eine

kleine Gruppe von Rabbis sind heute Abend zur Klagemauer gegangen, um dort zu beten, wie sie es immer zu Chanukkah tun. Sie
sind aber noch nicht zurückgekehrt, und wir fürchten nun um ihre
Sicherheit. Bestimmt sind sie von Arabern gefangen genommen worden, und Sie als Frau können die Straßen hinter dieser Absperrung
erst recht nicht ohne Gefahr für Ihre Sicherheit betreten", erklärte
einer der Männer.

„Habt ihr schon die britischen Soldaten am Zion-Tor benach-
richtigt?", fragte sie.

Der älteste der Wächter lachte bitter. „Und was würden die tun?
Uns dafür einsperren, dass wir hier Wache halten, das ist alles."

„Ich muss aber in die Neustadt!", beharrte Ellie und starrte an
ihnen vorbei in die dunklen Gänge des Sektors hinter der Absperrung.

„Madame", sagte ein anderer mit deutlich französischem Akzent.
„Sie verstehen nicht ..."

„Ich verstehe sehr wohl. Das Leben eines Mannes steht auf dem
Spiel – ihr mögt vielleicht zu stolz sein, Hilfe zu erbitten, aber ich
bin es nicht."

Das Geräusch von schlurfenden Schritten jenseits der Barrikade
ließ sie mitten im Satz innehalten. Die Wächter wirbelten herum
und nahmen ihre Positionen hinter der Barrikade ein.

„Halt!", rief einer von ihnen mit bebender Stimme. „Wer da?"

Aus der dunklen Straße jenseits der Barrikade kamen undeutliche
Schatten auf sie zu. Ellie drückte Schauls Hinterteil hinunter, damit er sich setzte, und ließ sich dann auf den Pflastersteinen neben
ihm nieder.

„Wer da?", fragte der Wächter noch einmal.

Der ältere Mann hatte einen Revolver zwischen zwei Sandsäcken
hervorgezogen, und der Lauf blinkte im Sternenlicht.

„Rabbi Akiva", war die feierliche Antwort.

Ein Jubelschrei brach in der kleinen Gruppe aus, die nach vorne
eilte, um die Barriere zu entfernen und für diesen dickleibigen Bä-
ren von Rabbi und seine vier Begleiter den Durchgang frei zu machen.

„Willkommen, Rabbi!", riefen sie. „Wir fürchteten schon um Ihre Sicherheit, weil Sie nicht zurückkamen."

„Wann werdet ihr das endlich begreifen?", entgegnete Akiva unwirsch. „Diese Barriere ist unnötig. Unsere Freunde haben nichts Böses im Sinn. Die Haganah und die Zionisten sind die eigentlichen Feinde für den Frieden der Altstadt."

„Haben die Araber Sie nicht angehalten?"

„Auch wenn sich die anderen Rabbis weigern, sich uns anzuschließen, sind wir doch der lebendige Beweis dafür, dass es immer noch einen guten Willen gibt. Das hier ist überhaupt nicht nötig –" Er machte eine ärgerliche Handbewegung zur Barrikade hin. Als er jedoch Ellie an deren Rand sitzen sah, ließ er die Arme sinken. „Und was ist das?", schnaubte er. „Haben Sie alles fotografiert, was Sie wollten?" Er musterte ihre Kleidung eingehend, da ihm auffiel, dass diese offensichtlich weit weniger ausgefüllt war als bei ihrem ersten Treffen an diesem Tag. „Sie! Sie behaupten, dass Sie Journalistin sind! Dann machen Sie doch ein Bild von uns, denn wir sind die einzigen Menschen in ganz Palästina, die noch bei Verstand sind!" Er richtete sich zu seiner vollen Größe auf und sah mit finsteren Blicken auf sie herab.

„Rabbi Lebowitz ist sehr krank. Er braucht dringend einen Krankenwagen", erklärte Ellie ruhig. „Glauben Sie nicht, dass es eine Möglichkeit –"

„Rabbi Lebowitz!" Er spie den Namen förmlich aus. „Ein Verräter! Das ist Gottes gerechte Strafe." Er lächelte sie mit zusammengekniffenen Augen an. „Aber gehen Sie nur, Kind. Sie sehen, wir sind durch die Straßen des arabischen Viertels gegangen, und es ist uns kein Leid widerfahren. Gehen Sie nur, wenn Sie müssen."

Ellie starrte ihn unverwandt an und holte dann tief Luft, als wollte sie etwas sagen. Als ihr Blick jedoch auf die Wächter fiel, die beschämt an der Barrikade lehnten, sagte sie zu dem Hund: „Komm, Schaul" und ging aus der Sicherheit der Absperrung in das Niemandsland der Straßen auf der anderen Seite.

Schauls kratzende Tritte auf den Pflastersteinen mischten sich mit dem Geräusch ihres keuchenden Atems; sonst war kein Laut in dem leeren Korridor zu hören. Die Dunkelheit lastete schwer auf ihr. In jedem Hausschatten wähnte sie ein Gesicht, in jeder Gasse eine Hand, die sich nach ihr ausstreckte. Ihre Hände wurden feucht, und ein eisiger Klumpen lag in ihrer Magengrube. Plötzlich wünschte sie, sie hätte sich die Zeit genommen, eine Toilette aufzusuchen, bevor sie die Altstadt verlassen hatte. „Ellie, altes Mädchen, du hast Angst", sagte sie zu sich selbst. „Passt du auch immer noch auf, Gott?"

Plötzlich, als sie um eine Ecke bogen, blieb Schaul wie angewurzelt stehen, und Ellie stolperte über ihn und fiel aufs Pflaster. Sie schrie auf und tastete nach dem Ende des Strickes. Schaul wich knurrend einen Schritt zurück. Ellie hielt den Atem an und fröstelte in ihrer schweißgetränkten Bluse. „Was ist los?", fragte sie den Hund flüsternd. Sie atmete stoßweise, im Netz der Angst gefangen. Sie griff hastig nach dem Strick, zog den Hund heftig zu sich hin und schlang ihre Arme um seinen Hals. Als sie hörte, dass sich hinter ihr Schritte näherten, drehte sie sich hastig um. Und dann trat, zwanzig Schritte von ihr entfernt, auch in der anderen Richtung ein Schatten zwischen zwei verlassenen Gebäuden hervor. Drei andere Männer, deren Gewänder gespenstisch im Wind flatterten, folgten ihm. Ellie schrie auf und versuchte wieder auf die Beine zu kommen. Sie suchte nach einem Fluchtweg, aber beide Möglichkeiten waren versperrt. Zurückweichend prallte sie gegen eine Wand und ließ den Strick fallen. Der Hund bellte, knurrte und rannte dann weg, mitten durch die Beine der verwirrten Araber, die den Kreis um Ellie schlossen. „Schaul!", schrie sie. „Komm zurück!"

Einer der Araber stieß ein kurzes, brutales Gelächter aus. „Dich haben wir gesucht, Haganah-Mädchen", sagte er. „Dein Hund wird dich auch nicht retten."

„Nein, nein, Sie irren sich." Ellie hielt ihm ihre Kamera entgegen. „Sehen Sie, ich bin nämlich Zeitungsfotografin", sagte sie in panischer Angst.

„Das ist also der Fotograf", erklang eine hohe Stimme unter der karierten Keffijah zu ihrer Rechten. Die Gesichter konnte sie nicht erkennen, nur dunkle Schatten, die von hellen Kopfbedeckungen eingerahmt wurden. Acht Männer schlossen sie in einem Kreis immer enger ein.

„Ja. Für das Life-Magazin."

„Ach, eine Journalistin." Die Stimme hatte einen ausgeprägten britischen Akzent.

„Gerade dich haben wir gesucht." Einige nickten, und es entstand eine Auseinandersetzung, als einer der Männer seine Hand ausstreckte und ihr lachend mit den Fingerspitzen über den Nakken strich. „Wo sind denn die anderen, Haganah-Mädchen?", fragte eine Stimme.

„Ich weiß nicht, wovon Sie sprechen." Ellie versuchte ihre Stimme ruhig und unerschrocken klingen zu lassen. „Ich bin amerikanische Staatsbürgerin, und ich verlange, dass Sie –"

Eine der weißgekleideten Gestalten griff ihr an die Kehle und drückte sich dann an sie. „Du verlangst gar nichts, Mädchen!", knurrte er so dicht vor ihr, dass sie seinen Atem in ihrem Gesicht spürte.

„Lassen Sie mich gehen!" Sie wehrte sich.

„Wir werden dich gehen lassen, ja, aber zu Haj Amin. Nur zuerst werden wir uns auf unsere Art mit dir beschäftigen, Haganah-Mädchen!" Er ließ seine Hand in einer Weise über ihren Körper gleiten, dass ihr übel wurde.

„Bitte!", würgte sie hervor.

„Brich die Tür auf!", rief der Mann. Das Rattern einer Maschinenpistole erklang, und dann wurde mit einer Salve das Schloss der Tür eines verlassenen Hauses gesprengt. Als zwei Männer sie in die Dunkelheit der Türöffnung zerrten, schrie Ellie gellend auf und wehrte sich mit Fußtritten gegen die Hände, die sich ihr entgegenstreckten und sie berührten.

„Lassen Sie mich gehen!", schrie sie.

Jemand zündete eine Lampe an, die trübe auf einem groben Holztisch flackerte. Sie rissen an ihren Kleidern, schleuderten sie brutal auf den Boden und drängten sich dann unter rohem Gelächter und mit lautem Gegröle um sie.

„Gott! Hilf mir!", schrie sie, als sich das lüsterne, bärtige Gesicht eines Arabers dem ihren näherte.

Plötzlich peitschte der Feuerstoß einer Maschinenpistole durch die Türöffnung. Kugeln schlugen krachend in die Zimmerdecke und ließen den Putz kaskadenartig von der Decke auf Ellie und die Männer herabregnen. Die Männer sprangen auf und drehten sich überrascht um. Das Gelächter hörte auf, und es kehrte schlagartig Stille ein.

Ellie schloss die Augen, während ihr Körper von Schluchzen geschüttelt wurde. Dann hörte sie Schaul leise knurren. Von der Tür her ertönte Captain Luke Thomas' Stimme mit dem unüberhörbaren britischen Akzent.

„Ihr scheint euch hier ja einen netten Zeitvertreib zu machen, was, Jungs?", meinte er.

Ellie öffnete die Augen, während die Araber die Augen gebannt auf die Maschinenpistole richteten und zurückwichen.

„Sie ist Haganah!", rief ein junger Araber. „Sie Waffen schmuggelt zu Juden. Das hat man uns gesagt. Verhaften Sie sie!"

„Ihr törichtes Gesindel", rief der Captain erbost. „Einen Kopfschuss sollte ich euch verpassen und euch den Geiern zum Fraß vorwerfen. Hängen ist noch zu gut für euch." Vier englische Soldaten marschierten an ihm vorbei. „Handschellen anlegen. Aber stramm", befahl er. „Und gegen die Wand stellen!"

Schaul lief schnell auf Ellie zu und leckte ihr, mit der Nase gegen ihre Wange stupsend, die Tränen ab. Sie schlang ihre Arme um ihn, immer noch zu zittrig, um aufzustehen. „Du", schluchzte sie. „Guter Hund."

Der hochgewachsene, hagere Captain beugte sich zu ihr hinunter. „Alles in Ordnung, Miss Warne?", fragte er freundlich.

Ellie wischte sich das Gesicht mit dem Handrücken. „Ich glaub' schon. Bin nur erschrocken." Sie versuchte ein Lächeln zustande zu bringen.

Er reichte ihr ein Taschentuch, und sie putzte sich damit die Nase. „Das war ich auch ein bisschen." Er zog seinen Mantel aus, legte ihn um ihre Schultern und bedeckte damit ihre zerrissene Kleidung. Dann half er ihr beim Aufstehen und führte sie wieder hinaus auf die dunkle Straße. „Haltet eure Gewehre auf ihre Köpfe gerichtet", wies er seine Leute an. „Und wenn sie euch Ärger machen, überlasst es dem Mufti, ihr Gehirn aufzuwischen."

„Wie haben Sie mich gefunden?", fragte Ellie und lehnte sich an eine Hauswand.

„Wir haben nach Ihnen Ausschau gehalten. Als das Tier wie toll bellend aus der Altstadt kam, dachte ich mir schon, dass was nicht in Ordnung ist. Sie sind keine fünfzig Meter mehr vom Tor entfernt. Wir hörten die Schüsse und sahen dann das Licht."

Ellie nickte. „Danke."

„Wo sind die anderen, Miss Warne?"

„Jakovs Großvater ist schwer erkrankt. Sie sind bei ihm geblieben."

„Rabbi Lebowitz?" Seine Stimme klang besorgt.

„Ja. Ein Herzanfall, glaube ich. Ich bin gelaufen, um einen Krankenwagen zu besorgen."

„Lieber Gott." Der Captain schnalzte mit der Zunge. „Er ist ein großartiger alter Mann. Das war sehr mutig von Ihnen."

„Es muss doch irgendetwas geben, das wir tun können." Sie hatte das Gefühl, als müsste sie wieder weinen. Und wieder zog der Captain sein Taschentuch heraus.

„Kommen Sie." Er legte ihr einen Arm um die Schultern und ging mit ihr zum Zion-Tor. „Ich bringe Sie nach Hause. Und dann will ich sehen, was ich wegen des Rabbis tun kann."

„Warten Sie einen Augenblick!" Ellie zögerte. „Meine Kamera ist hier noch irgendwo."

Sie suchten beide die Straße ab und fanden sie schließlich – zertrümmert. Luke reichte sie ihr. Der Film hing aus dem zerbrochenen Gehäuse heraus.

„Sie scheint nicht mehr so ganz funktionstüchtig zu sein", meinte er trocken.

„Das ist schon die zweite Kamera, die ich eingebüßt habe. Wissen Sie, allmählich machen diese Burschen mich aber ärgerlich."

* * *

Es wurde langsam wieder kalt. Die Autoscheiben beschlugen allmählich durch Davids Atem, und er zog, wohl zum hundertsten
Male, seinen Ärmel hoch und sah auf seine Armbanduhr. Es war
fast neun Uhr. Er lächelte kläglich und kam sich verrückt vor, zwei-
einhalb Stunden wie ein verliebter Teenager gewartet zu haben. Sie
kamen einfach nicht. Sie hatten wohl ihre Pläne geändert. Es konnte ja sein, dass ihm jemand eine Nachricht an der Rezeption hinterlassen hatte. Er hatte ja nicht nachgefragt.

Er suchte die Päckchen zusammen und trat in die kalte Nachtluft
hinaus. Mit den Geschenken unter dem Mantel kletterte er über
die Mauer und kam auf den engen gepflasterten Hof, der hinters
Haus führte. Die Päckchen legte er auf die Stufe vor den Hinterein-
gang und ging dann zur Haustür. Dort öffnete er den Reissverschluss
seiner Fliegerjacke und holte ein kleines Notizbuch sowie einen Bleistift hervor. „Ellie", kritzelte er. „Habe dich leider verpasst. Päckchen liegen hinten. Fröhliche Weihnachten. David." Er steckte den
Brief zwischen Tür und Zarge und stieg niedergeschlagen wieder
ins Auto. Dort saß er weitere fünf Minuten in der Hoffnung, die
Scheinwerfer von Howards Plymouth aufleuchten zu sehen. Er stellte
sich vor, wie sie ankommen und Ellie sich, aus Freude darüber, dass
er gewartet hatte, in seine Arme werfen würde. „Wir hatten einen
Platten. Wir hatten kein Benzin mehr. Wir sind in einen Verkehrs-
stau geraten", wären einige der Entschuldigungen, die sie z.B. vor-
bringen könnte. Dann würden sie alle ins King David gehen und
endlich essen. Es war Heiligabend, und seine himmelhochjauchzende
Freude war einer abgrundtiefen Enttäuschung gewichen. Er sah noch
einmal auf die Uhr. Dann ließ er den Wagen aufheulen und brauste
so rasant davon, dass die Reifen quietschten und auf der Straße vor
dem Haus eine Gummispur zurückblieb. David hielt das Steuerrad
fest umklammert und fuhr zum Atlantic Hotel zurück – in dem
sicheren Bewusstsein, dass die ganze Situation seine Schuld war.
Bestimmt war dort eine Nachricht für ihn hinterlegt worden, oder
es war ein Anruf für ihn gekommen. Er würde an der Rezeption
nachfragen und dann Ellie finden. Besser spät als nie.

Das Auto kam quietschend vor dem Atlantic zum Stehen, und

David war mit einem Satz aus dem Auto und eilte durch die Drehtür in die fast menschenleere Eingangshalle. Er ging mit langen Schritten zur Rezeption und läutete dort ungeduldig die Glocke.

„Sie wünschen, Sir?", fragte der mürrische Empfangschef.

„David Meyer. Irgendeine Nachricht für mich?"

Der Mann betrachtete ihn einen Augenblick lang. „Zimmernummer?"

„349."

Der Mann schlurfte zu den Postfächern und sah mit kurzsichtigen Augen die Nummern an den Fächern durch. David hatte bereits gesehen, dass das Fach für sein Zimmer leer war.

„Keine Nachricht."

„Vielleicht ein Anruf?"

Der Mann zuckte mit den Achseln. „Nicht, dass ich wüsste."

„Na, dann sehen Sie doch mal nach!", fuhr David ihn an.

Der Mann schob seine Unterlippe vor und blätterte unwillig einen dünnen Stapel telefonischer Benachrichtigungen durch. Dann knallte er sie auf den Schalter und meinte mit einem gönnerhaften, zufriedenen Lächeln: „Keine Nachricht."

David schürzte die Lippen und runzelte die Stirn. Dann sah er den Mann wieder an. „Na gut. Jedenfalls danke." Er drehte sich um und fühlte sich so verlassen wie noch nie in seinem Leben. Als er wieder auf die belebte Straße trat, sah er mit leerem Blick durch das Fenster des Atara Cafes. „Inzwischen werden die Burschen schon ziemlich betrunken sein", dachte er. „Und alle werden mich nach meinem aufregenden Rendezvous mit Ellie fragen." Er hielt den Kopf gesenkt und versuchte allen Mut zusammenzunehmen, um in das Cafe gehen zu können. Da erinnerte ihn sein knurrender Magen daran, dass er seit dem leichten Frühstück in Tel Aviv an diesem Morgen nichts mehr gegessen hatte. Er fuhr sich seufzend mit der Hand durch die Haare und stieg dann wieder in den Wagen, unfähig, seinen Freunden im Atara gegenüberzutreten. „Wenn Michael Recht hat und mich außer meinem Ich sonst niemand mag", dachte David, „dann ist mein Ich jedenfalls gerade völlig vernichtet worden". Ellie hatte ihn einfach nicht sehen wollen, überlegte er sich. Als ihr Onkel ihr erzählte, dass er kommen würde, hatte sie darauf bestanden, woanders zu feiern.

Er fuhr zu dem massiven Komplex des King David Hotels, entschlossen, sich zumindest eine gute Mahlzeit zu gönnen; allerdings auch in der leisen Hoffnung, dass Ellie dort sein und er kühl an ihrem Tisch vorbeischlendern und ihr sagen könnte, wie Leid es ihm täte, dass er die Einladung vergessen hatte. Ein Diener in roter Livree öffnete die Wagentür, als er vor dem Hauptgebäude vorgefahren war. David ließ die Schlüssel in seine Hand fallen.

„Wird hier immer noch Essen serviert?", fragte David.

„Bis zehn Uhr, Sir."

„Danke." David gab ihm ein Trinkgeld, ohne auf die Höhe des Betrages zu achten.

„Danke, Sir!", rief der Diener überrascht aus. „Und Ihnen fröhliche Weihnachten!"

* * *

Die Blutspur, die Mosches Wunde hinterließ, war leicht durch die gepflasterten Gässchen von Bethlehem zu verfolgen. Als Howard sich umwandte, sah er den Schein einer schwankenden Laterne, die dicht über die Pflastersteine gehalten wurde. Da Hassan und Kadar auf diese Weise nur langsam vorankamen, hatten er und Mosche wenigstens einen Vorsprung.

Mosche taumelte und stützte sich mühsam auf Howard. „Geh allein weiter", flüsterte er. „Lass mir die Pistole und geh."

„Du blutest stark, mein Freund." Howard lehnte ihn gegen eine Hauswand und nahm das Kopfband von seiner Keffijah ab, und als Howard die Wunde straff damit umwickelte, stieß Mosche einen erstickten Schrei aus. „Nur noch ein bisschen weiter, Mosche. Wir wollen sehen, ob die Eselin noch da ist." Dann fügte er leise hinzu: „Bitte, Gott."

Mosche legte seinen gesunden Arm um Howards Schultern, und so gingen sie mit schwankenden Schritten weiter durch die Gasse, wie zwei betrunkene Kumpane, die sich eine Nacht um die Ohren geschlagen haben. Immer noch tropfte Blut von Mosches Fingerspitzen, sein Arm hing schlaff herunter, und er stolperte, durch den Blutverlust einer Bewusstlosigkeit nahe.

„Wir schaffen es, Mosche", flüsterte Howard. „Komm schon, Junge."

Mosche lächelte in trunkenem Erstaunen über ihn. „Wusste gar nicht, dass du so stark bist."

„Ich bin nicht immer fünfzig gewesen, musst du wissen. Das hier ist nicht halb so schlimm wie Verdun im ersten Krieg. Damals kämpften wir nur im Nahkampf." Er versuchte eine leichte Unterhaltung aufrechtzuerhalten, indem er Mosche in der Hoffnung Fragen stellte, ihn auf diese Weise bei Bewusstsein halten zu können.

Schließlich bogen sie um eine Ecke und liefen geradewegs gegen das Hinterteil der kleinen Eselin. „Gott sei Dank", seufzte Howard, während er Mosche auf ihren Rücken wuchtete und eilig den Strick löste. Hinter sich hörte er die Stimme Hassans, der Mosches Blutspur, die die Gasse hinunter führte, entdeckt hatte. „Halt dich fest!", rief Howard Mosche zu und brachte das kleine Tier schnalzend dazu, den rutschigen Abhang hinunter zur Hauptverkehrsstraße der Stadt zu traben.

In den stillen, menschenleeren Straßen war jetzt überall Glockengeläut zu hören. Einige wenige Pilger hatten sich um die Feuerstellen in den Souks gelagert und schliefen, aber niemand schaute auf, als Howard an ihnen vorbeitrabte und die Hufe der Eselin auf den Steinen klapperten. Er sah sich über die Schulter um, gerade noch rechtzeitig, um Hassan und Kadar zu sehen, die in die Mitte der Straße rannten und in beiden Richtungen Ausschau hielten. Schnell führte Howard die Eselin in den Schatten und schloss vor Erschöpfung kurz die Augen. Mosche lag, vornübergebeugt, mit dem Oberkörper auf dem Nacken der Eselin. Hassan machte Kadar ein Zeichen, der daraufhin in die ihnen entgegengesetzte Richtung lief, während Hassan zielstrebig und mit ausholenden Schritten in ihre Richtung kam. An jedem Feuer und jedem dunklen Platz verharrte er einen Augenblick, um in die Gesichter der friedlich schlafenden Menschen zu schauen. Mit feuchten Händen griff Howard nach dem Revolver. Er sah an dem Gebäude hinauf, in dessen Schatten er stand. Hohe Türme ragten in den nächtlichen Himmel. Er schmiegte sich an den rauen Stein der Kirche und drängte die Eselin sanft, ihm zu folgen. „Mosche", flüsterte er, „bist du noch da, Junge?"

„Hm", stöhnte Mosche.

Plötzlich stieß Howard mit einem Mann zusammen, einem alten Araber, der zahnlos in seiner karierten Keffijah lächelte. Er streckte sein Kinn vor und sah Howard unverwandt an. Dann richtete er seinen Blick an ihm vorbei auf die sich schnell nähernde Gestalt Hassans.

„Komm", drängte er. „Ihr befindet euch unter meinem Schutz." Er machte auf dem Absatz kehrt, schlurfte langsam vor Howard und Mosche her und ging hinter die Kirche. „Komm", sagte er wieder zu Howard, der einfach zu überrascht war, um sich zu widersetzen. Der Alte führte sie zu einem kleinen Alkoven in der Mauer und öffnete dann mit einem klickenden Geräusch den Riegel. „Hier rein." Er trat zur Seite.

„Die Eselin –", wandte Howard ein.

„Ich werde sie halten. Geht." Howard zog Mosche vom Rücken der Eselin, als sich Hassans eilige Schritte bereits der Ecke der Kirche näherten. Er zerrte den inzwischen bewusstlosen Mosche durch die kleine, beinahe verborgene Tür, und der Alte zog sie hinter ihm zu. Der Raum, in den sie kamen, war stockdunkel und von einem nasskalten, modrigen Geruch erfüllt. Howard setzte sich auf den Boden und hielt Mosche in seinem Schoß, während er auf Hassans Schritte horchte, die auf dem Pflaster widerhallten und jetzt ganz nahe waren. Er vermochte kaum zu atmen, und als Mosche stöhnte, hielt Howard seinem Freund den Mund zu. Die Schritte hielten an der Tür inne, und dann war ein heftiges Klappern des Riegels zu hören, als Hassan das Schloss mit Gewalt zu öffnen versuchte. Er stieß einen lauten arabischen Fluch aus und rannte dann weiter die Straße entlang. Dann verhallten seine Schritte mit zunehmender Entfernung.

Howard schloss erschöpft die Augen und spürte, wie ihn die Müdigkeit überwältigte. Sein Kopf fiel nach vorne, so dass ihm das Kinn auf die Brust sank. Und er war von einem Augenblick zum nächsten eingeschlafen.

* * *

Ellie stieg mit steifen Beinen aus Captain Lukes Panzerfahrzeug. Er wartete, bis Schaul herausgesprungen war und schloss dann mit einem verbissenen Lächeln die Tür.

„Ich glaube, Miss Warne, es wäre sinnvoll, wenn ich das Haus erst überprüfen würde, da Ihr Onkel nicht da ist und Sie alleine sind."

„Es geht schon, wirklich. Ich wünschte, Sie würden mich mit nach Hadassah fahren lassen, um den Krankenwagen zu holen."

„Ich denke, Sie waren für heute lange genug an der Front." Er nahm ihren Schlüssel und ging mit langen Schritten, immer zwei Stufen auf einmal nehmend, die Eingangstreppe hinauf. Dann zog er Davids Brief aus der Tür und reichte ihn ihr, während sie am Treppengeländer lehnte.

Sie überflog den Brief und lächelte. „David. Lieber David", sagte sie zärtlich.

„Ist es wichtig?", fragte Luke, öffnete die Tür weit und trat zur Seite, um sie vorbeizulassen.

„Ja", bestätigte sie. „Ich hatte vergessen, dass wir Weihnachten haben."

„So ist es. Und möge Gott Sie segnen." Er tippte an seine Mütze. Schaul rannte vor ihr her ins Haus, und sie folgte ihm. „Das hat er schon", erwiderte sie. „Fröhliche Weihnachten, Captain."

„Das wünsche ich Ihnen auch." Er stieg in das Panzerfahrzeug und fuhr dröhnend zum Skopus-Berg und nach Hadassah.

Ellie schloss die Tür und achtete darauf, alle Schlösser zu verriegeln. Dann schaltete sie sämtliche Lampen ein, an denen sie auf ihrem Weg zur hinteren Veranda vorbeikam. Von Dunkelheit hatte sie an diesem Abend genug. Schaul ließ sich in der Küche vor dem

Herd nieder und sah sie mit traurigen Augen an, während sie den Kessel anstellte und dann die Hintertür entriegelte, um die Geschenke, die David dort zurückgelassen hatte, einzusammeln. Dann schloss sie die Tür wieder. Sie legte die Geschenke auf den Tisch und lächelte, als sie überlegte, wie er wohl diesen Abend verbracht hatte. Trotz aller Müdigkeit musste sie daran denken, wie sie letztes Jahr am Heiligabend auf der Strandpromenade spazieren gegangen war und sie hörte noch einmal im Geist die Wellen gegen das Ufer krachen.

Sie zog sich einen Stuhl heran, setzte sich vor die Päckchen und las, das Kinn in die Hand gestützt, die Zettel. Sie lachte auf, als sie den an Schaul las. Der Hund hob den Kopf, als er seinen Namen hörte. Sie warf ihm die Salami zu. Er fing sie mühelos mit der Schnauze auf und kaute daran, während Ellie den weißen Umschlag von ihrem Päckchen abriss und den Brief las, den David ihr geschrieben hatte.

> *Fröhliche Weihnachten, meine geliebte Ellie!*
> *Während ich dies schreibe, stehe ich mit beiden Beinen fest auf der Erde. Und ich muss gestehen, dass ich während der letzten Wochen eingesehen habe, wie Recht du mit deiner Meinung über mein Leben hast! Ich habe nur für mich selbst gelebt; war nur auf mein eigenes Wohl bedacht und habe nie dein wahres Wesen erkannt. Vielleicht kommen diese Worte schon zu spät, und du hast bereits die Tür vor mir verschlossen. Das hoffe ich jedoch nicht. Denn wir haben so viel miteinander erlebt. Auch hat sich meine Liebe zu dir neu entwickelt, indem ich die Frau, die du jetzt bist, verstehen und respektieren gelernt habe. Ich habe jetzt ebenfalls ein Ziel in meinem Leben, obwohl ich immer noch einen weiten Weg zu gehen habe. Was immer die Zukunft bringen mag, in einem bin ich mir sicher: Ich werde dich immer lieben. David.*

Ellie las den Brief wieder und wieder, bis ihr die Buchstaben vor Erschöpfung vor den Augen verschwammen. Dann legte sie ihn behutsam auf den Tisch. Sie war immer noch sehr verärgert über ihn, aber sie wusste nun, dass sie ihn liebte. Zum ersten Mal betete sie, den Kopf gebeugt, für ihn und für sich selbst – darum, dass sie in ihrem Herzen eine klare Antwort fände. So lange war sie zwischen ihm und Mosche hin- und hergerissen gewesen. Und nun, da sie merkte, dass Mosche sich vielleicht, ohne dass er es wollte, in eine andere Frau verliebte, wollte sie keine Entscheidungen treffen, die nur auf die Tatsache gegründet waren, dass sie glaubte, vielleicht allein bleiben zu müssen.

Sie packte behutsam die große Schachtel aus und versuchte dabei, das Papier nicht zu zerreißen. Dann nahm sie den Deckel ab und zog die Zeitung heraus, die das Geschenk als Polster umgab. Ihr stockte der Atem, als das glitzernde schwarze Gehäuse einer neuen Leica vor ihr erschien. Vorsichtig nahm sie die Kamera aus der Schachtel und wiegte sie in ihrem Schoß. Am Objektiv hing noch ein Zettel: „Für die Frau, die das Antlitz von Gottes auserwähltem Volk in die Herzen der Welt eingraviert hat. Ich bin stolz auf dich. David."

„Fröhliche Weihnachten, David", sagte sie seufzend. „Danke." Sie stellte den Herd ab und schaltete das Licht aus. Nach all dem war sie nun für Tee zu müde.

33. Das Grab

Howard schlug die Augen auf, als die Tür mit einem Knall aufflog und anschließend langsam quietschend hin und her schwang. Er griff schnell nach seinem Revolver und spürte, wie ihm Schweißperlen auf die Stirn traten, während er darauf gefasst war, Hassans Gesicht in der Türöffnung zu sehen. Obwohl es draußen immer noch dunkel war, konnte er den sanften grauen Schatten der Eselin vor der Tür ausmachen. Nach einer kurzen Zeit des Wartens legte er Mosche auf den Steinboden und stand auf, um die Lage draußen zu klären. Die Straße lag verlassen da. Selbst der Alte war weggegangen und hatte die kleine Eselin mit ihrem Strick unangebunden stehen lassen.

Howard sah keine Möglichkeit herauszufinden, wie lange er geschlafen hatte, aber er fühlte sich erfrischt. Er fasste unbewusst an sein Handgelenk, wo sich sonst seine Uhr befand, die er zu Hause gelassen hatte, und wünschte, er hätte eine Ahnung, wie spät es war.

Er ging wieder zurück in den Raum, in dem Mosche lag, und fühlte dessen Puls am Hals. Sein Herz schlug immer noch kräftig. „Mosche", rief er ihn an. „Mosche", rief er noch einmal.

„Wo bin ich?", stöhnte dieser leise.

„In der Kirche, Junge. Hilf mir. Steh auf. Wir müssen die Schriftrollen nach Jerusalem bringen, und unsere Männer vor Rabbi Akiva warnen. Und wir müssen dich außerdem in ein sicheres Krankenhaus bringen."

Als Mosche sich mühsam aufrichtete, zuckte er vor Schmerz zusammen. Und sein Arm pochte qualvoll, als sie zusammen, Mosche auf Howard gestützt, ihr Versteck verließen. Howard half Mosche auf die Eselin und setzte sie wieder schnalzend in Bewegung. Er seufzte, als sie die Stadt verließen und wieder auf der Straße gingen, auf der er hoffte, noch vor Anbruch des Tages nach Jerusalem zu kommen – oder zumindest zu dem Zufluchtsort Kloster Mar Elias.

In der Uniform eines britischen Offiziers sah Gerhardt merkwürdig fehl am Platze aus, als er beim Gebet neben Haj Amin in dessen Privatmoschee innerhalb des Felsendomes kniete. Haj Amin, der während des Gebets sein Gesicht in Richtung Osten gewandt hatte, drehte sich jetzt um und sah Gerhardt an.

„Wir hegen keinen Zweifel am Erfolg deiner Mission", sagte er heiter.

„Ich fühle mich sehr geehrt, dass Sie so früh aufgestanden sind, um für mich zu beten." Gerhardt wusch sich die Hände in der Schale, die ihm gereicht wurde.

„Es ist niemals zu früh, Allah, den immer gnadenreichen Herrscher des Universums, um Hilfe für unser Volk hier in Palästina anzuflehen." Haj Amin streifte das Wasser von seinen Händen und trocknete sie dann an einem Handtuch, das ihm ein Diener reichte. Während Gerhardt respektvoll wartete, erhob Haj Amin sich langsam und richtete sich dann zu voller Größe auf.

„Und was gibt es für Nachrichten von Hassan und Kadar?", erkundigte sich Gerhardt.

Der Mufti entließ seinen Diener mit einer Handbewegung. Dann lächelte er gezwungen. „Ich fürchte, dass Hassan leider ein Versager ist. Unser Opfer ist entkommen. Tödlich verwundet, wie Hassan sagt. Er lässt in diesem Augenblick die ganze Gegend von Jihad-Moqhaden durchkämmen. Man wird sie schon finden", fügte er beruhigend hinzu. Er legte seine schlanke Hand auf Gerhardts Rücken. „Nun ja, aber *du* bist unser General, nicht wahr? Und was du heute Morgen tust, wird die Welt in ihren Grundfesten erschüttern."

„Wir wollen hoffen, dass die Juden ihre Torheit einsehen und aufgeben."

Sie gingen auf die luxuriöse Residenz Haj Amins zu. „Und wenn nicht, macht es auch keinen Unterschied. Wie ging doch das kleine Lied, das der Führer immer sang? ,Zerschlagt die Schädel des Judenpacks, und die Zukunft, die ist siegreich und gehört uns.' Nicht?"

Gerhardt sah zu den Sternen, die immer noch am Himmel glänzten. „Das waren gute Zeiten", seufzte er.

„Und diese werden noch besser, du wirst schon sehen. Bist du sicher, dass du keine Zeit mehr für einen Kaffee hast?"

„Ich fühle mich wirklich geehrt. Aber die Lastwagen warten. Es wird bald Tag."

Haj Amin nickte verständnisvoll. „Dies ist erst der Anfang für uns, Gerhardt. Mach deine Sache gut, und dann sind die Höhen, zu denen du dann vielleicht aufsteigst, nicht abzusehen."

$$* * *$$

Mosche stützte sich schwerfällig auf Howard, während die kleine Eselin an Rachels Grab vorbeitrottete. Sie waren fast eineinhalb Kilometer gegangen, als die Türme des Klosters Mar Elias hoch hinter der nächsten scharfen Kurve aufragten. Kleine Lichter schienen auf den Hügeln um sie herum zu tanzen. Ein riesiges Feuer versperrte die Straße ungefähr 400 Meter vor ihnen, als sie um den Felsvorsprung der Kalksteinklippen kurz vor dem Kloster herumgingen.

„Hassan hat wirklich keine Zeit verschwendet", bemerkte Howard laut.

Mosche hob den Kopf und sah nach Osten. „Bald wird es Tag werden, und dann sind wir erledigt."

Das erste Tageslicht zeichnete bereits die Konturen der zerklüfteten schwarzen Hügel ab. Hassan hatte seine Falle offensichtlich sehr gut vorbereitet. Er war zu der arabischen Hochburg Talpiot vorausgelaufen, wo junge Jihad-Moqhaden sich tatendurstig zum ersten Aufruf Haj Amins versammelt hatten. Sie waren kräftig und zäh und kannten jeden Zentimeter des Gebietes. „Du hast den Vorteil deiner Erfahrung", murmelte Howard vor sich hin. „Glaubst du denn, du alter Narr, dass die sich hier besser auskennen als du, nachdem du hier achtundzwanzig Jahre lang nach alten Gefäßen gegraben hast?"

„Was hast du gesagt?", fragte Mosche mit schwacher Stimme.

„Nichts", erwiderte er. „Stütz dich auf mich." Sie folgten noch einige Meter der Straße, und Howard betrachtete die Feuer vor ihnen mit grimmig gerunzelter Stirn. Er schaute sich um. Zwei Scheinwerfer kamen auf sie zu. „Wir müssen von der Straße runter, Mosche. Kannst du das Geholpere aushalten?"

„Ja", entgegnete Mosche und zuckte aber doch zusammen, als Howard die Eselin einen Abhang hinunter in einen Graben führte. „Steig dicht am Rand ab", wies Howard ihn an. Dann wandte er den Kopf der Eselin von dem sich nähernden Fahrzeug ab, so dass sich in ihren Augen das Licht der Scheinwerfer nicht spiegeln konnte. Er selbst legte sich flach hinter sie und wartete – kaum, dass er zu atmen wagte, während der Fahrer in den zweiten Gang schaltete, um die lange Steigung zu den wartenden Jihad-Moqhaden zu beginnen. Einen Augenblick lang leuchteten die Scheinwerfer an den Rand des Grabens hinter ihnen, und Howard schloss die Augen und betete, solange die Scheinwerfer um ihn tanzten. Dann verschwand das rote Licht der Rückleuchten in einer wirbelnden Staubwolke, als der Wagen heulend die Steigung erklomm.

Howard stand auf und schlang die Strickleine um den Zweig eines Busches. Er kniete sich neben Mosche. „Bist du immer noch da, Junge?", fragte er.

„Ich kann nicht mehr", antwortete Mosche stockend.

„Natürlich kannst du." Howard strich sich mit der Hand über den Mund und schluckte die Angst hinunter, die ihn im Halse würgte. „Du meinst nur, du könntest nicht mehr." Dann sah er sich gehetzt um, da er den Schein von drei Fackeln bemerkte, die sich tanzend auf sie zu bewegten. Der Schein der einen reichte weit über den Rand des Grabens bis zu dem Felsen und dem Gestrüpp, die sich nur ungefähr hundert Meter von ihnen entfernt befanden. Sein Mund wurde trocken, als er den Schrei hörte:

„Jehuda! Jehud!"

Mosche hatte den Kopf gegen den Grabenrand gelehnt. Sein Gesicht war so bleich und hob sich hervor wie die Steine aus der Dunkelheit. „Bitte, geh, Howard. Nimm die Schriftrollen."

Howard legte Mosches Arm um seine Schultern und stellte ihn

wieder auf die Beine. „Habe ich dir je von der Zeit in der Argonne erzählt?", keuchte er. „Die Deutschen warfen Gas in die Schützengräben; selbst die Ratten rannten weg." Er bückte sich und warf sich den Lederbeutel mit den Schriftrollen über die Schulter. „Hatte meine Gasmaske verloren. Dachte, jetzt ist's aus", fuhr er flüsternd fort, mehr zu sich selbst als zu Mosche. „Dachte, ich könnte nie mehr Angst haben." Er lehnte Mosche gegen die Eselin und schob ihn dann auf ihren Rücken. Mosche schrie kurz auf und war dann still. Howard spürte dankbar, dass Mosche erschlaffte. So brauchte er zumindest die Schmerzen nicht länger zu ertragen. Die Fackeln schienen dem Geräusch zu folgen und tanzten schneller auf sie zu.

„Jehuda!"

Howard stolperte über eine Geröllhalde nach Osten, wo sich das Morgengrauen immer weiter ausbreitete. Das kleine Tier folgte ihm mit sicherem Tritt durch die Sträucher einen kleinen Hügel hinauf. Howard sah sich um. In fünf Minuten würden sie ein leichtes Ziel abgeben. Er schaute nach Norden, wo das Kloster aufragte, und dann wieder zurück nach Bethlehem. Dann schlug er sich entsetzt über seine Dummheit gegen die Stirn. Er war ja nicht mehr als fünfundzwanzig Meter von eben der Ausgrabungsstätte entfernt, in der er erst vor drei Monaten gearbeitet hatte. Hastig nahm er Mosche auf die Schulter, erstaunt, wie leicht dieser war. Der Eselin nahm er das Halfter ab und schlug sie so aufs Hinterteil, dass sie im Galopp auf die sich nähernden Männer zuraste. Dann drehte er sich um und lief so schnell er konnte auf eine Felswand von fast fünf Metern Höhe zu und versuchte, nicht über Steinblöcke und Büsche zu stolpern.

„Irgendwo hier in der Nähe –" Er suchte sich an der Wand entlang einen Weg und stützte sich an ihrer rauen Oberfläche ab. Ihre Unterkante suchte er nach einer kleinen Öffnung ab, ungefähr 60 mal 60 Zentimeter, die zu einer unterirdischen Grabkammer aus dem ersten Jahrhundert führte. Damals hatten die Mitglieder des Ausgrabungsteams, einschließlich Mosche, vorgeschlagen, die Öffnung zumindest teilweise unter den Sträuchern verborgen zu lassen, damit weder Menschen, die auf der Suche nach Ausgrabungs-stücken waren, noch Räuber die Grabkammer plündern konnten. Howard stolperte über eine große Halde aus Felsen und Geröll. Er war in die falsche Richtung gelaufen. Zwanzig Meter, vielleicht mehr. Er sah ängstlich zu den Fackeln, die sich nun genau gegenüber, zu einem Kreis angeordnet, auf der Straße befanden. Er wandte sich um und rannte an der Wand entlang nach Norden und zählte, während er Mosche und die Schriftrollen verzweifelt an sich presste, die Schritte von der Geröllhalde zurück. „Fünfzehn, sechzehn". Er sah voller Angst zum Horizont und betete, dass sie ihre Zuflucht fänden, bevor das Tageslicht die Dunkelheit verdrängt hatte und sie dem Mordkommando ungeschützt gegenüberstanden. „Vierund-zwanzig, fünfundzwanzig, sechsundzwanzig. Du bist dran vorbeige-laufen." Er drehte wieder um, lief noch einmal die letzten sechs Schritte zurück und kniete sich schließlich hin. Er ließ Mosche auf die Erde gleiten und suchte unter dem Busch nach der Öffnung. „Gott, Gott. Wo ist sie, Gott?" Er streckte seine Hand tastend aus und griff plötzlich in ein Loch, nur wenige Zentimeter von der Stelle entfernt, über die er gelaufen war. Er ließ zuerst die Schrift-rollen mit einem dumpfen Aufschlag hineinfallen und zog dann Mosche, mit den Füßen voran, zum Loch, bis dessen Beine von den Knien abwärts darin baumelten.

„Ich gehe zuerst runter", flüsterte er ihm zu. „Dann zieh ich dich nach."

Als Antwort war nur Mosches Stöhnen zu hören. Howard kletter-te über ihn ins Loch und ließ sich gerade in dem Moment in den Vorraum der Grabkammer fallen, als der erste Sonnenstrahl die Nacht schlagartig zerschnitt. Er packte Mosche und zerrte ihn mit aller Kraft herunter, während sich das Tageslicht mit rasender Geschwin-digkeit über das Land ausbreitete und mit einem Mal auch in den Schacht schien, auf dessen weiche Erde sie fielen.

* * *

David rieb sich seinen schmerzenden Kopf und starrte auf die beschlagenen Scheiben des Wagens. Das erste Morgenlicht, begleitet vom monotonen Röhren von Lastwagen, drang herein. „Wo bin ich?", fragte er sich laut. Als er sich aufrecht hinsetzte, spürte er die Nachwirkungen des Whiskys, den er gestern Abend getrunken hatte. Er wischte ein kleines Guckloch in die Scheibe und schaute hinaus, als ein Panzerspähwagen, gefolgt von zwei riesigen britischen Militärlastern, dröhnend vorbeifuhr. David versuchte den Wagen anzulassen, aber jedesmal, wenn er den Schlüssel umdrehte, hörte er nur ein kurzes Klicken. Er hatte in der Nacht die Scheinwerfer angelassen. Die Batterie war leer. Er wischte mit dem Ärmel über die Windschutzscheibe und musste über sich selbst lachen, als er die vertrauten Läden von Ben Yehuda und das immer noch blinkende Neonschild des Atlantic Hotels drei Häuserblocks weiter erkannte. Unterdessen wurden die Militärlaster geräuschvoll heruntergeschaltet und kamen, während die Motoren stotternd erstarben, vor dem Hotel langsam zum Stehen. David runzelte die Stirn und blinzelte. „Was machen die denn wohl?", fragte er sich laut.

Plötzlich öffneten sich die Türen der Lastwagen: Vier Männer sprangen heraus und rannten zum Panzerspähwagen. „Was zum ...?" Sie kletterten hinein, und rasten aufheulend davon. David streckte seine Hand nach dem Türgriff aus und erstarrte einen Augenblick im schrecklichen Vorgefühl dessen, was gleich geschehen würde. „Die wollen uns in die Luft jagen!", schrie er, stieß die Tür weit auf und sprang auf die Straße. „Eine Bombe! Eine Bombe", brüllte er in die Stille des Morgens, bevor nur einen Augenblick später ein weißer Blitz durch die Straße jagte, als die Lastwagen explodierten. Zwei Tonnen Dynamit setzten tausende von glühendheißen Stahlteilen frei, die in die Wände der umliegenden Gebäude fuhren. Dann stürzten sie ein, als wäre ein Feuerwerkskörper in einem Kartenhaus explodiert. David sah nur das Licht; den Knall, der die Menschen in der Ben Yehuda Street und im Atlantic Hotel das Leben kostete, hörte er nicht mehr.

* * *

Howard entzündete eine Kerze aus einem verborgenen Vorrat in einem Rucksack, der von den Ausgrabungen zurückgeblieben war. Er wühlte darin und fand eine Cola und eine verfaulte Orange. Die Orange warf er auf den Boden; sie rollte in den Schacht, der zur Hauptkammer des Grabes führte.

„Was war das?", hauchte Mosche.

„Der letzte Rest von Tommys Essen." Er nahm noch ein in Papier gewickeltes Stück Käse heraus und packte es aus. „Und gar nicht mal in schlechtem Zustand."

„Ich habe Durst", sagte Mosche mühsam.

„Da habe ich genau das Richtige." Er half Mosche den Schacht hinunter und dann durch eine enge Offnung in das staubige, dunkle Innere einer Kammer von ungefähr drei Quadratmetern Größe und 1,30 Metern Höhe, die in der Mitte des Bodens eine rechteckige Vertiefung aufwies, in der man stehen konnte. Das Museum hatte die Skelette der hier begrabenen Christen aus dem ersten Jahrhundert schon vor langer Zeit abgeholt. Was noch zurückgeblieben war, waren sechs Kammergräber, in denen Leichen bis zur Verwesung versiegelt worden waren. Die Flamme der Kerze, die Howard in der Hand hielt, erzeugte ein unheimliches flackerndes Licht in der Kammer. Er ließ Wachs auf den Stein tropfen und klebte dann die Kerze darauf. Mosche setzte er gegen eine Wand, bevor er zurück zum Schacht ging, um die Schriftrollen zu holen.

Er sah hinauf ins helle Sonnenlicht, das durch die Öffnung hereinströmte. „Gott helfe uns", flüsterte er; dann raffte er die Schätze zusammen und glitt wieder zurück in die Kammer.

Als er Mosches aschfahles Gesicht sah und seinen flachen Atem hörte, blieb er entsetzt stehen. Sorgenvoll den Kopf schüttelnd, kletterte er wieder hinunter.

„All die Bequemlichkeiten von zu Hause", sagte er, indem er die Schriftrollen mit fröhlichem Gesicht neben Mosche legte. Er holte die Cola aus dem Rucksack und öffnete sie am Rande einer Grabstätte. Seine eigene Kehle brannte vor Durst, aber er hielt die Flasche an Mosches Lippen und half ihm, einen kleinen Schluck zu trinken. „Langsam", meinte er warnend, „immer nur ein bisschen."

Mosche seufzte dankbar und starrte auf die Kerze. „Danke." Howard drückte den Deckel wieder auf die Flasche und lehnte sie gegen die Wand.

„Und was ist mit dir?"

„Keinen Durst. Du weißt doch, wie das bei mir mit Cola ist, oder?"

Mosche machte keinen Einwand, sondern schaute ihn statt dessen an. „Du bist ein guter Freund. Du hättest dich davonmachen können. Die Gegend wird inzwischen von Jihad-Moqhaden wimmeln. Was machen wir, wenn sie uns finden, Howard?"

„Dann finden sie uns eben", meinte er achselzuckend. „Was ist denn schon dabei? Wir könnten auch ein paar von ihnen mitnehmen, weißt du."

„Fünf Kugeln." Mosche schloss die Augen. „Drei für sie und zwei für uns."

„Halt den Mund, Mosche, oder ich gebe dir nichts mehr zu trinken. Du hast wohl zuviel Cola getrunken, was?"

Mosche lächelte und schloss die Augen. „Wenn ich es nicht schaffe, Howard –"

„Du schaffst es", sagte Howard entschieden, obwohl er selbst in seinem Inneren gar nicht so fest davon überzeugt war.

„Wenn aber nicht, dann gibt es so viel, was ich noch gerne vorher gesagt hätte –. Ellie –." Er stockte. „Rachel. Aber du, du weißt, dass du für mich der Bruder gewesen bist, den ich verloren habe."

„Wir schaffen es beide, Mosche. Also schlaf jetzt ein bisschen. Sei ruhig und schlaf."

„Ich glaube, wenn ich einschlafe, werde ich in diesem Leben nicht mehr aufwachen." Seine Stimme klang so wie die eines kleinen Jungen, der dabei war, einzuschlafen.

Als Mosches Atem regelmäßiger und tiefer geworden war, sah sich Howard in der Kammer um. „Wenn ich hinab muss ins Grab, siehe, Gott ist bei mir", sagte er leise vor sich hin. Dann nahm er die Schriftrollen und trug sie zu einer Kammer, die durch eine flache Steinplatte verschlossen war. Er rückte die Platte zur Seite und wand sich in das Loch, da er wusste, dass sich an der Rückseite der

Kammer eine Vertiefung befand, in der er die Schriftrollen sicher verbergen konnte. Wenn er und Mosche in diesem Grab sterben müssten, dachte er, wären zumindest die Schriftrollen vor den Händen des Muftis sicher. Und eines Tages, wenn schließlich doch noch Frieden in Palästina eingekehrt sein und die amerikanische Schule wieder ihre Türen geöffnet haben würde, würde sicherlich ein anderer Archäologe zu dieser Ausgrabungsstätte zurückkehren und die Schriftrollen finden. Er rückte die Platte wieder über die Öffnung und saß dann lange Zeit davor und starrte sie an. Ihm war, als wüsste er nun, was in den Herzen der Menschen vor sich gegangen war, die die Schriftrollen vor beinahe zweitausend Jahren in den Höhlen versteckt hatten. „Damals warst du auch da, Herr", sagte er und sah dem Tod furchtlos ins Auge. „Aber wenn es sich irgendwie einrichten lässt, würde ich gerne noch etwas länger hierbleiben."

* * *

Hassans Leute brachen in lebhaften Jubel aus, als in der Ferne die große Rauchsäule über Jerusalem aufstieg. Sie brachen ihre Suche ab und versammelten sich in der Nähe des Klosters an der Straßensperre.

„Der Krieg um Jerusalem hat begonnen!", rief der Anführer der Leute aus Talpiot.

„Schluss mit dieser Suche nach zwei armseligen Männern und ihrem nutzlosen Gepäck!", schrie ein anderer. „Wir werden in der Stadt gebraucht, das seht ihr doch alle!" Ein Gemurmel der Unzufriedenheit ging durch die Gruppe, während sich die Augen aller Jihad-Moqhaden auf die Heilige Stadt richteten.

Hassan sprang auf die Barrikade und schoss zornig mit seiner Pistole in die Luft. „Es ist der Wunsch des Muftis, dass diese Diebe gefunden werden!", rief er. „Ihre Köpfe sind mehr wert als die Kriegsbeute von ganz Jerusalem."

„Das sagst du nur, weil dir an deinem eigenen Ruhm gelegen ist!", schrie der Anführer. „Durch *deine* Dummheit sind sie entkommen. Es ist *dein* Kopf, der beim Mufti wackelt."

Die versammelte Truppe pflichtete den Worten des Anführers bei, und erhobene Fäuste und Waffen unterstrichen ihre Unzufriedenheit mit Hassan.

„Wir gehen zur Moschee! Auf nach Jerusalem!", schrie der Anführer.

„*Jihad! Jihad! Jihad!*", schrien alle Männer wie rasend.

„Lass mir zehn Männer!", rief Hassan dem Anführer zu. „Zehn können bei Tag die Arbeit von hundert tun."

Der Anführer strich sich mit der Hand über sein graubärtiges Gesicht. „Vielleicht."

„Es gibt eine große Belohnung, wenn die Männer gefunden werden. Mein Ehrenwort", versuchte Hassan ihn zu überreden.

„Zehn. Nur zehn? Vielleicht." Der Anführer zeigte mit dem Finger auf eine abseits stehende Gruppe von unzufriedenen Männern. „Ihr. Ihr bleibt und helft unserem Bruder Hassan bei seiner Suche. Er hat eine große Belohnung aus der Hand Haj Amins versprochen, wenn die Männer gefunden werden."

Dann schwärmten die hundert Jihad-Moqhaden unter lautem Jubelgeschrei an der Barrikade vorbei auf die Straße nach Jerusalem.

34. Schützenhilfe

Die Fenster über Ellies Bett klapperten heftig, und Schaul, der neben ihr gelegen hatte, sprang auf und winselte. Ellie, immer noch in das Handtuch gehüllt, in dem sie in der letzten Nacht nach dem Duschen ins Bett gesunken war, schlug die Augen auf. Ihr Blick fiel sofort auf Davids Geschenk, das auf der Kommode neben Miriams Päckchen lag. Sie griff danach und kraulte Schaul träge hinter den Ohren. „Fröhliche Weihnachten, Köter", krächzte sie schlaftrunken. Dann fielen ihr Onkel Howard und Mosche ein – sie holte tief Luft und saß mit einem Ruck aufrecht im Bett. Sie hatte nicht gehört, dass sie in der vergangenen Nacht nach Hause gekommen waren; und bestimmt hätte der Hund auch ein Wörtchen mitzureden gehabt, wenn sie gekommen wären.

Mit einem Satz war sie aus dem Bett und suchte eilig ihren Morgenrock. Dann rannte sie, noch schnell ihr wirres Haar bürstend, in den Flur hinunter.

„Onkel Howard!", rief sie laut. Sie schleuderte die Schlafzimmertür auf und fand ein vollkommen unberührtes Bett vor. Der Wecker zeigte Viertel vor sechs.

„Wenn ich vor Tagesanbruch nicht zurück bin", hatte er gesagt, „dann schicke die Panzer".

Ellie warf die Bürste hin und lief zurück in ihr Zimmer. Während sie in ihren Schubladen nach frischer Unterwäsche wühlte, versuchte sie darüber nachzudenken, wen sie wohl benachrichtigen könnte. Captain Thomas? Bestimmt hatte er inzwischen dienstfrei; auch wusste sie nicht, wo sie ihn finden konnte. Sie strich mit der Hand über die Kamera. „David!", rief sie erleichtert aus, während sie eilig ihre Kleider überzog. Sie knöpfte ihre Jacke zu und ergriff, einem schnellen Einfall folgend, noch Miriams Geschenk, das sie in ihre Tasche gleiten ließ. „Ich werde es beim Frühstück aufmachen", dachte sie. Sie legte noch einen Film in die Kamera ein und drängte dann: „Los, Schaul!" Ihre ersten Bilder mit der Kamera würden festhalten, wie David schlaftrunken dem Bett entstieg.

Der Hund, der ihr auf die Eingangsstufen gefolgt war, prallte gegen ihre Beine, als sie stehen blieb und über die Dächer der Stadt in das fahle Morgenlicht schaute. Ein riesiger Rauchpilz stieg über dem Zentrum von Jerusalem auf. „Du lieber Gott!", rief sie aus, rannte zum Plymouth und sprang hinein. Hatten ihre Fenster vielleicht deswegen so geklappert? Beim Anblick des Rauchs bekam sie aus Angst um David ein flaues Gefühl in der Magengegend. Sie hatte schon einmal die Auswirkungen einer Bombe gesehen. „Lieber Gott", rief sie weinend, als sie mit quietschenden Reifen, hinter heulenden Kranken- und Polizeiwagen her, zum Ort des Geschehens fuhr.

Bereits sechs Häuserblocks vom Zentrum der Explosion entfernt, winkte ein Offizier, aschfahl im Gesicht, und gab ihr ein Zeichen, anzuhalten. Sie kurbelte ihre Scheibe herunter und rief ihm zu:

„Was ist passiert?"

„Die Araber haben die Ben Yehuda Street bombardiert."

Ellie war, als ob sich die Welt um sie herum drehte. Ihr Kopf sank aufs Steuerrad, und sie kämpfte um ihre Selbstbeherrschung. Hinter ihr war ein Getöse von Hupen und Sirenen zu hören.

„Fahren Sie Ihren Wagen weg! Wir müssen durch", rief der Offizier.

Obwohl ihr Atem vor Entsetzen flach und stoßweise ging, schaffte sie es, einen Gang einzulegen und an den Straßenrand zu fahren. Dann legte sie ihren Kopf auf die Sitzlehne, unfähig, ihre Beine zu bewegen oder gar die Wagentür zu öffnen. Schaul winselte und stupste sie sanft an. Als Rettungsfahrzeuge vorbeifuhren, drangen Rufe von Polizisten zu ihr in den Wagen: „Ben Yehuda Street ... Atlantic Hotel ... Alles ist dem Erdboden gleichgemacht ..."

Sie spürte Übelkeit in sich aufsteigen und öffnete das Fenster, um frische Luft zu schnappen. Dann, als sie wieder etwas freier atmen konnte, griff sie nach ihrer Kamera, die ihr einen sicheren Zugang zum Ort des Geschehens verschaffen würde, und stieg unter Kraftanstrengung aus. Dicht gefolgt von Schaul, wankte sie über den Bürgersteig den Überlebenden entgegen, die weinend und sich aneinander klammernd dem Ort des Anschlags entflohen.

„Es ist alles weg!", schrie eine Frau hysterisch. „Niemand mehr da – sie sind tot! Alle tot!"

Da die meisten immer noch in ihren Nachtkleidern waren, schrien die Kinder in der kalten Morgenluft vor Kälte. Drei Häuserblocks von der Ben Yehuda Street entfernt wurde Ellie von einem Polizisten angehalten.

„Da können Sie nicht hin", sagte er.

Sie zeigte auf ihre Kamera. „Presse." Ihre Stimme klang dumpf in ihren Ohren. „Life-Magazin."

Er gestattete ihr, durchzugehen, während er gleichzeitig einer Mutter den Durchgang verweigerte, die weinend beteuerte, dass sie ihr Kind in den Trümmern verloren habe. Ellie nahm ihre Kamera zur Hand und begann zu fotografieren. Da das Glas der Läden und Wohnungen unter ihren Füßen knirschte, ging sie aus Sorge um den Hund in die Mitte der Straße, wo sich allerdings noch mehr hysterische Frauen und Männer drängten als auf dem Bürgersteig. Überall sah man Blut: auf dem Nachthemd eines kleinen Mädchens, das von einem Bergungshelfer wimmernd vom Ort der Explosion fortgetragen wurde; auf dem Gesicht eines Mannes, der unter Schmerzen zu einer ärztlichen Notversorgungsstelle humpelte. Eine Frau rannte völlig aufgelöst durch die Menge. „Mein Mann!", rief sie. „Ihr müßt mir helfen, meinen Mann zu finden!"

Doch nichts hatte Ellie in ihrem bisherigen Leben auf die Verwüstung vorbereitet, deren Zeuge sie wurde, als sie die Straße betrat, die einmal die der Juden war.

Vom Atlantic Hotel waren nichts als Trümmer übrig geblieben, und die Häuser, die noch standen, waren durch riesige Löcher verunstaltet. Ganze Wände waren herausgerissen und gaben den Blick auf die Trümmer von Zimmern und auf die Opfer frei. Hier und da kroch ein Bergungshelfer über die Trümmer oder grub sich zu einem schwachen Hilferuf durch. Rauch stieg aus den Ruinen. Feuerwehrleute schoben die Leiche eines alten Mannes, die an einem Hydranten lehnte, eilig beiseite, um ihren Schlauch anzuschließen. Es blieb keine Zeit, sich um die Toten zu sorgen; die Rettungsmannschaften mussten sich um die Lebenden kümmern, da diese bei lebendigem Leibe unter den Trümmern zu verbrennen drohten, als Feuer aus den geborstenen Gasrohren aufzulodern begann. Schmiedeeiserne Treppengeländer baumelten von ehemaligen Balkonen, und zerrissene Kleidungsstücke lagen überall auf der Straße. Zwei junge Männer trugen eilig einen verstümmelten Mann fort, den sie erst wenige Augenblicke zuvor unter Betonbrocken hervorgezogen hatten. Sein Stöhnen unterstrich die bedrückende Stille der Straße.

Plötzlich ließ Ellie ihre Arme sinken, so dass die Leica mit einem Ruck herunterfiel und baumelnd am Riemen um ihren Hals hing. Da stand der Rest von Michael Cohens Wagen – das Dach von einem riesigen Metallstück zerschmettert.

„David!", schrie sie, außer sich vor Trauer und Entsetzen, als sie ihre Augen über den Ort des Grauens schweifen ließ. „David!", schrie sie noch einmal lauter, während sie dorthin stolperte, wo das Atlantic gestanden hatte.

Vier Männer der freiwilligen Feuerwehr rannten an ihr vorbei. Und dann hallte ein Freudenschrei durch die Straße, als die Bergungshelfer noch einen Überlebenden fanden. „Hierher!", riefen sie von der anderen Seite der Straße.

Ellie versuchte ihren Schmerz zu unterdrücken, aber dennoch war ihre Kehle wie zugeschnürt. „David", schluchzte sie leise. Da sprang Schaul mit wild bewegtem Hinterteil an ihr hoch und drehte sich bellend im Kreise.

„Ellie?", erklang eine ungläubige Stimme hinter ihr. „Ellie? Bist du's?"

Als sie sich nach der belegten Stimme umwandte, sah sie David, der in Strümpfen auf der Straße stand, in zerrissener Kleidung, aber den Schlips immer noch an der richtigen Stelle. Eine tiefe Schnittwunde über seinem Auge blutete heftig, und er schien benommen.

„David!", rief sie und schlang ihre Arme um ihn. „Oh, Liebster, du lebst!"

„Du musst mir helfen", bat er. „Die Burschen sind da drin. Als die Lastwagen explodierten, waren die Burschen da drin." Er starrte auf den zerstörten Wagen. „Beinahe wäre ich im Wagen geblieben."

Er bedeckte sein Gesicht mit den Händen. „Die Burschen sind da drin", wiederholte er monoton.

„Komm." Ellie nahm ihn am Arm und ging auf die Ruinen des Hotels zu. „Du musst hier raus, David. Wir können hier nichts tun."

David beachtete sie nicht, sondern arbeitete sich weiter zum Hotel vor und suchte wie ein Irrsinniger eine Stelle, an der er zu graben beginnen konnte. „Ich muss Michael finden", sagte er nur. Dann bückte er sich und begann Gebäudetrümmer zur Seite zu räumen.

„David, bitte", flehte Ellie.

Plötzlich rannte Schaul auf die Kuppe eines Geröllberges und bellte wie von Sinnen. Ellie sah auf und sagte zu David: „Vielleicht kann er uns helfen. Vielleicht hat er etwas gefunden."

David ließ ein großes Holzstück fallen und kletterte zu Schaul. „Was is' los, Bursche?", fragte er und kniete sich neben den Hund. Schaul bellte weiter, und David folgte seinem Blick zur anderen Seite des Gebäuderestes. Als Ellie ihm nachkletterte, erhob sich David gerade langsam und stieß einen erstickten Schrei aus. Dann rutschte er den Berg hinunter und entschwand Ellies Blickfeld.

„David?", rief sie, als sie oben auf dem Geröllberg ankam. Unterhalb von ihr umarmte David in tränenreicher Wiedersehensfreude Michael Cohen, während zwei andere unrasierte Männer glückselig daneben standen.

„Wir dachten schon, du wärst tot", sagte Bobby Milkin.

„Ich dachte, es wär' aus mit euch." David wischte sich die Tränen aus dem Gesicht. „Mensch, bin ich froh, dich zu sehen!"

„Wir hatten uns betrunken und die Nacht in irgend so einer Spelunke auf dem Julian Way zugebracht. Hab mein ganzes Geld beim Würfelspiel verloren", berichtete Michael.

„Ach", sagte David und umarmte seinen Freund von neuem. Er weinte ohne Scham vor allen Leuten. „Ich bin ja so froh, euch Krükken wiederzusehen."

Ellie hastete halb kletternd, halb rutschend hinunter zu den Männern. Ein Stein war ihr vom Herzen gefallen, als sie ein Bild von dieser glücklichen Versammlung machte.

„Fröhliche Weihnachten, Ellie!", rief David ihr zu. Als er jedoch hörte, was Ellie zu sagen hatte, schwand sein Lächeln.

„David, ich brauche Hilfe. Es ist schrecklich. Mosche und Onkel Howard hätten bis heute Morgen wieder zurück sein müssen. Ich mache mir Sorgen, David. Kannst du mir bitte helfen?"

Er atmete tief durch, um seine Fassung zu wahren. „Sicher", erwiderte er heiser. „Ja. Wo sind sie denn?"

„Wahrscheinlich irgendwo auf der Straße zwischen Bethlehem und Jerusalem. Mehr weiß ich nicht. Ich brauche jemanden, der mit mir dahin fährt und mir beim Suchen hilft. David, ich mache mir solche Sorgen."

Michael und die anderen wandten sich den Bergungsarbeiten zu; während David Ellie beim Arm nahm. „Mit einem Auto wirst du sie nie finden. Wenn sie in Schwierigkeiten sind, würden sie dich zuallerletzt mit hineinziehen wollen. Ich werde hinfliegen und nachsehen. Wenn sie auf der Straße sind, kann ich landen und sie nach Hause bringen."

„Ich komme mit, David. Einverstanden? Ich komme mit."

„Nein, das tust du nicht. Es könnte sein, dass es ziemlich gefährlich wird."

„Was glaubst du, wozu ich hier bin?"

Als er ihr Gesicht sah, verdrehte er unwillig die Augen.

„Schon gut. Schon gut. Wo steht dein Auto?"

Er folgte ihr durch die Trümmer und war peinlich darauf bedacht, in seinen Socken nicht auf Glasscherben zu treten. Schaul heftete sich dicht an Ellies Fersen, während sie sich durch das geballte menschliche Elend schlängelten, überall wartete man auf Fahrzeuge zur Hadassah-Klinik.

* * *

Hoch über der zerstörten Ben Yehuda Street stellte Ellie ihre Kamera auf die graue Rauchfahne ein, die von dem Schlachtfeld dort unten aufstieg, und drückte dann auf den Auslöser.

David, der das Flugzeug in einer weiten Schleife in Richtung Bethlehem lenkte, schüttelte den Kopf und meinte dann bitter: „Sieht so aus, als wenn eine B-29 eine volle Ladung fallen gelassen hätte. Ich dachte, ich hätte in Europa so viel davon gesehen, dass es für den Rest meines Lebens reichte. Hätte nie gedacht, dass ich hier wieder mitten drin sein würde."

„Warum bist du dann immer noch hier, David?" Ellie legte ihre Hand auf seinen Arm.

„Weil das, was ich hier tue, richtig ist. Sieht außerdem so aus, als wenn sonst niemand da wär', der's tut."

Sie zog ein sauberes Taschentuch aus ihrer Tasche und betupfte die Schnittwunde auf seiner Stirn. „Ich bin vor einigen Wochen zu demselben Schluss gekommen", pflichtete sie ihm bei.

„Weißt du noch was?" Er ergriff ihre Hand.

„Was?"

„Du liebst mich immer noch."

Sie zog ihre Hand zurück. „Du arroganter Kerl! Warum lässt du mich das nicht sagen?"

„In Ordnung. Warum sagst du es dann nicht?" Er grinste und machte in seinem zerrissenen kragenlosen Hemd mit dem Schlips einen ziemlich lächerlichen Eindruck. „Ich habe dein Gesicht gesehen, als du dachtest, ich wäre tot. Warum hörst du nicht auf, mir etwas vorzuspielen, damit wir endlich anfangen können, uns zu lieben? Das kostet nämlich schon Anstrengung genug."

„Erstens ist es mir völlig egal, was du meinem Gesicht angesehen haben willst. Zugegeben, es hätte mir Leid getan, wenn du tot gewesen wärst. – Ich dachte tatsächlich, du wärst tot. Aber das hätte doch jedem Leid getan. Zweitens –"

„Du sagst jetzt besser die Wahrheit, Ellie – Gott merkt sich sowas nämlich. Erzähl mir ruhig weiter, dass du mich nicht liebst." Er zog seine Brauen erwartungsvoll in die Höhe. „Also los!"

Ellie zog pikiert die Luft durch die Nase ein und griff nach hinten, um Schaul hinter den Ohren zu kraulen. „Das kann ich nicht", erwiderte sie schmollend. „Weil ich mir nicht sicher bin."

David zuckte die Achseln. „Gott wird's dir schon noch heimzahlen", zog er sie auf.

„Du bist so egoistisch, so arrogant, so –"

„Wahrheitsliebend, ehrlich und treu. Ein richtiger Pfadfinder. Ich tue sogar jeden Tag ein gutes Werk." Dann drückte er den Steuerknüppel nach vorn und setzte mit der Stinson zu einem steilen Sturzflug an, surrte über die Allenby-Kaserne und den Bahnhof und ging über der Straße nach Bethlehem bis auf kaum zwanzig Meter über den Erdboden herunter. „Halt' jetzt deine Augen auf" wies er sie an. „Wenn ich so dicht über den Köpfen der Leute da unten fliege, werden sie alle das Flugzeug verfluchen und hochgucken. Falls die beiden irgendwo da unten sind, kannst du sie dann erkennen."

Ellie, die die Reisenden auf der Straße aufmerksam betrachtete, musste über die arabischen Kameltreiber lachen, die zornig ihre Fäuste gegen sie erhoben, weil ihre Kamele sich wegen des Flugzeuges blökend aufbäumten.

„Ärger in Sicht!", rief David, während er das Flugzeug hochzog, das über eine große Gruppe von Jihad-Moqhaden hinwegbrauste.

Ellie beugte sich schnell nach hinten, als die ihre Gewehre anlegten und diese in ihrer Richtung aufblitzten. „Was sind das für Leute?", rief sie.

„Arabische Partisanen", erwiderte David erbittert. „Dein Onkel ist wahrscheinlich in größeren Schwiergkeiten als ich dachte."

Er flog noch einen Bogen über die Köpfe der Jihad-Moqhaden hinweg, dieses Mal jedoch in größerer Distanz und, wie er hoffte, außer Reichweite der Gewehre. „Die haben alle Gewehre. Jeder einzelne", stellte Ellie fest. „Glaubst du, sie haben Onkel Howard und Mosche gefunden?"

Er sah sie an und schüttelte den Kopf. „Das werden wir nur zu bald wissen. Diese Kerle halten sich nie damit auf, ihre Opfer zu begraben."

Ein Ausdruck von Furcht und Entsetzen huschte über Ellies Gesicht. „Dann glaubst du also, dass sie tot sind?", fragte sie.

„Mach' den Hund hinten fest", trug David ihr ohne Übergang auf. „Könnte sein, dass wir ein paar Kunststückchen machen müssen, und dann fehlte es uns gerade noch, dass der Köter hier herumfliegt."

Ellie schüttelte ihr Entsetzen ab und war wieder in der Realität. Sie kletterte nach hinten, um Schauls durchgescheuerten Strick an einem Griff an der Seitenwand des Flugzeugs zu befestigen. „Was ist das hier alles für Zeug?", rief sie durch den Motorenlärm hindurch, als sie die Kisten Selterswasser und Scotch entdeckte.

„Bomben", erwiderte David. „Setz dich wieder hin. Ich glaube, ich hab' was gesehen."

Er brachte das Flugzeug bis dicht über die Absperrung auf der Straße vor dem Kloster. „Dort drüben", rief Ellie. „Das ist die Ausgrabungsstelle meines Onkels. Die ersten drei Monate in Palästina habe ich damit verbracht, dort unten in einem alten Grab herumzuwühlen."

„Tja, da ist irgendwas los!", rief David. „Guck dir mal diese Kerle da an!"

Ellie spähte aus dem Fenster und sah eine kleine Gruppe Männer, die damit beschäftigt war, das Gebiet um die Ausgrabungsstelle abzusuchen.

„Entweder hat da jemand seine Autoschlüssel verloren, oder sonst würde ich sagen, dass sich Mosche und Howard irgendwo da unten verstecken." Während er das Flugzeug wieder in Richtung Jerusalem lenkte, erfüllte das Knattern einer Gewehrsalve die Luft um sie herum. „Soviel zur Autoschlüsseltheorie", sagte er lakonisch.

„Was können wir nur tun? Wie können wir landen, wenn die Männer da unten an der Ausgrabungsstelle sind?"

„Ich weiß nicht", meinte er düster. „Wir gehen wieder runter. Mal sehen, ob ich sie zählen kann."

Ellie drückte ihr Gesicht gegen die Scheibe und starrte auf die ausgedörrte, felsige Landschaft unter ihr. Sie zählte leise vor sich hin, während die Männer erneut ihre Gewehre anlegten und auf sie zielten. „Zehn. Vielleicht auch mehr", sagte sie dann. „Ich kann nur zehn sehen. Das Grab haben sie noch nicht gefunden."

„Das Grab?"

„Das Grab. Ich habe dir doch von dem Grab erzählt. Das ist der einzige Ort, an dem sie sein können, David. Es gibt keine andere Möglichkeit."

485

„Dann sind sie jedenfalls noch nicht tot."

„Wie kannst du das wissen?", fragte sie mit aufkeimender Hoffnung.

David sah sie gereizt an und tippte sich dann an die Schläfe. „Das mag ich so an dir, Ellie, du hast 'ne Menge auf dem Kasten." Er ließ das Flugzeug langsam wieder runter. „Sieh dir doch die Burschen da unten an! Wenn die deinen Onkel umgebracht hätten, meinst du, dass sie dann da herumstreichen und nach ihren Leichen suchen würden? Die wüssten dann ganz genau, wo sie die finden könnten."

Als sie über die Männer hinwegflogen, wurde das Flugzeug erneut von einer heftigen Gewehrsalve begrüßt. David zog es wieder hoch und kreiste über Bethlehem, um dann noch einmal zur Ausgrabungsstelle zurückzufliegen. Ellie kletterte über ihre Rückenlehne zu den Kisten.

„Wir müssen irgendetwas tun", sagte sie. „Irgendetwas."

Sie brach den Deckel der Kiste mit den Wasserflaschen auf.

„Was hast du vor?", rief David, während er immer noch einen Bogen über der Stadt beschrieb.

„Du hast gesagt, da wären Bomben drin." Ihre Stimme hatte einen aufgebrachten und ernüchterten Tonfall angenommen, als sie eine Flasche aus der Kiste zerrte:

„Und was ist das?"

Sie drückte den Deckel der Flasche ein, und ein Schwall Selterswasser spritzte aus der schäumenden Flasche zu David. „Selterswasser!", rief sie angewidert.

„Hör auf!" fuhr David sie an, während er sich den Hinterkopf abwischte. „Hast du denn überhaupt keine Fantasie, Mädchen? Das ist ein Krieg mit Fantasie. Du hast eine Bombe in der Hand. Da sollten wir schon ein bisschen Respekt haben."

„Hör auf", Unsinn zu reden, David!", erwiderte sie energisch. „Mosche und Onkel Howard sollen umgebracht werden, und alles, was wir haben, sind ein paar Kisten Sprudelwasser, und du –"

„Halt jetzt mal den Mund und hör zu!", forderte er. „Erinnerst du dich daran, dass ich dir von meinem Kumpel erzählt habe, der sich während des Krieges im Top of the Mark in San Francisco um die Bar gekümmert hat?"

„Ja. Was ist mit ihm?"

„Er hat doch immer die Seltersflaschen gesammelt, die noch nicht ganz leer waren. Erinnerst du dich, dass ich dir das erzählt habe?"

„Ja."

„Erinnerst du dich auch, was wir immer damit gemacht haben?" Er drehte sich zu Ellie und grinste sie unverhohlen an, als ein Ausdruck freudiger Begeisterung auf ihr Gesicht trat.

„Ihr habt sie geschüttelt und während der Verdunkelung vom Hoteldach geworfen!", rief sie aus.

„Und die heulten den ganzen Weg nach unten wie Bomben und gingen hoch, wenn sie auf dem Boden aufschlugen, und so haben wir die feinen Pinkel aus der ganzen Stadt verjagt. Die dachten, die Japse griffen an!"

„Ach, David! Meinst du wirklich, das funktioniert?" Sie schüttelte die Flasche und machte sich daran, das Cockpitfenster aufzuschieben.

„Was würdest du denn tun, wenn du eine Bombe heulend vom Himmel fallen hörtest?"

„Ich würde rennen!" Sie hielt das Fenster mit einem Feststeller offen und fing an, die Flaschen aus den Kisten zu ziehen.

„Genau. Ich wäre deswegen in Frisco beinahe eingesperrt worden. Und Harald haben sie entlassen. Wollen mal sehen, was wir diesen Tuchköpfen da unten antun können." Er stieß ein Kriegsgeheul aus und lenkte das Flugzeug zu einer hohen Steinmauer hin, auf der vier Araber standen. Ellie wusste, dass sie sich ganz dicht beim Grabeingang befanden. „Schüttle die Kleinen jetzt ordentlich", wies David sie an. „Fertig?"

„Jederzeit." Ellie kniete sich mit zwei Flaschen in der Hand ans Fenster. „Sag, wenn's losgehen soll."

„Wir wollen noch mehr an Höhe gewinnen, damit sie auch lange pfeifen können, bevor sie aufschlagen." David zog die Nase des Flugzeugs bis zu einer Höhe von fast dreihundert Metern hoch, während sie über die Araber hinwegflogen.

„In Ordnung, Ellie. Ich zähle bis drei. Eins ...“

Ellie schüttelte die Flaschen weiter, bis ihr Inhalt gegen den Verschluss drückte. „Gut.“

„Zwei ...“

Die Araber legten ihre Gewehre an, und dann erfüllte das Knallen einer Gewehrsalve die Luft.

„Drei! Lass sie fallen!“

Ellie warf die erste Flasche herunter und wartete noch eine Sekunde, bevor sie die nächste warf. Das Heulen des entweichenden Selterswassers übertönte sowohl das Knallen der Kugeln als auch die Schreie der Araber, die voller Entsetzen zu den fallenden Bomben aufschauten. Sie warfen ihre Waffen hin, sprangen von der Mauer und rannten in Deckung, während die Flaschen beim Aufschlag in winzige Glasscherben zersplitterten und hohe Fontänen aufspritzten.

David und Ellie schrien vor Begeisterung.

„Es funktioniert!“, jubelte Ellie und schlang ihre Arme um Davids Hals. „Du bist wunderbar!“

„Das versuche ich dir doch die ganze Zeit klarzumachen!“, meinte er lachend. „Mach weiter. Jetzt kommt der nächste Durchgang.“ David setzte noch einmal zum Sturzflug an und streifte beinahe die Köpfe der jetzt eingeschüchterten Jihad-Moqhaden. Sie kauerten hinter einer Felsengruppe, und Ellie konnte ihre angsterfüllten Gesichter sehen, wenn sie zum Rumpf des Flugzeuges hinaufschauten.

„Wir müssen sie von hier wegkriegen, David. Wir können nicht landen, wenn die hier noch herumhängen.“

„Zeit für die nächste Runde, Bombenschütze.“ Er zog das Flugzeug wieder steil nach oben und flog in einem Bogen zu der Stelle, wo fünf Araber flach ausgestreckt auf dem Boden lagen. „Schüttle sie jetzt kräftig durch.“

Ellie hatte bereits vier Flaschen aus der Kiste genommen und war mit aller Kraft dabei, ihren Inhalt in Wallung zu bringen. „Ich bin so weit.“

„Schüttle sie bloß nicht zu sehr, sonst gehen sie noch hier drinnen los!“ Er sah über die Schulter zu ihr nach hinten.

Unter ihnen waren die Araber dabei, zu ihren Gewehren zu eilen und sich dann einen sicheren Platz zu suchen, an dem sie sich vor den Angriffen des kleinen Flugzeugs verstecken konnten. Ellie hielt entsetzt den Atem an, als sich einer der Araber gefährlich nahe am verborgenen Grabeingang kauerte. „David!", rief sie. „Sie werden ihn finden! Beeil dich!"

„Eins ... Zwei ... Drei. Loslassen!"

Außer sich vor Angst und Wut, ließ Ellie erst eine, dann die zweite und die dritte Flasche aus dem Fenster fallen. Das Heulen erfüllte die Luft.

„Jetzt die nächste!", rief David.

Unter ihnen rannten die von Entsetzen gepackten Kämpfer vom Grabeingang weg, der das Zielgebiet des heulenden Todes zu sein schien, der auf sie herabregnete. Wie Ameisen in einem zerstörten Ameisenhaufen rannten sie vor dem Geheul, vor der Explosion, voreinander davon. Und jeder nahm einen anderen Weg nach Talpiot zurück.

David surrte noch einmal gefährlich nahe über ihre Köpfe und wackelte dabei mit den Flügeln. Ellie lachte hellauf begeistert, als sie aufschrien und vor dem sich nähernden Flugzeug davonrannten. Dann stieg David wieder auf und kreiste noch ein letztes Mal über dem Gebiet, nun davon überzeugt, dass sie die Araber, zumindest fürs erste, nicht mehr sehen würden.

* * *

Howard schaute zur Decke des Grabes hinauf, als das Dröhnen des Flugzeugmotores und die lauten Explosionsgeräusche zu ihnen drangen.

„Was ist das?", fragte Mosche schwach.

„Die Schützenpanzer, hoffe ich", erwiderte Howard und sah besorgt auf die blutgetränkte Bandage an Mosches Arm.

Wieder und wieder flog das Flugzeug direkt über sie hinweg, jedesmal begleitet vom Geknall der arabischen Gewehre. Howard schloss die Augen und betete sowohl für denjenigen, der sich in dem Flugzeug befand, – wer immer es auch sein mochte – als auch für Mosche und sich selbst.

Schließlich hörte das Schießen auf, aber das Dröhnen des Flugzeugmotors war noch immer über ihnen zu hören. „Sie suchen uns", meinte Mosche teilnahmslos.

„Ich muss hinaufgehen." Howard kroch zur Öffnung. „Muss sie wissen lassen, dass wir hier sind."

„Howard!", rief Mosche hinter ihm her. Howard blieb am Eingang des Schachtes stehen, drehte sich um und sah seinem Freund in die Augen.

„Entweder schaffen wir es zusammen oder gar nicht." Howard lächelte Mosche breit an und kletterte dann den Schacht hinauf, der Sonne entgegen. Vorsichtig steckte er seinen Kopf hinaus. Als er den Schatten der Stinson über sich sah, stemmte er sich aus dem Loch und zog sein schmuddeliges Beduinengewand aus. Dann winkte er damit, unter der Felswand stehend, während der glänzende Silbervogel eine Kurve beschrieb und auf ihn zuflog.

Ellie sah aus dem Flugzeug in die Tiefe, und ihr Herz hüpfte vor Freude, als sie dort unten eine stattliche Gestalt heftig winken sah. „Das ist Onkel Howard! Er lebt!", rief sie unter Tränen.

David flog direkt über Howards Kopf hinweg und wackelte zur Begrüßung mit den Flügeln, bevor er abdrehte und genau über die Straße flog, die ihm als Landebahn dienen sollte.

Howard warf dem Flugzeug eine Kusshand nach und kroch dann zurück durch den Schacht und zu der Stelle, an der Mosche wartete. „Sie landen!", rief er. „Mosche! Komm, Junge!" Er glitt in das Grab und kroch schnell zu Mosche.

Mosche lächelte ihn müde an. „Deine Schützenpanzer, was?"

„Wir müssen gehen. Hassans Leute können nicht weit sein." Er legte seinen Arm um Mosche und half ihm, indem er ihn von hinten stützte, zur Öffnung des Schachtes. Vorsichtig schob er ihn dann dem Sonnenlicht entgegen. Einmal stöhnte Mosche kurz auf, als sein Arm gegen die Felsen am Grabeingang stieß. Dann blieb er unter dem Gebüsch liegen, während Howard über ihn herauskletterte.

Unterdessen rollte das Flugzeug langsam aus, nur fünfzig Meter von der Stelle entfernt, an der Howard Mosche auf die Füße half. David strahlte und winkte heftig, als er, gefolgt von Ellie, aus dem Flugzeug sprang. Sie rannten über das unwegsame Gelände auf die beiden müden Flüchtlinge zu.

„Das wurde aber auch Zeit!", rief Howard, der immer noch Mosche stützte, während sie zum Flugzeug stolperten.

„Onkel Howard!", rief Ellie und schlang jubelnd ihre Arme um ihn.

„Mosche ist verletzt. Er hat viel Blut verloren. Er hat eine Spur hinterlassen, der die Araber folgen konnten. Ich dachte schon, wir wären Todeskandidaten", sprudelte es in einem glücklichen Redeschwall aus ihm heraus, während David sich um Mosche kümmerte und ihm zum Flugzeug half.

„Aber du bist unversehrt! Gott sei Dank, du lebst! Oh, Gott sei Dank!", rief Ellie, während Howard ein Gewehr der Araber aufhob und ins Cockpit legte. Anschließend war er Mosche beim Einsteigen behilflich.

Da erbleichte Howard plötzlich und drehte sich auf dem Absatz wieder zur Felswand um. „Lieber Gott!", rief er aus. „Ich habe die Schriftrollen vergessen!" Während er über das Feld zurücklief, rief ihm David zornig nach:

„Wo läuft er denn hin? Er bringt uns noch alle um!"

„Onkel Howard!", schrie Ellie und rannte hinter ihm her.

Howard sprang in den Schacht und glitt hinunter ins Grab. Er schob den Stein beiseite, der vor der engen Kammer lehnte, und kroch hinein. Dann holte er den Lederbeutel und die in ein Tuch gehüllte Schriftrolle des Jesaja heraus. Mit unendlicher Sorgfalt hob er sie aus der Vertiefung und wand sich zum Schacht und zur frischen Luft. Behutsam legte er die Schriftrollen an den Rand der Öffnung. Dann stemmte er sich aus dem Loch auf den Erdboden. „Ich habe sie!", rief er freudig. Dann verschlug es ihm die Sprache: Ein Fuß trat auf seinen Arm, und der Lauf einer Maschinenpistole drückte sein Kinn hoch, so dass ihn die Sonne blendete. – Hassan sah grinsend auf ihn herab.

„Vielen Dank, dass du mir mein Eigentum zurückbringst." Ellie und David standen in einiger Entfernung. Howard sah erst die beiden und dann die Schriftrollen an. „Es tut mir leid", sagte er leise. Sie antworteten nicht. Ellies Gesicht war kreidebleich, während David Hassan wütend anstarrte.

„Du stehst jetzt auf", wies Hassan Howard an. „Aber bitte langsam. Und die Schriftrollen aufheben, wenn's genehm ist."

Howard gehorchte langsam, da er nicht gewillt war, sich zu widersetzen, solange ein Gewehrlauf auf seinen Kopf gerichtet war. Seine Augen begegneten denen Ellies und teilten ihr anscheinend etwas mit. Sie nickte kaum merklich.

„Und jetzt geht ihr bitte alle zum Flugzeug." Hassans Stimme hatte den gönnerhaften Klang eines Mannes, der zu guter Letzt doch noch den entscheidenden Sieg davongetragen hat. „Meine Kameraden waren Feiglinge. Feiglinge. Aber ich bin geblieben", murmelte er. „Wie mein Vater oft gesagt hat, wo der Geier kreist, da ist auch die Leiche, nicht wahr?" Seine Worte schienen ihn zu erheitern.

„Unter welchem Felsen hattest du dich denn versteckt?", stieß David hervor, als sie bei der Flügelspitze angekommen waren.

Hassan brüllte vor Wut und schlug dann David mit dem Gewehrlauf so heftig auf die Schulter, dass dessen Schlüsselbein brach und er in die Knie ging. „Unverschämt!", schrie Hassan. „Unverschämter Jude! Aber ich bin jetzt der Sieger, ich, Ibrahim El Hassan." Sein Atem ging stoßweise vor Zorn. Dann sah er zu Ellie und Howard und der Maschinenpistole, die auf dem Sitz im offenen Cockpit lag. „Junge Frau", sagte er sanft, „wenn Sie so nett sein wollen? Nehmen Sie vorsichtig die Waffe und lassen Sie sie zu Boden fallen. Eine falsche Bewegung, und Sie sind sofort tot."

Ellie ging seitwärts zur Tür und nahm, während sie eine Hand über den Kopf hielt, mit der anderen das Gewehr aus dem Cockpit und ließ es anschließend auf die Erde fallen.

Hassan zog die Luft durch die Nase ein und ging zur Cockpittür. Er schaute zu Mosche hinein, der, einer Bewusstlosigkeit nahe, im hinteren Teil des Flugzeugs lag. „So sehen wir uns also wieder,

Mosche", sagte er voller Verachtung. „Vielleicht ist es das letzte Mal?"

„Die Hölle ist nicht tief genug, als dass du dich dort vor mir verstecken könntest, Hassan", brachte Mosche unter Husten hervor, während Schaul hinten in der Kanzel zu knurren begann. Hassan wich erschrocken zurück. Doch als er sah, dass der Hund angebunden war, lächelte er und meinte: „Dann treffen wir uns vielleicht in der Hölle wieder, was, mein Freund?" Dann entsicherte er das Gewehr und richtete es auf Mosches Kopf, während er ihn hasserfüllt ansah. Doch dann senkte er den Lauf der Maschinenpistole wieder. „Nein. Du sollst zum Schluss sterben. Genauso, wie ich gestorben bin – langsam innerlich gestorben bin. Du sollst die, die du liebst, zuerst fallen sehen und dich in Qualen winden." Er richtete seinen Blick auf Howard. „Auf die Knie, Dicker!", schrie er ihn an, bevor er ihn zu Boden schlug.

„Nein!", schrie Ellie. „Bitte nicht!"

„Du bist die Nächste, mein Kind!" Hassans Stimme wurde vor Hass so laut, dass sie sich überschlug. Er stieß Ellie brutal neben Howard und hob den Lauf seiner Maschinenpistole. Da warf sich Schaul so heftig nach vorn, dass der Strick dicht hinter dem Knoten riss. Er sprang mit einem Satz aus dem Cockpit und fiel Hassan gerade in dem Moment an, als er den Abzug drückte. Der Schuss ging ins Leere, und Schaul schleuderte Hassan zähnefletschend zu Boden.

„Hilfe!", schrie Hassan gellend. Blitzschnell ergriff Howard das Gewehr und sprang auf die Füße. Ellie wandte den Kopf ab, als Schaul dem Mann, der sie vor vielen Wochen angegriffen hatte, die Kehle durchbiss. Hassans gellende Schreie wurden immer kläglicher, bis Schaul stolz über dem Toten stand.

„Steigt ein", durchbrach Howard kaum hörbar das Schweigen. „Seht ihn nicht an. Steigt nur ein."

Ellie ging gebückt unter dem Flugzeug durch und stieg von der anderen Seite ein. Inzwischen half Howard David auf die Beine. „Können Sie das Ding noch fliegen?", fragte er.

David taumelte gegen ihn. „Bin schon mal die ganze Strecke bis nach England mit 'nem kaputten Bein geflogen", keuchte er, während Howard ihm ins Cockpit half. Zuletzt legte Howard die Schriftrollen hinein.

„Dann bringen Sie uns hier raus", sagte Howard, die Augen auf vier Jihad-Moqhaden gerichtet, die nebeneinander auf der Felswand standen. Er sprang ins Flugzeug, während der Motor stotternd zu dröhnen begann und die Maschine sich in Bewegung setzte.

„Schaul!", rief Ellie dem Hund zu. „Komm, Junge!"

Die Araber legten ihre Gewehre an, und schon pfiffen Kugeln um den Hund, der immer noch über seinem Opfer stand. Jetzt wirbelte er herum und rannte hinter dem Flugzeug her. Howard hielt die Tür weit auf, während Schaul nebenherlief. „Los, Hund! Du schaffst es!", rief er.

Schaul machte einen enormen Satz und landete genau auf Howards Schoß.

Das Flugzeug flog knapp über die Spitze des Klosters Mar Elias hinweg, bevor es langsam stieg, heraus aus der Reichweite der Kugeln der Jihad-Moqhaden.

Epilog

Auf einem ruhigen Flur der Hadassah-Klinik trank Ellie schluck-weise Kaffee, während sie auf eine Nachricht über den Verlauf von Mosches Operation wartete. Howard hatte Rachel und Jakov in der Zwischenzeit vom Krankenbett ihres Großvaters zur dringend be-nötigten Erholung nach Hause gebracht, und David schlief in ei-nem Zimmer eine Etage tiefer.

Ellie griff in ihre Tasche und hoffte, dort ein Taschentuch zu fin-den. Stattdessen schlossen sich ihre Finger um das kleine Päckchen, das Miriam ihr gegeben hatte. Sie zog es hervor und legte es in ihren Schoß. Dann schaute sie auf ihre Armbanduhr. Es war acht Uhr abends. Sie schloss die Augen und stellte sich vor, wie ihre Mutter, ihr Vater und ihre Brüder sich jetzt unter dem Weihnachts-baum versammelten und die Geschenke öffneten. „Zu Hause ist es jetzt früher Morgen", überlegte sie laut. „Weihnachtsmorgen, Miriam, und ich denke an dich." Behutsam packte sie das Päck-chen aus und lächelte kaum merklich, als ein kunstvoll geschnitzter Olivenholzdeckel einer kleinen Bibel aus dem roten Papier zum Vorschein kam. Sie entdeckte ihren Namen, der unter einem winzi-gen, mit Rosenknospen bedeckten Kreuz eingraviert war. Die alte Frau hatte die Gravur eigens für sie machen lassen. Sie öffnete den Umschlag und erkannte Miriams ungeübte Handschrift.

„Kleine Ellie: Und so sind Sie dieses Weihnachtsfest in Frieden und Sicherheit bei denen, die Sie lieben. An diesem Tage, an dem Sie an uns denken, möchte ich ein kleines Geschenk weiter geben, das ich vor so langer Zeit bekommen habe. Es enthält eine Verheißung, die nie getrübt und nie verändert worden ist. Sie werden sie im Rö-merbrief, im achten Kapitel, Verse fünfunddreißig bis neunund-dreißig, finden. Ich war einmal jung und voller Fragen wie Sie. Jetzt bin ich alt und zweifle nicht mehr. Und so gebe ich Ihnen dieses Geschenk. Mit viel Liebe für Sie in diesem alten Herzen wünsche ich Ihnen fröhliche Weihnachten. Miriam."

Ellie lächelte zärtlich und berührte Miriams Namen mit ihrem Zeigefinger. Sie fragte sich, wie ihr Leben wohl ausgesehen hätte, wenn sie jetzt zu Hause in der Sicherheit Kaliforniens wäre. Wenn Onkel Howard in einem kurzen Brief Miriams Tod erklärt hätte. Wenn sie nicht an Deck der „Ave Maria" gestanden und geweint hätte, als diese strandete. Wenn sie nicht gesehen hätte, wie Rachel Jakovs Gesicht berührte und ihn Bruder nannte. – Hätte sie dann je erfahren, dass Gottes Liebe größer ist als aller Kummer?

Ellie lachte laut auf über ihre törichten Gedanken. Es hatte einmal eine Zeit gegeben, in der sie daran gezweifelt hatte, dass Gott überhaupt an einem Ort wie Jerusalem sein konnte. Jetzt fragte sie sich, ob sie Ihn jemals in Los Angeles gefunden hätte. „Aber du bist sogar in Los Angeles, nicht wahr?", flüsterte sie lächelnd. „Fröhliche Weihnachten", fügte sie hinzu, als sie ihr kleines Geschenk aufschlug und die Verheißung las.

Erläuterungen und
ergänzende Informationen:

Alamo: ursprünglich eine Franziskanerkapelle in San Antonio, Texas, die im Februar/ März 1836 von einer kleinen Gruppe texanischer Freiwilliger gegen die mexikanische Armee verteidigt wurde. Die Alamo-Kapelle wurde für die Texaner das Symbol heldenhaften Widerstandes im Kampf um die Freiheit.

Aliyah, die: Bezeichnung für die seit dem Untergang des zweiten jüdischen Staates als religiöse Pflicht geforderte Wanderung der Juden nach Palästina. In neuerer Zeit ist A. die spezielle Bezeichnung für die unter dem Einfluß der zionistischen Bewegung stehende Einwanderung von Juden nach Palästina geworden.

Allenby, General: marschierte 1917 in Jerusalem ein und beendete die 400-jährige osmanische Herrschaft. Allenby-Kaserne: Britische Kaserne in einem Gebiet, wo Israel und Jordanien aneinander grenzen.

Arabische Legion: die Eliteeinheit des Heeres von Jordanien.

Aschkenasische Juden / Aschkenasim (Einzahl: Aschkenas): Juden, deren ursprüngliche Herkunft Osteuropa war und die z.T. über Nord- und Südamerika, Südafrika und Australien nach Israel eingewandert sind. Ihre Umgangssprache ist das Jiddische (s.d.).

Balfour-Erklärung, B.-Deklaration (1917): sie sicherte britische Unterstützung zur Errichtung einer „Nationalen Jüdischen Heimstätte" in Palästina zu. Die Rechte der nichtjüdischen Bevölkerung Palästinas sollten nicht beeinträchtigt werden. Die Juden erhielten

Heimat- und Siedlungsrecht in Palästina, worin das Recht auf Einwanderung eingeschlossen war. Für die Araber war die B.-E. ein ungerechtfertigtes Geschenk an die Juden, während sie sich selbst als leer ausgehend empfanden: Sie hatten den Briten, im Gegensatz zu den Juden, bei der Beseitigung der Türkenherrschaft geholfen und von ihnen mündliche Zusagen erhalten, einen unabhängigen arabischen Staat gründen zu können (s. a. Teilung und Weißbuch).

Begin, Menachem: *16.8.l913; zunächst führend in der radikalen zionistischen Jugendorganisation „Betar". 1943-48 Leitung der militanten jüdischen Untergrundorganisation Irgun (Zewei Leumi). 1977-83 Ministerpräsident; lehnte die Aufgabe der während seiner Regierungszeit forcierten Siedlungspolitik im Westjordanland und im Gazastreifen sowie die Bildung eines selbständigen Staates der palästinensischen Araber ab.

Ben-Gurion, David: *16.10.1886 in Plonsk/ Polen - 1.12.73. Schon früh in der zionistisch-sozialistischen Bewegung tätig; ging 1906 als Landarbeiter nach Palästina. 1912-1913 Studium der Rechte in Istanbul; 1935-1948 Leitung der *Jewish Agency*. Erster Ministerpräsident und Verteidigungsminister (1948 -1953; 1955 -1963).

Blintsen (jidd.): dünne Pfannkuchen mit Käse- oder Marmeladefüllung.

Britisches Mandat, Völkerbundmandat. Großbritannien wurde durch das Palästina-Mandat, das ihm 1922 vom Völkerbund übertragen worden war, dazu verpflichtet, die „Errichtung einer Nationalen Jüdischen Heimstätte zu gewährleisten". Das Mandatsgebiet erstreckte sich rechts und links des Jordans und wurde von den Briten im Westen in Palästina und im Osten in ein autonomes arabisches Emirat, Transjordanien, geteilt, um den immer stärker werdenden Ansprüchen der Zionisten und der arabischen Nationalisten gerecht zu werden. Ein Ausgleich zwischen jüdischen und arabischen Interessen erfolgte dadurch jedoch nicht.

Bucharische Juden: Juden aus der Stadt Buchara im heutigen sowjetrussischen Mittelasien, die sich an Feiertagen in farbenfrohe Trachten kleiden.

Chanukkah: Jährliches, acht Tage dauerndes Fest, das am Abend des 24. Kislev (November/ Dezember) beginnt und zur Erinnerung an die Wiedereinweihung des Tempels im Jahre 164 v. Chr. gefeiert wird (vgl. 1. Makkabäer 4,51-59; 2. Makkabäer 10,1-8). Nach einer Legende des Talmud reichte das wenige Öl, das die Makkabäer im Heiligtum vorfanden, wunderbarerweise acht Tage. Zur Erinnerung daran wird, mit Hilfe des neunten, des Dienstlichtes, täglich ein Licht mehr am achtarmigen Ch.leuchter entzündet. An Fenstern oder Türen werden Ch.leuchter als Bekenntnis zum Judentum aufgestellt. Am achten Tag erhalten die Kinder Geschenke.

Chassidim (hebr.: die Frommen; Einzahl: Chassid): Angehörige der jüngsten und volkstümlichsten religiös-mystischen Bewegung des Ostjudentums; im 18. Jh. in der Ukraine entstanden. Die Chassidim fordern einfältigen Glauben und ethischen Wandel, verbunden mit der Forderung nach Aufhebung des religiösen Wertunterschiedes zwischen rabbinischen Funktionären und Gelehrten und dem einfachen Volk: Die Frommen eines jeden Standes können durch aufrichtige Gläubigkeit die Stufe von Gerechten erreichen. An diese wird die religiös-sittliche Führung der Gemeinde übergeben; ihre Würde ist erblich.

Diaspora (griech.: „Zerstreuung"): 1. Bezeichnung für die historische Tatsache des Vertriebenseins der Juden aus Palästina; 2. die Gesamtheit der nicht in Palästina Ansässigen; 3. der Inbegriff aller Orte, an denen es Juden im Ausland gibt (s. a. Palästina).

Felsendom: Moschee auf dem Gelände des einstigen herodianischen Tempels; ihre vergoldete Kuppel erhebt sich weithin sichtbar neben der der silberglänzenden El-Aqsa-Moschee. Sie erinnern daran, dass Jerusalem neben Mekka und Medina für Muslime die wichtigste

Kultstätte ist. Gläubige Muslime meinen auf dem Felsen (s. Klagemauer) den Hufabdruck des Pferdes Mohammeds erkannt zu haben.

Genisah/ Genizah (hebr.): Kammer bei der Synagoge, in der man
abgenutzte Schriftrollen lagerte.

Goyim: nicht zum jüdischen Volk Gehörende, Unreine.

Haganah, die (hebr.: „Verteidigung"): Selbstverteidigungsorgani-
sation der **Jewish Agency** zur Zeit des britischen Mandats von 1920-
1948; ging bei der Staatsgründung im israelischen Heer auf.

Haj Amin Husseini: *1895, im 1. Weltkrieg türk. Offizier; 1921
von den Briten zum Mufti von Jerusalem ernannt, um ihn in ihre
Politik einzubinden; 1926 Großmufti; 1937 aus Palästina ausge-
wiesen; knüpfte 1941 Beziehungen zu Hitler, wurde 1944 von den
Alliierten in Frankreich interniert; entkam 1946 nach Kairo. Anführer arabischer Extremisten, die sich der im Palästina-Mandat
formulierten Klausel, die die Errichtung einer jüdischen Heimstätte verbürgt, widersetzten. Er betrieb eine Terror- und
Einschüchterungspolitik gegenüber Juden und missliebigen Arabern und schürte die antijüdischen Aufstände von 1920, 1929 und
1936-39. 1948 zum Präsidenten des arabischen Nationalrates für
Palästina gewählt; seit den 50er Jahren ohne politischen Einfluß.

Hallel, das (hebr.): die Psalmen 113-118 und 136 und andere Lob-
lieder, die den Wunsch nach baldiger Erlösung durch den Messias
ausdrücken. Dieser Wunsch gipfelt in dem Ruf: „Nächstes Jahr in
Jerusalem!"

Herzl, Theodor: *2.5.1860 in Budapest - 3.7.1904. Begründer und
bis zu seinem Tode Präsident der Zionistischen Weltorganisation
(s. a. *Zionismus*). Seine Programmschrift „Der Judenstaat" (1896)
führte zur Gründung des politischen Zionismus. H. versuchte eine

jüdische Heimstätte in Palästina, Zypern, auf dem Sinai oder in Uganda zu errichten. Kurz vor seinem Tode beugte er sich der zionistischen Mehrheit und erklärte die Heimstätte in Palästina als das Endziel der zionistischen Bewegung.

„Illegale" Einwanderung (hebr.: Aliyah Beth): die jüdische Antwort auf die britischen Einwanderungsbeschränkungen zur Zeit der Gültigkeit des britischen *Weißbuches* (s.d.). Illegale Einwanderungen hatte es schon seit den 20er Jahren gegeben, aber jetzt stieg die Zahl sprunghaft an. Zwischen 1944 und 1948 gelang es, 200.000 Holocaust-Überlebende, die als „displaced persons" in Flüchtlings- und Transitlagern festgehalten wurden, nach Palästina zu bringen.

Irgun (Zewei Leumi), (hebr.), die: jüdische militante Untergrundorganisation, die sich von der *Haganah* abgespalten hatte.

Isaiah; Jesaja, Isaias, Jesajachu: Einer der vier sogenannten großen Propheten im A.T.; wurde kurz vor 735 v. Chr. berufen, wirkte bis kurz nach 701; griff stark in die politischen Ereignisse seiner Zeit ein, indem er sich warnend und beratend an die Könige von Juda (Südreich) wandte; glaubte nicht mehr an die Rettung des ganzen Volkes und kam zu der Auffassung, dass der „Rest" des Volkes durch Läuterung bewahrt werde. Vom Buch Jesaja gehen die Kap. 1-39 auf J. selbst zurück; in Kap. 40-55 ist das Buch eines zweiten Propheten angefügt, der um 550 v. Chr. am Ende des Exils in Babylonien wirkte; er verkündete vor allem den Messias als König und die wunderbare Heimführung der Verbannten durch Gott. Die Kapitel 56-66 enthalten die Prophetenschrift eines Unbekannten (Trito-Jesaja) aus der Zeit um 53 v. Chr., also nach der Rückkehr des Volkes aus dem babylonischen Exil sowie Trostworte für die durch die Lebensumstände nach der Heimkehr enttäuschten Juden.

Jarmulke (hebr./ jidd.): das kleine runde, auf dem Hinterkopf getragene Käppchen der Juden.

Jeschiva-Schulen: Torahschulen. Die J. dienen der Erhaltung des Traditionsstoffes und der Heranbildung von Richtern und Lehrern.

Jewish Agency for Palestine: aufgrund des britischen Palästina-Mandatsvertrages 1922 gebildete Organisation; die offizielle Vertretung der jüdisch-zionistischen Einwanderer nach Palästina. Sie vertrat die jüdischen Interessen bei der Mandatsregierung.

Jiddisch (hebr.): noch heute häufig die Umgangssprache der *Aschkenasim* (s. dort). Der Wortschatz stammt aus dem mittelalterlichen Deutsch und dem Hebräischen; Satzstellung und Grammatik haben sich dem Slawischen angeglichen; die Schreibung erfolgt mit hebräischen Buchstaben.

Jihad (arab.: „Anstrengung): islamischer Glaubenskrieg gegen Nichtmuslime, „Heiliger Krieg" genannt; wichtigstes Element der Verteidigung und der Ausbreitung des Islam. Er muss nicht notwendigerweise mit Waffen geführt werden, darf aber erst enden, wenn der Islam gesiegt hat.

Jihad Moqhaden, die: die im Heiligen Krieg Kämpfenden.

Jischuv (hebr.): abgekürzte Bezeichnung für die jüdische Bevölkerung in Palästina. Mit J. werden auch die im Bezirk einer Haupt- oder Muttergemeinde liegenden und zu ihr gehörenden Ortschaften bezeichnet.

Jom Kippur (hebr.: Versöhnungstag): Zehn Tage nach dem jüdischen Neujahr (September/Oktober) wird dieser Tag der Sühne und Versöhnung gefeiert, der von allen Juden streng eingehalten wird. Er ist dem Fasten und dem Gebet gewidmet, wobei Gott um Vergebung der während des Jahres begangenen Sünden gebeten wird. Am J.K. steht das Leben still.

Kaddisch, das (hebr.): eines der häufigsten jüdischen Gebete zum Lob Gottes in der Hoffnung auf sein kommendes Reich sowie zur Erinnerung an die Toten, vielfach auch von Trauernden gebetet.

Kaschrut, die (hebr.): Nach den Grundsätzen der Torah zusammengestellte Sammlung religiöser Speise- und Reinheitsvorschriften, die für die Juden in der ganzen Welt gelten. Die wichtigsten Regeln: Verbot des gleichzeitigen Genusses von Milch- und Fleischprodukten; nach dem Verzehr von Fleisch soll bis zum Genuss von Milchprodukten ein Zeitraum von mindestens fünf Stunden verstreichen; von Milchprodukten zu Fleisch sind es nur zwei Stunden. Die zum Essen erlaubten Tiere werden eingeteilt in: Säugetiere, Fische, Geflügel. Wenn das Fleisch dieser Tiere geschächtet, d.h. ausgeblutet ist und eine halbe Stunde in Salz sowie eine halbe Stunde in Wasser gelegen hat, wird es als koscher (rein, zum Genuss erlaubt) bezeichnet. Fische und Eier gelten als neutral, d.h. sie dürfen zu Milch und Fleisch in gleicher Weise genossen werden. Das Geschirr wird streng getrennt benutzt.

Keffijah: aus einem Tuch bestehende Kopfbedeckung der Araber, die von einem Kopfband gehalten wird.

Kibbuz, (hebr.; Mehrzahl: Kibbuzim): Agrarkommune, eine Siedlungsform, in der sich Zionismus und soziale Bewegung mischen. Alle Mitglieder tragen für das gemeinsame Eigentum, die gemeinsame Produktion, die Verteilung der Gewinne sowie für die Erziehung der Kinder die gleiche Verantwortung. Das Leben in einer Gesellschaft, in der alle Menschen gleich sind, war eine der Leitvorstellungen bei der Entstehung. Der K. in seiner heutigen Form entwickelte sich jedoch vor allem auch aus den praktischen Erfordernissen vor Ort: Gegen Beduinen- und Araberüberfälle, Krankheiten und Seuchen, und bei der schweren Siedlerarbeit bewährte sich eine Siedlungsform am besten, in der sich jeder für jeden einsetzt.

Klagemauer: jener Teil der herodianischen Westmauer des Jerusalemer Tempelbezirks, der von den Juden seit dem Mittelalter als Gebetsstätte benutzt wird und die Bedeutung eines Wallfahrtsortes hat. Der Tempel, den Salomo, der Sohn Davids, über einem Felsen auf dem Berg Morija (auf dem der Legende nach Abraham seinen Sohn Isaak opfern wollte), fast 1000 Jahre v. Chr. erbauen ließ, wurde zum Zentralheiligtum, später sogar zum einzigen Heiligtum, an dem Opfergottesdienst stattfinden konnte. Von den Babyloniern 586 v. Chr. erstmals zerstört, wurde er später wieder aufgebaut und von Herodes kurz vor der Zeit Jesu in großartiger Weise ausgebaut. Von den Römern wurde der Tempel 70 n.Chr. so zerstört, dass nur noch die Stützmauern erhalten geblieben sind.

koscher (hebr.): nach den jüdischen Speisegesetzen rituell rein und den Gläubigen zum Genuss erlaubt (s.Kaschrut).

Mandelbaum-Tor, Mandelbaum-Übergang: ein Stück Niemandsland im geteilten Jerusalem, dient dem Übergang von nichtjüdischen Pilgern etc.

Meir, Golda: 1898 in Kiew - 8.12.1978. Lebte seit 1906 in den USA, seit 1921 in Palästina. 1946-1948 Vorsitzende der politischen Abteilung der *Jewish Agency.* 1969-1978 Ministerpräsidentin.

meschugge (hebr.): verrückt.

Messias / Messiah: Juden gründen die Hoffnung auf das Heil Gottes nicht auf die Person Jesu Christi, sondern auf die im Alten Testament gemachten Zusagen Gottes an sein Volk. Mit dem M. bricht die endgültige, vollkommene und alle Bereiche des Lebens in dieser Welt umfassende Gottesherrschaft an. Seine Aufgabe ist daher die völlige Durchsetzung der Gottesherrschaft, nicht nur in Israel, sondern auch bei anderen Völkern. Dann wird das Volk Israel erlöst aus Leid und Bedrängnis, Verfolgung und Entwürdigung, aber auch von Sünde und Schuld. Einige, vor allem Realpolitiker, verstehen darunter die nationale Befreiung.

Mesusah / Mezuzah, die (hebr.: „Türpfosten"): Bezeichnung einer auf Pergament geschriebenen Inschrift (5.Mose 6, 4-9), die in einem Behälter so zusammengerollt ist, dass das Wort „Schaddai" (Allmächtiger) in einer Öffnung des Behälters zu sehen ist. Wird in wörtlicher Auffassung von 5.Mos.6,4-9 und 11,13-21 am rechten Türpfosten angebracht. Haussegen.

Mischna, die (von hebr. schana: „wiederholen im Sinne von auswendig lernen"): älterer Teil des *Talmud* (s.d.). Die Mischna ist die schriftliche Fixierung der neben den fünf Büchern Mose bestehenden mündlichen Torah und entstand Ende des 2. Jahrhunderts, nachdem der Zusammenhalt und die Glaubensüberlieferung der Juden als Folge der Katastrophe im Jahre 70 n. Chr. durch ihre Vertreibung gefährdet war (s. a. *Talmud*). Mit ihren 63 Lehrabschnitten bestimmt die M. für fromme Juden Art und Richtung des Lebens, des Handelns und Denkens.

Mizwah, die (hebr.: Gebot, Pflicht, Gottes Gebot): ein Ausdruck für die religiösen Forderungen und Pflichten. Im nachbiblischen Judentum der gebräuchlichste Ausdruck für die religiöse Einzelforderung oder Pflicht, während Torah die Gesamtheit aller Forderungen und Lehren ausdrückt.

Mufti: Rechtsgelehrter des Islam, der in Fragen des religiösen Rechts berät und Rechtsgutachten verfasst. Im osmanischen Reich war der Großmufti die oberste Autorität des religiösen Rechts neben dem für weltliche Angelegenheiten zuständigen Großwesir.

Omaine (hebr.): Amen.

Osmanisches (türkisches) Reich: 1517-1917.

Palästina: Für die Juden heißt das Land seit alter Zeit „Erez Jisrael", Land Israels. Aber infolge der beiden missglückten Aufstände gegen die Römer (70 und 135 n. Chr.) wurde dem Land sein alter Name genommen und ihm die römische Bezeichnung „Palästina" gegeben, die 1928 offizieller Name des britischen Mandats wurde und heute programmatischer Name für den nach einem eigenen Staat strebenden Teil der Palästina-Araber ist, der das Staatsgebiet Israels 1948, zum großen Teil freiwillig, verlassen hat und den Staat Israel bekämpft.

Pessach (hebr. : „Vorübergehen, Verschonung"): eines der drei jüdischen Hauptfeste, gefeiert zur Erinnerung an den Auszug aus Ägypten. Beginn: 15. Nissan (März / April). Es wird P. genannt, weil bei der Tötung der ägyptischen Erstgeborenen der Engel an den Häusern der Israeliten vorüberging. In der Feier des P.festes wird die biblische Erfahrung des Volkes Israel (Auszug/Exodus - Wüstenwanderung -Einzug in das verheißene Land) zum Grundmuster des Glaubens in der Gegenwart: Gott befreit aus der Bedrängnis - Gott führt durch die Not - Gott erfüllt sein Versprechen. Daher ist das P. nicht bloß Erinnerung an den Auszug aus Ägypten, sondern Vergegenwärtigung des damals Geschehenen: „Uns hat der *Herr* aus Ä. gerettet!" Das Fest dauert 7, außerhalb Israels 8 Tage.

Qumran: Nach 150 v. Chr. siedelte sich hier die aus Jerusalem geflüchtete jüdische Sekte der Essener an (auch Essäer, aramäisch „Die Frommen": Sie hielten den Tempel- u. Opferdienst für entartet, lebten in Gütergemeinschaft, unter rigoroser Disziplin, im Rhythmus von Gebet, Schriftauslegung, Mahlzeiten kultischen Charakters und Arbeit; beeinflußten die Judenchristen). 68 n.Chr. wurde das auf einer Felsterrasse erbaute Kloster von den Truppen Vespasians zerstört. Vorher konnten jedoch kostbare Schriftrollen in den Höhlen der umliegenden Berge versteckt werden.

Rabbi / Rabbiner (hebr.): Bezeichnung, mit der jemandem Anerkennung aufgrund seiner Glaubwürdigkeit ausgeprochen wird ("mein Herr, mein Lehrer, Meister"); Titel eines Gelehrten, der in religiösen Fragen urteilt und vermittelt.

Sabras: die in Palästina geborenen Juden.

Schabbat (Samstag): der wöchentliche Ruhetag. Er beginnt mit dem Sonnenuntergang am Freitag. Für gläubige Juden ist der S. mit seiner S.ruhe ein Stück Vorwegnahme der messianischen Heilszeit. Am Schabbat sind alle jüdischen Geschäfte, Büros, öffentlichen Einrichtungen und Institutionen geschlossen. Auch die öffentlichen Verkehrsmittel fahren nicht.

Schema, das (hebr.: Schma'Jisrael): das „Höre, Israel"; benannt nach den Anfangsworten (5.Mos. 6,4 -9;2) und zusammengesetzt aus drei Abschnitten: 1.) 5.Mos.6,4-9; 2.) 5. Mos. 11,13-21; 3.) 4.Mos.15,37-41. Das S. wird im täglichen Morgen- und Abendgebet gelesen. Der Anfangssatz ist auch das letzte Bekenntnis in der Todesstunde (s. *Mesusah*).

Schickse (hebr.): Nichtjüdin.

schmuck (jidd.): blöd, einfältig.

Schofar, das (hebr.): krummes, aus Widderhorn hergestelltes Blasinstrument, das an bestimmten Festtagen geblasen wird. Ursprünglich wurde das S. zu besonderen Ereignissen wie Krieg, Frieden, Festtag etc. geblasen. Das Horn ist zugleich eine Erinnerung an den Widder, der an Isaaks Stelle von Abraham geopfert wurde.

Slik (hebr.:): geheimes Waffenlager.

Souk (arab.): überdachter Basar.

Tallit, der (hebr.): Gebetsmantel, ein großes viereckiges Tuch, das man zum Morgengebet und in der Synagoge trägt.

Talmud, der (hebr.: „Lehre"): Er besteht aus der Mischna und Kommentaren zur Mischna, der Gemara (Vollendung der Mischna). Der T. war bis Ende des 5. Jahrhunderts niedergelegt und stellt die Zusammenfassung der jüdischen mündlichen Tradition dar, insbesondere der Auslegungen, Anwendungen und Weiterbildungen des mosaischen Gesetzes. Nach der hebräischen Bibel (dem „Alten Testament" der Christen) ist er für Juden eine der wichtigsten Schriften.

Teilung: Bedingt durch den gegen sie gerichteten Irgun-Terror brachte Großbritannien im April 1947 die Palästina-Frage vor die neu gegründeten Vereinten Nationen. Im November 1947 beschloss die Vollversammlung der UN die Teilung Westpalästinas in einen jüdischen und einen arabischen Staat (mit Wirtschaftsunion der beiden Staaten) sowie die Internationalisierung Jerusalems. Die Araber lehnten den Plan ab, obwohl ihnen Dreiviertel Westpalästinas zugesichert wurde.

Torah (hebr.: „Weisung"): Zusammenfassende Bezeichnung für die fünf Bücher Moses, auch als schriftliche Torah bezeichnet. Nach weit verbreiteter Auffassung gab es daneben von Anfang an noch die mündliche Torah. Sie wurde erst dann formuliert, wenn neue Lebensumstände es erforderten (beispielsweise nach der Zerstörung des Tempels in Jerusalem das Problem des Gottesdienstes). In der T. erklärt Gott seinen Willen, im engeren Sinne in den Zehn Geboten, im weiteren Sinne in 613 zusätzlichen Pflichten in den 5 Büchern Moses.

Ultraorthodoxe Juden: halten strikt an traditioneller Frömmigkeit fest und werden in ihrer Lebensweise von rabbinischen Funktionären (s. dazu *Chassidim*) bestimmt, d.h. handeln mehr nach dem ‚Buchstaben des Gesetzes'. Sie lehnen den Zionismus ab, da alles Tun von Gott kommen soll.

Weißbuch: Wegen des arabischen Widerstandes drosselten die Briten mit dem 1939 erschienenen W. die Einwanderung der Juden auf jährlich 75000 Personen und untersagten jede weitere Einwanderung nach Ablauf von fünf Jahren. Den Palästinensern wurde für 1949 ein Palästinenserstaat garantiert. Die *Balfour-Erklärung* wurde damit indirekt aufgehoben.

Weizman, Chaim: *27.11.1874 in Russland - 9.11.1952; war schon früh ein Anhänger der Zionismusfreunde in Russland und Th. *Herzls.* Weizman erwirkte mit N. Sokolow die *Balfour-Erklärung;* legte den Grundstein zur Hebräischen Universität. 1920-1929 Präsident der Zionistischen Organisation und der *Jewish Agency;* der erste Präsident des neuen Staates.

Zion: zentraler Berg im historischen Jerusalem, der dadurch besondere Bedeutung bekam, dass König David Jerusalem zu seiner Hauptstadt und zum Mittelpunkt des Volkes Israel machte. Später wurde Zion mit dem Tempel identifiziert, dann mit ganz Jerusalem und schließlich mit dem gesamten Volk in Palästina. In der Babylonischen Gefangenschaft nach der ersten Zerstörung Jerusalems (586 v. Chr.) erwachte unter den deportierten Juden die Sehnsucht nach Rückkehr in das von Gott versprochene Land. Besonders stark wurde die Zionssehnsucht, als nach 70 bzw. 135 n. Chr. das Land endgültig verloren zu gehen drohte.

Zionismus: knüpft an die alte Zionssehnsucht an. Als sich im 19. Jh. die neuzeitliche Form des Judenhasses, der Antisemitismus, herausbildete, wurde vielen Juden das Fehlen einer Heimat und die Verbundenheit mit dem Land der Väter bewusst. Das Ziel der zionistischen Bewegung *(s. Herzl)* war es, den Juden zur Selbstachtung und zum Selbstbewusstsein eines eigenständigen Volkes zu verhelfen sowie die Achtung der Nichtjuden zu gewinnen. Eine völkerrechtlich abgesicherte Heimstätte der Juden sollte dies ermöglichen.

Vollständige Wiedergabe
der verwendeten religiösen Zitate:

(Bibelstellen nach der „Züricher Bibel". 18. Aufl. 1982.)

Du sollst dich nicht rächen, auch nicht deinen Volksgenossen etwas nachtragen, sondern du sollst deinen Nächsten lieben wie dich selbst, ich bin der Herr (3. Mose/ Leviticus 19,18).

Denn ein Kind ist uns geboren, ein Sohn ist uns gegeben, und die Herrschaft kommt auf seine Schulter, und er wird genannt: Wunderrat, starker Gott, Ewigvater, Friedefürst. Groß wird die Herrschaft sein und des Friedens kein Ende (Jes., 9,6 u. 7).

... aber die auf den Herrn harren, kriegen neue Kraft, dass sie auffahren mit Schwingen wie Adler ... (Jes. 40,31).

Wie lieblich sind auf den Bergen die Füße des Freudenboten, der Frieden verkündet, gute Botschaft bringt, der Heil verkündet, zu Zion spricht: Dein Gott ward König! Horch, deine Wächter erheben die Stimme, jauchzen zumal; denn sie schauen's vor Augen, wie der Herr heimkehrt nach Zion. Brecht aus in Jubel, jauchzet zumal, ihr Trümmer Jerusalems! Denn der Herr tröstet sein Volk, erlöst Jerusalem (Jes. 52, 7-9).

Und er war durchbohrt um unserer Sünden, zerschlagen um unsrer Verschuldungen willen; die Strafe lag auf ihm zu unserem Heil, und durch seine Wunden sind wir genesen. Wir alle irrten umher wie die Schafe, wir gingen jeder seinen eigenen Weg; ihn aber ließ der Herr treffen unsrer alle Schuld (Jes. 53, 5.6).

Siehe, mein Knecht wird Glück haben ... (Jes. 53,13).

Und du, Bethlehem-Ephrata, du kleinster unter den Gauen Judas, aus dir soll mir hervorgehen, der Herrscher in Israel sein soll; sein Ursprung ist in der Vorzeit, in unvordenklichen Tagen (Micha 5,2).

Ich liebe den Herrn, denn er hört mein flehentlich Rufen; ja, er hat sein Ohr mir zugeneigt - ich will ihn anrufen mein Leben lang ... ich kam in Not und Kummer; aber ich rief den Namen des Herrn an (Hallel, Psalm 116,1-4). Teuer ist in den Augen des Herrn das Leben seiner Frommen ... (Psalm 116, 15).

Aus der Bedrängnis rief ich den Herrn an, der Herr hat mich erhört und befreit. Der Herr ist für mich, ich fürchte mich nicht, was sollten Menschen mir tun? (Hallel, Psalm 118, 5.6).

Wer will uns scheiden von der Liebe Christi? Trübsal oder Angst oder Verfolgung oder Hunger oder Blöße oder Gefahr oder Schwert? Wie geschrieben steht:
„Um deinetwillen werden wir getötet den ganzen Tag, sind wir geachtet wie Schlachtschafe."
Aber in diesem allem überwinden wir weit durch den, der uns geliebt hat. Denn ich bin dessen gewiss, dass weder Tod noch Leben, weder Engel noch Gewalten, weder Gegenwärtiges noch Zukünftiges, noch Kräfte, weder Hohes noch Tiefes, noch irgendein andres Geschöpf uns zu scheiden vermag von der Liebe Gottes, die in Christus Jesus ist, unsrem Herrn (Römerbrief 8,35-39).

Habe Wohlgefallen, Ewiger, unser Gott, an deinem Volke Israel und ihrem Gebet, und bringe den Dienst wieder in das Heiligtum deines Hauses, und die Feueropfer Israels und ihr Gebet nimm in Liebe auf mit Wohlgefallen, und zum Wohlgefallen sei beständig der Dienst deines Volkes Israel. Und unsere Augen mögen schauen, wenn du nach Zion zurückkehrst in Erbarmen. Gelobt seist du, Ewiger, der seine Majestät nach Zion zurückbringt! (Achtzehn-Bitten-Gebet Nr. XVII. Zitiert nach: „Was jeder über das Judentum wissen muss" (Gütersloher Verlagshaus. 1983, S.69).

Die Zion-Chroniken von Bodie Thoene – Millenium-Ausgabe

Die Zion-Chroniken ist eine großangelegte Romanserie, die vor dem Hintergrund der Staatsgründung Israels spielt. Die Autorin versteht es, in äußerst packender Weise den Hintergrund des Überlebenskampfes des jüdischen Volks nach dem Holocaust aufzuzeigen und den Leser in das Geschehen hineinzunehmen. Jetzt als Sonderausgabe!

Band 1: Der Weg nach Zion
ISBN 3-86122-458-5
Fester Einband, 512 Seiten

Band 2: Eine Tochter aus Zion
ISBN 3-86122-459-3
Fester Einband, 384 Seiten

Die Zion-Passion von Bodie Thoene

In dieser Reihe erfahren Sie mehr über den Leidensweg des jüdischen Volkes - die Vorgeschichte zu der Bestseller-Serie „Die Zion-Chroniken".

Band 1: Wien – der Auftakt
ISBN 3-88224-900-5 * Paperback * 514 Seiten

Band 2: Prag – der Konflikt
ISBN 3-86122-007-5 * Paperback * 406 Seiten

Band 3: München – das Abkommen
ISBN 3-86122-057-1 * Paperback * 444 Seiten

Band 4: Jerusalem – die Hoffnung
ISBN 3-86122-095-4 * Paperback * 470 Seiten

Band 5: Danzig – der Plan
ISBN 3-86122-116-0 * Paperback * 470 Seiten

Band 6: Warschau – das Requiem
ISBN 3-86122-147-0 * Paperback * 540 Seiten

FRANCKE
Verlag der Francke-Buchhandlung GmbH